RETOUR À DUBLIN

DU MÊME AUTEUR

A la recherche du bonheur, Presses de la Cité, 2003 ; Pocket, 2005
Avec toutes nos amitiés, Presses de la Cité, 2004 ; Pocket, 2008
Entre nous soit dit, Presses de la Cité, 2005 ; Pocket, 2009
Le Meilleur de la vie, Presses de la Cité, 2006 ; Pocket, 2010
Pour le pire et le meilleur, Presses de la Cité, 2007 ; Pocket, 2010
Les Secrets de Summer Street, Presses de la Cité, 2009 ; Pocket, 2011
Doux Remèdes pour cœurs brisés, Presses de la Cité, 2010 ; Pocket, 2012
Sous une bonne étoile, Presses de la Cité, 2011

Cathy Kelly

RETOUR À DUBLIN

Roman

Traduit de l'anglais (Irlande)
par Colette Vlérick

PRESSES
DE LA CITÉ

Titre original : *Homecoming*

© Cathy Kelly, 2010
© Presses de la Cité, 2012 pour la traduction française
ISBN 978-2-258-09345-4

Presses
de   un département **place des éditeurs**
la Cité

place
des
éditeurs

A mon époux, John,
et à Murray et Dylan,
avec tout mon amour

1

Nouvel an

Il fallut peu de temps à Eleanor Levine pour déballer ses affaires et les ranger dans l'appartement de Golden Square. Elle n'avait emporté que deux valises dans l'avion qui l'avait menée de New York à Dublin. Pour de simples vacances, elles auraient sans doute été trop lourdes, mais si l'on considérait le voyage envisagé, elles devenaient très légères.

Elle avait d'abord réservé pour trois semaines dans un hôtel du centre-ville. En y arrivant, quinze jours avant Noël, elle avait expliqué au réceptionniste qu'elle resterait peut-être plus longtemps. Il s'était contenté d'un hochement de tête courtois. Rien ne choquait un réceptionniste d'hôtel, même pas les vieilles dames élégantes qui arrivaient seules avec peu de bagages et semblaient ne pas avoir de date fixe de départ.

De la même façon, personne ne regarda Eleanor de travers quand elle refusa poliment de réserver pour le déjeuner de Noël au restaurant de l'hôtel et, au lieu de cela, demanda qu'on lui serve une omelette avec un verre de prosecco dans sa chambre. Après avoir vécu presque toute sa vie à New York, une ville où chacun est libre de faire ce qu'il veut, il était rassurant de découvrir que la même tolérance prévalait à présent dans son pays d'origine. A vrai dire, ce n'était pas ce qu'elle avait pensé trouver, mais comme cela faisait longtemps qu'elle n'était pas rentrée chez elle, elle ne savait pas vraiment à quoi s'attendre.

Dans l'avion, triste d'avoir laissé derrière elle sa famille et son appartement si confortable et chaleureux, Eleanor avait eu le temps de penser à l'Irlande qu'elle allait revoir. Elle était partie plus de soixante-dix ans plus tôt, sérieuse petite fille de onze ans voyageant dans l'entrepont d'un immense vapeur avec sa mère et sa tante, à destination du Nouveau Monde. Tous leurs biens tenaient dans deux valises en carton, et sa mère, Brigid, gardait la maigre fortune familiale dans une bourse attachée à son cou.

Et voilà qu'elle revenait, nantie de plusieurs cartes de crédit « platinum », plusieurs abréviations de titres universitaires ou honorifiques à la suite de son nom et une longue vie professionnelle maintenant derrière elle.

En dehors d'elle-même, une seule chose avait fait le voyage aller et retour : le livre de recettes de sa mère.

A présent qu'elle avait rangé ses affaires de toilette dans la salle de bains de la chambre principale, ses vêtements et ses livres, elle pouvait sortir la boîte à chaussures blanche de sa deuxième valise.

Ses chaussures de mariage, des escarpins en satin Christian Dior, étaient restées dans leur boîte pendant de nombreuses années, puis elle les avait données à sa fille, Naomi, pour son bal de fin d'études.

Gillian, sa petite-fille, les lui empruntait de temps en temps. Elle les portait avec les robes vintage à jupe longue qui avaient tellement été à la mode quand Dior avait lancé le New Look en 1947. Comme beaucoup d'adolescentes modernes, Gillian aimait porter des tenues vintage et allait souvent voir sa grand-mère pour lui montrer fièrement un vêtement payé cinquante dollars, réplique de ce qu'Eleanor avait jeté vingt ans plus tôt. La mode suit des cycles, se disait-elle alors en souriant.

Séparée de Gillian, de Naomi et de New York par quelques milliers de kilomètres, Eleanor ouvrit sa boîte à trésors. En réalité, aucun d'eux n'avait de valeur au sens matériel du terme, mais c'étaient des souvenirs d'une vie heureuse et, en ce sens, ils valaient plus que tout. Il y avait un masque en plumes d'autruche teintes en noir, qui datait d'une soirée de Halloween. Le ruban de soie noire était resté noué depuis la dernière fois où elle l'avait porté, un demi-siècle auparavant. A côté, un papier très fin laissait deviner la rose séchée qu'il abritait. Ralf la lui avait offerte comme bouquet de corsage lors d'une soirée habillée. Sous le papier, les pétales séchés avaient la légèreté d'une plume.

Ensuite, il y avait le poudrier compact doré en forme de coquillage dont elle était si fière à vingt-cinq ans. La peinture dorée s'était ternie et il ne restait qu'une trace poussiéreuse de la poudre rosée sur le bord interne. Et le tube de rouge à lèvres noir et or, « Manhattan Red » ! Ce rouge faisait fureur en 1944, une couleur qui mettait de la joie dans les cœurs comme sur les lèvres.

La boîte contenait aussi les lettres d'amour de son bien-aimé Ralf, certaines retenues par d'humbles élastiques, d'autres par un ruban. Ralf aimait envoyer des lettres et des cartes. Il croyait à la permanence de l'écrit. L'une de ces lettres datait de la naissance de leur fille, Naomi, quarante-cinq ans plus tôt. Quarante-cinq ans ! C'était incroyable.

Je vous aimerai toujours, toi et notre fille. Ainsi se terminait la lettre. Eleanor la connaissait par cœur. Elle caressa du bout des doigts le feuillet de fin papier, mais ne le déplia pas. Voir les mots tracés de l'écriture nette et précise de Ralf lui était insupportable. Peut-être sa tristesse l'empêcherait-elle pour toujours de relire ses lettres...

Poursuivant son inventaire, Eleanor retrouva les dessins et les cartes de Naomi, si précieuses pour elle avec leur grande écriture enfantine. Naomi semblait les avoir écrites depuis une éternité, mais elles réjouissaient toujours autant sa mère. Petite fille, Naomi avait déjà un grand cœur, qu'elle avait gardé à l'âge adulte.

Son troisième trésor était une autre série d'écrits : les recettes de sa mère. A l'origine, le cahier était couvert d'un simple carton brun, mais – il y avait des dizaines d'années de cela – Eleanor avait collé sur la couverture un papier de Noël brillant. A présent, le doré des étoiles s'était fané, comme le rouge et le vert des branches de houx.

Les pages supplémentaires ajoutées au cahier au fil des ans l'avaient démesurément gonflé et un cordon crocheté en laine bleu lavande maintenait l'ensemble bien serré. Les recettes avaient toutes été écrites à la main par sa mère, de son écriture penchée, parfois au crayon noir dont le tracé avait pâli avec le temps, parfois à l'encre bleu nuit qu'elle aimait tant.

Comme les lettres de Ralf et les naïfs petits mots de Naomi à l'écriture maladroite, ce recueil de recettes représentait une source de grand réconfort pour Eleanor, un talisman à serrer contre elle quand elle avait trop de chagrin. Ces précieuses reliques avaient su atténuer ses peines tout au long de sa vie et le faisaient encore en cet instant.

Personne, en voyant ce livre de recettes en si mauvais état, n'aurait pu deviner toute la sagesse qu'il recelait. Pour les gens, la sagesse ne pouvait être dispensée que par des experts bardés de diplômes. Eleanor elle-même les avait collectionnés ; les obstacles à franchir pour devenir psychanalyste se traduisaient par cette longue liste d'abréviations de titres et diplômes après son nom.

Toutefois, Eleanor avait appris de deux sources que des gens sans instruction officielle en savent souvent plus que les universitaires les plus distingués.

La première était sa mère, Brigid.

L'autre était sa propre et vaste expérience de la vie.

Elle venait d'avoir quatre-vingt-quatre ans et avait vécu toutes ces années avec enthousiasme.

Brigid lui avait appris cela, et beaucoup d'autres choses.

Eleanor avait fréquenté l'une des meilleures universités américaines alors que sa mère avait eu seulement droit à quelques années d'instruction dans la petite école de son village du Connemara. Là-bas, les enfants devaient apporter chaque jour une brique de tourbe pour entretenir le feu. Cela n'avait pas empêché Brigid de naître avec une sagesse innée et une bonté qui lui faisait voir le monde avec bienveillance, la rendant capable de tout pardonner.

Au cours de ses longues années de pratique de la psychanalyse à New York, Eleanor avait découvert que l'amertume dévore les gens de l'intérieur aussi sûrement que n'importe quelle maladie. Ils passaient des années en thérapie simplement pour apprendre ce que Brigid O'Neill savait d'instinct. Elle avait consigné tout ce savoir pour sa fille dans son cahier de cuisine. A partir d'un certain moment, ses recettes et ses petites notes dans les marges avaient pris un sens bien à elle. Le cahier de Brigid n'était pas un simple guide de la bonne cuisine, mais un recueil de conseils sur la meilleure façon de vivre sa vie. Il s'y trouvait tout le savoir d'une campagnarde au grand cœur qui avait vécu en faisant feu de tout bois, s'appuyant sur son bon sens et son intuition de Celte pour survivre.

Eleanor s'était souvent demandé si sa mère n'avait pas un plus grand niveau d'éveil spirituel que les gens normaux, comme un instinct que le monde moderne avait perdu et tentait de retrouver. Son livre de cuisine possédait un parfum de magie, mais peut-être était-ce simplement la magie des aliments et de la vie.

Oui, pensa Eleanor. Vivre et se nourrir sont inextricablement liés !

Tout au long de sa vie, sa mère ne s'était jamais trouvée très loin de son fourneau. Savoir nourrir les gens et les aider à grandir était un don. Les anciennes religions qui insistaient sur le sens du festin l'avaient compris. A l'acte de se nourrir, étaient liés l'espoir, la renaissance, la communauté, la famille et un apport de force qui dépassait le plan purement physique.

C'était comme la purée avec le morceau de beurre en train de fondre qui réconforte quand on a le moral en berne. Ou la soupe maison que l'on concocte quand il n'y a plus rien que des restes qui, utilisés avec talent et amour, sans oublier une pointe d'ail, deviennent un mets de roi capable de vous réchauffer le cœur comme aucun autre. Ou encore le goût des fraises sur des lèvres rougies par les fruits quand on est au lit avec l'homme qu'on aime... Eleanor se souvenait d'un homme avec lequel, il y avait longtemps de cela, elle avait partagé un lit accueillant et des fraises. Même après soixante ans, elle sentait encore sous ses doigts la douceur de sa peau et les muscles de ses épaules qu'elle caressait tandis qu'ils se serraient l'un contre l'autre, dans un cocon d'amour.

Elle ne pouvait plus partager cela avec personne, à présent. Les gens avaient tendance à se scandaliser si une octogénaire mentionnait le sexe. Ridicule ! Elle sourit :

c'était un peu comme s'ils se choquaient à l'idée qu'une Ford des années 1930 puisse encore rouler.

Au début de sa relation avec Ralf, elle lui avait parlé de cet homme, son premier amant. « Je ne veux pas de secrets entre nous ». Ralf avait compris. Il savait que le plaisir qu'ils partageaient, Eleanor et lui, dépassait de très loin ce qu'elle avait éprouvé avec l'homme aux fraises.

Après l'amour, quand ils bavardaient dans leur lit défait, Ralf aimait manger du fromage, des bouchées de brie français qui « coulait » du cracker sur l'assiette. Elle lui avait fait découvrir le thé turc à la pomme qui, curieusement, accompagnait assez bien le fromage. Lui, il lui avait appris à préparer les kneidlach, les boulettes de farine casher qu'il aimait quand il était petit. Ils avaient passé certains des meilleurs moments de leur vie – et ils avaient eu énormément de moments heureux – autour d'un repas.

La cuisine rendait tout meilleur.

Elle avait adoré ces soirées où ils allaient dîner dans l'un des restaurants du voisinage puis, après avoir fini, restaient assis pendant des heures, occupés à se parler. D'un regard professionnel, Eleanor observait des couples qu'on devinait mariés depuis longtemps et qui n'avaient rien à se dire. Les voir manger en silence, mal à l'aise, l'attristait. Ralf et elle n'avaient pas ce problème : ils n'arrêtaient jamais de parler. Etre intéressé par la personne que l'on a épousée était l'un des grands cadeaux de la vie.

De l'autre côté du square, l'horloge de Saint-Malachy sonna midi, un son qui restait associé à son enfance. Dans son minuscule village de Kilmoney, sur la côte ouest de l'Irlande, la maison familiale était à trois kilomètres de l'église et, quand sonnait l'angélus, à midi et à

15

six heures du soir, tout le monde s'interrompait dans ses occupations et priait.

A Golden Square, cette pratique n'était plus de mise.

De son rez-de-chaussée surélevé, Eleanor voyait une grande partie du square. Elle n'avait pas choisi l'appartement à cause de son environnement, mais à présent qu'elle y était, elle s'y sentait très bien. Il restait peu de ces anciens parcs dans Dublin, lui avait dit l'agent immobilier et, même en pleine crise de l'immobilier, les maisons s'y vendaient assez vite. Le jardin central était protégé par d'anciennes grilles en fer forgé, ornées de volutes à leur sommet. A chaque extrémité se dressaient de hautes grilles noir et or à l'élégant motif de feuilles de vigne. Eleanor se souvenait d'en avoir vu de semblables à Londres au musée Albert et Victoria et les estimait de grande valeur. Telles des sentinelles, elles veillaient sur les fleurs, les bancs et l'aire de jeux.

En dépit des magasins modernes et des bureaux qui occupaient un angle de la place, les maisons de briques rouges et les villas géorgiennes créaient une atmosphère ancienne. La plupart des maisons étaient à présent divisées en appartements, mais on avait toujours l'impression qu'une femme de chambre en longues jupes grimpait les marches le matin pour rallumer le feu dans toutes les pièces. Eleanor avait choisi cet endroit au hasard, mais avait très vite commencé à aimer Golden Square. Toutefois, elle ne croyait pas au hasard. Les événements se produisaient toujours pour une raison ou une autre.

Elle avait emménagé deux jours après Noël, en dépit des allusions du jeune agent immobilier à la folie de le faire pendant les fêtes de fin d'année. « C'est ce qui me convient », avait répondu Eleanor de la voix calme dont elle se servait avec ses clients et qui avait toujours donné de bons résultats.

Convenablement remis à sa place, l'agent était venu la chercher à l'hôtel où elle avait passé Noël et l'avait emmenée à l'appartement en voiture. Tout en évitant de le dire, il s'était demandé comment on pouvait passer Noël ou même le nouvel an loin de sa famille. Peut-être que sa passagère n'avait pas de famille, avait-il pensé. A partir de là, il s'était promis de se montrer plus gentil avec sa propre mère, car elle aussi serait un jour une vieille dame aux cheveux blancs, mais peut-être pas avec le même air décidé ni le même port de tête que Mme Levine. Il s'était donc plié à la volonté de sa cliente, sans montrer le moindre étonnement quand elle lui avait expliqué qu'elle était Irlandaise de naissance en dépit de son accent américain. Il avait simplement conclu qu'elle devait être un peu folle, en plus d'être riche ! Il fallait en effet avoir beaucoup d'argent pour passer Noël dans un hôtel cinq étoiles et ne pas sursauter en apprenant le montant du loyer de l'appartement des Taylor.

Quand il lui avait fait visiter les lieux, la veille de Noël, elle avait dit que cela correspondait exactement à ce qu'elle cherchait : un appartement central, sans escalier, même si elle pouvait monter les dix marches conduisant de l'allée à la porte de la vieille maison pleine d'allure. Eleanor voulait une habitation élégante et bien meublée. L'appartement des Taylor, avec ses beaux tableaux et son mobilier ancien, répondait parfaitement à cette définition.

L'environnement était paisible et Eleanor avait beaucoup de choses à voir quand elle s'asseyait derrière le bow-window pour observer le spectacle de la place. Elle aimait toujours autant observer les gens.

« Arrête, lui disait Ralf quand, à l'occasion d'un cocktail chic, Eleanor prenait cette expression calme et pensive qu'il connaissait trop bien. On va te voir !

— Mais non ! » répondait-elle à voix basse.

Elle avait raison ; personne ne remarquait son attitude. Son regard analytique était systématiquement interprété comme une preuve d'attention polie.

Même si elle n'y habitait que depuis une semaine, elle savait déjà que Golden Square avait tout pour lui permettre de se livrer à son passe-temps favori. Elle ne pratiquait plus sa profession mais elle pouvait encore trouver du plaisir à étudier le monde. En face de chez elle, entrant et sortant d'une étroite maison blanche, elle avait repéré une très belle femme d'une cinquantaine d'années avec des cheveux châtain clair. Parfois, un homme de haute taille et à l'air aimable l'accompagnait. Lors des quelques sorties qu'elle avait déjà effectuées dans le quartier, Eleanor s'était rendue au salon de thé de la place, un endroit pittoresque avec des rideaux rouges, le Titania's Palace. Cette belle femme s'y trouvait, derrière le comptoir, souriant à la ronde, servant thés et cafés avec efficacité. Elle donnait des petits noms gentils à ses clientes, comme « ma chère », « mon chou », ou même « chouchou ».

Eleanor avait réfléchi au réconfort de s'entendre appeler « mon chou ». C'était une jolie façon de s'adresser à une vieille dame, plus agréable que le cérémonieux « madame » dit sur ce ton compassé qu'on réserve aux citoyennes les plus âgées, et qui lui donnait l'impression d'être entourée de services d'urgence en train de lui administrer de l'oxygène. De plus, la femme du salon de thé employait « chouchou » sans la moindre condescendance. Cela lui venait naturellement. Elle possédait une gentillesse qui s'adressait à tout le monde.

Elle proposait toujours à Eleanor de lui apporter sa tasse à sa table plutôt que de la laisser faire : « Qu'en dites-vous, ma chère ? », et ses beaux yeux sombres rayonnaient d'un grand sourire dans son visage si doux. Elle me rappelle quelqu'un, s'était dit Eleanor la première fois. Ali MacGraw ? Oui, c'était cela !

Eleanor lui répondait d'un murmure, « Oui, merci », en se répétant à quel point cette femme était gentille. Cependant, elle n'était pas prête à reprendre une vie sociale. Elle n'était pas sortie de cette phase de son deuil où elle prenait plaisir à observer le monde mais ne se sentait pas encore capable de le laisser entrer dans sa vie. Peut-être, se disait-elle dans ses accès de désespoir, ne le serait-elle plus jamais.

Dans l'appartement au-dessus du sien vivaient deux sœurs qu'elle n'avait pas encore rencontrées, bien que le facteur lui ait donné leurs noms. La plus jeune, Nicky, était une petite blonde qui, à en croire ses élégants ensembles, devait occuper un poste important, mais rien ne permettait à Eleanor de deviner dans quel secteur d'activité. L'autre, Connie, était grande, portait des vêtements confortables et des chaussures plates. Le matin, Eleanor la voyait se diriger vers sa voiture, les bras chargés de livres d'école. Tout en elle révélait le bon professeur. Connie se comportait comme une femme qui n'avait pas de temps à perdre pour des chichis. Peut-être ne lui avait-on jamais dit qu'elle était belle. Eleanor avait vu beaucoup de cas de ce genre au cours de sa carrière. Ce qu'on inculque aux gens dans l'enfance les marque si profondément que cela finit presque par faire partie de leur ADN. Cela peut être très difficile à changer. Par contraste, Nicky était sûre d'elle et charmante, à la façon d'une petite fée. Elle avait un ami, un grand type très mince qui la suivait comme un chiot ou la tenait par la main quand ils traversaient la place en direction du magasin de proximité. Les deux sœurs fascinaient Eleanor. Elles étaient tellement différentes !

Non loin vivait la pédicure-podologue que son médecin lui avait recommandée – oui, elle avait dû choisir un médecin, à son âge ce n'était pas superflu !

« Allez voir Nora Flynn, elle est très bien. Elle vous plaira. Elle ne perd pas de temps à bavarder mais elle travaille très bien. Elle a beaucoup de clients. »

Eleanor aimait avoir des pieds soignés et elle avait déjà eu un rendez-vous avec Nora, qui était exactement telle que le médecin l'avait décrite, excellente pédicure et peu bavarde. Elle ne voulut pas savoir pourquoi Eleanor avait emménagé à Golden Square. Elle eut seulement quelques mots au sujet des problèmes de circulation sanguine, du début janvier si froid, et de la difficulté à faire comprendre aux gens la nécessité de prendre soin de leurs pieds. Depuis, Eleanor l'avait aperçue en train de promener ses chiens sur la place. Elle portait des vêtements très masculins, mais parlait à ses chiens comme à des enfants.

De l'autre côté de la place se trouvait The Nook, le petit magasin de proximité qu'elle voyait de sa fenêtre, mais elle n'y était pas encore allée. Elle n'en avait pas vraiment besoin puisqu'elle faisait ses courses sur Internet. Elle commandait sur le site du supermarché et un charmant jeune livreur lui apportait le tout à domicile. La première fois, en voyant qu'elle n'avait personne pour l'aider à ranger ses courses, il lui avait demandé où elle voulait les mettre et il avait tout posé sur le comptoir de la cuisine. Ainsi, elle n'avait pas eu besoin de se baisser pour soulever les sacs. Ce jour-là, après son départ, Eleanor avait failli pleurer, émue par tant de gentillesse. Elle pouvait se défendre contre la grossièreté, mais la moindre preuve de gentillesse balayait ses résistances et elle se sentait prête à verser des larmes sur l'épaule d'un parfait étranger.

De la maison voisine, elle apercevait seulement les marches conduisant à un appartement d'entresol où un homme à la carrure de géant vivait avec sa fille. Eleanor le voyait parfois l'emmener à l'école, une fillette maigre et déjà grande, avec des boucles rousses. Il semblait heureux quand il était avec elle, mais quand il se retrouvait seul, il devenait triste et visiblement replié sur lui-même. Eleanor éprouvait le besoin urgent de découvrir ce qui n'allait pas et de l'aider. Ralf, son cher Ralf, la taquinait toujours sur sa tendance à vouloir guérir le monde. « Tu n'es pas là pour réparer tout ce qui ne va pas ! » Cela lui rappelait le début de ses études de psychothérapie et son désir d'améliorer la vie de ceux qu'elle croisait.

Pour elle, les gens n'étaient pas seulement des personnes mais des cas potentiels de troubles obsessionnels compulsifs, de complexe d'Electre ou d'angoisse de séparation. Tous les étudiants de son année réagissaient comme elle. Pendant un mois, ils avaient cessé de fréquenter la principale cafétéria du campus parce qu'ils faisaient une fixation sur l'une des serveuses. A leurs yeux, elle souffrait de graves troubles psychosomatiques et ils voulaient l'aider. Pour finir, l'un des étudiants en avait parlé au responsable de leur année, le Pr Wolfe, et lui avait demandé ce qu'ils devaient faire. La réponse n'était pas allée dans le sens espéré. D'un air fabuleusement détaché, le Pr Wolfe avait penché la tête sur le côté.

« Qu'est-ce qui vous fait croire que vous pouvez l'aider ? Vous a-t-elle demandé de le faire ? »

Une des camarades d'Eleanor avait grommelé que, si on lui demandait le chemin de son bureau, il pencherait la tête sur le côté en répondant : « Pourquoi avez-vous besoin de le savoir ? »

Eleanor avait soupiré. « N'empêche qu'il a raison ! » En psychothérapie, l'aide qu'on peut apporter n'a rien à voir avec le fait de mettre un pansement sur une blessure. Il s'agit d'amener la personne à se forger un outil pour la vie, mais rien n'est possible si elle ne le désire pas.

A l'université Eleanor partageait une chambre avec Susannah, une étudiante en biologie moléculaire qui assistait aux nombreuses conversations où les futurs thérapeutes s'interrogeaient jusqu'au petit matin sur les troubles susceptibles d'affecter leur entourage. A cela, Susannah répondait : « Tout le monde ne peut pas être fou ! » Elle avait une vision de la vie très tranchée. Pour son post-doctorat, elle faisait de la recherche sur le cancer et cela ne laissait pas de place au sentimentalisme. Les choses marchaient ou ne marchaient pas. Les souris mouraient et on continuait les recherches.

« Nous avons tendance à ne pas utiliser le mot *fou*, en psychanalyse, avait répondu Eleanor en riant.

— Tu m'en diras tant ! » avait été le seul commentaire de Susannah.

Dans la boîte aux trésors d'Eleanor, il y avait une carte d'anniversaire signée « Susannah, Mme Tab Hunter ». Elle avait été fascinée par Tab Hunter, une vedette du cinéma des années 1950, mais n'était pas folle pour autant ! Où était-elle, à présent ? se demanda Eleanor. Elles avaient perdu le contact à peu près à l'époque où elle avait épousé Ralf. Susannah était partie travailler dans une université suisse. Eleanor l'imaginait très bien, toujours aussi grande, excentrique et amoureuse de gens qu'elle ne voyait que sur des écrans de cinéma.

Secouée par une rafale, la branche d'un sorbier cogna contre la fenêtre. Dans les buissons de houx, les baies rouges avaient disparu. De temps en temps, un rouge-gorge se posait sur une branche et regardait Eleanor d'un air interrogateur, comme s'il réclamait à manger. Elle lui répondait d'un sourire compréhensif, mais elle ne pouvait pas accrocher de boules de graines à l'extérieur. Cela exigeait une dextérité et une souplesse qu'elle avait perdues. Elle avait perdu beaucoup de choses, en réalité, et par-dessus tout son mari bien-aimé. A présent, plus personne n'avait besoin d'elle. Sa famille, là-bas à New York, l'aimait, mais ils avaient tous leur propre vie. Naomi et Marcus, son mari qui l'adorait, étaient très occupés par leur affaire d'importation de meubles. Les meubles Filan étaient de plus en plus demandés et malgré la crise du crédit, la société se développait.

Gillian, la petite-fille chérie d'Eleanor, était en deuxième année à l'université de Los Angeles, en Californie, et se passionnait pour sa nouvelle existence.

Ils se débrouilleraient tous très bien sans elle. Elle-même avait trop de chagrin pour se conduire comme une mère ou une grand-mère digne de ce nom. Pire encore : elle souffrait tellement de son deuil qu'elle risquait de représenter un fardeau pour sa famille. C'était un sentiment étrange. Toute sa vie, Eleanor avait travaillé et s'était battue, aussi bien pour sa famille que sur le plan professionnel. Elle avait l'habitude de résoudre les difficultés, pas d'en créer. En un instant, tout avait changé. *Elle* avait changé. Pour toutes ces raisons, elle avait préféré tourner le dos à New York et rentrer en Irlande. Là, elle pourrait peut-être trouver la réponse, savoir ce qu'elle devait faire. Elle l'espérait de tout son cœur.

2

Les œufs

Si tu sais faire cuire un œuf, tu n'auras jamais faim. Pour le petit déjeuner, il n'y a rien de tel que les œufs de cane. Casser cette fragile coquille pour y découvrir un jaune de la couleur et de la consistance du miel, et y sentir l'odeur de sa terre, cela te fait chanter le cœur.

Le problème, ce sont les canards. Nous en avions toujours un couple dans la cour, des canards de Barbarie avec des plumes noires et blanches et des becs rouges. Ils se battaient horriblement ! On aurait dit une famille en conflit permanent. Pour finir, j'ai fait deux enclos séparés dans le poulailler, un pour chacun. Il n'y avait pas d'autre solution.

En fait, il y a des gens qui ne se conduisent pas autrement. Quoi que l'on fasse, ils se battront. Cela les regarde, ma chérie. Tu ne peux pas les empêcher de se disputer. Il vaut mieux les laisser se débrouiller. Evite de t'en mêler !

Tu te demandes peut-être pourquoi je te raconte tout cela, Eleanor, mais tu vois, je ne veux pas que tu grandisses sans savoir toutes ces choses, comme cela m'est arrivé à moi. Ce n'est pas la faute de ma mère, mais la mienne. J'ai été une petite fille souffreteuse même si tu as du mal à le croire en me voyant aujourd'hui. Alors même que je suis à ma table en train d'écrire, à quelques mois de mes vingt-six ans, je ne me suis jamais sentie aussi bien. Mais quand j'étais petite, j'ai passé beaucoup de temps au lit avec de la fièvre et une mauvaise toux. Ma mère me faisait prendre une boisson à base d'algues carragheen et de jus de citron. D'après le médecin, j'avais la poitrine fragile. N'imagine pourtant pas que nous allions souvent chez lui ! Les temps étaient durs au début du siècle et, chez les gens comme nous, on n'avait pas d'argent pour les médecins.

Une fois, ma mère m'a emmenée chez un vieil homme qui vivait de l'autre côté de l'une des îles, dans une maison au bord de la falaise. Il était censé connaître un remède pour les maladies de poitrine. Quelqu'un avait dit qu'il utilisait du lait de jument, des herbes et un petit bout de la queue de la jument – en plus, imagine-toi qu'il fallait une jument blanche ! – mais quoi qu'il en soit, ça n'a pas marché sur moi.

Tout ça pour te dire que je n'ai pas appris à cuisiner avec ma mère. La plupart des filles apprenaient en regardant leur mère mais moi, j'étais sous les couvertures dans la chambre du fond avec quelques livres pour me tenir compagnie. Agnes m'apportait des livres qu'elle avait eus chez Mme Fitzmaurice et je lisais tout : Jane Eyre, Les Hauts de Hurlevent, et même Tom Jones.

Un beau jour, j'ai été guérie. Ma mère a voulu que j'aille à l'école parce que j'avais beaucoup manqué les cours. Je me suis donc de nouveau retrouvée plongée dans les livres et je n'ai jamais même seulement épluché un oignon. Et puis c'est maman qui est tombée malade et, d'un seul coup, je suis devenue la femme de la maison. Agnes était absente toute la semaine et ne rentrait que le dimanche. Les garçons étaient dehors, à travailler la terre. La seule personne qui *pouvait se charger de la cuisine et du ménage était la seule à ne pas savoir comme s'y prendre !*

Pourtant, j'ai appris, Eleanor, j'ai appris. Je t'avoue que cela n'a pas été facile.

C'est ce que je veux te raconter, la joie de cuisiner et de nourrir les gens qu'on aime. L'art de préparer un repas pour dix à partir de quelques restes. Il y a quelque chose de magique dans le fait de cuisiner. Tu vois, c'est comme une prière quand tout le monde baisse la tête et que l'on communie par le cœur. C'est pour ça que ça marche : parce que les gens se rassemblent. La cuisine, c'est pareil !

L'homme du siège 3C glissa un regard discret vers la jeune femme assise à côté de lui dans l'avion Londres-Dublin. De petite taille et d'ossature délicate, elle portait une écharpe autour de la tête à la façon des vieilles dames enturbannées d'une autre époque. Il n'arrivait pas à le comprendre. Pourquoi une jolie fille s'infligeait-elle cela, comme si elle voulait avoir l'air ridicule ? Une petite mèche de cheveux blonds s'en échappait, d'un blond démodé, platine très précisément. Pour le reste, elle était très nature, comme aurait dit sa femme. Pas de maquillage, un jean, un sweat-shirt gris et des lunettes rectangulaires à la mode. En dépit de tout cela, elle avait quelque chose de spécial, quelque chose qu'il n'arrivait pas à définir.

— Voulez-vous déjeuner ? demanda le steward.

Le passager leva la tête. C'était bien à lui, Liam, que le steward s'adressait, mais il avait les yeux fixés sur la femme assise côté hublot, la dévorant du regard comme s'il ne l'avait pas encore bien vue et voulait avoir son content.

— Euh... Oui !

Il aimait la nourriture des compagnies d'aviation et s'étonnait que le contraire soit possible. La nourriture est de la nourriture.

— Qu'y a-t-il ?

— Ragoût de bœuf ou poulet avec des pâtes, répondit le steward.

D'un geste rapide, il avait déjà posé un plateau sur la tablette dépliée devant le passager.

— Le bœuf, dit Liam.

Autant prendre un vrai repas puisqu'il ne serait pas chez lui avant vingt et une heures.

— Et comme boisson ? marmotta le steward en disposant sur le plateau un petit emballage couvert d'alu.

— Du vin rouge.

Liam défit le couvercle de son dîner avec un plaisir anticipé. C'était le poulet aux pâtes.

— Excusez-moi, dit-il au steward, j'avais demandé du bœuf.

Mais le steward avait déjà ajouté une petite bouteille de vin sur son plateau et fixait à nouveau la passagère du 3A.

— Je voulais du bœuf, répéta Liam d'un ton plaintif.

Hélas pour lui, ce fut en vain : la caravane était passée.

Megan savait que le personnel de cabine avait deviné son identité même si elle avait l'habitude de voyager sous son vrai nom, Megan Flynn, et non sous celui de Megan Bouchier, connu dans le monde entier. Bouchier était le patronyme de sa grand-mère paternelle. Quand elle était au cours d'art dramatique, bien des années auparavant, elle avait vite compris la nécessité

27

d'abandonner le prosaïque Flynn pour Bouchier, bien plus original.

Elle avait espéré que le nom de Flynn la protégerait un peu, de même que ses lunettes Prada aux verres clairs et l'écharpe en soie bleue qui cachait ses boucles platine trop reconnaissables. En vain !

Quand, pendant six ans, vous avez passé la plus grande partie de votre temps à apparaître sur les écrans de télévision ou de cinéma, votre image marque l'esprit des gens bien plus sûrement que la liste des dix criminels les plus recherchés par le FBI ! Les meurtriers et les grands criminels peuvent passer inaperçus, mais si vous décrochez un rôle vedette dans une série de spectacles télévisés médiocres et dans un excellent film britannique, vous devenez soudain aussi connue que la reine.

Le chariot des repas restait à la hauteur de sa rangée et au moins trois membres de l'équipage la regardaient en faisant semblant de s'intéresser à autre chose, ce qui n'était pas si simple. Le personnel navigant était doué pour traiter agréablement les célébrités sans se départir d'une nonchalance polie.

Sur ce vol, ils réagissaient d'une autre façon, peut-être parce qu'elle avait cessé d'être la jeune actrice adulée que le magazine *Empire* avait citée parmi les « dix jeunes actrices les plus prometteuses de l'année » il n'y avait pas si longtemps de cela. A présent, elle était la briseuse de mariage que l'on voyait dans tous les tabloïds à côté de la photo d'une autre actrice, une femme plus âgée qui avait accusé Megan de lui voler son mari.

Quand le scandale avait éclaté, Megan avait refusé de lire ces journaux. Elle n'avait pourtant pas pu éviter de voir les gros titres étalés dans un kiosque à la sortie du métro.

« Désespérée ! » était-il écrit en énormes lettres au-dessus de la photo de Katharine Hartnell ; son beau visage, qui lui avait valu un Oscar, avait à présent les traits tirés, les joues creuses et les yeux cernés de noir. En dehors de son Oscar, Katharine Hartnell avait été célèbre comme femme dont les cinquante ans ne se voyaient pas, et comme femme encore amoureuse de son mari, une autre star de l'écran, après vingt ans de mariage. Megan avait vu beaucoup de photos dans la presse où Katharine et son mari semblaient très amoureux. Or, sur la photo du gros titre, elle paraissait beaucoup plus de cinquante ans et totalement désespérée.

Megan avait droit à un terrible « L'autre femme » avec une photo d'elle qu'elle détestait. On la voyait sortant d'une boîte de nuit, ses longs cheveux défaits, le manteau de fourrure d'une autre femme sur les épaules. Deux hommes l'entouraient, dont l'un brandissait une bouteille de champagne. Elle portait une robe en sequins argentés dont le décolleté avait glissé au fil de la soirée et quand le photographe l'avait surprise – il avait dû gagner une fortune avec ce cliché ! – son sein gauche était presque dénudé.

Son petit visage en cœur que tant de photographes avaient trouvé « exquis » était fripé, avec un énorme sourire de femme ivre. Ses yeux en amande cernés de khôl qui avait coulé luisaient de l'excitation d'être l'actrice en vue du moment. En résumé, cette image était la parfaite illustration du mot « hédonisme ».

Cette histoire, et surtout l'horrible photo, l'avait fait entrer dans l'univers impitoyable de « la femme la plus haïe au monde » pour les médias. Soudain, des gens qu'elle n'avait jamais rencontrés parlaient d'elle et la condamnaient comme voleuse de mari. Des articles d'opinion se demandaient si des femmes comme elle ne faisaient pas reculer la cause du féminisme de trente ans.

Megan s'était habituée à être aimée, à recevoir des sacs à main de créateurs, à lire des articles admiratifs illustrés de photos flatteuses.

Tout cela pour en arriver là ! Megan la voleuse d'homme !

Elle était tombée en disgrâce plus vite qu'un ange déchu et ne rencontrait plus qu'une haine glaciale. C'était incroyablement douloureux, presque autant que d'avoir le cœur brisé.

— Désirez-vous dîner ? Une boisson ? lui demanda-t-on.

Le mari d'une autre ? crut-elle deviner dans le ton du steward.

— Non, merci, répondit-elle avec toute la dignité dont elle était capable.

Elle aurait aimé avoir une bouteille d'eau mais n'avait pas le courage de supporter l'échange qui s'ensuivrait, devoir lever les yeux vers le personnel de cabine et lire sur leur visage ce qu'ils pensaient : pitié, mépris, abjecte fascination. Elle préféra se tourner vers le hublot comme s'il y avait quelque chose à voir à la place de l'obscurité.

Sa sœur Pippa avait été d'accord avec elle : se réfugier en Irlande était une bonne idée. Or, elle avait une absolue confiance en sa sœur. A une époque, Pippa l'aurait accompagnée, mais le temps des escapades était fini pour elle. Elle vivait au Pays de Galles avec ses enfants et son mari. Megan avait pensé à aller chez eux, mais la presse avait déjà commencé à les assiéger de la façon la plus pénible. Par ailleurs, protéger sa petite sœur n'était plus le rôle de Pippa. Cela aussi était douloureux pour Megan.

«Tu dois quitter Londres, ma puce», lui avait dit Pippa. Son agent lui avait conseillé la même chose, mais avec beaucoup moins de gentillesse. Carole Baird n'entrait pas dans la catégorie des agents pour lesquels il suffit de répéter aux acteurs qu'ils sont fabuleux. «Il faut leur dire les choses telles qu'elles sont – et sans leur faire de cadeau.» La conduite de Megan allait peut-être lui faire perdre des rôles et avoir un impact négatif sur sa carrière. Le compte en banque de Carole en serait directement affecté. Carole ne se souciait pas de bonnes mœurs mais de résultats financiers!

Pippa avait commencé à lui suggérer d'aller chez leur tante Nora avant de hurler: «Kim! Pose ça!... Excuse-moi, Megan, elle est encore en train de fouiller dans le lave-vaisselle. On vient de faire un gâteau et elle veut lécher le bol et la cuillère... Non, Kim! C'est sale!»

Leur tante Nora habitait à Dublin. C'était chez elle que les deux sœurs avaient passé la période de leur enfance la plus normale. Aussi différente de leur mère que la craie du fromage, tante Nora avait calmé le jeu chaque fois que Marguerite, leur mère, faisait une nouvelle suggestion farfelue. Elle leur avait, par exemple, fait remarquer qu'une école française dans l'île des Caraïbes où vivait Marguerite à l'époque n'était pas l'idéal pour deux petites filles, d'autant qu'elles n'avaient pas beaucoup d'années d'école derrière elles et ne parlaient pas un mot de français! Au lieu de cela, tante Nora les avait inscrites au Sacré-Cœur à côté de Golden Square et s'était occupée d'elles jusqu'à ce que la dernière histoire d'amour de leur mère tourne mal et la ramène à Londres.

Tante Nora avait toujours été là, solide, fiable, la personne la plus discrète et normale qu'on puisse imaginer. Pour toutes ces raisons, Megan n'avait pas envie de parler avec elle de ce qui venait d'arriver. Sa mère ne l'avait pas jugée parce qu'elle ignorait jusqu'au sens du mot. Elle avait fait trop de choix amoureux désastreux dans sa vie pour se permettre de juger ceux des autres. Avec Nora, une célibataire qui allait à la messe tous les dimanches, ce serait différent.

« Et l'Australie ? » avait demandé Megan à Carole. Cela lui semblait assez éloigné pour être à l'abri des photographes qui assiégeaient son appartement londonien depuis dix jours.

« Tu as besoin d'être avec ta famille », lui avait répondu son agent avec bon sens. « En Australie, j'échapperais à ton contrôle ! » avait pensé Megan.

Comme si elle avait lu dans son esprit, Carole avait repris : « Qui sait de quoi tu serais capable, là-bas ! Il y a trop d'hommes attirants. »

Megan n'avait pu s'empêcher de rire même si c'était un rire douloureux. « Tu ne me fais pas confiance », avait-elle protesté.

« Comment le pourrais-je ? Tu gâches ta carrière et la mienne en même temps. On va jouer cartes sur table, Megan. C'est mauvais pour l'agence d'être associée à quelqu'un qui réussit si bien à détruire son avenir. On se demande partout pourquoi je ne t'ai pas arrêtée. Moi-même, je me le demande ! Tu n'es pas une pop star. On s'attend à tout des stars du show business, mais cela ne marche pas si tu veux te faire un nom en tant qu'actrice de talent ! Personne n'engagera une fille qui vient de démolir ce qu'on tenait pour l'un des rares couples solides de Hollywood. Les producteurs et les réalisateurs veulent des acteurs sans scandale ou, au moins, des acteurs capables de se faire passer pour des innocents. Celui qui sera un cauchemar pour leur chargé de relations publiques, ils n'en veulent pas ! A présent, les spectateurs ne verront plus à l'écran que "Megan la briseuse de ménage". Tes galipettes ont réduit à néant des années de travail ! Je ne sais pas très bien ce que tu peux faire pour t'en tirer mais tu as intérêt à rester tranquille pendant au moins six mois. Et quand je dis tranquille, ce n'est pas un vain mot. Tu ne sors pas, tu ne vas pas aux défilés de mode et tu évites de te faire tirer le portrait en train de t'amuser. Tu dois avoir l'air de quelqu'un qui a de gros regrets. »

Megan avait répondu d'un ton amer qu'elle regrettait réellement ce qu'elle avait fait.

« On n'a pas besoin de ce genre de paroles creuses, Megan ! avait repris Carole. Seule une idiote dirait qu'elle ne regrette rien. La question n'est pas là. Le public réclame ta tête sur un plateau. C'est le revers de la célébrité. Le public te la donne et il te la reprend. »

Megan s'était figée. Pendant quelques instants, elle avait eu envie d'expliquer à Carole ce qu'elle ressentait réellement, qu'elle aimait Rob Hartnell et que, sans cela, il ne se serait jamais rien passé. Elle se félicitait de n'avoir rien dit !

Carole avait une vision très simple de toute l'histoire : Megan avait eu une aventure irréfléchie avec une vedette de cinéma qui était aussi un homme heureux en ménage. Quand ils s'étaient fait prendre, au lieu de rester aux côtés de Megan, il avait pris la fuite. Trois vies étaient détruites, mais la sympathie publique allait à Katharine tandis que Megan passait pour la femme fatale qui avait séparé Rob de son épouse.

Rob avait choisi la solution la plus intelligente et n'avait pas attendu de voir les retombées. Il avait tout simplement disparu, comme seuls les gens très célèbres ou très riches peuvent le faire. Depuis ce jour – n'était-ce pas juste avant Noël ? – où un photographe les avait surpris en train de s'embrasser dans un minuscule bar de Prague, personne n'avait vu Rob Hartnell. « Moi aussi, j'ai le cœur brisé », aurait voulu crier Megan. Mais à quoi bon ? Personne, pas même son agent, ne se souciait de ce qu'elle éprouvait.

« C'est un suicide professionnel, avait poursuivi Carole. A quoi pensais-tu ? »

Megan avait mal mais se réjouissait d'avoir gardé ses sentiments pour elle. La *pensée* n'avait rien à voir dans tout cela, mais il valait mieux que Carole l'ignore. Il valait mieux que tout le monde l'ignore. La haine du public pouvait être douloureuse, mais cela valait encore mieux que la pitié.

« Maintenant, avait encore dit Carole, on ne peut compter que sur le temps pour arranger les choses, au moins dans les médias. »

Et moi ? Comment suis-je censée m'en remettre ? avait pensé Megan tout en disant : « Si je ne peux pas aller chez ma sœur, ma tante Nora de Dublin pourra me recevoir. »

Personne n'imaginerait qu'elle se cacherait là alors qu'elle avait tant d'amis dans la jet-set qui possédaient des yachts, des îles et des appartements à Manhattan. A vrai dire, ces amis s'étaient soudain faits rares. Katharine Hartnell avait trop de pouvoir dans le milieu du cinéma pour qu'on se risque à lui déplaire. Parmi les gens que Megan avait cru être ses amis, seuls quelques-uns lui téléphonaient encore, et plus par curiosité malsaine que par amitié sincère.

L'Irlande était bien le dernier endroit où l'on irait la chercher. Malheureusement, c'était aussi le dernier endroit où elle avait envie d'aller. Tante Nora ne la serrerait pas contre elle en l'appelant sa « pauvre chérie ». Ce serait plutôt : « Mais qu'est-ce que tu as fait ? »

Cela restait néanmoins un foyer et la presse n'en avait certainement pas connaissance. On avait beaucoup parlé de son enfance errante, d'une île exotique à une autre. Les journalistes s'étaient beaucoup plus intéressés à ses souvenirs de la Martinique ou de Formentera que de Dublin !

L'Irlande et tante Nora représentaient donc un parfait refuge, mais en réalité c'est chez Pippa qu'elle aurait voulu aller ; allongée sur le lit de la chambre d'amis sous le toit, elle y aurait lu des romans, à l'abri des téléobjectifs indiscrets dans les collines galloises. Il n'y avait qu'un problème : elle n'avait pas le droit de compromettre la famille de Pippa.

Quand elles étaient encore très jeunes, les ravissantes sœurs Flynn avaient fait sensation à Londres et même à Los Angeles. Rien ne semblait pouvoir les arrêter. Cela, comme tout le reste, avait changé. Pippa s'était rangée et, en dépit de tout son amour pour sa sœur, elle avait d'autres priorités à prendre en considération.

Deux jours avant son départ, à l'occasion de l'une de ses discrètes sorties dans Londres jusqu'à l'épicerie, Megan avait acheté un magazine de mode, celui-là même qui avait fait un reportage sur elle l'année précédente. Elle figurait également dans ce numéro, mais dans un long article signé d'une journaliste réputée sur les dégâts commis par les femmes prédatrices. Et elle, Megan Bouchier, était désignée comme la plus vile des coupables ! Horrifiée, elle avait jeté le magazine à la poubelle mais n'avait cessé d'y penser.

Elle en avait pleuré en parlant avec Pippa au téléphone. « Qui sont ces gens qui me haïssent autant ? Ce que les journalistes écrivent est si cruel. Les pires sont les femmes. Comment peuvent-elles être aussi méchantes ? »

Pour une fois, tout était silencieux chez Pippa. Normalement, quand elles se téléphonaient, c'était sur fond de cris d'enfants, d'aboiements, de rires ou de pleurs... Megan avait fini par s'habituer, non sans difficulté, aux exigences permanentes de l'entourage de sa sœur. A présent, Kim, quatre ans, et Toby, vingt mois, passaient en premier.

« Je ne sais pas », avait finalement répondu Pippa. A la fin d'une longue journée passée à s'occuper des deux petits, elle semblait trop fatiguée pour répondre à une question. « C'est peut-être comme un instinct de meute ? avait-elle dit. Comme les femmes se sentent menacées, elles s'en prennent à leur rivale. Il est plus facile de la voir comme la vile séductrice que de reprocher ses infidélités à son propre mari. Tu connais l'excuse habituelle : ce n'est pas sa faute, donc tu peux toujours lui faire confiance. C'est des autres femmes qu'il faut se méfier. »

Cela avait été au tour de Megan de rester silencieuse. Dès le début de l'affaire, Pippa avait été sa meilleure alliée. « Il t'a séduite, il t'a dit que son couple n'existait plus, donc c'est sa faute », avait-elle dit.

Même quand les journalistes avaient envahi sa ferme, effrayant les poulets si bien que deux d'entre eux s'étaient enfuis et avaient disparu, elle avait défendu Megan. Et soudain, elle ne le faisait plus. En fait, elle en avait assez de toute cette histoire et de ses conséquences dans son existence. Accoutumée à la moindre nuance dans la voix de sa sœur, Megan avait compris qu'elle ne voulait plus entendre parler de rien.

Il y avait pire : au lieu de la soutenir, Pippa avait pris de la distance et comprenait comment les autres femmes voyaient sa sœur. Megan ne savait pas ce qui lui faisait le plus mal : la disparition de Rob, le fait d'avoir été crucifiée par les médias, ou le fait que le scandale avait abîmé sa relation avec son aînée.

Recroquevillée dans son siège, Megan se demandait comment un amour aussi fort que celui qui les avait réunis, Rob et elle, avait pu engendrer tant de chagrin ?

Par le hublot, elle voyait les lumières de la baie de Dublin qui s'incurvait sous l'avion. Sa gorge se serra. Chez elle ! De bien des façons, c'était chez elle. Leur père était mort quand elle avait dix ans et Pippa treize. A partir de ce moment-là, leur mère si anticonformiste les avait fait vivre dans de nombreuses maisons, parfois celles de ses amants, parfois celles qu'elle louait. C'était dans celle de Peckham qu'elles étaient restées le plus longtemps, soit deux ans, alors que Megan commençait sa carrière d'actrice. Elle avait fait de son mieux pour ne pas donner son adresse, qu'elle ne trouvait pas assez flatteuse, sans compter qu'il y avait un affreux problème d'humidité. Chacune des trois chambres puait le moisi. Pippa avait même dû jeter sa veste en cuir favorite à cause des moisissures.

Pendant tout ce temps, la maison de Nora à Golden Square était restée leur seul point fixe. Bien sûr, ce n'était pas aussi excitant que la villa de la Martinique ni aussi branché que l'appartement de Madrid qui n'avait de toute façon duré que six mois : Pablo était quelque peu pervers et avait louché sur les deux filles de Marguerite, provoquant leur départ.

Rien de cosmopolite, d'élégant ou de branché à Golden Square. Megan avait quatorze ans quand elle s'y était installée pour deux ans et avait été inscrite à l'école du Sacré-Cœur. Pour elle, cela avait été l'endroit le plus ennuyeux au monde. Les seules boutiques intéressantes du quartier étaient la librairie et la boutique de fringues vintage où elle avait un jour déniché une écharpe Pucci en mauvais état pour cinq livres. La plupart des vêtements qu'on y vendait étaient horribles mais, en fouillant, on pouvait faire des affaires.

Golden Square était à la fois un endroit sans prétention et un foyer. Tout le monde connaissait Nora, l'appréciait et la respectait. Si elle oubliait son porte-monnaie en allant à l'épicerie du coin, le propriétaire lui disait avec un grand sourire qu'elle paierait une autre fois. Megan ne connaissait pas un seul autre endroit au monde où elle aurait eu ce genre de relations avec les gens.

L'avion s'inclina sur l'aile pour descendre en cercles au-dessus de Dublin, de plus en plus bas, comme le moral de Megan.

Quel sentiment horrible ! Elle avait complètement gâché sa vie à peine commencée. Elle avait voulu construire une vie droite, donner ce qu'elle avait de meilleur, se conduire avec intelligence et gentillesse et avait abouti dans un monde où il était plus facile de traîner dans des boîtes de nuit jusqu'à l'aube, de s'exhiber avec la bande d'une quelconque rock star, plus facile de faire les mauvais choix. Pendant tout ce temps, sa vie avait ressemblé à un film où elle jouait un rôle, faisait semblant d'être réelle. Elle avait eu l'impression que ses choix n'avaient aucune importance puisque le lendemain elle deviendrait un autre personnage.

Or, ce n'était pas un film et ses choix étaient réels, comme leurs conséquences. En quelques heures, son conte de fées s'était révélé terriblement réel et très laid.

Elle ignorait si Nora ou le réconfort apporté par l'ambiance de Golden Square arrangeraient quoi que ce soit. Une seule chose était sûre : elle aurait tout donné pour revenir en arrière et recommencer à zéro.

Nora Flynn raccompagna sa dernière cliente et verrouilla la porte de son cabinet avec un soupir de soulagement. L'épais rideau qu'elle tirait derrière sa porte signalait à ses habitués que la Clinique des Pieds de Golden Square était fermée. Cela avait été une longue journée. Nora avait eu sept rendez-vous et pour finir, à dix-huit heures, une femme très pénible. Elle voulait qu'on s'occupe d'une mycose infectée des ongles, mais voulait savoir si cela l'obligeait à enlever son vernis.

« Pardon ?

— Je viens de me faire faire une pédicure, je ne veux pas que cela n'ait servi à rien.

— Je suppose que vous plaisantez ? » avait demandé Nora.

La femme l'avait dévisagée. Nora avait des cheveux gris raides comme des baguettes de tambour qu'elle ne teignait pas et ne portait pas la moindre trace de maquillage.

« Vous ne comprendriez pas, avait répondu la cliente.

— En effet. »

Nora pouvait se montrer d'une patience infinie, mais quand cette femme était enfin partie en se lamentant sur sa pédicure fichue en l'air, elle avait eu envie de hurler : *La peste t'étouffe !* Vraiment, l'enfer, c'était les autres.

39

Elle consulta sa montre. Dix-huit heures trente. Megan devait être dans l'avion. Au téléphone, Nora lui avait dit de prendre un taxi. « Inutile que j'essaie d'arriver à temps avec les embouteillages du soir. » Megan avait acquiescé d'une voix tremblante en essayant de ne pas montrer sa déception. Nora, qui avait remarqué la réaction de Megan, avait rapidement changé de sujet.

« Veux-tu que je te prépare un dîner ou auras-tu mangé dans l'avion ?

— Ne t'embête pas avec la cuisine », avait répondu Megan. Cette fois, sa voix ressemblait beaucoup plus à la Megan que connaissait Nora et moins à la star soutenant que la célébrité n'avait rien changé...

Cela lui ferait du bien de revenir à Golden Square, pensa Nora. Là, personne ne la pourchasserait. Il n'y avait qu'elle, Nora, et elle n'avait pas l'habitude de courir après les gens, surtout pas avec ses genoux en mauvais état ! Elle était contente de ne pas avoir à faire la cuisine. Elle connaissait ses limites et la cuisine en faisait partie. Un morceau de saumon dans le micro-ondes et du riz complet, ce serait parfait.

Son cabinet de pédicure médicale occupait le rez-de-chaussée de sa maison. D'habitude, elle le partageait avec Kevin, qui était un excellent professionnel, mais il avait pris une semaine de congé pour faire du surf. Nora avait fait remarquer que ce devait être difficile mais, avec une naïveté d'enfant, Kevin avait répondu : « Non, pas pour moi. » Et, avait pensé Nora, il avait probablement raison. Sa naïveté ne l'empêchait pas d'être très doué.

Elle éteignit toutes les lampes et ouvrit la porte donnant sur l'escalier par lequel elle accédait au reste de la maison. Elle occupait les deux étages du haut. L'appartement de l'entresol était loué à deux jeunes filles. Elles

40

avaient d'abord travaillé dans une banque mais l'avaient quittée pour travailler dans un bar. Avec leurs seuls pourboires, elles gagnaient beaucoup plus qu'avant. L'accord entre elles et Nora stipulait qu'elles avaient le droit de faire une fête tous les deux mois et, jusque-là, elles avaient respecté le marché. En général, elles invitaient Nora. Elle restait une heure pour montrer qu'elle n'était pas une vieille fille aigrie puis montait se coucher avec une tasse de chocolat, de gros bouchons d'oreille et son masque en soie pour les yeux.

Les deux locataires avaient aussi accès au jardin de derrière, même si, les matins de week-end, Nora n'était jamais dérangée par elles. Comme les vampires, elles se levaient rarement avant midi, mais elles avaient quand même l'air de mortes-vivantes !

Ce soir-là, Nora se dit qu'elle pourrait s'asseoir à la fenêtre côté jardin en buvant un verre de vin pour se préparer à recevoir Megan. Elle n'aimait pas recourir à un produit non naturel pour se détendre, mais la journée avait été épuisante et elle redoutait un peu l'arrivée de sa nièce. Megan croyait que tout le monde, à Golden Square, ignorait l'histoire, comme si l'Irlande était un trou perdu, dépourvu de journaux ou d'Internet. Comme tous les jeunes, elle imaginait que la ville où elle se trouvait constituait le centre de l'univers. Quiconque n'y habitait pas était à plaindre.

Or, Nora savait tout. Quelques jours auparavant, Prudence Maguire, qui habitait de l'autre côté de la place, avait failli éclater de rire lorsqu'elle avait cru lui révéler la nouvelle.

« Votre Megan s'est mise dans une jolie situation, dirait-on. Une histoire avec un homme marié, ça a brisé son couple d'après ce qu'on dit dans les journaux. Au cas où vous ne le sauriez pas », avait conclu Prudence avec un sourire venimeux. Elles faisaient la queue à l'épicerie pour payer. Dans son panier, Nora avait du lait de soja, des citrons pour son thé et une boîte de thon garantie sans dauphin. Prudence avait un gâteau au chocolat soldé à moitié prix et une bouteille de lambrusco cachée sous un exemplaire de l'*Irish Times*. Nora le savait parce qu'elle l'avait vue la prendre.

Elle n'avait pas l'intention d'en faire la remarque, pas plus qu'elle n'adressait un mot de reproche à ses locataires qui buvaient en une seule soirée une quantité d'alcool égale à celle à ne pas dépasser en deux semaines. Nora ne disait pas aux autres ce qu'ils devaient faire. Elle n'y croyait pas. Chacun doit tracer son propre chemin, telle était sa devise. Si Prudence voulait être une horrible garce, détruire ses artères à coups de cholestérol et se transformer en vieille pocharde, toute seule chez elle, Nora se gardait bien de faire la moindre remarque.

« Merci de m'en parler, Prudence », avait calmement répondu Nora en remontant ses lunettes sur son nez pour bien voir le sourire ravi de l'autre. « Quelle belle journée nous avons eue, n'est-ce pas ? Cela fait du bien de pouvoir se réchauffer un peu les os ! »

Le sourire de Prudence s'était effacé. Elle n'avait pas l'habitude que l'on accueille ses commérages avec tant de politesse. Normalement, ses victimes se montraient blessées ou prêtes à lui taper dessus. Nora Flynn avait conservé tout son calme, son visage rond aussi serein que d'habitude. Même ses longs cheveux gris souplement attachés sur la nuque dégageaient une forme de sérénité. Vieux chameau ! pensa Prudence. Elle devait faire pousser des champignons de sorcière dans son jardin ! Nora avait au moins soixante-cinq ans et elle en paraissait cinquante ! En plus, elle était toujours aussi énergique. Elle devait se droguer ! Tous ces fanas des méthodes de santé alternatives faisaient pousser de la marijuana en prétendant que c'était pour des raisons de santé.

De son côté, Nora savait qu'il valait mieux laisser Prudence dire ce qu'elle savait. Les nouvelles se répandaient autour de la place à toute vitesse et, de cette façon, tout le monde aurait dépassé le stade de la gêne quand Megan arriverait. Même Kevin, qui lisait peu, l'avait vu dans la presse.

« Pauvre Megan ! avait-il dit. C'est ennuyeux, n'est-ce pas ?

— Oui, c'est ennuyeux », avait répondu Nora.

C'était une des raisons qui lui faisaient aimer Kevin. Il n'aurait aucun de ces regards fuyants, trahissant un jugement sévère à l'égard de Megan. Kevin savait qu'il peut y avoir des accidents dans la vie et qu'elle ne s'arrête pas pour autant. Il disait volontiers qu'on ne peut pas empêcher les ennuis de vous tomber dessus. C'était une philosophie rassurante, même s'il l'exprimait parfois d'une façon beaucoup plus crue !

Quand Nora ouvrit la porte de son appartement, elle vit Leonardo et Cici, ses deux chiens, qui l'attendaient en battant énergiquement de la queue. Leonardo, qui était à moitié lévrier et tremblait facilement, se lança dans sa fébrile danse d'accueil. Cici, qui avait surtout du sang de shih tzu, se conduisait en véritable tyran, bondissant comme un chien privé de caresses depuis au moins trois heures et prêt à appeler la SPA.

Nora les caressa tous les deux. « Vous avez déjà eu une promenade à l'heure du déjeuner, et ce matin aussi ! Vous n'avez pas honte ? » Elle enfila quand même un cardigan et son duffle-coat. La mode ne l'intéressait pas beaucoup. Des chaussures plates, un pantalon confortable et une chemise portée par-dessus, c'était son style. Elle variait les couleurs et les étoffes, mais la plupart du temps elle s'habillait de la même façon, peu importe les circonstances. Comme ceux de sa mère, ses cheveux étaient devenus gris alors qu'elle n'avait pas encore trente ans. Elle les attachait sur la nuque ou en faisait une tresse. En été, elle protégeait sa peau avec un écran solaire et en hiver, avec une crème hydratante. Pas de gloss sur les lèvres, mais un baume transparent. A l'époque où Megan et Pippa, jeunes adolescentes, vivaient avec elle, elles se plaignaient de l'absence de produits de maquillage avec lesquels elles auraient pu s'exercer. A présent, utilisant l'expression française, Pippa la définissait comme une femme *bien dans sa peau.*

Pippa comprenait les choix de sa tante, mais pas Megan, qui travaillait dans un milieu où l'apparence était tout, et où l'on n'avait plus de temps pour s'occuper de sa vie intérieure. Le jour où Megan avait annoncé qu'elle voulait devenir actrice, Nora avait eu une mauvaise impression. Elle voyait le théâtre et les actrices d'un mauvais œil. Evidemment, tous ces gens, hommes et femmes, étaient des « acteurs », à présent ! Encore une ânerie ! C'était un métier très incertain. Seuls quelques veinards arrivaient à en vivre. Les autres se débattaient sans fin dans l'espoir de percer. Nora savait que Megan aurait la tête tournée par ce milieu si brillant en apparence. Elle avait eu raison.

Les aboiements excités des chiens la firent se hâter pour ouvrir la porte. Tandis qu'ils sortaient dans la nuit, elle admira une fois de plus la beauté du spectacle offert par les lumières autour de la place. Les habitants de Golden Square pouvaient être répartis en deux groupes : ceux qui possédaient une maison entière, deux voitures et avaient un employé pour tondre leur pelouse ; et les familles qui vivaient ici depuis des lustres et n'auraient plus pu acheter une maison, même avec la chute des prix, mais attendaient le prochain boum immobilier. Ces familles-là tondaient elles-mêmes, louaient parfois des parties de leur maison et regardaient avec envie les fenêtres à double vitrage de leurs voisins.

Nora appartenait à la deuxième catégorie. Ses parents avaient hérité de la maison et s'y étaient installés dans les années 1940, non sans angoisse. Ils sortaient d'un minuscule appartement situé au-dessus d'un magasin de vêtements pour hommes dans Camden Street et tremblaient à l'idée de ne pouvoir payer le chauffage ou l'entretien d'une habitation qui, par comparaison, leur semblait immense.

Ils étaient très fiers de leur nouveau foyer mais ne s'étaient jamais départis d'une certaine gêne liée à l'élégance du quartier, comme s'ils n'avaient pas tout à fait le droit d'y vivre.

Aucune maison n'avait de fenêtres aussi propres ni de jardin aussi bien désherbé que la leur à l'époque, comme si cela compensait le fait qu'ils avaient dû refaire les peintures eux-mêmes. Cependant, ils n'avaient aucune notion de ce qu'était un jardin et se contentaient de tondre la pelouse très court. Il leur fallut des années avant de pouvoir s'offrir les services d'un couvreur pour réparer le toit. En cas de fortes pluies, la mère de Nora arpentait nerveusement toutes les pièces, guettant les nouvelles taches d'humidité.

Un de leurs plus grands soucis avait été le comportement des locataires de l'entresol. Nora se souvenait de sa mère priant pour que les prochains soient des gens tranquilles. « Je vais dire une neuvaine à saint Jude », annonçait-elle. Les neuvaines se révélaient parfois efficaces mais pas toujours. Les parents de Nora ne se demandèrent jamais pourquoi. Ils l'acceptaient, sans plus. Il ne leur appartenait pas de discuter les choix de Dieu.

S'ils avaient pu la voir en cet instant ! pensa tristement Nora. Ils lui auraient dit de garder les chiens en laisse et son père l'aurait suivie, sac plastique à la main, prêt à ramasser les inévitables déjections canines.

En principe, on devait garder les chiens en laisse dans le jardin, mais il était assez facile de savoir quels animaux étaient présents et s'il était possible de détacher Leonardo et Cici. Ce soir, il n'y avait aucun risque. Nora libéra ses chiens et les laissa se précipiter vers un accueillant lampadaire. Elle s'assit sur son banc préféré, étendit ses jambes devant elle et laissa les tensions de la journée se dissoudre. Il n'y avait que deux ou trois personnes, à part elle. Nora s'entendait bien avec tous les propriétaires de chiens de la place. Avoir un chien changeait les gens. Cela les rendait plus gentils, plus conciliants.

Prudence Maguire n'avait pas de chien. Rien d'étonnant ! D'après une rumeur, sa fille avait eu un hamster, mais il s'était échappé et Prudence avait refusé de démonter le divan pour le chercher. Nora imaginait un hamster fantomatique grattant sans cesse à l'intérieur du divan avec de lugubres couinements de détresse que Prudence s'appliquait à ignorer.

Elle consulta sa montre. Presque dix-neuf heures. Megan avait dû atterrir et serait bientôt dans un taxi. Nora ferma les yeux et, pour la première fois de sa vie, souhaita que sa nièce ne vienne pas. Elle avait tout fait pour essayer de jouer un rôle stabilisateur dans la vie

46

de Megan et de Pippa. Son frère, Fionn, aurait aimé que sa grande sœur s'occupe de ses filles après sa mort, mais cela n'avait pas été facile. Marguerite, leur mère, était l'exact contraire de Nora. Elle vivait dans un état de bonheur permanent, presque enfantin, avec une tendance pour les aventures les plus folles et les coups de foudre irrésistibles.

Marguerite faisait partie de ces femmes qui ont absolument besoin d'un homme dans leur vie et, même si elle adorait Fionn, il n'était pas enterré depuis longtemps qu'elle cherchait déjà un autre homme fort pour s'occuper d'elle.

Marguerite avait aussi des conceptions très personnelles concernant l'éducation de ses filles. Le jour où les carottes qu'elles avaient semées dans le jardin de Nora n'avaient pas poussé, Marguerite en avait acheté qu'elle avait plantées telles quelles. Ensuite, elle avait fait semblant de les récolter.

« C'est impensable ! avait dit Nora sans pouvoir s'en empêcher. Comment apprendront-elles ce qu'est la vraie vie si tu leur racontes des histoires ?

— Ce ne sont que des carottes ! avait répondu Marguerite en riant. Ne sois pas si sérieuse, Nora ! »

A présent, Marguerite se faisait bronzer à Ibiza avec son dernier coquin et, apparemment, ne s'inquiétait guère pour Megan. D'après Pippa, qui l'avait appelée pour l'informer, elle aurait répondu : « Ma chérie, ça se tassera ! »

Nora n'avait pas parlé avec Marguerite depuis des années. Même s'il était impossible de tuer quelqu'un par téléphone, Nora ne voulait pas en prendre le risque ! Et maintenant, c'était à elle de recoller les morceaux. Mais comment ? Megan ne savait toujours pas que les belles carottes bien propres n'apparaissent pas deux semaines après que l'on a semé les graines.

Le lecteur de cassettes du taxi déversa de la musique marocaine pendant tout le trajet. Le chauffeur, un homme très mince à la peau sombre, avec de longs doigts d'artiste qui tapaient le rythme sur le volant, n'adressa pas un seul mot à Megan. Quand elle lui avait donné l'adresse de Nora, il s'était contenté d'un « Très bien ».

Il ralentit en arrivant à Golden Square. « C'est ici », dit-elle.

« Très bien », répéta-t-il en freinant.

Megan le paya et ajouta un généreux pourboire. Elle avait appris que, si l'on n'a pas envie de parler, c'était une bonne solution, un peu comme si l'on disait : « Je ne me conduis pas en chameau mal élevé sous prétexte que je suis célèbre, je vous le jure, mais voici un bon pourboire pour m'assurer que vous m'aimez bien. »

« Très bien », dit encore une fois le chauffeur. Apparemment, c'étaient les seuls mots qu'il connût de cette langue étrangère pour lui. Pauvre homme ! pensa Megan. Lui non plus n'était pas chez lui. Elle traîna sa lourde valise sur le trottoir, frissonnant dans la nuit froide.

Megan ne se souvenait pas du jour où elles étaient venues habiter chez Nora, Pippa et elle, comme si leur tante et sa maison de Golden Square, étroite et originale, avaient toujours fait partie de leur vie. Elle savait pourtant que ce n'était pas le cas. C'était seulement après la mort de leur père qu'elles avaient commencé à faire de longs séjours chez Nora. Même si personne n'en avait jamais parlé, il était évident que leur mère avait très mal supporté de perdre son mari.

Le petit univers de Golden Square, avec l'incessante suite de locataires intéressants à l'entresol, divers chiens tous plus bâtards les uns que les autres, des chats et même une fois une perruche, avait comblé le vide laissé par leur père. Tout le monde semblait oublier que le défunt était le frère de Nora. Elle avait autant de raisons de pleurer que leur mère. Or, elle n'avait jamais parlé de son chagrin. Elle les avait simplement prises en charge quand on avait besoin d'elle, pour les vacances d'été, à Noël, oubliant sa propre peine pour accomplir son devoir.

Nora avait dû guetter l'arrivée de Megan, car la porte s'ouvrit et elle apparut, silhouettée contre la lumière de l'entrée, essayant de retenir deux chiens en train d'aboyer.

— Bonsoir ! cria Megan en faisant rouler sa lourde valise dans l'étroite allée du jardin.

Le taxi avait à peine eu le temps de démarrer qu'elle avait commencé à pleurer. Nora renonça à retenir Cici et Leonardo. Elle ouvrit la porte en grand et serra Megan dans ses bras. Les chiens sautaient gaiement autour d'elles.

— Tu es là, dit Nora à mi-voix. Tu verras, Meg, tout ira bien.

En entendant le diminutif qu'elle préférait quand elle était petite, Megan se sentit plus triste encore. Elle avait eu de si beaux projets !

— Nora, j'ai tout gâché.

— Ne dis pas de sottises !

Ce n'était pas le moment de lui faire un sermon, s'était dit Nora. Elle aida Megan à porter sa valise, rappela les chiens et referma la porte.

— Tu as fait une erreur, dit-elle. Cela arrive à tout le monde. Tu as l'impression que le monde s'est écroulé, mais ça s'arrangera.

En dépit de ses larmes, Megan sentit aussitôt poindre sa vieille colère. Nora s'adressait toujours à elle comme à une petite fille ! Il n'était pas question d'une bêtise d'écolière, mais de la destruction de sa vie et de sa carrière. A vingt-six ans, elle n'était plus une gamine !

— Viens en haut ! J'ai préparé une pleine théière de camomille au citron. Il y en a assez pour deux. Et après, *Bondi Vet* repasse à la télévision. Ce soir, c'est l'épisode du perroquet sous Prozac, ça va te plaire !

Nora adorait les émissions animalières, depuis les documentaires sur les animaux sauvages du bush jusqu'aux histoires de chats sauvés d'un sort affreux aux mains de malades qui les laissaient mourir de faim. Elle les regardait toutes.

Megan avait espéré passer la soirée en parlant à quelqu'un qui l'aimait et la comprendrait. Peut-être pourrait-elle enfin se libérer et tout dire à Nora ! Mais non : elles allaient regarder des histoires d'animaux à la télévision ! A tout prendre, cela valait encore mieux que de se faire sermonner par sa tante.

— Chouette ! dit-elle avec un enthousiasme feint.

Ce dont elle avait vraiment envie, c'était d'un verre de vin blanc bien frais et d'un bain chaud. Hélas, ni l'un ni l'autre ne semblaient figurer au menu !

Quant aux chiens, ils partagèrent leur trop-plein d'affection entre elles deux. Cici s'autoproclama « soigneuse » de Megan et s'installa sur ses genoux en attendant les caresses. Leonardo, que toute cette nouveauté si excitante faisait trembler, s'étendit sur le canapé à côté de Nora, sa tête soyeuse posée sur sa cuisse.

Personne ne pouvait résister à une double dose de *Bondi Vet* ni aux câlins de Cici ! Nora vit sa nièce commencer à se détendre. Megan venait d'enlever ses chaussures pour s'asseoir en tailleur dans son grand fauteuil, réinstallant Cici de façon à la tenir encore plus près d'elle. Nora fit semblant de regarder son émission et observa Megan du coin de l'œil.

La beauté de sa nièce avait été une vraie surprise dans la famille. Marguerite était mignonne à sa façon blonde et primesautière. Pippa lui ressemblait. Grand et séduisant, Fionn donnait une impression de force mais n'avait rien d'un jeune premier ! Et pourtant, Megan était apparue, une authentique beauté, même toute petite. A l'adolescence, elle n'avait connu aucune des tortures habituelles concernant l'apparence, ni acné ni problèmes de dent, absolument rien ! La petite fée mince qu'elle avait été dans son enfance avec ses parfaits cheveux blonds et ses yeux vert foncé pleins d'interrogations s'était transformée en une fée adulte toujours aussi mince, avec une peau comme éclairée par une lumière, une lumière venue de l'intérieur et qui la distinguait aussitôt. Quand Nora sortait avec Pippa et Megan, les gens dévisageaient Megan. Personne ne l'avait jamais prise pour leur mère, ce qui aurait pu la blesser mais elle ne souffrait pas de sa propre banalité. C'était comme la longueur des jambes : on n'y peut rien.

Personne ne s'était étonné quand le cinéma et la télévision s'étaient enthousiasmés pour Megan. Dans son enfance, elle avait interprété un petit gangster dans une adaptation théâtrale de *Bugsy Malone* et, déjà, elle avait fait sensation. Elle était lumineuse.

A présent, se dit Nora, Megan semblait éteinte. Elle portait la même tenue que les autres jeunes femmes de sa génération : un jean loose d'adolescent, des chaussures de course à lacets et un immense sweat-shirt gris qui la faisait paraître minuscule. Elle avait le teint gris, semblait amaigrie et, en l'absence de tout maquillage, ses cheveux ultrablonds paraissaient un peu minables. Cela lui donnait même l'air d'une fille des rues, pensa Nora à son grand regret.

Un de ses clients avait laissé à son cabinet un journal où se trouvait l'unique interview donnée par une proche de Katharine Hartnell. Nora l'avait lue. Racontée sans les habituelles précautions à l'égard des célébrités, l'histoire paraissait poignante et très triste. Il ne s'agissait pas de démolir une petite actrice qui avait essayé de s'immiscer dans un solide couple de vedettes de l'écran. Simplement, on racontait comment cela avait brisé le couple des Hartnell et détruit Katharine.

Non, décida Nora, elle n'en parlerait pas à Megan ce soir. D'ailleurs, que pouvait-elle dire ? Elle n'avait pas l'expérience nécessaire pour conseiller Megan en ce domaine. C'était tellement éloigné de son univers qu'elle n'aurait même pas su par où commencer. Par contre, tout en fixant l'écran sans voir les vétérinaires de Sydney tenter de sauver un chien mordu par un serpent, elle songea qu'elle avait trahi son frère. Il n'aurait pas voulu qu'une aussi triste histoire arrive à l'une de ses filles adorées.

3

Le pain

Pour faire du bon pain, il faut de la bonne farine. Ne sous-estime pas l'efficacité d'un bon pain au lait avec du beurre fraîchement baratté quand tu es fatiguée et que tu as envie de te reposer au coin du feu, ni d'un bon pain complet pour accompagner un morceau de fromage quand tu as besoin de reprendre des forces.

J'ai mis longtemps avant de savoir faire du pain, car ma mère ne mesurait jamais rien. Elle se contentait de prendre les ingrédients par poignées. De la farine, du babeurre qui restait du barattage... J'ai ma recette et je peux te dire que la farine nous a fourni plus que du pain. Grâce à elle, nous avons eu des draps en lin !

Tu sais, Eleanor, je n'ai jamais pensé que nous étions pauvres. Nous avions exactement la même chose que tout le monde à Kilmoney, c'est-à-dire presque rien. Mais ce n'était pas de la pauvreté. Il y avait une petite vieille dans une masure au bord de la route côtière. Elle, pour nous, elle était pauvre. Le dimanche à la messe, on la voyait avec sa robe portée à l'envers. D'ailleurs, on pouvait à peine parler d'une robe. Elle était aussi maigre que si elle souffrait de consomption, et il ne lui restait pas une seule dent. Tu vois, pour nous, c'était ça, la pauvreté. Le potager nous fournissait toujours quelque chose à manger. Il y avait les poules, les canards et les vaches. Quant au feu, tant qu'on pouvait emprunter un âne pour aller dans les tourbières, on avait de quoi se chauffer. Ta tante Agnes savait tout faire et, grâce à elle, nous avons toujours été correctement habillées.

Agnes avait découvert l'existence des belles affaires quand elle s'était placée comme domestique. Elle travaillait pour le capitaine et Mme Fitzmaurice et n'aurait laissé personne en dire du mal.

Elle disait toujours que des draps en lin représentaient le comble du luxe. Eh bien ! répondait mon père, nous avons des draps en lin. Et c'était vrai ! La farine était livrée en sacs de cinquante kilos fabriqués en grosse toile de lin. Après les avoir vidés dans le baril à farine, maman défaisait les coutures des sacs. Ensuite, elle les lavait, les faisait blanchir au soleil dans les prés, puis les assemblait pour faire des draps.

Maman avait appris à faire de la dentelle de tricot avec le fil des sacs. Quand elle est tombée malade, j'ai pris la suite.

Je me disais toujours que si des gens comme Mme Fitzmaurice devaient vivre dans un petit cottage de trois pièces comme nous, ce serait très pénible pour des gens habitués au lin fin. Mais nous, cela nous plaisait. C'était chez nous. Le capitaine et Mme Fitzmaurice n'ont jamais eu d'enfants. Elle s'intéressait tellement à toi, Eleanor, quand tu étais petite, que, à mon avis, elle aurait aimé en avoir un ou deux. Pour toutes ces raisons, je n'ai jamais considéré que nous étions pauvres. A mes yeux, nous avions tout.

Il faisait froid en ce mercredi soir de janvier. Rae Kerrigan se tenait sur son minuscule balcon qui surplombait Golden Square. Elle observait une fille aux longs cheveux noirs qui longeait la place côté est. Elle devait avoir environ vingt ans. Avec ses cheveux et sa longue écharpe rayée qui flottait derrière elle, elle rappelait à Rae sa propre jeunesse. Elle marchait avec l'énergie et la détermination de son âge, à longues enjambées. Vêtue d'un jean, elle portait allègrement ce qui semblait être un énorme sac à dos. A une époque, Rae portait la même écharpe et était aussi mince. Elle marchait aussi très vite, ses longs cheveux noirs au vent. Les hommes devaient aimer les cheveux de cette fille. Ils avaient beaucoup aimé ceux de Rae.

Un de ses petits amis l'avait suppliée de ne jamais les couper. « Tu ressembles à Ali MacGraw dans *Love Story*. » C'était l'aube et, dans leur minuscule studio, ils buvaient du vin après avoir passé toute la nuit à un concert de folk sur le campus de Galway. La femme qu'était devenue Rae sourit avec amusement à ce souvenir et prit conscience que cela remontait à plus de trente-cinq ans.

Son petit ami aurait eu un choc en la voyant ; ses longs cheveux noirs, coupés à hauteur d'épaule, avaient à présent une belle teinte fauve. La coiffeuse lui faisait des mèches d'un châtain plus clair pour cacher les cheveux gris apparus dès la quarantaine. Par contraste, ses sourcils joliment arqués étaient restés d'un noir d'ébène. Soulignant le regard chaleureux de ses yeux profondément enfoncés sous l'arcade sourcilière, ils contribuaient à lui donner une expression pensive et pénétrante.

Le jeune homme aux molles boucles brunes avait certainement changé, lui aussi. Il devait autant ressembler au sérieux étudiant en philosophie du passé, qu'elle à la jeune fille qu'elle avait été. Elle allait avoir cinquante-huit ans et sa vie avait suivi des chemins qu'elle n'aurait jamais imaginés.

Elle s'était mariée, avait eu Anton, son fils bien-aimé, et elle avait renoncé à sa carrière dans les ressources humaines pour quelque chose d'un peu différent. En dépit de ce qu'elle avait cru de nombreuses années auparavant, tout avait bien tourné. Enfin, presque tout...

Un jour, elle avait lu un dicton d'une tradition spirituelle qui résumait sa vie d'avant : pour que ton cœur s'ouvre, il doit d'abord être brisé. Or, Rae avait vraiment eu le cœur brisé, mais elle s'en était remise, plus ou moins.

La passante qui avait réveillé ses souvenirs était arrivée au coin de la place et disparut. Rae lui souhaita d'avoir une vie plus facile qu'elle-même au même âge. Elle ne souhaitait à personne de connaître ce qu'elle avait vécu.

Elle but une gorgée de thé brûlant. Le soleil était bas dans le ciel et sa lumière lui parvenait entre les branches des deux érables qui poussaient devant son balcon. Elle aimait l'air frais de la soirée. En hiver, elle ne restait qu'un bref moment sur son balcon, mais en été, elle s'y attardait. C'était ce qu'elle préférait : s'asseoir, une tasse de thé à la main, sur ce minuscule balcon du premier étage de son étroite maison blanche pour regarder Golden Square qui s'étalait à ses pieds, les portes-fenêtres ouvertes laissant venir la musique derrière elle.

Elle n'avait pas la place d'y installer un véritable mobilier. Plutôt qu'un balcon, c'était une saillie à l'extérieur de la chambre principale. Cela ne l'empêchait pas d'être un endroit idéal où s'accouder à la balustrade de fer forgé en réfléchissant aux événements de la journée.

Le soir, tout était comme atténué. Les voix devenaient moins fortes, les voitures roulaient plus lentement, même les chiens aboyaient avec une certaine nonchalance. C'était la fin de la journée, le moment de se détendre. Il faudrait pouvoir conserver certains moments comme du bon vin, pensa Rae. Une fin d'après-midi comme celle-ci serait très thérapeutique : si vous vous sentez tendus, prenez deux cuillères de *Paisible Crépuscule de janvier*, une goutte d'*Attente du réveillon* et une bonne dose d'*Aube d'hiver*.

Dommage que ce ne soit pas si facile.

Ils avaient tous de la chance de vivre à Golden Square. La plupart des maisons étaient de beaux bâtiments anciens en brique rouge, certaines étroites et à trois niveaux comme celle de Will et Rae. Il y avait aussi deux cottages, une rangée de villas des années 1930 et un immeuble.

D'un côté de la place se trouvaient quelques magasins, dont un boucher, et The Nook qui vendait de tout, de l'aspirine jusqu'aux pommes. Il y avait aussi un pressing, un petit restaurant qui changeait de propriétaires tous les ans, et le pub local, qui marchait très bien. On y vendait des sandwiches au fromage industriel avec du pain blanc industriel.

Chaque année, les nouveaux propriétaires du restaurant entraient à l'Old Claddagh Bar, jetaient un regard dédaigneux aux sandwiches et à la tomate en plastique qui servait de récipient à ketchup. Ils repartaient en souriant, convaincus que le pub local ne constituait pas un rival sérieux. Ils feraient connaître la ciabatta et la soupe miso aux locaux, et personne n'aurait plus envie de déjeuner au pub. Or, à la fin de l'année, c'étaient eux qui repartiraient, la queue entre les jambes, ayant découvert trop tard que, dans ce quartier, on aimait avoir un sandwich au fromage fondu avec sa bière pour le déjeuner et qu'on trouvait la ciabatta dure et sèche.

Niché entre The Nook et l'Old Claddagh Bar se trouvait l'unique autre endroit qui avait survécu à la malédiction des restaurants de Golden Square, le Titania's Palace Tearooms. Rae s'en occupait depuis quinze ans. Elle le voyait depuis son balcon, une façade peinte en vert olive profond, avec deux vitrines. Le nom était écrit en lettres d'or cursives au-dessus de la porte et une enseigne en fer forgé à l'ancienne le répétait : *Titania's Palace Tearooms*.

Le salon de thé marchait très bien, car Rae et Timothy, le propriétaire, avaient depuis longtemps compris que, pour faire venir les gens, il valait mieux un endroit simple et confortable. On pouvait entrer et s'asseoir tranquillement pour lire la presse du jour sans que personne ne vienne vous parler si vous n'en aviez pas envie. Dans le cas contraire, vous pouviez y trouver une agréable compagnie. On pouvait aussi déguster des cupcakes roses ou des muffins basses calories. D'après la théorie du management de Rae, à partir du moment où un client avait fait l'expérience de l'accueil du Titania's Palace, il ne pourrait pas s'empêcher de revenir.

Rae aimait beaucoup l'ambiance du Titania's.

« C'est tellement tranquille », disait-elle à Will.

Pour la taquiner, il lui répondait : « C'est toujours affreusement bruyant quand j'y entre. »

Elle rétorquait que c'était un bruit agréable.

C'était vrai. Ce qu'on entendait, c'étaient des gens qui s'amusaient, se parlaient, riaient, se saluaient de la main dans l'ambiance rassurante du salon. D'après

Anton, son fils, il y avait certainement un champ de force invisible autour du Titania's et, dès qu'on entrait, on restait coincé dans un autre univers.

Cela faisait rire son père. « Tu devrais moins regarder *Star Trek*, disait-il. Tu finiras par apprendre le klingon. »

De son balcon, Rae vit sa voisine, Claire, qui remontait l'allée de sa maison chargée d'un sac de courses. Claire portait son manteau de velours rose à faux col de fourrure. Cela faisait vingt ans qu'elle le portait. Rae se souvenait du jour où elle l'avait acheté. Cela avait fait scandale auprès de certains membres de l'association des résidents, en particulier Prudence Maguire, qui éprouvait une horrible jalousie à l'égard de la blondeur séduisante de Claire et de la façon décontractée dont elle assumait sa sexualité.

Non sans ironie, alors qu'elle était toujours la première à dénoncer la délinquance des jeunes et les fautes morales de tout le monde, c'était Prudence qui s'était coupée de sa famille. Les enfants de Claire et Evan étaient devenus des adultes agréables et attentionnés qui réussissaient leur vie. Quand la fille de Claire, Rachel, arrivait avec sa famille, les fenêtres de la voiture ouvertes et la musique à fond, les enfants se précipitaient pour sortir en riant et en bavardant, pressés de voir leurs grands-parents.

Que ce soit depuis son refuge sur le balcon ou derrière la vitrine du salon de thé, Rae voyait la maison de Prudence presque en permanence. Jamais il n'y avait de petits-enfants qui s'échappaient d'une voiture en riant pour venir la voir. Rae ne l'aimait pas beaucoup, mais elle avait pitié d'elle.

Prudence lui rappelait un peu sa belle-mère, Geraldine Kerrigan. Les deux femmes avaient en commun de juger tout le monde et de ne voir que le côté négatif des choses. Il n'y avait qu'une différence : Rae n'était pas obligée de passer du temps avec Prudence tandis que Geraldine déjeunait souvent avec eux le dimanche. Rae aimait la lenteur des dimanches sauf quand Geraldine venait, ce qui se produisait de plus en plus fréquemment avec les années.

Jamais les choses n'étaient faites comme Geraldine les aimait. Ou bien la table était trop décorée ou bien Rae s'était donné trop de mal. Le rôti était trop cuit ou pas assez. Les légumes ne convenaient pas à une personne à l'estomac fragile, ou bien la purée de carottes était destinée à des édentés...

Geraldine avait pourtant fait une chose merveilleuse dans sa vie ; elle avait donné naissance à Will, le mari de Rae. Rencontrer Will avait été un des deux grands bonheurs de sa vie, la naissance de son fils, Anton, étant l'autre. A présent, devenu adulte, il vivait à Londres où il travaillait à plein temps pour un magazine politique où il avait fait un stage pendant ses études de sciences politiques. Parfois la vieille maison blanche semblait vide sans lui, sans sa voix qui hurlait depuis le frigidaire ouvert : « Qu'est-ce que je peux manger, maman ? » C'en était également fini des pas bruyants dans l'escalier à n'importe quelle heure.

Rae avait partiellement compensé l'absence de son fils en consacrant plus d'heures de travail bénévole à Community Cares, une association locale d'entraide parfois considérée comme un système social parallèle. On y aidait les gens quand il n'y avait personne d'autre pour le faire, sur le plan financier ou amical.

A présent, son thé était presque froid. Elle était restée trop longtemps sur son balcon à réfléchir. Rae termina sa tasse, rentra dans sa chambre et ferma la porte-fenêtre. Elle aimait sa chambre. On aurait dit un cocon bien chaud, avec un papier mural couleur de miel, un édredon en soie jaune et sur les murs, dans d'anciens cadres dorés, des photos en noir et blanc de sa famille. Du côté du lit où elle dormait, des piles de livres attendaient d'être lus. Du côté de Will, il y avait une photo de Rae et un seul livre. A l'inverse de sa femme, il ne lisait pas trois livres à la fois, en les prenant selon l'humeur du moment.

Chaque fois qu'elle regardait cette chambre si accueillante, Rae se répétait qu'elle avait eu beaucoup de chance ; contrairement à la plupart des gens, elle était capable de l'apprécier jour après jour.

Quand on lui demandait pourquoi elle faisait du bénévolat à Community Cares en plus de son travail au salon de thé, elle répondait rarement la vérité. Elle savait qu'on ne l'aurait pas comprise.

« Mais pourquoi ? Comment pouvez-vous aller dans ces horribles logements sociaux pleins de drogués ? »

Elle répondait simplement qu'elle y trouvait une profonde satisfaction et changeait de conversation. Elle avait depuis longtemps compris l'impossibilité de changer les opinions bien arrêtées des gens sur la pauvreté et les quartiers défavorisés. Geraldine, sa belle-mère, faisait partie de ces gens. Depuis tout le temps que Rae s'occupait des plus démunis, pas une seule fois Geraldine n'avait eu un mot aimable au sujet de son travail ou des gens qu'elle aidait. Elle avait juste fait un effort pour laisser tomber : « Je suppose que quelqu'un doit s'en occuper. »

Geraldine était très fière du statut social de sa famille. Pour elle, se pencher sur les rebuts de la société n'avait aucun sens. Comment pouvait-on ne pas vouloir se tenir à distance de la misère ?

Pour l'autre catégorie des gens qui demandaient à Rae pourquoi elle s'impliquait dans ce travail bénévole – ceux qui paraissaient comprendre et reconnaissaient qu'il pouvait être difficile de voir la misère des autres tous les jours –, Rae disait à moitié la vérité : « Aider les autres m'apporte beaucoup de paix. »

Elle ne disait pas qu'elle avait eu une expérience de première main des difficultés auxquelles expose la pauvreté. Elle était mariée avec Will Kerrigan depuis vingt-cinq ans et vivait dans le confort de Golden Square depuis ce jour-là, mais, en esprit, peu de choses la séparaient de la petite fille qui avait grandi dans un minable pavillon des faubourgs de Limerick.

Non sans ironie, elle ne se souvenait pas avoir vu quiconque de Community Cares venir chez elle à l'époque pour proposer de l'aide. En réalité, ses parents auraient sans doute hurlé contre les bénévoles en les traitant de « dames patronnesses » ! Ils ne supportaient pas qu'on puisse avoir l'air de les prendre de haut.

Community Cares avait été créé dans les années 1930 pour aider les pauvres. En quelques dizaines d'années, l'organisation avait pris une dimension nationale avec des bureaux dans toutes les villes. Elle était d'inspiration humaniste et non religieuse. On ne rejetait personne.

Rae et Dulcie étaient chargées des visites du mardi soir et du mercredi après-midi. Elles avaient une relation de travail idéale, car Dulcie était différente de Rae sur tous les points importants. A soixante-dix ans, elle travaillait pour Community Cares depuis plus de vingt ans. Petite, elle avait des cheveux gris, des yeux vifs et curieux, et une passion pour les manucures originales. Elle avait subi toutes les épreuves que la vie peut infliger à quelqu'un. Cela ne l'empêchait pas d'être très drôle.

Cet après-midi-là, elles avaient rendu visite à deux familles de la cité Delaney. Au cours de ses dix ans de volontariat, Rae avait déjà passé un grand nombre d'heures dans ces logements sociaux, derrière Golden Square. La cité se composait de trois immeubles en brique rouge, Delaney Un, Deux et Trois. Ils abritaient plus d'une famille où le père manquait, ainsi que des gens âgés qui dépendaient de l'aide de l'Etat et de Community Cares.

Rae n'avait jamais eu peur quand elle y allait. L'organisation faisait partie de l'environnement du quartier et les habitants de la cité la respectaient plus qu'aucune autre, car elle les aidait réellement. De plus, Rae savait voir la solitude désespérée cachée derrière les regards sombres des gamins qui traînaient sur les paliers. Ils affichaient leur conception de l'existence sur leur visage comme un masque, autant pour se cacher à eux-mêmes leur souffrance que pour la cacher au reste du monde.

« Ça boume, les filles ? » avait crié un homme.

C'était Mickey le Zinzin, comme il s'était nommé lui-même. Il les avait saluées d'une main qui tenait une bouteille cachée dans un sac en papier marron, tandis qu'elles escaladaient les sinistres escaliers de béton. Dans la cité Delaney, les ascenseurs étaient toujours en panne.

« Vous avez pas quelques pièces pour moi ? » avait hurlé Mickey. Des années auparavant, ses tympans avaient été abîmés et, depuis, il ne parlait plus qu'en criant.

Community Cares avait payé plusieurs fois ses factures de gaz et lui donnait souvent des bons d'alimentation, des bons qu'on ne pouvait échanger contre de l'alcool.

« Pas pour se payer un apéro », avait dit Rae. Sans se démonter, Mickey avait répondu : « Ça valait la peine d'essayer ! »

Quand elles étaient arrivées chez Janet, qui vivait au troisième étage avec ses trois enfants, la porte était ouverte et la bouilloire chauffait. « Je vous ai entendues parler avec Mickey, dit-elle. Avec lui, on n'a pas besoin de système d'alarme ! »

De toute façon, un système d'alarme n'aurait servi à rien dans la cité. Le réseau des enfants signalait l'arrivée des visiteurs de façon quasi instantanée, et, si quelqu'un voulait forcer la porte d'un appartement, il le faisait, avec ou sans système d'alarme. L'ex de Janet, un héroïnomane qui tentait en permanence de résister à sa dépendance, était plus d'une fois entré de force chez elle pour essayer de trouver de l'argent.

Janet avait vingt-sept ans, en paraissait dix de plus et s'arrangeait pour que son petit appartement soit toujours impeccable. A l'arrivée de Rae et de Dulcie, les enfants faisaient leurs devoirs avec application autour de la table de la cuisine. Janet avait préparé du thé et elles s'assirent toutes les trois pour parler. Community Cares avait aidé Janet à payer ses cours du soir de comptabilité, mais elle avait beaucoup de difficultés pour trouver un poste.

Janet eut un haussement d'épaules désabusé. « C'est à cause de mon adresse. Si je réponds à une offre d'emploi dans le quartier, dès qu'on voit mon adresse, on me dit au revoir. Personne ne veut employer quelqu'un qui vient de la cité Delaney. Ils pensent qu'on va tout voler. »

Elle n'était pas amère mais résignée et, pour cette raison, veillait tous les soirs à ce que ses enfants fassent sérieusement leurs devoirs. Janet voulait que l'école leur permette d'échapper au piège de la cité.

Après avoir vu Janet, Rae et Dulcie se dirigèrent vers Delaney Trois, où Mme Mills, une femme de quatre-vingt-cinq ans, vivait avec son fils handicapé mental, Terence. En théorie, dans le cadre du travail, embrasser les gens était prohibé pour toutes sortes de raisons, mais Mme Mills embrassait toujours les bénévoles de Community Cares. Elle embrassait aussi Terence et son chat roux, Liberace. Terence et Liberace avaient toujours ce qu'il y avait de mieux tandis que Mme Mills portait des vêtements achetés cinquante ans plus tôt, des vêtements devenus trop grands pour son corps de plus en plus menu. Elle essayait de rassembler un peu d'argent pour emmener Terence en pèlerinage à Lourdes comme elle le faisait chaque année depuis qu'il était petit.

« Cela lui fait du bien, je le sais », dit-elle en tapotant avec affection l'énorme genou de son fils. Terence était un homme très gentil mais très gros. Rae se demandait comment sa mère, frêle et âgée, réussissait chaque jour à l'habiller et à lui mettre ses couches pour adultes. Une infirmière du service public venait trois fois par semaine, mais elle prendrait bientôt sa retraite et ne serait pas remplacée. Que ferait alors Mme Mills ? Pourtant, elle ne se plaignait jamais quand il était question de son fils.

Cet après-midi, elle leur avait annoncé fièrement qu'elle avait réussi à économiser presque tout l'argent nécessaire au pèlerinage. « Nous avons encore seulement besoin de 70 €. »

Rae avait promis d'en parler à la réunion du comité la semaine suivante. Elle craignait qu'il n'y ait plus assez d'argent pour aider Terence à aller à Lourdes. La liste des « clients » de Community Cares s'était dramatiquement allongée depuis deux ans. Des gens qui, avant, donnaient de l'argent aux organisations charitables de leur église faisaient eux-mêmes, à présent, partie de ceux qui en demandaient.

Mme Mills avait posé sa toute petite main presque transparente sur celle de Rae. « Je comprends, Rae, Lourdes ne fait pas partie des priorités. »

Rae avait réalisé non sans étonnement que la vieille dame ne paraissait pas triste ni même très émue.

Quand Mme Mills avait fini par lui lâcher la main, elle avait dit simplement : « Il arrivera ce qui peut arriver. J'ai du chutney pour vous. Une de mes amies m'en a donné à Noël. »

Elle était allée le chercher dans sa cuisine, laissant Rae et Dulcie seules avec Terence. Il ne souriait pas et restait silencieux. Terence vivait dans son propre monde. Sa mère leur avait expliqué qu'il avait manqué d'oxygène à la naissance. Le cœur serré, Rae s'était dit que, dans d'autres conditions, ç'aurait été un bel homme plein de force, qui aurait pris soin de sa mère à la fin de sa vie. Mais Terence resterait pour toujours un enfant, celui dont il fallait s'occuper sans qu'il puisse jamais s'occuper de quelqu'un. Mme Mills était revenue avec deux pots aux couvercles couverts de tissu.

On avait donné beaucoup de choses à Rae et Dulcie au fil des ans. De la rhubarbe du jardin, des cartes faites à la main par les enfants et parfois quelques roses avec du papier d'alu pour protéger les tiges. C'était toujours les gens les plus démunis qui voulaient donner le plus.

Rae avait mis le pot dans le petit sac à dos qu'elle emportait dans ses visites, puis Dulcie et elle avaient pris congé. Tandis qu'elles descendaient les escaliers de béton en essayant d'oublier l'odeur d'urine omniprésente, Dulcie avait dit en souriant : « N'est-elle pas adorable ? »

« Oui. C'est une femme remarquable. Sincèrement, j'ignore comment elle arrive à faire face. Il serait peut-être plus facile de se laisser aller à ses rêves, plus facile certainement que d'affronter la réalité quotidienne. »

Rae, assise sur son lit, pensait encore à Mme Mills quand la voix de son mari la fit sursauter.

— Bonsoir, ma chérie ! Je suis là.

— J'arrive !

Elle se dit qu'elle allait faire goûter le chutney de Mme Mills à Will. Il aimait avoir un morceau de fromage à la fin du dîner. Au début de leur mariage, Rae le taquinait en disant que servir du fromage et des crackers en dessert, c'était une mode de gens chics. Will répondait sur le même ton : « Vraiment ? Et chez toi, on mangeait de la crème fouettée dans des bols d'argent ? » « De la crème ? Nous n'en avions pas les moyens ! » répondait-elle.

Il n'y avait jamais de dessert chez les Hennessey. Très souvent, il n'y avait même pas de dîner.

Rae s'endormait rarement sans dire merci pour la vie qu'elle avait, son bien-être actuel, mais sa profonde reconnaissance n'allait pas sans chagrin au souvenir du passé, un passé qu'elle ne pourrait jamais oublier.

4

Les légumes

Au cours des derniers jours de sa vie, ma mère n'avait qu'une seule inquiétude. Je devais veiller sur ma sœur, Agnes. Elle ne s'était jamais mariée et maman savait qu'elle le vivait mal en dépit de tout ce qu'elle disait sur l'inutilité des hommes.

Il n'y avait que Joe, ton père, Eleanor – elle l'aimait beaucoup. Il était comme un frère pour elle. Mais en dehors de lui, Agnes affirmait volontiers qu'elle se moquait de ce que les hommes pouvaient penser d'elle.

Dans sa jeunesse, elle avait eu un soupirant, mais l'homme qu'elle aimait, Mikeen Clancy, avait été tué à vingt-cinq ans pendant la guerre d'Indépendance. Il n'y avait jamais eu homme plus gentil que lui dans tout le comté de Galway, mais la gentillesse n'arrête pas les balles. A sa mort, Agnes s'était comme éteinte. La mère et la famille de Mikeen avaient porté son deuil, mais il n'y avait rien d'officiel entre Agnes et lui, rien qu'un accord entre leurs cœurs. On avait le droit de pleurer la mort d'un homme quand on était mariée avec lui, mais un désir de mariage ne comptait pas.

Agnes attendait d'être seule, le soir, pour pleurer. Quand on rendit le corps de Mikeen à sa famille, personne ne lui donna une boucle de ses cheveux en souvenir.

A l'époque, le statut de vieille fille n'était pas confortable dans notre paroisse. Des années plus tard, quand nous sommes partis en Amérique, nous avons découvert une situation très différente. Dans les rues de Brooklyn, il y avait beaucoup de femmes sans enfant ni homme, et personne ne les plaignait. A Kilmoney, une femme sans mari était dans une catégorie à part. C'était votre mari qui vous donnait un statut social. Sans mari, on n'avait guère plus d'importance qu'une petite fille.

En réalité, peu d'hommes se débrouillaient aussi bien que ma sœur. Personne n'était capable de diriger une maison comme Agnes, et elle a été merveilleuse avec toi, Eleanor, comme une seconde mère. Malheureusement, je crois qu'elle a perdu toute envie de vivre à la mort de Mikeen et, en la voyant si triste, plus jamais un homme ne l'a regardée comme avant.

Elle a reporté une grande partie de son amour inutilisé sur le jardin. Dans ses moments de tristesse, elle allait arracher quelques mauvaises herbes. Parmi les légumes, les panais étaient ses préférés. Elle aimait préparer un plat que nous appelions le vert-blanc-doré, une purée de panais et de carottes décorée de persil. Toutefois, son plat préféré restait les panais sautés à la poêle. Une bonne maîtresse de maison devrait toujours avoir un peu de graisse de canard pour faire revenir les panais. Ensuite, quand ils sont bien croustillants, on n'a plus qu'à les saupoudrer de poivre.

« Bia don lá dubh », comme disait toujours Agnes. Une nourriture pour un mauvais jour.

Connie O'Callaghan n'aurait su dire à quel moment elle était devenue une célibataire professionnelle. En revanche, elle savait de façon assez précise quand on l'avait classée comme telle. Cela datait à peu près de son trente-neuvième anniversaire, environ un an plus tôt. Les gens avaient arrêté de lui dire que tel ou tel homme qu'ils connaissaient était « fabuleux, parfait pour toi » et avaient commencé à l'inviter à des soirées où il n'y avait pas d'hommes en surnombre.

Quand elle avait encore la trentaine, après avoir rompu avec son fiancé Keith, on avait voulu la caser avec tous les célibataires à cinquante kilomètres à la ronde.

Elle était sortie avec quelques hommes de la banque où travaillait sa cousine, mais cela n'avait rien donné, en dehors d'une meilleure compréhension de l'activité des actuaires grâce à un homme qui ne savait parler de rien d'autre.

Il y avait eu de nombreux dîners où elle avait observé les convives en se demandant lequel était « cet homme fabuleux absolument fantastique » qu'on lui avait vanté. Chaque fois, elle s'était trompée.

L'homme fabuleux en question n'avait jamais été celui dont le physique lui plaisait. Invariablement c'était celui dont elle aurait juré qu'il vivait avec sa mère, faisait une collection de timbres et n'était encore jamais sorti avec une femme.

On lui présentait des hommes à la manière dont un magicien sort des lapins de son chapeau. Il n'y avait pourtant jamais eu de coup de foudre, ni pour elle, ni pour eux.

Au cours des années qui avaient suivi sa rupture avec Keith, Connie ne s'était pas contentée d'aller à des rendez-vous arrangés. Il n'était pas non plus question de rester chez elle avec une pile de DVD et un pot de glace. Elle avait vraiment fait tout ce qu'il fallait pour trouver l'amour.

Elle s'était inscrite à des week-ends de plongée sous-marine ; mais apprendre à plonger dans les eaux glacées de l'Atlantique, au large de la côte accidentée du Donegal, était probablement une erreur : dès qu'on sortait de l'eau, il fallait enfiler son plus gros pull par-dessus des sous-vêtements chauds et mettre un gros bonnet de laine. Aucun homme n'était jamais tombé amoureux d'une femme dans un pub bondé quand ladite femme avait des joues écarlates à cause du froid et était habillée comme une exploratrice polaire.

Connie était trop fortement charpentée pour garder une allure féminine dans de gros vêtements polaires. En revanche, elle était à son avantage avec un jean noir amincissant et un top bleu vif qui faisait ressortir le bleu pâle de ses yeux tandis que ses cheveux noirs formaient un halo autour de son visage.

Le cours de dessin n'avait pas donné grand-chose non plus. Il y avait beaucoup plus de femmes que d'hommes et au moins trois quarts des hommes venaient parce que leur cardiologue leur avait conseillé l'aquarelle pour se remettre après un infarctus.

En dépit de toute sa méfiance, elle était même allée à un week-end de yoga. Elle y avait vu des hommes surprenants, si souples qu'ils pouvaient mettre leurs pieds derrière leurs oreilles. Malheureusement, leur religion des corps tonifiés par le yoga semblait les dégoûter de quiconque était affligé du plus léger bourrelet.

En revenant de son stage, Connie avait appelé sa plus vieille amie, Gaynor. « Je ne pense vraiment pas être trop grosse, avait-elle grommelé. Mais là-bas, c'est ce que j'ai ressenti. Au moins, quand je prends la posture de l'arbre, comme j'ai des cuisses bien faites et appétissantes, mon pied a un endroit où prendre appui. Les maigrichonnes en sont incapables ! »

Gaynor était une femme mariée qui tenait le rôle de l'amie raisonnable. Elle ne décrochait pas le téléphone après sept heures du soir, l'heure à laquelle Connie aimait appeler ses amis. En effet, Gaynor était alors occupée aux mille petites tâches qui précèdent le coucher des enfants. Parfois, Connie se sentait épuisée rien qu'en l'écoutant parler de la routine du soir.

« Une fois que j'ai réussi à mettre Niamh au lit, elle n'arrête pas de se relever parce qu'elle veut un verre d'eau ou aller aux toilettes et, même si Charlie a le droit de se coucher un peu plus tard, il lui faut une éternité pour se brosser les dents et, à ce moment-là, c'est Josie qui veut parler. Elle a toujours aimé bavarder avant de se coucher, mais maintenant qu'elle est au collège, c'est devenu un besoin. Les ados sont tous comme ça, n'est-ce pas ? »

Parfois, Connie trouvait difficile de mettre les choses en ordre, le soir. Comment Gaynor y arrivait-elle ? C'était aussi compliqué que de diriger une énorme société en s'assurant que tout le monde avait les dents propres, un pyjama propre, son ours et tous ses besoins émotionnels satisfaits.

« Je ne comprends pas comment tu y arrives », disait Connie.

Gaynor répondait d'un haussement d'épaules : « N'importe quoi ! Si tu devais le faire, tu y arriverais, toi aussi. »

« Non, j'en serais incapable. » C'était plus facile de répondre de cette façon, plus simple que de s'imaginer avec un enfant, son propre enfant à élever et aimer pour la vie. C'était trop douloureux à imaginer, car cela ne se produirait jamais. Elle préférait donc s'interdire d'y penser.

Connie travaillait tous les jours avec des enfants, mais c'étaient des adolescents. Or, si quelque chose pouvait détourner une femme de l'idée de la maternité, c'était bien de se trouver en face de trente adolescentes affichant un ennui sans fin, et cela cinq heures par jour à Sainte-Matilda.

Gaynor n'avait jamais essayé de caser Connie. « Elle est trop délicate pour ça, disait Nicky, la sœur cadette de Connie. Ces rendez-vous arrangés sont tellement insultants ! C'est comme si on te disait que tu es incapable de trouver un homme toute seule et qu'il faut que des tiers s'en occupent à ta place. »

Connie avait neuf ans de plus que Nicky et parfois ces neuf années semblaient représenter un immense écart. Connie ne s'était jamais sentie insultée par les gens qui essayaient de lui faire rencontrer l'homme idéal. Si l'homme en question était un peu bizarre, elle se demandait si ses amis la connaissaient bien, mais elle appréciait leurs efforts. En revanche, elle avait été blessée quand ils avaient arrêté de chercher pour elle. Les rendez-vous arrangés s'étaient raréfiés et on ne l'invitait plus qu'aux soirées entre filles quand les hommes allaient à un match de football. Ça, c'était perturbant. Elle s'était demandé si elle était à présent officiellement trop vieille pour sortir avec un homme, mais il était impossible de partager cette idée avec Nicky.

Les deux sœurs avaient les mêmes parents, partageaient un appartement à Golden Square et passaient beaucoup de temps ensemble, mais Connie s'était rendu compte qu'elles appartenaient à des générations différentes. Nicky débordait de confiance en elle-même, certaine que si elle voulait quelque chose assez fort, elle l'obtiendrait. Connie, qui approchait le tournant de la quarantaine, avait appris à ses dépens qu'il ne suffisait pas de vouloir quelque chose. La vie ne vous apporte pas toujours ce que vous désirez. A l'âge de Nicky, elle avait été fiancée à Keith. Sa voie lui semblait toute tracée : le mariage, des enfants et le bonheur. Or, Keith lui avait dit qu'il l'aimait, « mais pas de cette façon. Pas un amour d'amoureux, si tu vois ce que je veux dire… » Non, Connie ne voyait rien, mais Keith ne lui demandait pas son avis. Il affirmait les choses. « Maintenant, nous sommes comme frère et sœur, avait-il poursuivi. Tu es tellement drôle, Connie, et nous nous amusons beaucoup ensemble, mais ça ne suffit pas. »

Il l'avait donc quittée, était sorti avec de nombreuses femmes et, d'après les dernières nouvelles – Connie avait encore quelques espions dans le camp de Keith –, il fréquentait une étudiante en philosophie, une Texane de vingt-quatre ans. Il racontait à tout le monde qu'il voulait l'épouser.

Le problème était très simple. Il n'y avait pas assez d'hommes libres et ceux qui l'étaient pouvaient se permettre de se montrer difficiles et d'attendre d'avoir quarante-cinq ans pour épouser des gamines.

Connie avait laissé passer sa chance.

En ce glacial jeudi matin de janvier, tandis qu'elle se débattait avec les robinets de sa douche, au 2B du 14 Golden Square, ce n'étaient pas les occasions ratées qui la préoccupaient. Que la douche soit de nouveau hors service l'exaspérait. De plus, elle ne savait plus où elle avait rangé le flexible qui s'adaptait au robinet de la baignoire, et il était hors de question qu'elle se rende à son travail sans s'être douchée. Elle n'avait pas non plus le temps de prendre un bain. C'était réservé à la soirée, quand elle avait du temps pour s'occuper d'elle et que Nicky était sortie avec son petit ami, Freddie. Il s'était presque installé dans l'appartement et, trop souvent, alors qu'elle sortait de la salle de bains drapée dans une grande serviette, Connie avait découvert la présence de Freddie, étalé de tout son long sur le canapé et regardant Sky Sports. Mais Freddie n'avait rien d'un obsédé sexuel. Au contraire, il traitait Connie comme une délicate vieille dame et si quelqu'un avait émis une autre suggestion, serviette de bain ou pas, il se serait évanoui !

Connie sortit de la baignoire. « Nicky ! » hurla-t-elle. Elle ouvrit violemment le placard sous le lavabo, déclenchant une avalanche de flacons, shampooing, lait bronzant et lotions diverses. « As-tu vu le flexible pour la baignoire ? La douche est encore cassée. »

Depuis sa chambre, Nicky répondit en criant elle aussi : « Quoi ? Non ! » La veille, elle avait assisté au lancement d'un livre et elle irait travailler plus tard. Parfois, comme en cet instant précis, Connie enviait le travail de sa sœur. A Sainte-Matilda, même si on avait dû rester jusqu'à minuit tous les soirs pendant une semaine pour répéter la pièce de fin d'année, il n'était pas question d'arriver plus tard le lendemain matin. Les cours commençaient à huit heures cinquante et les élèves comme les professeurs avaient des ennuis en cas de retard. A Peony Publishing, où Nicky était assistante d'édition, quand le lancement d'un livre se terminait tard, les horaires du lendemain matin étaient très souples.

Connie remit son pyjama de flanelle et alla fouiller dans le grand placard de la cuisine où s'entassaient l'aspirateur, la planche à repasser et la serpillière. Il était plein de bidules et de machins. De nombreux weekends avaient commencé par une grande décision de nettoyage du placard. Malheureusement, les bonnes résolutions de Connie n'avaient pas abouti. Le plaisir de lire l'un des journaux du samedi avec un café au lait et deux cupcakes l'en détournait toujours.

Quelques solides exclamations plus tard, Connie renonça. Il était presque huit heures et elle devait être partie dans vingt minutes. Elle se lava rapidement, tant bien que mal, dans un fond de baignoire tiède puis se maquilla à toute vitesse comme d'habitude. Il était inutile de se donner beaucoup de mal, car travailler dans une école de filles lui avait appris l'impossibilité de rivaliser avec l'habileté quasi professionnelle de ses élèves en matière de maquillage. Rien ne leur échappait, pas même le trait d'eye-liner qui avait légèrement débordé. A partir d'un certain âge, elles n'hésitaient même pas à le faire remarquer.

« Mademoiselle O'Callaghan, qu'est-ce qui vous est arrivé aux yeux ? »

Connie n'aurait pas résisté au plaisir de répondre par une plaisanterie, ce que les élèves auraient apprécié mais que la principale, Mme Caldwell, détestait. Elle lui aurait reproché de se montrer trop familière avec les élèves.

Cependant, Connie ne se souciait plus des réprimandes de la principale. Elle aimait pouvoir rire avec ses élèves et, le jour où cela deviendrait impossible, elle cesserait d'enseigner.

Elle enfila rapidement une tenue bleu marine avec des collants noirs, son gros manteau gris et des chaussures plates noires. A l'inverse de sa sœur, qui avait une silhouette menue, Connie tenait la sienne de la famille de son père et chaussait du trente-neuf. Encore une raison pour laquelle il était difficile de trouver un compagnon. Le monde était plein de petits hommes qui se sentaient insultés dans leur virilité par les femmes plus grandes qu'eux. Le moindre commentaire au sujet de Napoléon ne faisait que les rendre encore plus furieux.

Nicky apparut, appuyée dans l'ouverture de la porte, à moitié réveillée, portant des socquettes de lit et une chemise de nuit rayée. Ses mèches, qui bénéficiaient d'un savant balayage, se dressaient dans tous les sens. Son mascara dessinait un grand halo sombre autour de ses yeux bruns, mais elle restait très jolie. Connie n'avait jamais pensé à la difficulté d'avoir une sœur aussi jolie. Pour elle, Nicky était simplement Nicky, la petite sœur qu'elle avait tellement espérée et avait maternée depuis sa naissance.

— Tu l'as trouvé ?

— Non ! Si tu veux pouvoir te laver sans te geler, tu as intérêt à faire couler ton bain tout de suite.

— Et zut ! marmonna Nicky. J'ai besoin d'un shampooing.

— A quelle heure dois-tu être au travail ? Je suis sûre que Patsy te prendrait pour un shampooing rapide et un brushing.

Les deux sœurs aimaient le vieux salon de coiffure au coin de la place. Nicky se frotta les yeux.

— Tu as raison.

Connie se brossa rapidement les cheveux. Sa mère disait toujours qu'ils lui faisaient comme une auréole. D'une belle teinte cannelle et plus brillants que dans n'importe quelle publicité, ils lui arrivaient à l'épaule. Elle avait de grands yeux comme sa sœur, mais les siens étaient d'un marron banal, dépourvus des paillettes d'ambre qui brillaient dans ceux de Nicky. A côté de sa sœur, Connie était commune. Elle le savait mais cela n'avait aucune importance, car Nicky méritait tout ce qu'il y avait de mieux. A de rares moments, Connie aurait quand même aimé être belle, elle aussi.

Dans le reste du monde, il était pratiquement obligatoire d'être à deux, que ce soit pour les humains ou pour les cygnes. A Sainte-Matilda, il était facile d'être célibataire. Un grand nombre des enseignants étaient là depuis une éternité. La moitié était mariée, l'autre célibataire. La présence de quelques religieuses facilitait les choses. La vieille sœur Benedict, qui était dans les ordres quand le pape était encore en culottes courtes, se pétrifiait d'horreur si elle entendait quelqu'un parler d'un petit copain. Sœur Laurence, tout aussi vieille mais absolument adorable, écoutait avec attendrissement les discussions sur le sexe opposé ; cependant – comme elle aimait le répéter dans ses cours d'éducation religieuse aux élèves qui la regardaient les yeux écarquillés – les hommes étaient des irresponsables et les femmes intelligentes savaient qu'on ne pouvait pas compter sur eux.

Sœur Laurence répétait toujours comme une formule magique : « Un métier, mes petites ! Un bon métier, c'est la réponse à tout. »

Dans la salle des professeurs, personne n'organisait de rendez-vous coquins et, dans toute l'école, personne ne méprisait les célibataires sauf, peut-être, Sylvie Legrand, qui n'avait plus pensé qu'au mariage à partir du jour où elle avait su que cela existait.

Ce jour-là, Sylvie passait sa dernière journée à Sainte-Matilda avant de se marier. Elle enseignait le français et la chimie ainsi que, mais de façon non officielle, l'art de porter son écharpe comme une vraie Parisienne. Le mot « chic » restait d'une faiblesse désespérante pour la décrire. Pour Connie, il aurait fallu inventer un autre terme capable d'expliquer à quel point cette femme qui n'était pas particulièrement belle réussissait à incarner LA femme. C'était un vrai don.

Quand Connie entra dans la salle des professeurs, Sylvie l'accueillit d'un très direct : « Tu as l'air fatiguée ».

Une autre expression insuffisante pour décrire Sylvie était « manque de tact », à moins que ce ne soit seulement son ignorance du baratin à l'irlandaise. En irlandais, cela s'appelait *plámás* et se prononçait *plaw-maws*. Même en face d'une personne à l'agonie, le code des bonnes manières irlandaises conseillait de dire : « Tu as l'air en pleine forme ! »

Au manque de tact, Connie préférait l'amabilité irlandaise. Cela dit, laquelle des deux allait se marier tandis que l'autre restait désespérément seule ? Peut-être les hommes appréciaient-ils les femmes au langage sans fard plutôt que celles dont l'éducation les poussait à dire ce qu'il fallait au lieu de la vérité.

Elle se serait épargné des années d'ennui si elle avait eu le courage de dire : « Tu ne me plais pas » dès les premières minutes de chaque nouveau rendez-vous. Au lieu de cela, elle passait des semaines à chercher la meilleure façon de dire gentiment à peu près la même chose.

— Je me suis couchée tard parce que je voulais regarder les DVD de *Mad Men*, reconnut Connie.

Il était inutile de mentir à sa collègue : d'une façon ou d'une autre, elle arriverait à lui faire dire la vérité.

— Pourquoi toujours des DVD ? dit Sylvie d'un ton irrité. Pourquoi ne pas aller dans un bar à vin ou suivre des cours de salsa ?

Un jour, Sylvie avait traîné Connie à un cours de tango, mais cela n'avait pas été un grand succès.

Comme dans la vie en général, il y avait moins d'hommes que de femmes et encore moins d'assez grands pour danser avec Connie.

— J'aime bien regarder des DVD, protesta Connie. Quant aux bars à vin et aux cours de salsa, j'y ai définitivement renoncé. Mais tu pourras m'aider à avoir l'air moins fatiguée, ce soir. J'aurai besoin d'une tonne de ton produit magique à effacer les cernes.

Ce soir-là en effet, Sylvie enterrait sa vie de jeune fille, et les professeurs qu'elle avait invitées se rendaient d'abord chez elle pour se préparer. Connie soupçonnait sa collègue d'avoir organisé cela pour qu'elles soient toutes à la hauteur de ses critères d'élégance et ne lui fassent pas honte au restaurant.

Il n'était pas question d'une soirée complètement folle, en partie parce qu'on était en semaine et en partie parce que Sylvie n'aimait pas les soirées qui dégénéraient. Ce serait un dîner dans un élégant restaurant français du centre-ville. Pas question de se saouler dans un bar plein de gens bizarres ni de porter des tee-shirts proclamant « conducteur débutant » ou de faux voiles de mariée.

Dans quelques jours, Sylvie prendrait l'avion à destination de Paris et épouserait Isaac. Originaire de Belfast, grand et très brun, il possédait une beauté ténébreuse avec une voix grave et profonde. Elle l'avait rencontré pendant un match de rugby à Dublin et il lui avait complètement tourné la tête. Il n'y aurait que quelques membres de l'équipe pour assister au mariage et Connie en faisait partie. La principale de l'établissement s'était déclarée très ennuyée à l'idée que cela se passe au beau milieu du trimestre mais Sylvie avait fini par la convaincre. Le frère d'Isaac viendrait d'Australie et la sœur de Sylvie d'Argentine : avec des familles dispersées dans le monde entier, c'était le moment idéal. Pour Sylvie, il n'était pas question qu'une chose insignifiante comme le travail se mette en travers de son chemin.

Connie savait que ce soir Sylvie serait superbe, quoi qu'elle porte. Elle-même avait prévu de mettre un jean noir avec une blouse en soie très ample, capable de cacher beaucoup de défauts. Avoir trente-neuf ans marquait vraiment un tournant pour la ligne. La petite rondeur qui s'était installée autour de sa taille semblait impossible à déloger.

Par chance, Connie n'avait jamais éprouvé la moindre pointe de jalousie envers son amie. Sylvie était Sylvie, on ne pouvait pas la changer. La mère de Connie ne voyait pas les choses de la même façon. Elle n'arrêtait pas de répéter anxieusement à sa fille qu'il était ridicule de se montrer avec une femme aussi belle que Sylvie, car elle tournait la tête de tous les hommes. Rien d'étonnant si Connie était toujours seule.

« Avec des amies comme elle, comment peux-tu espérer trouver un homme ? Comment veux-tu qu'on remarque du charbon à côté d'un diamant ? »

Il n'y avait pas grand-chose à répondre. Sa mère le disait sans cruauté. Elle se montrait juste sincère et inquiète. Peut-être qu'après le mariage de Sylvie, la mère de Connie chercherait une autre responsable de l'incapacité de sa fille à trouver quelqu'un. A cette seule idée, Connie soupira.

— Je n'aurai pas le temps de maquiller tout le monde, protesta Sylvie. On sera huit et je ne suis pas Wonder Woman.

— Bien sûr que si, pour nous tu l'es ! répondit Connie en riant. D'accord, je me débrouillerai en rajoutant du fond de teint. On ne te fera pas honte !

81

Sylvie revint à ce qui la préoccupait. Quand il s'agissait du célibat de Connie, elle était comme un chien qui a trouvé un os.

— Revenons à toi : qu'entends-tu en disant que tu renonces aux bars à vin ? Tu resteras seule toute ta vie si tu ne fais pas un effort. Crois-tu que les hommes traînent dans les rues en attendant qu'on les remarque ? *Non*[1] *!* Il faut aller les chercher !

— Mais j'ai cherché, protesta Connie. Je me suis épuisée à chercher. Je veux que ce soit lui qui se mette à ma recherche.

— Comment veux-tu qu'il te trouve si tu restes chez toi devant la télé ?

— Il aura une échelle, soupira Connie, et il me verra par la fenêtre. Je ne sais pas... J'abandonne, Sylvie. Je prends un mois de congé !

Tout en l'écoutant parler, Sylvie avait examiné la peau de Connie de son œil impitoyable.

— Tu as besoin d'un nettoyage de peau, dit-elle. Tu as le visage congestionné. Trop de pâtisseries ! Tu as vu tes pores ?

— Tu t'arrangeras ce soir pour me donner l'air magnifique et cacher mes pores dilatés.

Connie tourna les talons et se hâta de rejoindre sa classe.

La journée passa à toute vitesse. En dépit de ses pores dilatés, Connie avala rapidement un sandwich et une tasse de thé en guise de déjeuner dans la salle des professeurs où il y avait un gâteau pour les gens qui ne viendraient pas à la soirée. Ensuite, elle fonça jusqu'à la bibliothèque, car c'était le seul endroit où

---

1. En français dans le texte. *(N.d.T.)*

elle serait assez tranquille pour pouvoir corriger des copies.

En début d'après-midi, elle avait une classe de sixième, puis deux heures d'histoire avec les premières, ce qui ne l'enchantait guère, car elle était fatiguée de leurs pitreries. Il fallait être en pleine forme pour affronter une bande d'adolescentes écervelées.

Elles étaient particulièrement excitées parce qu'elles avaient préparé quelque chose pour dire au revoir à Mlle Legrand, qui était leur professeur principal. Après le cours d'histoire, il y aurait une petite fête pour elle. Evidemment, les élèves étaient incapables de travailler et, tandis qu'elle les observait faisant semblant de lire, Connie savait très bien qu'elles étaient en train de se passer des messages au sujet de la fête. Des bouts de papier, des signes de la main, des chuchotements – si seulement elles avaient été aussi douées pour l'histoire qu'elles l'étaient pour comploter !

Il aurait été vain de chercher à les arrêter. Une enseignante plus âgée que Connie lui avait une fois expliqué qu'une classe fonctionne comme les marées. Quand elle descend, elle descend ! « Garde le cours pour une autre fois, sinon tu deviendras folle de colère impuissante. » Cette femme avisée avait ajouté que la surdité pouvait aussi se révéler très utile pour les professeurs.

Connie préféra donc admirer les coiffures de fête de ses élèves et se laisser aller à l'ambiance « fin d'une époque ». A la fin de l'année scolaire, Sylvie quitterait l'école définitivement. Elle avait l'impression que c'était seulement hier qu'elles commençaient toutes les deux à enseigner à Sainte-Matilda. A la prochaine rentrée, Sylvie serait installée à Belfast avec son mari tandis que

Connie resterait à Sainte-Matilda et vieillirait avec les religieuses.

La cloche sonna vigoureusement, la faisant sursauter. Elle n'avait pas vu le temps passer alors qu'elle aimait prévenir ses élèves qu'il restait seulement cinq minutes avant la fin du cours. Or, cette fois, elles semblaient s'en moquer complètement. Elles sautèrent sur leurs pieds avec un bel ensemble et ramassèrent leurs livres à toute vitesse.

— Au revoir, mademoiselle O'Callaghan, dirent-elles en déposant leurs manuels sur son bureau.

La plupart d'entre elles étaient incroyablement belles, pensa Connie. Tous les matins, elles arrivaient avec leurs cheveux longs qu'elles portaient libres parfaitement coiffés. Elles donnaient l'impression de jeunes Walkyries très sûres d'elles. Les heures passées à leur faire cours permettaient toutefois aux enseignantes de découvrir à quel point elles étaient parfois très jeunes et angoissées.

Quand Connie entra dans la classe de Sylvie, elle eut l'impression que la moitié de l'école s'y était entassée. Sylvie était assise sur le bureau, entourée de cartes, un gros paquet cadeau brillant sur les genoux.

— Par pitié, dites-moi que c'est un vrai cadeau et pas une plaisanterie de mauvais goût comme vous l'avez déjà fait ? demanda Sylvie.

Un éclat de rire lui répondit. Il n'y avait qu'elle pour pouvoir plaisanter au sujet du vilain tour que des élèves avaient joué à la timide enseignante de maths et physique.

— Non, mademoiselle ! hurlèrent les filles en chœur.

Quand Sylvie finit d'ouvrir son paquet cadeau, elle y découvrit une bouteille de champagne et deux flûtes en cristal irlandais.

— Il y a même une carte ! dit-elle. « Pour Mlle Legrand, à l'occasion du jour de votre vie le plus romantique, de la part des premières. » Les filles, j'adore votre cadeau !

Elle en pleurait d'émotion.

Connie, qui s'était attendue à une plaisanterie ou même à un négligé orné de plumes de marabout blanc, car après tout ce n'étaient que des adolescentes, retint ses larmes. Elle ne voyait pas pourquoi, après une journée passée à imaginer l'enterrement de la vie de jeune fille de Sylvie, le geste des élèves l'émouvait autant. Soudain, elle comprit que Sylvie allait vivre la nuit la plus romantique de sa vie alors que, elle, elle n'avait aucune chance de partager un jour un moment aussi spécial avec un homme qu'elle aimerait. Sylvie allait avoir ce que Connie désirait tellement, sa propre famille. Le couple avait acheté une très jolie maison de trois chambres à Belfast. Tout le monde avait vu les photos.

La deuxième chambre devait servir de chambre d'amis et Sylvie avait décidé d'en faire aussi son dressing-room. La troisième serait la chambre d'enfant.

« Je vais la peindre en jaune, avait expliqué Sylvie à Connie. Le jaune ira aussi bien pour une fille que pour un garçon. » Connie n'avait rien répondu, mais avait pensé qu'il devait être très agréable de pouvoir planifier sa vie avec autant de confiance. Sylvie allait se marier et n'avait aucun doute sur la future naissance de son premier bébé. Elle avait sans doute déjà repéré chez Tiffany l'alliance en diamants qui marquerait cette naissance.

Connie, elle, n'avait aucun projet pour le reste de sa vie.

Elle n'avait jamais pleuré en regardant *Autant en emporte le vent* ni même *Nuits blanches à Seattle*, mais là, debout dans le fond de la classe, elle était au bord des larmes.

Nicky O'Callaghan dévala le perron en souriant puis sauta sur le siège du conducteur de sa voiture. Elle se retint de faire signe à la vieille dame qui vivait dans l'appartement du dessous et qui, assise à sa fenêtre, observait ce qui se passait sur la place. Nicky se sentait si heureuse qu'elle avait envie de sourire et de dire bonjour à tout le monde. Toutefois, la femme à sa fenêtre ne la regardait pas vraiment : elle regardait au-delà et semblait plutôt absente.

En revanche, Nicky décocha un grand sourire à un homme de l'équipe des travaux routiers qui bloqua la rue pendant dix minutes. Elle avait un sourire très contagieux. L'homme lui rendit son regard d'un air méfiant. Depuis quand les belles blondes aux lèvres rouges lui souriaient-elles ? Pour tenter sa chance, il lui fit un clin d'œil quand le feu passa enfin au vert. La Mini Cooper de Nicky se faufila et il eut la surprise de la voir lui rendre son clin d'œil. Il se dit que c'était le jour ou jamais de tenter sa chance au loto.

Ce matin-là, Nicky aurait souri et fait des clins d'œil à n'importe qui. De toute façon, elle souriait beaucoup. Elle savait qu'elle avait de bonnes raisons pour cela, mais ce jour-là, c'était vraiment spécial. C'était sa première journée en tant que fiancée ! La veille, après la réception de lancement du livre, Freddie l'avait invitée à un souper tardif.

Il n'y avait en général pas grand-chose à manger dans ces soirées, quelques amuse-gueule et du vin. Si l'on restait trop longtemps, on ne mangeait rien, on buvait trop et on se ridiculisait devant ses collègues, son patron et, en cas de malchance spectaculaire, devant les photographes de la presse. Nicky était bien trop intelligente pour tomber dans le piège. Elle buvait de l'eau et dînait après.

Elle avait parlé à Freddie de l'allocution de l'auteur. Elle avait trouvé très gratifiant d'être remerciée publiquement.

« Scarlett est le premier auteur que j'ai suivi depuis le début de sa carrière. J'ai l'impression d'avoir joué un rôle dans tout ce qui est arrivé. Freddie, je ne peux pas te dire ce que cela fait... »

Quand elle avait commencé comme assistante d'édition chez Peony cinq ans plus tôt, elle avait dû faire ses preuves en assurant le travail pénible, mais indispensable, de correction et de relecture quand l'auteur et le directeur de collection s'étaient mis d'accord sur le texte définitif. Scarlett Ryan était le premier auteur qu'on lui avait confié et, quand son premier roman s'était révélé un succès, elle avait insisté sur l'importance du rôle de Nicky.

« Dominic, le P-DG, était là et Scarlett n'arrêtait pas de dire qu'elle me devait beaucoup et que j'étais une éditrice extraordinaire ! Elle a dit que je lui avais montré comment trouver sa vraie voix. C'était un moment magique. » Elle fit une petite pause, le temps de goûter son vin. « Il est délicieux. Ça ne doit pas être donné. Je croyais que tu étais fauché, Freddie. Il y a quelque chose à fêter ? »

Et alors, c'était arrivé. Freddie, le petit génie de Messmer Marketing, un bel homme avec une allure de gamin – frange noire indisciplinée, nul pour la lessive mais parfait pour la vaisselle – s'était levé au beau milieu du bistrot à la mode le Pinot noir, s'était mis à genoux et avait sorti un petit écrin de sa poche de poitrine.

Normalement, rien n'étonnait Nicky. Son sang-froid était devenu légendaire. Elle remarquait tout, depuis la nécessité de racheter du lait pour le bureau jusqu'au retard de traitement de la pile de manuscrits. Or, trop excitée par ce qui s'était passé avec Scarlett, elle n'avait pas remarqué que Freddie l'était autant qu'elle. Elle en avais pris conscience en même temps que d'un scintillement.

« Un diamant ! avait-elle dit d'une voix un peu tremblante.

— Il te plaît ? »

La bague était visiblement neuve, mais on lui avait donné une allure ancienne. De minuscules brillants entouraient un petit diamant rond serti dans un anneau de platine. Même si Nicky aimait beaucoup les étiquettes et les habits à la mode, au fond d'elle-même, c'était une grande romantique. Les gros diamants ne voulaient rien dire. Cette bague, petite mais très belle, était la preuve de l'amour de Freddie. Il avait pris la peine de la choisir lui-même, alors que Nicky avait des idées très arrêtées sur ce genre de sujet. Elle lui avait tendu la main.

« Mets-la-moi au doigt ! »

D'une main un peu tremblante, il avait sorti la bague de l'écrin de velours et l'avait passée au doigt délicat de Nicky. Elle était tellement menue que cette petite bague paraissait totalement à sa place à son doigt.

« J'ai pensé à une chose, avait dit Freddie. N'attendons pas pour nous marier ! Puisque nous n'avons pas assez d'argent pour une grande réception, contentons-nous d'un petit mariage. Cela ne gênera personne. Tout le monde est fauché, maintenant. De plus, cela nous permettra d'avoir un peu d'argent pour nous loger. Qu'en penses-tu ?

— J'en pense que c'est une idée formidable ! Je n'ai jamais beaucoup aimé ces grands mariages ruineux. »

Tout en parlant, elle lui avait caressé la joue avec tendresse. En réalité, à une époque, elle avait rêvé d'un mariage avec deux cents invités, un orchestre, des roses blanches par centaines et une tente de réception décorée de mousseline blanche. A présent que le grand moment arrivait, tout cela lui paraissait indifférent. Ils allaient se marier et c'était tout ce qui comptait.

Autour d'eux, les clients avaient applaudi quand elle avait embrassé Freddie. Après cela, ni l'un ni l'autre n'aurait pu dire ce qu'on leur avait servi. Ils avaient parlé de la liste des invités et de la meilleure façon de présenter leurs projets à leurs parents respectifs. Il fallait éviter les accrochages au sujet des kyrielles de cousins au second degré qui ne seraient pas invités. Dans le taxi qui les avait ramenés, ils s'étaient contentés de se serrer l'un contre l'autre en se tenant la main. Nicky éprouvait une paix qu'elle n'avait jamais ressentie.

A présent, il ne lui restait plus qu'à le dire à sa sœur. Elle savait que Connie ne lui en voudrait jamais d'être heureuse. Au contraire, elle avait toujours voulu que sa sœur ait ce qu'il y avait de mieux. Cette fois, c'était pourtant différent. Il s'agissait de dire à la personne qu'elle aimait le plus après Freddie qu'elle allait se marier, un événement que Connie avait attendu pour elle-même pendant longtemps. Malheureusement, ce sale type de Keith l'en avait privée. Connie avait toujours été la première à faire les choses, la première à quitter la maison familiale, à aller à l'université, trouver un travail et acheter son appartement. Pour une fois,

Nicky serait la première et cela risquait d'être très dur pour sa sœur aînée.

Surtout, cela revenait à l'abandonner. L'appartement de Golden Square était à elle et Nicky lui payait un loyer, mais elles y vivaient ensemble depuis que Connie l'avait acheté, dix ans plus tôt. Pour la première fois depuis très longtemps, Connie se retrouverait totalement seule. Nicky se demandait si elle le supporterait.

Après la soirée de Sylvie, quand elle rentra chez elle, Connie alla voir Nicky dans sa chambre. Elle trouva sa sœur en train de regarder distraitement un vieux film et s'allongea sur le lit à côté d'elle. Connie n'avait pas l'habitude de boire mais avait pris, pour l'occasion, plusieurs verres de vin ainsi que du vin de dessert que Sylvie avait insisté pour avoir et qui était horriblement sucré. C'était tout ce qu'il fallait, en plus de sa tristesse, pour qu'elle ne puisse pas se retenir de pleurer.

— Je suis très heureuse pour Sylvie, dit-elle entre deux sanglots. Je l'aime beaucoup et elle mérite d'être heureuse, mais est-ce que je ne le mérite pas, moi aussi ?

Nicky avait eu l'air tellement blessée que Connie avait presque aussitôt cessé de pleurer pour lui demander pardon.

— Ce n'est pas grave, tout va bien. Simplement, tout le monde est devenu très sentimental à la fin, et je n'ai pas arrêté de penser à Keith. Pour rien au monde, je ne reprendrais une relation avec lui, mais c'était ma chance de m'installer avec quelqu'un et...

Elle se tut. Elle ne pouvait pas, ne voulait pas parler de ses chances qui s'amenuisaient d'avoir des enfants.

Cela aurait été trop douloureux à dire à haute voix, même à sa sœur. Mieux valait garder son secret.

— Connie, je suis vraiment désolée pour toi, dit Nicky.

Connie la serra dans ses bras.

— Ne fais pas attention ! Je deviens une vieille gâteuse, une de ces horribles grenouilles de bénitier ! Toi, tu vas te marier, tu auras une douzaine d'enfants et moi, je les ferai tourner en bourriques. On achètera le reste de la maison et tous les gosses de Golden Square auront peur de moi, la folle qui vit avec sa sœur et ses douze enfants. Qu'en dis-tu ?

Elle sourit à Nicky, qui eut du mal à lui rendre ce sourire.

— Je vais avoir affreusement mal à la tête demain matin, gémit Connie en se levant. S'il te plaît, je compte sur toi pour me tirer du lit à sept heures et demie. Mme Caldwell guettera de son œil d'aigle les invités de ce soir pour savoir si tout le monde arrive à l'heure.

Pour la principale, respecter l'emploi du temps était aussi important que de sauver le monde de la destruction.

— Je viendrai te réveiller.

Nicky avait répondu d'un ton si affligé que Connie passa une heure à se reprocher d'avoir perturbé sa sœur, avant de s'endormir. Dans la vie, certaines personnes obtiennent ce qu'elles veulent et d'autres pas. Il était futile de pleurer parce qu'on est dans la deuxième catégorie ! La vie n'est pas juste et Connie le savait.

5

Les pommes de terre

La route de la famine ne passait pas très loin de notre maison. C'est une route empierrée qui ne mène nulle part, construite pour donner un peu de travail aux hommes quand la campagne avait été frappée par la crise du mildiou de la pomme de terre. Ta génération n'entendra peut-être pas beaucoup parler de famine. A vrai dire, elle nous a causé assez de chagrin pour vous laisser tranquilles, mais il serait dommage d'oublier le passé.

L'Irlande n'est pas le seul pays à avoir souffert de la famine. Agnes avait entendu parler, chez les Fitzmaurice, d'Africains qui n'avaient rien à manger. Les bébés y avaient des ventres énormes à cause de la sous-nutrition. Cela doit être terrible pour une mère de voir son enfant affamé et de ne rien avoir à lui donner. A moi, cela me briserait le cœur. Un peu comme pour ces gens, chez nous, qui mangeaient de l'herbe parce qu'il ne restait rien d'autre.

Chaque fois que je vois cette route de la famine, je remercie le ciel de ce que nous avons. Je dis merci pour toi, Eleanor, pour mon bien-aimé Joe, merci pour Agnes, la meilleure des sœurs. Je me mets à genoux et je dis merci pour tout ce qui m'a été donné. Aux yeux de certaines personnes, je n'ai pas grand-chose, mais moi je sais que j'ai eu le meilleur de la vie.

Sœur Benedict, qui vit au couvent, me répète qu'il ne faut pas se sentir coupable d'avoir eu de la chance. Nous avons tous, d'après elle, nos croix à porter, même si les autres ne peuvent pas toujours les voir. Il y a un chagrin pour chaque vie.

Imagine-toi que le chanoine n'a pas la même version. Pour lui, ce sont nos péchés qui nous valent de souffrir. Il a eu une vie très protégée et considère le moindre péché comme une abomination digne de Sodome et Gomorrhe réunies. Tu devrais l'entendre aux enterrements ! A l'écouter, la plupart des pauvres défunts sont à deux doigts de l'enfer ! Je pense qu'il est un peu dérangé. Il ne montre jamais la moindre joie. Ma mère disait que Dieu est bon. Je préfère prier ce dieu-là plutôt que celui du chanoine.

C'est curieux que le mildiou de la pomme de terre ait tué tant de gens et que nous continuions à vivre de la pomme de terre. Ton père estime qu'un repas n'est pas digne de ce nom sans pommes de terre. C'est la même chose pour Agnes, en dépit de tous les plats raffinés qu'elle a goûtés au manoir.

On ne peut rien faire de meilleur avec des pommes de terre que le « Calli » de ma mère. C'est une recette qui porte beaucoup de noms. En général, on dit « Colcannon » mais, dans notre coin d'Irlande de l'Ouest, nous disons « Calli ». Tu prends quelques belles pommes de terre à purée et tu les fais bouillir avec la peau. Quand elles se défont, tu les pèles, tu les écrases, tu fais une couronne sur une assiette et, ensuite, tu verses la sauce au milieu – du beurre fondu avec un peu de lait chaud et de jeunes oignons émincés. Il n'y a plus qu'à manger. Quand tout s'écroule autour de toi, je te promets que c'est l'une des choses qui réconfortent le mieux.

Depuis son arrivée à Golden Square, une semaine plus tôt, Megan se réveillait tous les matins au son d'un chantier de l'autre côté de la rue. Le bruit des marteaux piqueurs, des pelleteuses et les rires des ouvriers étaient rassurants. Quand elle habitait à Londres, il y avait toujours quelqu'un en train de construire un bâtiment ou une extension, dans sa rue : ces bruits lui étaient aussi familiers que les chants d'oiseaux ou les klaxons.

Chaque matin, pendant un bref instant, elle avait l'impression d'être encore dans son univers de réussite. Elle s'étirait, appréciant le contact des draps sur sa peau, la peau que Rob aimait caresser. Puis elle achevait de se réveiller et la vraie vie balayait brutalement son rêve. Tout le monde la détestait, sa carrière était finie et son cœur brisé.

L'étape suivante consistait à prendre conscience de la présence d'une créature à fourrure perchée sur son édredon. Et soudain, une langue rugueuse léchait la partie de son corps qui se trouvait à découvert, quelle qu'elle soit. La première fois, elle avait dit : « Cici ? », ce qui avait déclenché de grandes démonstrations de joie.

Leonardo aimait se coucher sur le plancher de l'autre côté du lit et un seul mot de la voix endormie de Megan suffisait à déclencher le rituel du matin. Les deux chiens montaient sur le lit pour la lécher en remuant gaiement la queue. Au bout d'une semaine, la routine était parfaitement au point. Ils savaient qu'en insistant, ils obligeraient Megan à se lever pour aller dans la cuisine leur donner un de leurs biscuits et que, après son café et sa première cigarette, elle les emmènerait peut-être se promener. Nora, bien sûr, était déjà partie au travail. Megan savait que c'était sa faute ; elle avait créé un précédent, le premier jour.

Ce matin-là, elle donna un but à sa promenade. Elle avait besoin d'un déguisement. Accrocher les laisses au collier des chiens lui prit une éternité, car ils s'agitaient comme des fous. Elle tenait pourtant à les emmener, car cela lui donnait l'impression d'avoir l'air moins bizarre avec les lunettes dont elle n'avait pas besoin et le bandana noir sous lequel elle cachait sa blondeur. A peine dehors, les chiens voulurent l'entraîner vers le jardin au milieu de la place, mais elle les tira dans la direction opposée.

A un quart d'heure de marche, il y avait un salon de coiffure très chic, mais elle ne voulait pas y aller. Dès le premier regard, on la reconnaîtrait et, le soir même, on ne parlerait plus que d'elle et de sa nouvelle couleur dans tous les endroits à la mode de Dublin. Elle préférait se rendre au Patsy's Salon, du côté ouest de la place. C'était un petit salon, niché en face de la cité Delaney, qui devait déjà avoir l'air vieux et défraîchi vingt ans plus tôt, mais qu'elle avait remarqué le soir de son arrivée. Elle avait essayé de prendre rendez-vous par téléphone, la veille, mais cela ne répondait pas. Elle avait donc décidé de tenter sa chance et d'y passer. Si c'était fermé, elle achèterait une teinture à faire soi-même.

Le salon bruissait d'activité, ce que Megan trouva remarquable pour un endroit qui n'avait pas été rénové depuis longtemps. Il y avait trois bassins de lavage bleu layette, tous occupés, tandis que deux femmes, casque de séchage sur la tête, bavardaient en criant presque pour se faire entendre au milieu du bruit.

Avec des gestes délicats, une jeune fille posait des bigoudis Velcro à une femme très âgée dont les cheveux possédaient une belle nuance mauve argenté. Megan attendit quelques instants, observant la scène.

Une femme aux boucles d'un roux peu naturel émergea de l'arrière-boutique.

— Que puis-je pour vous ? demanda-t-elle.

Elle devait avoir une cinquantaine d'années et possédait une silhouette de rêve, serrée dans un jean étroit et un chemisier en vichy rouge dont les boutons semblaient sur le point d'exploser.

— Je suis Patsy, poursuivit-elle. Que puis-je faire pour vous ?

— J'ai besoin d'une coupe et je veux changer de couleur, répondit Megan d'un ton précipité. Je veux changer de tête.

Patsy ne montra pas le moindre signe d'étonnement. Elle avait vu beaucoup de femmes entrer chez elle l'air un peu perdu et désireuses de changer d'allure. On ne savait jamais ce que la vie vous réservait ! Patsy ne connaissait qu'une seule façon de répondre à cela : aider toutes les femmes qui en avaient besoin, si elle le pouvait, et ne pas poser de questions.

— Asseyez-vous, je m'occupe de vous dans cinq minutes.

— Euh... Maintenant ?

— Oui, pourquoi pas ?

A l'appui de ses paroles, Patsy désignait un petit panneau accroché sur l'un des murs tapissés de brocart rose qui précisait que l'on n'avait pas besoin de rendez-vous.

— Ce n'est pas très courant, dit Megan, désarçonnée par la rapidité des événements.

— On ne sait pas de quoi est fait le lendemain, répondit Patsy d'un ton laissant entendre qu'elle avait eu largement sa part. Asseyez-vous ici, ajouta-t-elle.

— Non, dit Megan qui avait repris ses esprits. Ce n'est pas possible. Je suis venue avec les chiens de ma tante. Je voulais seulement prendre rendez-vous.

Patsy se tourna vers la rue où, attachés à un lampadaire, Cici et Leonardo avaient pris l'air de chiens affreusement malheureux.

— Ils n'ont pas l'habitude qu'on les laisse seuls, n'est-ce pas ?

— Non, il vaut mieux que je m'en aille.

Megan ne comprenait pas pourquoi elle se sentait au bord des larmes. Tout allait de travers, elle n'était qu'une ratée. Elle n'était même pas capable de réfléchir correctement. Elle sursauta presque quand Patsy lui posa doucement la main sur le bras et, à ce contact, elle se mit à pleurer. La vieille dame aux cheveux mauves hocha la tête.

— C'est certainement à cause d'un homme ! dit-elle. C'est tous des tarés, sauf quand ils sont petits.

— On est mieux avec les chats, ajouta l'une des dames sous le séchoir.

— Non, avec les chiens ! jeta une troisième. Les chats, c'est comme les hommes : ils restent avec vous quand ils en ont envie et ils sortent quand ils n'en ont plus envie.

Ignorant cet échange philosophique, Patsy sortit, détacha les chiens et les fit entrer.

— Assis ! dit-elle avec autorité.

Les chiens s'assirent. Ensuite, elle leur donna tranquillement quelques biscuits, posa une tasse de thé sucré devant Megan sans qu'elle n'ait rien demandé et entreprit de dénouer son bandana avec des gestes plus doux. Les boucles platine apportèrent instantanément une touche de glamour hollywoodien dans son salon.

— Bien, dit-elle, je comprends ce que vous voulez dire.

Elle protégea les épaules de Megan avec une serviette puis s'occupa de préparer la couleur. Dix minutes plus tard, Megan était méconnaissable, la tête couverte d'une infâme bouillie et installée sous un séchoir avec un magazine de travaux manuels très corné. Les chiens, apprivoisés par le bourdonnement du salon et gavés de biscuits, s'étaient endormis à ses pieds. Il y avait d'autres magazines, avec des photos de célébrités, mais Patsy avait reconnu Megan. C'était pour cette raison qu'elle lui avait donné un magazine avec des modèles de tricot et des conseils sur la meilleure façon de transformer un beau torchon en housse de coussin.

Vint le moment de retrouver le miroir. Megan avait les cheveux humides et noirs.

— Je coupe beaucoup ? demanda Patsy.

— Je voudrais quelque chose de différent.

— A votre place, je choisirais une coupe courte, très courte. Vous avez un visage idéal pour ça et croyez-moi, cela vous changera complètement.

Et elle commença à couper. Megan eut une pensée pour Freemont Jackson, l'artiste capillaire qui s'occupait de ses cheveux depuis quatre ans et avec qui le seul fait de couper un centimètre représentait une heure de palabres. Quand elle avait décidé de passer d'une coiffure très longue à une longueur aux épaules, c'est tout juste s'il n'avait pas fallu le mettre sous calmants. En fait, encore plus de calmants !

« Ces boucles luxuriantes, c'est tellement *toi* ! » disait-il d'un ton pénétré.

Et voilà que Patsy coupait tranquillement de longues mèches humides sans que cela déclenche un drame capillaire. Megan regarda ses cheveux tomber sur la blouse de nylon noir sans émotion. Une sorte de catharsis s'opérait, un peu comme si elle avait porté un cilice. Elle se punissait en bannissant la créature sexy et irresponsable qui s'était attiré tant d'ennuis. Megan ferma les yeux en essayant de ne pas penser à la façon dont Rob Hartnell passait ses mains dans ses cheveux. « Tu es si belle, disait-il. Ma petite princesse de conte de fées. »

A Prague, dans leur luxueux hôtel, il n'avait cessé de la toucher, caressant son visage ou ses cheveux et la tenant par la taille. Elle avait vraiment eu la sensation d'être devenue une princesse de conte de fées dans cette cité magique. Depuis leur chambre, ils découvraient les coupoles de la ville. Elle avait également aimé la beauté sombre et romantique de l'hôtel Sebastien. « Partons ensemble », avait-il dit. Mais il n'y avait que lui qui était parti.

Deux heures plus tard, Megan découvrit dans le miroir une femme changée. Pour quelqu'un dont les propres cheveux affichaient une couleur peu subtile, Patsy s'était révélée très douée pour choisir la nuance convenant à sa cliente. De toute sa vie, Megan n'avait jamais eu les cheveux foncés. Même pour les besoins d'un film, elle avait été tout au plus châtain très clair. Cette fois, avec ses cheveux courts noir d'encre, on aurait dit une autre personne. Elle comprit qu'elle s'était beaucoup fiée à sa chevelure, à l'effet produit quand elle rejetait ses boucles claires d'un geste séduisant. D'une certaine façon, elle avait été définie par ses cheveux. Une femme enfant, blonde et jolie.

Avec son léger bronzage, on aurait pu croire maintenant qu'elle venait d'un pays lointain, une jeune beauté arabe avec d'étonnants yeux vert olive, des cils noirs et une expression méfiante. La petite chatte aux cheveux d'or s'était effacée devant une femme adulte qui avait déjà vécu. Son nez bien droit lui donnait à présent un air exotique et non plus éthéré. La princesse de conte de fées avait disparu pour de bon. A voir cette inconnue dans le miroir, elle éprouva un sentiment d'étrangeté mais aussi un immense soulagement. Plus personne ne pourrait la reconnaître. Elle-même n'était pas certaine de se reconnaître.

— Merci !

— Cela vous va très bien, répondit Patsy.

Megan n'avait pas l'habitude des grandes étreintes, mais elle avait vraiment envie de serrer Patsy dans ses bras.

— N'hésitez pas à revenir quand on commencera à voir les racines, ajouta Patsy. Je veux dire, si vous êtes par ici.

— Je serai par ici, dit Megan en payant à peine le dixième de ce que cela lui aurait coûté avec Freemont.

La nouvelle routine de Megan incluait une visite au cabinet de Nora au moment de la pause déjeuner pour lui dire bonjour. Le premier jour, elle y était passée sans prévenir et avait rencontré la réceptionniste, une femme qui ressemblait à un oiseau avec ses boucles grises ébouriffées et une tonne de mascara violet. Elle lui avait gaiement annoncé que Nora était occupée avec une cliente.

« Vous devez être la nièce de Nora, avait-elle dit en pépiant avec ravissement. Je m'appelle Angeline mais tout le monde m'appelle Birdie. » Elle lui avait tendu une main minuscule.

« Oui, je suis Megan. » Ensuite, elle avait attendu l'inévitable « Oh ! » marquant qu'elle avait été reconnue. Or, Angeline n'avait rien dit de tel. Au contraire, elle avait continué du même ton joyeux. « Nora m'a dit que vous êtes ici en congé. Je dois dire que c'est le moment idéal pour prendre des vacances. Moi-même, j'en prendrais bien ! Normalement, en hiver, je vais aux Canaries, mais vous savez ce que c'est : les poches sont vides ! »

Quand elle parlait, s'était dit Megan, on aurait vraiment cru entendre un oiseau ! Elle méritait largement son surnom.

« Etes-vous déjà allée aux Canaries ? avait poursuivi Angeline. Magnifique, il n'y a pas d'autres mots, c'est magnifique ! Bien sûr, mon opinion n'engage que moi-même. L'Espagne aussi, c'est formidable. J'ai une amie qui passe tout l'hiver à Alicante avec son mari. C'est meilleur marché qu'ici. Mille fois meilleur marché, qu'elle dit toujours. »

Megan avait acquiescé de la tête. Angeline n'en demandait pas plus pour continuer. « J'ai vu que vous avez sorti les chiens, avait-elle repris. J'aime bien les chiens, mais les chats sont de très bons compagnons. Sir Rollo, c'est mon chat, est un persan bleu. Très difficile sur la nourriture, je vous dis que ça, mais tellement gentil ! Il n'a jamais tué une souris de toute sa vie. »

« Préférez-vous que je vous appelle Angeline ou Birdie ? avait demandé Megan.

— Birdie ! »

Megan était allée s'asseoir sur l'une des chaises dans la salle d'attente. Il y avait quelque chose d'apaisant dans le bavardage de Birdie.

« Habitez-vous dans le quartier ?

— Non, avait répondu Birdie de sa voix haut perchée. Mais j'aimerais beaucoup. J'adore Golden Square. Je suis sur le boulevard. Ce n'est pas aussi joli, mais nous avons une piste cyclable. »

Megan s'était habituée aux menus propos de Birdie et passait tous les jours au cabinet. Birdie aimait discuter avec elle des feuilletons de la veille et, à l'occasion, du climat : « Plus frais aujourd'hui, mais on ne le sent pas trop. » Quand il faisait très froid, elle portait deux épaisseurs de sous-vêtements thermiques. Elle n'hésitait pas à les montrer à Megan en tirant sur les ourlets pour les faire dépasser de son pull.

« Regardez ! Gris foncé avec des rubans roses. C'est très difficile de trouver de jolis sous-vêtements thermiques. J'ai horreur des blancs qui deviennent gris au lavage.

— Où les avez-vous trouvés ? s'était enquise Megan.

— Sur Internet ! On trouve des trucs pas chers et formidables. »

Entre deux clients, Nora les rejoignait, mais en général, elle parlait surtout du client suivant, de la façon dont les chiens s'étaient comportés pendant leur promenade et de la possibilité pour Megan de s'occuper du dîner. Megan avait vite compris que sa tante et Birdie ne parlaient ni des feuilletons ni des fanfreluches qu'on pouvait trouver sur Internet.

Comme Birdie l'avait confié à Megan, « Nora est une femme de science. Elle n'est pas comme vous et moi. Nous sommes de vraies filles, même si vos cheveux ne sont plus comme ceux d'une petite fille. C'est Patsy qui vous a fait ça ? »

Megan avait passé la main dans ses boucles courtes et noires. Cela restait bizarre de se sentir la mâchoire et le cou dénudés.

— Je voulais changer.

— C'est très Ingrid Bergman, avait décrété Birdie. J'essaierais bien moi-même, mais je préfère le style bouffant. »

Après sa visite au salon de pédicure, Megan traversa la place en direction du Titania's Palace. Le salon de thé à la décoration excentrique n'aurait pas déparé une station de ski autrichienne : mobilier de pin, rideaux à petits motifs et lampes Tiffany qui créaient une lumière ambrée. Même les pâtisseries et les viennoiseries étaient inhabituelles, pâte feuilletée saupoudrée de sucre glace et baklavas à la place des scones traditionnels. Tout dans cet endroit était réconfortant, des douceurs abritées par la vitrine intérieure jusqu'au bourdonnement amical des voix.

Megan, qui avait depuis longtemps renoncé à manger, eut brusquement faim en voyant les gâteaux, mais ne s'y arrêta pas. A la place, elle commanda un café allongé mais très fort.

— Bien sûr, ma chérie ! Autre chose ?

La femme qui se tenait derrière le comptoir avait des yeux très noirs et des sourcils arqués qui lui donnaient presque l'air d'avoir des origines amérindiennes. Son visage rayonnait d'une attention toute maternelle. Par pitié, pensa Megan, ne soyez pas aussi gentille avec moi parce que je vais pleurer.

— Non, marmonna-t-elle.

Elle prit son café et alla s'asseoir à une table derrière la vitrine de façon à regarder vers l'extérieur, non qu'elle ait envie de s'intéresser à quoi que ce soit. Elle n'arrivait plus à se concentrer longtemps sur autre chose que le passé. Le fait de se tourner vers la vitrine avait toutefois un avantage, elle risquait moins d'être reconnue. Après toutes ces années où elle aurait fait n'importe quoi pour qu'on la remarque, Megan Flynn ne voulait plus qu'une chose : disparaître.

Megan aimait les clubs privés où, pour être admis, il faut avoir de l'argent et des relations et, en plus, être quelqu'un. Or, elle aimait être quelqu'un, quoique parfois ce fût un peu pénible à cause des fans qui demandaient des autographes et voulaient à tout prix lui parler alors qu'elle sortait des cabines d'essayage d'un magasin. En réalité, même cela était agréable. D'autres stars de son petit monde s'en plaignaient bruyamment, mais pas elle. D'après Carole, son agent, cela venait du manque d'attention dont elle avait souffert dans l'enfance. « Les plus grands sont toujours comme ça, personne ne les a assez aimés quand ils étaient petits et, devenus adultes, ils font tout pour rattraper le temps perdu. »

La remarque de Carole avait fait rire Megan. « Pas tous, quand même ?

— Si, tous ! »

Elles avaient eu cette conversation au Victory House Club en buvant des mojitos bien tassés – la recette personnelle de Carole, réalisée avec deux rhums différents. Elles célébraient le contrat de Megan pour *The Warrior Queen*. L'associée de Carole, Zara Scott, les avait rejointes. Toutes deux dans la quarantaine, battantes et pleines d'énergie, les fondatrices de Scott-Baird international travaillaient dur pour faire de leur agence l'une des plus puissantes. C'était Zara qui avait convaincu le réalisateur de *The Warrior Queen* de confier à Megan le rôle de la princesse romaine. Pour commencer, il avait refusé. Il voulait une inconnue, pas l'actrice qui avait crevé l'écran dans un film de gangsters où elle brandissait un fusil à canon scié. Zara avait insisté jusqu'à ce qu'il cède et fasse tourner un bout d'essai à Megan. Et elle avait gagné, Megan avait obtenu un rôle pour lequel beaucoup d'actrices auraient tué. C'était dans ce film d'action historique qu'elle était devenue la partenaire de l'irrésistible Rob Hartnell à la belle maturité.

Au troisième mojito, elles discutaient les tenants et aboutissants du mariage de Rob avec l'actrice plusieurs fois récompensée, Katharine Hartnell.

« Tout le monde sait que le couple de Katharine et Rob est l'un des plus solides du milieu, disait Carole. Moi, je ne me fie jamais à ce genre de baratin. On dirait vraiment une histoire pour la presse.

— Non, protestait Zara. C'est vrai, je l'ai appris de source sûre. Apparemment, Katharine et Rob sont toujours très amoureux. Difficile à croire, n'est-ce pas ?

— Oui, répondait Carole, mais ce n'est pas le genre d'homme qu'on chasse de son lit même s'il y met des miettes ! Il ressemble à Robert Redford en brun et plus sexy, si c'est encore possible. Katharine a de la chance, c'est tout ce que je peux dire.

— Elle est aussi très belle, pour son âge.

— Oui, pour son âge. Pourquoi dit-on ça pour les femmes ? Personne ne dit jamais d'un homme qu'il est bien pour son âge ! »

Zara avait éclaté de rire. « Carole, si tu commences à t'attendrir, il vaut mieux que tu quittes le business, d'accord ? »

Carole avait terminé son verre et cherché un serveur du regard. « Désolée, je me sentais trop bien, ici. J'ai oublié que les acteurs sont *distingués* quand ils arrivent à la cinquantaine tandis que les actrices sont finies à moins qu'elles ne veuillent jouer les grands-mères pleines de sagesse.

— Ou faire beaucoup de théâtre, avait ajouté Megan.

— Katharine Hartnell fait beaucoup de théâtre, avait confirmé Carole. Je l'ai vue dans *Hedda Gabler*. Elle était fascinante et magnifique.

— Oui, c'est une belle femme, avait dit Megan. Zara avait ajouté un commentaire sur son teint laiteux, qui mettait en valeur « ses yeux d'infante espagnole ». Mais, avait-elle observé, elle avait certainement eu recours à la chirurgie.

« Pas grand-chose, je pense, juste quelques petites retouches, pas le lifting complet où l'on se retrouve avec les sourcils à la hauteur des cheveux.

— Moins on en fait, mieux ça vaut, avait acquiescé Carole.

Megan avait aussitôt étudié son visage dans la table miroitée devant elle. « Je devrais peut-être me mettre au Botox ?

— C'est trop tôt pour toi, avait dit Carole. Plus tard, peut-être. Tu vois, le problème, c'est quand on en fait trop. Tu n'imagines pas le nombre de gens qui deviennent accros. Et puis, soyons claires, les bons réalisateurs veulent des visages capables d'exprimer quelque chose. Le look poupée de porcelaine est en train de passer. Tu ne peux pas jouer si tu ne peux pas faire bouger les muscles de ton visage. »

Zara l'avait taquinée. « L'essentiel, c'est que tu puisses assez bouger les lèvres pour demander quelle est ta motivation dans la scène où tu dois séduire Rob Hartnell.

— Tais-toi ! Je suis morte de peur. Cet homme est un mythe !

— Un mythe très sexy, et tu as une formidable scène d'amour avec lui ! »

Megan avait ri. « C'est encore pire ! » Pourtant, cette idée l'enthousiasmait. Cela n'arrivait pas à n'importe qui, cela lui arrivait à elle. Elle avait décroché le rôle magique où elle jouerait avec un homme qu'elle avait regardé, complètement séduite, comme n'importe qui d'autre, sur l'écran de l'Odeon quand elle était plus jeune. Cette fois, ce serait elle sur l'écran avec Rob. Cela lui donnait le vertige.

Zara lui avait tapoté la main. « Ne t'inquiète pas, ce jour-là, on te remplacera, Carole ou moi ! Je peux faire l'effort de séduire Rob Hartnell si c'est pour une bonne cause. »

Megan Flynn revint au présent, au Titania's Palace. Assise devant sa tasse vide, elle regarda les gens autour d'elle. Avant, elle ne leur aurait rien envié. Elle les aurait plaints d'avoir des vies ennuyeuses. Les femmes avaient des sacs d'épicerie à leurs pieds ; les jeunes mères surveillaient leur bébé perché dans leur chaise haute, le visage rouge et grimaçant, tandis que les hommes s'échinaient sur des mots croisés ou bavardaient avec autant d'animation que les femmes.

A l'époque où elle passait la nuit à danser dans des clubs sélects ou lors d'une fête de fin de tournage, où elle posait pour les photographes et établissait avec son agent son emploi du temps, elle les aurait considérés comme des morts-vivants. Comment tous ces gens pouvaient-ils ne pas avoir envie de faire la même chose qu'elle ? Comment pouvaient-ils être heureux dans leur petite vie banale ?

A présent, en les observant, elle comprenait l'attrait d'une vie simple. Il n'y avait peut-être rien de très excitant dans leur existence, mais ils étaient en sécurité et heureux dans le monde chaleureux de Golden Square.

Aucune de ces personnes ne tremblait d'angoisse en pensant au reste de sa vie ou à l'idée qu'on puisse découvrir sa cachette à Dublin. Aucune d'elles n'avait eu le cœur brisé. Ainsi pensait Megan à sa façon égocentrique.

Se contenter d'une petite vie ennuyeuse était-il le juste prix à payer pour cette tranquillité ?

6

Les champignons

Ne sous-estime jamais le pouvoir d'un simple petit champignon ! Quand j'étais petite, Agnes et ma mère filaient dès l'aube en été à la recherche des champignons. Personne n'aurait imaginé d'en faire pousser dans le potager à côté des pommes de terre et des choux. Ma mère disait que les champignons étaient un cadeau des fées, délicats petits coussins à aiguilles éparpillés dans l'herbe au lever du soleil. Il fallait être rapide si on ne voulait pas que le bétail les piétine.

Quand elles rentraient avec leur récolte, on posait les plus gros sur le dessus du fourneau et on y mettait un peu de sel. Rôtis de cette façon, c'était la chose la plus délicieuse qu'on puisse manger. Avec des œufs brouillés, cela devenait un festin : une assiette de champignons dégoulinant de jus, couleur de terre, et les œufs comme des nuages jaunes à côté.

Encore aujourd'hui, et cela fait longtemps que je n'ai pas marché dans un pré pour ramasser des champignons sauvages, j'ai encore sur la langue le goût de ce que nous faisions rôtir sur le fourneau.

Nous aimions cette simplicité. Agnes nous avait raconté les grands festins au manoir avec les sauces qu'il fallait préparer pendant des heures. A l'époque, dans les grandes mai-

sons, on ne jurait que par la sauce hollandaise avec les asperges. Depuis, j'ai goûté aux asperges, mais je les laisse volontiers pour un champignon rôti tous les jours.

Ces humbles champignons prouvent que parfois on découvre que les meilleures choses de la vie poussent librement et gratuitement juste sous notre nez. Eleanor, ne te presse pas, sinon tu ne pourras pas voir les champignons sauvages autour de toi.

A la mi-janvier, il se mit à pleuvoir. Rae se demandait quel était le pire des deux maux. Quand la température remontait, il pleuvait. Quand il ne pleuvait pas, on gelait !

Rae se réveilla au son de la pluie torrentielle qui tambourinait sur les vitres. Déjà réveillé, Will était en train de lire. Elle le regarda, encore ensommeillée, puis se tourna vers le réveil. Il n'était que six heures et demie et il faisait noir. Elle se pelotonna contre lui, appréciant la bonne chaleur de son corps. Will avait toujours chaud alors qu'elle portait des socquettes de lit et des pyjamas en flanelle. Elle en avait découvert le confort au moment de la cinquantaine, quand elle avait commencé à avoir des bouffées de chaleur en pleine nuit.

Elle avait horreur de ces bouffées de chaleur, horreur de se réveiller couverte d'une froide transpiration, les cheveux collés au crâne comme si elle avait nagé. Toutefois, elle trouvait encore plus dur de savoir que sa période de fertilité était terminée. Il y avait des mots qui l'attristaient et « ménopause » en faisait partie. Il y avait quelque chose d'horriblement définitif dans le fait de devenir stérile. La possibilité d'avoir des enfants lui avait pourtant valu autant de chagrin que de joie. Elle ne pouvait jamais voir un bébé dans son berceau sans que la vieille douleur se réveille.

— Bonjour, mon amour ! dit Will.

— Tu t'es réveillé tôt, murmura-t-elle.

— Je n'arrivais pas à dormir. Et toi ? Tu as bien dormi ?

— Oui, très bien. Je suis désolée que tu aies passé une mauvaise nuit.

Rae resta couchée pendant encore un moment, faisant ce qu'elle faisait depuis si longtemps : obliger doucement le passé à retourner dans sa niche mentale. Ensuite, elle s'étira avec délices. Elle avait encore une heure avant de devoir se lever. Quelle chance !

Elle aimait rester allongée et sommeiller. Quand Anton était petit, c'était ce qui lui manquait le plus, ce temps pour rêver, pendant les week-ends, avant de devoir se lever pour affronter la journée. Anton s'était toujours réveillé très tôt. A sa naissance, elle avait vingt-neuf ans et à présent, il avait atteint ce même âge.

Elle essaya d'imaginer son fils dans la peau d'un parent, même s'il ne donnait aucun signe de vouloir s'installer.

Anton serait un père doux et attentionné. Pendant des années, il avait été le plus grand garçon de sa classe, bâti comme un joueur de rugby et totalement dépourvu du féroce goût du sport d'un rugbyman. Rae le revoyait assis devant le panier du chien, lui caressant les oreilles avec des gestes d'une grande gentillesse. Il avait mis ses qualités au service de l'analyse politique. Surtout, il était heureux, et elle ne désirait rien d'autre.

Elle avait eu de la chance en dépit de tout ce qui lui était arrivé. Elle ne devait *jamais* l'oublier.

Laissant son esprit vagabonder, Rae se mit à penser au Titania's et à la matinée qui l'attendait. Patsy, la coiffeuse, avait téléphoné pour réserver une table de dix personnes à l'heure du déjeuner, avec un gâteau d'anniversaire.

« Il faut des bougies ? avait demandé Rae.

— Certainement pas ! avait répondu Patsy de sa voix rauque de fumeuse. Elle a passé l'âge ! Plutôt quelque chose avec des petites chaussures en sucre pour le décor. Elle adore les chaussures, et elles le lui rendent bien. »

Rae avait éclaté de rire. Elle aimait beaucoup Patsy et son humour pince-sans-rire. Patsy n'avait certainement pas été élevée dans une famille heureuse, Rae en était convaincue. Il y avait quelque chose de spécial entre elles, comme si elles se reconnaissaient alors qu'elles n'avaient jamais parlé de leur passé. Simplement, parfois, on sait les choses.

Patsy ne considérait pas Rae comme une femme confortablement mariée qui donnait un coup de main à Community Cares pour occuper ses loisirs. Elle avait compris que, en aidant les autres, Rae s'aidait elle-même, de la même façon qu'elle aidait les femmes qui arrivaient dans son salon de coiffure avec des yeux au beurre noir, rougis par les larmes, et une expression de souffrance sur le visage. Patsy les accueillait, mettait la bouilloire à chauffer et les rendait belles. Comme de prendre une tasse de thé au Titania's, se sentir belle touchait parfois quelque chose de plus profond que la simple surface des choses.

Will posa son livre.

— J'étais en train de penser...

Rae s'arracha à sa rêverie et se redressa contre les oreillers.

— Sois prudent, mon chéri, tu risques de te faire du mal ! dit-elle en riant.

Pour se venger, il la chatouilla sous le bras, là où il savait qu'elle ne pouvait pas résister.

— Tu as gagné ! dit-elle en riant de plus belle.

— J'allais te proposer des vacances de rêve pour reprendre des forces après l'hiver, dit-il, mais puisque tu me prends pour l'idiot de service...

— Allons, mon gros idiot ! dit-elle en l'embrassant dans le cou. Tu sais que je t'aime.

— Dans ce cas... Je me disais, avant d'être interrompu si grossièrement, que nous n'avons pas pris de vacances depuis deux ans. Que dirais-tu d'une croisière ?

Rae ne put retenir un petit cri de surprise. Elle avait toujours rêvé d'une croisière, mais le prix lui paraissait très élevé quand elle regardait sur Internet.

— Tu crois que nous pouvons nous le permettre ? demanda-t-elle.

En réalité, elle pensait que cela devait être dans leurs moyens. C'était Will qui s'occupait des finances du couple. Bien sûr, elle dirigeait le salon de thé, mais les lieux appartenaient à Timothy. Il lui donnait un budget et tenait les comptes. Rae n'avait jamais été très à l'aise avec les questions d'argent.

S'il n'avait tenu qu'à elle, Will et elle n'auraient jamais rien dépensé au cas où une catastrophe les aurait laissés sans le sou. Ses parents avaient été fauchés en permanence. Dans son travail avec Community Cares, elle ne voyait que des gens vivant au bord du gouffre.

— Hier soir, dit Will, j'ai vérifié les relevés bancaires sur Internet. Il n'y a aucun obstacle à ce que l'on s'offre une croisière cette année.

— Oui, mais serait-ce raisonnable ? On ne sait pas combien de temps va durer la crise. Tu n'as pas énormément de travail, Timothy pourrait décider de fermer Titania's…

Rae sentit monter l'angoisse habituelle où les soucis d'argent l'emportaient sur tous ses rêves de vacances.

— Ecoute, ma chérie, nous sommes enfin à l'aise financièrement ! Nous ne dépensons rien, nous faisons très attention. Oui, il y a la crise et j'ai moitié moins de travail que l'année dernière.

Will travaillait comme technicien dessinateur d'architecture pour une entreprise locale et, la construction étant au point mort, il travaillait seulement sur les projets de l'entreprise en Extrême-Orient.

— Mais tout va bien, reprit-il. La maison est payée, nous pourrions vivre avec la moitié de ce que nous gagnons aujourd'hui.

Rae adressa au ciel une prière silencieuse pour l'héritage du père de Will qui leur avait permis de liquider leurs emprunts pour la maison quinze ans plus tôt. Ils avaient acheté bien avant le boum de l'immobilier, donc pour un prix ridicule par rapport à ce que le marché était devenu.

— Rae, cela fait combien de temps que nous parlons de nous offrir une croisière ?

— Anton était encore petit, dit-elle en se détendant. Nous savions qu'il ne supporterait pas l'univers clos d'un bateau. Souviens-toi de toutes les vacances au bord de la mer !

— Sa folie du minigolf !

Ce souvenir leur arracha un long gémissement. A l'âge de dix ans, Anton s'était pris de passion pour le minigolf et il n'était pas question de passer des vacances sans aller faire quelques parties. Will et Rae avaient passé des heures à essayer de faire entrer des balles de golf dans des têtes de clown à la bouche grande ouverte ou dans des petits moulins.

— Et Disneyworld, en Floride ?

Il leur avait fallu économiser pendant trois ans pour s'offrir le séjour.

— C'était extraordinaire, répondit Will avec un soupir. Je ne crois pas que j'oserais encore me lancer sur le grand huit !

— Tu as été extraordinaire ; dire que tu les as tous essayés !

Rae était terrifiée par le vide et le seul fait de regarder certains des manèges d'Orlando la mettait au bord de l'évanouissement.

— J'adorerais partir en croisière, dit-elle.

Soudain, elle faillit pleurer de joie. Elle avait une chance incroyable ! Elle avait un fils et un mari extraordinaires et, à présent, il était question d'un cadeau inattendu. En repensant à sa vie d'une certaine époque, elle n'aurait jamais imaginé un tel bonheur, même en rêve.

— Je t'aime, Will, dit-elle en le prenant dans ses bras.

— Monsieur le gros idiot t'aime aussi, dit-il en l'embrassant. Tu sais, c'est très sexy, ce que tu portes...

Il écarta le col de son pyjama en polaire, antithèse du « sexy », pour pouvoir lui caresser le cou.

— C'est conçu pour rendre les hommes fous de désir, en effet. Mais si cela te dérange, je peux l'enlever !

— C'est une idée...

Ensuite, il ne fut plus question de parler.

Moins d'une heure plus tard, ils étaient habillés et prenaient leur petit déjeuner. Tandis que Rae mettait en marche la cafetière, Will s'occupa de disposer les tasses et les assiettes. Leur routine était bien établie et ils ne se gênaient pas. Rae fit griller des tranches de pain complet, son mari sortit la marmelade qu'elle aimait ainsi que la gelée de prunes, juste au cas où ils en auraient envie.

Cette façon de vivre était exactement à l'opposé de ce que Rae avait connu dans l'enfance. A cette époque-là, l'ambiance du matin était horriblement tendue, la maison tremblant des disputes qui surgissaient à tout moment. Il suffisait d'un mot de travers pour que Glory Hennessey se mette à jeter la vaisselle à la tête de Paudge tout en l'insultant, toutes choses qu'il lui rendait sans hésitation. Rae avait horreur de ces scènes et avait appris très tôt à se fondre dans le décor pour ne pas y être mêlée.

Dès l'enfance, elle avait développé cette aptitude d'adulte à prendre la température d'une pièce au premier coup d'œil. Si l'ambiance était joyeuse, elle se conduirait en petite fille joyeuse, mais ne le serait pas réellement. Sa joie n'était que de surface. Elle jouait le jeu, mais restait sur ses gardes, car les hurlements pouvaient surgir deux minutes plus tard.

A l'école, les professeurs la considéraient comme une enfant étrangement silencieuse. Elle avait pris l'habitude de se taire. Chez elle, on avait vite fait de dire ce qu'il ne fallait pas dire. Le plus sage était de garder le silence.

Après toutes ces années, Rae avait encore le ventre noué quand elle entendait des gens se disputer. Ce n'était pas un hasard si elle avait épousé un homme gentil, attentionné et qui parlait rarement sans tenir compte de l'impact probable de ses paroles sur les autres.

Quand l'horloge marqua huit heures vingt, la pluie avait cessé. Rae embrassa Will sur la joue et ils partirent travailler, elle au Titania's un peu plus loin dans la rue, et lui dans son bureau, installé à l'arrière de leur maison, dans leur jardin tout en longueur.

Rae choisit l'itinéraire le plus long et commença à faire le tour du jardin de la place. La puissante odeur de terre mouillée l'emportait sur tous les autres parfums. En dépit de l'humidité, deux chiens étaient en train de se rouler dans l'herbe.

Elle reconnut le petit lévrier de Nora et la drôle de boule de poils qui aimait tellement jouer les importants. Ce n'était pas Nora qui les accompagnait mais une jeune femme très mince aux cheveux noirs avec un petit visage d'elfe et de grands yeux tristes. Assise sur un banc, elle surveillait les chiens. Rae l'avait vue au Titania's quelques jours plus tôt et avait reconnu la nièce de Nora, l'actrice. Elle aurait été incapable de retrouver son nom, mais elle était sûre d'une chose : la dernière fois qu'elle l'avait vue, c'était une ravissante petite blonde, pas cette silhouette sombre et avachie.

Rae savait qu'il s'était produit un scandale. Une cliente du Titania's en avait récemment parlé, mais elle n'avait écouté que d'une oreille. Elle se méfiait des cancans. Souvent, les prétendues informations étaient fausses et la cruauté banalisée des magazines l'horrifiait.

Quand elle l'avait vue au salon de thé, elle aurait voulu lui souhaiter la bienvenue à Golden Square. Ah oui ! Elle s'appelait Megan. Elle avait préféré ne rien dire, car la jeune femme semblait au bord des larmes.

Elle était bien placée pour savoir que, parfois, il suffit de quelques mots aimables pour vous faire craquer.

Ce matin, Megan avait l'air un peu moins triste.

— Bonjour, dit Rae. Je suis Rae Kerrigan du salon de thé. Vous êtes bien la nièce de Nora ? Je vous souhaite un bon retour parmi nous.

Elle avait conscience de la bonne odeur de terre du parc. Peu de gens appréciaient la nature en hiver, mais elle, elle aimait sentir la terre en hibernation avant le lent déploiement du printemps.

— C'est un bel endroit, n'est-ce pas ? On pourrait se croire en pleine campagne.

Megan ne répondit rien et se contenta de regarder Rae à travers ses cils. Rae comprit qu'elle était sur la défensive. Elle devait s'appliquer à ne dire que des choses sans importance.

— Les chiens sont vraiment très drôles ! J'aime leur façon d'apprécier les choses simples.

Dans l'herbe, le plus petit des chiens jouait avec un plaisir visiblement orgiaque, souligné de petits gémissements satisfaits. Rae se baissa pour gratter le ventre rose de Cici en lui murmurant quelques mots affectueux. Elle sentit que Megan se détendait. Les animaux étaient les meilleurs juges des bonnes manières : comment une personne qui caresse un chien avec autant de sincérité pourrait-elle devenir agressive envers l'humain le plus proche ?

— Elle adore ça, dit Megan d'une voix légèrement voilée.

— Tous les chiens aiment ça, répondit Rae en se relevant. Mon fils adore les animaux et quand il était petit, il me ramenait sans arrêt un rescapé ou un autre. Apparemment, quand un chien vous laisse lui caresser le ventre, c'est qu'il est détendu.

— Dans le cas de Cici, elle est détendue, mais elle se prend aussi pour une princesse égyptienne qui attend qu'on la serve en permanence, dit Megan d'un ton pince-sans-rire.

Rae éclata de rire. Sentant que l'on parlait d'elle, Cici s'assit dans l'herbe, s'ébroua pour se débarrasser des multiples débris récoltés dans l'herbe puis vint renifler Rae dans les règles de l'art.

— Elle est adorable, dit Rae en lui donnant encore une caresse avant de sourire à Megan. A une autre fois !

— Oui, à une autre fois.

Megan releva enfin les yeux pour regarder Rae bien en face et cette dernière crut en perdre le souffle. Elle ne l'avait pas vraiment vue au Titania's, car elle avait gardé la tête baissée. Or, soudain, Rae découvrait qu'elle était ravissante, un peu à la manière d'une star du cinéma muet sur une vieille photo, un visage aux reliefs beaucoup plus accentués que chez une personne normale.

Et pourtant, on sentait une infinie tristesse chez Megan. Rae regretta de ne pas avoir prêté attention à son histoire, quelle qu'elle soit. Elle aurait pu mieux comprendre ce qui lui arrivait. D'après les ragots du salon de thé, elle était sortie avec un homme solidement marié, une des célébrités du grand écran. Cette jeune femme sur la défensive n'avait pourtant pas l'air d'une femme fatale ! Il devait y avoir quelque chose d'autre derrière cette affaire.

Rae sortit du jardin par la grille noir et or couverte de vigne vierge à l'opposé du Titania's et, encore une fois, remercia le ciel pour tous les bonheurs de sa vie.

Cela faisait partie de ses rites, dire merci chaque jour. Certaines personnes écrivent des journaux intimes pour remercier la vie de ce qu'elle leur apporte et Rae aimait cette idée. Elle préférait toutefois une méthode plus vivante et, tous les jours, disait merci.

Merci pour Will, merci de nous accorder une vie confortable où nous pouvons organiser des vacances alors que tant de gens arrivent à peine à survivre. Merci pour ma vie tranquille, ce qui n'est pas le cas de cette pauvre jeune femme dans le jardin.

Toujours, elle ajoutait : *S'il vous plaît, faites que Jasmine soit aussi heureuse, où qu'elle se trouve.*

Quand la femme qu'elle avait vue au Titania's lui avait dit bonjour, Megan s'était pétrifiée. Par pitié ! Elle en avait assez de ces gens faussement amicaux. La veille, une horrible peau de vache au regard fourbe s'était glissée à côté d'elle alors qu'elle attendait son tour au Nook, le petit magasin de la place. « Cette coiffure vous change complètement, Mademoiselle. Vous avez moins l'air d'une star. » Megan avait posé son panier et quitté le magasin à toute vitesse. Dans le jardin, cela avait été différent avec... Rae, c'était bien le nom qu'elle avait dit ? Elle avait été très gentille et accueillante.

Depuis quinze jours, la routine de Golden Square avait enveloppé Megan dans une sorte de cocon. Le matin, les chiens la réveillaient en douceur. Les animaux étaient tellement plus rassurants que les gens ! Ils ne vous jugeaient pas, sauf si vous négligiez leur promenade.

Ensuite, Megan se faisait du café et allait le boire sur le seuil de la porte de derrière. Elle y fumait aussi sa première cigarette, en dépit du froid qui la faisait frissonner dans sa robe de chambre. Il y avait longtemps qu'elle n'avait pas vécu dans une maison avec un jardin. Cela lui paraissait à la fois bizarre et familier. Nora n'était pas passionnée par le jardinage et le jardin tout en longueur était un grand fouillis de vieux arbres et d'églantines. Megan ne connaissait pas grand-chose au sujet de la nature, mais savait quand même que le plus grand des arbres, au milieu du jardin, était un marronnier, car elle se souvenait d'avoir ramassé des marrons quand elle était petite.

Pendant ce temps, Leonardo et Cici fonçaient sous les buissons, le nez collé au sol, suivant une odeur ou une autre. Ils revenaient ensuite s'asseoir à ses pieds, trempés par la rosée, toute une moisson de brindilles et d'herbes accrochée dans leurs poils.

Plus d'une fois, elle leur avait dit : « Je ne devrais pas fumer à côté de vous. » C'était étrange, car elle ne s'était jamais souciée de savoir si elle faisait souffrir quelqu'un de tabagie passive. Fumer faisait partie d'elle-même, comme de porter des minijupes ou des boots. Or, ici, dans la maison de Nora à Golden Square, fumer paraissait déplacé, un peu comme ses vêtements habituels. Megan avait l'impression d'avoir abandonné, comme si elle avait mué, l'ancienne peau de Megan Bouchier pour redevenir Megan Flynn. Il avait suffi de deux semaines pour cela.

Carole l'avait appelée deux ou trois fois sur son téléphone portable pour la tenir au courant de l'évolution de la catastrophe qu'était devenue sa carrière. Elle ne faisait plus les gros titres. Un tremblement de terre en Asie et une nouvelle vague de menaces terroristes ajoutés à la maladie d'une pop star ainsi que la réduction mammaire en direct d'une star de télé-réalité l'avaient détrônée.

120

« Tu as de la chance, avait dit Carole. Avec ce tremblement de terre, on ne pense plus à toi. Tu peux aussi remercier le ciel pour la chirurgie esthétique de Destiny. » Megan avait regardé l'émission pendant quelques minutes puis Nora était entrée dans le salon. Elle avait poussé une exclamation horrifiée.

« On dirait qu'on lui a mis des gros ballons sauteurs dans la poitrine ! Comment un chirurgien a-t-il osé faire ça à cette pauvre femme ?

— Maintenant, il les enlève, avait répondu Megan en prenant la télécommande.

— Il est temps ! On dirait que ça va exploser. A mon avis, elle n'a pas vu ses orteils depuis quelques années. Imagine l'état de ses pieds ! »

Megan avait éclaté de rire, chose qui ne lui était pas arrivée depuis un moment.

Carole l'avait cependant mise en garde. « Cela ne veut pas dire que les médias t'ont oubliée. Ne te fais pas d'illusions. »

« Je n'en ai pas ! avait répondu Megan avec irritation. J'en ai marre, c'est tout, je veux recommencer à travailler. » Au moins, si elle travaillait, elle n'aurait pas le temps de penser à ce qui s'était passé avec Rob.

« Tu dois rester discrète jusqu'à ce qu'on te propose de nouveau des rôles intéressants. Il n'est pas question de signer pour des films d'horreur sado-maso avec des gens à l'affût des actrices prêtes à tout pour revenir. Or, tous les bons rôles ont disparu. Tu n'avais pas encore signé le contrat pour le film en costumes et les producteurs ne veulent plus de toi. Heureusement que tu avais fini de tourner en Roumanie. Tu devras aller à Londres en postproduction, mais ce n'est pas avant deux mois. Tu devrais t'investir dans une organisation caritative, cela rendrait ton image plus positive. Veux-tu qu'on s'occupe d'organiser quelque chose pour toi ? »

Atterrée par le cynisme de ses propos, Megan avait refusé. Choisir un organisme et faire semblant de se soucier des autres, voilà le genre de bon conseil que l'on pouvait donner dans son ancien monde.

Quant à Rob Hartnell, elle n'avait pas d'autres nouvelles de lui que les habituelles spéculations des médias sur l'endroit où il se trouvait. Selon le magazine qu'on lisait, il naviguait sur le yacht d'un milliardaire dans le Pacifique ou bien séjournait sur une île privée des Caraïbes ou de l'océan Indien.

« En principe, avait repris Carole, il aurait dû être en train de tourner un thriller à Stockholm. Le tournage a été ajourné et les producteurs deviennent enragés, donc le studio est enragé, donc tout le monde est en rage contre toi. Pour Rob Hartnell, comme il suffit qu'il apparaisse pour remplir les salles, personne n'est fâché contre lui. Un des blogs de commérages d'Hollywood affirme que tu as tout inventé pour te faire de la publicité. »

Megan en avait eu la nausée. « Tu vas démentir, n'est-ce pas ? »

Il y avait eu un petit silence, puis Carole avait dit : « Attendons d'abord de voir comment ça tourne, d'accord ? »

En repensant à cette conversation, Megan se sentait encore plus mal. Tout en regardant Rae s'éloigner, elle alluma une nouvelle cigarette. Apparemment, elle n'avait pas été reconnue par la passante et cela ne l'étonnait même pas. Ces derniers temps, plus personne ne la reconnaissait, ce qui n'était pas un mal. Elle avait besoin de tout sauf d'être retrouvée par les médias.

Elle ne portait plus que des jeans et des cardigans, ne se maquillait plus et ne prenait même plus la peine de se brosser les cheveux. Ils étaient tellement courts que ce n'était plus nécessaire. Il suffisait de passer ses doigts dans les mèches et elles se remettaient en place. Elle éprouvait toujours de la surprise quand elle se regardait dans un miroir et découvrait cette inconnue aux cheveux noirs et au regard méfiant qui la fixait. Au moins, cela rendait sa présence un peu plus discrète.

A Londres, elle avait l'habitude d'être suivie pas à pas par les paparazzi quand elle était invitée à la première d'un film ou à une soirée. Après son premier grand succès, ils ne l'avaient pas lâchée d'une semelle pendant plusieurs semaines pour vendre leurs photos d'elle à la presse people. Pendant tout ce temps, elle avait fait l'effort de toujours être très bien habillée et y avait même pris plaisir.

La première fois que cela lui était arrivé, elle avait aussitôt appelé sa sœur Pippa pour lui raconter. C'était tellement bizarre. « Tu veux dire qu'il t'a photographiée en train d'acheter du café au magasin de ton quartier ! » s'était exclamée Pippa.

« Oui, avait fièrement répondu Megan. Je sais bien que c'est très agressif, mais c'est génial !

— Comment étais-tu habillée ? Par pitié, ne me dis pas que tu étais en pyjama ! »

Megan s'était mise à rire. « Non, j'avais un jean collant, un tee-shirt écru avec des manches en soie, l'écharpe Vuitton que tout le monde veut en ce moment – tu te rends compte qu'ils me l'ont offerte ! – et un béret avec une broche en forme de fleur.

— Tout ça pour aller chercher du café au coin de la rue ?

— Je voulais faire un effort, Pippa, avait dit Megan avec une soudaine irritation. C'est aussi pour ça qu'ils prennent des photos. Tu sais, je ne suis pas Julia Roberts. J'ai fait exprès de bien m'habiller. »

Pippa avait seulement fait : « Oh ! »

Assise seule sur son banc, Megan se remémorait cette conversation et cela la mettait un peu mal à l'aise. Elle s'était énervée contre sa sœur qui n'avait pas compris dans quel univers elle se trouvait. Un univers où il était important de se faire photographier pour la presse people, car cela signifiait que l'on était quelqu'un. A présent, le revers de la médaille lui apparaissait. Ce qu'elle avait connu à une époque lui manquait. Ici, à part Nora, personne ne la considérait comme quelqu'un d'important. C'était dur.

Au lieu de son ancienne vie brillante, elle ne connaissait plus que des journées remplies de petits riens, le café, les cigarettes, la promenade des chiens, encore du café au Titania's si elle avait le courage de se montrer en public et ensuite regarder la télévision toute la journée. Elle se cachait et cela la détruisait.

« Allons, c'est fini, on rentre ! » cria-t-elle aux chiens d'une voix fâchée. Mais ils ne connaissaient pas cette Megan à la voix dure et refusèrent de s'approcher. Tant pis, se dit-elle, je peux les laisser courir encore pendant une petite minute.

Si quelqu'un avait changé, ce n'était pas elle, mais Pippa. A une époque, elle participait à sa vie. Elle assistait aux soirées qui suivaient les premières et traînait avec les amis de Megan. Et que faisait-elle à présent ? Elle n'était pas là, se terrant avec elle et la consolant. Au contraire, elle était chez elle avec ses enfants, basculant peu à peu du côté de la police des mœurs. Depuis

124

l'arrivée de Megan à Golden Square, elle n'avait appelé que deux fois. Cela en disait long.

Au cours des dernières semaines, rien n'avait bougé dans la vie de Megan, sauf les arbres du jardin qui montraient de nouvelles petites pousses tandis qu'apparaissaient les premières jonquilles. Megan avait l'impression d'être suspendue dans le néant, en attente. C'était horrible !

Un petit chien de race indéterminée, brun et trop bien nourri, vint dire bonjour à Cici et Leonardo en se dandinant. Megan en avait assez. Elle se leva et, pour changer un peu, traversa le jardin en direction de l'aire de jeux qu'une barrière basse protégeait des déjections canines. Deux jeunes femmes avec des petits dans des poussettes venaient d'y entrer et s'attaquaient au compliqué déharnachement de leurs enfants. Megan avait regardé Pippa faire la même chose avec Kim quand elle était petite ; elle-même avait trouvé l'opération trop difficile. Elle arrivait à installer sa nièce dans la poussette, mais quelqu'un d'autre devait s'occuper du harnais. « Elle va tomber, si je le fais », disait Megan.

Un jour, Pippa lui avait répondu : « Fais un effort ! » Ensuite, avec un soupir exaspéré, elle s'était précipitée pour s'en occuper elle-même. Pippa ne lui avait jamais parlé de cette façon mais, au lieu de présenter ses excuses, elle s'était concentrée sur sa fille. Cette histoire de poussette donnait l'impression d'un curieux rituel maternel. J'installe Kim correctement, je fais glisser ses bras dans le harnais, j'attache le tout, et je n'oublie pas de lui parler d'une voix douce et rassurante pendant toute l'opération.

Megan n'avait pas eu l'intention de rétorquer, trop blessée pour cela, mais s'était quand même trouvée en

125

train de marmonner : « Excuse-moi, je sais que je ne suis pas douée pour ce genre de choses. »

Pippa, sans prendre la peine de se retourner, avait lancé d'un ton sec : « Tu serais douée si tu t'en donnais la peine ! »

Après cet incident, Megan était assez rapidement rentrée chez elle. Elle ne pouvait pas supporter que sa sœur lui parle durement ou se fâche contre elle. Mieux valait s'en aller. Elle avait donc sauté dans sa petite Mazda MX5 sportive et avait mis la musique à fond.

Depuis, elle n'avait plus jamais essayé d'aider sa sœur pour Kim ou Toby. Elle était comme sa mère, se disait-elle : toujours prête à faire plaisir aux hommes, mais peu douée avec les enfants.

Un des bambins qui jouaient dans l'aire de jeux lui rappela Kim quand elle n'était qu'une toute petite fille débordant d'énergie. Les mêmes cheveux noirs, le même petit corps compact. A présent, elle avait beaucoup grandi, avec des jambes et des bras presque maigres. La femme avait enfin réussi à extraire sa fille de la poussette. Elle lui donna un baiser, puis la laissa courir vers le bac à sable.

Megan éclata en sanglots. Elle ne s'était jamais sentie aussi seule de toute sa vie.

A la fin du mois de janvier, à Sainte-Matilda, les élèves de troisième et de terminale passèrent des examens blancs pour préparer les examens officiels du mois de juin. Par un cruel tour du destin, les examens blancs coïncidèrent avec un festival de rock qui devait durer deux jours et une sévère épidémie de grippe.

— Il faudrait me payer cher pour que je passe de nouveau des examens, dit Nicky avec conviction.

Pauvres gamines ! En plus, elles ratent les concerts. A leur place, je crois que je sécherais l'école pour y aller.

— Heureusement que tu n'es pas prof ! dit Connie, choquée. Rien ne justifie qu'on ne se présente pas ses examens blancs.

L'épidémie avait d'autres projets à son égard. Le matin où commençaient les épreuves, Connie ne put aller à l'école pour encourager ses élèves. Elle était clouée au lit, terrassée par la grippe. Elle avait affreusement mal à la tête, ne supportait pas la lumière, et la seule idée de manger lui donner des nausées. Pendant trois jours, elle resta couchée, incapable de bouger. Le quatrième jour, bien à l'abri sur le seuil de la chambre, Nicky essaya de plaisanter avec elle.

— Il paraît que c'est la grippe uniquement s'il pleut des billets de cinquante euros et qu'on est trop malade pour courir dehors les ramasser !

— C'est la grippe, gémit Connie.

Même s'il avait plu des lingots d'or, elle aurait été incapable de se lever. Que disait donc la Bible ? Une pluie de lingots d'or ne faisait-elle pas partie des sept plaies d'Egypte ? Ou bien délirait-elle, l'esprit troublé par toutes ces années passées dans une école catholique de filles ?

Sœur Lavinia avait quantité d'histoires bibliques toutes plus bizarres les unes que les autres, une pour chaque occasion, et Connie les mélangeait souvent. Elle se souvenait de celle où il était question de vierges folles et de lampes, mais n'aurait su dire quelle était la morale de l'histoire.

— Veux-tu que j'aille te chercher quelque chose avant de partir au travail ? proposa Nicky.

Connie refusa faiblement de la tête.

— Alors, à plus tard ! Surtout, appelle-moi si tu te sens trop mal ou s'il y a quoi que ce soit. Tu sais que je peux venir...

Incapable de parler, Connie se contenta d'un autre signe de tête. Elle se recroquevilla dans son lit, tira la couette par-dessus sa tête et se rendormit. A midi, elle se réveilla miraculeusement guérie. Après trois jours et demi passés au lit, à se nourrir uniquement de citron pressé et de pain grillé, elle se sentait affaiblie mais beaucoup mieux. Elle se redressa et s'assit prudemment dans son lit. Soudain, elle se sentait un appétit d'ogre. D'un pas encore mal assuré, elle se rendit dans la cuisine et examina le contenu du réfrigérateur. Comme elle n'avait pas pu faire les courses, elle se trouva face au triste spectacle de vieux yaourts flanqués de quelques tranches de jambon et d'un peu de lait. Il ne restait qu'une seule tranche de pain, sans fromage et, bien pire, sans chocolat.

Elle versa le fond d'un paquet de céréales dans un bol – à peine un quart de bol ! – et s'installa devant la télé. Quelques minutes plus tard, sa maigre ration était engloutie, et sa faim, toujours aussi pressante. Elle mourait d'envie de dévorer un sandwich au fromage grillé suivi d'une douceur. Elle décida de se rendre au Titania's.

Le temps de se brosser les dents et les cheveux, d'enfiler sa polaire rouge et un manteau, elle sortit dans le froid mordant de janvier. Elle avait une mine épouvantable mais qui s'en soucierait ? Elle n'avait que la place à traverser.

Au Titania's, le personnel était amical mais sans indiscrétion ; Megan appréciait cette attitude. Personne n'essayait de lui faire la conversation. On l'accueillait chaleureusement, mais si elle voulait rester à sa table derrière la vitrine sans parler, cela ne dérangeait personne. Elle pouvait faire semblant de regarder dehors et réfléchir tranquillement.

Même la musique était agréable, en général des chanteuses emblématiques des années 1930 et 1940. Si le Titania's avait été une personne, ç'aurait été une femme rassurante avec une voix de gorge et du sex-appeal, une femme au grand cœur, parfaitement à l'aise dans sa peau.

Megan se demanda s'il existait une Titania. La femme si maternelle qui dirigeait l'endroit s'appelait Rae. Peut-être aimait-elle seulement le nom de Titania. Megan l'avait observée. La raison de la réussite du salon de thé était évidente. Rae, qui semblait connaître tout le monde, avait un sourire et un mot aimable pour chacun et chacune. On avait l'impression d'être accueilli dans la maison de quelqu'un.

Il était arrivé à Megan d'y voir Patsy. Depuis quelques jours, Patsy avait des cheveux d'un roux plus soutenu. Par sa façon de la saluer d'un petit signe de tête, elle lui faisait savoir qu'elle comprenait très bien qu'elle puisse avoir envie de rester seule, mais que, si elle avait envie de parler, elle était là.

Ce jour-là, Rae et Patsy étaient absentes, mais la foule de midi se pressait dans le salon. Megan garda sa casquette de base-ball bien enfoncée sur la tête et s'empara d'une table pour deux derrière la vitrine dès qu'un couple se leva pour partir.

Elle posa son assiette d'un côté de la table et s'assit de l'autre côté, environnée par le brouhaha des conversations. On se plaignait de l'incompétence d'une employée du bureau, des mauvaises manières d'une autre ; plus loin, une femme s'extasiait parce qu'une de ses amies avait perdu quinze kilos grâce à un service de livraison de repas, très cher mais qui valait la peine ! ; une autre se demandait quel cadeau offrir à l'homme de sa vie, des boutons de manchette ou autre chose – elle voulait quelque chose qui marque...

Une voix féminine se détacha de ce flux de paroles.

— Cela vous ennuierait-il si je prenais cette place ? C'est la seule qui soit libre.

En face de Megan se tenait une grande femme avec de beaux cheveux châtain foncé très épais. Emmitou-flée dans un gros manteau, elle tenait un plateau avec un sandwich grillé, un café et l'un des énormes muffins au citron et à la graine de pavot du Titania's.

Si elle s'était trouvée à Londres, Megan aurait refusé. A Golden Square, les choses ne se passaient pas de cette façon.

— Bien sûr, dit-elle.

— Normalement, je ne vous dérangerais pas, mais je suis incapable de rester debout au comptoir. Il faut que je m'assoie. Je viens d'avoir la grippe. Tout va bien, rassurez-vous, je ne suis plus contagieuse. J'ai croisé le médecin au comptoir et il m'a dit que je devais faire attention, mais c'est tout. J'apprécie beaucoup les médecins généralistes. Ils sont tellement décontractés ! A moins que vous n'ayez une jambe à angle droit, ils vous conseillent de prendre une aspirine. Cela doit être merveilleux de s'inquiéter aussi peu !

— Euh... Oui, dit Megan.

Elle avait cru qu'elle donnait la place à une autre cliente solitaire mais, apparemment, elle avait accepté de la compagnie ! L'autre femme se tortilla pour enle-ver son manteau de Bibendum. Elle devait approcher la quarantaine et ses vêtements comme ses ongles nus indiquaient que les soins de beauté faisaient partie des derniers de ses soucis ! Cependant, même si son visage rond brillait, sans le moindre maquillage, on sentait en elle une superbe vitalité. Surtout, il y avait un sourire extraordinaire dans ses yeux marron.

En général, Megan admirait la minceur conquise de haute lutte et le Botox indécelable sauf pour les spécialistes. Or, depuis quelque temps, elle découvrait qu'elle appréciait les gens capables de lui sourire sans l'avoir reconnue.

— De toute façon, poursuivit son interlocutrice, vous devez être décontractée, vous-même. Tous les jeunes le sont ! Ma sœur me répète sans arrêt que les gens de ma génération vont tous mourir à cause de leurs artères bouchées dès la cinquantaine. Nous nous faisons trop de soucis, nous sommes trop stressés.

Elle commença gaiement à découper son sandwich.

— Il paraît que le bouddhisme est très efficace contre le stress. Cela m'a toujours attirée, poursuivit Connie. Mais cela demande beaucoup de travail. Si seulement on pouvait se faire greffer ! Une petite opération sans douleur et on se réveille l'esprit en paix et capable de se souvenir d'un mantra.

Megan ne put s'empêcher de rire tandis que Connie mordait dans son sandwich avec un gémissement de plaisir.

— C'est trop bon ! J'adore ça.

Elle était contente d'avoir choisi cette table. Elle avait déjà vu cette jolie jeune femme aux cheveux noirs qui promenait des chiens. La pauvre avait l'air affreusement seule. De plus, Connie n'avait pas eu l'énergie de parler depuis trois jours et à présent, elle avait envie de compagnie.

Le silence s'installa entre elles tandis que Connie se régalait. Megan estima qu'il serait grossier de sa part de se tourner de nouveau vers l'extérieur. La balle était dans son camp mais elle avait presque oublié l'art du bavardage.

— Vivez-vous dans le quartier ? finit-elle par demander.

— Oui, de l'autre côté de la place, avec ma sœur, au rez-de-chaussée de la maison vert clair.

Megan se pencha pour apercevoir la maison entre les arbres.

— Elle est jolie. Moi, j'habite ici avec ma tante, dans la maison en brique rouge tout au bout. Je séjourne chez elle pour un petit moment.

— La podologue ! dit Connie avec ravissement. J'aimerais beaucoup lui confier mes pieds, mais ils sont affreux. Elle aurait besoin d'une ponceuse industrielle ! Vous imaginez comme ce serait gênant pour moi. C'est comme les pédicures dans les salons d'esthétique. Je n'en ai jamais fait.

— Je comprends, répondit Megan qui s'était fait faire des pédicures dans certains des spas les plus élégants du monde et ne s'était jamais souciée plus d'une seconde de l'état de ses orteils.

— Etes-vous aussi podologue ? Même si vous ne vous servez pas d'une ponceuse industrielle...

Megan fit non avec la tête.

— Certainement pas ! J'en serais incapable, je déteste les pieds !

— A une époque, quelqu'un me massait les pieds, reprit Connie d'un air rêveur.

Ses yeux se voilèrent et Megan aurait juré y voir apparaître des larmes.

Evoquer le souvenir de Keith en train de lui masser les pieds la faisait toujours penser aux femmes

132

enceintes. Elle imaginait le futur père en train de masser affectueusement les pieds de sa compagne enceinte. Elle en aurait pleuré. Elle ne supportait même pas de voir les bains de pieds bouillonnants.

— Cette saleté de grippe vous fait pleurer pour un oui pour un non, dit-elle d'un ton dégagé.

Megan qui, normalement, ne remarquait jamais le chagrin des autres, avait la sensation très bizarre de voir ce que cachait la gaieté forcée de Connie. Elle se sentit soudain proche de cette femme. Elle aussi avait été blessée. L'homme qui lui avait massé les pieds appartenait au passé, il n'y avait aucun doute à ce sujet. Megan n'était donc pas une idiote parce qu'on lui avait brisé le cœur : cela arrivait aussi à d'autres femmes.

Dans son ancienne vie, elle aurait ignoré les larmes de son interlocutrice. D'ailleurs, d'après son expérience, les autres femmes ignoraient en général ses propres larmes. Cependant, c'était dans son autre vie, celle de l'ancienne Megan.

D'un geste spontané, elle tendit la main.

— Permettez-moi de me présenter : Megan Flynn !

— Connie O'Callaghan. Je ne sais pas ce qui m'a pris, ça doit être la grippe.

Elle se tamponnait les yeux avec sa serviette.

— Cela remonte à plusieurs années, cette histoire de massage de pieds.

— Je ne crois pas que le temps change quelque chose au fait d'avoir eu le cœur brisé, répondit Megan d'un ton pensif.

— Oui, vous avez raison ! Vous êtes la seule à penser comme moi. Tout le monde prétend qu'il y a un délai de prescription en amour, mais ce n'est pas vrai.

— Quand était-ce ? demanda Megan d'un ton hésitant.

Elle manquait encore d'assurance dans son rôle d'amie.

— Il y a longtemps, trop longtemps pour mon goût. Il est avec quelqu'un d'autre maintenant. Comme nous avons quelques amis en commun, je suis au courant de ce qui le concerne, mais je commence à me demander si ce n'est pas une erreur... Et vous ? Vous savez ce qu'il fait maintenant ?

C'était un plaisir de comprendre que Connie ignorait tout d'elle. Quel soulagement !

— Il est parti quelque part, mais je ne sais pas vraiment où.

La presse lui aurait certainement appris où Rob était censé se cacher. Une superstar a toujours des amis prêts à lui proposer de s'installer sur leur île privée quand elle a besoin de se cacher. Et cela n'aurait pas empêché les photographes de louer des bateaux et de se servir de leurs énormes téléobjectifs.

— On travaillait ensemble, ajouta-t-elle, mais il était marié.

Elle s'attendait à un mouvement de recul chez Connie, mais celle-ci eut seulement un sourire attristé.

— Je suppose que c'était votre patron, que sa femme ne le comprenait pas et que, si seulement il avait pu tout recommencer avec vous, la vie aurait été merveilleuse...

— Quelque chose comme ça.

Son histoire ne l'avait certes pas fait rire, mais soudain elle en voyait l'aspect ironique. Elle avait cru vivre quelque chose de différent avec Rob. Or, cela n'avait eu rien de spécial. Connie avait parfaitement résumé la situation.

L'angoisse que Megan ressentait toujours avant de commencer un tournage l'avait saisie tandis qu'elle préparait ses bagages dans son petit appartement de Notting Hill. Elle venait juste de l'acheter. Carole avait souligné qu'elle faisait un bon placement même si elle y avait investi tout son argent, ce qui lui faisait peur. Les petits films produits en Angleterre ne payaient pas très bien et, en dépit des assurances de Carole sur ce qu'elle gagnerait dès la sortie de *The Warrior Queen*, Megan gardait des doutes. Pendant toute son enfance, elle avait vécu dans une ambiance de manque d'argent chronique et il lui faudrait beaucoup de temps pour se libérer de cette peur.

Elle aimait bien son appartement. C'était dans une vieille maison, un deux-pièces avec de hauts plafonds et un tout petit balcon, ouvert sur la cuisine, face au sud. Megan aimait s'y asseoir avec un café. Elle avait encore peu de meubles mais s'était déjà beaucoup amusée à choisir une machine à café très compliquée qui brillait sur le comptoir de la cuisine.

En revanche, ce qu'elle avait en quantité, c'était les vêtements. Faire ses valises était difficile. Elle savait qu'elle aurait besoin de vêtements chauds pour mettre par-dessus ses costumes médiévaux entre les prises, mais n'avait pas pu résister au plaisir d'emporter quelques jolies robes et sa tenue préférée du moment : un jean étroit très clair et un long cardigan en cachemire portés avec une chemise rose clair brodée de sequins. Cela lui donnait l'air d'avoir dix-neuf ans au lieu de vingt-six.

Dans cet univers particulier du cinéma, les premières scènes qu'elle tournerait – dans un château roumain ouvert à tous les vents – étaient en réalité celles du milieu du film où la princesse tombait amoureuse de son nouveau beau-père, joué par Rob. Le réalisateur, Sven, voulait de toute évidence créer de la tension en faisant commencer ses acteurs par les scènes les plus difficiles. C'était une bonne idée pour muscler le film, surtout quand le tournage en extérieur était si cher. Le temps était de l'argent.

« Il faut être au maximum en quelques minutes », avait dit Megan à Pippa au téléphone. Elle se tenait à l'extérieur de sa caravane, pelotonnée dans une épaisse doudoune. Elle fumait une dernière cigarette. Ses cheveux étaient douloureusement tirés pour pouvoir porter la perruque tressée qui faisait partie de son costume de princesse romaine. C'était très inconfortable.

« Dis-toi que cela paiera ton appartement », lui avait dit Pippa pour la réconforter.

Elle avait acquiescé, mais au même moment, elle avait remarqué que sa main tremblait. Elle avait trop fumé et bu trop de café. Il était normal de trembler, dans ces conditions ! Elle était rentrée dans sa caravane pour se rincer la bouche et se débarrasser de l'odeur de nicotine. Rob n'avait pas l'air de fumer. Or, elle allait devoir l'embrasser. C'était un travail de cinglés ! Où, sinon là, devait-on se vautrer amoureusement sur une gloire nationale que l'on avait rencontrée seulement trois jours plus tôt ?

Rob avait été très gentil et très courtois, bien qu'un peu distant. Jusqu'alors, il n'avait pratiquement rien eu à faire, en dehors d'une scène dans le hall du château, au milieu des courants d'air. Quand les vents violents venus des Carpates se mettaient à souffler, on avait l'impression que tout tremblait. Pendant cette scène, à aucun moment Rob n'avait témoigné du charisme de la vraie star capable de tout illuminer par son charme comme sur un coup de baguette magique. Megan savait qu'il en était capable. Elle l'avait vu jouer *Le Roi Lear* au National Theatre. Elle s'était demandé s'il avait accepté ce rôle pour payer une facture. C'est ce que l'on dit parfois des acteurs qui tournent des films qui ne les intéressent pas et dont on voit qu'ils pourraient tout aussi bien être ailleurs étant donné le travail fourni.

Un coup frappé à sa porte lui avait signalé que c'était à elle. Elle avait pris une grande respiration, terrifiée. Dans son film précédent, elle travaillait avec des gens de son âge et qui n'avaient pas plus d'expérience qu'elle. Le tournage avait été une immense partie de rigolade. Cette fois, c'était très différent.

Peut-être que certains acteurs gagnent énormément d'argent parce que c'est l'un des rares métiers où il faut oublier qui l'on est et obéir au réalisateur. C'est un peu comme si on a été enlevé par des extraterrestres : on devient quelqu'un ou quelque chose de radicalement autre. Cela faisait dix ans qu'elle avait commencé dans le métier, à l'âge de seize ans, et elle comprenait pourquoi tant d'acteurs terminaient en cure de désintoxication. S'ouvrir les tripes pour être crédible dans un rôle était épuisant. A la fin du spectacle, on se retrouvait dans un état de vulnérabilité totale ; il devenait très tentant d'anesthésier la souffrance de cette béance avec de l'alcool, de la drogue ou du sexe.

« Salut ! » avait dit le trésor national quand elle était arrivée sur le plateau. Megan lui avait renvoyé son salut en tremblant. Sers-toi de ton angoisse, lui aurait dit son coach, mais son angoisse refusait de se laisser utiliser et l'envahissait à lui en donner la nausée. Il était difficile de paraître belle et lumineuse quand on avait peur de vomir. Elle avait travaillé la scène avec le réalisateur pour comprendre ce qu'il voulait. Elle aurait beaucoup aimé faire la même chose avec Rob, mais les grandes stars n'assistaient pas aux lectures préparatoires, pas plus qu'elles ne donnaient leur numéro de téléphone. Cela avait été très différent avec la distribution de son dernier film. Ils étaient tous devenus copains. On ne pouvait pas en dire autant avec Rob Hartnell.

Contrairement à un nombre incroyable de stars très décevantes sur le plan physique, il était grand, mince et encore en très bonne forme. Surtout il était scandaleusement beau pour un homme de trente ans son aîné. Dans son costume de velours et de brocart, il était royal. Il resplendissait, sa célèbre chevelure toujours d'un brun profond en dépit de quelques touches grises, son regard bleu toujours aussi vif. Son visage, que n'avait jamais touché le scalpel du chirurgien, était marqué par les années mais avait à peine perdu la beauté de sa jeunesse. Tout au long des interminables réglages d'éclairage et de caméras de dernière minute, il resta silencieux. Megan se demanda s'il avait été formé à l'Actor's studio et se préparait ainsi. Mais non, dans ce cas, il aurait été en train de se déchaîner, les yeux lançant des éclairs, car son personnage était celui d'un roi féroce n'aimant que la guerre. Ce n'était pas le genre de roi capable de mourir en paix dans son lit, mais plutôt de trouver la mort sur le champ de bataille en combattant jusqu'au dernier homme.

Les techniciens s'affairaient et la longue attente s'était poursuivie. Megan avait fini par s'asseoir dans son fauteuil, regrettant de ne pas avoir appris à tricoter comme tant d'actrices ! Peut-être aurait-elle dû essayer de broder, cela l'aurait aidée à se glisser dans son personnage. Les princesses romaines s'adonnaient-elles aux travaux d'aiguille ? Elle fit un effort de concentra-

138

tion. Elle était une femme énergique et rencontrait le premier homme qu'elle ne pouvait dominer... Non, cela ne marchait pas. Elle restait une très jeune actrice face au plus important rôle de sa carrière avec un acteur expérimenté qui avait fait du théâtre et détestait certainement travailler avec des gamines naïves. Quelque part, quelqu'un avait annoncé : « Nous sommes prêts. »

Sven lui avait fait signe de la tête et elle était allée prendre ses marques, essayant de se sentir dans la peau d'une princesse étrangère et combative, seule pour la première fois avec l'homme qui l'avait fait enlever en espérant que s'il la mariait avec son deuxième fils, il forgerait une alliance entre les deux royaumes.

Elle connaissait son rôle, s'était familiarisée avec l'aspect et la mentalité de son personnage et pourtant, à son arrivée sur le plateau, ce personnage avait disparu. De plus, Rob persistait à ne pas la regarder. Cela allait être l'enfer, avait-elle pensé. Puis, en un éclair, Rob avait disparu, faisant place au roi Varl, tout-puissant, dominateur, et qui la dévisageait avec un intérêt d'affamé. Megan n'avait aucune idée de la façon dont il s'y était pris, mais il était devenu quelqu'un d'autre. Il était le roi. Une réponse avait surgi dans son esprit, mais ce n'était pas celle d'une actrice. Elle avait senti ses jambes trembler sous la lourde jupe qui lui grattait la peau. Elle avait dit ses répliques en bafouillant, se sentant rougir sous son regard. La partie purement rationnelle de son cerveau lui soufflait que c'était du bon travail, du travail efficace. La caméra aimerait cela et Sven serait aux anges. Son instinct lui chantait un air très différent où elle se souciait peu de la qualité de son travail, mais entièrement du regard de cet homme sur elle, de ses yeux qui la caressaient et lui disaient ce qu'il lui ferait plus tard, avec ses mains.

Le rôle du roi demandait qu'il touche la joue de sa prisonnière d'une façon à moitié paternelle, à moitié tout à fait autre chose. Megan avait posé sa tête contre son poignet et fermé les yeux. Ce n'était pourtant pas de cette façon qu'elle avait imaginé jouer cette scène. La paume de Rob était fraîche et Megan n'avait plus désiré qu'une seule chose, qu'il laisse descendre cette main jusque sur ses seins.

Plus tard, ils avaient repris la direction de leurs caravanes. Des aides leur avaient tendu leurs anoraks et Megan avait cherché ses cigarettes dans sa poche. Elle en avait allumé une tout en marchant, ses sens focalisés sur la présence de Rob non loin de là. Il était entouré de ses assistants qui parlaient tous à la fois au sujet d'appels téléphoniques et de son génie dans la scène qu'il venait de tourner. Megan l'avait entendu dire : « Puis-je en avoir une ? » Elle s'était retournée, se demandant si c'était à elle qu'il parlait.

Quelqu'un, dans l'entourage de Rob, lui avait proposé un paquet de cigarettes, mais il avait ignoré et avait regardé Megan droit dans les yeux.

« Bien sûr ! » avait-elle dit.

A ce moment-là, ils étaient arrivés devant la caravane de Rob et elle l'avait regardé prendre une cigarette. Elle avait essayé de contrôler le tremblement de sa main en lui tendant son petit briquet d'argent. Comme elle tremblait, il s'était éteint. Rob avait couvert sa main de la sienne et avait fait fonctionner le briquet. Megan avait eu le souffle coupé quand il l'avait touchée. Tout aussi rapidement, il avait enlevé sa main et longuement tiré sur sa cigarette.

« La scène était bonne, avait-il dit d'une voix tout à fait normale. Nous devrions en parler, savoir comment nous faisons la suite. Sven apprécierait que nous mettions cela au point. »

Il avait écarté son entourage d'un signe de la main. « Je vais fumer dehors, je ne veux pas empester la caravane. Sinon, vous voudrez tous fumer à l'intérieur. » Ils avaient ri poliment. « Mike, tu peux revenir dans un quart d'heure ? Nous verrons les messages. » C'était adressé à son assistant, un type court sur pattes qui portait des lunettes. Tout le monde s'était dispersé.

Megan pouvait à peine fumer tellement elle tremblait.

« Que s'est-il passé sur le plateau ? » avait-elle dit brusquement. Rob avait brièvement contemplé sa cigarette, qu'il avait à peine fumée, et l'avait jetée au sol avec impatience. « Je n'avais pas fumé depuis quinze ans ! Quinze ans ! Katharine me tuerait si elle m'avait vu. »

Megan avait calmement hoché la tête, mais intérieurement, elle était effondrée. Elle avait fait une erreur, une énorme erreur. Il jouait, ce n'était pas vrai. Cela n'avait pas été réel. Elle l'avait compris quand il avait mentionné sa femme. Elle avait été stupide de prendre un jeu d'acteur pour la réalité.

Il avait ouvert la porte de sa caravane. « Voulez-vous entrer ? »

« Bien sûr ! » Elle se sentait embarrassée, s'attendant à ce qu'il la remette gentiment à sa place et lui explique que cela arrivait souvent. Peut-être même lui dirait-il exactement combien de fois cela s'était produit et il lui donnerait la longue liste des jeunes actrices qui s'étaient senties attirées par lui, confondant le travail et la vraie vie. Quelles excuses pourrait-elle lui présenter ?

Tandis qu'il fermait la porte derrière elle, elle avait commencé : « Rob, je voudrais juste vous dire... » Elle n'avait pas pu aller plus loin. Il l'avait attirée vers lui, aussi près que pendant leur scène, et Megan avait ressenti le même frisson.

« A votre avis, qu'est-il arrivé ? D'après vous, pourquoi ai-je pris cette cigarette sinon pour m'occuper les mains et m'empêcher de vous sauter dessus ? »

Megan avait dit : « Oh ! », sans pouvoir détacher ses yeux de lui.

« C'est impossible maintenant, maintenant et ici. Je n'ai jamais trompé ma femme », avait-il déclaré, l'air presque sidéré.

Puis il l'avait de nouveau regardée comme plus tôt sur le plateau. Cette fois, il n'y avait eu personne pour crier : « Coupez ! » au moment où il lui avait caressé le sein. Megan s'était abandonnée à son étreinte, s'accrochant à lui, ses lèvres ouvertes sous ses baisers avides.

Elle savait qu'il y avait un lit dans la caravane de Rob comme il y en avait un dans la sienne, même si la sienne était beaucoup plus petite. Elle aurait voulu qu'il la jette dessus et lui arrache ses vêtements. Elle le désirait à ne pouvoir attendre.

« Impossible ! avait-il dit en se reculant. Pas ici, je t'en prie. »

Elle avait acquiescé en tremblant. Pas ici... D'accord.

« Où ?

— A Prague, le dernier soir, on pourra. »

Cinq minutes plus tard, quand elle était ressortie de la caravane, le cœur battant et les lèvres rougies par les baisers, elle avait croisé Sven. Ses réflexes d'actrice l'avaient sauvée.

« Je suis très gênée. D'après Rob, Katharine va le tuer parce qu'il a pris une cigarette. Or, c'est ma faute. J'en ai toujours avec moi. » A l'appui de ses propos, elle lui avait montré son paquet. Sven avait éclaté de rire. « Si Katharine l'apprend, c'est toi qu'elle tuera ! Il lui a fallu des années pour le convaincre d'arrêter. Pourtant, c'est difficile quand on tourne en extérieur. Les règles changent dans ce cas-là, n'est-ce pas ? » Il lui avait lancé un regard pénétrant.

Megan avait hoché la tête avec gravité comme pour dire qu'il n'était question que du film. Mais ce n'était pas vrai. Sa vie venait de basculer définitivement.

Connie l'arracha à ses souvenirs en annonçant qu'elle allait chercher un autre café.

— Etes-vous certaine de ne rien vouloir manger ? dit-elle avec un regard pour sa propre assiette vide.

— Oui, répondit Megan.

Elle était naturellement mince, mais ne pas manger aidait la nature. Il n'y avait pas d'autre moyen. C'était une habitude si profondément ancrée en elle que le fait de manger quelque chose au Titania's serait un véritable traumatisme. Café et cigarette au petit déjeuner, fruit et galette de riz en guise de lunch, poisson et légume pour le dîner. Le vin, le champagne et la vodka ne comptaient pas.

— Vous êtes trop mince, si vous me permettez de vous le dire, déclara Connie de son ton professoral.

— Dans mon travail, répondit Megan en riant, on n'est jamais trop mince.

— Que faites-vous ? demanda Connie, l'air horrifié.

— Je suis actrice.

— Je m'attendais à ce que vous soyez mannequin. Ces pauvres filles, ce n'est pas naturel de les obliger à être aussi maigres. Est-ce que...

Elle chercha ses mots pour ne rien dire qui risque de blesser la jeune femme.

— Vous travaillez, en ce moment ?

Megan se sentit émue. Dans la plupart des milieux qu'elle fréquentait, les gens étaient heureux de savoir que vous ne travailliez pas. Cela leur donnait une chance de plus, pensaient-ils, version polie de : je savais bien qu'elle n'avait eu ses rôles que par un énorme coup de chance. J'aurais fait mieux et les directeurs de casting s'en sont enfin aperçus !

— Non, répondit Megan. Je viens de terminer mon dernier contrat et je n'en ai pas d'autre en prévision.

C'était vraiment le moins qu'elle pût dire !

— Ne vous inquiétez pas, quelque chose va arriver ! Attendez et vous verrez, dit Connie en lui tapotant la main. Golden Square est un endroit idéal pour faire une pause. Vous devriez venir dîner avec ma sœur et moi. Vous vous entendrez bien avec Nicky. Elle a à peu près votre âge et elle travaille dans l'édition. Vous devriez rencontrer Freddie aussi, c'est son ami et ils sont vraiment faits l'un pour l'autre. Il est charmant.

— Et vous ? Vous avez un ami en ce moment, demanda Megan d'un ton prudent.

— Moi ? répondit Connie en riant. Qui voudrait de moi ?

Megan fronça les sourcils et voulut répliquer, mais l'expression fermée de sa nouvelle amie l'en dissuada.

Après avoir quitté le salon de thé, Connie s'arrêta au Nook pour remplir son réfrigérateur. Elle voulait aussi quelques magazines pour lire dans son lit. En rentrant chez elle, elle repensa à Megan qu'elle avait trouvée très agréable. Elle plairait à Nicky. Elle l'inviterait à dîner un prochain soir. Etre une jeune actrice devait être difficile, en ces temps de crise. Elle devait être toujours fauchée, toujours à la recherche d'un petit contrat pour une publicité ou un petit rôle.

Quand Nicky revint de son travail, Connie était assez remise pour l'accueillir depuis le canapé où elle s'était installée, en pyjama, avec une théière. Elle avait lu ses magazines et était en train de regarder le journal télévisé.

Nicky lui raconta sa journée, puis Connie lui parla de sa rencontre avec Megan.

— Elle a eu une aventure avec un homme marié, la pauvre chérie ! dit Connie. Cela me fait penser à quelqu'un...

— Cela te fait penser à cette fille dont on a parlé dans les journaux et qui a eu une histoire avec Rob Hartnell. Et cela te fait penser à elle parce que c'est elle.

Connie eut une exclamation de surprise en comprenant à qui elle avait parlé. En effet, elle avait vu quelques lignes au sujet de Rob dans l'un de ses magazines. Personne ne savait où il était.

— Je le sais par Kevin, qui travaille avec Nora. D'après lui, il vaut mieux faire comme si l'on ignorait son identité, sinon le quartier sera envahi de journalistes. Elle est sympathique ?

— Megan ? Elle est très sympathique. Plutôt timide, si ce n'est pas bizarre de dire ça à propos d'une actrice. Pourtant, c'est le cas.

De vagues souvenirs d'articles parlant de Megan lui revinrent à la mémoire. La jeune femme sur la défensive et aux cheveux noirs ne pouvait en aucun cas être cette prétendue femme fatale qui avait détourné un homme marié du droit chemin. Certainement pas !

En réalité, Megan lui avait rappelé une élève qu'elle avait eue bien des années auparavant. L'adolescente était ravissante et débordait d'assurance, du moins en apparence. Au fond d'elle-même, elle était très vulnérable. Connie avait éprouvé le besoin de la protéger et, à présent, elle ressentait le même besoin à l'égard de Megan.

On aurait pu croire que Megan avait tout pour elle, du moins tout ce à quoi on attachait de la valeur en général : la beauté, le talent et la célébrité. Sous cette apparence brillante, elle avait réussi à dissimuler une profonde blessure. Connie savait que tout le monde cache quelque chose. Elle-même le faisait. Elle cachait si bien sa tristesse que personne ne s'en doutait. Megan et elle avaient beaucoup plus de choses en commun que Nicky ne le soupçonnerait jamais.

7

Imbolc, fête de la lumière

Eleanor avait déplacé le secrétaire en châtaignier pour l'installer dans le grand bow-window. Quand elle s'y asseyait pour écrire, elle avait vue sur les arbres de la place, leurs branches sombres dressées vers la grisaille du ciel de fin janvier.

Une lampe en cuivre à l'abat-jour de soie crème diffusait une lumière douce, tandis que dans la cheminée derrière elle de fausses bûches alimentées au gaz brûlaient joyeusement.

Eleanor aimait écrire sur des feuilles jaunissantes plus longues que le classique A4, ce que l'on appelait en Amérique le format légal. C'était sur ce papier qu'elle avait pris toutes ses notes au cours de ses nombreuses années de pratique professionnelle, du moins jusqu'à ce que Gillian, sa petite-fille, lui ait appris à se servir d'un ordinateur quelques années auparavant.

Cela remontait à cette journée où Gillian était venue voir Eleanor et Ralph dans leur appartement de West Street. L'adolescente avait trouvé sa grand-mère en train d'essayer désespérément de se créer un compte de messagerie sur l'ordinateur portable qu'elle venait d'acheter. Eleanor lui avait demandé si elle croyait qu'on pouvait encore apprendre à s'en servir à son âge.

« Tu dis des bêtises, grand-mère, on n'est jamais trop vieux. Tu comprendras vite. Tu n'as pas de problème pour surfer sur la toile, n'est-ce pas ? Une messagerie, c'est seulement un truc génial en plus. Tu vas adorer ça. »

Eleanor lui avait souri affectueusement tandis qu'elle s'installait devant l'ordinateur. Avec son jean collant, ses converses et son petit haut tricoté, Gillian Filan était la parfaite image de l'adolescente new-yorkaise branchée. Elle avait d'épais cheveux noirs et brillants, une peau parfaite grâce à un long usage des produits Dermalogica et de grands yeux marron soulignés d'une légère touche d'eye-liner argent. Malgré tout cela, c'était une vraie O'Neill du petit village de Kilmoney dans le Connemara. Forte, aimable et douée.

« Grand-mère, sais-tu créer des documents et les gérer ? Parce que je peux taper pour toi, si tu préfères. »

Eleanor avait pensé à tout ce qu'elle voulait écrire.

« Non, ma chérie, je le ferai moi-même. On n'est jamais trop vieux, c'est bien ce que tu as dit ? »

Derrière la fenêtre qui donnait sur Golden Square, Eleanor repensait à ce jour-là. Quel âge avait Gillian à l'époque ? Quinze ou seize ans ?

C'était une enfant si aimante ! Elle ne répondait jamais à ses parents et leur parlait toujours bien. Ce n'était pas une sainte, bien sûr, mais quelqu'un de souriant auprès de qui on se sentait heureux.

Quand on a quinze ans, votre grand-mère vous paraît une antiquité, plus vieille que le temps lui-même ! Eleanor ne s'était pourtant pas sentie vieille, même si elle atteignait alors les quatre-vingts ans.

Elle disait volontiers que l'âge est une question d'état d'esprit. Ralph et elle prenaient plaisir à faire des mots croisés et des grilles de sudoku. Ils adoraient les émissions où des candidats devaient répondre à des questions, et ils avaient passé plus d'un jour de congé à jouer au Trivial Pursuit.

Bien sûr, Ralph avalait une pleine poignée de comprimés le matin. Il avait de tels rhumatismes dans les genoux qu'on les entendait craquer quand il se levait. Eleanor, quant à elle, souffrait d'hypertension.

Elle avait calmement fait remarquer à son médecin qu'elle était la personne la moins stressée du monde. Il lui avait répondu que c'était héréditaire, qu'elle devait prendre ses médicaments et que cela n'était pas un jugement sur sa santé mentale.

En dépit de ses problèmes physiques, elle ne s'était jamais sentie vieille, du moins pas avant ce jour-là.

La veille, elle était allée chez le médecin de Golden Square pour faire vérifier sa tension. Dans la salle d'attente, elle s'était retrouvée avec la seule personne de sa génération qu'elle ait croisée dans le quartier. Eleanor n'avait pas pour coutume de parler à des étrangers dans la salle d'attente du médecin, mais personne ne l'avait dit à Pearl Mills. Petite, avec des cheveux blancs, Mme Mills était accompagnée de son fils, un vrai géant qui souffrait visiblement d'un retard mental. Quand Eleanor était entrée dans la salle d'attente, Pearl lui avait adressé un grand sourire.

« Bonjour, dit-elle. Moi, c'est Pearl et lui, c'est Terence. Vous devez être la dame qui a pris l'appartement de Carolyn Taylor. »

Il suffit de cinq minutes de conversation avec Pearl pour qu'Eleanor ressente une infinie sympathie pour le courage de cette femme. La salle d'attente était très simple, décorée de paysages apaisants.

« Terence et moi, nous irons à Lourdes cette année. »

Eleanor ne savait pas grand-chose au sujet du culte marial, mais Pearl se fit un plaisir de tout lui expliquer en ajoutant qu'elle en tirait un grand réconfort.

« Les gens qui aident les handicapés sont d'une gentillesse extraordinaire, dit-elle. Quand je suis là-bas, c'est comme si on m'aidait à porter mon fardeau. » D'un geste vif, elle avait posé sa main sur celle de Terence au cas où il aurait pu se sentir blessé par ses paroles. « Non que ce soit vraiment un fardeau, mais vous savez, c'est parfois dur de s'occuper de lui. »

Le courage de cette femme d'apparence si frêle avait donné envie à Eleanor de pleurer, son courage mais aussi son immense générosité.

Pendant tout le temps que dura l'attente, Terence se montra assez calme. Eleanor se demandait s'il était toujours aussi placide et, dans le cas contraire, comment la minuscule Pearl pouvait se débrouiller. Elle lui avait expliqué qu'il était sourd et qu'il était très difficile de comprendre ce qu'il disait, mais elle, sa mère, le comprenait et lui parlait doucement.

« Est-ce qu'un voyage à Lourdes coûte très cher ? » avait demandé Eleanor, juste avant de regretter ses paroles.

Le petit visage ridé de Pearl s'était défait. « Très cher ! Nous n'avons pas beaucoup d'argent, vous savez, et j'ai du mal à tout payer avec nos maigres ressources. Mais nous y arriverons ! Je veux lui donner tout ce que je peux, tant que je suis ici pour le faire. »

Il y avait eu un silence, le silence même qu'Eleanor connaissait si bien. Au cours d'une thérapie, il arrive que des choses très importantes soient dites. En général, elles sont suivies d'un silence pendant lequel la personne examine l'énormité de ce qu'elle vient de dire à haute voix.

« Cela doit être un grand souci pour vous », avait finalement repris Eleanor d'un ton neutre. Pearl avait tapoté la main de Terence. Ses yeux brillaient de larmes retenues. « Oui ! Qui s'occupera de lui quand je ne serai plus là ? Il y a de bonnes structures d'accueil pour les gens comme lui, mais je suis incapable de l'y envoyer. Il serait perdu sans moi. Je me suis toujours occupée de lui. »

A cet instant, Eleanor avait fortement pensé au livre de sa mère. Elle avait écrit beaucoup de choses au sujet de la mort. Eleanor avait évité ces passages quand elle avait feuilleté le cahier. Elle savait que les réflexions de sa mère aideraient Pearl. Tous ses conseils sur la vie, le chagrin, le bonheur et la nourriture étaient écrits avec le cœur, mais, dans l'immédiat, Eleanor n'aurait pas supporté de les relire. Elle avait trop de chagrin.

C'était à ce moment-là que le médecin avait ouvert la porte de la salle d'attente, faisant signe à Pearl qui s'était levée, ainsi que Terence. Eleanor était restée seule avec ses réflexions.

Revenant au présent, Eleanor s'aperçut qu'elle était de nouveau en train de rêver, le regard fixé sur Golden Square, au lieu de travailler sur son journal pour Gillian. Elle n'avait jamais tenu un journal, du moins pas à la façon de sa mère. Se mettre à nu sur le papier, même pour une femme qui avait étudié la vérité des êtres et la façon de partager ce savoir, se révélait plus difficile qu'elle l'avait cru.

Elle avait beaucoup de choses à dire à Gillian, tant de conseils à lui donner ! Elle devait le faire avant qu'il

151

soit trop tard. Tout ce que la vie lui avait appris serait perdu, et sa petite-fille devrait vivre sans savoir.

Savoir qu'on a toujours la possibilité de changer d'avis.

Que les gens sont fondamentalement bons.

Que la culpabilité et le doute n'ont jamais aidé personne.

Qu'il faut s'aimer et se respecter soi-même avant de pouvoir s'intéresser à quelqu'un d'autre.

Gillian avait grandi entourée d'affection et elle semblait déjà savoir beaucoup de choses, mais Eleanor voulait s'en assurer. Elle voulait lui transmettre ce qu'elle avait appris, de la même façon que sa mère l'avait fait avec elle.

Depuis son arrivée à Golden Square, Eleanor entendait souvent la voix de Brigid en esprit, d'une façon qu'elle n'avait pas connue depuis des années. Même les dates lui rappelaient sa mère.

On serait bientôt le jour d'Imbolc, la fête celtique de la lumière, la fête de la renaissance après l'obscurité de l'hiver. Elle avait lieu à la première pleine lune de février, signalant la fin des glaces hivernales.

Brigid aimait les vieilles légendes et histoires irlandaises. En grandissant, Eleanor les avait apprises aussi bien que l'histoire des saints qu'on lui enseignait à l'école.

A Kilmoney, au moment de la fête d'Imbolc, il faisait encore très froid à cause du vent glacé qui soufflait depuis la mer. Cela n'empêchait pas sa mère, sa grand-mère et tante Agnes de décorer la maison avec les premières fleurs sauvages et de préparer un festin spécial réservé aux femmes. Les hommes sortaient. Ils allaient jouer aux cartes dans un bar au bout de la route tandis que leurs femmes bavardaient comme des folles, buvaient du thé très fort et mangeaient le gâteau de Noël que l'on avait spécialement gardé pour ce soir-là.

Cette fête marquait aussi le début de l'agnelage et elle se souvenait de son père, Joe, dehors en pleine nuit dans le vent froid pour aider les brebis. Il arrivait que l'une d'elles rejette son agneau. Joe rapportait alors le doux fardeau à la maison et on l'élevait dans la cuisine pendant quelques semaines. Il fallait le nourrir avec un vieux biberon et une tétine. Les agneaux avaient l'air très fragiles, mais en réalité, ils étaient vigoureux. On s'en rendait compte quand ils poussaient sur le biberon de toute la force de leur petite tête pour réclamer encore plus de lait.

La vie était-elle plus simple à cette époque-là ? Quand la simple survie quotidienne était si difficile, les gens se contentaient-ils de faire face sans se compliquer l'existence à réfléchir sur leur identité et sur les raisons pour lesquelles la vie les avait façonnés d'une façon et pas d'une autre ? Eleanor n'avait plus de réponse à cette question.

Après toute une vie passée à croire qu'elle comprenait la vie, elle avait à présent l'impression de n'avoir été rien de plus, pendant tout ce temps, qu'un voyeur. En tant que thérapeute, elle avait reçu client après client et longuement écouté leurs histoires. Cependant, elle n'avait jamais vraiment fait partie de leur univers. Qu'avait-elle fait pour les aider ? Elle l'ignorait. Elle n'était même plus capable de s'aider elle-même.

Venir en Irlande avait été une folie. Elle pensait y trouver la paix, mais elle cherchait toujours. Où cela la mènerait-il ?

8

Les soupes

Ta tante Agnes avait reçu de Mme Fitzmaurice un livre de cuisine extraordinaire.

Une dame d'un autre pays l'avait oublié au manoir. Agnes et moi, nous avions beaucoup ri à l'idée qu'une vraie dame puisse connaître la moindre chose en matière de cuisine. Non que je connusse beaucoup de dames, mais comme Agnes servait au manoir, elle les voyait. Pas une seule ne savait cuisiner, même si elle pensait en être capable en raison du temps qu'elle passait à discuter les menus avec sa gouvernante. D'après Agnes, un repas pouvait facilement se composer de sept services, avec potages, salades, volailles, viandes, sorbets et glaces.

Ce livre était écrit en français par une Mme Saint-Martin et nous avons essayé de le déchiffrer. Il y avait des recettes de sauce pour tout et Mme Saint-Martin insistait sur l'absolue nécessité d'avoir des casseroles à fond de cuivre. Nous avons choisi d'ignorer cet aspect de la question dans la mesure où nous n'en avions pas. Ma meilleure casserole avait un lourd fond de fer que le ferblantier gitan avait fabriqué pour moi. On pouvait y mettre une épaule d'agneau trop dure pendant des heures sans que cela attache ou soit trop cuit. Au contraire, elle devenait fondante dans la bouche.

Le potage de poulet de Mme Saint-Martin impliquait l'utilisation d'une grande quantité d'ail et c'était une merveille.

Cet hiver-là, on a eu beaucoup de neige. Joe passait la plus grande partie de son temps dans l'étable avec les vaches en train de vêler. Il rentrait mort de froid et j'ai pris l'habitude d'avoir toujours du potage de poulet au chaud sur la cuisinière.

Jusque-là, mes talents culinaires se limitaient au gruau. Ce potage était donc une sorte de miracle !

Ta tante Agnes a dit que nous devrions écrire à Mme Saint-Martin pour lui dire à quel point sa recette était une réussite. L'idée était formidable, mais nous n'avons jamais pris le temps d'écrire cette lettre. Cependant, chaque fois que nous préparions ce potage, je lui disais merci en moi-même.

Connie avait deux raisons de détester le mois de février, la grisaille de l'hiver et le jour de la Saint-Valentin. Elle faisait de son mieux pour ignorer l'une comme l'autre. En février, elle n'achetait pas de magazines, car ils débordaient de recettes pour des dîners romantiques à deux. Elle préférait se rendre à la bibliothèque locale une fois par semaine et faire provision de romans policiers. Des romans où il n'était question que de scènes de crimes, de cadavres, de flics se disputant avec les fédéraux, et d'un charmant enquêteur aux prises avec ses problèmes personnels autant qu'avec le cas à résoudre. C'était l'idéal !

Elle prenait aussi le temps de revoir sa liste, la liste de ce que serait l'homme idéal.

De longues jambes. Ah oui !

Etre plus grand qu'elle-même.

Pas d'enfants, pas d'ex-femme ni d'anciennes petites amies dont il serait toujours amoureux.

Un grand sens de l'humour, indispensable !

En bonne forme physique, mais pas obsédé par l'exercice. Pas un passionné de yoga.

Pas de mère à demi folle ne supportant pas qu'il sorte avec une femme.

Connie n'était jamais sortie avec ce style d'homme, mais c'était arrivé à l'une de ses collègues. Connie lui avait dit très fermement qu'un homme capable d'annuler une soirée parce que « maman ne supporterait pas de rester seule ce soir » n'avait aucune chance de lui apporter le bonheur.

Qu'il ait ses propres cheveux, c'était important. Pas question d'un homme aux cheveux gonflés avec un soin pointilleux et que l'on ne pouvait toucher. Pas question non plus d'un homme qui ramènerait ses cheveux par-dessus sa calvitie pour la cacher. A une époque, elle était sortie brièvement avec un type qui perdait ses cheveux. Il se conduisait comme si sa vie était entièrement consacrée à dissimuler le fait qu'il devenait chauve. Le tempérament affectueux de Connie s'était heurté à l'interdiction de lui caresser la tête au cas où cela dérangerait ses mèches savamment arrangées. Il s'appelait Tom ; l'histoire avait tourné court. Il passait plus de temps à se regarder dans les miroirs que Connie ne l'avait jamais fait. Il utilisait des tonnes de laque sur les légers duvets qu'il avait encore au-dessus du front et paniquait à l'idée que le vent puisse les coucher vers l'arrière en exposant son front nu. Connie avait de la peine pour lui, mais pas assez pour continuer à le fréquenter. Elle aimait les gens réalistes. Si l'on perd ses cheveux, la solution raisonnable consiste à les faire couper court et les oublier. Elle-même restait réaliste à son propre sujet : après tout, elle ne se prenait pas pour Angelina Jolie !

Connie aimait bien s'occuper de sa liste. C'était amusant, un peu comme de rester au lit avec des cookies au chocolat et du lait chaud pour regarder un mélo. Un peu comme un secret coupable... Parler de cette liste aurait été une façon d'admettre qu'elle avait renoncé à trouver un homme dans la réalité et voyageait à présent au royaume des hommes imaginaires.

Curieusement, quand elle avait rencontré Megan au Titania's Palace, elle avait eu envie de lui en parler. Elle avait eu un sentiment très étrange : Megan comprendrait qu'il était plus facile d'imaginer un homme que d'accorder la moindre confiance au monde des hommes réels. Ce premier mouvement avait été vite réprimé. La raison l'avait emporté. Avouer qu'elle préférait renoncer à l'amour aurait paru très défaitiste.

Même si Megan venait de vivre une histoire douloureuse, elle avait le temps pour elle, le temps de trouver autant d'hommes qu'elle voudrait et de les rejeter.

Connie n'avait plus ce temps-là. Comme il n'y avait pas d'homme idéal, elle ne connaîtrait pas la joie de câliner un bébé qui la regarderait avec un amour éperdu. Elle n'avait jamais fait de liste au sujet des bébés – celle des prénoms possibles – pas plus qu'elle ne se demandait si elle préférait une fille ou un garçon. Cela lui aurait fait trop mal, tandis qu'une liste imaginaire au sujet de l'homme idéal était une façon agréable de passer le temps.

Peu de temps après l'avoir rencontrée, Connie avait invité Megan à dîner avec elle et Nicky. Cela s'était fait sans Freddie pour qu'elles puissent avoir une soirée entre filles.

Freddie avait grogné qu'il avait envie de la rencontrer, lui aussi. « Tu feras sa connaissance un autre jour. Ce soir, elle vient passer un moment agréable entre filles pour se remonter le moral parce que, d'après ma sœur, elle en a besoin. Ce dont on n'a pas besoin, c'est d'un homme qui a vu son premier film quatre fois et s'est servi de la commande image par image si souvent que le DVD est usé ! »

L'extraordinaire confiance de Nicky avait fait sourire Connie, heureuse de constater que sa sœur ne doutait pas de l'amour de Freddie et, de plus, avait parfaitement confiance en elle-même. Nicky semblait ne même pas imaginer que Freddie puisse être aveuglé par la beauté ou la célébrité de Megan.

Megan avait apporté un pot de jacinthes blanches et n'avait pu cacher sa tension. L'accueil chaleureux de Connie et l'exclamation impressionnée de Nicky – « Oh ! Vous êtes toute petite, encore plus petite qu'à la télévision ! » – avaient instantanément brisé la glace.

« Vous représentez la minigénération, avait repris Connie en riant. Moi, j'appartiens à la génération des déesses amazoniennes mais vous deux, à celle des petits elfes. J'espère que vous avez faim, avait-elle ajouté en embrassant Megan. J'ai commandé des pizzas géantes, du pain à l'ail et du coleslaw.

— Connie se damnerait pour du coleslaw, avait ajouté Nicky.

— Et du coca sans sucre pour se donner bonne conscience du côté de la ligne, avait repris Connie. En tout cas, en ce qui me concerne ! »

Elle avait passé une soirée très agréable. Nicky et Megan s'étaient parfaitement entendues et si les deux sœurs n'avaient pas eu à se lever pour travailler le lendemain matin, la soirée aurait continué bien après minuit.

« Si seulement j'allais au travail, moi aussi, avait soupiré Megan. Je crois que je deviens un peu folle, en ce moment. Nora m'a dit que Birdie partait en Espagne avant la fin du mois et que je pouvais la remplacer.

— Ce serait bien si nous avions quelque chose pour toi, avait dit Nicky d'un ton pensif. Tu pourras peut-être faire des lectures pour moi ?

— Ou alors me remplacer auprès des sixièmes pour les cours d'histoire pendant que je serai à Paris pour le mariage de Sylvie, avait ajouté Connie.

— Et là, tu trouveras peut-être un homme génial...

Oui, Nicky avait peut-être raison. On ne sait jamais. Connie ne devait surtout pas être défaitiste.

Connie ne trouva pas à Paris l'homme qu'il lui fallait. Pourtant, stimulée par Nicky, elle y était allée pleine d'espoir. D'ailleurs, tout commença pour le mieux.

Elle avait fait le voyage avec quatre autres enseignantes de l'école – toutes célibataires – et, de leur propre aveu, elles étaient aussi excitées qu'une bande d'écolières.

— Si la principale pouvait nous voir ! dit en riant Grace, qui enseignait la géographie.

Elles étaient dans la boutique hors taxes de l'aéroport de Dublin, complètement déchaînées, s'aspergeant de parfums trop coûteux pour elles.

— Elle a encore le temps de venir, répondit Connie d'un air malicieux. Je peux l'appeler pour lui dire que ça lui plairait beaucoup, que nous allons sortir en boîte tous les soirs et que, puisqu'elle aime danser...

Vivienne frissonna. Professeur d'arts plastiques, son style de vêtements et de comportement en faisait la candidate la moins probable pour figurer au tableau d'honneur de la principale.

— Pitié, dit-elle. Tout mais pas ça !

L'hôtel que la mère de Sylvie leur avait recommandé était minuscule, très chic et suffisamment proche de la Seine pour qu'elles puissent la voir depuis le petit balcon qui agrémentait la chambre de Grace et Connie.

Elles avaient décidé de partager une chambre par souci d'économie. Grace déclara que si elle avait la chance de rencontrer un Français à son goût, elle irait chez lui et qu'ainsi Connie pourrait dormir tranquillement.

— Cela me paraît très raisonnable, ajouta-t-elle.

Le message caché derrière ce petit discours était clair : il y avait peu de chances pour que Connie ramène un beau Français à l'hôtel.

— Absolument, répondit Connie qui sentit aussitôt sa propre confiance en elle voler en éclats.

Grace n'avait que trente-deux ans et elle était très séduisante. Que les beaux Français puissent craquer pour elle sans même regarder Connie allait de soi, évidemment ! Qu'avait-elle donc imaginé ! Elle n'aurait pas dû renoncer à l'idée qu'elle avait passé l'âge des rencontres amoureuses.

Les beaux Français ne pouvaient s'intéresser qu'à des femmes plus jeunes, susceptibles de se laisser séduire dès le premier rendez-vous, pas à une enseignante proche de la quarantaine qui n'avait plus de vie sexuelle depuis si longtemps qu'elle s'évanouirait si un homme lui faisait des propositions sans commencer par la courtiser pendant six mois. De tels hommes sauraient aussi qu'une femme de son âge pensait à son horloge biologique. Ils verraient sans doute dans ses yeux le désespoir dont si peu de gens semblaient avoir conscience.

Grace était la belle du contingent irlandais des invités. Sa robe de soie grise, que Connie avait trouvée trop simple le matin dans leur chambre d'hôtel, se révéla exactement ce qu'il fallait porter pour un mariage parisien élégant. C'était la propre tenue de Connie – une jupe de mousseline d'un beau bleu ciel avec le chemisier assorti et une ceinture de gros grain – qui paraissait trop habillée et chichiteuse au milieu des robes droites bien nettes dans des teintes de bleu gris raffiné, portées avec de vraies perles et des chaussures Chanel bicolores.

Nicky lui avait affirmé qu'il n'y aurait pas de table pour célibataires à un mariage français.

« Ils sont trop cool pour ça en France, lui avait-elle dit. Je te parie qu'ils vont mélanger tout le monde, les anglophones et les francophones, les gens mariés et les célibataires. Chez nous, on met tous ces pauvres célibataires ensemble à des tables désespérantes où il n'y a que des cousins complètement fous et des oncles bizarres, si bien qu'ils ont l'impression d'être des minables dès la première seconde. A Paris, ce ne sera pas comme ça ! »

Connie s'était demandé comment sa sœur pouvait être si bien informée au sujet des coutumes matrimoniales, mais elle avait eu raison. Connie et Grace se retrouvèrent à la table d'une partie des anciens amis d'école de Sylvie. Rien ne leur donna l'impression qu'on essayait de les caser avec des célibataires français. De plus, Connie comprit très vite qu'elle avait été annoncée comme l'amusante amie irlandaise de Sylvie, la rigolote que tout le monde aime et qui a un formidable sens de l'humour. Elle n'était pas considérée comme le genre de femme dont on peut faire sa petite amie ou sa femme. Les amies de Sylvie ne la regardèrent pas comme si elle constituait une menace. Elles lui sourirent sans réserve en incitant gaiement leur mari à la faire danser.

Pour Grace, ce fut différent. Aucune des femmes présentes ne demanda à son mari de danser avec elle.

Connie dégusta deux gâteaux au chocolat sous le regard mi-choqué mi-amusé de toutes ces femmes minces qui étaient assises à sa table. Elles n'avaient même pas terminé le plat principal et à peine touché au dessert. Ensuite, Connie dansa avec tout le monde si gaiement que personne n'aurait pu deviner le chagrin qui la déchirait. Si son destin était de jouer le rôle de la vieille amie bizarre et amusante, elle pouvait le jouer.

Le lendemain, Grace était visiblement décidée à faire la grasse matinée. Connie descendit prendre son petit déjeuner et, comme il n'y avait personne d'autre de leur petite bande, elle supposa que tout le monde avait fait la fête jusqu'au petit matin. Elle-même s'était couchée à l'heure très respectable de minuit et demi. Etre la rigolote de service avait offert une petite compensation. Les amis de Sylvie avaient insisté pour la ramener à son hôtel en voiture et l'un des maris avait été délégué pour l'escorter jusqu'à la porte même de l'hôtel.

Elle ne put dormir avant trois heures, trop peinée d'avoir découvert son statut de femme amusante et célibataire endurcie. Quand Grace s'était faufilée dans la chambre, elle ne dormait toujours pas.

« C'est moi, Connie. Désolée de te réveiller... Ooops ! Désolée pour le bruit ! Oh là là... »

Grace gagna la salle de bains en titubant et renversa tout sur son passage. Ensuite, non sans quelque difficulté, elle trouva son lit et Connie réussit enfin à s'endormir, rêvant d'elle-même en mariée attendant un fiancé invisible.

— Je crois que je vais aller au Louvre, dit-elle le lendemain matin à Grace toujours ensevelie sous sa couverture.

— Pas de problème, marmonna Grace.

Connie se rendit au Louvre à pied et finit par se dire que Paris n'était pas une ville plus romantique qu'une autre. C'était plus une réputation qu'autre chose, un fabuleux argument commercial. *Venez chez nous si vous êtes amoureux ! Si vous ne l'êtes pas, vous vous sentirez incomplet et raté. Il vous faudra donc revenir dès que l'amour sera entré dans votre vie.*

C'était une situation gagnant-gagnant pour Paris. Keith et elle n'avaient jamais fait partie de ces couples qui aiment s'échapper pour quelques jours dans une ville. Ils aimaient les vacances actives, faire du ski ou suivre un cours de voile comme ils l'avaient fait sur la côte turque.

Keith travaillait dans une banque, mais avait des avantages comme des congés intéressants. Cela leur avait permis de prendre des vacances extraordinaires. Pendant les sept années passées ensemble, ils partirent skier tous les hivers et visitèrent l'Amérique du Sud et l'Extrême-Orient. Leurs fiançailles avaient duré un mois et ils avaient vaguement évoqué la possibilité d'un voyage de noces en Australie quand Keith avait lâché sa bombe.

« Tu sais, nous disons toujours que l'honnêteté est la meilleure des politiques... », avait-il commencé. Connie s'apprêtait à le taquiner en disant qu'il parlait comme un agent d'assurances, mais il avait poursuivi : « Je dois être honnête avec toi, Connie ; c'est fini entre nous. En tout cas, pour moi. Je sais que tu t'en es rendu compte. Je t'aime, mais je ne suis pas amoureux de toi. Pourtant, je devrais l'être, n'est-ce pas ? »

« Tu devrais être quoi ? » Connie avait parfaitement entendu, mais elle ne pouvait y croire. Il s'agissait de Keith, l'homme qui avait posé sa tête sur son ventre devant le feu dans la cheminée quelques jours plus tôt en disant qu'il était parfaitement heureux. Même en tenant compte du fait qu'ils étaient sortis avec des amis et avaient bu du vin, il l'avait quand même dit ! Comment pouvait-on être parfaitement heureux un jour et ne plus l'être la semaine suivante ? Comment avait-il pu lui demander sa main pour rompre un mois plus tard ? Il aurait dû y avoir des signes annonciateurs. S'il y en avait eu, pourquoi ne les avait-elle pas vus ?

« J'aimerais que nous restions amis, avait poursuivi Keith avec son optimisme habituel. Il y a si longtemps que nous nous connaissons.

— Je ne veux pas qu'on soit amis, avait répondu Connie en pleurant. Je veux qu'on soit ensemble, c'est tout.

— C'est fini, Connie. Tu dois regarder les faits en face. Nous n'aurions jamais dû nous fiancer. C'est ce que j'ai compris au cours du mois qui vient de s'écouler. Au moins, nous ne sommes pas allés jusqu'à acheter une maison. Ça, ce serait un cauchemar pour s'en dégager ! »

Et dire à tout le monde que les fiançailles étaient rompues – un mois après les avoir annoncées –, ce n'était pas un cauchemar ? Connie l'avait dévisagé, choquée, blessée. Mais cela n'avait servi à rien. Il était bizarrement insensible à sa souffrance.

Il n'arrêtait pas de répéter qu'elle devait le savoir, comme si elle refusait la réalité seulement pour lui gâcher la vie.

Dès le lendemain, il avait déménagé du joli petit appartement qu'ils partageaient, laissant Connie assommée de chagrin. « Appelle-moi pour me dire comment tu vas, d'accord ? » avait-il dit.

Elle s'était accrochée à ces quelques mots, la preuve pour elle qu'il l'aimait toujours et traversait seulement une crise provoquée par ses amis qui lui demandaient ses projets pour le mariage prévu. Quand Connie avait exposé sa théorie à son amie Gaynor, celle-ci s'était énervée. « Par pitié, arrête de te raconter des histoires ! Il espère seulement que tu ne veux pas te jeter dans l'escalier en lui faisant porter la responsabilité de ton suicide dans le petit mot d'adieu que tu ne manqueras pas de laisser ! C'est le seul souci de ce salaud. »

Au lieu d'accepter le fait que Keith avait inexplicablement changé d'avis, Connie s'était torturée en se reprochant de ne pas avoir remarqué ce qu'il ressentait. C'était sa faute ! Si elle s'en était rendu compte, elle aurait pu évoluer ou modifier ce qui n'allait pas. Quand il commença à sortir avec d'autres femmes, elle se tortura un peu plus en se demandant ce qu'elle avait fait de mal. Aurait-il fallu plus de romantisme et de séduction dans leur relation ? Connie n'avait jamais été intéressée par la lingerie sexy ni par les strip-teases – était-ce une erreur ? Elle s'était repassé en esprit la scène de leurs fiançailles. Keith l'avait bel et bien demandée en mariage, mais à ce moment-là, ils revenaient des noces d'un ami. Il avait été jaloux de ce mariage, s'était dit que cette fête magnifique aurait pu être la leur. C'était là que la situation avait dérapé. Sa demande ne venait pas du cœur, mais elle y avait cru car elle désirait épouser Keith.

Arrivée au Louvre, Connie rejoignit la file d'attente. Elle prit la décision de se concentrer sur l'art et la culture pour le reste de la journée. Elle trouvait quelque chose d'infiniment rassérénant dans les grands musées : si on a perdu l'amour de sa vie, au moins on peut s'abandonner à la beauté de civilisations disparues depuis longtemps.

De plus, combien d'artistes n'avaient-ils pas peint leurs plus belles œuvres alors qu'ils étaient en train de mourir d'amour ? Exactement ! Au Louvre, elle serait entourée d'amis.

Quand elle rentra à Dublin, Connie ne dit à personne comment cela s'était passé. Même pas à Nicky. Freddie venait à l'appartement encore plus souvent que d'habitude et Connie avait l'impression qu'elle ne passait plus jamais assez de temps seule avec sa sœur pour pouvoir lui faire des confidences. Et puis c'était une histoire trop triste, pleine de désespoir. Connie aurait eu l'impression de demander à Nicky d'y mettre bon ordre à sa place. Or, ce n'était pas le rôle de sa sœur. C'était à elle de veiller sur sa cadette, pas l'inverse.

Non, décida fermement Connie. Elle garderait son chagrin pour elle-même. Elle devait arrêter de se focaliser sur l'absence d'homme dans son existence comme sur la diminution de ses chances de devenir mère. Elle ne passerait pas son week-end dans les grands magasins de décoration à acheter des choses inutiles pour sa chambre. Elle avait déjà trois rangées de guirlandes cli-

166

gnotantes au-dessus de sa coiffeuse. Une de plus et sa chambre deviendrait une provocation à l'incendie !

Connie n'aimait pas les fanfreluches plus ou moins kitsch, sauf dans sa chambre. Dans l'appartement, il y avait des parquets, des murs clairs et un joli mobilier de style scandinave dans différentes nuances de blanc. Inspirée par un article abondamment illustré sur la maison d'un designer suédois, Connie avait opté pour des tissus d'ameublement aux teintes neutres avec des accents bleu pâle pour les rideaux et les coussins. Elle avait créé une atmosphère calme, simple et pleine de charme. Dans sa chambre, en revanche, elle s'était laissée aller. Les murs étaient tapissés d'un papier peint rose à petites fleurs ; le lit bénéficiait d'un baldaquin drapé de mousseline rose et elle avait entassé sur le dessus-de-lit en satin rose tant de coussins en peluche ou à volants qu'il lui fallait cinq minutes pour les enlever avant de pouvoir se coucher. Comme elle le disait à sa sœur en forme de plaisanterie : la chambre d'une célibataire est son château !

Toutefois, le romantisme de cette chambre devenait une moquerie à son égard, surtout en février, saison des enveloppes rouges et des roses rouges. Non, se dit-elle, elle allait trouver quelque chose à faire pour se rendre utile.

Pour commencer, le facteur leur avait laissé une lettre adressée à « Madame E. Levine », de toute évidence destinée à la dame âgée du rez-de-chaussée. Plutôt que de la glisser dans la boîte de sa destinataire, Connie décida de l'utiliser comme un bon prétexte pour sonner à la porte de sa nouvelle voisine. Peut-être pourrait-elle lui proposer d'aller faire des courses pour elle ou d'aller lui chercher des livres à la bibliothèque. Elle trouva une boîte de cookies au chocolat d'une très

167

bonne marque dans son placard, la prit et descendit l'escalier pour sonner à la porte de l'appartement du rez-de-chaussée. Quelques instants s'écoulèrent, puis elle entendit le petit craquement qui signalait que l'on avait décroché l'interphone.

— Bonjour, Mme Levine ! C'est Connie O'Callaghan de l'appartement du dessus.

— Bonjour Connie, répondit une voix douce à l'accent américain.

Dès que la porte s'ouvrit, Connie oublia son idée de bibliothèque. La femme qui se tenait devant elle n'avait rien de la vieille dame en quête d'amitié qu'elle s'était imaginée. Mme Levine n'avait certainement pas besoin d'emprunter à la bibliothèque des romans roses en gros caractères ni de bonbons à la menthe assez mous pour qu'elle puisse les manger malgré son dentier.

— Je suis ravie de faire votre connaissance, dit Mme Levine.

En dépit de son âge, elle était toujours très grande et se tenait très droite. De même, bien que les années en aient probablement atténué la couleur, ses yeux brillaient d'un bleu de saphir. Ses cheveux formaient un nuage de douces boucles blanches autour d'un visage souriant au bel ovale et qui, en dépit du fin réseau de rides, rayonnait de lumière intérieure. Un pantalon de tweed d'allure masculine et un chemisier en soie crème avec un long cardigan de laine lui donnaient une allure à la Lauren Bacall. Des lunettes à monture d'écaille avec une simple chaîne en or étaient passées autour de son cou. Connie n'aurait su dire si elle était plutôt du côté des soixante-dix ans ou des quatre-vingts, mais une chose était sûre : Eleanor Levine n'avait vraiment rien d'une petite vieille.

Retrouvant sa voix, Connie lui dit bonjour et lui tendit la main. Eleanor la lui serra d'une main étonnamment ferme et chaude.

— Entrez, je vous prie. Et appelez-moi donc Eleanor !

Connie n'avait jamais eu l'occasion d'entrer dans cet appartement, même quand les Taylor y vivaient. Le plan était le même que chez elle, mais le mobilier d'époque et les tableaux dans leurs cadres dorés créaient une atmosphère très différente.

Les fenêtres étaient également plus grandes. Connie vit que sa voisine était assise derrière son vaste bow-window quand elle avait sonné. Sur une petite table disposée à côté du fauteuil, il y avait une tasse de thé et un livre.

— Le spectacle de la place me distrait, dit Eleanor. J'ai un petit peu lu et je me suis retrouvée en train de contempler le jardin et le terrain de jeux.

— C'est la même chose pour moi. Observer la place devient vite une habitude dont on a du mal à se défaire. C'est une vraie dépendance. On voit des scènes entières se dérouler devant soi comme si c'était un film.

— Exactement, répondit Eleanor, l'air impressionnée. Il semblerait que nous ayons une tournure d'esprit très proche. Dans l'ensemble, je passe trop de temps à observer mes voisins. Je ne l'avais jamais fait, mais ici, j'ai l'impression que je passe mon temps à regarder dehors. Je ne serais pas étonnée si la police venait un jour m'arrêter pour harcèlement !

— C'est Golden Square qui incite à la contemplation, répondit Connie en riant. Chez mes parents, je ne regardais presque jamais par la fenêtre de devant. Pourtant, je viens d'une petite ville où c'est presque une discipline olympique ! Mais c'est plus...

Elle fit une petite pause, cherchant le mot exact.

— ... de l'indiscrétion. Ici, c'est différent, nous observons avec intérêt.

— Ah oui ! Vous avez trouvé les mots justes. Observer avec intérêt... Voulez-vous une tasse de café ? Vous pourrez me dire ce que vous regardez avec intérêt.

— Voulez-vous que je le prépare à votre place ?

Connie avait subitement réalisé qu'elle était venue pour aider sa voisine âgée et qu'elle ne servirait pas à grand-chose si elle s'asseyait en la laissant tout faire.

— Je n'ai pas de problème pour marcher, aujourd'hui, dit Eleanor avec un petit sourire de dérision. Vous avez peut-être remarqué qu'il y a des jours difficiles où je dois prendre ma canne, mais aujourd'hui, mes douleurs sont gérables. Merci pour ma lettre et pour les cookies !

Connie fit signe que ce n'était rien.

— Ce n'est qu'un petit geste de bienvenue.

— Votre visite fait de vous une voisine très amicale, Connie. Jusqu'à présent, je n'ai pas vu beaucoup de monde.

Eleanor la précéda dans la cuisine où Connie s'assit sur un tabouret devant le comptoir. Elle observa sa voisine tandis qu'elle versait les grains de café dans le moulin puis remplissait la machine à café.

— Parlez-moi de vous, reprit Eleanor. En voyant vos piles de livres, j'ai conclu que vous êtes professeur. Quelle matière enseignez-vous ?

— L'histoire.

— Ce doit être très intéressant.

— Oui, j'adore l'histoire. Pourtant, parfois, ce n'est pas facile. Je veux parler de l'enseignement. Certains jours, personne ne veut apprendre quoi que ce soit et vous êtes dégoûtée de votre métier. Heureusement, il y a aussi des enfants qui aiment apprendre.

— Je sais, les enfants qui ont cette étincelle en eux...

Les yeux si bleus d'Eleanor s'étaient mis à briller. Dans ce beau visage marqué par les années, c'était les yeux d'une jeune femme pleine de vitalité, pensa Connie. Comme Eleanor semblait très bien savoir de quoi elle parlait à propos des élèves, elle lui demanda si elle avait enseigné, elle aussi.

— Oui, pendant un certain temps. Je suis psychanalyste et j'ai fait un peu d'enseignement de temps en temps.

Connie eut une exclamation impressionnée et se redressa sur son tabouret. Eleanor se détourna pour s'occuper du café.

— Vous l'avez fait ! dit-elle. Quand les gens apprennent ce que je fais, ils font attention à se tenir droits. Ils croient parfois que je vais commencer à les analyser à partir de la façon dont ils tiennent leur verre de vin. D'autres fois, ils en profitent tout de suite pour me parler de ce qu'ils ont vécu depuis que leur animal domestique est mort ou bien depuis leur divorce et veulent savoir si une thérapie leur ferait du bien parce qu'ils prennent des médicaments et que cela ne marche pas vraiment !

Connie éclata de rire.

— Je suppose que c'est la même réaction que celle qu'on a en rencontrant une coiffeuse. Automatiquement, on se passe la main dans les cheveux en s'excusant de ne pas avoir eu le temps de se faire un shampooing le matin même parce que, normalement, ils ont meilleure allure !

— C'est exactement cela, répondit Eleanor.

— Je suppose que la version psychanalytique de l'histoire de la coiffeuse donnerait quelque chose comme : « Je voulais vraiment faire un travail sur mon ego mais mon inconscient m'en empêche ! »

Connie se demanda soudain si cela voulait dire quelque chose. L'ego et l'inconscient étaient-ils la même chose ? Elle ne s'était jamais beaucoup intéressée à la psychologie.

— Travaillez-vous pendant que vous êtes ici ? demanda-t-elle, changeant rapidement de sujet.

— Je suis à la retraite.

Eleanor prononça ces mots d'un ton qui mettait fin à la conversation sur ce sujet. Tout en parlant, elle avait disposé les tasses sur le comptoir et versé le café.

— Sucre ou crème ?

— Les deux, répondit Connie.

Elles parlèrent ensuite des gens qu'Eleanor voyait de sa fenêtre. Elle était fascinée par la femme aux cheveux châtains qui vivait avec son mari dans la grande maison blanche en face de chez elle et qui l'appelait « mon chou » quand elle allait au salon de thé.

— C'est Rae Kerrigan et son mari, Will. Elle s'occupe du salon de thé et travaille pour Community Cares. Elle est formidable ! Je ne la connais pas très bien, mais elle a toujours un mot aimable pour chacun. Elle déborde de bonté.

Connie s'interrompit un instant puis reprit :

— Je sais que cela peut paraître bizarre, mais c'est exactement cela. Quand je la vois au salon de thé, je me sens réchauffée et, d'une certaine façon, guérie. Trop de caféine, sans doute !

Eleanor prit une petite note mentale : *Utilise l'humour comme une armure.* Une protection puissante et aussi difficile à percer que l'amertume quand elle sert de bouclier.

Elle refoula le désir de demander à Connie des précisions sur son sentiment de chaleur et sur la nature de la tristesse guérie par cette chaleur. Connie était sa voisine, pas sa patiente.

— Qu'est-ce que Community Cares ? préféra-t-elle demander.

— C'est un organisme caritatif qui s'occupe des personnes en situation précaire, des familles défavorisées ou des chômeurs. La plupart des gens qui travaillent pour Community Cares au niveau local sont des bénévoles.

— Je vois... Cela ne doit pas être facile.

— Je le crains, répondit Connie en soupirant. J'ai souvent pensé que je devrais faire quelque chose de cet ordre, mais je ne me suis jamais décidée à faire la démarche.

En réalité, mais elle ne le dit pas, elle avait reculé le moment d'en parler à Rae parce que, d'une certaine façon, travailler pour Community Cares semblait symboliser un renoncement à ses propres rêves et espoirs.

Dans sa ville natale, sur la côte Est, les femmes s'impliquaient dans le travail caritatif quand elles avaient fini d'élever leurs enfants. Vous rendiez à la société ce qu'elle vous avait donné quand vos petits étaient devenus des adultes. Si Connie commençait maintenant, elle aurait trop l'impression de renoncer à fonder sa propre famille.

Elle changea de sujet.

— Deux maisons après celle de Rae habite Prudence, mais je vous garantis qu'elle ne vous fait pas chaud au cœur quand vous la croisez ! Elle a des cheveux noirs courts, ne sort jamais sans son anorak bleu pâle, quelle

173

que soit la saison et, comme l'aurait dit ma grand-mère Enid, elle a un air renfrogné à faire tourner le lait !

— J'aime beaucoup ces vieilles expressions. Ma mère en avait toujours une à sa disposition, mais je n'arrive pas à me souvenir de toutes. En effet, j'ai aperçu Prudence.

Petite, mince et la démarche furtive, pensa-t-elle, comme quelqu'un qui serait toujours en train de vouloir fuir un danger.

— C'est un parfait chameau. Elle a été très grossière avec Megan, qui séjourne en ce moment chez sa tante, Nora Flynn, au bout de cette rangée de maisons. Megan est actrice et elle a fait la une des journaux pour je ne sais trop quelle histoire.

Par souci de loyauté, Connie n'en dit pas plus.

Elle s'était sentie stupide d'avoir ignoré qui était Megan, mais fière de la gentillesse avec laquelle Nicky avait géré la situation lors du dîner chez elles.

« On va te trouver un chouette garçon irlandais, avait dit Nicky d'un ton décidé. Un homme qui n'aura aucun lien et te traitera avec adoration comme la déesse que tu es. »

Megan avait accueilli cette déclaration en pleurant et riant à la fois.

— Qui est-ce ? s'enquit Eleanor.

Connie réfléchit un instant avant de répondre. Megan ne faisait pas partie des gens que l'on peut définir en quelques mots. Elle savait très bien que, de l'extérieur, elle pouvait apparaître comme une starlette qui avait mis la main sur une star du cinéma, mais la situation était plus compliquée. Même s'il était vrai que l'horrible publicité qui avait suivi la découverte de leurs relations et l'obligation de se cacher auraient atteint même quelqu'un de très endurci, Connie sentait que Megan avait été blessée beaucoup plus profondément.

— Megan Bouchier. Je ne sais pas si vous avez entendu parler d'elle. Elle a environ vingt-cinq ans et elle est d'une beauté presque irréelle. Normalement elle est blonde, mais elle s'est fait couper les cheveux et les a fait teindre en noir. Vous l'avez peut-être vue en train de promener les chiens de sa tante, une levrette et un petit chien à poil long.

— Oui, en effet. Je serais heureuse de faire sa connaissance et celle de votre sœur.

En parlant avec Connie, Eleanor se dit que rencontrer des gens était peut-être la solution. Elle avait passé beaucoup trop de temps dans son appartement, seule avec ses pensées.

— On va s'en occuper, répondit Connie avec un grand sourire.

Eleanor remplit à nouveau les tasses.

— Dans la maison d'à côté, j'ai remarqué un bel homme qui habite l'appartement de l'entresol. Qui est-ce ?

— Quel homme ? demanda Connie d'un air étonné.

Eleanor retint un sourire. Elle était certaine que Connie n'avait personne dans sa vie alors que sa sœur, de toute évidence, sortait avec un charmant jeune homme. Pourtant, Connie n'avait même pas remarqué l'homme plutôt séduisant qui vivait dans la maison voisine. Assez grand, bien bâti, il avait des cheveux très courts blond vénitien. Quand il était seul, elle le voyait rarement sourire, mais quand il était avec sa fille, une enfant aux cheveux de la même couleur que ceux de son père, il avait un sourire qui aurait fait fondre le cœur de n'importe quelle femme.

— Il a des cheveux roux et une fille.

Elle ne pouvait affirmer avec certitude qu'il était célibataire, mais les seules femmes qu'elle avait vues semblaient être d'autres parents qui ramenaient sa fille chez elle.

— En effet, je les ai aperçus, dit Connie d'un ton dépourvu d'intérêt. Je ne pense pas qu'ils habitent ici depuis longtemps, un an ou deux peut-être.

Il avait toujours l'air un peu distrait et ne l'avait pas remarquée.

Eleanor ne put s'empêcher de creuser un peu plus loin.

— Nicky a un petit ami, me semble-t-il. Et vous ?

— Nicky sort avec Freddie, et moi, je suis libre, dit Connie d'un ton dégagé.

Eleanor émit un petit grognement de compréhension. Des années de pratique avaient fait d'elle une spécialiste de l'archéologie émotionnelle. L'astuce était de poser la bonne question en gardant un ton de voix neutre.

— Avez-vous déjà été mariée ?

— Non, seulement presque mariée, répondit Connie qui tripotait nerveusement sa tasse de café. On a rompu et c'était sans doute aussi bien, poursuivit-elle sans conviction. Je suis mieux sans lui.

Les derniers mots manquaient tout autant de conviction. On avait l'impression que Connie répétait ce que les autres lui avaient dit, mais qu'elle n'y croyait pas elle-même.

— De cette façon, je peux chercher l'homme idéal ! ajouta Connie d'un ton léger.

Encore une fois, pensa Eleanor, cela manquait de conviction.

— L'amour n'est jamais là où on le croit, dit-elle. D'après les recherches faites sur ce sujet, la plupart des gens rencontrent leurs partenaires au travail.

— C'est hors de question pour moi, répondit Connie avec amusement. Sauf si l'on renvoie la moitié des profs pour en engager d'autres ! Et puis, la vie ne se limite pas à un homme.

Tiens, tiens ! se dit Eleanor. Elle aimait bien que ses intuitions se confirment.

— Bien sûr, répondit-elle d'un ton neutre. La famille, une carrière...

Connie avait changé d'expression et Eleanor eut un moment de doute. Mais que faisait-elle ? Elle n'était pas là pour analyser les gens qui lui apportaient son courrier. Le problème, c'était qu'elle était très triste, très seule, et qu'elle ne savait rien faire d'autre qu'analyser les gens. Elle se livrait seulement à une petite exploration, rien d'autre...

— Vous devez beaucoup aimer votre travail, reprit-elle.

— Oui, répondit lentement Connie. Mais ne croyez pas que j'ai fait un choix, que j'ai choisi une fabuleuse carrière en renonçant à ma vie personnelle. C'est arrivé comme ça, c'est tout.

— La plupart des gens ne font pas ce choix.

Eleanor n'aurait jamais dit cela en séance, mais il ne s'agissait pas d'une situation professionnelle.

— Nous nous retrouvons en train de faire telle ou telle chose à cause de vieux scénarios dont nous ne nous sommes jamais débarrassés, ajouta-t-elle.

Comment résumer cette idée simplement ?

— Cet homme dont vous estimez qu'il vaut mieux être libérée vous influence, vous et vos choix.

— Vous voulez dire que son départ m'a affectée plus que je ne le crois ?

Eleanor acquiesça, puis prit le temps de boire son café. Elle aimait beaucoup le café, mais lui ne l'aimait plus. Si elle en buvait plus de deux tasses par jour, ses rythmes de sommeil étaient complètement bouleversés et elle se retrouvait bien éveillée au milieu de la nuit. Comme Sartre, Eleanor détestait qu'il soit trois heures du matin. A cette heure, le sentiment d'échec et la tristesse la submergeaient aisément.

— J'ai une liste, dit brusquement Connie. C'est un peu ridicule. Non, c'est *complètement* ridicule ! Je le fais pour m'amuser parce que je ne rencontrerai jamais un homme comme celui de ma liste. C'est une série de critères définissant l'homme idéal. Première obligation, il doit être grand... Parce que les hommes n'aiment pas les femmes plus grandes qu'eux.

— Vraiment ? Qu'est-ce qui vous le fait penser ?

Eleanor avait une façon de poser les questions telle que l'on avait aussitôt envie de lui renvoyer la balle.

— Mais ils sont comme ça, non ? dit Connie d'une petite voix. Je n'ai jamais vu un homme avec une femme plus grande que lui. Keith, mon ex-fiancé, était de la même taille que moi et je ne pouvais jamais porter de chaussures à talons. Ce n'est pas ce que je préfère parce que je trouve que ça fait mal aux pieds, mais il n'aimait pas que je le dépasse, vous voyez...

Eleanor laissa s'écouler un moment de silence, un moment serein. Ce fut Connie qui le rompit.

— Peut-être que tous les hommes ne sont pas comme Keith ?

— C'est probable.

— Peut-être que ma liste est trop précise pour que quelqu'un réponde à tous les critères ?

Connie ne comprenait pas pourquoi elle racontait tout cela à Eleanor, mais le fait est qu'elle le lui racontait. De plus, Eleanor semblait comprendre de quoi elle parlait sans manifester une implication émotionnelle.

C'était différent quand elle en parlait avec Nicky (trop jeune et trop heureuse), avec Sylvie (trop amoureuse) ou même avec Gaynor, son amie mariée (trop épuisée par les repas à préparer et les soins aux enfants). Eleanor donnait l'impression d'apprécier une conversation sur des sujets sérieux et elle semblait capable d'apporter des points de vue intéressants, un peu comme si elle jouait l'avocat du diable.

— Cela peut arriver avec les listes, répondit Eleanor.

Connie se rendait compte que sa voisine choisissait ses mots avec beaucoup de soin.

— Elles peuvent se révéler contre-productives, poursuivit Eleanor. Elles peuvent aussi servir à minimiser l'importance de telle ou telle chose. Quand on se trouve face à un événement trop lourd pour qu'on puisse l'affronter, il arrive qu'on le fragmente en faisant une liste, ce qui lui donne moins de pouvoir sur nous. C'est une façon de fermer la porte sur ce que nous refusons de régler. Qu'en pensez-vous ?

La balle était dans le camp de Connie. Elle hocha la tête. En réalité, elle n'avait jamais envisagé la question sous cet angle. Sa liste de tout ce qu'elle attendait d'un homme n'était-elle qu'une tactique d'évitement, ou une façon d'atténuer l'importance du sujet pour elle ? Un peu comme si elle disait : c'est une liste pour s'amuser et non, je ne veux surtout pas d'un homme ! C'est juste pour rire, je suis heureuse comme ça.

— Ça peut aussi être utile, protesta-t-elle. J'aime beaucoup faire des listes, cela m'aide à clarifier mes idées.

— Oui, peut-être quand il s'agit de « choses à faire ». Mais quand il s'agit de la personne avec qui vous aimeriez passer le reste de votre vie, peut-on la mettre en pièces détachées ? Vous pouvez aussi vous demander si ce n'est pas une façon d'éviter d'affronter quelque chose ?

Connie ouvrit la bouche, mais la referma bien vite.

— Bien, dit calmement Eleanor. Quand vous aurez bien fait le point sur ce que vous attendez vraiment d'une relation en vous détachant des idées qui vous restent de Keith, ce jour-là, vous pourrez prendre un nouveau départ.

Elle décida de s'autoriser une remarque hors piste, en quelque sorte, pour faire part à Connie d'une des vérités qu'elle avait redécouvertes récemment.

— Vous voyez, Connie, dans la vie, tout est question de survie, de la façon dont on va se débrouiller. Rien n'est jamais parfait et nous nous sabotons pour mille raisons, mais si l'on essaie de comprendre pourquoi on se comporte de telle ou telle façon, on peut être heureux.

De retour chez elle, Connie s'aperçut qu'elle n'avait presque rien demandé à Eleanor à propos d'elle-même. Même si sa voisine n'avait rien confié spontanément, elle aurait dû lui poser des questions.

Elle devenait égocentrique. D'accord, elle n'avait rien de ce qu'elle attendait de la vie, et alors ? Pourtant, Eleanor n'avait pas dit que c'était acceptable. En fait, elle avait même laissé entendre qu'il n'était pas idiot de vouloir plus.

Vous pourrez prendre un nouveau départ.

Keith lui aurait-il fait perdre toute sa combativité ? Elle était jeune et pleine d'énergie quand ils étaient ensemble. A son départ, elle était devenue vieille du jour au lendemain.

Sur une impulsion, elle s'installa devant l'ordinateur portable qu'elle partageait avec sa sœur et lança une recherche sur le nom de Keith. Cela dura un petit moment et quand elle eut un résultat, c'était en relation avec un site de réseau social. Comme elle n'était pas inscrite sur le site, la photo de Keith n'apparut que sous la forme d'une silhouette floue, mais c'était lui. Elle aurait reconnu la forme de sa tête n'importe où. Dans son statut, il avait indiqué : fiancé. Connie se figea, sans pouvoir détacher les yeux de l'écran.

Fiancé.

A la question sur ses activités et ses intérêts, il avait répondu en six mots : *Michaela, l'amour de ma vie.*

Connie sentit son cœur se serrer. Ensuite, elle relut plus attentivement les informations indiquées. Quelque chose n'allait pas. Keith avait le même âge qu'elle. Il aurait quarante ans au mois d'août. Or, d'après la date qu'il avait donnée, il n'avait que trente-six ans. Le jour de l'anniversaire était exact mais pas l'année. Il prétendait être plus jeune qu'il n'était ! Elle n'aurait pu dire pourquoi ce détail la réjouissait tant, mais il y avait quelque chose d'infiniment drôle dans l'idée que Keith triche sur son âge à cause d'une petite amie beaucoup plus jeune que lui.

Elle ferma la fenêtre du site et éteignit l'ordinateur. Inutile de perdre encore du temps avec Keith, l'homme qui trichait sur son âge. Fini, l'autodestruction !

Elle se sentait déjà mieux.

— Tu ne le lui as toujours pas dit ? demanda Freddie d'un air incrédule.

Cela faisait trois semaines qu'il avait demandé Nicky en mariage, mais elle portait toujours sa bague de fiançailles autour du cou sur une longue chaîne en or. Elle ne pouvait la mettre au doigt tant qu'elle ne l'avait pas dit à Connie.

— Mais pourquoi ? Et puis tu devrais mettre ta bague au doigt. Elle ne s'en apercevra pas.

Nicky lui lança un regard sombre.

— Ce n'est pas parce que toi, tu ne la verrais pas, que Connie ne la verrait pas. Bien sûr qu'elle remarquerait une bague de fiançailles si j'en portais une ! Les femmes remarquent ce genre de choses, exactement comme tu as remarqué la femme qui ne portait pas de soutien-gorge, hier soir au pub, et qui avait les seins les plus faux que j'ai jamais vus.

— Je les ai à peine remarqués, protesta Freddie. Je veux dire : je l'ai à peine remarquée.

— C'est bien ce que je dis : les hommes remarquent les faux seins et les femmes les bagues de fiançailles.

— Le problème, c'est que je ne peux pas l'annoncer à mes parents tant que tu ne l'as pas dit aux tiens et à ta sœur, Nicky. Je sais que nous ferons un mariage simple et dans l'intimité, mais nous devons commencer à nous en occuper, sinon il ne se passera rien.

— Je lui dirai bientôt, c'est promis.

— Quand ?

— Ce soir, ça te va ?

L'après-midi de ce même jour, Connie alla faire des courses au supermarché et regarda les hommes de petite taille. En principe, elle ne remarquait, chez les hommes, que les grands et chez les femmes, les petites. Ces dernières lui rappelaient Nicky, tandis que les

182

hommes de haute taille déclenchaient dans son esprit le déroulement de sa liste.

Cette fois, c'était différent. Elle prenait un nouveau départ dans la vie. Sa conversation avec Eleanor lui avait redonné de l'espoir. Keith avait aimé qu'elle porte des chaussures plates et s'était senti menacé par sa taille ? Et alors ? Ce ne serait pas le cas de tous les hommes. Elle devait mettre à la poubelle l'encombrant souvenir de Keith et reprendre sa vie en main.

La foule du samedi avait envahi le supermarché, mais Connie poussait son minichariot dans les allées avec sérénité. Nicky lui avait dit que Freddie allait à un match de foot et, pour une fois, il ne passerait pas la soirée chez elles. Les deux sœurs avaient donc décidé de dîner ensemble.

« On pourrait se faire livrer un repas indien, avait dit Connie d'un ton joyeux. Je me charge du vin et du dessert. »

Elle passait trop souvent le samedi soir seule à la maison. Bien sûr, Freddie et Nicky allaient au cinéma avec elle, l'emmenaient à des concerts ou à des soirées, mais elle avait l'impression d'être la troisième roue du carrosse. A présent, c'était fini. Elle allait s'intéresser aux hommes plus petits qu'elle !

Alors qu'elle se garait, le voisin dont Eleanor lui avait parlé entra dans son champ de vision. Connie essaya donc de mieux le regarder, mais sans se faire repérer.

Il sortait des sacs d'épicerie de sa camionnette ; sa fille l'aidait en choisissant dans les sacs les articles qui lui plaisaient et qu'elle apportait ensuite dans la maison. Les cheveux roux de l'enfant formaient une longue natte bien nette dans son dos. Connie se demanda si c'était son père qui l'avait coiffée. C'était probable puisqu'on ne voyait jamais la mère. L'image de ce père faisant patiemment la tresse de sa fille avait quelque chose de touchant et de triste à la fois.

Pour une raison ou pour une autre, il leva les yeux dans sa direction. Elle rougit à l'idée qu'il puisse deviner qu'elle l'avait observé. Elle lui adressa un petit signe de la main. Il répondit d'un sourire poli et se détourna. Curieusement désappointée, elle sortit ses propres courses de sa voiture et les hissa jusqu'à son appartement.

— J'ai quelque chose à te dire, annonça Connie.

Les deux sœurs venaient de s'asseoir à la table du dîner. Connie avait allumé des bougies, sorti les beaux verres à vin et à eau, et disposé les plats du traiteur indien dans son plus beau service rouge foncé. Les rideaux étaient fermés, la chaîne stéréo diffusait la voix chaude de Michael Bublé, tout était calme et confortable.

— Vraiment ? Moi aussi, dit Nicky.

— Alors, tu commences !

Rien ne pouvait entamer la bonne humeur de Connie. Parler à Eleanor avait agi sur elle comme un tonique. Elle se sentait pleine d'énergie, prête à prendre le monde à bras-le-corps.

— Je ne savais pas très bien comment te le dire, commença Nicky d'une voix hésitante. Nous en avons déjà parlé...

A quoi bon tourner autour du pot ! Il fallait le lui dire.

— Nous allons nous marier, Freddie et moi. Si tout s'arrange bien, ce sera au mois d'avril. Nous voulons faire vite. Quel est l'intérêt d'attendre quand on a pris une décision, n'est-ce pas ? Bien sûr, conclut-elle avec précipitation, je veux que tu sois ma demoiselle d'honneur.

Elle ne quittait pas du regard le visage de sa sœur, toujours si souriante et chaleureuse. Elle la vit cligner rapidement des paupières comme si elle avait un cil dans l'œil. Toutefois, avec une réaction superbe, elle se montra à la hauteur de l'occasion.

— Nicky ! Je suis tellement heureuse pour toi.

Et c'était vrai. Elle était profondément heureuse que sa petite sœur chérie ait trouvé le grand bonheur. Ne pouvant résister, elle se leva et alla l'embrasser.

— Je me faisais du souci pour toi, dit Nicky. Je sais que cela doit être très dur à cause de Keith, ce sale raté ! Il t'a fait perdre des années, il t'a gâché la vie ! Freddie voulait que je t'annonce la nouvelle tout de suite...

— Tu aurais dû le faire, mais je suis heureuse que tu le fasses maintenant. C'est merveilleux. Quand a-t-il fait sa demande ? Vous avez déjà des projets ?

— Pas encore ! Nous voulions d'abord que tu le saches. Je t'aime tellement, tu sais. J'avais tellement envie de te le dire tout de suite.

Nicky sortit sa chaîne en or de son pull. Une ravissante bague de fiançailles y était suspendue. Connie la trouva magnifique et insista pour que sa sœur la passe à son doigt. Elles prirent le temps de l'admirer et Connie alluma toutes les lumières pour mieux voir la pierre.

— Si je suis la première à l'apprendre, dit Connie qui venait d'avoir une illumination, Freddie devrait être ici. Il n'est pas vraiment allé à un match de foot, n'est-ce pas ?

— Non, reconnut Nicky. Il est chez lui. C'est moi qui voulais être tranquille pour te le dire en privé.

— Dis-lui de nous rejoindre ! Appelle-le ! Je vais faire un saut chez le traiteur indien et en même temps j'irai chercher du champagne. Il faut fêter l'événement.

Elle embrassa encore une fois sa sœur, puis attrapa son manteau et son porte-monnaie.

— Et toi, qu'avais-tu à me dire ? demanda Nicky qui cherchait son téléphone pour appeler Freddie.

— Oh ! Rien d'important par rapport à toi. J'ai fait la connaissance de notre nouvelle voisine aujourd'hui, elle te plaira, elle est formidable.

Connie acheta une autre part de poulet tandoori, de pain naan et de dhal. Elle s'arrêta également à l'épicerie puis au Nook où elle fit provision de chocolat pour plus tard, quand elle serait au lit. Le chocolat était une aide efficace. Mais ce soir, cela ne suffirait peut-être pas. Elle jeta donc un coup d'œil au présentoir circulaire de livres de poche et se laissa séduire par *La Rançon de la mariée*. La couverture offrait l'image de ce qui la faisait fantasmer depuis toujours : un homme bronzé au fier visage de rapace et qui serrerait contre lui une femme très fragile mais très belle. En plein jour, elle pouvait passer devant le présentoir sans même y penser, mais le soir, quand elle se retrouvait seule et triste, elle voulait être l'une des héroïnes de ces couvertures, une femme qu'un homme serrait dans ses bras et protégeait.

Quand elle revint à l'appartement, Freddie était arrivé. Elle l'accueillit avec une grande embrassade.

— Mon futur beau-frère !

— Je savais que tu serais contente, dit-il spontanément. Ta sœur est une éternelle inquiète.

— Je sais, répondit gaiement Connie.

Le dîner fut joyeux. Ils burent aux fiançailles de Freddie et Nicky et parlèrent de leurs projets.

Les fiancés avaient déjà préparé une petite liste d'invités et réfléchi à l'endroit où pourrait avoir lieu la fête. La maison des parents de Connie et Nicky à Wexford était petite et leur jardin minuscule. Il était donc exclu d'y faire la réception. De leur côté, les parents de Freddie avaient perdu beaucoup d'argent à la Bourse et se contentaient d'un élégant mais modeste trois-pièces dans les faubourgs de Cork.

— Cela fait partie des raisons pour lesquelles nous ne voulons pas un grand mariage, dit Nicky.

— Je sais, mais cela n'empêchera pas toutes les tantes et les oncles un peu bizarres de mal le prendre s'ils ne sont pas invités, même s'ils en comprennent la raison, les avertit Connie. Pour la plupart des gens, un mariage est chargé d'émotion.

Tout en parlant, elle se dit qu'elle venait d'énoncer l'euphémisme de l'année !

— Tu nous aideras à le leur expliquer, n'est-ce pas ? demanda Nicky d'un ton suppliant.

Connie réussit à garder son sourire.

— Bien sûr. Pour la date, avez-vous déjà une idée ?

— Le mois d'avril, répondit Nicky. Ma collègue Rochelle est en vacances pendant la moitié du mois de mai et nous ne pouvons pas prendre nos vacances en même temps puisqu'elle s'occupe de mes auteurs en mon absence. Nous pouvons donc nous marier en avril et partir en lune de miel avec la conscience tranquille.

— Parfait ! Et... Où vivrez-vous ?

C'était une question douloureuse pour elle. Elle aimait partager son appartement avec sa sœur et, pour qu'elle reste, accepterait avec bonheur que Freddie emménage avec elles deux.

— C'est l'un des côtés formidables de l'affaire, répondit Nicky avec un grand sourire pour Freddie.

L'appartement au dernier étage de l'immeuble de Freddie se libère au début du mois d'avril. Il faut le rafraîchir, mais nous avons parlé au propriétaire et il serait très content de nous le louer. Selon lui, nous sommes des locataires sérieux et stables.

Ce fut au tour de Freddie de sourire.

— Il y a deux chambres, poursuivit Nicky, et une vue superbe sur le port. C'est bien mieux que dans l'appartement actuel de Freddie.

— C'est vraiment extraordinaire, dit Connie sans se départir de son sourire figé.

A onze heures du soir, elle invoqua la fatigue et alla se coucher. Des rires heureux lui parvenaient depuis le salon. Elle était très heureuse pour le jeune couple et déterminée à leur laisser ignorer à quel point sa solitude la faisait souffrir quand elle se retrouvait dans sa bonbonnière rose. Elle tira sur elle les couvertures à volants, cassa une barre de chocolat et commença la lecture de *La Rançon de la mariée*.

9

Les rôtis

Tu es trop jeune pour te souvenir des grandes tempêtes des années 1920, Eleanor. Nous avons eu des hivers terribles avec des vents très violents. On avait l'impression qu'ils allaient arracher le chaume de notre toit. L'année de tes trois ans, le mois de mars a été le pire. Plusieurs des arbres du jardin ont été déracinés par la tempête. Le plus grand, un frêne, est tombé sur la maison et a démoli une partie du pignon. Ma mère et Agnes partageaient la chambre de ce côté-là. Quelle nuit ! On a dû sortir toute la literie et la jolie petite vitrine de ma mère avec ses bibelots en verre et porcelaine était très abîmée. Ton père a dit qu'il la réparerait et qu'elle serait comme neuve. Il l'a fait !

Il a aussi réparé le mur. Cela lui a pris un mois, mais quand Joe disait qu'il ferait quelque chose, il le faisait.

Le soir où il a terminé les travaux, on a eu du rôti au dîner pour fêter le nouveau mur. Comme il n'y avait pas de boucher à Kilmoney, il fallait aller à Clifden, la grande ville la plus proche. A l'époque, Kilmoney était un tout petit village. Comme tout le monde, nous élevions un cochon ; nous le transformions nous-mêmes en lard et viandes salées que nous gardions dans un grand baril de chêne pour l'hiver. Quand on avait des poulets, on en tuait un le samedi pour

189

le déjeuner du dimanche. Dès qu'il nous fallait quelque chose d'autre comme un morceau de bœuf à rôtir, nous devions aller à Clifden. Aujourd'hui encore, l'odeur du rôti me procure un grand sentiment de bien-être. L'astuce consiste à avoir un four aussi chaud qu'on peut le supporter de façon à bien saisir la viande, car cela la rend plus tendre à l'intérieur.

Nous n'avions pas toujours les moyens de nous offrir un rôti pour les déjeuners du dimanche. Les jours où les fonds étaient en baisse, rien ne remplaçait un morceau de lard bouilli avec du chou. Le meilleur morceau, ce sont les côtes premières, car il y a suffisamment de gras dessus. Il faut faire cuire le lard pendant une heure en changeant l'eau plusieurs fois et en prenant le soin de bien écumer. Une vingtaine de minutes avant la fin de la cuisson, on ajoute le chou. A la fin, le lard est fondant. Je l'aime bien avec un peu de moutarde. J'avais un coquetier décoré de fleurs que j'utilisais pour la moutarde en poudre. Il a été cassé quand nous avons quitté Kilmoney ; aujourd'hui encore, je trouve que la moutarde n'est jamais aussi bonne qu'à l'époque où je pouvais la servir dans ce coquetier. Ce n'est pas une question de moutarde, tu comprends, mais de contenant. Ce coquetier me rappelait ma maison. On n'est jamais aussi bien que chez soi, Eleanor.

Rae aimait entrer dans son salon de thé en s'imaginant être une cliente lambda. On était d'abord frappé par les odeurs : il y avait toujours le parfum de cannelle des muffins pomme-cannelle et la touche de vanille des gâteaux citron-vanille aux graines de pavot, auxquels s'ajoutaient les arômes subtils du café. Rae aimait proposer des cafés spéciaux ; en ce moment, elle faisait découvrir celui du Rwanda.

Ce matin-là, elle en avait déjà bu deux tasses alors qu'il n'était que neuf heures et demie. Timothy, le propriétaire, était venu et ils avaient examiné ensemble les livres de comptes. Les affaires marchaient très bien.

— Les gens aiment se faire des petits plaisirs, dit Timothy avec soulagement.

Il possédait également une entreprise de construction qui allait assez mal. Rae était désolée pour lui. D'âge moyen, gentil, perdant ses cheveux, il habitait l'une des plus grandes maisons de Golden Square. En dépit de ses biens matériels, comme une Mercedes haut de gamme et une maison de vacances en Floride, il avait eu une vie difficile. Tous ses ennuis venaient de sa femme, Sheree. Elle n'était jamais satisfaite. Elle critiquait l'achat du Titania's, alors que Timothy s'était lancé dans cette acquisition en imaginant qu'elle s'en occuperait.

Le désir de Sheree de ne pas se salir les mains avait tourné à l'avantage de Rae.

— Tu fais un travail formidable, Rae, reprit Timothy. Avec toi, ça marche tout seul.

Rae le remercia d'un signe de tête. En réalité, ce n'était pas tout à fait aussi facile que cela. Elle faisait marcher le salon grâce à une équipe d'employées fidèles qui avaient presque toutes des enfants et restaient solidaires les unes des autres.

Quand Anton était encore tout petit, Rae avait organisé des rotations pour s'assurer que tout le monde y trouvait son compte. Si la fille de Livvy avait de la fièvre, Rae s'arrangeait pour que quelqu'un d'autre vienne à sa place faire les cuissons tôt le matin ; quand Sonja avait eu besoin d'un temps libre supplémentaire parce que son nouveau-né avait un problème de reflux, Rae lui avait gardé son poste tout en donnant du travail à temps partiel à la fille aînée de Claire, sa voisine, qui était à l'université et avait besoin de quelques heures de travail hebdomadaires.

A présent, elle avait une dizaine de femmes du quartier dans son équipe et un seul homme, Pavel. Ancien chef pâtissier du meilleur restaurant de Varsovie, il s'était installé à Dublin et préparait des gâteaux de rêve pour les habitants de Golden Square. Rae pouvait s'absenter une semaine sans inquiétude, sachant que le Titania's était en bonnes mains.

Les mots clés de la réussite du Titania's étaient : accueil amical, propreté impeccable et nourriture parfaite.

Patsy, la coiffeuse, était en grande conversation avec une femme très mince qui pleurait et était en train de vider la réserve de serviettes en papier posée sur la table. Rae savait qu'il valait mieux ne pas s'en mêler. Elle se pencha vers la plus jeune des serveuses.

— Mary, chuchota-t-elle, va discrètement remplir les tasses de café à la table de Patsy. Surtout, n'écoute pas et fais de ton mieux pour avoir l'air de penser à autre chose. D'accord ?

— Compris ! répondit Mary.

Sa tante Livvy travaillait au Titania's depuis une éternité. Elle avait vite compris qu'il valait mieux ne pas discuter les demandes bizarres qu'on pouvait lui faire. Rae connaissait son boulot et, si elle pensait qu'avoir l'air distrait était nécessaire pour aller servir du café à cette table précise, autant le faire !

Rae se tourna ensuite vers un petit bout de femme qui se tenait derrière la caisse.

— Vivienne, tu peux mettre un CD plus dynamique ?

Ella Fitzgerald était en train de chanter tristement l'amour perdu...

— Pigé ! répondit Vivienne, qui avait repéré Patsy et son invitée.

Elle fouilla dans la pile de CD.

— Aretha Franklin qui réclame d'être respectée ?

— Parfait ! répondit Rae.

Puis elle passa dans la cuisine pour parler à Pavel. Il s'apprêtait à partir pour prendre son service dans un grand hôtel de l'autre côté de la ville. En dépit de son incroyable capacité de travail, Rae craignait de le perdre. Il travaillait trop et devrait certainement, tôt ou tard, renoncer à l'un ou l'autre de ses emplois. Ce n'était toutefois pas le bon moment pour lui poser la question, car il était pressé. Denise, qui le remplaçait quand il était absent, admirait le millefeuille qu'il avait réalisé.

— C'est un artiste, dit-elle.

— Oui, répondit Rae, un artiste en pâtisserie.

Elle adressa quelques mots à son équipe, vérifia l'état des stocks, puis alla prendre son poste derrière la caisse. L'Américaine âgée qui vivait de l'autre côté de la place attendait son café au lait, une expression très détendue sur son visage aimable.

— Bonjour, mon chou, dit Rae.

Les lèvres de la cliente se relevèrent légèrement dans une mimique qui pouvait passer pour un sourire amusé. Rae regretta aussitôt d'avoir utilisé son habituelle expression affectueuse. Elle risquait d'avoir choqué cette dame si distinguée.

— Excusez-moi, dit-elle. Je ne connais pas votre nom et je n'avais pas l'intention d'être désagréable.

— Je m'appelle Eleanor.

— Et moi, Rae. Je vous souhaite la bienvenue, Eleanor.

Elle aimait cette simplicité. Si la mère de Will avait été à la place d'Eleanor, elle aurait insisté pour qu'on l'appelle Mme Kerrigan, parce que « c'est important, les bonnes manières, Rae ». Or, cette femme aux cheveux blancs si élégante en dépit de sa démarche raide, disait simplement Eleanor.

Elle était plus âgée que la mère de Will, mais ne portait pas son âge comme une armure pour tenir les autres à distance. Au contraire, chez elle, les années paraissaient légères, un peu comme un beau voile de sagesse et de chaleur humaine.

— Je trouve très sympathique d'être appelée « mon chou ». C'est ce qui m'a fait sourire et je peux vous promettre que ce n'était pas un sourire de désapprobation.

— Merci, dit Rae, soulagée. Je ne connais pas toujours le nom des gens et à la place, je dis *mon chou* ou *ma chérie*. Il y a des gens à qui cela ne plaît pas.

— Les gens grossiers ou revêches, je suppose ?

— Oui, répondit Rae avec un petit rire, mais je ne peux pas le dire quand je suis derrière la caisse.

— Je trouve que Rae est un joli nom. Est-ce un diminutif ?

— Quand j'étais petite, on m'appelait Rachel.

Elle n'avait pas envie de raconter qu'un jour, à l'école, on l'avait appelée Rae et que c'était resté surtout parce que cela lui avait plu. Ses parents utilisaient son prénom de Rachel et c'était la raison pour laquelle elle avait été heureuse de s'en débarrasser avec tant d'autres choses de son passé.

— Il paraît, reprit-elle, que Rachel est un prénom d'origine juive. Voulez-vous que je porte votre plateau jusqu'à votre table ?

— Oui, merci.

Eleanor s'effaça poliment pour laisser passer Rae. Elle faillit mentionner que son mari était juif et que sa fille s'appelait Naomi, un autre beau prénom juif.

Il y avait une table disponible à côté de la vitrine et Rae y déposa le plateau.

— Merci, répéta Eleanor en s'asseyant avec des gestes prudents.

Rae comprit qu'elle avait mal, mais malgré l'amabilité de sa cliente, on sentait qu'elle préférait garder pour elle sa vie privée.

A la table voisine, Patsy avait enfin réussi à consoler son amie. Elle ne pleurait plus et était en train de terminer un muffin pomme-cannelle. Comme Rae passait devant elle, Patsy lui adressa un sourire de remerciement.

A quinze heures, Dulcie vint chercher Rae pour quelques visites programmées par Community Cares. Elles allèrent d'abord dans la cité Delaney puis de l'autre côté de Kilmartin Avenue. Un jeune couple avec un bébé devait quitter son appartement pour un logement meilleur marché. Ils venaient tous les deux de perdre leur travail. Malheureusement, le propriétaire refusait de leur rendre leur caution et, à cause du flou juridique entourant certains aspects des contrats, ils ne savaient pas quoi faire.

Dulcie leur conseilla de demander l'avis d'un organisme caritatif de logement. Parfois, un coup de téléphone d'apparence officielle ramenait les propriétaires peu scrupuleux à la raison. Mais parfois seulement...

— Les pauvres ! dit-elle en partant. J'aimerais pouvoir leur dire de s'adresser aux services des logements sociaux mais cela ne ferait qu'aggraver la situation.

195

Le responsable local estimait que toute personne lui demandant de l'aide avait besoin d'être d'abord humiliée pour crimes de pauvreté et de précarité. Pour lui, seules méritaient d'être aidées les personnes capables de ramper à quatre pattes. Son grand plaisir était de faire pleurer ses interlocuteurs, surtout les femmes.

Elles se dirigèrent en silence vers la dernière maison à visiter. Rae essayait de se calmer. Dans cet état de rage impuissante, elle serait incapable d'aider qui que ce soit. Mais comment rester calme en voyant des gens respectables se faire maltraiter pour la simple raison qu'ils étaient pauvres et dépourvus de pouvoir.

Elles allaient à présent de l'autre côté de la cité Delaney, dans la partie la plus chère du quartier.

Wellington Gardens était une impasse où six énormes maisons neuves se dressaient en un demi-cercle spacieux. Au moment de leur construction, cinq ans plus tôt, les pages des magazines de l'immobilier s'étaient remplies d'articles louangeurs sur cette nouvelle rue de style américain. « Wisteria Lane arrive à Dublin ! » pouvait-on lire.

Un jour, Rae et Dulcie avaient été invitées dans l'une de ces maisons. Une femme d'esprit charitable avait organisé une réunion du matin pour ses amies riches afin de lever des fonds au profit de Community Cares. Rae et Dulcie avaient admiré le hall d'entrée carrelé, les boiseries cirées et une cuisine tout droit sortie des magazines de décoration. Rae avait pensé avec gêne à sa propre cuisine où sa vieille cuisinière à gaz s'étalait, très grande mais très peu décorative, tandis que les placards n'avaient guère changé depuis le départ des précédents propriétaires, dans les années 1980.

Elle avait pris le chèque généreux qu'on lui remettait et avait retrouvé toute son assurance en rentrant chez elle. Elle aimait sa cuisine, même si les éléments n'étaient pas tous assortis.

Quand la voiture s'engagea dans l'impasse, Dulcie rompit le silence en évoquant cette matinée mémorable.

— Le *style* ! Jim se moque encore de moi à ce sujet. A l'époque, j'avais fait toute une histoire à cause de l'état de notre maison. Je voulais tout changer !

Rae éclata de rire. Comme d'habitude, Dulcie avait mis le doigt là où cela faisait mal.

— C'était la même chose pour moi, reconnut-elle.

— On ne peut pas s'empêcher de faire des comparaisons, n'est-ce pas ? Je suppose que cela nous aide à apprécier ce que nous avons quand nous allons voir cette pauvre Mme Mills. Elle, elle n'a pas une cuisinière géante ni un lave-vaisselle de luxe, ni rien de tout cela.

Elles se turent tandis que Dulcie remontait avec prudence une rangée de 4 × 4 rutilants garés devant l'une des maisons.

Elle s'arrêta dans l'allée de la cinquième maison, The Lodge, qu'abritait une haie très épaisse, très appréciable du point de vue de l'intimité et sans doute encore plus appréciable du point de vue des cambrioleurs !

Dulcie sonna ; quelques secondes plus tard, une femme brune en survêtement violet entrebâilla la porte. Très pâle, elle avait de longs cheveux noirs qui pendaient en mèches molles. Elle leur jeta un regard à la fois inquiet et soupçonneux.

— Oui ?

— Nous sommes de Community Cares, dit Dulcie. Nous nous sommes parlé au téléphone, je crois ?

La femme qu'elles devaient voir s'appelait Shona, mais elles n'utilisaient jamais les noms avant d'entrer, dans l'hypothèse où elles se seraient trompées d'adresse. Dans ce cas, elles présentaient leurs excuses et s'en allaient. Respecter la vie privée des gens en toutes circonstances faisait partie du code de conduite de Community Cares.

Shona fit oui avec la tête, ouvrit la porte et ne prononça pas une parole avant qu'elles ne soient entrées.

— Les voisins...

Elle n'avait pas besoin d'en dire plus, Rae et Dulcie comprenaient. Dans certains voisinages, Community Cares faisait partie de la vie des familles et ses membres étaient accueillis en tant que tels. Là, au pays des nouveaux riches, devoir demander une aide financière à un organisme caritatif ne valait pas mieux que d'être découverte en train de se faire un shoot d'héroïne dans une rue mal famée.

Elles suivirent la jeune femme à la mince silhouette jusque dans l'immense salon. La maison rivalisait visiblement avec l'élégante demeure où s'était tenue la réunion des donatrices. The Lodge débordait de subtils imprimés floraux, d'une qualité superbe, comme on en voyait dans les magazines sur papier glacé. Un tapis chinois en soie couvrait le sol du salon aux profonds canapés de grande marque. Des peintures à l'huile étaient accrochées sous des éclairages aux abat-jour dorés. Dans cette pièce, tout parlait d'argent.

D'après Dulcie, qui avait eu des précisions à la direction, cette femme n'avait plus rien pour nourrir ses deux enfants dans son énorme réfrigérateur américain. Son mari avait été licencié, ils n'avaient plus d'argent, la maison valait moins que l'emprunt qu'ils avaient dû contracter et ils n'avaient plus rien à vendre. Le marché de l'art s'était effondré et personne ne voulait de leurs tableaux. Ils ne pouvaient plus mettre de carburant dans leur beau 4 × 4 dont, de toute façon, ils ne pouvaient plus payer les mensualités.

Sans leur laisser le temps de parler, Shona se lança dans une longue litanie de ses malheurs.

— Nous avons tout essayé de vendre. La voiture, les tableaux, mes bijoux. Saviez-vous que les diamants ne valent presque rien ? Pourquoi nos mères nous disent-elles d'avoir des diamants ?

Elle tendit devant elle des mains osseuses. Rae se doutait qu'avant elle se faisait faire une manucure toutes les semaines. Elle-même ne s'en faisait jamais faire, mais il était vrai que sa mère ne lui avait jamais dit d'avoir des diamants.

— Les diamants ne servent à rien. Et les chaussures ! reprit Shona d'une voix dangereusement tendue. Les chaussures d'occasion n'ont aucune valeur. Les gens les admirent, mais ils ne vous les achètent pas. Et les enfants... Comment leur dire...

En général, c'était à ce moment que les gens s'effondraient. Depuis un an, Rae et Dulcie s'étaient rendues dans de nombreuses maisons très riches et à chaque fois, c'était ce qui arrivait. Aussi stoïque que soit la personne, évoquer la déception des enfants l'achevait. Perdre de l'argent à cause d'une crise économique mondiale pouvait arriver à n'importe qui et l'on y survivait. Mais ne plus pouvoir tout donner à ses enfants alors qu'on les y avait habitués, c'était le pire des échecs.

Rae pouvait comprendre ces réactions. On investissait dans ses enfants tant d'espoirs et de désirs. Elle n'aurait pas supporté que son fils souffre des mêmes blessures qu'elle avait subies.

— Lyra passe son brevet cette année, poursuivit Shona. Elle n'arrête pas d'avoir des cauchemars. Et

Katia était censée partir en séjour de ski avec son école l'année prochaine, mais j'ai dû lui dire que nous n'en avions pas les moyens. Elle est toujours dans son école parce que nous avions payé toute la scolarité en septembre dernier. Elle ne pourra pas y rester alors qu'elle attendait ce séjour avec tellement d'impatience...

Rae vit la grimace de Dulcie. Elle n'appréciait pas ces histoires de séjour de ski avec les écoles privées.

Tandis que Dulcie interrogeait Shona sur les démarches légales entreprises par son mari et elle, et s'assurait qu'ils ne risquaient pas d'être jetés à la rue avec les enfants, Rae fit du regard le tour du salon.

— Non, répondit Shona à Dulcie. Nous n'en sommes pas là, pas encore.

Ce fut à cet instant qu'elle se mit à pleurer. Ce n'était pas de jolies larmes mais de vilains sanglots silencieux qui lui déformaient le visage.

Rae sentait que Dulcie n'aimait pas cette femme. Elle travaillait avec elle depuis assez longtemps pour connaître ses réactions. Dulcie avait des idées très arrêtées sur les gens qui lui inspiraient de la sympathie : ceux qui faisaient de leur mieux pour échapper au piège de la pauvreté et ne se droguaient pas, ne buvaient pas et n'utilisaient pas les allocations familiales pour acheter des cigarettes. De ce point de vue, une femme comme Shona, qui avait tout eu, n'avait pas su l'apprécier et avait tout dépensé, ne méritait pas sa sympathie. Elle la laissa pleurer pendant quelques minutes.

— Allons, dit-elle enfin d'un ton ferme, reprenez-vous !

— Vous ne comprenez pas, dit Shona sans cesser de pleurer. C'est horrible, je ne sais pas comment m'en sortir.

— Nous vous aiderons, répondit Dulcie.

— Si seulement Conor pouvait trouver du travail ! Nous ne pouvons même pas rembourser nos cartes de crédit. Nous n'avons plus rien, rien du tout.

Rae ressentit un grand élan de sympathie envers elle. Elle comprenait très bien cette peur abominable de ne plus rien avoir sans savoir de quel côté se tourner.

— Je sais que cela n'en a pas l'air en ce moment, dit-elle, mais tout s'arrangera.

De l'avis général, elle était très rassurante. C'était en partie ce qui faisait sa réussite de bénévole. D'instinct, elle savait ce qu'il fallait dire aux gens qui désespéraient de tout.

Dulcie lui jeta un regard rapide. Elle avait la peau plus dure que Rae et ce regard disait : cette femme ne sait pas encore ce qui l'attend. Rae, de son côté, comprenait que la vie de Shona avait trop changé pour qu'elle puisse faire face. Passer brutalement du luxe à la pauvreté représentait un choc très violent qui mettait très longtemps à s'atténuer.

— Ça va aller, répéta-t-elle. Vous ne mourrez pas de faim.

Elle se mit à compter sur ses doigts.

— Vous avez deux enfants en bonne santé, la banque ne va pas vous chasser de la maison, avec le temps vous finirez par la vendre et cela vous laissera de quoi en racheter une plus petite. Enfin, votre mari peut retrouver du travail, ou bien vous-même !

Rae sentit plutôt qu'elle ne vit Dulcie hausser les sourcils. Elle savait qu'elle avait tendance à verser dans les discours encourageants alors que personne ne savait comment la situation pouvait tourner. Cependant, elle avait la certitude que donner de l'espoir était utile pour une femme dans la situation de Shona. Il ne suffisait pas de l'aider en lui apportant de la nourriture pour les enfants. Elle avait besoin d'entendre qu'un jour sa vie s'améliorerait. Cela avait plus d'importance pour elle qu'un bon d'achat de cinquante euros pour une chaîne de supermarchés où elle n'aurait jamais imaginé de mettre les pieds auparavant.

— Vous croyez ? dit Shona d'un ton amer. Je vous jure que moi, ce n'est pas l'impression que j'ai. Je suis complètement fauchée, mon mari n'a plus un sou et c'est tout ce que voient nos filles. Je n'imagine même pas comment nous pourrions nous en sortir.

— Personne ne peut prédire l'avenir, répondit Dulcie un ton sec.

Elle prit son cahier et son stylo.

— Et maintenant, poursuivit-elle, faisons la liste de ce que vous avez à payer.

Quand elles repartirent, Rae monta en silence dans la voiture de Dulcie. Elle avait l'impression d'avoir un million d'années. Elle voulait rentrer chez elle et se serrer dans les bras de Will. Au moins, ils ne s'étaient jamais trouvés dans la même situation avec Anton. Le seul fait d'imaginer une pareille douleur...

Dulcie interrompit le cours de ses pensées.

— Tu es formidable, Rae, mais trop gentille, dit-elle d'un ton ferme. Voilà, c'est dit. Je ne veux pas jouer les rabat-joie, mais tu ne peux pas résoudre les problèmes de cette femme. Elle m'a semblé un peu irréaliste, mais la situation s'améliorera et elle s'en sortira très bien. Elle pourrait recommencer à travailler, elle aussi.

— Je sais, Dulcie, mais pense à la souffrance qui est la sienne en ce moment. Prenons l'exemple de Mme Mills : l'existence de Terence rend sa vie très compliquée, mais elle n'est pas malheureuse. Même s'ils n'ont pas un sou, ils s'en arrangent. Shona, elle, est confrontée à un gros coup dur.

Rae ne supportait pas de voir souffrir quelqu'un. C'était la même chose avec le jeune couple qu'elles avaient vu plus tôt dans la journée, qui avait un bébé, un ignoble propriétaire et plus de travail. Elle aurait tellement voulu les aider, mais ce qu'elle pouvait faire semblait dérisoire, même dans le cadre de Community Cares.

— Elle sera bien obligée de se débrouiller, déclara Dulcie, comme tout le monde ! Tu te débrouilles et je me débrouille. Nous aussi nous avons connu des moments difficiles.

— C'est vrai.

Rae hocha la tête avec approbation. S'en souvenir n'était pas inutile. Dulcie avait raison : elle ne pouvait pas sauver le monde.

Quand elle revint au Titania's, Denise l'accueillit avec de mauvaises nouvelles. Pavel avait téléphoné en annonçant qu'il ne pourrait pas prendre son service le lendemain matin.

— S'il veut nous quitter, je préfère qu'il nous le dise franchement, dit Denise d'un ton vexé.

C'était elle qui avait pris l'appel. Elle était certaine que Pavel n'était pas malade et qu'il voulait seulement avoir le temps de se rendre à des entretiens pour des places mieux payées.

— Pavel est un homme honnête, dit Rae. S'il dit qu'il est malade, c'est certainement vrai. Il ne nous laisserait pas tomber sans nous le dire.

Denise se contenta d'un soupir dubitatif.

Rae savait qu'elle avait raison, que Pavel n'était pas un menteur. Son absence était ennuyeuse, mais rien de plus. De toute façon, il était l'heure de fermer et de rentrer.

Elle traversa le square en courant mais les nuages crevèrent et elle arriva chez elle trempée.

Will avait allumé le feu dans la cheminée du salon. Rae en sentit la chaleur dès l'entrée de la maison.

— Chéri, cria-t-elle, je suis là !

Comme il ne lui répondait pas, elle supposa qu'il travaillait dans son bureau au fond du jardin. Cela lui arrivait parfois : il mettait à réchauffer le dîner qu'elle avait préparé puis regagnait son bureau.

Rae n'avait pas envie de sa tasse de thé habituelle ; elle voulait seulement se débarrasser de ses vêtements mouillés. La dernière chose dont elle avait besoin était de s'enrhumer.

Elle monta à l'étage, prit une douche rapide et resta debout à sa fenêtre pour se brosser les cheveux tout en regardant la place. Il faisait nuit à présent, mais sous l'un des réverbères, elle distinguait quand même les iris précoces qu'elle avait admirés le matin même. Les fleurs d'un beau violet ployaient sous l'averse.

Elle pensait à l'habitante de la belle maison qu'elle avait vue quelques heures plus tôt. Elle ressentait plus qu'une simple sympathie pour Shona. Elle savait très bien ce que l'on éprouve quand on veut cacher la vérité. Elle n'avait pas honte de son passé, mais il était plus facile de l'oublier. Si on laisse le passé derrière soi, on peut prendre un nouveau départ.

Quand elle disait venir de l'Ouest de l'Irlande, on imaginait en général un panorama à la beauté encore intacte. Si l'on est originaire d'une ville, on dit son nom. Le mot « Ouest », à la fois vaste et imprécis, évoquait un cottage perdu dans l'ombre de quelque montagne impressionnante, avec des murets de pierre, des vues spectaculaires et le rugissement de l'océan à un kilomètre de là.

Rae n'avait pas l'habitude de mentir, mais elle restait volontairement vague au sujet de ses origines. Elle préférait laisser les gens imaginer un paysage spectaculaire avec de rares vaches en train de paître paisiblement.

Cela valait mieux que de parler du vilain pavillon en béton des faubourgs de Limerick avec les voitures pourries dans la rue. Répondre que, oui, elle aimait la nature indomptée de l'Ouest valait mieux que d'évoquer le sinistre jardin où il ne restait pratiquement plus une plante la dernière fois qu'elle l'avait vu. A l'arrière de la maison, il n'y avait qu'une herbe grossière, éparse et envahie de mousse. Sur le devant, le sol était bétonné. Le professionalisme et la gentillesse de Rae faisaient croire à ses amis de Community Cares qu'elle venait d'une famillle pourvue des mêmes qualités. Or, cela n'avait pas été le cas. Ce n'était pas la gentillesse qui régnait chez elle mais le chaos, la pauvreté et d'épouvantables disputes entre deux êtres qui n'auraient jamais dû se marier et se trouvaient coincés dans une minuscule maison avec un enfant dont ils n'avaient pas voulu.

Quand elle redescendit, elle vit que Will avait mis le couvert sur la table de la cuisine avec ses serviettes préférées, rouge cerise. Lui-même n'était toujours pas là. Dans le four, un ragoût qu'elle avait préparé et mis au congélateur pendant le week-end était en train de chauffer. Sur la cuisinière, une casserole avec de l'eau était posée, où elle n'avait plus qu'à verser le riz préparé à côté.

Rae s'activa, vérifia la cuisson du ragoût et mit l'eau à bouillir. Laissant cuire le riz dans l'eau frissonnante, elle alla chercher le courrier posé sur la table de l'entrée. Will avait certainement déjà pris son courrier professionnel et il ne devait rester que des factures. Autant s'en occuper tout de suite ! Il y en avait deux ainsi qu'une lettre d'aspect officiel qui lui était adressée personnellement. Elle l'ouvrit, parcourut la première ligne dactylographiée et se pétrifia.

Chère Rae,

Je vous écris au sujet d'une naissance qui s'est produite au Blessed Helena Nursing Home à Limerick le 27 août 1969.

Nous essayons de retrouver la famille de ce bébé et nous avons pensé que vous pourriez nous aider.

Si ce n'est pas le cas, veuillez m'excuser de vous avoir dérangée par erreur. Mais si vous pouvez m'aider, je vous remercie de m'appeler au numéro ci-dessous.

Cordialement,

Moira Van Leyden

Avec l'adresse présentant Moira comme assistante sociale se trouvait un numéro de téléphone portable.

Rae fixa le courrier d'un regard vide. Elle ne s'était jamais évanouie. Pour elle, cela n'était pas sérieux. Seuls les gens gravement malades ou les personnes âgées s'évanouissaient, mais pas les gens en bonne santé. Or, elle sentait son sang refluer. Si elle ne s'asseyait pas, elle tomberait. Elle s'effondra sur une chaise de cuisine et relut l'incroyable lettre.

Pendant toute sa vie, elle avait imaginé cet instant avec un mélange d'espoir fou et de peur.

Son espoir était de faire un jour la connaissance de la fille à laquelle elle pensait tous les jours depuis qu'elle l'avait tenue dans ses bras pour la dernière fois. Parfois, quand quelqu'un dit penser à quelque chose ou à quelqu'un tous les jours, cela semble peu crédible, mais Rae savait que cela peut être vrai. Elle l'avait fait. Pas un seul jour ne s'était passé sans qu'elle pense à son bébé, à Jasmine.

Sa peur venait de ce que la révélation de son secret ferait à son mari et à son fils. Elle n'avait jamais eu de secrets pour Will, sauf celui-là.

Comment pouvait-elle lui avouer lui avoir menti par omission pendant toute leur vie commune ? Comment expliquer à son mari et à son fils que, à l'âge de seize ans, elle avait eu une petite fille et l'avait fait adopter ?

Elle se souvenait très bien du moment où elle avait découvert sa grossesse. C'était en janvier 1969, par un jour glacial, juste avant que la neige se mette à tomber. Pour sa classe, c'était l'heure des sports de plein air. Les élèves étaient allées se changer dans les vestiaires en grognant à cause du froid. La responsable des sports devait être sadique pour les obliger à sortir en petite jupe et tennis par un temps pareil.

Rae n'avait pas envie de faire une partie de crosse sur un terrain gelé, elle n'avait pas envie d'aller où que ce soit. Elle voulait seulement se pelotonner sur elle-même en priant pour que ses cinq jours de retard ne veuillent rien dire. Assise sur le rebord de la fenêtre des vestiaires, elle s'appuya contre la vitre avec lassitude. Autour d'elle, les filles bavardaient et se changeaient. Soudain, elle sut instinctivement qu'elle était enceinte.

Bien après, elle se demanda comment elle avait pu en être certaine. Elle n'avait pas eu la même intuition au sujet d'Anton, même pas en rêve, comme pour la punir de ce qui lui était arrivé à seize ans. Pour Jasmine, elle n'avait eu aucun doute.

Elle se revit dans le vestiaire, se levant sans un mot. Prenant son manteau et son cartable, elle était sortie sans rien voir, bousculant tout le monde, ne supportant pas l'idée que l'on puisse remarquer ses larmes.

« Tu sèches le sport ? »

C'était Shelley, l'une des quelques amies qu'elle avait dans la classe. Ses parents exploitaient une ferme à une dizaine de kilomètres du minable pavillon de Rae. Les deux filles étaient amies depuis le jardin d'enfants. Les parents de Shelley étaient gentils avec Rae. S'ils désapprouvaient ses propres parents, ils ne laissaient pas leur opinion interférer dans l'amitié que lui portait leur fille. Ce n'était pas toujours le cas. Peu importe qu'elle fût aussi gentille et sage que possible : on la jugeait d'après ses parents.

Tout le monde admirait Rae pour le sérieux avec lequel elle travaillait et la netteté de sa tenue quotidienne, contrastant avec le pavillon décrépi. Personne n'avait jamais vu l'intérieur. Les Hennessey n'étaient pas du genre à organiser des réceptions !

Malheureusement, que Rae travaille dur ne suffisait pas. Les gens ne voulaient pas voir leurs filles avec la petite Hennessey même si elle semblait très correcte. Il suffisait de regarder les parents. Qui aurait voulu laisser son enfant entrer dans une maison aussi mal tenue ? Il était plus facile de garder les Hennessey à distance.

« Je ne me sens pas bien, dit Rae à Shelley.

« — Tu as trop bu ? demanda Shelley avec une pointe d'admiration. Je te préviens, Rae, ce Davie n'est qu'un gamin. Ne lui fais surtout pas confiance, promis ?

— Promis », dit Rae d'une voix éteinte.

Les choses étaient allées bien au-delà d'une simple gaminerie et la seule personne à blâmer était elle-même. C'était elle qui s'était disputée avec ses parents, elle qui était allée au disco sous le coup de la colère. Elle voulait prendre des cours particuliers pour préparer ses examens de fin d'année. Les maths n'étaient pas son point fort mais, lui avait dit la principale, avec un peu de travail supplémentaire elle y arriverait. Seulement, il n'y avait pas d'argent à la maison pour cela. Paudge et Glory avaient refusé de payer même une heure de cours particulier.

Quand Rae avait abordé la question, son père s'était mis à hurler. « Oublie ça ! On t'a pas élevée pour être une de ces fichues grosses têtes ! Tu vas chez les sœurs et tu devras faire avec. Ta mère s'en est bien contentée ! »

Rae avait été prise d'une grande colère. Normalement, elle ne disait rien : c'était plus prudent. Mais ce jour-là, elle avait craqué.

Elle s'était mise à crier contre ses parents, contre son père même pas rasé et vautré dans le fauteuil élimé, une bière à la main ; et contre sa mère assise à côté de lui, en train de se rouler une cigarette tranquillement, ses longs cheveux noirs pendant en mèches sales. Malgré les efforts de Rae, la maison était répugnante. Il n'y avait rien pour le dîner, comme d'habitude, et il faisait froid parce qu'ils n'avaient pas acheté de charbon depuis des mois. Les allocations chômage de Paudge étaient dépensées au pub. Du charbon pour chauffer la maison ne faisait pas partie de ses priorités.

« Ma mère s'en est contentée ? avait hurlé Rae. Je suis certaine que les sœurs la présentaient comme un exemple d'excellence. Voici Glory Hennessey, qui a si bien réussi ! Elle n'a jamais eu de cours particuliers, elle ne s'est jamais embêtée avec des examens et elle a brillamment réussi malgré tout cela !

— Espèce de chameau ! »

Sa mère l'avait giflée à toute volée en ajoutant : « Après tout ce que nous faisons pour toi ! »

Rae était restée assise, figée. Elle aurait la marque de la gifle sur le visage. Cela faisait longtemps que sa mère ne l'avait pas frappée, mais elle avait beaucoup de force et même une simple gifle laissait des marques. Rae s'en moquait. A une époque, elle aurait pris la peine de cacher les dégâts avec du fond de teint. Mais puisque tout le monde savait à quoi s'en tenir au sujet de ses parents, pourquoi s'embêter à vouloir le cacher ?

Au disco, Davie et sa bouteille de whisky lui étaient apparus comme une bouée de sauvetage. Cela faisait longtemps qu'il courait derrière elle. Il lui disait toujours qu'elle était très belle. Quand elle se regardait, Rae reconnaissait une certaine symétrie dans son visage. Elle savait aussi que les autres filles lui enviaient ses yeux sombres, ses sourcils élégamment arqués et ses pommettes très hautes qui l'avaient fait surnommer « la Cheyenne ». Mais, de son point de vue, tout cela ne faisait pas d'elle une beauté.

Une vraie beauté était aimée et protégée, comme au cinéma. Comment une vraie beauté pourrait-elle naître d'une vie comme la sienne ?

Ce soir-là, elle ne repoussa pas Davie. C'était un des fils Sullivan, tous très pâles avec des cheveux noirs et des joues creuses. Il y avait une ambiance de menace autour d'eux, mais Davie était différent. C'était un enthousiaste sans problèmes.

Quand Rae lui sourit et accepta de se laisser entraîner dans la foule des danseurs, il ne put croire à sa chance. Il lui chuchota à l'oreille qu'il avait une bouteille de whisky cachée dans les vestiaires. Normalement, Rae ne buvait pas. Ce soir, c'était autre chose, ce soir, elle serait ce que tout le monde pensait qu'elle devait être : un digne membre de cette famille de cinglés irresponsables.

« Va la chercher, lui dit-elle. J'ai besoin d'un verre. »

Ils s'installèrent à l'arrière de la salle et, cachés derrière les gens groupés au bord de la piste de danse, se partagèrent la bouteille. Davie buvait directement au goulot mais Rae n'y arriva pas.

« Il me faudrait quelque chose pour mélanger avec le whisky », dit-elle en s'étranglant avec la première gorgée d'alcool.

Davie lui rapporta un verre de limonade et y versa un peu d'alcool mais Rae prit la bouteille et remplit le verre jusqu'au bord.

« On dirait que tu as décidé de te lâcher », dit-il avec plaisir.

L'embrasser ne fut pas si désagréable après avoir bu beaucoup de whisky. Ils dansèrent des slows, Davie la serrant contre lui plus près que personne ne l'avait jamais fait. Bobby Goldsboro chantait *Honey* et c'était bon d'être dans ses bras, bon de danser en sentant toute cette chaleur dans son corps.

Elle riait quand ils s'engagèrent dans la rue principale. Davie voulait absolument l'emmener quelque part, à l'arrière de la boucherie de son oncle. Comme il y travaillait pendant les week-ends, il avait une clé.

« Vraiment ? » dit-elle d'une voix endormie.

A présent, elle n'avait plus envie que d'aller se coucher.

« Fais un effort, dit Davie qui devait la soutenir. C'est toi qui voulais faire la folle. »

Il avait en effet la clé de l'arrière-boutique et ils s'y glissèrent discrètement. Le froid qui y régnait réveilla Rae et elle commença à grelotter.

« C'est la chambre froide pour la viande, lui expliquat-il.

— Tu as de la musique ? »

Il y avait un transistor dans le magasin. David l'apporta dans le bureau où les crachotements du petit poste se firent bientôt entendre.

Il fouilla les tiroirs d'un meuble de placement et en sortit une autre bouteille, cette fois pleine d'un liquide clair. Rae n'avait jamais bu de ce whisky transparent et illégal, le poteen. Parfois, on en donnait aux enfants malades des cuillerées avec des clous de girofle, de l'eau chaude et du sucre. Rae n'en avait jamais eu. Son père aimait le poteen et n'en aurait pas gaspillé une goutte pour sa fille.

Cette fois, il n'y avait pas de limonade à mélanger avec l'alcool. Rae but. Le goût lui déplut mais, ce soirlà, elle n'était plus elle-même. Elle se conduisait comme l'autre Rae, une authentique Hennessey. Quand Davie commença à l'embrasser, puis glissa les mains sous son haut pour le lui enlever, elle ne l'arrêta pas.

« Tu es si belle, Rae », marmonnait-il d'une voix pâteuse sans cesser de l'embrasser.

Même lui, avec ses caresses maladroites, était plus gentil que ses parents.

Quand tout fut fini, il s'appuya au mur et lui sourit.

« C'était extraordinaire, dit-il d'une voix encore essoufflée. Ça t'a plu ? »

Rae lui tapota la joue affectueusement. Etait-elle censée apprécier l'expérience ? Au moins, Davie se souciait d'elle. Il était bien le seul !

Il y avait un petit cabinet de toilette à l'arrière de la réserve. Rae s'y rendit et vomit. Elle sentait encore la brûlure du whisky. Ensuite, tenant à peine sur ses jambes, elle se nettoya comme elle put, essuyant son sang.

Comment pouvait-on faire tant d'histoires au sujet du sexe ? Elle avait lu quelques pages de livres cochons que sa cousine Coral lui avait prêtés et, dans les livres, le sexe semblait très excitant. Dans les livres, les femmes criaient et perdaient le souffle dans les bras d'hommes leur répétant qu'ils les adoraient et qu'ils étaient prêts à tuer pour les posséder. Dans la vraie vie, c'était Davie qui avait grogné et haleté, pas elle. Et puis tout s'était passé très vite, tellement vite ! Elle avait eu mal, elle avait senti quelque chose d'étranger pénétrer son corps, juste *là*. Elle n'avait éprouvé aucun plaisir, seulement un grand vide, le même vide qu'elle ressentait depuis la dispute avec ses parents.

Elle tira la chasse d'eau et s'assit sur le couvercle. Sa fatigue était partie. A la place s'installa une très ancienne inquiétude.

Rae revint au présent. Les mensonges revenaient toujours vous hanter. C'était comme une fissure dans un mur de fondation. Elle finissait un jour ou l'autre par se manifester. On pouvait recouvrir le mur du plus bel enduit, le peindre avec le plus grand soin ou lui offrir les plus beaux papiers peints, tôt ou tard, la fissure se

213

révélait. A ce moment-là, la seule question qui se posait était de savoir pourquoi on ne l'avait pas réparée dès le début, pourquoi on l'avait cachée.

Elle entendit la porte arrière s'ouvrir lentement. Will cria son nom.

— Bonsoir, ma chérie ! Désolé d'arriver si tard, j'étais au téléphone.

Rae plia rapidement la lettre puis la glissa dans l'enveloppe qu'elle enfouit à son tour dans sa poche.

— Je crois que le riz est presque cuit, dit-elle d'une voix qu'elle réussit à contrôler.

Au début de leur rencontre, il y avait eu des moments où elle aurait pu tout expliquer à Will mais elle n'en avait jamais trouvé le courage. Ensuite, il avait été trop tard. Elle avait rencontré sa famille et à partir de là, elle avait eu peur de le perdre.

— J'ai déjeuné avec ma mère aujourd'hui, dit Will en s'asseyant à la table avec un soupir.

— Ah oui ? répondit Rae en essayant de retrouver son sang-froid.

Will déjeunait avec sa mère deux fois par mois. C'était plus simple de cette façon. Pendant des années, Rae l'avait accompagné et elle avait ressenti un énorme soulagement le jour où elle avait réussi à convaincre son mari que sa mère préférait l'avoir pour elle seule.

Geraldine Kerrigan adorait son fils au point qu'il n'y avait pas de place dans cette relation pour quelqu'un d'autre. Rae avait très vite compris qu'il valait mieux se tenir à l'écart de sa belle-mère.

— La bonne nouvelle, reprit Will, c'est qu'elle a vu le chirurgien cette semaine et qu'il va l'opérer de la hanche. Comme il y a eu une annulation lundi, il va pouvoir s'occuper d'elle plus tôt.

Rae continua à remplir leurs assiettes. Elle avait vu beaucoup de gens confinés dans leur lit d'hôpital après avoir reçu une prothèse de la hanche ou s'être cassé la hanche. Tout ce qui touchait cette partie du corps impliquait une longue période d'inactivité, de la souffrance et une grande dépendance vis-à-vis des autres.

— Quand ? demanda-t-elle.

— Dans deux semaines. Le problème, Rae...

Elle leva la main pour l'interrompre.

— Ta mère aura besoin qu'on s'occupe d'elle. Où ira-t-elle ? Dans une maison de convalescence ou chez Leonora ?

Leonora était la sœur aînée de Will, une parfaite réplique de leur mère. Les deux femmes avaient, dans le meilleur des cas, des relations tendues.

— C'est impossible, chez Leonora, répondit Will.

Rae aurait aimé lui demander pourquoi. Ce n'était pas sa faute si sa belle-mère et sa belle-sœur se détestaient.

— Je sais que c'est impossible, dit-elle.

Même si elle se sentait en état de choc à cause de la lettre, elle savait ce qu'il fallait faire. Geraldine viendrait chez eux. Rae devrait continuer à se conduire comme si tout allait bien et que sa fille ne lui avait pas fait signe après toutes ces années de silence.

Le seul aspect positif de cette lettre était d'avoir annihilé l'effet des nouvelles de Will. Sans cela, elle aurait eu un malaise à l'idée de recevoir Geraldine. Elle essaya de se concentrer sur les questions pratiques.

— Quand vient-elle ? Où allons-nous l'installer ?

De toute évidence, sa belle-mère devrait dormir au rez-de-chaussée, mais où ? Comment allaient-ils s'organiser ?

— J'ai pensé que nous pourrions peut-être lui arranger une chambre dans le salon, répondit Will. De cette façon, elle pourra utiliser la petite salle d'eau du bas.

Bien des années auparavant, ils avaient profité de l'espace sous l'escalier dans l'entrée pour y installer une douche et des toilettes. C'était petit et Geraldine n'était pas habituée à ce genre de choses.

A l'idée que sa belle-mère vive chez elle pendant trois ou quatre semaines, Rae se sentit brusquement mal, mais pour rien au monde elle n'aurait laissé son mari le deviner. Elle l'aimait bien trop pour cela.

— C'est une très bonne idée, dit-elle d'un ton égal. Nous devrions commencer à nous en occuper dès ce soir.

— Merci, ma chérie !

Le sourire qui apparut sur le visage de Will valait presque la peine des efforts que Rae devrait consentir. Presque.

10

Les repas de fête

Pour les grandes occasions, je te conseille de sortir ta plus belle vaisselle. Quand on veut montrer à ses invités qu'ils sont les bienvenus, quoi de mieux qu'une belle table avec des fleurs, des bougies et une belle vaisselle ? Il n'est pas indispensable que ce soit de la porcelaine d'une grande maison. La première fois que j'ai préparé le repas de Noël dans ma propre maison, nous étions pauvres comme Job et, sur mes dix assiettes, seulement deux étaient assorties. Nous n'avions réellement rien. Eleanor, je t'avais fait un berceau dans le dernier tiroir de la commode, mais il était plus joli que tout ce qu'on pouvait voir dans les magasins, car je l'avais doublé avec un patchwork cousu à la main et j'avais bordé des petites couvertures de laine avec un ruban de satin. Quand les invités ont vu la table, aucun d'eux n'a pensé que nous étions pauvres. J'avais travaillé pendant tout l'hiver précédent sur la nappe avec des bouts de soie à broder. J'avais beaucoup de rouges différents. J'avais donc brodé des coquelicots, mais Joe m'a dit qu'ils ne ressemblaient pas aux coquelicots qu'il avait l'habitude de voir. J'ai ri, je lui ai donné une petite tape avec mon torchon et j'ai répondu que c'était ma version du coquelicot. La mère de Joe avait fait de la dentelle au crochet pour la bordure de la nappe. Pour cela, elle avait récupéré le beau fil blanc des sacs de farine en lin.

Joe avait gagné pour moi deux grands gobelets en verre de couleur à la foire de Galway. J'ai cueilli une grosse poignée de lierre et j'en ai garni les gobelets en faisant pendre les branchages à l'extérieur des gobelets. J'aime beaucoup ce verre coloré ; les nuances orangées illuminent la table surtout quand on pique dans le milieu des bougies ivoire. Ce jour-là, j'y avais ajouté des branchettes de sorbier en l'honneur du peuple des fées. Ma mère assistait à la messe tous les matins, mais par son éducation, elle avait appris tout ce qu'il fallait savoir sur le monde des fées.

Mon service de table n'était peut-être pas assorti, mais j'avais posé un brin de houx sur chaque assiette. Quand j'ai posé l'oie au milieu de la table, Joe a dit les grâces et nous avons tous répondu amen. J'ai regardé nos invités assis tout autour de la table, cette famille que nous avions commencé à créer, et j'ai compris qu'il n'y avait pas de meilleur moyen de célébrer un événement que de préparer un bon repas pour eux tous. Comprends-moi : les aliments ne représentent qu'une partie du festin. Ce qui compte, c'est le cœur avec lequel on cuisine. L'intention que l'on y met. C'est cela qui fait qu'un repas devient une grande fête.

Parfois, on est obligé de préparer un festin à partir de rien. Je me souviens du jour où l'oncle de Joe est mort. Il n'y avait plus personne chez lui pour s'occuper de la veillée. Je suis juste allée chercher un gros morceau de lard. Il n'y a rien de tel que le lard quand on a un repas important à préparer de toute urgence.

A l'aéroport, Megan observait un homme avec un appareil photo autour du cou. Avec son Canon noir et son téléobjectif dernier cri, ce ne pouvait pas être un touriste.

Un paparazzi. Son bureau l'avait probablement envoyé photographier quelque célébrité devant atterrir à Dublin. Malheureusement, tout photographe digne de ce nom savait que des photos d'une célébrité comme Megan lui rapporteraient beaucoup d'argent. Autrement dit, s'il la repérait, elle n'avait pas fini d'avoir des ennuis.

Megan tira son bonnet de laine grise sur ses oreilles, heureuse de se sentir en sécurité avec son jean baggy et son sweat-shirt à capuche trois tailles trop grand pour elle. Elle était arrivée en Irlande depuis six semaines et, jusque-là, personne ne l'avait repérée.

Elle trouva un siège dans le hall des arrivées aussi loin que possible du photographe et s'avachit en rentrant le visage dans son sweat-shirt, essayant de donner l'image d'une adolescente blasée. Il était tout à fait possible de passer inaperçu au milieu d'une foule, malgré ce que prétendaient la plupart des gens célèbres. A Prague, Megan et Rob avaient très bien réussi à se cacher, du moins au début.

Alors qu'ils montaient dans l'ascenseur pour gagner leur suite à l'hôtel Sebastien, elle lui avait demandé s'ils n'étaient pas en train de faire une folie. Ils portaient tous les deux des lunettes noires et des casquettes de base-ball, essayant de se faire passer pour des touristes. Même si sa question arrivait un peu tard, Megan était sérieuse.

C'était leur dernière chance de renoncer avant de franchir le pas et, même si elle désirait plus que tout se retrouver dans les bras de Rob Hartnell, une petite voix pressante lui soufflait de se montrer prudente.

« Pourquoi demandes-tu cela ? dit Rob en lui caressant la main.

— Je ne sais pas, répondit Megan avec un petit haussement d'épaules. Mes angoisses, je suppose ! Quelque chose me met mal à l'aise.

— Il n'y a aucune raison. »

L'ascenseur s'arrêta avec un léger sursaut et les portes s'ouvrirent.

« Nous sommes faits l'un pour l'autre », chuchota Rob en la faisant entrer dans sa suite.

Confrontée au mobilier surdimensionné et au salon un peu guindé, Megan se sentit submergée par un mélange d'angoisse et d'excitation. C'était encore plus spectaculaire que ce qu'elle avait imaginé. La sombre beauté de l'hôtel aurait pu servir de décor à une pièce de théâtre. La porte à double battant était ouverte, lui permettant de voir un lit immense avec une tête sculptée et des appliques murales de chaque côté en filigrane doré.

Rob passa dans la chambre. Debout au milieu du salon, Megan imaginait déjà un personnage de matriarche à la main de fer, assise sur l'un des canapés recouverts de velours et récitant son rôle. Elle secoua la tête pour se débarrasser de cette image. Elle n'était pas au théâtre, c'était sa propre vie qui se jouait.

Rob revint la chercher et la prit par la main en souriant.

« Laisse tout ça, dit-il, viens avec moi ! »

Il avait de grandes mains chaudes qui rassurèrent Megan.

« Bien, dit-il d'un air satisfait. J'ai entendu parler de leurs baignoires… »

La salle de bains avait gardé toute la splendeur de son décor 1900. L'ancien papier mural en soie de teinte or était déchiré par endroits et les lavabos géants en marbre étaient usés, mais une baignoire à pattes de lion assez grande pour quatre trônait au milieu d'un océan de marbre de Sienne. Un gros pot à l'ancienne de sels de bain bleu pâle orné d'un nœud de satin bleu marine était posé sur une pile de serviettes d'un blanc de neige.

« Je pense que nous avons besoin d'un bain après notre voyage », dit-il d'une voix rauque à son oreille.

En cet instant, les inquiétudes de Megan n'avaient plus aucune importance. Rob entreprit de lui déboutonner son manteau. Il lui ôta ensuite sa casquette de base-ball et défit sa queue de cheval. Elle se laissait faire sans bouger, le dos légèrement appuyé contre lui, les yeux clos, acceptant ses caresses.

Il la fit pivoter et se pencha pour l'embrasser avec ardeur. Elle s'abandonna contre lui, toute légère dans ses bras.

Pendant le tournage, jour après jour, elle avait observé cet homme à la dérobée. Elle n'était pas la seule ! Les gens ne pouvaient pas s'empêcher de regarder Rob Hartnell. Ce n'était pas une simple question de célébrité. Seth, l'autre vedette du film, était également connu dans le monde entier, très sexy et beaucoup plus jeune, mais il ne possédait pas le magnétisme de Rob.

Quand Rob Hartnell arrivait sur le plateau, tous les regards convergeaient vers lui. S'il riait, tout le monde riait. Et quand il leur adressait son fameux sourire, ils devenaient gâteux.

Carole, l'agent de Megan, appelait cela l'étoffe des stars. « C'est mystérieux ; tu ne peux pas l'expliquer mais c'est réel. Très peu de gens la possèdent, mais c'est une force extraordinaire. »

Après des semaines passées à rêver de lui, à échanger des caresses et des baisers volés, Megan était enfin réellement avec lui. Elle laissa courir ses doigts sur ses larges épaules, sentant ses muscles rouler tandis qu'il la serrait contre lui. Il l'embrassa dans le cou tout en faisant tomber son manteau puis il glissa les doigts sous son chemisier en suivant la ligne de ses clavicules. C'était un geste qu'il avait fait sur le plateau alors que toute l'équipe de tournage les observait. Cette fois, il ne le faisait pas parce que c'était son rôle mais parce qu'il en avait envie ; Megan s'autorisa à gémir sous la caresse. Ce furent ensuite les lèvres de Rob qui se posèrent sur sa peau...

« Nous allons peut-être laisser notre bain pour plus tard », murmura-t-il.

Ils reculèrent vers la chambre et arrivèrent au lit. Avec des gestes impatients, ils arrachèrent les vêtements l'un de l'autre. Ils furent enfin nus, leur peau brûlante se touchant. Rob était grand et fort. Couchée contre lui, Megan se sentit fragile et protégée.

C'était exactement ce qu'elle avait espéré.

Megan s'obligea à ne plus y penser, à se concentrer sur ce qui se passait dans l'aéroport. Mais les souvenirs étaient encore trop douloureux, trop proches. Malgré elle, l'image de Katharine Hartnell telle qu'elle était apparue dans la presse surgit dans son esprit. Ses sourcils à l'arc délicat ne pouvaient détourner le regard de ses yeux brillants de chagrin et de ses joues creusées. Megan était la responsable de ce chagrin.

Non ! Arrête d'y penser !

Elle essuya furtivement ses yeux avec l'une des manches trop longues de son sweat-shirt et prit son portable pour y taper un rapide message destiné à Pippa.

« Photographe dans hall arrivées. Te retrouve aux taxis. Désolée. »

Elle n'arrêtait plus de dire « désolée ». Tête baissée, elle se dirigea vers la sortie en fouillant dans ses poches pour trouver ses cigarettes. Elle n'avait pas voulu fumer avant d'embrasser les enfants. Ce n'était pas bon pour eux et elle s'étonnait encore de n'y avoir jamais pensé auparavant. C'était d'être avec les chiens qui lui en avait fait prendre conscience.

Elle dut attendre une demi-heure avant de voir apparaître sa sœur. Pippa avait l'air fatiguée et paraissait avoir plus que ses trente ans. Elle essayait de pousser un chariot d'une main et la poussette de Toby de l'autre. Kim était perchée en équilibre précaire sur le tas de valises. En voyant sa tante, elle eut un grand sourire ravi.

— Regarde-moi, Meggie, regarde-moi !

— Fais attention ! dit Pippa.

Elle avait ce ton légèrement hystérique que Megan l'entendait employer depuis qu'elle avait des enfants.

— Tout va bien, dit Megan en tendant les bras vers sa nièce.

— Non, tout ne va pas bien, répondit Pippa d'une voix tendue. Voyager seule avec eux est un vrai cauchemar.

— J'ai dû sortir pour me cacher... commença Megan.

— Oui, j'ai compris. Désolée pour toi, dit sa sœur en lâchant son chariot pour l'embrasser.

223

Megan serra sa sœur dans ses bras, respirant le parfum à la rose qu'elle portait depuis toujours. Pendant quelques instants, elle eut l'impression que tout était comme avant, qu'elle avait sa sœur pour elle seule, comme une autre partie d'elle-même. Mais Toby se mit soudain à pleurer et Pippa se pencha pour lui parler. Megan la regarda faire, se sentant de nouveau mise de côté.

Elle rangea les sacs dans le coffre de la vieille Ford Fiesta de Nora tandis que Pippa attachait les enfants dans les sièges empruntés à une voisine. Kim et Toby semblaient sortis d'un catalogue de mode pour enfants. Toby avait hérité des épais cheveux blonds de sa mère, des yeux marron et du chaleureux sourire de son père. Kim était blonde avec des yeux bleu-vert comme sa mère. Elle avait une adorable expression, celle d'une petite fille prête à faire toutes les bêtises possibles. A une époque, Pippa avait également l'air d'un mannequin mais, à présent, elle avait plutôt l'air épuisée. De plus, elle avait pris du poids. Elle ne l'avait pas dit à sa sœur au téléphone alors que, quelques années plus tôt, elle en aurait parlé tout de suite. Ce temps était révolu, ses priorités avaient changé.

Quand Pippa et ses enfants furent installés chez Nora, la maison parut soudain très petite. Cici restait dressée sur ses pattes et hurlait d'indignation. Quant à Leonardo, chaque fois que Toby se précipitait vers lui, bras grands ouverts, pour lui faire un câlin, il se livrait à une curieuse danse en marche arrière.

— Leonardo peut se montrer nerveux, dit Nora.

Pippa entraîna vivement Toby et son expression se fit soucieuse.

— Il risque de mordre ? demanda-t-elle.

— Non, répondit Nora.

Megan vit bien que Pippa ne la croyait pas. Comme c'était bizarre ! Autrefois, Nora était pour les deux sœurs la personne qui savait tout et à laquelle on pouvait faire confiance. C'était l'exact contraire de Marguerite – « Ne m'appelez pas *maman*, cela me donne l'air d'une antiquité ! » Marguerite s'enorgueillissait de ne rien savoir qui puisse être considéré comme pratique.

Bien sûr, elle savait comment rendre les hommes fous de désir. Ou comment convaincre quelqu'un de lui prêter une voiture de plage pour aller faire un tour dans les dunes. Ou encore comment préparer un cocktail dans une noix de coco ! En revanche, elle ne connaissait rien de ce qui était vraiment utile.

C'était vers Nora que les deux sœurs se tournaient pour tout cela. Et voilà que Pippa ne lui faisait plus confiance. Encore un changement engendré par le mariage et les enfants...

Megan ressentit à la base de la nuque un curieux petit chatouillement. Tout changeait et cela lui faisait horreur. Il était pourtant ridicule de se sentir jalouse de sa nièce et de son neveu. C'était sa famille et elle aurait dû les aimer parce qu'ils faisaient partie de Pippa. Mais alors pourquoi se sentait-elle tellement en retrait et laissée à l'écart ?

Le dîner fut bruyant et long. Nora avait acheté des croquettes de poulet et, dans un suprême et rare effort pour cuisiner, se lança dans une recette compliquée avec des pommes de terre, du fromage et de la crème.

— En réalité, cela devrait être très simple d'après mon livre, marmonna-t-elle en se concentrant sur sa recette.

— Désolée, Nora, dit Pippa avec un geste de refus. Ils n'y toucheront même pas.

— Mais toi, tu en mangeras ?

— Oui, mais pas les enfants.

Pippa ouvrit le réfrigérateur, les sourcils froncés.

— Tu n'as pas de beurre de cacahuètes ?

— Non, je suis désolée, dit Nora. Je n'y ai pas pensé. Pourtant, j'aurais dû le savoir. De quoi aurons-nous besoin ?

La liste était longue.

— Beurre de cacahuètes, commença Pippa en comptant sur ses doigts. Du pain blanc – je sais, il vaudrait mieux du pain complet, mais je suis déjà contente s'ils veulent bien manger quelque chose. Du vrai beurre, du fromage blanc crémeux pour les sauces, du lait entier. Il faut aussi des fromages frais, des bananes, du raisin et des blancs de poulet.

Toby vint à son tour explorer le réfrigérateur et pensa qu'il serait amusant de grimper dedans.

— Non, mon chéri, tu ne dois pas faire ça.

Pippa l'attrapa d'un mouvement que l'on sentait plein d'expérience et le pressa contre elle. Il se pelotonna dans ses bras comme un petit animal cramponné à sa mère.

Megan avait observé la scène.

— Je m'occupe des courses, dit-elle précipitamment.

The Nook n'avait que du beurre de cacahuètes croustillant et aucun fromage frais. Megan passa une éternité à comparer les pots de yaourt. Si l'étiquette n'annonçait pas qu'ils étaient adaptés aux enfants, cela signifiait-il qu'ils ne l'étaient pas ? Elle finit par choisir des yaourts à boire avec des animaux de dessins animés sur l'emballage.

Personne ne lui dit bonjour ni ne fit de commentaire sur son panier beaucoup plus plein que d'habitude. En général, elle achetait des cigarettes, les journaux et parfois une baguette pour Nora. Quelques-uns des habitants de la place lui parlaient quand ils la rencontraient au Nook. Ils étaient gentils avec elle et bien intentionnés. C'était un peu comme si, dès que l'on fréquentait régulièrement le magasin, on devenait un habitant du quartier, ce qui donnait le droit de participer aux conversations quotidiennes de Golden Square. Mais ce jour-là, Megan ne connaissait personne parmi les clientes.

Il lui fallut un long moment pour trouver tout ce que voulait sa sœur. Son panier pesait une tonne ! A la caisse, un homme s'énervait parce que le lecteur de cartes ne marchait pas et qu'il n'avait pas d'espèces sur lui.

— Mais qu'est-ce que c'est cette boutique ? dit-il d'un ton énervé en fouillant dans ses poches. Vous allez devoir attendre jusqu'à ce que je trouve quelques pièces... Ah ! J'ai déjà dix cents, et encore vingt...

Le jeune homme qui tenait la caisse haussa les épaules comme pour dire qu'il n'y était pour rien, qu'il ne faisait que travailler là. Megan tapota du bout du pied, se retourna et regarda distraitement ce que contenait le panier posé par terre derrière elle. Une bouteille de vin, deux magazines sur papier glacé, un paquet de risotto où il fallait juste rajouter de l'eau et une énorme tablette de chocolat. C'était le genre de courses qu'elle avait l'habitude de faire quand elle vivait à Londres. La femme à qui appartenait ce panier avait des chaussures à plate-forme extraordinaires, en cuir d'apparence soyeuse et délicatement ajouré. Cela devait être une horreur pour marcher, mais elles étaient géniales.

Elle leva les yeux vers la propriétaire des chaussures, une femme mince et élégante aux cheveux blonds coupés court avec un balayage raffiné. Elle devait avoir à peu près le même âge qu'elle. Sa coiffure, se dit Megan, impliquait une séance chez le coiffeur une fois par mois. Elle était bien placée pour le savoir ! Se teindre en noir avait au moins l'avantage de ne pas nécessiter tant d'efforts.

A une époque, elle aurait eu la sensation d'appartenir à la même tribu que cette femme, mais c'était fini. A quelle tribu appartenait-elle à présent ?

Kim et Toby refusèrent de goûter les yaourts à boire mais acceptèrent un peu de céréales avec du lait.

— Ils ne mangent presque rien d'autre, commenta Pippa d'un ton fatigué en ramassant les céréales tombées par terre.

Nora ne put cacher son inquiétude.

— Tu ne penses pas qu'il leur faudrait des nourritures plus consistantes ?

— Si, répondit Pippa, mais les convaincre d'avaler deux bouchées prendrait au moins une heure et je n'en ai pas l'énergie.

Il était vingt-trois heures trente quand elle réussit à les mettre au lit. Elle rejoignit ensuite Megan et Nora, qui regardaient la télévision dans le salon.

— Désolée, dit-elle depuis le seuil. Je vais me coucher, je n'en peux plus.

Megan comprit que si elle voulait avoir une chance de parler avec sa sœur, elle devait la suivre. Elle l'accompagna donc dans sa chambre, la même chambre qu'elles partageaient dans leur enfance. Elle n'avait pas beaucoup changé. Les rideaux étaient toujours les mêmes, avec un grand motif floral rouge et vert, des amaryllis géantes avec des feuilles énormes, et de minuscules coquelicots semés de-ci de-là. Cependant, les deux lits d'une personne aux courtepointes à carreaux blancs et rouges avaient été remplacés par un seul grand lit et une couette blanche avec une couverture en laine pliée au pied. Les enfants dormaient sur des lits de camp, de chaque côté du lit de Pippa. Pippa enleva ses chaussures et s'allongea avec un soupir épuisé.

— Pourquoi les lits sont-ils si confortables quand on est fatigué ? demanda-t-elle d'une voix cassée.

Megan s'allongea à côté d'elle. Elles restèrent un moment sans parler, fixant le papier peint couleur miel qui, lui non plus, n'avait pas changé depuis leur enfance.

— Tu sembles vraiment à bout, dit enfin Megan.

— Non, frangine, répondit Pippa avec un petit grognement. Dis-moi ce que tu penses vraiment !

— Je voulais simplement dire que tu as l'air épuisée.

Pippa prit le temps d'arranger ses oreillers.

— C'est ce qui arrive quand on a des enfants encore très jeunes, ils te pompent toute ton énergie.

Stupéfaite, Megan se mit sur le côté pour la regarder.

— Et cela ne t'empêche pas de les aimer, acheva Pippa.

Megan garda le silence pendant quelques minutes. Il y avait beaucoup de choses qu'elle voulait dire à sa sœur, mais elle voulait d'abord retrouver leur ancienne complicité.

— Pippa, chuchota-t-elle, ça a été affreux.

Seul le silence lui répondit. Elle leva les yeux : Pippa s'était endormie. Avec mille précautions, Megan lui enleva son jean mais lui laissa son chemisier. Ensuite, elle tira doucement la couette sur elle. Les grandes confidences devraient attendre.

Des hurlements d'enfant réveillèrent Megan.

Elle enfouit sa tête sous l'oreiller pour ne plus entendre mais cela ne changea rien.

— Par pitié, tais-toi ! gémit-elle.

Curieusement, les cris s'arrêtèrent. Megan poussa un soupir de soulagement...

— Meggie !

La porte de sa chambre s'ouvrit bruyamment et la voix de Kim perça le silence.

— Maman est malade. Elle ne veut pas se lever et je veux faire pipi.

Megan réussit à ouvrir les yeux et regarda sa montre. Six heures trente ! Le temps qu'elle se lève, Kim trépignait d'énervement.

— Tout va bien, dit Megan. Je suis certaine que maman n'est pas malade...

— Si ! Puisque je te le dis !

Kim, debout devant les toilettes, attendait. Megan s'assit au bord de la baignoire, attendant, elle aussi.

— Aide-moi ! lui ordonna Kim. Tu dois baisser mon pyjama !

Megan obtempéra.

— Tu as besoin que je t'aide à t'installer sur les toilettes ?

Elle ne l'avait jamais fait et ne savait pas comment s'y prendre.

— Non ! hurla Kim d'un ton scandalisé. Je sais le faire !

— Très bien !

Megan reprit sa place au bord de la baignoire. Elle dormait à moitié et trouvait toute cette histoire épuisante.

L'affaire dura cinq minutes, après quoi Megan se demanda si elle pourrait retourner se coucher. Malheureusement, Kim ne l'entendait pas ainsi. Elle prit sa tante par la main et la tira jusque dans la chambre d'amis. Toby dormait toujours à poings fermés. Dans le grand lit, Pippa était livide.

— Je suis désolée, dit-elle faiblement. Je dois avoir attrapé la grippe. J'ai vomi plusieurs fois pendant la nuit et je me sens épuisée. Toutes mes articulations me font mal. Megan, tu vas devoir t'occuper des enfants. J'en suis incapable.

— Moi ?

— Megan, je ne peux pas. Je ne tiens pas debout !

— Mais je ne sais pas...

Megan se demanda si Nora pourrait prendre sa journée ; elle-même n'avait pas la moindre idée de la façon dont on s'occupe des enfants, en tout cas pas pendant toute une journée.

— Bien sûr que si ! Ce n'est pas difficile. S'il te plaît, Megan !

— Que faut-il faire ?

— Tu les lèves et tu leur prépares leur petit déjeuner.

— Que mangent-ils ?

— N'importe quoi ! Tu n'as qu'à leur demander, grogna Pippa. J'ai envie de vomir...

Debout au pied du lit, Kim observait la scène avec beaucoup d'intérêt. Megan comprit qu'elle devait prendre la situation en main.

— Je vais te chercher une cuvette, dit-elle.

Dès que ce fut fait, Toby se réveilla. En voyant sa mère rester au lit sans faire attention à lui, il se remit à pleurer.

— Ne fais pas le bébé ! lui ordonna Kim du haut de ses quatre ans. Meggie s'occupe de nous.

— Je t'adore, Kim, gémit Pippa. Toby, mon chéri, Meggie va s'occuper de toi parce que maman est malade.

Les hurlements de Toby s'amplifièrent. Megan était pétrifiée, ignorant ce qu'elle devait faire. Il lui était arrivé de donner à manger à Kim quand elle était encore bébé, mais pas plus de deux ou trois fois. Les mères laissaient rarement des étrangères s'occuper de leurs premiers-nés. Pippa n'avait jamais confié Kim à Megan plus de quelques minutes. A la naissance de Toby, Megan avait depuis longtemps renoncé à proposer son aide. Cela évitait à sa sœur de trouver des excuses pour ne rien lui laisser faire.

Pippa ramena l'oreiller sur sa tête. Megan pensa qu'elle devait être réellement très mal et souleva Toby qui augmenta encore le volume sonore de ses cris.

— Tu n'auras pas de problème pour te faire entendre au théâtre, jeune homme ! On t'entendra jusqu'au poulailler.

Elle avait essayé de le calmer en plaisantant mais il n'en fut absolument pas amusé. La voix de Pippa lui parvint, étouffée par l'oreiller.

— Emporte ses peluches à la cuisine, sinon il n'arrêtera pas de pleurer.

Megan profita d'une brève pause entre deux hurlements pour demander à Toby où étaient ses peluches, puis elle eut une inspiration.

— Tu veux bien m'aider, Kim ?

Kim prit un chat à rayures bleues et blanches sur le lit de son frère.

— C'est un chat, dit-elle d'un ton dédaigneux. Moi, j'ai une fée. Tu veux la voir ?

— Avec plaisir, répondit Megan que les hurlements de Toby commençaient à énerver. On va laisser maman dormir, d'accord ?

— D'accord, répondit Kim.

Elle posa sur ses cheveux une tiare en plastique argenté et alla chercher une poupée en tenue de fée rose et violette.

Megan les emmena dans la cuisine où la vue de Leonardo et Cici réjouit tellement Toby qu'il s'arrêta de pleurer. Elle en profita pour l'installer dans sa chaise haute et posa des biscuits pour chiens tout autour sur le carrelage. Comme elle l'avait prévu, le spectacle des chiens s'affairant autour de lui le fit rire.

— Et maintenant, on va préparer votre petit déjeuner.

Kim lui lança un regard grave.

— La couche de Toby sent mauvais !

Pendant un instant, Megan eut envie de lui demander : que veux-tu que j'y fasse ? Mais elle se rappela qu'elle était responsable d'eux. Seulement, elle n'avait jamais changé une couche sale. Des couches mouillées oui, mais rien d'autre !

— Bien ! dit-elle avec entrain. Où est le sac à langer ?

A l'heure du déjeuner, Nora rejoignit le trio dans le petit salon de l'étage. Toby regardait une émission pour enfants, barbouillé de sauce au chocolat. Megan avait découvert qu'il adorait en manger avec ses biscuits secs. En manger autant ne devait pas être très bon pour lui, mais cela le faisait rester tranquille et c'était l'essentiel ! Kim était assise au milieu d'un entassement de ce qui parut être à Nora du beau papier pour imprimante. Un petit gribouillage au crayon ornait chacune des feuilles. Les chiens avaient été relégués dans la cuisine. Megan était assise par terre entre les deux enfants, elle aussi maculée de sauce au chocolat. Des céréales séchées semblaient collées sur son sweat-shirt.

Cette scène de la vie domestique possédait un profond caractère de normalité qui fit naître un grand sourire sur le visage de Nora.

— Vous avez l'air de bien vous amuser, dit-elle.

— Tante Nora, regarde, je t'ai fait un dessin !

Kim sauta sur ses pieds en brandissant l'une des feuilles de papier.

— Je l'aime beaucoup, répondit Nora en la tournant pour essayer de savoir dans quel sens il fallait regarder l'œuvre de Kim.

Megan venait de passer l'une des matinées les plus épuisantes de toute sa vie. Les enfants ne s'arrêtent donc jamais ? Comment Pippa y arrivait-elle ? Elle se leva et s'écroula sur le canapé.

— C'est fatigant de s'amuser, dit-elle.

Elle avait gardé sa voix spéciale « enfants » dont elle s'était servie toute la matinée. C'était un ton efficace. Elle leur demandait d'être discrets comme des petites souris pour ne pas réveiller maman, et cela marchait bien mieux que si elle avait hurlé : « Silence ! »

— J'étais sûre que tu te débrouillerais, lui dit Nora. Quand tu étais petite et que je t'emmenais jouer dans le jardin de la place, tu étais toujours parfaite avec les plus jeunes.

Megan se sentit absurdement heureuse.

— Comment va Pippa ? ajouta Nora.

— Je n'ai pas pu y aller une seule fois. Si tu veux bien surveiller les enfants, je monte la voir.

Pippa ne dormait plus. Ses nausées s'étaient calmées, mais elle avait encore le teint un peu verdâtre.

— Merci, Megan, dit-elle d'une voix cassée. Je n'aurais jamais pu me lever.

— Tu sembles un peu mieux.

Au moment même où elle disait ces mots, Megan se rendit compte que c'était faux. Elle n'avait pas vu sa sœur avec une si mauvaise mine depuis très longtemps, et cela n'avait rien à voir avec son teint. Elle avait les traits bouffis et en même temps tirés de fatigue.

Megan comprit soudain ce qui arrivait à sa sœur. C'était ces sales hydrates de carbone ! Elle le savait grâce à une nutritionniste de Los Angeles. Elle lui avait expliqué que tous les Européens arrivaient avec des visages soufflés par la consommation des hydrates de carbone.

« Vous, vous n'avez pas de problème. Vous faites attention aux hydrates de carbone, je suppose ? »

Tout en parlant, la nutritionniste avait englobé le visage et le corps de Megan d'un regard qui ne laissait rien passer. Megan avait eu un vague signe de la tête. A l'époque, elle se nourrissait n'importe comment. Les soirées des clubs londoniens se terminaient souvent très tard, dans la fumée des cigarettes et devant des bouteilles de vin blanc. Seul quelque miracle génétique lui permettait de mener ce genre de vie en restant splendide.

« Faites quand même attention à l'alcool, avait ajouté la nutritionniste. Le sucre qu'il contient creuse les rides. »

Rien ne lui échappait, avait pensé Megan.

Avec ce souvenir présent à l'esprit, elle interrogea sa sœur.

— Est-ce que tu t'occupes de toi ? Tu as l'air vraiment fatiguée.

— Merci pour ton soutien, répondit Pippa d'un ton sardonique.

— Excuse-moi, je ne le disais pas dans ce sens-là.

— Non, je sais que j'ai une sale tête en ce moment. Cela n'a pas été facile depuis que toute cette histoire est sortie.

— Je suis désolée. J'espère que cela ne t'a pas causé trop d'ennuis.

Megan se mordit la lèvre. Depuis quelque temps, elle ne faisait que s'excuser.

— En réalité, ce n'est pas tellement à moi mais aux parents de Colin que cela pose un problème. Ils détestent la presse à scandales et nous nous retrouvons concernés du jour au lendemain. Ce sont des gens très normaux, tu sais. Désolée…

C'était au tour de Pippa de s'excuser. Megan se sentait terriblement blessée.

— Ils me détestent donc tellement ? Pourtant, ils savent que je ne suis pas comme ça, tu le leur as dit, n'est-ce pas ? Ils m'ont rencontrée, ils m'aiment bien.

— Bien sûr, mais ils ne te voient jamais. A moi non plus, tu ne rends pas visite. Tu ne viens pas voir les enfants, et pour des grands-parents, cela veut dire qu'ils ne t'intéressent pas.

— Mais aujourd'hui, je n'ai pas arrêté de m'occuper de Kim et Toby !

— C'est la première fois que cela t'arrive, tu t'en rends compte ? répondit très gentiment Pippa. C'est dur pour moi aussi, Megan. Tu me manques, mais ta carrière t'a transformée en une personne que je ne connais plus et que je ne vois jamais. L'ancienne Megan me manque.

Ces paroles firent sur Megan l'effet d'un coup de poing en plein ventre. Elle s'était déjà disputée avec sa sœur, mais jamais de cette façon.

A présent qu'elle était lancée, Pippa ne pouvait plus s'arrêter.

— Je vis dans une petite ville et nous essayons de nous enraciner, de construire une vraie famille comme toi et moi n'en avons jamais eue. Tu te souviens de ce que nous avons vécu ? De la façon dont nous ne pouvions jamais nous intégrer nulle part ? On espérait tellement que maman ressemble aux mères ordinaires pour rester avec elle au lieu de devoir venir vivre avec Nora.

— Mais nous étions très heureuses, ici ! protesta Megan.

— Oui, nous aimions Nora, je l'aime énormément, mais ce n'est pas notre mère. Maman était tout sauf une mère normale. Je veux une vie différente pour Kim et Toby, mais toi, c'est comme si tu avais choisi le monde de maman, cette existence de fous passée à courir le monde à la recherche d'un homme.

Megan en avait assez entendu.

— C'est bien, j'ai compris, jeta-t-elle. Tu es parfaite et moi je suis une sale briseuse de ménage.

— Je n'ai pas dit ça.

— Non, mais c'est ce que cela sous-entendait.

Megan n'était pas sûre de pouvoir supporter une pareille blessure. C'était pire que ce qui était arrivé avec Rob Hartnell, presque pire que d'être traitée par toute la presse comme la garce qui avait détruit un couple heureux. Là, elle était rejetée par la personne qui avait le plus compté pour elle dans toute sa vie.

— Je ne te considère pas comme une briseuse de ménage, répéta Pippa. Seulement, tu ne prends pas le temps de te soucier des autres. La philosophie de maman consiste à ne jamais s'inquiéter de l'opinion des gens, mais ce n'est pas une bonne façon d'affronter le monde réel. Dans le monde réel, il arrive qu'on doive tenir compte des autres.

Pippa fit une petite pause comme si elle avait besoin de reprendre son souffle.

— Maman n'y a jamais attaché d'importance, reprit-elle, parce que quand une situation devient trop compliquée, elle déménage. A chaque fois, elle nous obligeait à déménager. Imagine que je fasse la même chose avec Kim et Toby ? Imagine que, à chaque rupture, je les prenne sous le bras pour déménager ? Je me sens incapable de leur imposer ce genre de choses, lâcha-t-elle avec un frisson horrifié.

Elle n'avait pas encore fini.

— L'existence qu'elle nous a fait subir n'a pas eu le même impact sur toi et sur moi, Megan. Pour moi, j'ai décidé que je ne voulais pas vivre de cette façon. Toi... Toi, tu as décidé de garder un élément de ce mode de vie : le besoin d'un protecteur, l'homme que maman a cherché toute sa vie. L'homme qui se serait occupé d'elle et de nous, sauf que les hommes de maman ne se sont jamais occupés de nous, n'est-ce pas ?

— Je ne cherche pas un protecteur ! répondit Megan avec colère. Je suis parfaitement capable de m'occuper de moi-même !

— En effet, et tu le fais très bien. Mais dès que tu as vu la possibilité de plaire à un homme plus âgé qui t'a donné l'impression de pouvoir s'occuper de toi, tu n'as pas résisté.

— Je t'ai dit que les choses ne se sont pas passées comme ça !

— En réalité, tu ne m'as rien dit. Je l'ai compris toute seule. Depuis toujours, tu joues à la petite fille. Regarde la façon dont tu t'habilles, toujours comme une petite fille toute mignonne ! Il est temps de grandir, Megan !

— Tu veux dire qu'il est temps de grandir parce que ma façon d'être dérange ta belle-famille, répondit Megan en tremblant.

— Non, j'en serais très contente parce qu'avoir un mari et des enfants est la chose la plus merveilleuse qui puisse t'arriver. Malheureusement, tu ressembles trop à maman. Tu ne réussiras jamais à construire une famille si tu continues à vivre comme ça. Et cela te fera rater le vrai bonheur. Parce que c'est ce que je souhaite pour toi, le véritable bonheur. S'il te plaît, Megan, écoute ce que je te dis !

Pour Megan, la coupe était pleine. Elle avait horreur qu'on lui fasse une scène. Elle voulait échapper à ce discours si douloureux pour elle.

— Pippa, je n'ai jamais voulu te faire du mal. Tu dis que je te manque, j'en suis désolée car je n'ai jamais souhaité que les choses tournent ainsi.

Elle sortit en hâte de la chambre, dévala l'escalier, attrapa dans l'entrée le bonnet qui la protégeait si bien de la curiosité, enfila sa veste et quitta la maison.

Eleanor prit sa canne pour aller marcher dans le jardin, au cas où elle en aurait besoin. Elle détestait s'en servir, mais elle avait parfois du mal à se relever après s'être assise. Elle n'avait pas envie de se trouver coincée sur un banc en attendant que quelqu'un vienne à son aide.

L'air extérieur et le soleil lui firent du bien. Rester chez elle assise dans son appartement ne lui réussissait pas. A New York, elle avait une vie sociale très active et se rendait partout à pied. Avant... Avant la mort de Ralf. Ici, à Dublin, elle passait beaucoup de temps seule à lire, écrire et regarder par la fenêtre.

Sortir de chez elle lui donnait l'impression de pénétrer à l'intérieur d'un tableau qu'elle avait longuement contemplé, d'être transportée dans le monde peint sur la toile.

Sur les branches des érables sycomores aux jeunes pousses jaunes, elle repéra deux chardonnerets. Leur tête marquée de rouge et le jaune or de leurs ailes les distinguaient des moineaux et des mésanges. Sur la pelouse, des pigeons se dandinaient, picorant avec des mines d'explorateurs. Eleanor espérait voir des écureuils, car elle en avait déjà remarqué dans les arbres du jardin. C'étaient des écureuils gris, qui avaient pris la place des écureuils roux beaucoup plus sociables de son enfance.

Dans son village de Kilmoney, il y avait un vieux chien de berger très doux qui répondait au nom de Patch et qui adorait pourchasser les écureuils. Un jour, il en avait trouvé un mort et il avait joué à le traîner partout comme un enfant avec son ours jusqu'au moment où la mère d'Eleanor l'avait vu et lui avait crié de le laisser tomber.

Ses souvenirs la firent sourire, comme toujours. Elle avait conscience de ne plus beaucoup sourire depuis un certain temps. Après avoir passé sa vie à aider les gens à surmonter leurs difficultés, elle se demandait si elle n'avait pas perdu elle-même cette capacité à survivre.

Il n'y avait pas âme qui vive dans le jardin. Si ce n'est, dans le coin le plus éloigné, une fille aux cheveux noirs, vêtue d'un jean et d'une doudoune, était assise sur le banc, la tête sur les genoux, dans un état de détresse évident. Le vieux réflexe d'Eleanor se réveilla dans toute sa puissance, la poussant vers cette personne qui avait besoin d'aide. Elle aurait pu choisir beaucoup d'autres endroits pour s'asseoir, mais, elle se dirigea machinalement vers la silhouette effondrée.

Sa marche lente et silencieuse joua peut-être un rôle, car elle atteignit ce coin du jardin avant que la fille lève les yeux, révélant un beau visage très pâle, inondé de larmes. L'expression qui apparut sur ce visage lui intimait de partir, mais Eleanor n'était pas du genre à se laisser impressionner par si peu. Avec des gestes raides, elle s'assit tandis que sa voisine se détournait de façon à ne pas la voir.

Peu importe ! Eleanor pouvait attendre. Si elle était riche de quelque chose, c'était bien de son temps. Elle observa deux mères pousser le portillon de l'espace de jeux, suivies de trois bambins. Des cris joyeux s'élevèrent très vite. Puis ce fut un homme en costume, un gobelet de café et un attaché-case dans une main, qui traversa le jardin de part en part en parlant avec volubilité dans son téléphone portable. Un bus brinquebalant remonta la rue du côté du Titania's Palace. L'image d'une vieille douairière mal assurée sur ses jambes surgit dans l'esprit d'Eleanor. La vie suivait son cours à Golden Square et, assise sur un banc, elle attendait de voir si une jeune fille voulait parler.

Eleanor regardait devant elle, mais du coin de l'œil, elle vit sa voisine se redresser, replier ses jambes maigres sous elle comme dans une posture de yoga, pousser un lourd soupir et s'appuyer au dossier du banc.

— Quelle belle journée, n'est-ce pas ? dit Eleanor.

— Ouais...

Eleanor laissa passer un petit silence.

— Avez-vous envie d'en parler ? finit-elle par demander.

La jeune fille secoua la tête mais resta tournée vers Eleanor.

— Je ne suis pas une commère de quartier, poursuivit Eleanor. Ou peut-être que si !

Cette idée la fit éclater de rire.

— J'ai longtemps exercé comme psychanalyste. Peut-être suis-je secrètement en train de devenir une thérapeute de quartier !

La jeune fille laissa échapper un gloussement nerveux et mit rapidement une main devant sa bouche.

— Excusez-moi, je ne voulais pas rire ! C'est quand même une idée bizarre. Vous me racontez des histoires, n'est-ce pas ?

— Non, je ne plaisante pas. Je suis réellement psychanalyste.

La jeune fille se redressa et étudia Eleanor. Ensuite, elle déplia les jambes et tendit courtoisement la main à sa voisine.

— Je m'appelle Megan. Je viens de me disputer avec ma sœur.

Les mots étaient sortis avant qu'elle ne puisse les retenir. Cela lui ressemblait tellement peu de parler de sa vie privée à une inconnue ! Cependant, cette inconnue était psychanalyste. Elle devait donc être liée par une sorte de secret professionnel. Etait-ce encore valable sur un banc public avec une inconnue ?

— Eleanor Levine, ravie de vous rencontrer.

La main de Mme Levine était ferme et chaude. En réalité, à mieux la regarder, pensa Megan, elle n'avait pas grand-chose d'une petite vieille. Elle était même très séduisante malgré son âge. Elle faisait penser à ces élégantes comédiennes de la côte Est qui adorent Ibsen, sont amies avec des auteurs de théâtre follement intellectuels et ont travaillé avec Stanislavski.

— J'ai fait la connaissance de l'une de vos amies, Connie O'Callaghan, reprit Eleanor. Elle habite l'appartement au-dessus du mien.

— Vraiment !

Un sourire illumina le visage de Megan. Eleanor en soupira de plaisir. Elle aimait la beauté et pouvait passer des heures dans un musée. Là, à côté d'elle, il y avait bien plus de vraie beauté. Megan possédait un visage à l'ovale parfait et les traits finement sculptés d'une statue d'albâtre grecque avec des yeux hypnotiques.

— Connie m'a dit que vous êtes comédienne. Je crains de n'avoir vu aucun de vos films.

Megan eut un nouveau sourire plein d'autodérision.

— Cela vaut peut-être mieux !

— Je suppose que ce n'est pas parce que vous êtes mauvaise comédienne, dit Eleanor qui avançait en suivant son intuition.

— Non, mais parce que je suis un avertissement vivant, la preuve de ce qu'il ne faut pas faire dans ce métier !

A nouveau, Eleanor choisit d'attendre. Elle s'étonnait toujours de voir les êtres humains comme programmés pour parler quand leur instinct leur soufflait qu'ils avaient affaire à une personne désireuse de les écouter.

— Comment cela marche, une thérapie ? demanda timidement Megan.

— Avant tout, si vous venez en tant que patiente, nous passons un contrat. Nous nous mettons d'accord sur l'heure d'un rendez-vous hebdomadaire, vous venez et je vous écoute. C'est cela le contrat : je serai toujours là à l'heure dite. De votre côté, vous vous engagez à venir. Si vous ne venez pas, vous devez quand même payer. Cela donne un cadre explicite, destiné à éviter l'autosabotage. Si vous acceptez le contrat, vous devez le respecter.

Il y eut un silence pendant lequel un autre bus passa en cahotant devant le Titania's. Deux bus dans un laps de temps aussi court, pensa Eleanor, c'était incroyable !

— Et si je n'ai pas envie de parler ?

— Vous finirez par le faire. Je connais très peu de cas où les gens n'ont pas du tout parlé.

— Et ça marche ? Ça règle les problèmes des gens ?

Eleanor eut un geste de dénégation.

— Le but n'est pas de régler les problèmes, mais de vous permettre de vivre au mieux de vos capacités. Il faut se comprendre pour aller de l'avant. Mon travail consiste à fournir un éclairage particulier à partir des informations que l'on me donne. Je ne suis pas l'amie de mes patients, je suis leur thérapeute.

Eleanor sentit qu'elle commençait à se fatiguer. C'était une partie de son problème, à présent. Elle était fatiguée d'être toujours restée en quelque sorte à côté de la vie de ses clients. Tant que Ralf était en vie, ce n'était pas gênant. Quand elle rentrait chez elle, elle le retrouvait et elle se sentait de nouveau entière. A présent qu'il était parti, il n'y avait plus rien pour la relier au monde.

— Vous travaillez ici ? demanda Megan.

— Je suis à la retraite, répondit Eleanor.

Elle se rendit compte que sa voix trahissait sa lassitude.

— Non que quelqu'un comme moi soit jamais vraiment à la retraite ! Ce genre de métier vous habite jusqu'à l'âme. C'est sans doute la même chose dans votre travail ?

Megan haussa les épaules comme si cela n'avait aucune importance pour elle.

— Vous avez dit que vous étiez un avertissement vivant pour les comédiennes. Qu'entendez-vous par là ?

Eleanor était assez proche de Megan pour voir ses beaux yeux se remplir de larmes.

— Excusez-moi d'avoir été impolie avec vous, tout à l'heure ! dit Megan d'une voix rauque. J'étais vraiment bouleversée. J'aimerais beaucoup vous parler, mais pas maintenant. Vous voulez bien ?

Elle sauta sur ses pieds et, avec un rapide sourire, quitta le jardin presque en courant. Eleanor s'attarda un peu. Elle ne plaisantait pas en disant à Megan que son métier faisait intrinsèquement partie d'elle-même. Parler à ses patients l'avait toujours passionnée. Reconstituer leur histoire avec eux était fascinant. Elle sentit renaître une petite étincelle d'énergie. Ce serait bien pour elles deux si Megan prenait rendez-vous.

11

Le poisson

Quand on vit au bord de la mer, on trouve toujours quelque chose à manger. A Kilmoney, on avait la chance d'avoir l'océan à notre porte.

Aujourd'hui, cela paraît étrange que des gens aient pu s'excuser de ne rien avoir d'autre à servir que des coquilles Saint-Jacques et du beurre à la place de la viande que l'on ne pouvait pas acheter. Ici, à New York, dans les bons restaurants, les fruits de mer valent cher. Nous, nous en avions autant que nous voulions.

La famille de ta grand-mère avait l'habitude de ramasser les bigorneaux. Je te garantis que c'était un travail très dur. A l'époque, il n'y avait pas encore de bottes en caoutchouc. Les gens passaient la journée dans les rochers avec de l'eau jusqu'aux genoux. Ils utilisaient des paniers à rabat comme ceux des pêcheurs à la ligne. Beaucoup de familles pauvres se nourrissaient de bigorneaux et de coques que l'on faisait cuire dans du lait pour les enfants. Quand j'étais jeune, au mois de mars, ma mère me faisait manger des coquillages trois fois par jour pour m'empêcher de prendre froid. Encore aujourd'hui, je sens le goût du sel marin sur ma langue quand je vois des coques.

Nous mangions aussi du saumon quand nous avions la chance d'en attraper un, mais les meilleures rivières à saumon appartenaient aux gens des manoirs. Nous n'avions donc pas le droit d'y pêcher. Pourtant, ta tante Agnes avait un ami qui profitait de la nuit pour jeter sa ligne dans l'une de ces fameuses rivières. Je me suis toujours demandé si nous avions le droit de manger le saumon attrapé de cette façon. Agnes disait que les rivières n'appartiennent à personne et que nous avions autant le droit d'en profiter que n'importe qui.

Le poisson que je préfère, c'est le maquereau frais quand on l'achète sur le quai à l'homme qui l'a pêché. Il faut le cuire le jour même avec un peu de farine et de beurre.

Par chance, il n'y avait pas de pêcheurs dans la famille. Je n'ai jamais regardé l'océan sans dire une prière quand les vagues se couvrent d'écume blanche. Tant de familles ont perdu des hommes en mer ! Dans les familles de pêcheurs, on tricotait les pulls avec un point particulier à chaque famille pour que l'on puisse identifier le corps des noyés.

La tradition voulait que l'on mette un bigorneau vivant dans un coin de la maison le jour de la sainte Brigitte afin de protéger les pêcheurs. Il y avait un jeune prêtre, plein de fougue et de conviction, qui faisait tout son possible pour empêcher les femmes de suivre la tradition, mais elles ne l'écoutaient pas. Elles accomplissaient ce qui les aidait à supporter la situation. C'est une bonne idée.

Partir à la recherche d'une robe de mariée tenait de l'expédition au pôle Nord, conclut Connie. On savait qu'on risquait d'être parti pendant un certain temps, mais on avait l'espoir d'arriver un jour ou l'autre. Nicky avait épinglé sur un tableau en liège des pages arrachées dans différents magazines spécialisés.

— J'aime les lignes bien structurées, mais ces coupes fluides sont également très bien, dit-elle d'un ton pensif en regardant Connie.

Celle-ci n'avait pas la moindre idée de ce que voulait dire sa sœur, mais elle était quand même prête à se montrer très enthousiaste. Elle avait découvert qu'il existe un monde particulier à côté du monde habituel, celui des mariages, avec des magazines entièrement consacrés aux arrangements floraux de mariage, de gros livres sur l'étiquette à respecter pour la cérémonie, l'art de faire des discours et tout ce dont une mariée pourrait avoir besoin pour le grand jour. Elle se demandait si cela existait déjà à l'époque de ses fiançailles. Ses propres rêves de mariage étaient baignés dans un doux halo qui la voyait avancer vers l'autel où Keith l'attendait.

L'autre sujet de conversation permanent de Nicky était la chirurgie plastique. Elle travaillait sur l'édition irlandaise d'un guide des différentes opérations possibles et, du point de vue de Connie, cela tournait à l'obsession.

Ce matin-là, il faisait encore froid quand elles sortirent pour leur première expédition de chasse à la robe de mariée.

— Le livre s'appelle *Les Miracles de la chirurgie esthétique*, expliquait Nicky. Le chirurgien qui l'a écrit est génial, mais la meilleure partie, c'est celle où il parle des opérations qui tournent mal. Evidemment, il ne s'agit pas de son propre travail. Tu n'imagines pas ce que les gens sont prêts à subir !

— Vraiment ?

Connie était fatiguée et avait trouvé très dur de s'arracher à son lit douillet à huit heures. Elle n'aurait jamais cru devoir faire les magasins si tôt pendant un week-end.

— On apprend vite à repérer les fronts qui brillent, poursuivit Nicky. Ce que je ne comprends pas, c'est pourquoi on peut avoir envie de faire ça.

Connie savait que sa sœur n'attendait pas vraiment de réponse, car elle pensait déjà l'avoir. Pour elle, c'était certainement une preuve de bêtise. Or, Connie savait que c'était de la peur, la peur de vieillir.

— Mais qu'est-ce que ça peut faire ? insista Nicky. Il y en a qui n'arrêtent pas de se faire tirer la peau, retailler ici ou là et injecter tel ou tel produit. Je trouve ça triste. Il y a une femme qui travaille dans la boutique en dessous de mon bureau, elle doit avoir soixante ans, mais elle s'habille comme une gamine. D'après les autres vendeuses, elle s'est fait faire son premier lifting à quarante ans. Tu imagines ? Et ses yeux, on dirait des yeux de chat, tellement elle s'est fait retoucher. Mais pourquoi ?

Connie connaissait la réponse. Les jours où elle s'en tirait avec une touche de fond de teint étaient passés. Depuis un an, son visage changeait. Certains matins, elle avait les yeux bouffis et ses joues conservaient la trace des plis de sa taie d'oreiller pendant une heure. Elle avait l'air fatiguée même après neuf heures de sommeil. Elle pouvait donc comprendre qu'une femme de soixante ans veuille paraître plus jeune quand elle travaillait dans la luxueuse boutique de vêtements installée au pied des bureaux de Peony. Cela n'était certainement pas plus facile que d'enseigner dans une école peuplée d'adolescentes toutes plus belles les unes que les autres. Les bons jours, on pouvait s'en accommoder. Les mauvais, Connie se retenait de ne pas se mettre la tête dans un sac en papier.

Pendant que Nicky évoquait ses étonnements, elles étaient arrivées à leur destination, un magasin qui proposait tout ce dont on pouvait avoir besoin pour un mariage et portait le doux nom de Paradis du mariage.

— Et elle fait ce truc avec son crayon à lèvres, tu sais ? dit encore Nicky. Elle dessine un trait pour faire croire que sa bouche est plus grande. C'est affreux !

D'une poussée énergique, elle ouvrit la lourde porte du magasin et elles pénétrèrent dans une oasis feutrée : moquette grise, revêtements muraux dans différentes nuances de blanc, du blanc de neige éblouissant jusqu'au plus riche ivoire. Des bougies parfumées exhalaient des senteurs de rose et de pamplemousse tandis que les haut-parleurs diffusaient du Tchaïkovski en sourdine.

— C'est très agréable, dit Nicky.

Connie acquiesça, mais elle pensait à la femme qui trichait avec son crayon à lèvres. Qui ne s'était jamais rendu coupable de ce genre de petites tricheries ? Elle-même ne se considérait pas comme une personne vaine, mais à certains moments, il était difficile de regarder son visage vieillissant dans le miroir. Et elle n'avait même pas encore quarante ans ! Que serait-ce à cinquante ?

Nicky était trop jeune pour comprendre, mais un jour elle comprendrait. Elles appartenaient toutes les deux à la génération des femmes modernes qui ne sont pas censées vieillir. Elles devaient toujours paraître impeccables, avec une peau parfaite, des jeans slim et des hauts talons. Leur mère n'avait pas eu le même souci. A trente ans, elle s'était fait couper les cheveux très court et avait commencé à porter de confortables jupes longues avec des chaussures plates à lacets.

Connie se souvenait d'elle en train de se préparer pour un réveillon de Noël. Elle se demandait si elle porterait son vieil ensemble bleu (chemisier noué sur le devant et longue jupe ample) ou sa robe en velours noir (manches longues et bordure de dentelle à l'ourlet). Elle ne s'était pas affolée parce qu'elle n'était pas encore coiffée et ne trouvait plus son fond de teint dernier cri ; elle n'essayait pas de paraître aussi fraîche que des femmes qui avaient dix ans de moins qu'elle ! A présent, c'était différent. Vieillir était devenu un tabou.

Une jeune vendeuse à l'air vif et qui se présenta sous le nom de Jen les conduisit jusqu'à un salon d'essayage. Elles commencèrent à examiner les robes sur les présentoirs.

— Vous me dites ce qui vous plaît et je vais vous chercher la bonne taille, dit Jen.

— Je veux quelque chose d'original, déclara Nicky avec assurance. Je n'ai pas envie d'avoir l'air démodé, mais chic. Vous voyez ce que je veux dire ?

Elle essaya une série de robes moulantes en satin de soie qui lui collaient au corps comme une seconde peau.

— Trop moulant, dit-elle. Ce serait un cauchemar pour trouver les bons sous-vêtements.

— Certaines femmes portent deux culottes gainantes l'une sur l'autre, ce jour-là, répondit Jen.

— Autant garder ses rondeurs, s'exclama Connie d'un ton horrifié.

Elle n'avait jamais compris que l'on porte des sous-vêtements de maintien. C'était très inconfortable. En plus, cela déplaçait les volumes. Si votre petit ventre ne pouvait pas rester à sa place, il se transformait en bourrelets au-dessus et en dessous de la partie maintenue !

Nicky s'intéressa ensuite aux robes fourreau avec manches, sans manches, avec une manche, avec de la dentelle sur une épaule... Elle les détesta toutes.

— On ne va jamais y arriver, dit-elle, découragée.

— Ne dis pas de bêtises !

Connie avait trouvé sa sœur très belle dans toutes les robes, mais elle avait l'habitude de son perfectionnisme.

Jen leur apporta du thé et des biscuits sur un plateau.

— Je sais maintenant pourquoi les gens y passent la journée, soupira Connie en prenant un biscuit pour reprendre des forces.

— Parfois, cela prend même plusieurs jours, avoua Jen.

Connie crut qu'elle allait se sentir mal.

— Pas pour moi ! répondit Nicky avec assurance.

— Je vous apporterai d'autres robes quand vous aurez fini votre thé, dit Jen avant de les laisser.

Une heure plus tard, Connie se demandait si elles arriveraient jamais à sortir du Paradis du mariage quand Jen apparut les bras chargés d'une montagne de dentelle et de tulle.

Nicky, perchée sur un tabouret en velours gris, lança un regard sceptique sur la robe à froufrous.

— Je sais que ce n'est pas ce que vous désirez, dit Jen, mais j'ai constaté qu'il y a parfois une différence entre ce que l'on désire et ce qui plaît au final.

Nicky haussa les épaules avec une expression qui disait : *Si cela peut vous faire plaisir...*

Connie était sortie du salon pour aller voir les robes, caresser les dentelles et les satins du bout des doigts. Elle les trouvait si belles, comme une concrétisation de l'espoir et de la joie. Elle n'avait pas acheté de robe pour son mariage avec Keith... « Heureusement que tu n'es pas allée jusque-là, avait dit son père. Ç'aurait été une rupture de contrat. » Son pauvre papa… Il était tellement naïf ! Pour lui, si une jeune fille était abandonnée après avoir acheté la robe, elle avait le droit de demander aux tribunaux de régler la question. En revanche, il n'avait jamais été question de la façon dont Keith avait rompu ses promesses d'amour. La famille de Connie l'avait déclaré un bon à rien puis avait conclu qu'il valait mieux que Connie ne l'épouse pas. Pourtant, elle avait déjà acheté des magazines de mariage en se demandant ce qu'elle porterait pour le grand jour. Mais le grand jour n'était pas arrivé.

Nicky poussa soudain une exclamation si bruyante que Connie regagna vivement le salon d'essayage, s'attendant plus ou moins à une catastrophe, une manche déchirée ou un zip arraché. Or, il n'y avait rien de tout cela. Sa sœur avait joint les mains devant son visage, réduite au silence par l'image que lui renvoyait le miroir : une belle jeune femme dans une robe de mariée digne d'un rêve de Barbie. Cela lui avait fait un choc.

— Je l'adore !

La robe, en mousseline ivoire, se composait d'un bustier bien ajusté à la taille mince de Nicky et d'une jupe en cascade de volants mousseux.

— C'est magnifique, souffla Connie.

Jen paraissait assez fière d'elle-même.

— Ne vous l'avais-je pas dit ?

— Mais je ne veux pas une robe traditionnelle, répéta Nicky.

Elle pivota sur elle-même deux ou trois fois pour voir la jupe s'envoler autour d'elle comme un long tutu.

— Je veux quelque chose de simple et élégant.

D'une main, elle rassembla ses cheveux sur le haut de sa tête et, de l'autre, souleva légèrement sa jupe pour effectuer de nouveaux tours sur elle-même.

— Laissez-moi vous aider, dit Jen en montrant deux grandes pinces à cheveux.

Avec une aisance toute professionnelle, elle fixa la masse soyeuse et blonde des cheveux de Nicky sur le haut de sa tête puis, après une brève absence, revint avec une tiare argentée qui brillait et un voile à l'ancienne en lourdes dentelles. Elle plaça rapidement les deux sur la tête de Nicky puis se recula.

— Et voilà !

Connie en resta sans voix. Sa sœur avait l'air d'une mariée de conte de fées.

— J'adore, ça, dit Nicky d'une voix étranglée.

Cette fois, Connie réagit plus rapidement que Jen. Elle prit quelques mouchoirs en papier dans la boîte disposée sur la table basse.

— J'adore vraiment, répéta Nicky en essuyant ses larmes.

Connie la serra contre elle et sourit à la vendeuse.

— Moi aussi !

Ce soir-là, Connie dînait chez Gaynor. Celle-ci avait quitté son poste de responsable des ressources humaines dans une très importante société d'informatique pour s'occuper de sa maison et ses enfants, présider l'association des parents d'élèves et travailler un jour par semaine au service du personnel d'une chaîne de boutiques de vêtements. Connie avait l'impression que, si elles ne s'étaient pas connues depuis l'enfance, son amie l'aurait sans doute totalement étouffée.

« Efficacité est le mot d'ordre de Gaynor, disait souvent Connie à sa sœur. Il n'y a pas de meilleur mot pour la définir. Elle serait capable de diriger le pays en dormant ! Non, elle pourrait remettre de l'ordre dans le système de santé ! Elle serait assez douée pour ça. »

Nicky répondait d'un air dubitatif que, à son avis, personne n'en serait capable.

« Si, Gaynor le pourrait ! L'autre jour, nous parlions au téléphone et elle avait déjà donné un bain aux chiens parce qu'ils s'étaient roulés dans des excréments de chat, avait préparé quatre plats à congeler pour les dîners de la semaine, organisé un après-midi de jeux pour la petite Niamh, cousu les étiquettes des uniformes de ses autres enfants, écrit un paquet de courriels au sujet de la réunion des parents d'élèves, et il n'était que onze heures du matin ! Et l'après-midi, elle travaille deux heures au magasin des œuvres caritatives avant de récupérer les enfants à l'école, d'emmener Josie à son cours de danse et Charlie au football, d'aller de nouveau les chercher pour les ramener à la maison et de vérifier qu'ils ont fait leurs devoirs. Enfin, à vingt heures, elle a une réunion à l'école avec les enseignants. Pour elle, les problèmes du système de santé ne seraient qu'une broutille. Ah, j'ai oublié encore autre chose : à l'heure du déjeuner, elle va courir parce qu'elle trouve qu'elle ne prend pas assez d'exercice ! A sa place, je m'écroulerais devant la télévision avec une poche de glace sur la tête ! »

Cette dernière remarque avait énervé Nicky. « Tu ne t'es jamais écroulée devant la télé avec une poche de glace sur la tête ! Toi aussi, tu travailles dur. »

« Oui, mais quand j'ai fini de travailler, j'ai fini. Pour Gaynor, cela ne s'arrête jamais. »

Assise dans la cuisine de Gaynor, un verre de vin devant elle, Connie repensait à cette conversation. Elle regardait son amie surveiller les devoirs des enfants installés à la

255

table de la salle à manger. En même temps, elle s'occupait des chiens et préparait un osso-buco.

Connie aimait beaucoup aller chez son amie. Elle se laissait absorber au sein d'une grande famille sans avoir besoin de faire quoi que ce soit. La vie se déroulait autour d'elle.

— Es-tu sûre d'avoir appris ton poème ? Tu sais que tu as ton cours de théâtre demain.

Tout en parlant, Gaynor avait enjambé un chien et remuait ce qui cuisait dans les casseroles. Connie, qui n'utilisait jamais plus d'une casserole à la fois, la regardait avec fascination.

— Oui, grogna Josie.

L'aînée de Gaynor avait treize ans et, du jour au lendemain, elle était passée du stade de l'enfant disgracieuse à celui de sublime créature mince et grande, avec des cheveux blonds, des jambes superbes et interminables, et des yeux de biche. Connie aurait aimé savoir comment c'était possible. Elle n'avait jamais vécu une pareille métamorphose. Petite fille potelée et trop grande, elle était devenue une adolescente potelée et trop grande, sans gagner de beauté dans la transformation.

Y avait-il une nouvelle race sur la planète ? Elle faillit demander à Gaynor si sa fille n'était pas une magnifique extraterrestre mais s'abstint, reprit du vin, grignota quelques chips et décrivit à son amie la robe de mariée de Nicky.

Gaynor, qui continuait à gérer plusieurs tâches en même temps, lui répondit d'un ton absent.

— Elle doit être belle. Pourtant, je n'aurais jamais cru qu'elle se marie si jeune. Cela ne se fait plus tellement.

Connie n'avait pas envie de discuter les mœurs de la jeune génération. Elle avait envie de se confier à Gaynor, l'une des rares personnes avec lesquelles elle se sentait assez à l'aise pour lui avouer ce qu'elle ressentait à cause de ce mariage.

— Je suis très heureuse pour ma sœur, mais cela me rappelle Keith, commença-t-elle à mi-voix.

Elle n'avait pas envie que Josie puisse entendre. D'après son expérience, les adolescents étaient sourds sauf quand il s'agissait d'informations qu'on aurait voulu garder secrètes. Ils se montraient alors plus doués que la CIA !

— Keith ?

Connie fit un effort pour dissimuler sa contrariété, mais sans succès.

— Mais oui, celui que je devais épouser ! Tu t'en souviens ?

Elle avait besoin de parler de tout cela avec quelqu'un qui avait connu Keith et savait ce qu'il avait représenté pour elle. Peut-être alors pourrait-elle vraiment tourner la page, comme l'avait dit Eleanor.

— Oh là là ! Keith, bien sûr !

Gaynor ne s'était pas arrêtée une seconde et, d'un seul élan, avait égoutté toute la casserole de pâtes.

— Tu n'as pas oublié ? demanda Connie, consciente que sa voix était montée d'une octave.

— Bien sûr que non ! Mais c'était il y a longtemps, tu es passée à autre chose. Je me demande même pourquoi tu parles encore de lui. Il y a longtemps que tu aurais dû effacer ce crétin de ton esprit.

Depuis la salle à manger où elle peinait sur ses devoirs, Josie se fit entendre.

— Ouais, vire-le ! Les ex sont des nuls. Oublie-le et fais ta vie !

Elle ajouta un geste de la main très compliqué, dans le style de MTV, qui disait : *C'est FINI, chérie !*

— On allait se marier, chuchota Connie en faisant mine de ne pas avoir entendu Josie.

— Il y a des années de cela, répondit Gaynor qui venait de verser les pâtes dans une autre casserole.

— Oui, mais... Enfin, non, pas vraiment. Cela ne fait que huit ans.

Connie se livra à un rapide calcul. Elle avait trente-neuf ans et, à l'époque, elle en avait trente.

— D'accord, plutôt neuf ans, corrigea-t-elle, mais...

— ... Mais, l'interrompit Gaynor, tu aurais dû tourner la page.

Elle posa sa cuiller en bois, se tourna vers Connie et, pour la première fois de la soirée, prit le temps d'avaler une bonne gorgée de vin.

— Connie, dit-elle, cette conversation m'exaspère. Je suis l'une de tes plus anciennes amies et cela me permet de te parler comme je le fais. Keith t'a quittée depuis longtemps, mais tu es toujours seule parce que tu n'as pas avancé. Tu crois que tu as tourné la page, mais ce n'est pas le cas. Tu restes coincée dans le passé et tu ne t'intéresses pas aux hommes que tu rencontres, car aucun d'eux ne pourra jamais remplir tous les critères de ta mythique liste des perfections masculines. Je ne sais même pas comment tu as pu avoir seulement l'idée de faire cette liste – Si encore Keith avait été parfait ! Tu as mis la barre tellement haut qu'aucun homme ne sera jamais à la hauteur.

Connie se forçait à respirer tranquillement.

— Gaynor, comment peux-tu me dire ça ! Bien sûr que si, j'ai continué à vivre !

Gaynor prit le temps d'avaler une nouvelle gorgée de vin.

— Non ! Les enfants ! cria-t-elle, allez faire vos devoirs dans vos chambres ! J'ai besoin de parler à Connie.

— Tu devrais changer de coiffure, Connie, conseilla Josie en rassemblant ses livres. Le carré long, ça ne se fait plus du tout.

— Sa coiffure est très bien, jeta Gaynor d'un ton sec.

— Maman, si seulement elle avait une bonne coupe, ce serait cool, mais là, ça n'a pas de style...

Josie eut un haussement d'épaules définitif, comme pour dire que c'était sans espoir.

Les enfants montèrent dans leur chambre en traînant les pieds, laissant Connie et Gaynor seules.

— Je suis ta plus vieille amie, reprit Gaynor d'une voix plus douce. Au moment où tu m'as dit que Nicky se mariait, j'ai compris ce que cela te faisait...

— Ça ne me fait rien, affirma Connie d'une voix étranglée. Ce n'est pas de ça que je voulais te parler...

Gaynor lui prit la main dans un geste de compassion, ce qui, en un sens, était pire que tout.

— Comment n'en serais-tu pas touchée ? J'ai dit à Pete que tu ne vas pas bien...

— Tu lui en as parlé ?

Connie était avec Gaynor le jour où elle avait rencontré son futur mari, ensuite elle avait été sa demoiselle d'honneur, et c'était elle qui l'avait emmenée passer son premier week-end de détente après la naissance de Josie, laissant Pete s'occuper d'un bébé de six mois. Elle aimait beaucoup Pete, mais pouvoir parler de lui faisait partie de son amitié avec Gaynor. Elle se sentit soudain ridicule en comprenant que cela marchait dans les deux sens ! Evidemment Gaynor parlait d'elle avec son mari, d'elle qui serait si triste après le mariage de sa petite sœur et se retrouverait seule dans son appartement. *Cette pauvre Connie toute seule avec ces trois guirlandes lumineuses au-dessus de sa coiffeuse...* Gaynor les avait vues et les avait trouvées très jolies, mais elle, elle n'en avait pas ! A la place, elle avait des photos de ses enfants et un portrait de son mari et d'elle réalisé en studio pour leur dixième anniversaire de mariage.

— Je ne veux pas que tu me plaignes.

— Je ne te plains pas.

— Bien sûr que si ! Toi, avec ta merveilleuse famille, tes casseroles et...

D'un grand geste, Connie engloba la confortable cuisine de son amie, où tout parlait d'une famille heureuse : les dessins des enfants aux murs, les bulletins scolaires collés sur la porte du réfrigérateur et les photos de leurs dernières vacances en Grèce.

— Tu as tout ça, reprit Connie, et moi j'ai des guirlandes au-dessus de ma coiffeuse. Une vraie caricature, non ? Je n'ai plus qu'à collectionner les chats perdus et je serai la parfaite célibataire devenue un peu bizarre. Et ce sera encore mieux si j'obtiens des chats qu'ils pissent dans toute la maison pour que ça pue !

Elle continua quelques instants sur le même ton tandis que Gaynor la regardait, horrifiée.

— Je suis désolée, dit Gaynor, je ne voulais pas te faire de la peine. Je suis trop directe, et même brutale. Excuse-moi, Connie !

— Tu as raison, dit Connie en se levant. Je déteste l'idée de renoncer à ton dîner, Gaynor, mais je ne peux pas rester. Je serais de trop mauvaise compagnie.

— S'il te plaît, ne pars pas ! J'ai mis les pieds dans le plat un peu trop fort. Pete dit toujours que la plupart du temps je ne me rends pas compte de ce que je dis...

Mais Connie avait déjà pris son manteau et, comme elle n'avait pas envie d'une bise d'au revoir, elle se hâta vers la porte en faisant un signe de la main.

— Je t'appellerai, dit-elle.

Elle réussit à sortir et descendre l'allée sans s'effondrer. La rue de Gaynor était très calme à présent. Il était plus de dix-huit heures et une longue file de voitures était garée le long des trottoirs. Dans les maisons, les lampes étaient allumées et, tandis qu'elle se dirigeait vers sa voiture, Connie voyait défiler derrière les fenêtres des images de la vie familiale. Il y avait des enfants en train de regarder des dessins animés, des femmes qui se déplaçaient dans les chambres avec des bébés dans les bras, des adolescents qui sortaient le chien en regimbant contre leurs obligations du soir. On en revenait toujours là. Une famille. Le mariage. Un partenaire. Sans cela, on n'était rien.

Il aurait été inutile d'expliquer à Gaynor que le souvenir de Keith l'avait empêchée d'avancer, qu'elle avait saboté elle-même sa vie parce qu'il l'avait fait souffrir et qu'à présent, elle voulait changer cela. A quoi bon ? Gaynor était une femme mariée et une mère, et de son point de vue, quand on n'était pas dans la même situation, on ne connaissait absolument rien de la vie. Le long voyage intérieur accompli par Connie lui aurait paru ridicule.

Connie claqua la portière de sa voiture et manœuvra pour réussir à sortir de sa minuscule place de stationnement sans accrocher personne. Les paroles de son amie résonnaient dans son esprit. Elle-même n'aurait jamais parlé à quelqu'un de façon aussi blessante et brutale. Pourquoi Gaynor pensait-elle avoir le droit de le faire ? Le célibat était-il devenu un tel handicap social que l'on se sentait obligé ou autorisé à donner son avis ? Les couples se demandaient toujours quand une femme célibataire se déciderait enfin à rencontrer un homme, à s'installer et avoir des bébés, et, si elle n'y arrivait pas, ils estimaient qu'il lui manquait la plus élémentaire fibre maternelle.

« Oui, aurait voulu répondre Connie, j'ai horreur du sexe, je méprise les hommes, et les mômes, je ne les supporte pas ! »

En arrivant à Golden Square, elle pleurait. Une camionnette à plateau grise occupait la place où elle se garait en général, devant sa porte. Cela rendit Connie furieuse et elle fut tentée d'emboutir l'insolent. Ce serait facile. Il suffisait d'appuyer sur l'accélérateur et...

Un homme ouvrit la grille du jardin le plus proche, celui d'une des grandes maisons anciennes transformées en appartements. Il se dirigea vers la camionnette et Connie lui lança un regard noir. Encore un de ces idiots de mâles !

Elle reconnut son voisin aux cheveux roux qui avait une petite fille. Comme s'il avait senti son regard, il se tourna vers elle et s'approcha. Il lui fit signe de baisser sa vitre.

Normalement, Connie respectait des règles de sécurité très strictes, partant du principe que tous les inconnus étaient des tueurs en série. Cette fois, une sorte d'indifférence au danger l'emporta. Si un tueur s'attaquait à elle ce soir, il s'en mordrait les doigts !

— Oui ? dit-elle d'un ton très sec.

Elle porta à son crédit qu'il ne broncha même pas.

— Je sais que vous avez l'habitude de vous garer ici. Tout à l'heure, quand j'ai vu que la place était libre, j'ai pensé que vous étiez sortie. Je vais aller me mettre derrière.

Il y avait des places de stationnement réservées aux résidents dans l'allée qui passait à l'arrière des maisons, mais cela impliquait d'avoir à marcher un peu plus pour rentrer chez soi. La plupart des habitants essayaient donc de se garer devant leur porte. Dans des circonstances normales, Connie aurait refusé qu'il déplace son véhicule. Après tout, ce n'était pas son parking personnel. Cependant, ce soir-là, il n'y avait plus la moindre trace de raison dans son esprit.

— Bonne idée ! répondit-elle brutalement avant de remonter sa fenêtre.

Quand il libéra l'emplacement, elle s'y installa puis rentra chez elle d'un pas martial, la tête haute.

A quoi bon faire des efforts pour changer de vie ? Personne ne s'en apercevait. Même Gaynor la considérait comme un cas désespéré juste bon à avoir des guirlandes clignotantes au-dessus de sa coiffeuse. Autant s'enfoncer dans sa nullité, ne plus penser aux hommes ni à l'avenir, et acheter dix-sept chats.

12

D'autres festins

Olivia était arrivée à Kilmoney comme femme de chambre de l'une des dames du manoir. C'est elle qui a appris à Agnes à faire des rugelach et des boulettes de matzo. La mère de Joe aimait ces deux plats, ce qui étonnait beaucoup Joe. D'après lui, elle n'avait jamais aimé ce qui venait de l'étranger, c'est-à-dire qui venait de l'extérieur du Connemara. Peut-être était-ce l'influence du père de Joe. Je ne l'ai jamais rencontré, mais d'après ce que j'ai entendu, il ne supportait pas que l'on fasse les choses autrement qu'à sa manière.

La mère de Joe était une femme très douce. Elle n'avait aucune chance de s'imposer face à son mari. Je pense plutôt que c'était le père de Joe qui refusait tout ce qui ne venait pas du Connemara. Elle s'en est accommodée, c'est tout.

Olivia était une gentille fille, mais triste. Elle avait aimé un homme, mais il était parti et elle s'était retrouvée à travailler comme femme de chambre. Agnes et elle étaient de grandes amies et, quand la maîtresse d'Olivia venait passer le mois d'août au manoir, cette dernière venait souvent dîner avec nous.

La première fois, elle a pleuré en voyant le festin que nous lui offrions. Agnes et moi, nous avions tout préparé très discrètement. Agnes avait passé beaucoup de temps à réaliser un petit chandelier à sept branches comme celui dont Olivia lui avait parlé. Le bouillon de poulet était assez simple, très semblable à celui de ma mère, mais avec plus d'ail et pas d'orge. En revanche, il m'avait été impossible de trouver des grenades. Tout ce que notre épicier avait pu proposer, c'était des oranges. J'ai donc fait le gâteau avec des oranges à la place de grenades. Il y avait peu de demandes pour les grenades dans notre petit coin de l'univers et, le jour où nous sommes partis en Amérique, notre épicier en parlait encore. Il avait pourtant fait de son mieux pour Olivia. « C'est une belle femme, m'avait-il dit, même si elle n'est pas catholique. » De la part d'un homme comme lui, marié à la messe du matin, à la confession du samedi et à la vie de la petite fleur de Lisieux, c'était presque une déclaration d'amour.

Olivia avait fait le tour de la table et tout touché avec respect. « Du pain non levé... » avait-elle dit. Cuisiner nourrit l'âme, pensions-nous toutes.

Dans l'univers de Geraldine Kerrigan, tout avait une place. Quand une chose avait trouvé la sienne, c'était pour toujours, comme les clés de voiture dans le petit bol en porcelaine de Belleek un peu craquelé sur la table de l'entrée. Mille malédictions s'abattaient sur Juanita, la femme de ménage qui venait deux fois par semaine, si elle s'avisait de les déplacer.

« Juanita ! » Geraldine s'adressait à elle en criant presque. La jeune femme ne parlait pas très bien anglais et Geraldine se plaisait à croire qu'en augmentant le volume sonore, elle améliorerait la situation. « Juanita, pas les clés sur la table de cuisine. Dans le bol ! Le bol ! »

Il arrivait à Geraldine de parler avec nostalgie de Red Oaks, la maison de son enfance. Là-bas, il y avait plusieurs domestiques et non pas une simple femme de ménage qui venait deux fois par semaine pulvériser avec indifférence beaucoup trop de polish sur le piano. Ensuite, elle se reprochait cette crise de nostalgie. Sa mère aurait été au-dessus de cela et elle devait l'être aussi. La vraie noblesse consistait à savoir s'élever au-dessus des épreuves. Sa mère était une Fitzgerald de Lismore, et affronter la tragédie comme la joie avec le même stoïcisme faisait la réputation des Fitzgerald.

Toutefois, sa mère n'avait jamais eu à supporter une série de jeunes étrangères qui ne restaient que six mois puis s'en allaient. Geraldine savait qu'elle était dure avec les filles et que cela expliquait pourquoi elles partaient si vite. Mais franchement, sans cela, comment pouvaient-elles espérer apprendre quelque chose ?

Si elles avaient vu la somme de travail qui incombait aux domestiques de Red Oaks, elles auraient été très heureuses d'avoir à s'occuper de la simple maison de ville à deux chambres de Geraldine à Howth.

De la même façon que les clés dans le bol de porcelaine, chacun avait sa place. A Red Oaks, sa mère recevait beaucoup et s'était toujours montrée très ferme sur le protocole. Geraldine avait été élevée avec un sens très fort de la hiérarchie sociale. Carmel De Vere, son amie du club de bridge, était du même avis. Elle aussi avait des problèmes avec la domesticité.

— Veronika a massacré mon twin-set en cachemire !

Elles se trouvaient dans la chambre individuelle de Geraldine, à l'hôpital, la veille du jour où celle-ci devait s'installer chez Rae et Will. Elles avaient déjà longuement parlé de la hanche de Geraldine, de son merveilleux chirurgien et de la façon miraculeuse dont elle se remettait de son opération après quatre jours seulement. Elles avaient débattu de la détérioration des

266

hôpitaux, depuis que n'importe qui pouvait devenir infirmière en chef, et elles étaient enfin arrivées sur le terrain familier des questions domestiques.

— Plus personne ne sait laver un cachemire correctement, déclara Geraldine d'un ton lugubre. Quelle pitié !

— Il y a quelques années, renchérit Carmel, j'avais acheté à Dawn pour Noël l'un des ravissants cardigans en cachemire de Marks & Spencer. Cette sotte l'a lavé à quarante degrés !

Dawn était la belle-fille de Carmel, qui avait passé de nombreuses heures à discuter des défauts de celle-ci avec Geraldine. Sa nullité en cuisine et le fait qu'elle trouvait très drôle de laisser brûler un repas avaient figuré tout en haut de la liste jusqu'au jour où, à quarante-cinq ans, Dawn avait estimé avoir l'âge idéal pour se faire tirer la peau du ventre et poser des implants mammaires. Geraldine avait pensé que Carmel ne se remettrait jamais du choc.

— Tu as eu beaucoup de chance avec Rae, poursuivit Carmel.

Geraldine ressentit un bref élan de culpabilité. Carmel avait rencontré Rae plusieurs fois et la trouvait fantastique, ce qui était vrai, surtout comparée à Dawn. Il n'y avait pourtant pas d'atomes crochus entre Geraldine et Rae.

Au fond d'elle-même, Geraldine savait que s'occuper d'elle pendant ses trois semaines de convalescence ne réjouissait guère sa belle-fille. Mais elle avait décidé de le supporter si cela signifiait qu'elle pourrait passer du temps avec son fils chéri. De plus, elle avait le choix entre la maison de Rae et Will ou une maison de convalescence. Elle n'avait même pas envisagé d'aller chez sa fille, Leonora. Certainement pas !

Tout irait bien. Rae ferait de son mieux. Elle ne venait pas vraiment des classes supérieures mais c'était une gentille fille. Dieu seul sait comment elle s'en était si bien tirée si l'on considérait son milieu d'origine. Geraldine n'aimait pas la médisance, mais réellement, il y avait un décalage. C'était une bonne chose que Rae ait si peu de contacts avec sa famille.

Laissant Carmel à son monologue mille fois rabâché des insuffisances de sa belle-fille, Geraldine tourna le cours de ses pensées vers son fils. En principe, une mère n'est pas censée avoir un enfant préféré, mais c'est pourtant ce qui arrive. Leonora s'était toujours montrée trop prompte à la discussion, trop désireuse de faire les choses comme elle en avait envie et non pas comme on le lui disait. Cela n'avait pas changé à l'âge adulte. Heureusement, son cher Will compensait cet échec. Il ressemblait tellement à son père, avec la même courtoisie et la même gentillesse !

— Je suis sûre que Will et Rae vont te gâter, dit Carmel à cet instant. C'est exactement ce qu'il te faut.

— Oui, répondit Geraldine avec satisfaction. C'est ce dont j'ai besoin.

Le lendemain, depuis la place du passager dans la voiture de son fils, Geraldine contempla la maison de Golden Square sans aucun plaisir. Elle n'avait jamais aimé cette grande maison blanche. Elle paraissait négligée. Rae aurait dû couper la glycine des années auparavant sans lui laisser le temps d'envahir le porche. Mais non ! Il n'y avait pas eu moyen de lui faire entendre raison.

« C'est si joli, la glycine, avait répondu Rae. Ce serait vraiment dommage de la couper, comme si on voulait l'arracher à sa maison. » Quelle sottise ! C'était vraiment ridicule, avait pensé Geraldine. Les plantes n'ont pas de maison, elles vont là où on leur dit d'aller.

« Avez-vous prévenu les araignées que vous ne les mettiez pas à la rue non plus ? » avait-elle rétorqué.

Quand Will et Rae avaient acheté la maison, c'était une ruine, et elle leur avait déconseillé de se lancer dans l'aventure. Il y avait des toiles d'araignée partout et les fenêtres étaient noires de saleté. Il fallait être aveugle pour ne pas le voir ! Vingt-cinq ans plus tard, ils étaient toujours là et la maison avait meilleure allure. De toute façon, cela n'aurait pas pu être pire. La glycine était restée et avait prospéré. A présent, pour s'en débarrasser, il aurait fallu démolir presque tout le devant de la maison.

Geraldine reconnaissait que Rae avait les mains vertes, mais sans doute était-ce dû à ses origines rurales. Elle ne s'était jamais aventurée dans le monde de sa belle-fille, mais elle n'avait aucun doute : chez elle, il devait y avoir des plants de pommes de terre tout autour de la maison sans aucune touche décorative, aucun dahlia. Geraldine appréciait beaucoup les dahlias. On pouvait leur faire confiance.

— J'ai pensé que nous pourrions inviter Leonora à dîner, ce soir, dit Will en l'aidant à sortir de la voiture.

— Non, je préfère rester tranquille. Je veux m'installer et organiser ma vie. Tu sais, c'est difficile de ne pas rentrer chez soi quand on sort de l'hôpital. Bien sûr, si tu avais pu venir habiter chez moi, je n'aurais pas eu besoin...

— Maman, dit précipitamment Will, c'est la meilleure solution. Nous tenons à veiller sur toi, Rae et moi. Je vais appeler Leo et lui dire que tu es trop fatiguée.

— Oui, je t'en prie.

Geraldine laissa son fils l'aider à remonter l'allée du jardin jusqu'au porche comme si elle était handicapée. Elle trouvait cela très apaisant. Will était un adorable garçon. Rae avait dû guetter leur arrivée, car elle ouvrit la porte sans laisser à son mari le temps de prendre sa clé.

— Contente de vous voir ! dit-elle.

Par une porte ouverte derrière elle, une odeur de cuisine leur parvint.

— Bonjour, Rae, répondit Geraldine en lui tendant la joue. Quelque chose est en train de brûler ?

Rae éclata d'un rire décomplexé.

— Non, du moins pas encore !

Elle ouvrit la porte du salon. Le transformer en chambre pour Geraldine leur avait pris trois soirées. En descendant le lit d'Anton, ils avaient failli se tuer tous les deux dans l'escalier. Ils avaient ajouté une jolie table de chevet empruntée à la chambre d'amis, posé un vase de fleurs sur la cheminée et une fougère en pot à côté du lit. La télévision était orientée selon l'angle idéal pour que Geraldine puisse la regarder depuis son lit. Rae avait également apporté la radio de la cuisine. Une bouteille d'eau, un verre, des mouchoirs en papier et une boîte de biscuits étaient disposés sur une table basse. Enfin, des plaids étaient pliés au pied du lit au cas où Geraldine aurait froid. Rae avait trouvé quelque chose d'apaisant dans tout ce travail : pendant qu'elle s'échinait, elle n'avait pas le temps de penser à la lettre ni à Jasmine.

Geraldine jeta un coup d'œil à sa chambre improvisée et eut un petit reniflement.

— C'est dur de ne pas être chez soi, gémit-elle.

Rae lui tapota le bras, réussit à sourire à Will et répondit comme si de rien n'était :

— Je vais m'occuper du dîner.

— Maman préfère que Leo ne vienne pas, jeta rapidement Will. Elle est trop fatiguée. Je l'appelle pour la prévenir.

De retour dans sa cuisine, Rae remua une préparation qui cuisait doucement et mit la bouilloire à chauffer. Normalement, l'attitude de Geraldine l'aurait mise en rage, mais pas ce soir-là. Elle avait d'autres sujets de préoccupation, bien plus graves que les piques stupides de sa belle-mère. De plus, Rae savait que Geraldine n'était pas une méchante femme. Elle souffrait plutôt d'une totale absence de tact et d'une conviction inébranlable que dire ce qu'elle pensait était toujours la meilleure des solutions. Comme son idée d'inviter Leonora pour laisser les membres de la famille Kerrigan discuter entre eux avait échoué, Rae estima qu'un peu de musique faciliterait les relations. Dans le grand chambardement du salon, la chaîne stéréo se trouvait dans la cuisine. Au moment de servir le dîner, Rae glissa un CD de Vivaldi dans le lecteur et régla le volume sonore au minimum.

— La musique classique pendant le dîner est très relaxante, n'est-ce pas ?

Elle savait que Geraldine ne critiquerait pas Vivaldi. Pour elle, la musique classique était toujours bien, car cela prouvait que l'on était cultivé. Donc, elle ne lui demanderait pas d'éteindre la chaîne. Rae ferma les yeux tandis que les joyeux violons du *Printemps* répandaient leur mélodie. Pourquoi certains morceaux de musique vous déchirent-ils jusqu'à l'âme ? Ce soir, la joie si pure de l'œuvre de Vivaldi ne faisait que rendre sa peine plus aiguë. Depuis qu'elle avait reçu cette lettre, elle n'avait plus connu un seul instant de paix. Elle avait l'impression qu'une vieille blessure s'était rouverte, révélant qu'elle n'était pas du tout guérie, mais à vif et toujours aussi douloureuse.

Elle avait aimé Jasmine de tout son être ; l'abandonner pour la faire adopter avait été atroce. Et cette épouvantable souffrance, elle l'avait vécue toute seule. A présent, elle ignorait comment elle allait en parler à son mari ou à son fils.

Le fait d'être très grande l'avait aidée à cacher son ventre qui s'arrondissait. Elle s'était souvent demandé comment les choses se seraient passées si elle avait été petite. Les gens auraient remarqué son état plus tôt et elle n'aurait pas eu le temps d'imaginer qu'elle pouvait garder son bébé, un rêve qui lui brisait le cœur.

Elle était allée voir la personne qui s'occupait de distribuer les dons reçus pour aider les élèves à acheter leurs uniformes et s'était procuré le pull bleu marine le plus grand possible. Au printemps 1969, la mode n'était pas encore aux vêtements baggy pour les adolescents. Les filles voulaient des tenues ajustées qui soulignaient leurs formes et elles adaptaient leur uniforme pour se conformer à cette mode. Tous les jours, c'était la guerre : certaines élèves venaient à l'école les yeux lourdement noircis au khôl et la jupe remontée à mi-cuisse. Elles étaient directement envoyées chez la principale pour s'y faire sermonner. On les voyait ressortir de son bureau la mine boudeuse et défaisant les épingles de leurs jupes. Rae avait fait partie de ces filles mais c'était avant. Avec son pull immense par-dessus la longue jupe d'école, Rae Hennessey offrait l'image d'une élève sérieuse. Et elle avait travaillé plus dur que jamais.

Shelley lui avait reproché de laisser tomber son groupe d'amis. « Je travaille, avait répondu Rae. Je dois réussir mes examens. » Un vague projet avait germé dans son esprit : si elle réussissait à avoir de très bonnes notes aux examens, elle décrocherait un bon travail quand elle quitterait l'école et elle pourrait s'occuper de son bébé. Elle ne vivrait pas chez ses parents avec son enfant, jamais ! Elle avait besoin d'un billet de sortie et l'instruction était la clé du problème.

Avec son manque d'expérience, elle avait calculé que la naissance aurait lieu en septembre ou octobre. Elle quitterait l'école après les examens, trouverait un emploi pour gagner de l'argent et peut-être que tout irait bien.

Il restait encore plusieurs semaines avant les examens de juin quand sa mère la prit à partie. Rae venait de rentrer de l'école, épuisée d'avoir transporté tous ses livres. Elle ne voulait rien laisser dans son casier puisqu'elle essayait de réviser tous les soirs. Son père n'était pas là, mais sa mère s'était installée dans le fauteuil paternel devant la télévision. En voyant Rae, elle se leva, croisa les bras et toisa sa fille de haut en bas.

« T'es en cloque, hein ? »

Rae ne répondit rien. Quelle horrible expression !

« Il est de qui ? C'est qui le père ? Le petit enfoiré ! Ton père va le tuer.

— Mais pourquoi ?

— Tu demandes pourquoi ? Parce qu'il a tripoté sa fille, voilà pourquoi ! Parce qu'à cause de lui, y aura un sale mouflet de plus dans le monde.

— Comme si ça l'intéressait... »

Rae ne répondait jamais à ses parents sur un ton caustique ou ironique et, depuis la dernière fois où sa mère l'avait frappée, elle était encore plus silencieuse.

Cette fois, pensant au bébé qu'elle portait, elle se sentit mue par un élan de courage maternel.

« Ne me réponds pas, petite traînée. Tu devrais avoir honte de toi. »

Glory s'avança vers Rae, la main levée pour la gifler mais la colère envahit Rae.

« Si tu me touches, espèce de folle, j'appelle la police et je porte plainte », hurla-t-elle.

Sa mère s'arrêta net.

« Tu te prends pour une dure, poursuivit Rae, mais attends d'aller en prison pour avoir frappé ta fille enceinte ! »

Rae souhaita de toutes ses forces que son bébé ne ressente pas la rage qui l'animait mais elle devait le protéger et se protéger.

« On va t'adorer en prison : en général, ce sont les hommes qui frappent les femmes enceintes. Imagine ce qu'on va te faire ! »

C'était la première fois de sa vie que Rae voyait sa mère réduite au silence. La première et la dernière, se dit-elle.

Il ne lui fallut pas longtemps pour rassembler ses affaires. Elle aurait aimé emporter la petite coiffeuse qu'elle avait repeinte elle-même en couleur ivoire, mais elle ignorait où elle allait se retrouver. Elle se contenta d'entasser ses affaires dans quelques sacs plastiques. Il n'y avait pas une seule valise dans la maison. Quand l'un d'entre eux serait-il allé en vacances ? Ensuite, elle mit ses affaires de maquillage et quelques bijoux bon marché dans son sac d'école. Quand elle descendit l'escalier, il n'y avait plus aucun signe de présence de sa mère. Elle avait dû partir au pub noyer son chagrin dans la Smirnoff.

En attendant son taxi, Rae fouilla toutes les cachettes où son père mettait des billets pour ses urgences. Paudge était tristement connu pour cacher de l'argent quand il était ivre ou drogué, sans pouvoir le retrouver ensuite. Elle avait une assez bonne idée de l'emplacement de ces cachettes. Elle trouva quelques billets d'une livre sous le coussin de son fauteuil attitré, d'autres dans une vieille boîte à thé au fond du garde-manger et enfin, un billet de vingt livres dans une boîte de cigarettes vide sous le lit. Ce n'était pas une fortune mais c'était mieux que rien.

Quand le taxi arriva, Rae entassa lentement ses sacs sur la banquette avant de s'y installer à son tour. Le chauffeur ne fit rien pour l'aider. Ce n'était pas le genre de quartier où les chauffeurs de taxi sortent de leur voiture pour aider les clients. Quelqu'un pourrait en profiter pour leur voler leurs enjoliveurs.

« Où allez-vous ? »

Rae savait de quoi elle devait avoir l'air : une fille livide à la silhouette informe quittant une maison décrépite avec de minables sacs en plastique pour seuls bagages. Elle releva le menton avec fierté. Elle n'aurait plus jamais honte.

« Je vais au centre d'accueil pour mères célibataires à Limerick. »

L'homme la regarda en essayant de l'évaluer.

« Ça fait de l'argent. Il faut au moins quarante minutes.

— Je peux payer », répondit Rae en agitant le billet de vingt livres sous ses yeux.

Quand le taxi s'éloigna, Rae ne se retourna pas. Elle ne regarderait plus jamais en arrière.

Quand ils eurent fini de dîner, Rae chassa Will de la cuisine sous prétexte qu'il devait s'occuper de sa mère.

— Je m'occupe de débarrasser, dit-elle.

— Tu es un amour, répondit-il en l'embrassant sur le front.

Non, pensa Rae. Je ne suis pas un amour. Je t'ai caché un énorme secret pendant toute notre vie commune.

Elle avait caché sa lettre dans le tiroir de sa table de chevet. Elle la prenait de temps en temps pour la toucher mais n'avait pas appelé. Elle ne s'en sentait pas encore capable. Elle avait attendu depuis si longtemps d'avoir des nouvelles de Jasmine et maintenant qu'elle pouvait en avoir, elle avait peur. Et si sa fille la détestait ? Et si son mari et son fils la détestaient parce qu'elle leur avait dissimulé la vérité ? Rae ne supportait pas l'idée qu'ils puissent tous la détester à cause de ce qu'elle avait fait tant d'années auparavant.

13

L'équinoxe de printemps

Le printemps se confirmait et Golden Square ressemblait à un tableau impressionniste. Quand Eleanor regardait par la fenêtre, elle contemplait une explosion de couleurs ; les arbres tendaient leurs bourgeons tout neufs vers le soleil et les fleurs s'ouvraient. Pour elle, la chanson de Johnny Cash *Forty Shades of Green* se trompait ; il y avait bien plus de quarante nuances de vert. Il y en avait des centaines, depuis les verts acides qui resplendissaient dans la lumière du soleil jusqu'au bleu-vert profond ou au vert olive brillant. Toute la palette se déployait avec les minuscules feuilles naissantes et les boutons en train de s'ouvrir.

Le renouvellement de la végétation lui cachait en partie la place et les maisons de l'autre côté. Le bon côté, c'était le réchauffement du temps et le fait que la place se remplissait de promeneurs, le soir venu, attirés par la beauté du jardin. En hiver, seuls les propriétaires de chiens et les parents avec de jeunes enfants s'y aventuraient.

Ce soir-là, Rae s'y trouvait avec son mari. Eleanor observait Rae avec intérêt depuis son arrivée dans le quartier. Elle l'avait souvent vue au Titania's Palace.

Un jour, alors qu'elle discutait avec Pearl Mills et son fils dans le jardin, Pearl avait aperçu Rae qui se hâtait et lui avait fait signe. Pearl avait ensuite expliqué à Eleanor que Rae faisait du bénévolat pour un organisme caritatif, confirmant ce que Connie lui avait déjà dit. « C'est une femme qui a du cœur, avait ajouté Pearl. Elle trouve toujours le temps de vous écouter, même quand elle est pressée. La plupart des gens ne s'arrêtent pas quand vous avez des problèmes, mais Rae le fait. »

Tous les matins, tous les soirs, Eleanor la voyait traverser la place d'un pas pressé, ses cheveux noirs dans le vent, pleine d'énergie. Peu de gens qui travaillaient à plein temps consacraient autant d'heures à une œuvre caritative. Eleanor se demandait ce qui motivait l'implication de Rae dans Community Cares : le sens des responsabilités sociales ou un souvenir douloureux ? Elle avait opté pour la première solution. Rae appartenait à la catégorie des gens remarquables qui possèdent une conscience sociale.

Connie était plus facile à décrypter, ne serait-ce que parce qu'elles se voyaient régulièrement et commençaient à nouer une relation d'amitié. Eleanor devait s'avouer qu'elle n'avait pourtant pas fait les premiers pas. C'était Connie qui semblait déterminée à devenir son amie. Depuis leur première rencontre, Eleanor avait été invitée à dîner et à prendre le thé chez Connie et Nicky. Elle avait d'abord accepté l'invitation à prendre le thé, cela lui créait moins d'obligations. Elle se sentait encore trop triste pour laisser entrer des gens dans son univers.

« Vous avez un appartement ravissant, avait-elle dit. Vous êtes douée pour la décoration, Connie. »

« C'est ce que je lui dis, avait répondu Nicky, mais elle ne me croit pas ! »

Contrairement à ses attentes, Eleanor avait trouvé Nicky très sympathique. Elle rayonnait d'une telle confiance en elle-même que, pour Eleanor, elle ne pouvait être qu'insupportable. Eleanor préférait les gens qui doutaient un peu d'eux-mêmes, cela adoucissait parfois les angles. Or, Nicky n'avait rien d'une dure. Au lieu de cela, elle possédait la rare qualité d'être en paix avec elle-même et réellement gentille. Sans oublier d'être très drôle ! Elle avait fait rire Connie et Eleanor avec ses anecdotes du monde de l'édition.

Le neveu du directeur général avait écrit un livre qui était arrivé sur le bureau de Nicky comme une bombe prête à exploser. « Normalement, je lis les manuscrits et je fais un rapport de lecture, avait expliqué Nicky. Cela n'aurait posé aucun problème avec quelqu'un d'autre, mais il s'agissait du neveu de Dominic ! » Un quart d'heure lui avait suffi pour détester le livre. Le neveu en question ignorait tout de la grammaire, de l'orthographe et du style. Pour lui, l'idéal était de faire une phrase d'un paragraphe sans un seul signe de ponctuation. Surtout, chaque page débordait d'arrogance.

Pour ce genre de manuscrit, la procédure habituelle consistait à envoyer une lettre standard disant : « Nous vous remercions de nous avoir adressé votre roman, mais il n'entre pas dans le cadre de nos collections. Nous vous souhaitons meilleure chance chez l'un de nos confrères. » Comment gérer un refus quand l'auteur était un proche parent de l'éditeur et qu'en outre celui-ci partait en vacances en France avec la mère dudit auteur dans moins d'un mois ?

« Qu'avez-vous fait ? » avait demandé Eleanor, passionnée par le dilemme de Nicky. Cette dernière avait répondu d'un air étonné. « Je lui ai dit la vérité ! Qu'aurais-je pu faire d'autre ? Je lui ai dit que le livre n'était pas pour moi et qu'un autre éditeur l'aimerait peut-être mais que, de toute façon, il y aurait beaucoup de travail dessus. »

Connie avait ouvert de grands yeux. « Dominic ne t'en a pas voulu ?

— Non, c'est un vrai professionnel. Reprendrez-vous du thé, Eleanor ? »

Eleanor s'était rendu compte que Connie maternait sa sœur. Cela avait dû l'aider à tenir quand son fiancé l'avait abandonnée, mais à présent que Nicky allait se marier, elle allait se trouver face à un grand vide. Eleanor ressentait le besoin pressant de venir en aide à Connie, de la conseiller. Cependant, cela impliquerait d'abattre les murs derrière lesquels elle s'était réfugiée à la mort de Ralf. Etait-ce une décision avisée ? Megan lui inspirait la même réaction. Elles s'étaient croisées deux ou trois fois au salon de thé et un jour, Megan était allée s'asseoir avec son américano à la même table qu'Eleanor, installée avec ses mots croisés et son thé vert.

« Je déteste ça, avait-elle dit en désignant du regard le thé d'Eleanor.

— Moi aussi, je préfère le café, mais j'ai envie de dormir.

— Vous avez raison. Je dors mieux depuis que je travaille au cabinet de Nora. Birdie est en vacances en Espagne et je reconnais que je m'amuse. Kevin, l'autre podologue, me fait mourir de rire. Il essaie sans arrêt de me convaincre de sortir avec lui et son amie !

— Le travail est bon pour le moral.

— Je croyais que c'était la paix intérieure qui faisait du bien ? »

Eleanor éclata de rire.

« La paix intérieure est difficile à obtenir mais le travail aide beaucoup. »

Megan lui fit remarquer qu'elle ne travaillait plus. Bien vu ! pensa cette dernière avant de répondre d'un ton allègre qu'elle était trop vieille pour cela.

« Je ne trouve pas que vous soyez trop vieille pour quoi que ce soit ! »

Eleanor sourit en remerciant Megan du compliment. Ensuite, comme elle n'aimait pas partager ses pensées intimes, elle sortit de son sac différentes brochures touristiques. Elle attendait que le temps s'améliore pour se rendre dans l'ouest du pays ; elle avait trouvé sur Internet une société qui organisait des tours guidés de la côte ouest et avait demandé leurs dépliants.

Vous découvrirez avec nous l'Irlande profonde, pas une image de carte postale, mais un voyage qui vous permettra de tout voir, depuis le paysage lunaire des Burren jusqu'aux petites îles balayées par le vent au large du Connemara. Nos guides connaissent ces régions sur le bout des doigts et, que vous vous intéressiez à l'Irlande en général ou que vous cherchiez la terre de vos ancêtres, ils sauront vous accompagner.

Eleanor adorait ce genre de littérature et se disait avec mélancolie que Ralph aussi l'aurait aimée. Combien de fois n'avaient-ils pas parlé de ce voyage ? Et voilà qu'elle allait le faire seule. Ce n'était pas juste. Ils auraient dû prendre des vacances plus souvent et moins travailler. Cinquante années s'étaient écoulées en un clin d'œil et ils n'étaient jamais partis à la recherche de la petite maison où elle avait grandi.

Comme Eleanor l'avait espéré, Megan prit l'un des dépliants.

« Vous partez en voyage ?

— J'y pense ».

De retour chez elle, Eleanor avait laissé les souvenirs l'envahir. Les brochures montraient de jolies maisons dans l'Irlande de l'Ouest, dont quelques-unes étaient recouvertes de chaume, mais ne lui rappelaient en rien celle de son enfance. Elle avait gardé très peu d'images de Kilmoney. Elle se souvenait des dimensions de la cuisine et de la chaleur qui y régnait, la chaleur du feu dans la cheminée et plus tard celle de la cuisinière noire qui avait coûté si cher et avait transformé leur vie. On pouvait y poser de nombreuses casseroles et y faire bouillir de l'eau. Il y avait même un petit four où cuisait le pain que l'on tartinait avec le beurre baratté par sa mère et la confiture réalisée avec les mûres de leurs propres haies.

Eleanor voyait encore la peinture marron des bancs et sa mère qui les faisait briller. C'était une petite cuisine de ferme et pourtant elle resplendissait, même si le chien de berger venait souvent se coucher sous la table et que l'on n'arrêtait pas d'y entrer et d'en sortir avec des bottes boueuses.

Eleanor avait l'habitude de s'asseoir sur un tabouret, les pieds posés sur la barre en fer de la cuisinière, la seule partie qu'elle avait le droit de toucher. D'un côté se dressait le grand placard qui abritait la bible familiale et où sa mère rangeait ses affaires de couture. Ainsi, elle avait à portée de main tout le nécessaire pour faire une reprise ou retourner une vieille robe fanée sur l'extérieur.

De l'autre côté de la cuisinière, il y avait un petit autel du Sacré-Cœur avec une image assez sombre d'un christ barbu et doux, une main levée et tournée vers l'extérieur, l'autre désignant sa poitrine ouverte où se dessinait une flamme. Sous cette image, une minuscule lampe à huile brûlait en permanence, couverte d'un verre rouge, sa lueur tremblotante visible jour et nuit dans la cuisine.

Ce Jésus bienveillant paraissait en décalage avec ce qu'on lui apprenait à l'école, le feu de l'enfer et le monde effrayant appelé purgatoire. Eleanor l'imaginait comme un lieu infini et toujours rouge, où les gens rampaient dans les flammes, recevant pour toute aide les prières des vivants, quoique l'aide pratique apportée par ces prières lui parût difficile à concevoir. Cela aurait été réellement terrifiant si sa mère avait adhéré au message apocalyptique, mais elle ne s'était jamais inclinée devant le pouvoir ecclésiastique. Eleanor n'avait pas oublié la visite d'un missionnaire itinérant que sa mère avait mis à la porte de chez elle, un geste inconcevable dans les années 1930.

« Arrêtez ces histoires sur le démon ! lui avait-elle ordonné. Vous allez faire peur aux enfants. Il y a assez de souffrance sur la Terre sans en réclamer encore plus pour l'après-vie ! » En état de choc, le prêtre s'était empressé de sortir. Eleanor voyait encore son expression scandalisée. Sa mère s'était montrée très courageuse pour une époque où peu de gens osaient contester le clergé. Brigid se réclamait d'une foi fondée sur l'amour et elle professait le respect de toutes les religions.

En même temps que les histoires des anges et des saints, elle racontait celles des dieux et des déesses celtes, du petit peuple et du monde des fées. Sa mère et sa grand-mère savaient que si l'homme peut bâtir des églises de pierre sur la terre, la terre elle-même est une énorme source de pouvoir qu'aucune création humaine ne peut égaler.

Le prochain week-end serait celui de l'équinoxe de printemps, qui marquait le réveil de la nature et le retour de la fertilité. Eleanor se demanda ce que représentait cette date, à présent, pour les habitants de Kilmoney. Autrefois, on célébrait Eostre, la déesse de la Terre, avec des œufs, symboles de la nouvelle vie et de la renaissance. Dans certaines cultures, d'après ses lectures, on construisait à cette occasion des dragons que l'on portait pendant les cérémonies. L'idée des dragons comme accessoires de procession avait beaucoup intéressé Ralf. A vrai dire, tout l'intéressait. C'était l'un des nombreux aspects de sa personnalité qui l'avaient séduite. Il n'avait jamais cessé d'apprendre ou d'étudier, qu'il s'agisse d'un nouveau mot ou d'une nouvelle idée.

« Ecoute ça ! » était sa phrase favorite. Aussitôt après, il lui lisait un extrait d'un magazine. Il aimait les articles sur l'environnement, l'espace et les découvertes scientifiques. En revanche, il faisait l'impasse quand il était question des relations humaines. « Tu me dis tout ce que j'ai besoin de savoir, ma chérie », disait-il à Eleanor, alors que la moindre avancée dans la recherche sur le cerveau le passionnait. « Les êtres humains sont d'incroyables machines » était une autre des phrases qu'il aimait à répéter. Que sa première attaque ait tellement abîmé son cerveau relevait d'une sinistre ironie.

Au moment où cela lui était arrivé, Eleanor était absente. Elle ne se l'était jamais tout à fait pardonné. Elle était allée se faire faire une manucure, petite futilité qu'elle avait rarement le temps de s'offrir, mais ils étaient invités à une grande soirée et elle avait voulu faire un effort. Quand elle était rentrée, non sans avoir acheté des bagels frais, l'absence de musique lui avait tout de suite fait comprendre qu'il y avait un problème.

Ralf ne pouvait pas vivre sans musique, qu'il la mette à fond ou en sourdine.

Le matin, il choisissait souvent Chet Baker et l'après-midi, Lena Horne. Dans la même journée, Bernstein ou Neil Sedaka pouvaient succéder à Mozart. Ce jour-là, il n'y avait pas de musique. Eleanor avait traversé l'appartement en courant et en l'appelant et l'avait découvert dans la salle de bains, allongé sur le carrelage. Il avait essayé de lui parler mais sa bouche était toute tordue et elle avait aussitôt compris. Un peu plus tard, à l'hôpital, leur fille Naomi avait essayé de la consoler. « Ce n'est pas ta faute, maman, que tu sois là ou pas n'y aurait rien changé. » Naomi ressemblait tellement à son père ! Très grande, elle avait les mêmes yeux marron, le même teint mat et le nez des Levine, étroit et aristocratique. Quand elle pleurait, ses cils noirs paraissaient si longs qu'on aurait dit des faux. Son père, pour cette raison, l'avait surnommée Bambi.

A ce souvenir, Eleanor ne put retenir ses larmes.

Au centre de rééducation, tout le personnel s'était montré très gentil. L'orthophoniste avait averti Eleanor que Ralf risquait de ne jamais récupérer entièrement ses facultés d'élocution. « Ce n'est pas grave, avait-elle répondu, à partir du moment où nous ne sommes pas séparés. » Malheureusement, cela n'avait pas été aussi simple. Eleanor aurait tout supporté sans hésiter, mais pour lui, c'était différent. Les médecins leur avaient expliqué les problèmes de langage, d'apprentissage et de mémoire de Ralf. Ralf comprenait ce qui lui arrivait et, assis dans son fauteuil roulant, il la suivait des yeux dans l'appartement. Il essayait de lui parler mais les mots s'entrechoquaient dans sa bouche.

Eleanor lui caressait le visage aussi souvent que possible en lui répétant qu'elle l'aimait et savait qu'il était toujours avec elle, mais chaque fois, elle lisait dans ses yeux l'angoisse et le désespoir d'être dans cette situation. L'homme qui s'était passionné pour la recherche sur le cerveau et le génie humain était la victime de ses défaillances cérébrales, et sa femme ne pouvait pas l'aider.

Eleanor s'arracha à ses souvenirs et quitta son fauteuil. Tournant le dos à Golden Square, elle alluma la télévision, incapable de penser encore à l'homme qu'elle avait tant aimé et qui lui manquait à chaque instant. Il lui fallut plusieurs jours avant de rouvrir ses brochures touristiques. Elle n'en avait pas le courage.

14

La mousse d'Irlande

A Brooklyn, personne ne voulait croire qu'en cuisine nous utilisions autant le carragheen, que l'on appelle aussi mousse d'Irlande. La réaction était toujours la même. « Des algues ? Vous plaisantez ! » Ce n'était pas une plaisanterie. Dans mon enfance, on me faisait boire du lait bouilli avec de la mousse d'Irlande parce que j'avais les bronches fragiles. J'en avais horreur, de la même façon que je détestais le gingembre et le poivre dont ma mère saupoudrait mon lait chaud quand je me sentais malade, mais nous nous sommes longtemps soignés avec des algues. Cela nous rendait des forces après une maladie et les gens qui souffraient d'une mauvaise toux ne juraient que par elles.

Ma mère, parfois accompagnée d'Agnes, récoltait le carragheen sur les rochers, à marée basse, au printemps et en été. Rouge foncé et violet quand il est mouillé, il ressemble à de la dentelle pour sirène mais, après séchage, il durcit et on peut le mâcher, comme les cow-boys qui mâchent de la viande séchée dans les westerns.

Plus d'une famille de notre voisinage trouvait sa dose de vitamines dans le carragheen quand il n'y avait pas assez d'argent pour manger autre chose que des pommes de terre. La gelée des paysans se préparait en faisant bouillir de la mousse d'Irlande dans de l'eau. La gelée prenait en refroidissant.

Ma grand-mère faisait tremper les algues séchées dans l'eau froide avant de les faire bouillir dans trois mesures de lait jusqu'à ce qu'elles aient complètement fondu. Elle y ajoutait de la racine de bardane, du genêt à balais, et laissait encore bouillir pour faire du sirop contre la toux. Pour tout le reste, depuis la bronchite jusqu'aux rhumatismes de son mari, elle utilisait seulement les algues dans du lait.

Un de nos desserts préférés était le blanc-manger au carragheen. On s'en servait pour épaissir toutes sortes de desserts mais il fallait faire attention au dosage, car le goût salé de l'Atlantique l'emportait vite sur les autres.

Pour préparer un blanc-manger, mettre dans du lait du carragheen que tu auras d'abord fait tremper, ajouter un zeste de citron et une goutte d'essence de vanille si tu en as. Battre un jaune d'œuf avec du sucre, verser le mélange dans le lait. Ensuite, monter le blanc d'œuf en neige et l'incorporer délicatement. Laisser prendre toute une nuit. Tu obtiendras le dessert le plus onctueux, le plus raffiné que tu pourras jamais manger.

Ma mère disait que c'était un cadeau inattendu : l'incroyable cadeau que l'océan nous faisait à tous. On ne sait jamais à quel moment un cadeau inattendu comme celui-là nous sera offert, surgi de nulle part, pour notre plus grand plaisir.

Megan aimait travailler au cabinet de pédicure-podologue de sa tante. On se savait jamais qui viendrait et encore mieux, à la fin de la journée, on n'avait qu'à mettre le répondeur en marche avant de partir ! Le travail ne vous suivait pas jusque chez vous, vous plongeant dans un état de tension permanente.

Vivre de façon aussi différente que dans sa vie « normale » était amusant, comme si elle faisait des recherches pour un rôle. Elle avait aimé cet aspect de son métier, car cela revenait à se glisser dans l'univers d'une autre personne sans avoir à s'y installer. On restait juste assez longtemps pour en avoir les sensations. Pour son film de gangsters, elle avait passé une journée avec une partie des autres acteurs dans un appartement en compagnie de quelques criminels professionnels. C'était Jonnie, le metteur en scène, qui avait organisé la rencontre. A peine capable de contenir son excitation, il leur avait confié que c'était « *des durs* ». Il affectait un accent racaille alors qu'il était né, avait grandi et avait fait ses études dans les meilleurs quartiers, terminant à Eton. Mais il aimait l'univers des bas-fonds, il aimait parler à « des durs » et rêvait d'en être un lui-même.

Cette fascination pour les mauvais quartiers, les gangsters, leur argot et leur accent, n'avait que modérément amusé Megan. Au fil des ans, elle avait cultivé un accent neutre et préférait ne pas être marquée par son appartenance à une classe sociale ou un lieu particulier. La vie était plus facile si l'on se conduisait comme un caméléon. Elle avait néanmoins apprécié l'un des hommes que Jonnie leur avait présentés. Il avait fait de la prison pour vol à main armée, mais semblait regretter ses actes et non le seul fait d'avoir été pris et d'avoir écopé de dix ans derrière les barreaux.

Il y en avait un autre, Roofie, qui l'avait terrorisée. Il possédait une forme de sauvagerie qui n'avait rien à voir avec la séduction, mais tout avec une indifférence profonde pour les règles sociales. Roofie n'obéissait qu'à sa propre loi. Il avait déjà accumulé une quinzaine d'années dans une prison hyper-sécurisée, mais cela n'avait rien changé.

Tremblante, Megan avait joué la fille admirative. « Roofie, vous avez dû tout voir ». Et elle avait écarquillé les yeux pour se faire apprécier de lui. Il l'avait regardée comme s'il avait parfaitement compris son petit jeu et cela l'avait encore plus effrayée.

Plus tard, elle avait demandé à l'autre homme si l'individu en question s'appelait vraiment Roofie. « Non, avait-il répondu, c'est parce que son truc, c'est de jeter les gens depuis les toits, *roofs*. Donc, Roofie, tu piges ? »

En comparaison, le cabinet de podologie était un paradis de sécurité ! Le premier jour de son remplacement, Nora l'avait avertie de l'existence d'un risque, néanmoins. Il fallait tenir à l'égard de Kevin, l'autre podologue, les femmes qui aimaient les hommes. « Les femmes sont d'étranges créatures, avait dit Nora. Kevin leur fait beaucoup d'effet et elles en rêvent. Elles voient son air aimable et innocent et en concluent qu'il est leur planche de salut. Je me demande bien pourquoi ! Il leur dit qu'il a une petite amie mais cela ne les arrête pas. » Megan avait assez d'expérience de ce genre d'homme pour ne pas être intéressée par Kevin, même s'il se jetait sur elle. Surtout, il était en couple. Elle avait donc été soulagée de s'apercevoir très vite que, même s'il était attirant, Kevin n'était pas vraiment son type.

« Je suis heureuse de faire votre connaissance ; je ne comprends pas que nous ne nous soyons pas encore croisés », avait-elle dit d'un ton décidé en lui donnant une solide poignée de main.

« Oui, avait répondu Kevin en souriant. Content de vous rencontrer, moi aussi ! J'espère que tout va bien,

malgré les âneries des médias ! Personne ne s'y inté-
resse, ici. Dites, vous faites du vélo ? »

Nora les avait regardés affectueusement tandis que
Megan répondait que non, malheureusement, elle
n'avait pas fait de vélo depuis ses dix ans. Cela ne lui
plaisait pas vraiment. « Je préférais les rollers. »

« J'en fais aussi, c'est le truc à la mode.

— Je crains de ne plus être à la hauteur.

— Je vais en faire avec ma copine ce week-end.

— On en reparle ! »

La vie sociale de Megan prenait tournure. Elle
retrouvait Nicky et Connie ce soir-là pour une pizza et
pourrait peut-être faire du roller avec le gentil Kevin
pendant le week-end. Cela n'avait rien de comparable
avec son ancienne vie, mais elle en tirait une curieuse
impression de bien-être. Tous ces gens devenaient ses
amis. Ils savaient qui elle était et ce qui était arrivé,
mais cela ne les empêchait pas de l'aimer.

Connie poussa la porte du salon de Patsy.

— J'ai juste besoin de rafraîchir la coupe, dit-elle.
Comme je ne sais pas ce que Nicky veut pour son
mariage, il vaut mieux que je garde la longueur.

Elle alla s'asseoir devant un miroir qui soulignait
toutes les marques du temps. D'où venaient ces rides ?

— Le mieux est de te coiffer comme tu en as envie,
pour le mariage, lui conseilla Patsy. Je ne supporte pas
cette folie des mariées qui veulent régenter le monde
entier pour leur grand jour !

— Tu sais que Nicky n'est pas comme ça. Elle veut
seulement que je sois heureuse.

— Oui, c'est une rareté, acquiesça Patsy. J'en ai vu
tellement, de ces mariées obligeant leurs demoiselles

d'honneur à s'habiller et se coiffer comme des monstres d'Halloween, juste pour éviter qu'elles leur fassent de l'ombre !

— Il y a peu de chances que je fasse de l'ombre à ma sœur, répondit Connie en riant.

Patsy prit une expression sévère.

— Avec ce genre d'attitude, je ne comprends même pas que tu perdes du temps à venir chez moi.

— Patsy ! grommela Connie. Arrête, par pitié ! Je ne suis pas là pour un coaching de vie mais pour me faire couper les cheveux.

La jeune fille occupée à balayer le sol laissa échapper un petit ricanement ; Patsy lui lança un regard furieux.

— J'ai assez envie de te teindre en rousse, reprit-elle quand elle eut fini de bouder. Alors, comment avance l'organisation du mariage ?

Les premières mèches tombèrent.

— Très bien ! Une semaine avant, on enterrera sa vie de jeune fille avec les amies de son ancienne école et ses collègues.

— On pourrait faire une soirée entre filles de Golden Square, dit Patsy sans cesser de couper. On est nombreuses à avoir envie de célébrer ça avec elle, mais on se sentirait déplacées avec les gens de son travail.

— Bien sûr que non !

Connie venait de réaliser avec consternation qu'elle, la demoiselle d'honneur, avait oublié les voisins sur la liste des invités.

— Si ! insista Patsy. Peut-être pas Rae et Dulcie mais, moi, je ne me sentirais pas à l'aise dans un club à la mode ou un endroit chic.

Les collègues de Nicky avaient en effet proposé un cocktail dans un élégant club du centre de la ville.

— Que pourrions-nous faire, alors ? demanda Connie.

— On pourrait faire une soirée ici, répondit Patsy. Non, pas dans le salon, mais au Titania's Palace. Ce ne serait pas génial ?

Nicky admirait les cupcakes que Connie avait commandés pour elle. Il y en avait des roses torsadés, d'autres en chocolat blanc décorés d'étoiles en chocolat noir, et encore de minuscules gâteaux à la carotte ornés d'une petite carotte en pâte d'amande orange.

— J'adore ça ! déclara Nicky avec ravissement.

Livvy, la serveuse du salon, avait mis le CD de la marche nuptiale et Nicky parada entre les tables, riant, souriant à tout le monde, embrassant ses amies et faisant briller sa bague de fiançailles dans la lumière. Il ne fallut pas longtemps pour que toutes les invitées soient pourvues en thé ou café. Connie avait aussi apporté deux grandes carafes de bellini pour celles qui préféraient un cocktail. La seule personne à ne pas sembler heureuse était Rae. Connie avait remarqué son beau visage tiré et fatigué. Elle faisait de son mieux pour sourire, mais elle n'avait visiblement pas le cœur à faire la fête.

— Rae a un problème ? glissa-t-elle à l'oreille de Patsy.

Patsy haussa les épaules.

— Cela dure depuis plusieurs semaines. Sa belle-mère vit chez elle, en ce moment. On lui a mis une prothèse de la hanche et je pense qu'elle s'est imposée chez Rae. Je sais qu'elle la rend folle. Rae n'en dira rien, mais ça se voit. Sa belle-mère est une vieille horreur qui ne se prend pas pour rien, en plus !

— C'est donc ça ! dit Connie avec un sourire pour le vigoureux langage de son amie. Mais elle ne s'installe pas pour de bon ?

— Il faudrait avoir un très lourd karma pour mériter ça, répondit Patsy d'un ton lugubre.

— On dirait que tu sais de quoi tu parles quand il est question des belles-mères.

Patsy eut un rire sec.

— Mon premier mari était un amour mais sa mère une garce de première classe !

— Ton premier mari ? répéta Connie.

Eh bien ! Cela impliquait l'existence d'un second mari. Et elle, elle n'en avait même pas eu un seul.

— Combien de maris as-tu eus ?

Cette fois, le rire de Patsy sonna gaiement.

— A moi ou aux autres ? Non, je plaisante, c'est une blague que j'ai entendue, un jour. C'est drôle, non ? Moi, je n'en ai eu que deux. C'est assez pour une seule femme.

— Il n'y a donc pas de monsieur Patsy, en ce moment ? demanda Connie, poursuivant sur sa lancée.

Nicky et elle s'étaient souvent posé des questions sur Patsy, mais elle n'avait jamais poussé l'interrogatoire jusque-là au salon de coiffure. Ce soir, dans ce cadre, c'était différent.

— Non, pas de monsieur Patsy, seulement quelques candidats ! Et toi ?

— Moi ? Je n'ai pas réussi à aller une seule fois jusqu'à l'autel et toi tu as eu deux maris... soupira Connie.

Megan alla s'asseoir à côté d'Eleanor qui buvait une tisane à petites gorgées.

— Vous avez déjà pris vos deux cafés ?

— Oui, répondit Eleanor avec un sourire.

— Vous savez, Nora en boit des litres !

— Nora a vingt-cinq ans de moins que moi.

Megan ne put dissimuler son étonnement. Eleanor ne paraissait pas si âgée.

— Il doit être difficile de résister au café quand on habite à New York, reprit-elle. Il y a tant de superbes petits cafés dans la ville !

Megan était fascinée par la vie d'Eleanor à New York. Elle avait visité la ville et y avait même passé trois semaines chez une amie qui bénéficiait d'une rente et devenait de plus en plus dépendante de la cocaïne. Elles s'étaient bien amusées, mais le séjour de Megan avait concerné essentiellement la vie nocturne. Megan n'avait qu'une idée très vague du visage de New York en plein jour : elles ne sortaient qu'à la nuit tombée pour se rendre à des soirées, et encore était-ce toujours en taxi ou en limousine. A l'époque, elle avait trouvé ce mode d'existence fabuleux. A présent, cet épisode lui semblait pauvre. Elles se contentaient d'aller de soirée en soirée avec les mêmes personnes qui cherchaient toutes à se distraire avec une sorte de désespoir et auraient tué père et mère pour devenir célèbres.

— New York est un paradis pour les amateurs de café, confirma Eleanor, mais nous y faisons aussi de très bonnes tisanes.

— J'aimerais y vivre, soupira Megan. Je veux dire, m'y installer, pas seulement passer une ou deux semaines chez quelqu'un. Je me demande si la ville devient moins passionnante quand on y habite toute l'année ?

— Non, c'est vraiment un endroit extraordinaire. Pour moi, New York a un cœur. Il n'y a que des immigrants. Comme très peu de gens y commencent leur existence, ils sont comme neufs et on peut se faire des relations très rapidement. Nous sommes tous dans le même bateau, depuis la vedette de cinéma jusqu'au gamin qui sert le café.

— Avez-vous connu des vedettes de cinéma ?

— Quelques-unes, mais à New York, on les traite comme tout le monde. Elles doivent aller à Los Angeles pour se faire aduler !

Megan éclata de rire.

— En avez-vous eu parmi vos clients ?

— Je ne peux pas vous le dire, mais les gens sont tous pareils, Megan, célèbres ou pas. Nous partageons les mêmes doutes et les mêmes peurs.

— Alors, pas de ragots ?

Eleanor eut un sourire malicieux. C'était la première fois que Megan tentait une plaisanterie avec elle. Jusque-là, elle s'était comportée comme si Eleanor allait commencer une séance de thérapie sur l'instant et analyser le moindre de ses mots.

— Non, pas de ragots !

Pour une raison ou une autre, Megan la faisait penser à Gillian, sa petite-fille, même s'il y avait au moins sept ans de différence entre elles. Megan avait gardé une étincelle d'innocence enfantine. C'était cela, le monde étrange de la célébrité : elle avait grandi entourée de raffinement, mais sans la moindre chance de grandir en tant que personne.

La pensée de l'excursion qu'elle voulait faire jusqu'au village d'origine de sa famille traversa l'esprit d'Eleanor. Y aller seule serait très douloureux. Gillian ou Naomi auraient été des compagnes de voyage idéales, mais Eleanor se l'interdisait. Avec elles, elle ne réussirait jamais à faire ce qu'elle avait à faire. Elle soupira et pensa à autre chose.

— Travaillez-vous à plein temps pour Nora ?

— En ce moment, oui, mais Birdie revient dans deux semaines. Je commence à me dire que je devrais bouger. Je suis ici depuis le nouvel an. Cela fait assez longtemps pour qu'on m'ait oubliée ! Je devrais retourner dans le monde, mais pas à Londres !

Elle frissonna, incapable de penser à son appartement où elle avait dû se cacher quand le scandale avait éclaté.

— J'irai peut-être à Los Angeles...

D'après d'autres acteurs, il était difficile d'y faire son trou, mais elle ne pouvait s'installer définitivement à Golden Square.

— Et vous ? demanda-t-elle.

— J'ai toujours l'intention d'aller voir le berceau de ma famille dans le Connemara. J'attends que le temps s'améliore.

Toutes deux se trouvaient dans une situation d'attente, l'attente d'une nouvelle vie. Pour Megan, cela se produirait, c'était une certitude, mais Eleanor se demandait s'il n'était pas trop tard pour elle.

Ce soir-là, Eleanor regarda une émission sur le petit appareil de télévision portable installé dans sa chambre. Elle n'avait jamais beaucoup aimé la télévision et la vision du bonheur qu'elle proposait, qui torturait tellement les gens. Combien de ses clients n'étaient-ils pas arrivés dans son bureau, malades d'inquiétude parce que leur vie ne ressemblait pas à celle des héros du petit écran ? Elle avait eu suffisamment de scénaristes de séries télévisées pour savoir que les existences idéalement heureuses étalées sur les petits écrans du monde entier correspondaient aux fantasmes des gens et pas du tout à une quelconque réalité.

Elle finit par éteindre l'appareil et sa lampe de chevet. Allongée dans l'obscurité, elle attendit que le sommeil veuille bien la prendre. Les nuits étaient pires que tout. Dans la journée, elle avait encore l'impression de faire partie de l'espèce humaine, mais la nuit, la solitude la dévorait.

— Bonsoir, Ralf, murmura-t-elle.

15

Les fêtes religieuses

Les jours de fêtes religieuses ou de jeûne, la vie n'était pas simple, en particulier pour les gens qui travaillaient aux champs. Pour le mercredi des Cendres, par exemple, il fallait se lever tôt et se rendre à l'église à pied pour assister à la messe du matin et avoir le front marqué avec des cendres. Celles-ci provenaient des palmes du dimanche des Rameaux. On les brûlait et on mélangeait les cendres avec de l'huile. Ensuite, le prêtre traçait un signe de croix sur le front des gens avec ce mélange.

J'en sens encore l'odeur. On l'appelait l'huile du caté-chisme. On aurait dit l'odeur du tabernacle lors d'un enter-rement, quand le chanoine balançait l'encensoir au-dessus du cercueil.

Un jour, Agnes avait reçu un minuscule flacon de parfum qui évoquait l'Extrême-Orient, avec des notes d'encens et d'ambre. Je n'en supportais pas les effluves, qui me rappe-laient ces moments de mon enfance où nous allions à l'église et que j'imaginais le défunt dans son cerceuil, raide et glacé. Nous étions tous familiarisés avec la mort, tu sais, Eleanor. Ce n'était pas comme aujourd'hui. La communauté entière assistait aux enterrements. J'étais encore toute petite que j'avais déjà dû baiser le front froid comme du marbre de nombreux morts. D'une certaine façon, c'était une bonne éducation : la mort ne nous faisait pas peur.

Le mercredi des Cendres marquait le début du Carême et c'était un jour de jeûne. On n'avait pas le droit de manger de viande, seulement un vrai repas et deux collations, en réalité de très légers repas.

Ma mère nous préparait du cabillaud avec un peu de beurre et quelques petites pommes de terre à l'eau. On ne se resservait pas et il n'y avait pas de dessert. On se contentait de cela et d'une dizaine du rosaire après.

Le vendredi, tout le monde mangeait du poisson.

Tu prends un filet de cabillaud et tu ôtes les arêtes – ma mère utilisait ses doigts et je fais comme elle ; ensuite, tu le poches dans un peu de lait avec une pincée de poivre et un peu d'aneth, si tu en as.

La veille d'un mariage, le magasin de son village natal n'est pas l'endroit idéal où aller quand vous êtes la sœur aînée, et toujours célibataire, de la mariée. C'est un acte téméraire, autant que de se présenter aux portes de l'enfer avec une crème glacée ! Tout le monde veut parler mariage et fiançailles, avec l'inévitable question : « Et toi, ma chérie, c'est pour quand, ton grand jour à toi ? »

Quand Connie poussa la porte du bazar de Court-down Bay, elle prit donc une grande inspiration. Elle aimait ce magasin avec son mélange hétéroclite d'articles. Par exemple, un panneau proposait d'acheter de l'eau de Javel : « un paquet de bonbons offert à chaque acheteur ! » Le propriétaire, M. Flanagan, était là depuis une éternité et, même si l'attrait du super-marché avait fait du tort à son chiffre d'affaires, une grande partie de sa clientèle lui restait fidèle. En effet, où, sinon chez Flanagan, aurait-on pu trouver les ingrédients nécessaires pour une tarte aux pommes et en même temps de quoi piéger ces pestes de souris ?

Enid, la grand-mère de Connie, aimait rappeler les bons vieux jours où M. Flanagan père trônait derrière le comptoir et allait chercher ce que les clients lui demandaient. « On arrivait avec sa liste, on la lui donnait, on s'asseyait – il y avait toujours un siège très confortable à côté du comptoir –, et il allait tout chercher pour toi ! »

« Oui, répliquait Barbara, la mère de Connie. Oui, mais ça lui prenait des heures ! Il suffisait qu'une autre cliente arrive et il prenait le temps de discuter du prix d'une boîte de moutarde en poudre ou bien il répondait au téléphone, et pendant tout ce temps, on attendait !

— Peut-être, mais quand on partait, on était au courant de tout ce qui se passait dans la paroisse ! Moi, j'aimais ça !

— Tu devrais avoir une adresse de courrier électronique, grand-mère, lui avait dit Connie. Cela te permettrait de rester en contact avec toute la mafia de Courtdown Bay ! »

Les Flanagan avaient évolué dans le sens où les clients pouvaient à présent se servir eux-mêmes, mais il fallait toujours faire la conversation à M. Flanagan fils qui raffolait des commérages comme son père avant lui.

— Connie, je n'y crois pas !

La clochette de la porte n'en finissait pas de sa chanson d'accueil.

— Nous étions justement en train de parler de vous ! ajouta-t-il.

— Bonjour, monsieur Flanagan.

Mieux valait abandonner tout espoir d'un petit shopping rapide. Au comptoir, avec le maître des lieux, se trouvait Mme Hilary Leonard, l'équivalent local de Wikipédia. Elle connaissait tout le monde et savait ce qui se passait dans chaque maison.

— Connie ! s'exclama-t-elle.

Elle était très petite et, quand elle prit Connie dans ses bras, ce fut pour la serrer vigoureusement contre elle par la taille.

— Ta mère a dit que tu viendrais.

Comme le besoin de lait et de sucre était apparu quelques minutes plus tôt, Connie se demanda comment ses mouvements pouvaient déjà être connus. Mais c'était cela, Courtdown Bay : les autres savaient avant vous ce que vous alliez faire !

— Tout le monde doit être sur les nerfs, chez toi ? dit M. Flanagan.

Mme Leonard ne pouvait le laisser monopoliser la conversation.

— Les rhumatismes d'Enid la font de nouveau souffrir, mais elle a encore ces comprimés qui lui réussissent, n'est-ce pas, Connie ?

Connie dut s'incliner devant le savoir imbattable d'Hilary Leonard. Soit elle avait mis le téléphone de sa famille sur écoute, soit elle possédait des capacités de voyance exceptionnelles !

— Oui, elle a une nouvelle crise, confirma-t-elle, mais elle a décidé qu'elle irait mieux pour demain.

— Ce sera un grand jour pour ta famille, intervint M. Flanagan. Malheureusement, je ne pourrai pas aller à l'église à cause du magasin.

Il prononçait « magasin » avec le respect qu'un président américain pourrait réserver au Bureau Ovale !

— Mais j'assisterai au banquet. Je ne voudrais pas manquer de voir ta sœur mariée ! Nicky est vraiment une gentille fille.

— Elle est ravissante et va faire une mariée superbe...

Connie devina que Mme Leonard s'apprêtait à décrire la robe de Nicky que personne, à part les deux sœurs et leur mère, n'avait vue. Il ne lui semblait cependant pas impossible que ses pouvoirs lui permettent de la décrire !

— Désolée, mais je n'ai pas beaucoup de temps, dit Connie d'un ton joyeux. On attend le lait, à la maison !

— Tu es une bonne fille, répondit Mme Leonard en lui tapotant le bras avec affection. Toujours en train de penser aux autres ! Toute petite, tu étais déjà comme ça. Je veux dire, quand tu étais plus jeune. Tu n'as jamais été petite. Ça doit être pratique d'être aussi grande pour un professeur. Les petits morveux n'osent pas te fâcher !

Connie s'abstint de lui expliquer que les châtiments corporels ne faisaient plus partie des attributions des enseignants.

— Je suppose que ce sera ton tour, ensuite ? dit M. Flanagan d'un ton qui se voulait taquin.

Connie en eut un pincement au cœur. L'autre commère attendait sa réponse, les yeux écarquillés.

— Je préfère ne rien dire... dit-elle d'un ton de mystère.

Elle acheta du lait, du sucre et une grande tablette de chocolat, dit au revoir et se hâta vers la sortie.

— J'espère que tu seras la prochaine, Connie, cria M. Flanagan. Je veux dire, la prochaine à se marier !

— Merci !

Connie réussit à sourire et laissa la porte retomber derrière elle.

Quitter sa ville natale l'avait peut-être aidée à se réinventer, mais il lui avait suffi d'y revenir et en cinq minutes, tout était comme avant, comme si elle n'était jamais partie. Elle n'était plus Connie O'Callaghan, une femme avec une carrière professionnelle et un appartement à elle, des vacances au soleil et un bon fonds de pension. Elle était redevenue la Grande Connie, la plus grande des filles O'Callaghan par rapport à Nicky, la délicate. Ici, faire une belle carrière n'impressionnait personne à moins de diriger une multinationale et d'apparaître dans les articles sur les puissants de ce monde, arborant une expression de gravité. Et pourtant, se dit-elle avec un sourire ironique en quittant sa place de stationnement, même si elle dirigeait une multinationale, il y aurait toujours quelqu'un pour demander si elle n'allait pas bientôt se marier.

Il ne suffisait pas de diriger une grande société, de se déplacer dans son propre jet Lear et de passer ses vacances à Gstaad dans un chalet avec du personnel pour tout faire. Non, il fallait en plus avoir un mari ! C'était partout la même chose. La planète tout entière était obsédée par les raisons pour lesquelles une femme restait célibataire. Mais pourquoi ? Il arrivait qu'une femme avance en âge sans compagnon, et alors ?

Le groupe démographique à connaître la plus forte croissance dans le monde était celui des femmes célibataires. Elle l'avait lu, mais peut-être était-ce fabriqué. Un peu comme quand on disait que les femmes de plus de trente-cinq ans avaient plus de risques d'être tuées par des terroristes que de chances de se marier. En réalité, c'était totalement faux ! La question n'en restait pas moins de savoir pourquoi toutes ces femmes célibataires restaient seules. Mais pourquoi les gens ne les laissaient-ils pas tranquilles ? Elles n'embêtaient pas les autres en voulant tout savoir sur leur vie de couple. Alors qu'on cesse de les harceler sur leur vie sexuelle !

Même Eleanor, un exemple de carrière réussie à bien des égards, semblait désirer que Connie trouve un homme. Elle était allée jusqu'à lui signaler le père célibataire de la maison voisine. D'accord, c'était un assez bel homme, mais il n'avait pas manifesté beaucoup d'intérêt à son égard. De plus, elle s'était montrée désagréable avec lui le jour où il s'était garé là où elle en avait l'habitude. Il avait dû la cataloguer dans la catégorie des vieilles piquées !

Elle soupira. Si l'on avait dépassé la date de péremption, mieux valait l'accepter. Si seulement tout le monde pouvait en faire autant !

— Tu as pris du chocolat, génial ! dit Nicky quand elle arriva à la maison familiale.

— Au prochain manque d'épicerie, c'est toi qui vas chez Flanagan, grommela Connie.

Et elle cassa une barre de chocolat.

— Ils t'ont fait subir la question ?

— Oui, pire que l'Inquisition !

Le lendemain matin, le grand jour pour Nicky, Connie s'éveilla avec la sensation que la journée resterait inoubliable. Il n'y avait pas un nuage dans le ciel et le radio-réveil dans son ancienne chambre s'était déclenché avec sa chanson préférée entre toutes : *Walking On Sunshine* de Katrina & The Waves ! Surtout, la veille, elle s'était convaincue que, pour le mariage de sa sœur, elle aurait une poussée d'acné ; or elle n'avait pas le moindre petit bouton.

— Teint de rose ! dit-elle à son reflet dans le miroir de la salle de bains.

Elle venait d'ôter le dentifrice de son visage. En effet, pour ne pas prendre de risques, elle avait eu recours à ce vieux remède de bonne femme pour sécher sa peau partout où elle avait l'habitude de voir éclore des boutons. Le seul inconvénient était de devoir frotter pour enlever la pâte séchée.

Connie trouva Nicky dans la cuisine. Toutes les deux en pyjama, elles se mirent à la recherche du café dans les placards maternels.

— Tu sens la menthe ! dit Nicky.

— Oui, aujourd'hui, j'aurai les dents et la figure d'un blanc de dentiste ! Tu te rends compte : le grand jour est arrivé ! Ça va être un rêve.

— Je l'espère... Je me sens un peu comme une King Kong femelle.

— Vraiment ? Tu veux écraser tout Courtdown Bay sous tes grands pieds ?

Rien n'aurait pu abattre la bonne humeur de Connie.

— Non, je m'inquiète. Tout ce travail pour aboutir à cette seule journée ! Et si ça tournait mal ?

— Fais-tu confiance à Freddie pour être là ?

Connie posait la question sans crainte, car elle n'avait même pas envisagé une désaffection du fiancé.

— Bien sûr ! répondit Nicky en souriant.

— Il n'y a que cela qui compte. Tu as une robe, il a ton alliance ; et vous avez l'argent pour la réception. Pour que quelque chose se passe mal, il faudrait le faire exprès !

Nicky était une mariée magnifique. Le sourire que Freddie avait eu en la découvrant ne le quitta pas de la journée. Il ne cessa de la dévorer des yeux, l'air à la fois ravi et incrédule.

Quand le jeune couple arriva à la réception sous un tonnerre d'applaudissements, Arthur O'Callaghan, le père des deux sœurs, se tourna vers Connie.

— On dirait deux gosses, tu ne trouves pas ? lui dit-il d'un ton affectueux.

— C'est vrai, papa.

Tout en lui répondant, elle chercha un mouchoir dans sa pochette. A force de pleurer, tout son mascara s'était dilué.

La journée passa à toute vitesse dans une ambiance de bonheur sans nuage. Après le dîner, le personnel de l'hôtel s'activa pour débarrasser les tables et les pousser sur les côtés, libérant un espace de danse. Un buffet fut servi à l'une des extrémités de la salle, sandwiches et présentoirs pleins de minuscules cupcakes, une idée de Nicky. Connie pensait que personne ne pourrait encore avaler la moindre miette, mais sa mère déclara avoir envie de goûter les cupcakes, « juste pour voir ! »

— Je vais t'en chercher. Tu as l'air fatiguée. Assieds-toi et je t'en rapporte une assiette pour que tu puisses choisir.

La longueur de la journée se voyait sur le visage de Barbara O'Callaghan, ce visage si semblable à celui de Nicky.

Le DJ finissait d'installer son matériel et il régnait cette atmosphère particulière qui s'installe entre le dîner assis et la fête. Connie prit son temps pour choisir les petits gâteaux aux teintes pastel.

Son assiette pleine, elle se retourna et découvrit que sa mère avait été rejointe par cette commère de Mme Leonard. Toujours très distrayante, elle avait certainement déjà rassemblé toutes les informations voulues sur l'événement : qui ignorait qui et quelle femme avait failli porter presque la même robe que telle autre, mais, grâce au Ciel, avait changé d'avis à la dernière minute. Connie était à trois pas derrière sa mère quand elle entendit ce que disait Mme Leonard.

— C'est une fille formidable, ta Connie. Toujours pas de mariage à l'horizon pour elle ?

Connie se figea sur place. Les deux autres femmes ne pouvaient la voir. Sa mère répondit sur un ton d'excuses.

— J'ai plus ou moins renoncé. Passé un certain point, on est trop ancré dans ses habitudes pour se marier. Je n'aurais jamais supporté Arthur si nous n'avions pas grandi ensemble, ou presque.

— Oui, on peut voir la situation de cette façon. Je dis la même chose à mon mari mais il ne comprend pas, évidemment, ils se prennent tous pour l'affaire du siècle, hein ?

— Ah, oui ! Les femmes comme Connie, elles ont la belle vie. Pourquoi y renonceraient-elles pour quelqu'un qui leur demandera de laver ses chaussettes sales ? Aujourd'hui, les femmes ont tout, pas comme à notre époque.

Mme Leonard hocha gravement la tête.

— Oui, les temps ont changé, Barbara. On n'avait pas la pilule ni les préservatifs. Ni... ni les vibromasseurs ! ajouta-t-elle en baissant la voix.

— Tu as raison, Hilary, répondit la mère de Connie avec un soupir.

Connie dut se retenir d'éclater de rire. De son célibat aux vibromasseurs en moins d'une minute ! En l'entendant pouffer malgré elle, sa mère se retourna. Instantanément, Connie afficha un visage impassible et se glissa sur la chaise libre à côté de sa mère. A l'observer, personne n'aurait deviné qu'elle avait écouté la conversation.

— Voilà tes cupcakes, maman !

— Tu es une fille formidable, déclara Mme Leonard. Grande, c'est vrai, mais dans la nuit, tous les chats sont gris ! Les anciennes manières avaient du bon, Barbara. Les marieuses connaissaient leur affaire. On assortissait les gens, on les mariait et ils devaient se débrouiller avec ça ! Il n'y aurait pas tant de filles célibataires si on avait conservé nos coutumes.

Connie sentit sa mère lui tapoter gentiment la main. Mme Leonard choisit deux gâteaux et se leva.

— Je vais faire le tour, leur apprit-elle.

Connie posa l'assiette à côté de sa mère.

— Tu penses que j'ai la belle vie ? demanda-t-elle après un silence.

— Ouf ! A ton âge, j'avais deux enfants, pas un moment à moi et on n'imaginait même pas de « prendre du temps pour soi ». Ce doit être difficile de renoncer à ça.

— Maman, je renoncerais à tout le temps que j'ai « pour moi » si j'en avais l'occasion.

— Mais je suis certaine que tu l'auras, ma chérie, j'en suis certaine !

A cet instant, Connie comprit que, aux yeux de sa mère, c'était sa faute si elle restait célibataire. C'était elle qui rejetait les hommes, d'où qu'ils viennent.

— Si tu savais combien de rendez-vous j'ai acceptés, combien de fois je suis allée à une soirée en me disant que ce serait la bonne... J'en ai marre de ça.

Le souvenir de sa discussion avec Gaynor au sujet de sa liste et de l'impossibilité pour un homme de satisfaire tous ses critères lui traversa l'esprit.

— Les hommes ne s'intéressent pas à moi, reprit-elle. Si tu sais comment je peux changer la situation, dis-le-moi !

— Les hommes aiment qu'on les regarde comme si on était toute petite devant eux.

— Etant donné ma taille, je ne pourrai faire ça qu'avec un joueur de basket professionnel, rétorqua Connie.

— Dans ce cas, ne porte pas de talons !

— Je n'en ai pas.

— Je ne te vois jamais avec des tenues floues et féminines. Quand on est grande, il faut faire un effort de féminité.

— Impossible ! Ça me donne l'air ridicule. Pour oser les vêtements flous, il faut être petite et menue comme Nicky. Sur moi, ça donne l'impression d'une gamine qui joue à la dame chic sur son trente et un.

— Ton père et moi, nous serions très heureux de te voir t'installer avec quelqu'un. Je me demande si je n'ai pas fait des erreurs avec toi.

La voix de sa mère avait tremblé sur les derniers mots et Connie sentit de nouvelles larmes lui monter aux yeux. A se demander pourquoi elle avait pris la peine de se maquiller !

— Maman, tu n'as fait aucune erreur. J'aimerais être en couple, mais ma vie a tourné autrement. Beaucoup de femmes vivent seules, de nos jours. C'est la vie ! Et je ne peux pas rester à me torturer jusqu'à ma mort à cause de ça. Ne sois pas triste pour moi, maman !

Connie vit le visage de sa mère qui s'affaissait.

— Vraiment, il n'y a rien qui doive t'attrister, maman. Je suis heureuse, je te le promets. Tout va bien.

— Mais que vas-tu devenir sans Nicky ?

Connie n'avait pas de réponse à cette question. Sa sœur avait déjà emménagé avec Freddie. Au lycée, quand on lui posait une question dont elle ignorait la réponse, elle avait assez de cran pour le dire. Pour elle, un très bon professeur devait pouvoir reconnaître qu'il ne savait pas tout. Toutefois, dans ce cas précis, elle savait qu'il valait mieux mentir à sa mère. Elle croisa les doigts sous la nappe blanche et se lança bravement.

— Je pense que je commence une autre vie. Je me suis trop reposée sur Nicky et Freddie. Etre seule m'obligera à sortir plus souvent.

— Ma chérie, c'est tout ce que je souhaite ! Nous nous faisons du souci pour toi, ton père et moi, à cause de ce que tout cela représente pour toi. Tu t'occupes si bien de Nicky...

Comme si on lui avait donné le signal de son entrée, le père de Connie fit son apparition, l'air à la fois heureux et soulagé.

— Vous êtes certaines que mon discours était bien ? leur demanda-t-il pour la dixième fois de la soirée. Le livret du Père de la Mariée conseille de faire court et je me suis un peu laissé emporter. Je voulais seulement leur donner une image de Nicky dans son enfance, que tout le monde sache le genre de fille qu'elle est.

Sa femme lui sourit avec amour, démentant les propos qu'elle tenait un peu plus tôt à Mme Leonard.

— Arthur, c'était parfait !

Connie prit conscience du caractère doux-amer des mariages. Pleins de joie pour les mariés, ils se teintaient de regret pour toutes les autres personnes présentes.

Les parents de Freddie se reprochaient sans cesse de ne pas avoir pu donner à leur fils et à leur belle-fille, à cause de leurs énormes pertes financières, l'apport nécessaire à l'achat d'une maison, alors qu'ils en rêvaient depuis toujours. Et puis, il y avait elle-même, Connie. Elle observait ses parents, rayonnants de bonheur à l'idée qu'au moins une de leurs filles était mariée, un bonheur toutefois terni par le souci de voir l'aînée toujours seule.

— Papa, tu as très bien parlé. Tu ne me ferais pas danser ?

Son père lui offrit son bras en disant que, comme il n'avait jamais été doué pour la valse, si elle voulait conduire, il n'y verrait aucun inconvénient. Tout en valsant, Connie se trouva très douée pour afficher un visage stoïque aux mariages. Il y avait d'abord eu celui de Sylvie et à présent, celui de sa sœur. Si elle voulait un jour faire carrière à la scène, elle aurait déjà de la pratique !

Nicky et Freddie passèrent leur lune de miel aux Canaries. De son côté, Connie rentra chez elle à Golden Square et décida de s'inscrire à un club de randonnée pour retrouver sa ligne. A moins d'aller faire quelques longueurs de bassin deux ou trois fois par semaine à la piscine de quartier ?

Quoi qu'elle choisisse, elle était décidée à ne plus rester à moisir chez elle. Certainement pas ! Elle allait vivre à fond, prendre un nouveau départ, comme disait Eleanor, et montrer à tout le monde qu'elle était parfaitement contente de son sort. Avec un peu de chance, elle prouverait même qu'une femme n'a pas besoin d'un homme pour se sentir satisfaite. Ils allaient voir, et plus vite qu'ils le pensaient !

16

La Reine de Saba

Tu ne peux pas imaginer la dureté de la vie quand j'étais jeune, Eleanor. L'entretien de la maison n'était pas aussi facile qu'aujourd'hui. Tu as l'habitude de nous voir, Agnes ou moi, faire nos courses à l'épicerie ou regarder le charbonnier déposer un sac de charbon sur le perron. A Kilmoney, nous devions trouver nous-mêmes ce que nous mangions et ce que nous brûlions.

De l'aube au crépuscule, il y avait toujours au moins un membre de la famille en train de travailler. Si ma mère ne pétrissait pas le pain, elle s'occupait du potager. Nous serions morts de faim sans ce bout de terre. A une extrémité, près du tas de tourbe et de la route, il se rétrécissait vers la maison, là où ma mère cultivait de la roquette, parce qu'elle aimait cela, tandis qu'Agnes avait planté un rosier au pied du pignon.

D'après elle, ce rosier s'appelait Reine de Saba. *D'un blanc crémeux, c'était une variété ancienne à nombreux rangs de pétales, comme un tutu. Je n'en ai jamais retrouvé de semblable. Si je sentais de nouveau son parfum, je le reconnaîtrais immédiatement, mais cela ne s'est jamais produit, ni chez les pépiniéristes ni chez les fleuristes.*

Quand nous habitions le Queens, à New York, nous avions une vieille maison en bois et j'aurais adoré posséder un jardin, ce qui ne manque pas d'humour, car dans ma jeunesse, je n'avais jamais une minute pour jardiner. Il y avait pourtant pire : le champ de raves pour le bétail. Je détestais par-dessus tout devoir éclaircir les rangs de raves. On s'attachait un vieux sac à grain autour de la taille comme un tablier et on travaillait à genoux dans un interminable sillon avec des rangs de navets à perte de vue. On commençait au lever du jour. Il fallait arracher la moitié des jeunes pousses. On donnait les raves au bétail mais nous en mangions aussi. Pour les pommes de terre, c'était différent. Au moins, on n'en déterrait que quelques-unes à la fois et, quand on soulevait le plant – les tubercules d'un beau jaune pâle au bout des racines –, on se sentait submergé par la bonne odeur de terre fraîche. Eclaircir les raves prenait des heures et des heures ! Le soir, nos genoux et notre dos nous faisaient pleurer de douleur.

En été, le voisinage fournissait la plus grande partie du travail. Nous avons un mot pour cela, en irlandais : meitheal. Cela signifie que les hommes mettent leurs forces en commun pour faire les foins les uns chez les autres à tour de rôle. Malheur à nous si nous avions un été trop humide, car le foin pourrissait sur pied.

Pendant les moissons, les femmes de la maison devaient nourrir dignement les hommes. Pour le déjeuner, ma mère et moi, nous nous rendions dans les champs avec une gourde en étain pleine de thé fort et très sucré, sans oublier une aussi grande quantité de sandwiches que nous pouvions en emporter. J'ai toujours en mémoire l'odeur des foins que l'on mettait en meules.

Tu sais, à présent que j'y pense, la vie était simple, à cette époque. Aujourd'hui, nous avons toutes sortes de gadgets pour nous aider, mais sur bien des points, la vie est devenue plus compliquée. Rétrospectivement, je pense que nous savions ce qui était important.

Pour la première fois, Rae était reconnaissante à sa belle-mère de sa présence. La hanche de Geraldine était guérie. Elle se déplaçait dans la maison sans se plaindre et aurait facilement pu rentrer chez elle. C'était Rae qui n'en avait pas envie. Sa belle-mère lui apportait un dérivatif bienvenu à ses préoccupations

Tous les soirs, quand ils retrouvaient leur lit après une longue journée, Will lui répétait à quel point elle était gentille pour sa mère. D'habitude, Rae appréciait cet instant, la sensation du drap frais sur son corps fatigué et la présence de son mari à ses côtés. A présent, comme tout le reste dans sa vie, cela semblait faussé, mensonger. Comment pouvait-elle partager son lit avec un aussi terrible secret sur la conscience ? Comment avait-elle pu lui cacher l'existence de Jasmine ? Comment pouvait-elle croire que la seule solution était de continuer à se taire ?

— Elle a besoin de quelqu'un qui s'occupe d'elle, répondit Rae ce soir-là.

Elle n'avait pas envie de parler de sa gentillesse et n'avait rien trouvé de mieux pour détourner la conversation. Quelle valeur pouvait avoir la gentillesse d'une menteuse ?

— Elle n'est pas toujours facile, répondit Will.

Rae apprécia cet aveu, même si cela ne pouvait la consoler.

— Elle est juste très exigeante, c'est tout. Je n'en peux plus de fatigue, ce soir.

C'était leur code pour dire qu'elle n'avait pas envie de faire l'amour. Geraldine vivait chez eux depuis trois semaines et, pendant tout ce temps, Rae et Will n'avaient pas eu de relations ; une fois, ils avaient failli, mais alors, couchée entre les bras de son mari, Rae n'avait pas pu s'empêcher de pleurer en silence. Quand Will avait remarqué ses larmes, il s'était arrêté de l'embrasser.

« Qu'y a-t-il, ma chérie ? »

— Ce doit être le fait de vieillir, avait-elle répondu, choquée de mentir aussi aisément.

— Nous ne sommes pas obligés de faire l'amour », avait-il dit. Il avait basculé sur le côté sans la lâcher. Rae avait conscience de son état d'excitation, mais elle était incapable d'aller plus loin. Cela aurait exigé d'elle une hypocrisie insupportable. Elle se serait effondrée.

« Merci, avait-elle chuchoté. Je suis trop fatiguée. » Encore un mensonge !

« Tu sais que tu peux tout me dire, avait ajouté Will en la serrant contre lui. Maman aurait-elle été... disons, désagréable avec toi ? Je connais son manque de tact... »

Rae avait fait non avec la tête, concentrée sur la chaleur de son mari et sur son odeur qu'elle aimait tant. Combien de fois avaient-ils fait l'amour depuis leur mariage ? Elle n'aurait su le dire, mais jamais auparavant elle n'avait eu la sensation de le tromper. Il n'y avait pas que l'infidélité sexuelle pour trahir son mari. « Non, ta mère a été très bien. »

Même cela n'était pas tout à fait vrai. A présent qu'elle allait mieux, Geraldine devenait de plus en plus irritable. Comment Rae n'avait-elle jamais eu l'idée de décaper les placards de la cuisine et de les repeindre pour qu'ils soient tous de la même couleur ? Il n'était pas possible que l'on ait le droit de laisser les chiens se promener sans laisse dans le jardin de la place ? Un jour, en regardant par la fenêtre, Geraldine avait aperçu une fille maigre avec d'horribles cheveux courts, qui laissait deux affreux bâtards courir en toute liberté. L'un d'eux en avait profité pour faire ses besoins. Quel était le pire ? s'était demandé Geraldine. Que l'on ait le droit de lâcher les chiens ou l'obligation, comme l'avait fait la fille, de ramasser leurs excréments avec un sac ? Pourtant, cela lui avait paru parfaitement normal !

« Il n'y a pas beaucoup de femmes qui hébergeraient leur belle-mère de bon cœur, Rae, avait encore dit Will. Ne crois pas que je ne m'en rende pas compte ! Mais elle repartira bientôt.

— Oui », avait dit Rae. Il serait tellement plus difficile de cacher sa tristesse quand sa belle-mère ne lui servirait plus d'excuse...

Le lundi, Leonora vint chercher Geraldine pour aller prendre un café en ville.

— Je ne suis pas encore très assurée, dit Geraldine quand Leonora lui prit le bras.

Rae dissimula un sourire. Quelques heures plus tôt, sa belle-mère s'était sentie assez bien pour sortir dans le jardin et aller admirer le travail de Will dans son bureau.

— Maman ! protesta Leonora d'un ton sec. Cela fait trois semaines, maintenant ! Si on t'avait coupé la jambe, tu serais déjà en train de courir partout.

— On ne t'a jamais posé une prothèse de la hanche, alors arrête de parler comme si tu savais de quoi il s'agit, rétorqua Geraldine. Tu n'as aucune idée de ce que je traverse. Au moins, ton frère et Rae comprennent à quel point j'ai souffert !

Rae tint patiemment la porte ouverte en remerciant le Ciel de ne pas avoir à les accompagner. Elle avait travaillé au salon de thé toute la matinée et prenait une pause avant d'y retourner pour l'après-midi. Avant cela, elle voulait profiter de ce que la maison était vide pour vérifier quelque chose.

Geraldine et sa fille mirent des heures à partir.

— Tiens-moi par le bras droit, pas par le gauche ! dit Geraldine d'un ton furieux. Tu oublies sans arrêt que c'est ma hanche gauche qui a été opérée et que, si tu restes de ce côté, tu risques de la cogner !

— D'accord ! répondit Leonora en levant des yeux de martyre.

Elles descendirent l'allée en traînant des pieds tandis que Rae, souriant sur le seuil de sa maison, attendait qu'elles arrivent au trottoir. A peine y étaient-elles qu'elle referma la porte, courut à l'étage et tira sur la corde ouvrant la trappe du grenier. D'un geste vif, elle déplia l'escalier qui se mit en place avec un solide « clic ». Elle monta et alluma, cherchant à se souvenir de l'emplacement de la valise. Ils entreposaient tout dans ce grenier, jouets, livres, vieux vêtements et décorations de Noël. Rae se fraya un chemin derrière le vieux tricycle d'Anton et une boîte débordant de guirlandes argentées et rouges. Reléguée dans un coin, se trouvait une vieille valise en nylon marron, tellement usée qu'on n'aurait pas pu s'en servir.

Elle défit le zip et fouilla parmi les vieux pulls et les sous-vêtements thermiques qu'elle y avait rangés. Plus personne ne porterait jamais rien de tout cela mais c'était une bonne cachette. La layette d'Anton était dans une autre valise. Rae en avait donné la plus grande partie à Community Cares mais avait gardé le reste en souvenir de cette époque. Ses doigts se refermèrent sur un petit sac à main à monture solide.

Elle l'ouvrit d'une main tremblante et en sortit un pyjama de bébé rose. Quarante-deux ans auparavant, il

318

était déjà vieux et acheté d'occasion. Les années l'avaient à présent rendu rêche, mais elle le caressa du bout des doigts comme s'il était fait de la soie la plus fine. Elle l'avait volontairement rangé à part des affaires d'Anton. Ses deux enfants appartenaient chacun à une vie différente.

Garder le maillot de Jasmine avec la layette de son frère aurait été une trahison envers sa mémoire. Anton aussi aurait pu trouver bizarre de découvrir un vieux pyjama en laine parmi ses grenouillères. Il n'y avait qu'ici qu'elle pouvait mettre les choses en ordre.

Après ces trois semaines de cohabitation avec sa belle-mère, Rae se sentait soulagée de pouvoir s'asseoir sur le plancher du grenier, porter à son visage le pauvre petit pyjama si usé et tenter d'y retrouver une odeur lointaine. Mais il ne sentait plus que le moisi et l'usure. Cela ne l'empêcha pas de pleurer.

La Maison de repos Sainte-Helena était peinte en jaune soleil, aussi lumineuse qu'un tournesol même par cette journée brumeuse de mai. Le foyer occupait en partie un ancien entrepôt à grains de Limerick. Pour seuls voisins, il avait un petit garage et une société d'approvisionnement alimentaire. De l'autre coté de la route, on trouvait un pub, puis des terrains vagues et rien d'autre. Rae connaissait l'existence de ce foyer uniquement parce que leur professeur d'éducation civique, la pieuse Mme Flaherty, avait consacré plus d'un cours à expliquer aux élèves de cinquième que les jeunes filles ne tomberaient pas enceintes s'il n'y avait pas d'abord ce genre d'endroits ! « C'est comme si l'on agitait un chiffon rouge devant ces malheureuses, comme si on leur disait que le sexe avant le mariage est permis alors que nous savons toutes que ça ne l'est pas ! »

Rae et son amie Shelley n'avaient jamais accordé beaucoup d'attention à ces cours. L'éducation civique ne faisait pas partie des matières au programme de l'examen et elles étaient certaines que, même dans ce cas, les foyers pour mères célibataires ne figuraient pas parmi les sujets envisageables.

« Elle est folle, lui avait dit Shelley. Il paraît que les filles de seconde lui ont réclamé un cours sur la méthode Ogino, mais qu'elle a rougi et a hurlé qu'elle en parlerait à la principale !

— J'aurais bien aimé assister à ça », avait répondu Rae en riant.

Sur la banquette arrière du taxi qui venait de s'arrêter devant la porte jaune du foyer Sainte-Helena, Rae se souvint de cette conversation. Elle avait l'impression que cela s'était déroulé des siècles plus tôt, quand elles étaient encore amies et qu'une autre vie l'attendait.

« Ça vous va ? » dit le chauffeur de taxi d'un ton grincheux.

Il n'avait pas desserré les dents pendant tout le trajet. Rae n'avait pas envie de sortir de la voiture, en dépit de l'odeur nauséeuse du désodorisant. D'une certaine façon, c'était un endroit rassurant, comme un lien entre le passé et le futur. Mais il était impensable de faire demi-tour ! Quoi que méritât le bébé en train de grandir en elle, ce n'était certainement pas la maison des Hennessey. Il suffisait qu'un membre de la famille ait été détruit par Paudge et Glory. Cela n'arriverait pas au bébé.

« C'est très bien », répondit Rae d'une voix claire et assurée. Du courage, ma vieille ! se dit-elle. Elle paya et prit ses bagages. Une fois de plus, il la laissa se débrouiller toute seule.

« Merci », dit-elle encore. Aucune réponse. Il démarra à toute vitesse et elle se retrouva avec ses sacs devant la porte jaune soleil. Elle se demanda si son père était à présent rentré du pub. Ses parents avaient-ils remarqué son départ ?

Enfin, elle fit un pas en avant et sonna.

Une femme d'un certain âge, avec les cheveux très courts et le visage sans le moindre maquillage d'une religieuse en civil, lui ouvrit et Rae sentit son sang se glacer. D'après ce qu'elle en savait, les sœurs avaient peu de sympathie pour les mères célibataires. Plusieurs filles avaient dû quitter l'école pour les mêmes raisons qu'elle. Aucune n'était revenue et on ne mentionnait jamais leurs noms alors que ceux des anciennes élèves étaient évoqués lors des prières en commun.

D'un seul regard avisé, la religieuse engloba la silhouette cachée sous le pull d'uniforme trop grand et le jean que Rae avait mis avant de partir. Le bouton du haut n'était pas fermé mais, avec le pull par-dessus, personne n'avait rien remarqué jusque-là. Rae se raidit pour affronter l'inévitable manifestation de colère et de mépris. S'il fallait endurer cela pour rester au foyer, elle y arriverait, car elle n'avait aucun autre endroit où aller.

Une chose incroyable se produisit à cet instant. La sœur prit la main de Rae dans les siennes.

« Vous êtes la bienvenue, mon enfant. Je suis sœur Veronica.

— Et moi Rae Hennessey, répondit-elle en levant le menton bien haut.

— Entre, Rae ! Je vais t'aider à porter tes sacs. Il y a quelqu'un avec toi ?

— Non, je suis seule.

— Tu n'es jamais seule. Dieu t'accompagne toujours », répondit sœur Veronica avec une grande gentillesse.

Rae la dévisagea. Quelle idée réconfortante ! Elle espérait que c'était vrai, mais jusque-là, elle n'avait pas eu beaucoup de raisons de croire en la bonté de Dieu à son égard.

Quoi que les sœurs de l'école aient pensé des mères célibataires, les femmes et les sœurs qui géraient le foyer avaient d'autres idées. Sœur Veronica était la gentillesse incarnée et tandis qu'elle notait les informations nécessaires sur la fiche de Rae, il n'y eut pas la moindre allusion à la honte ou au péché comme cela aurait été le cas à l'école. Son *ex*-école, pensa Rae avec un pincement au cœur. Elle n'y retournerait pas.

Le foyer était simple, mais accueillant. Il se composait d'une grande cuisine ouverte sur un salon où se retrouvaient les pensionnaires, d'une autre pièce destinée aux visites des familles et, à l'étage, de deux dortoirs ainsi que plusieurs chambres individuelles. Il n'y avait rien de trop. Les sièges de la cuisine étaient d'anciens bancs d'église recouverts de coussins au crochet de toutes les couleurs que sœur Veronica se plaisait à réaliser pendant les soirées. Quant aux lits, tous d'une personne, ils étaient équipés de couvertures banales et de vieux draps blancs. Toutefois, même si le décor était nu, tout était d'une propreté irréprochable.

Ce n'était pas de tout cela que Rae se souviendrait toute sa vie, mais des fleurs. Sœur Veronica aimait les fleurs et faisait pousser des giroflées dans le minuscule jardin derrière le bâtiment. Partout, de vieux bocaux de confiture débordaient de giroflées mauves et blanches parsemées de pucerons. Leur puissante senteur embaumait l'air mieux que n'importe quel parfum.

L'arrivée de Rae fit monter à six le nombre des pensionnaires de Sainte-Helena. On lui attribua un lit dans le deuxième dortoir, à côté de Carla, une rousse minuscule qui semblait prête à accoucher, et de Sive. Sive, elle, ne donnait pas du tout l'impression d'être enceinte. Elle fixa Rae sans un mot.

« Elle ne parle pas, apprit Carla à Rae. Viens ici, nous pourrons bavarder. »

Allongée sur son lit pour se reposer, elle tapotait la place à côté d'elle.

« Je te laisse t'installer, dit sœur Veronica. On dîne à dix-neuf heures. Carla va tout t'expliquer, n'est-ce pas ?

— Oh, non, ma sœur ! Si je lui dis tout, elle va s'enfuir ! »

La religieuse se contenta de rire. Rae n'avait jamais vu aucune des sœurs de l'école se conduire de façon aussi libre et décontractée. Elle posa ses sacs par terre à côté de son lit et alla s'asseoir sur celui de Carla sans pouvoir s'empêcher de regarder son ventre. Sa tunique grise était tendue à craquer sur ses rondeurs.

« Oui, j'ai tout d'une baleine ! Il me reste trois semaines. D'après la sage-femme, ce sera un gros bébé. Sœur Fran est certaine que c'est un garçon parce que je le porte bas. Pour Ashling – tu la rencontreras plus tard –, ça ne peut être qu'un éléphant ! Si ça se trouve, il y en a même deux. En tout cas, il remue suffisamment pour deux », conclut-elle en tapotant son ventre.

Rae éclata de rire et en éprouva un immense soulagement. C'était si bon de plaisanter !

« Ce n'est pas drôle, dit Carla avec un sourire qui démentait ses paroles.

— Si ! Cela fait des mois que je n'ai pas ri.

— Tu en es à combien ?

— Cinq mois et demi.

323

— Ça ne se voit pas.

— C'est parce que je suis grande, répondit Rae. Cela rend les choses plus faciles à cacher. Et elle, où en est-elle ? On ne voit rien. Elle a déjà eu son bébé ? »

Du regard, elle désigna rapidement Sive, ne voulant pas prononcer son nom à haute voix, de peur de la blesser.

« Non, elle est enceinte et tout le monde est au courant dans sa famille parce que c'est son père. »

Rae faillit s'étrangler.

« Elle ne mange presque rien, poursuivit Carla. A sa place, je ne mangerais rien non plus. On ne se remet pas de ce genre de choses. »

Rae eut un geste consterné. Comment pouvait-elle se plaindre autant de son sort ? Quoi qu'il lui soit arrivé, au moins ce n'était pas ça.

Au cours des deux semaines suivantes, Rae se sentit en paix pour la première fois depuis longtemps. L'ambiance était détendue et la plupart des filles possédaient un réel sens de la camaraderie. Là, elles étaient en sécurité, à l'abri ; personne ne les insultait à cause de leur état.

Rae aimait beaucoup la compagnie de Carla. La petite rousse de dix-sept ans, drôle et combative, était la plus ancienne des pensionnaires. Celles-ci parlaient parfois des garçons, de mode et de cinéma, comme si leur corps n'était pas transformé par la grossesse. Carla aimait les Beatles, mais pas John Lennon. Elle détestait ses lunettes. Mais elle trouvait Paul McCartney d'une beauté renversante. En revanche, pas plus que les autres, elle n'abordait le sujet de sa vie d'après.

Un soir, couchée dans le noir sans pouvoir trouver le sommeil, Rae aurait aimé allumer pour lire mais elle ne voulait pas réveiller ses compagnes. Elle se retourna dans son lit et Carla l'entendit.

« Tu ne dors pas ? chuchota-t-elle.

— Non, répondit Rae sur le même ton. Ça va ?

— Non. »

Pour la première fois depuis son arrivée, Rae sentit de la peur dans la voix de son amie.

« Je pense à ce qui se passera après, tu sais, après la naissance.

— Nous aurons le temps de nous en inquiéter plus tard », dit Rae.

Elle ne faisait que répéter ce que sœur Veronica lui avait dit le premier jour.

Carla le lui fit remarquer, non sans une pointe d'amertume.

« Elle préfère que nous n'y pensions pas trop, parce qu'elles ont des projets pour les bébés.

— Des projets ?

— Oui, répondit Carla, pour les faire adopter. Nous pourrions difficilement nous occuper de nos gamins.

— Moi, je le ferai !

— Et avec quel argent le feras-tu ? Redescends sur terre, Rae ! Nous devons abandonner nos bébés. C'est la meilleure solution pour eux.

— Et qui dit ça ? »

Rae était scandalisée.

« Veronica ! Je l'ai vue, cet après-midi. Elle m'a parlé d'une famille formidable dans le Donegal qui a déjà adopté un enfant et en voudrait un autre. Ils ont une ferme. Leur premier enfant est une petite fille qui a presque deux ans. Un petit garçon compléterait la famille. Veronica se demandait si j'aurais un garçon. Je lui ai répondu que l'histoire de la ferme ne m'enthousiasmait pas. Je viens moi-même d'une ferme, et regarde où ça m'a menée. J'en suis là parce que je me suis enfuie avec un garçon de la ville. »

Rae se glissa hors de son lit et se dirigea à tâtons vers celui de Carla. Elle s'y assit, cherchant à s'installer dans une position confortable pour sa grossesse de six mois. Sœur Veronica faisait venir une sage-femme toutes les semaines pour vérifier l'état de santé des futures mères. Quelques jours plus tôt, cette dernière s'était dite satisfaite de la façon dont cela se passait pour Rae en précisant qu'elle commençait son dernier trimestre.

« Que voulez-vous dire ? avait demandé Rae.

— C'est le terme médical, avait répondu la sage-femme avec dédain. Ne vous posez pas tant de questions ! Tout ce que vous avez à faire, c'est de rester en bonne santé et tout sera bientôt fini. »

Elle sentit le bébé remuer. Il ou elle était plus remuant la nuit, sans qu'elle sache pourquoi. Dans le foyer, personne ne parlait jamais des réalités de la grossesse. Ses connaissances étaient donc assez limitées. Elle chercha dans l'obscurité la petite main de Carla.

« La naissance me fait très peur, dit Carla à voix basse. Ça va faire très mal. Je déteste avoir mal et Joely – elle est partie avant ton arrivée – a dit que les sages-femmes, ici, ne peuvent pas nous donner d'antidouleur. On ne peut en avoir qu'à l'hôpital.

— On ne va pas à l'hôpital ?

— Avoir un bébé est la chose la plus naturelle au monde et tu n'as pas besoin d'aller à l'hôpital, répondit Carla sur un ton parodique. La seule chose, c'est que l'abandonner n'est pas naturel. A ton avis, après ça, on retrouvera notre vie d'avant ? »

Rae se mordilla la lèvre.

« Comment le pourrions-nous ? Plus rien ne sera jamais comme avant. Nous ne pourrons pas faire comme si nous n'avions pas eu d'enfant.

— Mais nous n'en aurons pas ! Personne ne le saura.

— Moi, j'aurai mon bébé, dit Rae d'un ton tranquille. Et toi, tu le sauras. Tu sauras aussi que tu en as eu un et tu ne pourras pas l'oublier. »

Rae remit le petit pyjama de Jasmine à sa place, redescendit du grenier et replia l'escalier avec un bruit sourd. Elle gagna la salle de bains, aperçut son visage rougi et se le passa à l'eau froide. Elle ne pouvait pas aller travailler dans cet état. Les mains tremblantes, elle appliqua rapidement une couche de fond de teint pour réparer les dégâts causés par sa crise de larmes. A peu près présentable, elle dévala l'escalier, attrapa machinalement sa veste et ses clés, puis claqua la porte derrière elle.

En arrivant au Titania's Palace, elle n'adressa la parole à personne, enleva sa veste et s'installa derrière la caisse. L'Américaine âgée était en train de choisir un muffin à la farine complète. Rae aurait été incapable de se souvenir de son nom.

— Désirez-vous boire quelque chose ? lui demanda-t-elle.

Malheureusement, l'effort qu'elle avait fait pour parler à sa cliente déclencha une nouvelle crise de larmes. Le seul fait de toucher le petit vêtement qu'avait porté Jasmine semblait avoir ouvert les vannes sans qu'elle puisse les fermer.

Elle s'entendit appeler par son nom. A travers ses larmes, elle reconnut le visage inquiet de l'Américaine.

— Vous avez besoin de vous asseoir quelques instants, lui dit-elle d'une voix apaisante.

Eleanor fit signe à une employée qui paraissait choquée de voir sa patronne dans un pareil état. Répondant à sa demande muette, celle-ci s'empressa de venir prendre sa place à la caisse.

Eleanor entraîna Rae dans une alcôve tranquille au fond du salon. Elle la fit asseoir et lui prit la main. Normalement, elle ne touchait pas ses patients, mais Rae n'était pas une patiente, et ce qui se passait n'était pas normal.

— Vous pouvez me parler, dit-elle à mi-voix.

Rae vit le regard chaleureux d'Eleanor et comprit que c'était vrai.

— Je ne sais pas quoi faire, parvint-elle à articuler.

Quand l'adolescente qu'elle était avait commencé à avoir des contractions, il n'y avait personne à côté d'elle. Allongée sur son lit dans le petit dortoir, elle essayait de soulager son dos. Soudain, une douleur aiguë, partie de son ventre, avait traversé tout son corps. Ne sachant ce qui lui arrivait, elle avait appelé Carla mais celle-ci n'était plus là. Son bébé, un minuscule bout de chou que Carla avait appelé Paul à cause de Paul McCartney, avait été adopté par la famille de fermiers du Donegal. Le jour de son départ, Carla s'était maquillée comme si elle mettait des peintures de guerre. Pourtant, ses larmes diluaient son eye-liner. Essayant de sourire entre deux sanglots, elle avait fait remarquer à Rae qu'elle pouvait de nouveau mettre ses vieux vêtements, une veste en cuir et un jean qui la moulait. « Me voilà comme j'étais avant, avait-elle dit. On reste en contact ! »

Rae avait compris qu'en réalité elle n'en avait pas envie. Carla ne voudrait jamais revoir qui que ce soit du foyer parce que cela lui rappellerait le bébé qu'elle n'avait pu garder avec elle qu'une seule nuit avant qu'une autre religieuse l'emmène, une religieuse qu'elle n'avait jamais vue auparavant.

Carla, j'aimerais tellement que tu sois là, pensa Rae quand sa contraction s'apaisa, la laissant épuisée sur son lit étroit.

Elle tituba jusqu'au palier pour demander de l'aide et sœur Martin apparut. Quelques minutes plus tard, Rae se trouva installée dans la salle d'accouchement, au premier étage. Une nouvelle contraction la fit gémir de douleur.

« Vous voulez bien appeler la sage-femme ? cria-t-elle.

— Ne dis pas de bêtises, répondit la religieuse. Tu en as pour des heures ! »

Rae souffrit en effet pendant six heures avant que la sage-femme arrive et relève sa chemise de nuit.

« Vous êtes prête à accoucher. La dilatation est presque complète. Vous auriez dû m'appeler plus tôt, ma sœur. »

Il fallut encore une demi-heure avant que la tête du bébé apparaisse. Rae n'avait jamais eu aussi mal mais elle savait qu'elle devait affronter la douleur pour son bébé chéri.

Si seulement Carla était là, ou bien Shelley... Elle ne pouvait s'empêcher de crier. Elle aurait donné n'importe quoi pour avoir une amie à ses côtés, une amie qui lui tienne la main et qui l'aide. Même sa mère...

« Poussez encore, Rae, un peu de courage ! dit la sage-femme. Allons, vous pouvez y arriver ! »

Rae rassembla toutes ses forces et sentit enfin le bébé se libérer de son corps.

« Une petite fille ! annonça sœur Martin d'un ton triomphant. Que Dieu la bénisse !

— Je veux la voir, laissez-moi la tenir !

— Attends un peu ! Il faut d'abord la peser et vérifier que tout va bien. »

Enfin, enveloppé dans une vieille couverture d'hôpital, le bébé de Rae fut déposé entre ses bras. Emerveillée, elle découvrit le petit visage tout rouge aux paupières crispées, ses boucles noires humides et collées sur son crâne. Sa fille avait une peau douce comme de la soie.

Jasmine ! C'était son nom. Pendant des mois, cela avait été le secret de Rae et en voyant sa magnifique petite fille, elle comprit qu'elle avait bien choisi. Elle l'embrassa en murmurant qu'elle l'aimait.

La sage-femme devait partir.

« Vous avez bien travaillé, dit-elle avec satisfaction. C'est un beau bébé. Presque quatre kilos ! Pendant un moment, j'ai cru qu'il faudrait demander une ambulance, mais vous vous en êtes sortie toute seule. Je reviendrai un peu plus tard m'occuper de vous et vous apporter les comprimés pour stopper la montée de lait. »

Rae ne l'avait pas entendue, trop occupée à admirer sa fille. Elle ouvrit le haut de sa chemise de nuit et laissa Jasmine chercher à téter. Pour Rae, nourrir son bébé était la chose la plus naturelle au monde qu'elle ait jamais faite. Si elle avait un corps, c'était pour cela. Elle ferma les yeux et s'abandonna à la paix de l'allaitement.

« Rae, dit la sœur Martin d'un ton sec, tu n'es pas censée faire ça. On va préparer un biberon.

— Jasmine, répondit Rae à mi-voix. Elle s'appelle Jasmine et je dois la nourrir. Regardez, elle a faim ! »

Elle baissa les yeux sur la petite tête duveteuse nichée contre sa poitrine et se sentit déborder d'amour. Personne ne lui avait parlé de la joie extraordinaire que l'on éprouve à allaiter. D'après Carla, qui citait sa mère, cela ne faisait que déformer la poitrine. Elle, elle n'avait pas allaité son bébé.

« C'est une mauvaise idée, insista la sœur Martin. Tu vas trop t'attacher à elle. »

Rae eut un sursaut de surprise. Dérangée, Jasmine se mit à pleurer, mais Rae ne pensa pas à s'occuper d'elle, trop bouleversée par ce qu'elle venait d'entendre.

« C'est mon bébé, dit-elle en dévisageant la religieuse. Je l'aime !

— Rae, essaye d'être raisonnable ! On ne te laissera jamais la garder. L'administration ne veut pas d'enfants élevés par des enfants ! On va te l'enlever et Dieu sait où elle ira en attendant qu'on décide de son sort. Sans doute dans un foyer pour enfants. Ne vaut-il pas mieux qu'elle ait une belle vie, un nouveau départ, avec de bons parents dès le début ?

— Comme les gens dont Carla m'a parlé ? Ceux qui ont une ferme et une petite fille ? Est-ce que c'est toujours une histoire de ferme avec des petites filles ou des petits garçons, selon les besoins de la cause ?

— C'est pour ton bien et pour celui du bébé.

— C'est ce que les gens disent quand ils veulent vous obliger à faire ce qu'ils ont décidé à votre place », jeta Rae avec amertume.

Jasmine se mit à pleurer bruyamment. Rae la berça contre elle en essayant de la remettre au sein, mais en vain. Le bébé avait dû sentir sa détresse. Rae fit un effort pour se calmer mais c'était difficile. Son cœur battait à tout rompre. Elle était décidée à garder sa fille.

« Tu te prépares des heures difficiles, soupira sœur Martin. Ce sera tellement plus difficile de t'en séparer maintenant que tu as créé un lien avec elle.

— Il n'est pas question de m'en séparer ! »

La religieuse la dévisagea avec pitié.

« Bien sûr que si ! Toutes les filles dans ta situation finissent par le faire. »

Eleanor ne lâcha pas Rae tant qu'elle n'eut pas fini de pleurer. Elle avait l'impression de tenir contre elle une enveloppe vide, comme si toute la force vitale de Rae l'avait quittée, emportée par ses larmes. Elle avait envie de pleurer, elle aussi, ce qui ne lui était jamais arrivé de cette façon avec ses patients. Peut-être que cela avait été son problème depuis toujours. Devant le chagrin des autres, elle restait stoïque. Même à la mort de Ralph, elle avait été incapable de se laisser aller et de pleurer. Or, assise à côté de Rae, pour la première fois, elle avait envie de sangloter à cœur fendre.

Un chagrin infini les dévorait toutes deux, un chagrin qu'elles n'avaient jamais pu exprimer.

— Ne préféreriez-vous pas venir chez moi ? demanda Eleanor.

Rae acquiesça. Elle s'en voulait terriblement de s'être effondrée en public. Au moins, si elle partait, le reste de l'équipe pourrait se concentrer sur son travail au lieu de s'inquiéter pour elle. Elle se leva et alla chercher sa veste. Phyllis, qui travaillait au Titania's depuis toujours, lui demanda si tout allait bien.

— Ça va, répondit Rae en faisant de son mieux pour que cela paraisse vrai. J'ai eu un choc, c'est tout. Eleanor est un amour, elle m'a aidée à me reprendre. Il vaut mieux que je m'en aille, mais s'il te plaît, ne m'appelle pas chez moi. Je ne veux pas inquiéter Will.

Les deux femmes traversèrent la place en se tenant par le bras, toutes deux très grandes, l'une aux cheveux noirs et au visage ravagé par les larmes, l'autre aux cheveux argentés et marchant à petits pas précautionneux. Quand Eleanor la fit entrer chez elle, Rae ne jeta même pas un coup d'œil autour d'elle. Normalement, elle aurait tout regardé avec beaucoup d'intérêt. Au lieu de cela, elle s'effondra dans un canapé comme si elle avait voulu se cacher entre les coussins.

— Excusez-moi, dit-elle. Je ne sais pas ce qui m'est arrivé, ce n'est pas mon genre. Je n'en avais jamais parlé. S'il vous plaît, ne le dites à personne ! Je vous en prie.

— Bien sûr que non, Rae, ne vous inquiétez pas ! Il n'y a rien de mal à avoir du chagrin. Vous n'avez sans doute jamais eu la possibilité de pleurer Jasmine.

Rae fixa Eleanor du regard pendant quelques instants.

— Vous êtes la première personne, dans toute ma vie, que j'entends prononcer son nom. Les religieuses ne l'ont jamais fait. Personne ne l'a jamais fait. C'était comme si tout le monde voulait croire qu'elle n'existait pas. Mais elle est réelle, elle existe !

— Vous pourriez peut-être faire sa connaissance, dit doucement Eleanor.

— Mais elle doit me haïr ! Et si je vais la voir, comment Will et Anton ne me haïraient-ils pas aussi ?

— Et vous, vous haïssez-vous à cause ce que vous avez fait ?

Rae eut un geste découragé.

— Je ne peux pas le leur dire, Eleanor. Je ne peux même pas l'imaginer tellement ça me fait mal.

— Bien, je vais nous faire une tasse de thé. Tout le monde aime ça dans ce quartier.

Un début de sourire apparut sur le visage de Rae.

— C'est un cliché, mais il correspond à la réalité. Peu importe ce qui arrive à Golden Square, il y aura toujours quelqu'un pour proposer de faire chauffer de l'eau. En principe, cela résout tout !

— Un geste de gentillesse est toujours un réconfort. C'était la même chose à l'époque de ma mère, une tasse de thé et un gâteau aux raisins. Rien ne pouvait y résister.

Rae suivit Eleanor dans la cuisine. La regarder préparer le thé l'aida à se calmer et elle recommença à parler.

— Je pense à elle tous les jours. Je me demande ce qu'elle fait, avec qui elle est. A-t-elle des cheveux noirs comme les miens ? Et si je la voyais, est-ce que je la reconnaîtrais ? Dans la rue, je regarde les gens au cas où je la verrais. Je saurais que c'est elle, n'est-ce pas ? Quand Anton était petit, il avait peur de se perdre et que je ne le retrouve pas. Je lui disais que cela n'arriverait pas parce que les mamans ont dans leur cœur un radar qui les guide vers leur enfant. Cela le rassurait mais c'était un mensonge. Tous les jours, des enfants disparaissent. Et moi, j'avais une fille et le radar n'a pas marché. J'aurais tellement aimé savoir où elle était !

L'intensité de sa peine avait déformé son visage, lui donnant l'aspect d'un masque de mort.

— Peut-être que votre radar a fonctionné, dit très gentiment Eleanor. Vous n'avez pas arrêté de la chercher, vous ne l'avez pas oubliée. Que pouviez-vous faire d'autre ?

Eleanor avait rarement éprouvé une telle compassion. Donner naissance à un enfant et devoir laisser quelqu'un d'autre l'emporter parce que c'est la condition de leur survie à tous deux, la mère et l'enfant ! Y avait-il plus grande générosité ? Mais quelle douleur !

— Pendant un jour, j'ai été mère et, le lendemain, ma petite fille était partie. Pleurer n'y change rien. C'est comme un grand vide dans votre cœur, un vide que rien ne peut combler, rien.

Rae se leva, fit quelques pas dans la cuisine et se planta devant la fenêtre.

— J'ai construit ma vie sans Jasmine, mais je ne l'ai pas oubliée et je ne me suis jamais pardonné de l'avoir abandonnée.

— Vous n'étiez qu'une enfant, dit Eleanor d'un ton ferme. Il est clair que ces gens en ont profité. Nous savons tous que les autorités ne disent pas toujours la vérité, Rae. Avez-vous vu le film *The Magdalen Sisters* ? On ne disait pas la vérité aux blanchisseuses. On les traitait comme des esclaves et on leur prenait leur bébé. Au moins, on ne vous a pas obligée à travailler comme une esclave.

— Je sais, c'était une autre époque, répondit machinalement Rae. J'ai vu des émissions au sujet des adolescentes enceintes dans les années 1960 et 1970. Jamais les filles d'aujourd'hui ne croiraient que cela se passait de cette façon. Ils ont raconté l'histoire d'une adolescente qui a accouché dans une grotte consacrée à la Vierge. Ils sont morts tous les deux, son bébé et elle, la pauvre gosse. Cela montre à quel point on avait peur et honte, à l'époque.

— Imaginez que vous ayez une amie à qui ce soit arrivé dans ces années-là. Lui reprocheriez-vous d'avoir fait la même chose que vous ou bien la comprendriez-vous ?

Rae leva vers Eleanor des yeux pleins de tristesse.

— Je la comprendrais totalement mais, pour moi, je ne peux pas me le pardonner. De plus, en taisant la vérité à mon mari et à mon fils, je leur mens alors que je déteste les mensonges. J'ai grandi environnée de mensonges. Mon père mentait aux services sociaux pour avoir des allocations. Il prétendait souffrir du dos et disait que cela l'empêchait de travailler. Il jurait toujours qu'il n'était pourtant pas du genre à profiter. Et moi, je mens à ma famille depuis le début.

— La question est de savoir ce qui est le plus difficile pour vous. Est-ce de vivre sans voir votre fille ou de dire la vérité à votre mari ? Quelle que soit votre décision, vous n'avez aucune certitude sur le résultat. Votre fille peut vous en vouloir de l'avoir donnée à adopter. Elle peut ne pas comprendre quelle était votre situation en 1969. Les mentalités ont tellement évolué ! Elle peut aussi avoir envie de savoir qui est son père. Vous devez d'abord réfléchir à toutes ces questions.

— Vous avez raison. Puis-je vous demander une feuille de papier et une enveloppe ? Je vais tout de suite répondre à l'assistante sociale. Je vais devoir affronter toutes les conséquences, mais je veux faire la connaissance de ma fille.

— Allez-vous en parler à votre mari ?

Rae eut un petit geste fataliste.

— J'ai le temps d'y penser.

Après le départ de Rae, Eleanor se tourna vers le réveil de voyage qui marquait l'heure de New York. Midi ! Naomi devait être au magasin avec Marcus. Eleanor ne l'avait pas appelée depuis une semaine. Donner des nouvelles au moins une fois par semaine faisait partie des promesses qu'elle lui avait faites avant de partir. Presque chaque fois, Naomi lui demandait pourquoi elle avait éprouvé le besoin de s'expatrier. Elle manifestait tant d'émotion qu'Eleanor trouvait insupportable de lui parler. Il était impossible de lui expliquer à quel point elle souffrait du décès de Ralph, impossible de lui expliquer pourquoi aller en Irlande avait été une bonne idée. Lorsque Naomi posait la question, Eleanor lui répondait qu'elle avait besoin de se retrouver en tête-à-tête avec elle-même. « J'ai pensé que de rentrer chez moi m'aiderait. » Naomi protestait que New York était chez elle, pas l'Irlande.

Eleanor aurait aimé lui dire qu'elle ne savait plus où était son foyer. Elle en avait eu un avec Ralph mais la mort avait tout changé. Malheureusement, cela n'aurait pas aidé Naomi à comprendre.

Elle ferma les rideaux, alluma toutes les lampes et fit réchauffer un bol de soupe au micro-ondes. Pourvu que tout aille bien chez Rae ! pensa-t-elle. En ce qui la concernait elle-même, elle ignorait si tout irait bien, de nouveau, un jour.

17

Nourrir les coupeurs de tourbe

Ton père, Eleanor, n'a jamais eu un gramme de trop. La ferme demandait tellement d'heures de dur travail ! Le plus difficile était d'aller chercher de la tourbe pour le feu. Ici, à New York, les gens voient cette époque comme un âge d'or idyllique. Moi, je peux t'assurer qu'il n'y avait rien d'idyllique à travailler dans les tourbières. On s'y cassait le dos.

Chaque maison possédait son propre lopin de tourbière et, même s'il n'y avait aucune clôture, chacun savait quelle était sa place. Ces parcelles se transmettaient de génération en génération.

On ne coupait jamais la tourbe avant la Saint-Patrick. Après cette date, vers avril ou mai, ton père et ses frères allaient à notre tourbière. Ils découpaient des morceaux de tourbe de la taille d'une brique avec un louchet muni d'un aileron horizontal. La meilleure tourbe se trouve un peu en profondeur ; à la fin de la semaine, les hommes étaient épuisés d'avoir passé leurs journées dans l'eau des tourbières jusqu'aux genoux.

Quand les briques avaient un peu séché, on s'entassait tous à l'arrière de la charrette et on allait les mettre en gerbes pour faciliter le séchage. Il restait à les rapporter à la maison et à construire un tas digne de ce nom qui nous permettrait de nous chauffer tout l'hiver.

Ma mère préparait un pique-nique pour ces jours-là. On avait quelques mugs en étain, de la taille d'une petite casserole, pour faire chauffer l'eau du thé, des quantités de pain, du beurre fait maison qui était d'un plus beau jaune que n'importe quel autre beurre, et assez d'œufs de cane pour nourrir une armée !

Vers midi, mon père faisait cuire les œufs à la coque. Aucun cri n'a jamais été aussi bien accueilli que celui qui signalait la pause. Le soir, alors que nous avions le dos cassé d'être restés penchés depuis des heures, des insectes très agressifs apparaissaient en grand nombre et nous obligeaient à rentrer.

Dans la charrette qui nous ramenait chez nous, nous n'avions plus la force de bouger ni de parler. Nous ne retrouvions un peu d'énergie que plus tard, pour passer à table. Nous avions droit à un vrai festin. Ma mère faisait frire d'énormes tranches de lard avec des oignons et des pommes de terre en rondelles, et on s'empiffrait jusqu'à tomber endormis sur la table. C'était une sensation fabuleuse, vraiment fabuleuse.

Connie ne voulait pas faire partie du club de lecture de Gaynor.

— Mais si, ça te plaira ! insista celle-ci. Ecoute, je t'ai présenté mes excuses. Mes paroles ont dépassé ma pensée, j'ai eu tort. Tu n'as pas, vraiment pas du tout, une liste d'exigences qu'aucun homme ne pourra jamais satisfaire !

Il n'y avait qu'un hic dans tout cela : Connie avait fini par admettre que Gaynor avait raison. Elle se demandait quel était le pire : être blessée parce qu'une amie de longue date a eu des paroles trop directes ou comprendre qu'elle a raison ?

— Gaynor, je te remercie, mais je n'ai aucune envie de me joindre à ton club. Je suis prête à parier dix euros qu'il n'y a que des femmes que tu as rencontrées en amenant les enfants à l'école. Je n'aurais rien en commun avec elles.

— Non, elles ne sont pas... Si, c'est vrai, tu as raison. Mais nous ne parlons pas de nos enfants, nous parlons de nos lectures.

— Et de vos maris et de ce qu'il faut faire quand l'un des profs est trop dur avec une élève, et s'il faut donner un téléphone à son gamin de onze ans au risque de le voir se faire agresser par SMS interposé ! Oui, Gaynor, c'est exactement ce qui me convient.

— Tu deviens grincheuse en vieillissant.

— On est deux !

— Alors, Mlle la futée, dis-moi ce que tu vas faire pour améliorer ta vie sociale ?

— J'ai pensé à faire du bénévolat pour une œuvre caritative.

Ce n'était pas vraiment un mensonge. Connie y avait pensé, mais ne s'était pas encore décidée. En parlant avec Rae, elle avait pris conscience de la difficulté du travail et n'était pas sûre de pouvoir y faire face. Cependant, dire qu'elle y pensait ferait peut-être taire Gaynor.

— Rae, qui vit de l'autre côté de la place, travaille pour Community Care's. Je vais peut-être lui proposer mes services.

— Et comment cela pourrait t'aider à rencontrer des hommes susceptibles de te plaire ? demanda Gaynor.

— Il ne s'agit pas de m'aider à rencontrer des hommes, mais de construire ma vie, répondit Connie avec hauteur.

Quand son entourage comprendrait-il qu'elle ne voulait pas consacrer tout son temps à chercher un homme ?

On se sentait très seul, le samedi matin, et Connie ne s'en était jamais rendu compte. Il n'y avait plus de petite sœur avec qui parler, personne à qui elle pouvait apporter une tasse de café, personne en train de faire du bruit dans la cuisine pour préparer le petit déjeuner. De plus, même si elle avait envie de dormir plus tard, elle gardait le rythme d'un réveil matinal le samedi aussi. Son horloge interne refusait de lui obéir, elle ouvrait les yeux à sept heures et demie comme d'habitude.

Cela faisait d'elle l'une des premières clientes du week-end au Nook, à l'heure où les employés glissaient des suppléments sur papier glacé dans les journaux.

Un homme d'un certain âge se tourna vers elle. Il traînait son panier en plastique chargé de deux journaux d'information et d'un tabloïd.

— Il faut faire des haltères, de nos jours, pour s'en sortir avec les journaux, grogna-t-il.

— Mais c'est formidable d'avoir autant de lecture ! répondit Connie.

Elle prit conscience avec un choc qu'elle venait d'échanger ses premiers mots avec un autre être humain depuis qu'elle avait quitté l'école, la veille en fin d'après-midi.

Au Titania's Palace, Rae avait pris son service derrière le comptoir et Connie sourit en la voyant.

— Bonjour, Rae ! Quelle belle matinée !

— Oui, superbe.

Trop tard, Connie remarqua les yeux rougis de Rae. Elle donnait l'impression de ne pas avoir dormi depuis des jours.

— Rae, dit-elle prudemment, comment vas-tu ?

Rae l'arrêta d'un geste de la main.

— S'il te plaît, Connie, je ne pourrais pas supporter ta gentillesse. Aujourd'hui, j'ai tout juste l'énergie de faire face. Ne me demande pas pourquoi ; si quelqu'un me montre la moindre attention, je vais m'effondrer.

— D'accord ! répondit Connie. Je vais prendre un café au lait avec du sirop de noisettes et deux feuilletés aux amandes parce que mon jean ne me serre pas encore assez.

Un petit rire de Rae la récompensa de sa plaisanterie.

— Tu es unique, Connie ! Tu devrais faire du théâtre.

— Je sais, mais l'arrière du cheval est déjà pris.

Cette fois, Rae n'eut pas envie de rire.

— Tu n'as pas le droit de parler de toi-même de cette façon, Connie !

— J'essayais seulement de te remonter le moral.

— Tu ne dois pas le faire à tes propres dépens. Tu vois, tu as réussi : tu m'as distraite de mes pensées. Mais que je ne te reprenne pas à parler de toi sur ce ton ou je le dirai à Eleanor !

— Surtout pas, je ne veux pas être psychanalysée ! J'aime bien être une célibataire un peu zinzin et si Eleanor essaie de me soigner, je risque de devenir normale.

— Normal, ça n'existe pas, répondit Rae d'un ton grave. Nous faisons tous semblant d'être normaux, mais personne ne l'est vraiment.

Il y avait dans toute la presse des critiques d'une pièce qu'on jouait à Londres et dont Katharine Hartnell était la vedette. Connie se demanda si Megan les avait vues. Sans doute pas. Elle lui avait dit qu'elle ne lisait plus les journaux.

« J'ai peur d'y trouver mon nom », avait-elle confié à Connie, qui avait hoché la tête comme si elle comprenait tout à fait. A moins de posséder un million de chats et d'apparaître dans une émission sur la folle amoureuse des chats qui les maltraite, elle n'avait aucune chance de faire la une d'un quelconque journal !

Elle était une femme ordinaire et c'était cela son problème, pensa-t-elle tristement : elle était ordinaire, sans rien de spécial. La seule personne qui l'avait trouvée spéciale était Keith, et Keith l'avait abandonnée.

Un lundi après-midi, en rentrant de l'école, Connie remarqua la petite fille d'à côté, assise sur les marches du perron, seule et l'air perdue. Comme elle n'avait certainement pas plus de neuf ou dix ans et que Connie ne l'avait jamais vue sans son père, elle décida de vérifier que tout allait bien.

— Bonjour ! dit-elle.

La fillette leva les yeux. Elle avait un petit visage marqué de taches de rousseur et des yeux bleus au regard vif.

— Bonjour !

— Tu vas bien ? Ton papa est en retard ou bien...

Connie hésita, ne sachant quelle hypothèse proposer.

— Y a-t-il quelqu'un qui va venir s'occuper de toi ? reprit-elle.

— D'habitude, je rentre de l'école à pied avec mon amie Lilly pour aller chez elle, mais aujourd'hui, elle s'est fait mal au genou, alors elle a dû aller à l'hôpital et je suis rentrée toute seule.

— D'accord... Ton papa rentre bientôt ?

— Il rentre à six heures.

Il était un peu plus de seize heures trente. Connie ne pouvait pas laisser l'enfant dehors pendant plus d'une heure.

— Tu ne veux pas venir chez moi pour l'attendre ? proposa-t-elle.

— Je n'ai pas le droit de parler aux gens que je ne connais pas ni d'aller avec eux.

— C'est très bien. Je suis professeur et je suis tout à fait d'accord avec ça. Si tu connais le numéro de téléphone de ton papa, nous pourrions l'appeler pour lui demander ce qu'il en pense. Sait-il que tu es seule ?

La fillette secoua la tête d'un air dubitatif.

— Une fois, j'ai eu une institutrice qui n'était pas gentille. Elle se fâchait sans arrêt. Est-ce que tu es une institutrice pas gentille ?

— Je me fâche seulement une fois par semaine et ce n'est jamais pendant la classe. Je préfère aller dans le parc pour crier ! Tu ne trouves pas que c'est une bonne idée ? Je m'appelle Connie. Et toi ?

— Je n'ai pas le droit de dire mon nom aux étrangers, répondit la petite fille avec un joyeux sourire.

— Tu as raison ! dit Connie en lui tendant son téléphone. Appelle ton papa pour lui expliquer ce qui se passe et ensuite, je lui parlerai.

— Il n'est pas drôle, ton téléphone ! Celui de mon papa a un écran qu'on touche avec les doigts et on peut jouer à des jeux.

— Je parie que tu sais aussi te servir d'un ordinateur ?

— Oui, je suis très douée pour ça. Papa dit que je suis un génie !

Elle tapa un numéro sur le clavier et attendit patiemment.

— Papa, c'est moi ! Lilly s'est fait mal au genou et je suis sur les marches de la maison. La dame qui est professeur et qui n'est pas vilaine et qui va dans les champs pour se fâcher dit que je peux aller jouer chez elle. Mais je lui ai dit que je n'ai pas le droit de parler aux étrangers ! Elle s'appelle Connie. C'est la dame bizarre d'à côté qui s'est fâchée quand tu t'es garé à sa place, mais maintenant elle n'est pas fâchée. Je lui ai parlé de Mlle Rochester qui est toujours en colère et elle a un téléphone pas drôle et est-ce que tu veux lui parler ?

Connie avait failli éclater de rire en l'écoutant. Elle entendit ensuite son voisin parler à sa fille d'un ton pressant. Pour finir, l'enfant lui tendit le téléphone.

— C'est mon papa.

— Bonjour, ici Steve Calman. Les explications d'Ella sont un peu confuses. Que se passe-t-il exactement ?

— Bonjour, je suis votre voisine, Connie O'Callaghan. J'ai vu votre fille assise sur les marches de votre maison et comme c'est la première fois que cela arrive, j'ai voulu savoir si tout allait bien. J'enseigne à Sainte-Matilda, au bout de la rue, et j'ai donc l'habitude des enfants. Si j'ai bien compris, la camarade avec qui Ella a l'habitude de rentrer a eu un accident et elle est rentrée toute seule. Je lui ai proposé de venir chez moi jusqu'à votre retour. Je comprendrais très bien que vous refusiez. Dans ce cas, je peux attendre dehors avec elle.

Connie reprit son souffle.

— Je vous remercie infiniment, répondit Steve. Elle n'est jamais toute seule. Trois fois par semaine, c'est la mère de son amie Lilly qui s'occupe d'elle. Elle est nourrice agréée et elle garde Ella jusqu'à mon retour. Je ne comprends pas ce qui s'est passé, ni pourquoi elle est rentrée seule. Ce n'est pas très loin, mais elle n'en a pas l'habitude.

Connie se rendit compte qu'il avait rétrospectivement très peur.

— Elle va bien, dit-elle d'un ton apaisant. Elle va très bien. Elle ne voulait même pas me dire son nom parce que vous lui avez interdit de le révéler aux étrangers.

Ella, qui l'écoutait, lui sourit de toutes ses dents.

— Je peux lui dire mon nom maintenant, papa ? hurla-t-elle en direction du téléphone.

— Vous voyez ? Elle va bien, répéta Connie. Elle peut venir chez moi sans problème. Il n'y a pas d'homme chez moi, ni d'inquiétants routards. Il n'y a que moi et des copies à corriger avec une tasse de thé. Votre fille peut regarder la télévision jusqu'à votre retour. Ella, ajouta-t-elle en regardant l'enfant, je te promets de ne pas être une vilaine institutrice !

La fillette répondit par un de ses malicieux sourires.

— Mais si vous préférez, reprit-elle à l'intention de Steve, nous pouvons vous attendre sur les marches.

— Non, ce serait fantastique si vous pouviez l'emmener chez vous, dit-il d'une voix encore anxieuse.

— Je comprends très bien votre inquiétude. Voulez-vous appeler à mon école et demander qui je suis ?

Connie se creusa la tête pour trouver un autre moyen de lui prouver sa sincérité.

— Il y a aussi Rae, au salon de thé Titania's, qui me connaît. Je vis ici depuis huit ans. Ma sœur Nicky, vous savez, la jolie blonde, vivait avec moi, mais elle vient de se marier.

— Oui, je la connais.

Connie sourit. Tout le monde se souvenait de Nicky !

— Excusez-moi pour cette histoire de voisine bizarre, dit-il.

— Oublions ça ! Maintenant, vous avez mon numéro de portable. Mon appartement est le 2B dans la maison voisine de la vôtre. Avez-vous l'habitude de donner un goûter à votre fille après l'école ?

— Un gâteau au chocolat et un 7Up, cria Ella.

— Un sandwich et un verre de lait, contra son père.

Ella fit non avec la tête et répéta sa demande à voix basse.

— Du jus de limaces et un biscuit aux araignées ? répondit Connie sur le même ton.

La fillette explosa de rire.

— Je te laisse parler à ton papa maintenant.

Ella écouta son père sagement en approuvant de la tête tout ce qu'il disait.

— Moi aussi je t'aime, dit-elle avant d'appuyer sur le bouton de fin de communication.

Elle ramassa son cartable et jeta un regard curieux à Connie.

— Tu as vraiment du jus de limaces ?

— Seulement pour les urgences. C'est très, très cher !

Ella n'était qu'une petite fille mais sa présence remplit l'appartement de Connie comme ce n'était plus arrivé depuis le départ de Nicky. Elle abandonna son manteau et son cartable par terre à côté de la porte, ôta ses chaussures et les laissa là où elles étaient tombées, puis entreprit de faire le tour des lieux.

Les nombreuses bougies disposées par Connie un peu partout lui plurent beaucoup, ainsi que les oiseaux en terre cuite et les coussins rouges avec des cœurs en vichy. Elle souleva les bibelots, les caressant de ses doigts minuscules avant de les reposer précisément à la même place. Elle n'arrêtait pas de dire : « Oh ! J'adore ça ! » Elle passa ensuite un long moment à regarder les photos du mariage de Nicky et s'intéressa particulièrement à une grande photo de groupe.

Derrière le comptoir de la cuisine, Connie lui préparait un verre de lait et un sandwich en prenant tout son temps pour pouvoir l'observer. Elle avait découvert qu'elle n'avait rien de très intéressant à manger dans ses placards. Ella aurait donc un goûter très sain comme le voulait son père !

Connie se demandait quelle était l'histoire de Steve et d'Ella. Où était la mère ? Elle n'avait pas bien regardé Steve Calman et n'en avait gardé que l'impression d'un homme grand et fort, le genre d'homme qu'elle s'imaginait très bien avec un casque de chantier. Par contraste, Ella faisait penser à un lutin avec des bras et des jambes plutôt maigres mais bien dessinés et un tout petit visage triangulaire. Sa mère devait être très menue. Il n'y avait donc rien d'étonnant à ce que Steve ait remarqué Nicky.

Quand la fillette eut terminé son exploration du salon, elle se tourna vers Connie avec des yeux pleins de curiosité.

— Est-ce que j'ai le droit d'aller voir le reste ? demanda-t-elle d'un ton poli. Je n'ai pas souvent l'occasion de visiter une maison. Je connais celle de Lilly et elle est jolie mais pas propre ! Et Petal vit dans un appartement parce que sa maman a divorcé. Je peux voir ta chambre ? S'il te plaît ?

— Bien sûr ! répondit Connie qui s'amusait beaucoup. Mais seulement après ton goûter.

Ella s'assit à la table de la cuisine et renifla prudemment son lait.

— C'est vraiment du jus de limaces ?

— Mais non, je te taquinais ! C'est du bon lait avec un sandwich au fromage. Désolée de ne rien avoir de plus excitant. Ah, si ! j'ai des profiteroles dans le congélateur.

Les conserver au congélateur était un excellent moyen de ne pas succomber, car il fallait une heure et demie pour les décongeler. C'était trop long pour elle. Après une pareille attente, son envie de sucre était passée.

— C'est quoi, les pof... prof..., ces choses ?

— Des petits choux avec de la crème à l'intérieur et du chocolat par-dessus.

La bouche pleine, Ella leva le pouce avec enthousiasme.

Tout en buvant son thé, Connie se demanda pourquoi s'occuper d'une fillette, chez elle, lui procurait une impression si nouvelle. Cela n'avait réellement rien à voir avec le fait de se trouver devant une salle de classe. Elle se sentait étrangement responsable de cette petite personne. A l'école, elle était responsable de ce qu'elle enseignait à ses élèves ainsi que de leur bien-être pendant ce temps, mais c'était une responsabilité partagée. Beaucoup d'autres gens étaient impliqués, les parents ou les autres professeurs. Or, en cet instant, elle était seule responsable d'Ella.

— Mon papa a dit qu'un requin a mordu quelqu'un dans la mer en Inde, déclara la fillette.

Connie réfléchit un instant.

— Est-ce que cela t'a fait peur ?

— Un peu ! Pourquoi les requins mangent les gens ? Ils ne les aiment pas ?

Connie estimait qu'il faut toujours répondre sérieusement aux questions des enfants.

— Ils ne savent pas du tout qui sont les gens, répondit-elle. C'est le problème. Ils nous aimeraient peut-être s'ils nous connaissaient mieux, mais nous ne pouvons pas les inviter à prendre le thé, n'est-ce pas ? Alors, ils ont un peu peur de nous et peut-être aussi qu'ils ont faim. Quand un requin a peur et qu'il a faim, il mord.

— Comme le gros chien poilu au numéro 8 ?

— Il t'a mordue ?

— Non, seulement presque mordue, une seule fois !

Connie se demanda brièvement ce que pouvait être une « presque morsure » avant de reprendre son explication.

— Le requin avait peut-être eu une mauvaise journée. Peut-être qu'il s'était levé en retard pour l'école et, à partir de là, tout s'est mal passé. Comme ça l'a mis de très mauvaise humeur, il a mordu quelqu'un. Ou bien...

Elle s'interrompit, se demandant ce qu'elle pourrait encore imaginer. Cette nouvelle occupation lui plaisait beaucoup.

— Peut-être qu'il a rencontré une vilaine institutrice et qu'il a craqué !

Ella se lança dans le jeu.

— Ou bien il s'est disputé avec un autre requin, et ils ont boudé chacun dans son coin et lui, il s'est cogné le nez dans quelqu'un et ça lui a fait peur...

— Et il a voulu dire pardon mais les humains ne parlent pas le requin.

— Oui, les requins ne savent pas faire un bisou pour demander pardon, continua gaiement Ella.

— Exactement !

Passant du coq à l'âne, Ella demanda à Connie pourquoi elle n'avait pas d'enfants.

Connie enseignait depuis assez longtemps pour ne pas s'étrangler avec son thé, mais elle passa un moment difficile.

— Tout le monde n'a pas cette chance, dit-elle d'un ton qui lui parut terriblement sentencieux.

— Pourquoi ? Il faut être très sage pour en avoir ?

— No-on... Cela n'a rien à voir.

C'était pire que de parler des papes libertins du XVIe siècle avec des adolescentes. « Mais comment le pape a fait pour avoir des enfants, Mademoiselle O'Callaghan ? »

Connie n'avait pas l'habitude des enfants de l'âge d'Ella. Comment savoir ce que l'on avait expliqué à une fillette de dix ans sur l'origine de la vie ? Elle se jeta prudemment à l'eau.

— Quand une maman et un papa s'aiment beaucoup, avec de la chance, ils peuvent avoir des bébés.

— Ça veut dire que tu n'as jamais eu assez de chance avec un papa ?

— Exactement !

— Mon papa en a eu mais ma maman est morte parce que sa voiture s'est écrasée contre un mur, dit Ella de sa petite voix joyeuse.

— Tu as dû être triste.

Quelle horreur ! La pauvre enfant, pensa Connie.

— Je ne m'en souviens pas, j'étais un bébé, répondit Ella d'un ton tranquille. J'ai fini mes sandwiches ! Je peux voir ta chambre, maintenant ?

Quand Connie ouvrit la porte de sa chambre, Ella poussa une exclamation ravie.

— On dirait une chambre de princesse !

De sa démarche légère, elle fit le tour de la pièce, touchant avec admiration les guirlandes lumineuses en forme de fleurs sur la coiffeuse ou tapotant les jolis coussins entassés sur le lit.

— Si c'était ma chambre, je ne pourrais jamais dormir. Je me coucherais et je n'arrêterais pas de tout regarder, dit-elle à mi-voix.

Soudain, un élan de compassion saisit Connie à l'égard de cette petite fille sans mère.

Ella avait très envie d'essayer les rares produits de maquillage de Connie, mais celle-ci avait tout autant envie qu'elle s'en abstienne.

— Ça risque de ne pas plaire à ton père, dit-elle d'un ton ferme.

Ella lui adressa un de ses sourires qui creusaient ses fossettes.

— Il ne dira rien ! J'ai un rouge à lèvres Hello Kitty. Il est rose avec des paillettes et ça va sur les vêtements alors papa met ce truc rose gluant qui fait partir les tâches et ça marche très bien, mais pas sur sa plus belle chemise blanche même s'il l'a fait beaucoup beaucoup de fois, alors je n'ai plus le droit de mettre mon rouge à lèvres sur lui.

Il était un peu plus de dix-huit heures quand Steve Calman arriva. Connie se sentit à l'aise avec lui. Pourtant chaque fois qu'elle avait invité chez elle un homme avec qui elle sortait, elle avait ressenti de grandes angoisses : est-ce qu'il m'apprécie et moi, est-ce que je le trouve à mon goût ? Avec Steve, il n'y eut rien de semblable.

Le temps qu'elle venait de passer avec Ella lui avait donné une idée assez claire de lui. C'était le père d'une petite fille et un veuf. Elle ne s'était pas focalisée sur son apparence ou la possibilité de sortir avec lui. En revanche, elle remarqua son sourire heureux quand il prit sa fille dans ses bras. Sans lâcher Ella qui s'accrochait à lui comme un petit koala, il tourna la tête vers Connie.

— Je ne pourrai jamais assez vous remercier de ce que vous avez fait. La mère de Lilly m'a appelé de l'hôpital. Elle était affolée parce qu'elle avait complètement oublié Ella, mais elle avait appelé l'école et on lui avait dit que la mère de Petal s'en était occupée. Apparemment, ce petit monstre avait dit la même chose à son institutrice avant de partir toute seule. Ella, je crois que demain, elle va te passer un sacré savon !

La fillette parut scandalisée.

— Je peux rentrer toute seule, maintenant, papa ! Je suis assez grande pour ça.

— Non, il n'en est pas question. Lilly ne va pas à l'école demain et, moi, j'ai plusieurs réunions qui m'empêcheront de terminer tôt. La mère de Petal s'est gentiment proposée pour te garder pendant quelques jours. J'irai te chercher chez elle en quittant mon travail dès que possible...

— Je peux m'occuper d'Ella après l'école, si vous voulez.

Connie savait qu'il refuserait, mais elle n'avait pas pu s'en empêcher. Pourquoi une célibataire qui faisait la classe toute la journée voudrait-elle s'encombrer avec un enfant après les cours ? Steve allait la prendre pour une folle, une fois de plus ! Comment pourrait-elle lui expliquer qu'Ella avait illuminé sa journée ?

— Elle sait se faire aimer, n'est-ce pas ? dit Steve.

— Oui ! répondit spontanément Connie.

— Elle peut se conduire comme un petit monstre aussi.

— Je vous crois volontiers.

Ella, qui avait quitté les bras de son père, faisait semblant de ne pas écouter. Quoi que son père ait fait, cela l'avait rendue heureuse et pleine de confiance en elle-même. Comment les parents réussissaient-ils cela ?

— Ce serait seulement pour demain, reprit Steve.

— Bien sûr !

Il devait penser qu'elle était trop occupée pour consacrer plus de quelques heures à une petite fille.

— Mais si jamais vous aviez de nouveau un problème, je peux m'en occuper, vous savez. Elle peut toujours venir ici.

Ella intervint dans la conversation.

— Papa ne sort jamais ! Les gens l'invitent, mais il dit qu'il a mal à la tête quand on lui demande d'aller à des soirées embêtantes et à des dîners avec des dames qui lui font des sourires.

Connie chercha les yeux de Steve.

— Tu oublies de dire aussi que je déteste faire la lessive et que j'ai un tatouage, dit-il en fixant sa fille.

Sans se démonter, Ella saisit la perche.

— Papa a un tatouage sur l'épaule. C'est une partie d'un aigle, mais il dit que ça faisait mal alors il a seulement une aile, mais moi, j'aime bien ça.

— Impossible d'avoir un secret avec elle, dit-il d'un air résigné. C'est plus simple de la laisser parler !

— Les secrets, c'est pas bien ! déclara la fillette. Les secrets, c'est seulement pour la famille et si quelqu'un veut te dire un secret, il faut crier très fort pour qu'un autre adulte vienne.

Avec un sourire entendu à l'adresse de Steve, Connie se pencha vers Ella.

— Si tu viens demain, tu pourras tout me raconter. Tu peux aussi dire à ton papa que j'ai des guirlandes lumineuses dans ma chambre.

— C'est vrai ? demanda-t-il.

— Oui ! répondit Ella avec enthousiasme. Et puis des coussins tout doux et des tas de choses roses, et puis des rouges à lèvres brillants et une image sur le dessus d'un livre avec un homme sans vêtements et une dame qui l'embrasse...

— Cela suffit, Ella, intervint son père.

— C'est un roman d'amour, expliqua Connie, soudain écarlate. Mais il est habillé ! Il a juste enlevé sa chemise...

— Pas de problème, dit Steve qui s'activait soudain pour mettre son manteau à Ella.

Le lendemain, Connie quitta l'école à seize heures et se rendit à l'adresse que Steve lui avait donnée. La mère de Petal, une fillette de dix ans qui se trouvait dans la même classe qu'Ella, s'appelait Danielle. Connie aimait les noms de fleurs mais se demandait ce qui arrivait quand d'adorables petites poupées du nom de Petal grandissaient et se retrouvaient à chercher une place d'ingénieur ou de scientifique. Il semblait un peu bizarre de dire que le docteur Petal travaillait à la mise au point d'un vaccin.

Ce fut Petal qui ouvrit la porte, Ella à ses côtés. Petal était une jolie petite fille, mais, pensa Connie avec un certain manque d'objectivité, pas autant qu'Ella. Danielle se tenait derrière elles. Mince, blonde et séduisante, elle portait un jean, un pull rose d'adolescente à capuche et beaucoup de rouge à lèvres. Connie, quant à elle, arborait sa tenue bleu marine habituelle, robe à manches longues et bottes hautes à semelles plates. A côté de cette jeune femme dans le vent, elle eut l'impression d'avoir quatre-vingt-dix ans.

— Bonjour, vous devez être Connie. Je suis Danielle.

Connie se sentit dévisagée avec curiosité par la mère de Petal. Elle eut la certitude que Steve était l'objet de beaucoup d'intérêt à l'école de sa fille. Il ne devait pas y avoir beaucoup de pères célibataires attirants dans le quartier ! Ella lui avait dit que Danielle était divorcée. Cela n'était sans doute pas sans rapport avec les questions que celle-ci commença à lui poser d'un air faussement indifférent pendant qu'Ella allait chercher ses affaires.

— Donc, dit Danielle avec un grand sourire, vous êtes une amie de Steve ?

— Oui, répondit Connie avec un sourire au moins aussi grand.

— Elle vit à côté de chez nous, expliqua Ella, désireuse comme toujours de laisser subsister aussi peu de secrets que possible. Parfois, je vais chez elle.

Danielle ignora totalement son intervention.

— Depuis combien de temps êtes-vous…

— … amis ? dit Connie sans chercher à laisser croire autre chose. Pas depuis très longtemps.

Rien de plus vrai !

— Un jour, mon papa s'est garé à sa place, ajouta Ella.

Cela aussi, c'était vrai, même si l'incident avait été moins intéressant qu'Ella n'en donnait l'impression.

— Une seule fois ! précisa Connie.

Elles faisaient un bon duo, Ella et elle.

— Steve vous est très reconnaissant d'avoir eu la gentillesse de ramener Ella chez vous. Cela m'était impossible à cause de mes horaires de travail.

Elle attendit qu'Ella fournisse toutes les informations requises sur son travail, avec une éventuelle mention des guirlandes, mais la fillette était soudain pressée de s'en aller.

— Viens, dit-elle en tirant Connie par la manche. Tu as dit qu'on pourrait encore manger des porti... proffo... tu sais, le gâteau avec le chocolat dans le congélateur.

Connie adressa un sourire complice à Danielle.

— Elle adore les profiteroles !

En montant dans la voiture de Connie, Ella déclara :

— La maman de Petal pense que tu es la petite amie de papa.

— Vraiment ? dit Connie en bouclant sa ceinture de sécurité.

Si Danielle avait le moindre bon sens, elle se serait rendu compte à quel point c'était improbable. Steve était environné de mères toutes plus séduisantes les unes que les autres et, comme Danielle, à la recherche d'un mari. Il était donc peu crédible qu'il préfère sortir avec elle.

— Je lui ai dit qu'il t'aime beaucoup, poursuivit Ella. Plus que les dames dans les dîners où on s'ennuie. Tu devrais l'emmener à un dîner.

— Mais qui s'occuperait de toi ?

— Je m'installerais sur ton lit au milieu de tes jolis coussins.

— Ah non, ce n'est pas possible ! répondit joyeusement Connie. Il y en a trop. Tu disparaîtrais sous la pile et, moi, je devrais rester à côté pour t'en sortir, de peur que tu sois aspirée dans le lit et que tu te perdes au pays des jolis coussins.

Ella poussa une exclamation admirative.

— Génial !

— Je m'amuse bien ! Je ne veux pas encore rentrer, déclara Ella. S'il te plaît, on peut rester ?

Son père venait d'arriver, à dix-huit heures comme prévu.

— Ella, ce n'est pas possible. Nous devons rentrer pour le dîner.

— Vous pouvez dîner ici, proposa Connie sans réfléchir.

Elle n'avait rien dans ses placards qui lui permette de préparer un dîner pour trois, mais tant pis ! Elle pouvait commander des plats à emporter. Khans, le traiteur indien, était au coin de la rue.

— Aimes-tu la cuisine indienne ? demanda-t-elle à la fillette.

Les yeux écarquillés, celle-ci approuva de la tête avec enthousiasme.

— Elle n'y a jamais goûté ! indiqua Steve en souriant.

— Si ! J'ai goûté un truc au beurre de cacahouètes chez Lilly et j'ai bien aimé.

— Du satay de poulet, lui expliqua Steve.

— Oui, c'est ça ! J'ai tout mangé.

— Tu en as mangé la moitié et dans la voiture, tu m'as dit que tu avais envie de vomir.

— A cause de la voiture ! Mais on ne prendra pas la voiture pour rentrer chez nous, ce soir !

Ella s'assit sur le canapé et croisa les bras avec autorité. En voyant son père et Connie éclater de rire, elle cligna de ses grands yeux bleus aux longs cils.

— Est-ce que quelqu'un t'a appris à faire des yeux de bébé chien pour avoir l'air mignonne ? demanda Connie.

— Oui ! Papa dit que je suis trop mignonne quand je bats des paupières comme des ailes de papillon.

— Vous ne pourrez pas gagner contre elle, dit Connie en se tournant vers Steve.

Il lui sourit et, soudain, elle s'aperçut que les grands yeux et les longs cils d'Ella venaient de son père. Hormis cela, elle ne lui ressemblait en rien. Il était aussi massif et grand que sa fille était délicate et petite.

En définitive, Ella mangea surtout du pain naan et des pickles doux de mangue, dédaignant le korma de poulet, doux et crémeux, qu'avait pris Connie pour elle. Son repas terminé, elle se lança dans une nouvelle exploration de l'appartement et finit par se diriger vers la chambre.

— Ella, non... commença Steve.

Connie l'interrompit d'un geste de la main.

— Il n'y a pas de problème, elle peut aller où elle en a envie.

— Merci, Connie ! cria la fillette depuis la chambre.

— Je vous remercie de votre gentillesse envers elle et envers moi, reprit Steve. Nous n'avons pas beaucoup d'amis. Ses grands-mères habitent loin d'ici et je n'aime pas demander trop souvent un service aux mères de son école. Fee, la mère de Lilly, est nourrice agréée et nous avons donc pu passer un contrat tout ce qu'il y a d'officiel, ce qui me convient très bien.

— Pas de petite amie ? demanda Connie qui s'occupait de débarrasser les assiettes.

— Non, répondit Steve sans paraître gêné par la question. Il n'y a pas de place dans ma vie pour ce genre de relations. Qui voudrait de moi ? De plus, je ne pourrais pas être avec quelqu'un qui n'aimerait pas Ella.

— Je vous comprends tout à fait.

C'était vrai. En l'écoutant, elle avait pensé à sa liste, dont l'un des points stipulait que l'homme idéal ne devrait pas avoir d'enfants. Comment avait-elle pu se montrer aussi stupide ? Si quelqu'un lui avait présenté Steve, elle aurait dû le rejeter à cause de sa liste !

Rejeter un homme qui avait déjà été marié, rejeter un veuf et surtout rejeter un homme qui faisait clairement passer en premier sa fille de dix ans ! En réalité, se dit-elle, elle était amoureuse de l'idée d'Ella : une famille déjà existante dans laquelle elle n'avait plus qu'à s'insérer. Cela ne relevait ni de l'amour ni de la raison. A aucun moment, Steve ne l'avait regardée d'une façon qui trahisse un intérêt autre qu'amical. Elle était sa gentille voisine. Nicky correspondait au type de femme susceptible de lui plaire. C'était de Nicky qu'il s'était souvenu, pas d'elle. On ne se souvenait jamais d'elle de cette façon. Bien ! Dans ce cas, ils seraient amis et elle s'en satisferait.

Lors de sa visite suivante à Eleanor, elle mentionna sa rencontre avec Steve et Eleanor alla droit au but.

— Le trouvez-vous attirant ?

Si quelqu'un d'autre avait posé la question, Connie aurait répondu que c'était ridicule, qu'ils étaient amis, qu'elle s'occupait de sa fille en son absence... Avec Eleanor, elle ne put que reconnaître ce qu'elle s'était caché à elle-même.

— Oui, et vous savez quoi ? Il ne remplit aucune des conditions de ma liste. Sauf qu'il est bel homme !

— J'aurais pu vous le dire moi-même.

— Oui, Eleanor, je sais ! Allez, dites-le : vous avez eu raison de me parler de lui lors de notre première rencontre.

— Non, répondit Eleanor en souriant. Je ne dis jamais ce genre de chose, mais je suis assez satisfaite de pouvoir encore repérer un bel homme, à mon âge !

— Je reconnais que je n'avais pas fait attention à lui avant de rencontrer Ella, alors que nous sommes voisins. Je sais, ajouta-t-elle en levant la main pour arrêter une éventuelle remarque d'Eleanor : je dois tourner la page et laisser le passé derrière moi !

— Je n'ai jamais dit ça.

— Mais c'est le genre de conseils que donnent les psychothérapeutes, non ?

— Pensez-vous que cette attirance soit réciproque ?

— Non, soupira Connie. Je ne le crois pas. Nous nous entendons bien et ça s'arrête là. Je parie que la moitié des mères seules, à l'école d'Ella, aimeraient lui mettre le grappin dessus ! Certaines sont beaucoup plus son type de femme que moi.

— C'est ce qu'il vous a dit ?

— Pas aussi clairement, non...

— Pourquoi renoncer à lui tant qu'il ne vous a pas franchement repoussée ?

— Eleanor, vous êtes une incorrigible romantique ! dit Connie en riant.

18

La laiterie

A la campagne, une bonne cuisinière doit savoir baratter son propre beurre. En général, les filles apprenaient très jeunes à le faire, mais moi, j'étais trop chétive. J'ai passé de nombreuses journées à regarder ma mère s'échiner sur la baratte, mais j'avais déjà au moins quatorze ans quand j'ai pu commencer à faire du beurre moi-même.

Ma mère avait sa vache préférée, une petite Frisonne nommée Baby parce qu'elle n'était encore qu'une génisse quand elle a eu son premier veau. Baby donnait beaucoup de ce bon lait crémeux qui fait le bon beurre.

Tous les jours, après la traite, ma mère versait le lait dans de grands seaux en fer blanc et le laissait reposer dans la fraîcheur de la laiterie. Au bout de quelques heures, la crème était remontée à la surface et ma mère pouvait la prélever et la verser dans le séparateur, un exemple de génie mécanique. Le seul ennui, c'était le lavage, car le séparateur se composait de vingt-cinq petits entonnoirs imbriqués les uns dans les autres comme des poupées russes. Il fallait une heure pour qu'ils redeviennent parfaitement propres.

Quand on avait mis la crème dans le séparateur, on tournait la grande poignée et le lait se séparait de la crème. Je n'ai jamais été très intéressée par la crème mais j'aimais boire le lait écrémé, d'un blanc bleuâtre. Cependant, j'aimais par-dessus tout le babeurre. Cela n'avait rien à voir avec ce liquide amer qu'on trouve maintenant dans les magasins. Notre babeurre était acidulé et pur avec des parcelles de beurre doux flottant dedans. Quand on avait récupéré assez de crème à la sortie du séparateur, on la versait dans le tonneau de la baratte et le travail le plus dur commençait.

Il n'y avait pas de moyen facile de faire du beurre. Il fallait tourner cette fichue manivelle pendant des heures ! A un moment, on entendait un léger choc à l'intérieur. On soulevait le couvercle et on voyait le premier grain de beurre. On n'avait plus qu'à baratter pour avoir des grains de plus en plus gros, jusqu'à pouvoir sortir de gros morceaux jaune doré.

Ma mère les posait dans sa jatte à beurre et les malaxait avec des spatules en bois, ajoutant une pincée de sel jusqu'à obtenir la consistance voulue. Elle le divisait en pains d'environ un kilo qu'elle emballait dans du papier sulfurisé et entreposait dans la laiterie. Quand nous en avions trop, maman en vendait une partie.

Connie était allée acheter du lait et rentrait chez elle quand elle aperçut un homme dans une voiture, un appareil photo à la main. Elle ne comprit pas tout de suite ce qu'il faisait. Son esprit enregistra machinalement la présence d'un homme avec un énorme téléobjectif braqué sur l'angle Est de la place. Il arrivait que des gens s'installent dans le jardin pour peindre, mais c'était plutôt en été. Sans doute un photographe amateur qui s'intéressait aux détails architecturaux de la place, pensa-t-elle. Au moment où elle longeait la voiture de son pas vif, Connie tourna les yeux en direction de l'endroit sur lequel l'objectif était pointé, le cabinet de podologie-pédicurie. L'image de Megan traversa son esprit.

Par une étrange coïncidence, la porte du cabinet s'ouvrit sur Megan, les bras tendus pour résister à l'élan des deux chiens de sa tante qu'elle tenait en laisse. Connie sourit en voyant qu'elle avait renoncé à son bonnet de laine et que ses cheveux, un peu plus longs mais toujours aussi noirs, lui balayaient le visage. Elle ne les brossait jamais à fond mais sa coiffure restait formidable, à la fois chic et décontractée.

Soudain, elle vit la vitre de la voiture se baisser tandis que retentissait une série de déclics. Elle comprit enfin ce qui se passait.

Elle hurla « Megan ! » et vit son amie regarder vers elle et ouvrir de grands yeux horrifiés. Connie imaginait déjà les photos dans la presse. Il fallait agir ! Elle courut s'interposer devant l'objectif pour donner à Megan le temps de faire demi-tour et rentrer dans la maison, les chiens grognant leur désapprobation. Le photographe jaillit de sa voiture et insulta Connie. L'ignorant, elle traversa la rue en hâte et rejoignit Megan dans l'entrée du cabinet. Elle trouva la jeune femme effondrée au sol, tremblant sans pouvoir dire un mot. Elle décida de prendre les choses en main.

— Nora ! appela-t-elle de toute sa voix.

Nora sortit de la kitchenette, l'air perplexe. Par la fenêtre, Connie vit la voiture du photographe remonter la rue dans leur direction puis sa portière s'ouvrir.

— Il y a un photographe dehors, il a pris des photos de Megan.

— Il ne manquait plus que ça ! répondit Nora qui se précipita pour fermer la porte à clef.

— Il faut la faire sortir d'ici avant de voir arriver les hordes de paparazzi, dit Connie avec autorité. Par la porte de derrière, vite ! Megan, ma chérie, tu ne peux pas rester ici, ajouta-t-elle en aidant la jeune femme à se relever. Si nous sortons par l'arrière, nous pouvons rejoindre l'allée qui passe derrière les jardins et aller jusque chez moi. J'entrerai par-devant et, toi, je te ferai monter par l'échelle de secours à l'arrière.

Elle se tourna ensuite vers .

— Il lui faut un autre manteau et quelque chose à mettre sur la tête.

Kevin, qui était resté à l'écart, apparut avec son propre manteau et une casquette de base-ball.

— Parfait !

Megan laissa Connie lui enfoncer la casquette sur la tête sans un mot de protestation.

— Je t'apporterai un sac avec des affaires plus tard, dit Nora.

Connie leur lança un regard énergique.

— Bien ! Faisons vite !

Personne ne guettait l'arrière de la maison. Le photographe avait dû la trouver tout seul et, supposa Connie, était venu sans journaliste. Malheureusement, dès la publication des clichés, Megan et Nora seraient harcelées. Les trois femmes se frayèrent un chemin dans le jardin tout en longueur et parvinrent au petit portail arrière. De là, elles empruntèrent l'allée où certaines des maisons possédaient autrefois des garages. La plupart avaient été vendus et convertis en habitations. Il fallait être du quartier pour connaître ce passage.

Elles se hâtèrent jusqu'à la maison de Connie. La grille du jardin de derrière était rouillée et il fallut beaucoup d'efforts pour l'ouvrir. Elles se trouvèrent dans une véritable jungle et Nora utilisa son fourre-tout pour écarter les orties jusqu'à l'arrière du bâtiment.

— Je passe par l'entrée de devant, dit Connie, il ne pourra pas me voir. Prête-moi quand même ta casquette, Megan, au cas où !

Elle prit le temps de s'arrêter au coin de la maison ; il n'y avait pas d'objectif en vue. La voiture du photographe était toujours arrêtée devant le cabinet de Nora mais il n'y était plus. Sans doute essayait-il d'apercevoir l'intérieur du cabinet en se collant contre les vitres ! Connie grimpa les quelques marches du perron à toute vitesse, entra vivement puis courut jusqu'à son appartement. L'échelle de secours était d'un modèle télescopique récent qu'il fallait déplier depuis la fenêtre de la cuisine. Connie la déverrouilla, la laissa cascader jusqu'en bas dans un grand bruit de ferraille, puis regarda Megan et Nora grimper jusqu'à elle.

Megan tremblait de la tête aux pieds.

— Je ne l'ai pas vu, ne cessait-elle de répéter.

Quant à Nora, elle observait un mutisme inhabituel.

— Je ne sais pas quoi faire, murmura-t-elle enfin. J'ai honte de l'avouer, mais je n'ai pas la moindre idée. Nous n'en avons même pas parlé et maintenant, tu vois dans quel état elle est, Connie.

Megan était en effet réduite à l'état de loque. Que faire ? Connie eut soudain une idée.

— Eleanor ! Elle saura s'occuper d'elle.

Dans l'appartement du dessous, Eleanor se pencha sur les lignes qu'elle venait d'écrire.

Fais ce dont tu as peur !

De quelque façon qu'on le prenne, le conseil paraissait plutôt bizarre. Le problème, quand on voulait donner des conseils, était qu'à moins de décrire le processus par lequel on était arrivé à les formuler, ils restaient sans intérêt.

Fais ce que je dis et pas ce que je fais ! Je ne suis jamais tombée amoureuse d'un inconnu ni ne me suis précipitée dans son lit, mais je vous dis quoi faire si cela vous arrive...

Si vous vous disputez avec les gens que vous aimez le plus au monde, fuir n'est peut-être pas la bonne réponse...

Non, il fallait des exemples concrets.

Elle sursauta en entendant frapper à sa porte.

— Eleanor, c'est Connie ! On a une urgence, pouvez-vous nous aider ?

Connie expliqua rapidement la situation à mi-voix.

— Je comprends, dit Eleanor. Pauvre Megan ! Amenez-la ici !

Connie embrassa Eleanor sur la joue en la remerciant. La gentillesse du geste laissa Eleanor désemparée. Elle se sentit soudain très seule. Personne ne l'avait embrassée depuis longtemps, pas une seule fois depuis qu'elle avait quitté New York. Connie fut très vite de retour, tenant Megan par la main.

— Nora va demander à la sœur de Megan le numéro de son agent, expliqua-t-elle à Eleanor. Il faut que quelqu'un intervienne, n'est-ce pas ? Megan, ne t'inquiète pas, je vais descendre les stores pour que ce fichu photographe ne te voie pas.

— Vous pensez à tout, dit Eleanor avec un sourire.

— J'aimerais bien ! soupira Connie. Je suis douée pour aider les autres, mais je fais n'importe quoi quand il s'agit de ma propre vie. A plus tard, Megan !

Après le départ de Connie, Eleanor passa dans la cuisine.

— Je vais nous préparer une boisson chaude.

Tout en s'activant, elle observa Megan qui faisait le tour du salon, détaillait les tableaux et les bibelots. Elle se souvenait d'un livre sur la signification de ces gestes, caresser une sculpture de nu féminin ou remettre bien droit les livres posés sur une table basse. Cependant, elle n'avait pas besoin de livre pour comprendre. Lire dans les gens comme à livre ouvert était instinctif, chez elle.

Elle versa l'eau bouillante sur les sachets de thé sans cesser d'observer Megan. Elle n'avait pas feuilleté les livres posés sur la table basse et ne s'était même pas arrêtée devant le ravissant nu en bronze sur la desserte. Au lieu de cela, elle explorait du bout des doigts la texture de la grande conque marine à côté du bronze, suivant les spirales du coquillage comme si elle les voyait avec les doigts. Elle passa aussi un moment devant les photos qu'Eleanor avait apportées de New York. Celle qui l'intéressa le plus était celle d'Eleanor et de Gillian, prise à l'anniversaire des dix-huit ans de Gillian.

— Vous semblez si heureuses ! dit tristement Megan. Moi, je ne pourrai plus jamais l'être. Je me suis enfuie et j'en suis punie.

C'était la voix, les propos d'une personne en état de choc, disant des choses qu'elle n'aurait jamais dites en temps normal.

— Punie de quoi, exactement ? demanda Eleanor.

— Ma sœur m'a dit que je veux un homme pour me protéger et que je me fiche de savoir qui il est. Pour elle, je suis une voleuse d'hommes.

Eleanor attendit que Megan poursuive, comme elle l'avait fait pendant toute sa vie professionnelle : attendre que la personne continue à raconter son histoire. Il fallut un long moment avant que Megan se remette à parler. Toutefois, elle avait changé de sujet.

— Et vous ? Pourquoi êtes-vous venue ici ? Vous vous êtes enfuie, vous aussi ?

— Non, répondit Eleanor d'un ton hésitant. Je ne me suis pas enfuie. Je suis là où j'ai besoin d'être en ce moment, ce n'est pas vraiment la même chose. J'avais besoin de paix et de silence et c'était impossible chez moi.

— Comme moi ! dit Megan en se mettant à pleurer. J'ai détruit la vie d'une femme. C'est affreux ! Mais je croyais qu'il m'aimait et je me suis trompée.

Il restait quelques jours avant Noël et Prague ressemblait à une jolie carte postale. L'hôtel Sebastien était décoré d'arbres de Noël, de nœuds de velours rouge foncé et d'originales boules en cloisonné représentant des vues de la vieille ville. L'atmosphère donnait à Megan une impression d'ivresse, comme le fait de se trouver là avec Rob. Ils avaient passé toute la journée au lit, faisant l'amour sans se lasser, et avaient commandé leur déjeuner au room service.

Megan avait découvert en Rob un amant remarquable, patient et doux mais également passionné. Elle restait étonnée d'être là avec lui et trouvait encore malaisé de regarder un visage aussi célèbre quand il partageait son oreiller. Elle aurait voulu que cette journée et cette nuit ne s'arrêtent pas, certaine de ne jamais pouvoir les oublier.

A un moment, elle avait essayé de lui demander ce qui se passerait ensuite, mais il n'avait pas envie d'en parler.

« Ne perdons pas notre temps en bavardages », avait-il chuchoté tout en recommençant à la caresser.

Le lendemain matin, il s'était levé tôt pour appeler « Charles » aux Etats-Unis. Megan avait suffisamment entendu parler du super agent d'Hollywood pour être impressionnée par la façon quelque peu cavalière dont Rob lui parlait. Quand elle-même discutait avec son agent, elle choisissait ses termes. Rob était en train de crier !

« Dis-lui d'aller se faire voir, Charles ! Tu n'aurais jamais dû me mêler à ça. Je déteste ces publicités. » Puis, il était passé dans le salon de leur suite pour terminer sa conversation et Megan n'en avait plus entendu que des fragments. « Ouais, le Sebastien reste correct... Non, personne d'autre n'est au courant à part les suspects habituels – tu me prends pour un idiot ?... Oui, je rentre dans deux jours... »

Où devait-il être dans deux jours ? se demanda Megan. Il ne lui en avait pas parlé, il n'avait parlé de rien d'autre que du moment présent. Assise sur le lit, les bras autour des genoux, elle hésitait. Avait-elle le droit de l'interroger au sujet de leur avenir ? Les hommes avaient horreur de cela, elle le savait. Sa mère le lui avait dit, bien des années auparavant : « Les hommes détestent qu'on les bouscule. » Dans sa bouche, cela sonnait comme un avertissement à graver dans le cœur de toutes les femmes pour qu'elles ne l'oublient pas.

Megan ne posa donc aucune question. Au lieu de cela, elle chercha dans les bagages de Rob, comme il le lui avait demandé, le chargeur de son téléphone. Malheureusement, il l'avait oublié.

« Appelle Boo, il a mon chargeur de secours. »

Boo était un des assistants de Rob. « Mais il croit que tu es à Londres, n'est-ce pas ?

— Non, avait sèchement répondu Rob. Il sait toujours où je suis. C'est indispensable.

— Ah ! Et Charles ? Lui aussi est au courant ? »

Il y avait une nuance de pitié dans les yeux de Rob.

« Ma chérie, bien sûr que oui ! Charles est au courant de tout. »

— Il est d'accord, pour toi et moi ? »

Cette fois, Rob ne lui avait même pas accordé un regard. Il était occupé avec son téléphone, en train de taper un autre numéro.

— Bien sûr ! »

Fidèle à sa réputation d'énergie inépuisable, il n'avait pas envie de passer une autre journée dans leur suite. Megan s'inquiétait de ce qu'on les reconnaisse, mais il l'entraîna. Ils chaussèrent des lunettes noires et sortirent faire les magasins. Rob avait mis une vieille casquette et Megan une casquette de base-ball.

Leurs déguisements lui avaient rappelé la rediffusion de *Pour l'amour du risque,* un feuilleton que sa mère adorait et qui racontait comment un couple beau et riche résolvait des énigmes.

Ils étaient entrés chez un bijoutier où Rob lui avait acheté un bijou spectaculaire, un bracelet en or orné de diamants. Ce n'était pas le genre de bijou que Megan appréciait. Elle avait vu dans la vitrine quelque chose dont elle avait envie, beaucoup plus simple, un bijou ancien composé d'un beau pendentif d'ambre sur une fine chaîne en or.

Rob ferma le bracelet sur son poignet. « Voilà, c'est comme ça que tu me plais », dit-il de sa voix profonde. Qu'il puisse aussi mal la connaître étonna Megan. Elle l'avait cru capable de lire dans son âme, mais il apprendrait. Elle comprit par la suite que leur secret avait été révélé à cause de cet achat extravagant. Le bijoutier avait découvert l'identité de Rob quand il avait sorti sa carte de crédit. Il avait dû appeler un ami journaliste et se faire payer pour le tuyau.

En sortant de la bijouterie, ils s'étaient rendus dans un petit café et s'étaient assis en terrasse pour pouvoir fumer. Rob la tenait par la taille et l'embrassait en lui répétant à quel point il aimait son nouveau bracelet quand le déclic d'un appareil photo les surprit. Fort d'une longue expérience de la presse, Rob ne sauta pas sur ses pieds. Au contraire, il se redressa légèrement pour paraître plus grand et plus mince sur la photo. En revanche, Megan se redressa d'un bond et l'entraîna vers leur hôtel, épouvantée. « Que va-t-il nous arriver ? Que va penser Katharine ? Tu dois lui dire la vérité. Et Charles… »

« Du calme ! dit Rob d'un ton incroyablement détaché. Je vais faire étouffer cette histoire. Ça arrive tout le temps. Je donnerai une interview exclusive au journal et on paiera le photographe. Il n'y a pas de problème. Charles est parfait pour régler ce genre de choses. »

Ce genre de choses…

Megan l'avait dévisagé, avec l'impression que son sang se figeait. « Quel genre de choses ?

— Les photos que je ne veux pas voir publier ! Allons, Megan, tu sais comment ça marche.

— Non, avait-elle bafouillé, pas comme ça.

— C'est pourtant simple. Il suffit d'avoir assez de pouvoir pour stopper la diffusion des mauvaises nouvelles. Je vais appeler Charles. » Cette occasion de démontrer son importance et sa puissance semblait le réjouir. Pendant qu'il téléphonait, Megan fit ses bagages en tremblant. Elle aurait aimé appeler Carole, son agent, mais ne savait quoi lui dire. *Bonjour, je viens d'avoir une liaison avec Rob Hartnell. Je croyais que c'était de l'amour mais je pense m'être trompée. Ce n'est plus le même homme.*

En la voyant fermer son sac de voyage, Rob lui demanda où elle allait.

« Je ne sais pas. Chez moi. »

Il s'approcha d'elle et lui caressa le visage, la fixant de son incroyable regard. « Tu n'as pas besoin de partir. Tu comptes beaucoup pour moi. »

Un éclair de compréhension la traversa. « Ce n'était pas la première fois. Tu m'as dit que tu n'avais jamais trompé ta femme.

— Voyons, Megan, tous les hommes disent ça !

— Je ne serais jamais venue ici avec toi si j'avais su. J'ai cru ce que tu me disais, qu'il se passait quelque chose de spécial entre nous et que tu n'avais jamais été infidèle auparavant. »

Il haussa les épaules et s'éloigna. Son regard avait perdu de sa chaleur. « On croit seulement ce qu'on a envie de croire. Tu n'es pas obligée de partir. On pourrait s'amuser encore. »

Megan refusa la proposition d'un geste sec. Elle aurait tout donné pour que les choses redeviennent comme avant, mais c'était impossible. Elle ne pouvait pas prétendre ignorer ce qu'elle savait à présent. Son sac à la main, elle se dirigea vers la porte. Quand elle la referma doucement derrière elle, Rob était déjà au téléphone.

Megan leva les yeux vers Eleanor.

— Charles n'a pas pu exercer ses talents habituels, cette fois. Quand je suis arrivée à l'aéroport de Londres, l'histoire s'étalait déjà en première page. Je me suis d'abord cachée dans mon appartement et puis j'ai fini par venir ici. Ça n'arrêtera jamais ! Je suis Megan la croqueuse d'hommes pour l'éternité.

— Non, le monde continue de tourner. Les gros titres de cette année seront relégués aux oubliettes l'année prochaine. Ce sera du passé.

— J'aimerais que vous ayez raison, soupira Megan, mais moi, je ne pourrai jamais oublier. Je n'aurais peut-être pas dû m'enfuir. Il aurait mieux valu que je fasse front.

Eleanor s'abstint de tout commentaire. Megan avait raison sur ce point. Elle-même avait fui New York et tout ce qui l'y attachait. Se sentant déstabilisée, Eleanor se contenta de regarder la jeune femme qu'elle venait d'accueillir. Elle n'avait plus l'habitude d'avoir de la compagnie. Depuis son installation à Golden Square, elle avait à peine passé quelques heures avec d'autres personnes. Et voilà que Megan faisait irruption dans sa vie, y introduisant un grand drame en même temps qu'un grand chagrin. Quelque chose, dans l'esprit d'Eleanor, reconnaissait la souffrance de Megan, comme un reflet de la sienne.

Toutefois, depuis que la jeune femme s'était réfugiée chez elle, Eleanor avait oublié sa propre peine, elle avait cessé de penser à elle-même, sauf à l'instant où elle avait reconnu s'être enfuie, elle aussi. Peut-être avait-elle besoin d'être distraite de son chagrin ? Or, une chance d'aider quelqu'un d'autre lui était soudain offerte. Elle parla sans pouvoir s'en empêcher.

— Megan, voulez-vous rester ici ? Je serais ravie d'avoir votre compagnie.

Le sourire de Megan recelait tant de douceur qu'Eleanor le lui rendit avec une sincérité dont elle n'avait plus été capable depuis longtemps. Ce sourire si lumineux avait dû avoir beaucoup d'effets sur de nombreuses personnes.

— Si vous êtes certaine que cela ne vous dérange pas, j'en serais très heureuse. Merci, Eleanor !

— Alors c'est dit, vous restez.

19

La veillée funèbre

De nombreuses traditions s'attachent aux veillées funèbres. Sur le bateau qui nous emmenait à New York, j'ai rencontré une femme. Elle m'a parlé d'une veillée dans la péninsule de Dingle qui avait duré toute une semaine. Pour la famille du défunt, musicien et fermier, cela constituait un hommage mérité.

A Kilmoney, c'était différent. On estimait qu'une veillée de deux jours suffisait, peu importait l'identité du mort. Dans les maisons où il y avait des enfants, on exposait le corps dans une chambre et les enfants dormaient tous ensemble dans une autre. Les proches du défunt passaient la nuit assis à son chevet, à lui tenir la main, en quelque sorte, et à raconter des histoires du bon vieux temps.

La mère de Joe avait l'habitude de préparer un gâteau fourré aux raisins pour les funérailles. Elle y avait goûté un jour à Dublin et cela lui avait beaucoup plu, car on le faisait avec les restes de gâteaux ou de pain aux raisins secs. Elle était morte depuis longtemps quand Joe est parti à son tour. Cela fut une chance : elle l'avait aimé de tout son être et le voir dans son cercueil lui aurait brisé le cœur.

J'ai fait moi-même le fourré aux raisins pour la veillée de Joe. D'une certaine façon, cela a adouci ma peine. J'ai suivi la recette de sa mère. Il faut préparer du thé fort et y laisser tremper les restes de pain ou de gâteaux toute la nuit avec un mélange d'épices et de fines tranches de pommes. Le lendemain, on mélange de nouveau avec du beurre et un œuf et on tartine la préparation entre deux couches de pâte avant de mettre au four.

Tu étais encore toute petite et tu ne peux donc pas vraiment te souvenir de lui. Si Joe n'était pas mort, nous n'aurions jamais quitté le Connemara. Ton père aimait sa terre et il aimait la mer. Son pays faisait partie de son âme. Malheureusement, lui disparu, nous n'avions plus de quoi vivre. Beaucoup de gens m'ont dit que nous devions rester, que Joe l'aurait voulu. Je leur répondais qu'il aurait surtout voulu que nous soyons heureux et que nous ayons à manger. Quand je suis allée sur sa tombe pour lui dire un dernier adieu, je savais que nous ne reviendrions pas. Mais ce n'était pas grave, il n'avait jamais quitté mon cœur. Sa tombe n'était qu'un carré de terre avec des restes mortels. Lui, il m'accompagne toujours.

Pendant la semaine qu'elle passa chez Eleanor, Megan fit le tri des livres qui se trouvaient dans la chambre d'amis. Les propriétaires de l'appartement aimaient beaucoup les romans policiers et avaient entassé les Agatha Christie, quelques Dashiell Hammett et des Carl Hiaasen. Elle n'avait rien d'autre à faire. Il n'y avait qu'un seul poste de télévision sans abonnement au câble et de plus, Eleanor ne l'allumait que pour les informations. Il était hors de question qu'elle sorte, car les photographes campaient près du cabinet de Nora.

La situation avait ceci de positif qu'Eleanor s'était révélée une hôtesse merveilleuse, pas dans le sens où elle lui aurait préparé des petits plats, mais dans sa capacité à laisser Megan tranquille. Contrairement à Nora, Eleanor n'organisait pas les repas, mais lui demandait si une omelette lui ferait plaisir.

De la même façon, elle ne mettait pas de la musique en décidant à sa place mais lui demandait si elle n'aimerait pas en écouter. C'était une façon de vivre très reposante.

Nora était venue les voir deux ou trois fois avec un sac d'épicerie. Chaque fois, elle répétait à Eleanor : « Vous avez été incroyablement gentille pour nous. » L'emploi du « nous » touchait profondément Megan. Cela signifiait qu'en dépit de tout, Nora la considérait toujours comme un membre de la famille plutôt que comme le mouton noir particulièrement insupportable.

De son côté, Connie passait chez Eleanor presque tous les jours. La plupart du temps, elle mettait des chapeaux farfelus en prétendant se déguiser, ce qui relevait plus de l'amusement que d'autre chose. Elle profitait de ses visites pour leur donner les dernières nouvelles.

— Kevin est dans le Sun pour la deuxième fois ! dit-elle ce jour-là. Les photographes le prennent pour ton petit copain et le mitraillent en permanence. Sa petite amie en titre, une jeune femme qu'il a rencontrée dans un stage de plongée, est allée les voir, hier, pour leur dire que c'était elle, sa petite amie. Elle les a priés de ne pas l'oublier, car sinon, elle irait au tribunal !

— Est-elle juriste ? demanda Eleanor.

— Non, elle fait des compétitions de triathlon. Kevin la regarde en soupirant avec des yeux de merlan frit et il n'arrête pas de dire que c'est une vraie dure à cuire. Je crois qu'il l'aime. Il a besoin d'une femme forte, tu ne crois pas ?

Connie avait adressé sa question à Megan dans l'espoir de la divertir mais sa tentative tomba à plat.

— Pauvre Kevin ! C'est entièrement ma faute, cet ignoble cirque des médias.

— Ne dis pas de bêtises ! En plus, tout le monde ne s'en plaint pas. Prudence Maguire est comme un poisson dans l'eau ! Elle passe ses journées à baver sur tout le monde auprès des journalistes. Elle raconte des histoires d'arnaques immobilières, leur explique pourquoi le conseil municipal doit démissionner, sans oublier les gens du dernier étage au numéro 71 qui sont la plaque tournante du trafic de drogue du quartier !

— Vous voulez parler de ce charmant jeune couple qui a un carlin ? demanda Eleanor.

— Oui, mais l'homme a des dreadlocks, répondit Connie. Pour Prudence, l'amalgame entre dreadlocks et trafiquants de drogue va de soi. Et toi, Megan, as-tu des nouvelles de ton agent ?

Le jour où Megan avait été repérée, Connie s'était acharnée à trouver le moyen de joindre Carole Baird. Cela l'avait obligée à appeler Pippa au pays de Galles. Bien que bouleversée par les nouvelles, Pippa avait expliqué à Connie qu'elle ne pouvait pas abandonner ses enfants pour s'occuper de sa sœur.

« Dites-lui que je l'appellerai sur son portable. »

Connie accepta d'un ton neutre, estimant que Megan était trop perturbée par la situation pour parler à qui que ce soit dans l'immédiat.

Carole se montra beaucoup plus décontractée, répondant que ce qui venait d'arriver était inévitable. Connie ne put s'empêcher de lui demander pourquoi ce photographe ne pouvait pas la laisser tranquille.

« Ça ne marche pas comme ça, chérie ! La partie n'est pas finie tant que Megan n'aura pas tout raconté, pourquoi, quoi, où, et à quel point elle regrette. Le tout agrémenté de photos, de préférence avec un chien abandonné ou des orphelins dans un pays éloigné. Le Soudan ? poursuivit Carole d'un ton pensif. Ce serait pas mal... Il y a des problèmes, là-bas, je crois.

— Elle devrait peut-être porter un treillis pour les photos, ou bien serait-ce perçu comme une indélicatesse dans une zone de combats ? demanda Connie avec une causticité qu'elle ignorait posséder.

— Non, la tenue militaire verte de base vaut bien mieux. Est-ce qu'elle est toujours blonde ? Elle m'a dit qu'elle s'est fait teindre, mais c'est difficile à voir sur les photos. »

Connie ignora cette remarque.

« Carole, Megan est encore sous le choc. Elle refuse de parler de cette histoire ou de poser avec de pauvres chiens orphelins ! J'ai besoin de savoir ce qu'elle devrait faire maintenant. Avez-vous un plan ?

— Non, on navigue à vue. Il faudra bien qu'elle cesse de se cacher, tôt ou tard, quel que soit son état ! Ecoutez, quand on signe pour devenir célèbre, on doit accepter tout ce que cela comporte.

— Donc, vous n'avez rien prévu. Nous pouvons faire ce que nous voulons ?

— Si elle veut se cacher, cachez-la ! Mais si elle veut raconter l'histoire, téléphonez-moi le plus vite possible. Je connais Megan, c'est une battante. Elle se lassera de rester dans l'ombre et elle aura envie de retrouver les projecteurs. Je l'appellerai plus tard. »

En fait, Carole appela tous les jours.

— Ton amie me prend pour un chameau sans cœur, dit-elle à Megan. Je te garantis qu'elle n'a pas aimé mes idées sur la meilleure façon de limiter les dégâts.

Megan se sentit insultée pour Connie.

— Tout le monde ne pense pas que c'est bien d'utiliser le malheur de quelqu'un comme un atout, répondit-elle.

— Oui, mais tout le monde en profite, les amis des bêtes comme la star !

— Elle n'a pas apprécié l'idée des orphelins africains.

— Mais on n'y pense même pas, soupira Carole. Maintenant que toutes les célébrités d'Hollywood s'impliquent dans les histoires de réfugiés, il est très difficile de se faire une place dans l'humanitaire. Je t'assure, les chiens abandonnés sont bien plus rentables ou sinon, les gamins drogués des cités. Tu n'auras qu'à me prévenir quand tu seras prête, Megan.

Quand Megan rapporta cette conversation à Connie et Eleanor, elle ajouta qu'on leur avait proposé un demi-million de dollars pour sa version de l'histoire.

— C'est correct ? demanda Connie.

— Pour Carole, nous ne devons pas accepter moins d'un million.

— Sauf que tu n'as pas l'intention de vendre ton histoire, dit paisiblement Eleanor.

— Exactement !

Megan s'étonnait d'avoir pu prendre tout ce que disait Carole Baird pour parole d'évangile seulement quelques mois plus tôt. A présent, elle n'était plus certaine d'aimer cet univers qui était devenu le sien.

Elle aimait jouer, mais n'appréciait pas les à-côtés du métier comme de poser avec des chiens abandonnés pour redorer son blason. Elle détestait cette idée. Pourquoi ne pouvait-elle se contenter de faire son métier d'actrice sans devoir subir tout le reste ?

Au fond d'elle-même, elle connaissait la réponse. Elle ne serait plus la bien-aimée du public si elle ne cherchait plus l'attention des médias, renseignés par Carole sur les magasins et les restaurants qu'elle fréquentait. Elle avait choisi cette vie et ne pouvait donc s'indigner quand on manipulait les médias, comme Rob avait prévu de le faire, alors qu'elle s'en rendait coupable elle-même.

Megan était penchée à la fenêtre de la cuisine pour fumer sa cigarette d'après-dîner et Connie remplissait le lave-vaisselle quand Eleanor aborda la question de son voyage dans le Connemara.

— Megan, tu as dit que tu m'accompagnerais, mais nous n'en avons pas reparlé. Tu as peut-être oublié.

Megan rougit. En effet, elle avait oublié !

— Excusez-moi, Eleanor !

— Non, il n'y a aucun problème. Je ne t'en ai jamais reparlé, mais j'ai loué un bed and breakfast et une voiture. J'ai aussi retenu un guide spécialisé dans la recherche des lieux où ont vécu les familles. J'ai réservé pour le mois prochain, mais puisque tu veux toujours te cacher, nous pourrions y aller maintenant. Si le guide est libre, nous pouvons y passer trois ou quatre jours et, ensuite, tu auras peut-être une idée plus claire de ce que tu veux. Ton agent a raison sur un point : tu ne pourras pas te cacher toute ta vie.

— Et si quelqu'un me reconnaît ?

— On va te trouver une belle casquette de base-ball, intervint Connie. Je te prêterai deux ou trois de mes chemises grande taille, et personne ne te reconnaîtra. Si quelqu'un a l'impression de t'avoir vue à la télé, il finira par se dire qu'il a dû se tromper. Les gens de la télé préféreraient mourir plutôt que d'être vus dans ce genre de tenue !

— Quand nous reviendrons, ajouta Eleanor, si tu veux aller à Los Angeles, il sera toujours temps de le faire.

Megan hocha lentement la tête. Quand elle avait parlé d'accompagner Eleanor, cela lui avait paru une bonne idée, mais elle n'en était plus aussi certaine. Il y avait aussi un autre endroit où elle devait se rendre : chez sa mère.

Bien installée dans son lit avec un Agatha Christie posé à côté d'elle, Megan envoya un SMS à Pippa.

Salut, tout OK. Vais ouest Irlande 2main avec Eleanor. J essaie 2 savoir koi faire. J espère toi + enfants vont bien, biz M.

La réponse arriva une demi-heure plus tard.

Contente tu vas bien. Kim malade. Vomit. V. fatigué. Biz P.

Megan envoya une ligne entière de baisers en retour, ajoutant :

Embrasse Kim pour moi.

Pauvre chou ! pensa-t-elle. Elle lui enverrait un joli cadeau du Connemara, ainsi qu'à Toby. Surtout, elle leur rendrait bientôt visite. Megan sourit en elle-même. C'était la première fois qu'elle pensait à aller voir son neveu et sa nièce. Elle n'y était jamais allée que pour voir Pippa, éprouvant une certaine jalousie à découvrir que l'existence des enfants la privait de la présence de sa sœur. Cela avait changé ! Kim et Toby faisaient partie de sa famille. A présent, tout serait différent. Elle avait changé.

Le lendemain matin, à onze heures, Nora arriva chez Eleanor avec un paquet d'affaires pour Megan. En embrassant sa tante, Megan la sentit se raidir.

— Je suis désolée, Nora, soupira-t-elle. Je comprends que tu trouves la situation pénible, mais tu sais comment sont les journalistes...

Nora l'interrompit d'un ton furieux.

— Non, je ne le sais pas et je ne pensais pas avoir jamais à le savoir ! Avec tous ces gens qui me guettent derrière la grille depuis une semaine, je vis un cauchemar !

Megan blêmit. Depuis son arrivée à Golden Square, Nora n'avait pas eu un mot de reproche ou de plainte à son égard, et soudain...

— Les choses n'arrivent pas toutes seules, Megan, poursuivit Nora, exaspérée. On les *fait* arriver à cause de ce qu'on *fait* ! Tu es responsable de la présence d'une demi-douzaine de paparazzi devant ma maison, tu ne peux pas le nier.

Megan se sentit prise d'une terrible envie de pleurer.

— Je ne le nie, pas, Nora, mais tu ne sais pas ce qui s'est passé entre Rob et moi, tu ne me l'as jamais demandé.

— Je sais lire, n'est-ce pas ? Il me suffit d'aller faire mes courses pour voir les gros titres. Je vois très bien cette pauvre femme sur les couvertures des magazines.

Elle donne l'impression qu'elle ne se consolera jamais de savoir que tu as couché avec son mari !

— J'ignorais que tu avais vu ça, dit Megan, effondrée.

— On n'est pas au milieu de nulle part, ici ! hurla Nora. Tu peux croire ce que tu veux, mais nous avons atteint la civilisation, aujourd'hui ! Nous avons l'électricité, Internet, tout le grand jeu ! Je connaissais l'histoire avant que tu arrives ici.

Eleanor entendait tout depuis sa chambre, mais se garda d'intervenir. Cela ne la regardait pas. La pauvre Megan avait besoin de comprendre que les gens la jugeaient, même ceux qui l'aimaient.

— Je suis désolée, Nora. Je comprends que tu sois blessée et que c'est ma faute. Je n'avais pas l'intention de te faire du mal, ni à la femme de Rob ou à qui que ce soit. Je me suis conduite de façon irréfléchie et stupide. Je te demande pardon.

Nora fit la grimace, mais Megan vit que sa colère retombait.

— Je pense que ta mère a sa part de responsabilité, soupira Nora.

Megan la fixa sans un mot.

— Tu sais, il faut le temps que les carottes poussent. Elles ne sortent pas de terre en un instant, prêtes à être croquées !

— Les carottes ? répéta Megan qui n'y comprenait plus rien.

— Ta mère avait semé des graines de carotte et comme ça ne poussait pas tout de suite, elle a acheté des carottes au supermarché et les a plantées. Tu as oublié ? Elle les a fichées en terre pour que vous puissiez les arracher, Pippa et toi.

Megan se souvint soudain de l'affaire des carottes et le ridicule de la situation la frappa – Marguerite en train de planter des carottes du supermarché et Nora debout à côté d'elle, pétrifiée.

— Pauvre maman ! dit-elle avant de se mettre à rire. Je te plains, Nora, nous ne représentons pas la famille idéale. Mais nous faisons de notre mieux et nous nous aimons.

— C'est vrai, répondit Nora avec un nouveau soupir. J'imagine que tu peux difficilement savoir comme cela se passe dans la réalité quand tu travailles dans un monde irréel.

— Je suis passée des fantaisies de ma mère à Hollywood d'un seul coup, c'est ça ?

— Exactement ! Maintenant, tu devrais écouter Eleanor, d'accord ? Elle est de très bon conseil. Tu aurais intérêt à écouter quelques personnes de bon sens au lieu d'une écervelée comme ton agent.

Megan ne put s'empêcher de rire.

— Je te garantis que Carole est tout sauf écervelée ! Elle est même très douée dans ce qu'elle fait. C'est moi qui ai changé, pas elle.

— Parfait ! La prochaine fois que tu l'auras au téléphone, explique-lui que tu n'iras pas au Soudan. Quelques jours dans le Connemara, c'est bien mieux.

20

L'avoine

Dans mon enfance, le blé et l'avoine constituaient les principales récoltes. Notre alimentation de base comportait beaucoup de pain, de galettes d'avoine et de porridge. Ma mère n'a jamais compris comment, dans la famille de mon père, on pouvait préparer les flocons d'avoine avec du sucre ou du miel alors que chez elle on les faisait bouillir avec du sel.

Cela n'a jamais changé de toute ma vie. Je l'ai toujours fait au sel. En hiver, je commençais les journées en mettant mes bas près du feu et ensuite en remuant le porridge qui bouillait. Ce n'est sans doute pas pour rien qu'on appelle cela une bouillie !

Parmi les gens qui émigraient en Amérique, beaucoup emportaient des galettes d'avoine dans leurs bagages car, lorsqu'elles sont bien faites, elles se conservent plusieurs mois. Il faut mélanger le beurre et le sel avec la farine d'avoine jusqu'à obtenir du sable fin. Ensuite, tu mets de l'eau pour en faire une pâte collante puis, en ajoutant un peu de farine, tu formes un gâteau ou des biscuits.

A la sortie du four, nous y mettions de la confiture de mûres ou une bonne couche de beurre.

Quand nous nous sommes installées à Brooklyn, au début, je ne pouvais pas manger ces galettes sans pleurer *parce qu'elles me rappelaient trop notre maison. Il n'y avait rien de plus douloureux, ni le lard aux choux, ni le pain doux, ni même les gâteaux de pommes de terre à la façon d'Agnes. Avec les galettes, c'est comme si je me retrouvais assise sur le muret de pierres sèches avec ton père, en train de manger et de bavarder. Nous l'avions laissé derrière nous dans sa tombe. Avec le temps, j'ai fini par les aimer de nouveau, ces galettes. Ma mère disait que le temps guérit tout et elle avait raison. Mais je te garantis que ce n'est pas rapide.*

Will Kerrigan, assis dans le fauteuil de son bureau, au fond du jardin, fixait sans les voir les nombreux courriels auxquels il devait répondre. Son esprit était occupé par un autre sujet : Rae. Depuis qu'ils étaient mariés, il ne l'avait jamais vue dans un pareil état. La femme qu'il connaissait avait toujours un sourire chaleureux pour tout le monde et ses yeux noirs pétillaient quand il faisait une plaisanterie. Le soir, confortablement installés dans leur grand lit, ils se racontaient leur journée. Cependant, depuis que sa mère était venue passer sa convalescence chez eux, cette Rae avait été remplacée par une femme au regard triste.

Au début, il avait pensé que la cause de ce changement était la présence de sa mère. Rae croyait sans doute qu'il n'avait pas remarqué comment celle-ci se comportait, ne cessant de critiquer la façon dont Rae faisait les choses ou lui donnant des conseils sans tenir compte de leurs différences de goût. Or, il était tout à fait conscient de la situation et cherchait à modifier le comportement de sa mère.

« Maman, tu as l'habitude d'être maîtresse chez toi. Imagine comme ce serait dur pour toi si une autre personne venait s'installer dans ta maison et critiquait tout. »

Sa mère avait réagi avec indignation. « Que veux-tu dire en parlant de tout critiquer ? Je ne ferais jamais une chose pareille !

— Mais si, avait courageusement répondu Will, c'est exactement ce que tu fais.

— Qui dit ça ?

— Personne », avait soupiré Will. Comme il était difficile de rester patient ! Il avait promis à son père mourant de veiller sur sa mère. Cela impliquait de ne pas lui faire de peine si c'était possible, mais les sentiments de sa mère étaient déconcertants. Elle ne supportait pas la critique, alors qu'elle était totalement indifférente aux coups qu'elle infligeait aux autres.

« Tu te fais des idées, Will. Nous nous entendons à merveille, Rae et moi. Je regrette de ne pas avoir eu une belle-mère pour m'aider quand j'étais plus jeune.

— Mais nous ne sommes plus de jeunes débutants, maman. Nous avons presque soixante ans et nous n'avons pas besoin qu'on nous dise de repeindre la cuisine d'une autre couleur. »

Cette fois, Géraldine monta sur ses grands chevaux.

« Je suis très choquée que Rae ait pu dire...

— Rae n'a rien dit, mais je vous ai écoutées, l'interrompit Will.

— N'importe quoi ! Les hommes ne comprennent jamais ce genre de choses. Nous étions en train de parler et c'est tout. »

Il s'était résigné ; faire entendre raison à sa mère était une cause perdue.

Le souvenir de cette conversation présente à l'esprit, il décrocha son téléphone et appela sa sœur. Accepterait-elle de recevoir leur mère pendant quelque temps ?

— Tu es cinglé ? hurla Leonora. Il est hors de question de recevoir cette chère maman chez moi. On s'entretuerait avant la fin de la première journée. A moins que tu ne veuilles être mon avocat dans une affaire de meurtre, oublie ça !

Will n'avait plus qu'à raccrocher. Pour être honnête, il devait reconnaître que sa mère avait fait un effort pour être un peu plus gentille, un tout petit effort en réalité. Malheureusement, cela n'avait rien changé. Rae se traînait dans la maison comme un fantôme avec ses chaînes. Elle se levait, cuisinait, nettoyait, allait travailler et montait se coucher le soir comme perdue dans un nuage de tristesse où il ne pouvait pas entrer.

Il lui demandait ce qui n'allait pas, mais tournant vers lui des yeux battus, elle répondait : « Rien, je suis seulement fatiguée. » Etait-elle malade ?

Cela dura jusqu'au jour où il décida d'agir. Il attendit que Rae soit partie au travail pour appeler Dulcie à Community Cares.

— S'il te plaît, ne dis pas à Rae que je t'ai téléphoné, mais je m'inquiète beaucoup à son sujet.

— C'est bizarre, répondit Dulcie. Je m'apprêtais à t'appeler pour la même raison. Je me demande si elle n'est pas malade, mais je lui ai posé la question et elle a répondu qu'elle va très bien. Pourtant elle n'a pas bonne mine et elle a perdu du poids.

— Tu trouves ?

— Certainement ! Elle a perdu au moins trois kilos. Elle n'a plus que la peau sur les os.

L'inquiétude de Will se transforma en peur. Il n'avait pas vraiment remarqué l'amaigrissement de Rae, pas plus qu'il ne faisait attention à ses tenues. C'était sa femme bien-aimée et elle pouvait être comme elle voulait, grosse ou mince, en jean ou en robe habillée, cela n'avait aucune importance. C'était elle qu'il aimait, pas son apparence.

En désespoir de cause, il appela l'amie de sa mère, Carmel De Vere, et n'hésita pas à lui raconter une histoire. Sa mère était légèrement déprimée et peut-être serait-ce une bonne idée si Carmel l'emmenait voir un film ou une pièce, et ensuite, dîner dans un endroit agréable.

— C'est sur mon compte, précisa-t-il.

Geraldine drapa son étole de vison sur ses épaules et s'admira dans le miroir de l'entrée en attendant que Carmel vienne la chercher. Il était dix-sept heures quarante-cinq. Will avait hâte de la voir partir pour être seul avec Rae à son retour du Titania's et lui parler. Depuis l'arrivée de sa mère, ils n'avaient plus eu un moment d'intimité. Peut-être était-ce une partie du problème. Il espérait qu'il n'y avait rien de plus grave. En dépit des affirmations optimistes de Rae à Dulcie, il ne pouvait s'ôter de l'esprit que sa femme était malade et ne savait comment le lui annoncer.

Sa mère tourna sur elle-même pour vérifier l'effet de sa fourrure.

— Rien ne vaut un vison, dit-elle.

Elle dansait presque devant le miroir.

— On dirait que ta hanche est tout à fait guérie, dit Will qui l'observait.

Geraldine porta aussitôt la main à sa hanche et se laissa tomber sur la chaise de l'entrée comme si elle venait de danser un pas de deux exténuant.

— Non, pas vraiment ! Je me sens encore très faible, tu sais. Je ne devrais pas rester debout trop longtemps.

Il fallut que Carmel entre, qu'elle embrasse Will, qu'elle admire le vison et utilise les toilettes avant que les deux femmes s'en aillent.

— Ouf ! soupira Will en fermant la porte derrière elles.

Il prit le courrier dans l'entrée et passa dans la cuisine en prenant les enveloppes. Il y en avait une pour Rae qui portait le cachet de Limerick. Curieux... Qui connaissaient-ils à Limerick ?

Il était presque dix-huit heures trente quand Rae arriva et découvrit le couvert mis pour deux dans la cuisine.

— Où est ta mère ?

— Elle est sortie avec Carmel. Je les ai soudoyées.

— Ah ! Je vois.

D'habitude, pensa-t-il tristement, Rae aurait plaisanté. Son manque d'humour était un autre mauvais signe. Il la débarrassa de son manteau et lui désigna une chaise.

— Assieds-toi ! J'ai préparé un bon dîner et nous allons pouvoir parler.

Rae obéit sagement. Will avait posé son courrier à côté de son assiette. Il lui apportait un verre de vin quand il la vit blêmir.

— Qu'y a-t-il, ma chérie ?

Elle le laissa lui prendre des mains la lettre qu'elle n'avait même pas ouverte.

— Qu'y a-t-il ? répéta-t-il. Un problème ?

Rae le fixa de son regard triste puis elle sembla prendre une décision car elle releva soudain le menton. Elle avait repris son expression habituelle.

— Il n'y a pas deux façons de le dire, Will. Cette lettre concerne mon premier enfant, une petite fille que j'ai eue à seize ans et que j'ai dû laisser adopter.

Le soir où Jasmine était née, sœur Veronica avait apporté un plateau à Rae avec du thé et des toasts, ainsi qu'un flacon de potion. Elle avait été transportée dans une chambre seule pour ne pas perturber les autres filles.

« Je vais l'emmener et lui donner son biberon pendant que tu manges, lui dit la sœur d'un ton ferme.

— Elle est très bien dans son couffin, répliqua Rae. Je viens de lui donner la tétée. »

Elle se sentait peut-être fatiguée, mais elle refusait de perdre sa fille de vue.

« Sœur Martin a raison, Rae. Tu ne fais que rendre les choses encore plus difficiles pour toi.

— Je la garde ! cria-t-elle.

— Puis-je t'expliquer ce qui arrive aux filles qui gardent leur bébé ? Elles finissent par revenir parce qu'elles n'ont rien, qu'elles vivent dans un meublé humide et surpeuplé, que l'enfant est malade mais qu'elles ne peuvent pas payer le médecin ni acheter à manger. Elles comprennent alors que leur enfant n'a pas d'avenir avec elles. Voilà ce qui arrive !

— C'est mon enfant, c'est ça qui compte, non ?

— Ce qui compte est de faire ce qui sera bien pour elle. Fais-le pour elle, insista sœur Veronica de sa voix persuasive. Sois généreuse envers elle ! C'est l'acte le moins égoïste que tu pourras faire dans toute ta vie. Tu voudrais la garder mais tu n'as pas le droit de te montrer égoïste. Est-ce une vie misérable que tu désires donner à ce bout de chou ?

— Non, mais je suis sa mère et je peux m'occuper d'elle. »

Rae s'était mise à pleurer, aussitôt imitée par Jasmine.

« Tu ne pourras pas t'occuper d'elle. Comment gagneras-tu de l'argent ? Tu m'as dit que tu ne peux pas compter sur ta famille. Il est vrai que certaines filles gardent leur bébé, mais elles restent dans leur famille. Personne ne peut élever un enfant seul. On a besoin d'aide.

— Et moi, je n'en ai pas, reconnut Rae avec amertume.

— Comment te débrouillerais-tu ? Tu es une très jolie fille, Rae, et tu te retrouverais à la merci du premier voyou venu, toi mais aussi ce bébé.

— Je ne peux pas le faire.

— Si ! Tu peux. »

La religieuse resta longtemps assise sur le lit de Rae. Elle disposait d'un stock inépuisable d'histoires de bébés tombant malades parce qu'ils vivaient dans des conditions épouvantables ou de femmes qui perdaient la tête, submergées par les difficultés. D'autres parlaient de bébés devenus des enfants violents parce qu'il leur manquait l'amour de leurs deux parents. C'était la volonté de Dieu, ajouta-t-elle. Il faut deux parents pour élever un enfant.

Rae lui avait peu parlé de ses propres parents, mais d'une façon ou d'une autre, sœur Veronica avait compris la vérité : des gens sans avenir, pauvres et pleins de ressentiment, et qui n'étaient pas venus s'occuper de leur fille.

« Suppose que tu la gardes et qu'il t'arrive quelque chose, dit encore sœur Veronica. Ce sont tes parents qui élèveront ton enfant. »

Rae se trouva sans argument.

« Mais comment puis-je l'abandonner ? dit-elle seulement. »

Elle pleurait à présent à gros sanglots, mais essaya de reprendre son sang-froid, pour l'amour de Jasmine.

« C'est cela, l'amour d'une mère, poursuivit sœur Veronica, accepter d'abandonner son enfant pour lui offrir une vie meilleure. Toi, personne ne t'a donné ta chance, mais tu peux le faire pour ta fille. Les autres filles qui l'ont accepté sont heureuses parce qu'elles savent avoir fait le bon choix.

— Elles sont heureuses ? Qu'en savez-vous ? »

Rae n'en croyait pas ses oreilles. Comment pouvait-on être heureuse d'avoir abandonné son bébé ?

« Oui, elles en sont heureuses, insista la religieuse. Tu devrais les entendre quand elles reviennent me voir ! Elles sont contentes de savoir qu'elles ont agi pour le mieux. C'est difficile à croire en ce moment mais tu verras, plus tard. »

Sœur Veronica s'était penchée sur le couffin où se trouvait Jasmine, ses merveilleux yeux violets écarquillés sur le monde, et l'avait prise. C'était la première fois que Rae laissait quelqu'un d'autre la tenir. Elle lança un regard jaloux à la religieuse qui cajolait l'enfant. Ses gestes témoignaient de sa longue expérience des tout-petits.

« Repose-toi, Rae, dit-elle calmement. Je vais demander qu'on nous apporte un autre plateau. Tu n'as pas touché au thé ni aux toasts. »

Rae la suivit des yeux tandis qu'elle emportait Jasmine ; la religieuse lui montrait ainsi que d'autres personnes pouvaient prendre soin de son enfant. Elle refusait de craquer, toute seule dans sa chambre, et ne craquerait pas non plus si l'on emportait Jasmine un jour, vers un meilleur avenir.

Quand on lui apporta son plateau, elle but le thé et mangea les toasts. Sœur Veronica revint plus tard avec Jasmine qui dormait paisiblement. Avant de quitter la chambre, la religieuse insista une dernière fois.

« C'est la meilleure solution pour elle et pour toi. Je serai de retour demain matin et nous reparlerons de l'avenir de ton bébé. »

Rae avait remarqué qu'elle ne l'appelait jamais par son prénom. Pas une seule fois, elle n'avait dit « Jasmine », comme si sa fille n'avait pas de nom, comme si celui que lui avait donné sa propre mère ne comptait pas.

Cette nuit-là, Rae sommeilla par intermittence. Chaque fois qu'elle s'endormait, elle se réveillait en sursaut comme si l'on venait déjà lui prendre sa fille. Ensuite, elle repensait aux paroles de sœur Veronica. Elle disait certainement la vérité. Pourquoi mentirait-elle ? Avec sa mère, Jasmine aurait un avenir très limité. Elle méritait mieux. Et c'était exact : si quelque chose lui arrivait, qui veillerait sur Jasmine ? Il était hors de question de la confier à Paudge et Glory Hennessey.

Le matin, sœur Veronica arriva en compagnie de la représentante d'une agence d'adoption, une petite femme au visage aimable et armée de dossiers. Elle s'adressa à elle comme l'aurait fait une directrice d'école.

« Vous avez pris la meilleure décision pour votre enfant. Il sera heureux et aimé. C'est un choix très respectable de votre part. »

Elle voulait faire signer différents documents à Rae et lui annonça qu'il y en aurait d'autres par la suite.

« C'est une simple formalité », lui assura-t-elle.

Elle avait aussi apporté une couverture en laine et un couffin de transport. Rae la fixa d'un regard plein d'horreur.

« Maintenant ? Je croyais que j'aurais encore du temps à passer avec elle. »

Jasmine était dans ses bras, satisfaite de l'existence après avoir eu sa deuxième tétée du matin.

« On le fait parfois, mais cela rend les choses encore plus dures pour la mère comme pour l'enfant. Plus vite c'est fait, mieux ça vaut. Sœur Veronica pourrait s'en occuper pendant que vous signez les formulaires, non ? »

Rae tremblait de tous ses membres. Carla lui avait affirmé que ce serait rapide. Elle avait pensé que c'était ce que Carla désirait, mais peut-être cela se passait-il toujours ainsi. Elle signa donc où on lui disait de le faire.

« Vous serez contente de reprendre votre vie d'avant, dit la femme de l'agence. Embrassez-la, maintenant ! Nous partons. Vous avez besoin de repos. »

La religieuse tendit Jasmine à Rae et sœur Martin apparut, comme surgie de nulle part, accompagnée par une femme bizarre. Rae voulut prendre Jasmine dans ses bras, mais sœur Veronica la tenait fermement.

« Embrasse-la vite...

— Non ! » cria Rae en pleurant, prise de panique.

Elle avait soudain pris conscience de ce qu'elle venait de faire. L'autre femme, celle qu'elle n'avait jamais vue, la retint avec force, l'empêchant de se débattre. Sœur Veronica approcha Jasmine du visage de Rae qui put tout juste effleurer sa joue d'un semblant de baiser. Et ce fut fini, la religieuse emporta l'enfant malgré les cris et les pleurs de Rae. La porte claqua. Jasmine était partie. On laissa Rae seule avec l'inconnue qui la maintenait toujours sur le lit. Aucun mot n'aurait pu exprimer une souffrance aussi profonde que celle d'avoir vu disparaître sa fille. Quand sœur Martin revint avec un verre d'eau et un comprimé jaune, Rae l'avala sans discuter, à peine consciente de ce qu'elle faisait.

Le lendemain, quand sœur Veronica revint, elle refusa de la regarder. Elle pleurait en silence sur la chaise à côté du lit, serrant contre elle le petit pyjama rose porté par Jasmine pendant sa première et unique nuit avec elle.

« C'est la meilleure solution, Rae, ma chérie.

— Ne m'appelez pas « chérie » ! siffla Rae. Vous nous faites croire que vous vous souciez de nous mais c'est faux. Nous ne sommes qu'une fabrique de bébés ! »

La religieuse répéta encore une fois qu'elle avait agi dans l'intérêt de sa fille.

« Je vous interdis de parler d'elle ! »

Elle ne supportait pas de penser à Jasmine, à la douceur de sa peau, à sa bonne odeur de bébé, à son petit visage qui se tournait vers elle quand elle lui parlait.

Rae tomba de sa chaise, se tenant le ventre à deux mains. C'était là qu'elle avait si mal, là où Jasmine avait passé neuf mois. Si seulement elle ne s'était pas arrêtée aux moments difficiles de sa grossesse et ne s'en était que réjouie. Pendant ces mois-là, Jasmine faisait partie d'elle et personne n'aurait pu les séparer. Elles étaient ensemble. Que n'aurait-elle donné pour revivre ces instants !

Sœur Veronica voulut l'aider à se relever mais Rae la repoussa.

« Non, ne me touchez pas ! »

Elle demandait seulement à pouvoir s'allonger en tenant sa fille dans ses bras mais elle avait renoncé à cela pour toujours. Si tous ces gens expérimentés répétaient qu'elle avait fait le bon choix pour sa fille, ils avaient peut-être raison ?

Sœur Veronica la laissa seule dans sa chambre solitaire. Rae comprit trop tard pourquoi on l'y avait installée. Le jour de son arrivée, elle avait entendu pleurer dans cette chambre mais elle ne s'était pas interrogée sur la signification de ces larmes. Elle avait même pensé qu'il s'agissait peut-être d'une des religieuses. Mais pourquoi n'avait-elle pas posé la question ? Si elle l'avait fait, elle aurait pu s'enfuir de cet endroit où l'on prétendait aider son prochain alors qu'en réalité, on y prêchait un catholicisme doctrinaire et qu'on séparait les mères célibataires de leurs bébés. La situation de ces adolescentes choquait leur moralité et leur conception du monde. Mais ces gens avaient tort ! Ses propres parents avaient eu le droit de l'élever uniquement parce qu'ils s'étaient d'abord mariés. Pourtant, on n'aurait jamais dû les autoriser à élever même une poule morte ! Le mariage ne voulait rien dire d'autre que l'obéissance à des règles stupides. Qu'y avait-il de mal à ce qu'une femme élève son enfant seule ?

Rae décida qu'elle ne vivrait plus jamais en obéissant aux principes de ces gens qui lui avaient tout fait perdre. Elle rassembla ses affaires. Jamais elle ne remettrait les pieds dans cette maison, jamais elle ne reverrait sa famille. Si elle avait eu même un semblant de famille, elle aurait pu garder Jasmine.

Quand elle se tut, Will resta silencieux pendant un long moment. Rae le dévisageait, n'osant plus parler, tant elle avait peur de sa réaction.

— Tu dois me haïr, maintenant, n'est-ce pas ?

Il leva enfin les yeux vers elle, des yeux pleins de chagrin et d'incompréhension. Rae ne se souvenait pas de l'avoir jamais vu ainsi. Elle regretta de toutes ses forces de ne pas lui avoir tout dit dès le début.

— Je suis vraiment désolée, murmura-t-elle. Si tu savais à quel point, mon amour !

Il la regarda, puis lui prit la main.

— Comment pourrais-je te haïr ? dit-il tendrement. Je t'aime et je t'aimerai toujours.

Rae étouffa un sanglot et s'appuya sur son épaule. Quel soulagement de sentir contre elle le corps plein de force de son mari ! Elle osait à peine respirer, de peur de briser la magie de l'instant. N'arrête pas de m'aimer ! pensa-t-elle. N'arrête pas de me pardonner ! Je t'aime.

Comme il lui caressait doucement le dos, elle ferma les yeux. Pourvu qu'il ne change pas d'opinion...

— Souviens-toi d'Anton à seize ans, reprit Will, quand il est allé campé avec des copains. Il s'est mis à pleuvoir. Les tentes ont été inondées et ils nous ont appelés au milieu de la nuit pour qu'on aille les chercher.

Rae hocha doucement la tête contre l'épaule de son mari.

— C'était encore des gosses, lui et ses copains ! Ils se prenaient pour des hommes, mais dès qu'il a plu, ils ont pris peur et ils ont réclamé leurs parents.

Will la serra dans ses bras.

— Tu avais le même âge que notre fils à cette époque quand tu as eu ton bébé. Peu importe si tu te sentais adulte, tu n'étais qu'une enfant.

Rae n'avait même pas osé imaginer qu'il lui pardonnerait. Comment était-ce possible ? Et pourtant, il la serrait contre lui, il l'aimait toujours. A son tour, elle le serra très fort dans ses bras.

— J'aurais dû la garder, dit-elle dans un souffle, et j'aurais dû t'en parler dès le début. Pendant toutes ces années, j'ai eu l'impression de la renier en gardant le silence. Mais comment te parler d'elle puisque je te l'avais cachée ? Quand aurais-je pu le faire ? Le jour de notre mariage ou à la naissance d'Anton ? Quand ?

— Ça n'a aucune importance.

Elle s'écarta de lui et le regarda droit dans les yeux.

— Bien sûr que si ! Je t'aime et j'avais peur de te perdre en t'avouant la vérité. Je n'ai pas eu suffisamment confiance en ton amour. En réalité, je ne savais presque rien de l'amour et cela m'empêchait d'y croire. Je te demande pardon d'avoir douté de toi, Will.

Pour toute réponse, il lui caressa le visage et elle s'appuya de la joue sur sa main.

— Tout va bien, Rae. Allons, ouvre cette lettre, maintenant !

Ses mains tremblaient tellement que Will dut ouvrir l'enveloppe pour elle. Puis il la lui tendit.

Je m'appelle Tricia O'Reilly et je pense être votre fille. J'ai quarante et un ans, je suis mariée avec un homme formidable et j'attends mon premier enfant. Je suis née à Limerick, au foyer Sainte-Helena, le 27 août 1969, mais j'ignore à quelle heure.

Je ne sais pas très bien quoi écrire. Il y a très longtemps que je voulais le faire et à présent que je me suis décidée, je ne sais plus quoi dire.

Je vous ai cherchée pendant des années, je voulais savoir ce qui s'était passé. Il m'a fallu beaucoup de temps pour vous retrouver mais encore plus pour me décider à vous écrire. A présent, je ne peux plus attendre.

Je ne veux surtout pas vous inquiéter, je sais que personne ne doit être au courant pour moi dans votre entourage. Mais c'est comme un puzzle et j'ai besoin de comprendre.

S'il vous plaît, répondez-moi ! Je vous en prie. Vous n'imaginez pas ce que cela représenterait pour moi.

Tricia O'Reilly

Rae étouffa à deux mains une exclamation de joie.

— J'ai une fille qui s'appelle Tricia ! Et je vais être grand-mère ! Oh, Will ! Il faut le dire à Anton.

21

Les herbes aromatiques

Dans notre famille, les connaissances traditionnelles sur l'utilisation des plantes aromatiques ont joué un rôle important pendant très longtemps, mais quand je suis née, elles étaient déjà perdues, Eleanor. On disait que mon arrière-grand-mère, Morrigan, avait reçu le don de double vue. Elle a été sage-femme toute sa vie. D'après ma mère, sa grand-mère connaissait les plantes pour soulager les femmes qui avaient des accouchements difficiles, pour aider celles qui avaient des problèmes de stérilité, soulager la souffrance des mourants et faire tomber une mauvaise fièvre.

C'était la combinaison d'une antique magie et de la sagesse d'une femme avec les plantes de Dieu, et la plus grande partie en est perdue. A l'époque, les gens ne mettaient pas leurs connaissances par écrit. Ils se reposaient sur le seanachai pour raconter leur histoire à voix haute mais le savoir de Morrigan n'appartenait pas aux genres d'histoires que répétait un conteur.

Je me souviens de voir ma mère, chaque année, tracer un cercle autour de notre maison avec une baguette de noisetier. Une fois, je l'ai entendue chuchoter que si une femme avait des difficultés pour mener une grossesse à terme, elle devait manger un homard entier, laver sa carapace, l'écraser et porter les débris sur elle dans un sachet en mousseline pour protéger le bébé.

Quand j'étais petite, nous avions du thym, de la lavande et de grands buissons de romarin derrière la maison. La lavande formait comme des coussins mauves bien pleins sur le vieux muret qui longeait un côté de la maison. Il y avait de la lavande française rapportée du manoir par Agnes, et une toute petite lavande au parfum plus doux dont les abeilles raffolaient.

Quand je sens l'odeur de la lavande mêlée à celle du thym citron, je me retrouve chez moi.

Connie était exaspérée. Les élèves de première ne travaillaient plus. Même les discussions sérieuses sur les examens tout proches ne parvenaient pas à ternir leur joie : dans deux mois commençaient les grandes vacances d'été.

— J'ai une cousine au Pays de Galles, disait l'une d'elles, et elle n'a que six semaines en été ! Vous vous rendez compte ?

— Mauvais traitements à adolescents... murmura une autre.

— Au sujet des examens... commença Connie.

Debout devant sa classe, elle se demanda si elle ne perdait pas son temps.

— Mademoiselle O'Callaghan, les examens ne sont pas importants pour nous, dit gentiment l'une des filles. Ce n'est pas comme pour les terminales.

Toute la classe poussa un soupir de compassion. Les terminales s'apprêtaient à affronter l'épreuve la plus importante de leur jeune vie, le baccalauréat, un événement du même niveau pour elles que le sommet du G20. Connie s'était souvent interrogée sur le bien-fondé d'un système entièrement tourné vers ce seul but : passer le bac ! Plus rien d'autre n'existait pour les élèves. Beaucoup de phrases commençaient par ce conseil déprimant : « Pense à ton bac ! »

Cela expliquait pourquoi la classe de première s'était conduite avec une grande décontraction pendant toute l'année. Elles le lui avaient avoué : il serait toujours temps de paniquer en terminale ! Dans l'immédiat...

Connie fit une dernière tentative.

— Ce sont vos résultats aux examens de fin d'année qui décideront si vous passez en terminale ou pas !

Elles ne parurent guère perturbées par ce rappel. Qui sait ce qui pouvait arriver d'ici là ! Elles auraient peut-être été remarquées par Robert Pattinson au milieu d'une foule et conviées à devenir la nouvelle star d'Hollywood.

— Vous risquez d'avoir une question sur la signature de la Déclaration d'Indépendance, reprit Connie qui était bien placée pour connaître les sujets. Vous auriez intérêt à réviser ce chapitre.

L'épreuve d'histoire avait lieu le mercredi, une date inconfortablement proche. Robert Pattinson, lui, n'était pas attendu à Dublin avant un certain temps. Les élèves regagnèrent leur place et ouvrirent leurs livres.

— Tout le chapitre vingt-quatre est important, poursuivit Connie d'un ton non dépourvu de sympathie.

Elle se demandait parfois si elle n'avait pas eu tort quand elle avait décidé d'être une enseignante amicale et de ne jamais crier. Faire peur aux élèves permettait de les faire s'asseoir sans traîner, mais on devait s'épuiser à devoir garder en permanence le même niveau de tension. Non, elle ne pourrait jamais passer du côté des profs sévères. Elle ne pouvait renier sa nature aimable et amicale.

Tandis que le bruissement des pages tournées s'élevait dans le calme revenu, elle se laissa aller à ses pensées, et ses pensées tournaient autour de deux personnes, Ella et Steve. A présent qu'ils étaient entrés dans sa vie, elle ne pouvait plus s'arrêter de penser à eux. Quand elle lisait l'un de ses romans d'amour, elle se voyait toujours dans le rôle de l'héroïne, mais c'était Steve, à présent, qu'elle imaginait la prendre dans ses bras musclés, la sauver des pirates ou des bandits. Dans les magazines, elle n'arrêtait pas de tomber sur des articles sur les familles recomposées et les lisait avec avidité. Avant, elle aurait tourné la page à toute vitesse.

La plupart des histoires racontées dans ces articles ne la concernaient pourtant pas, dans la mesure où il était question de personnes qui avaient chacune des enfants. Mais on ne sait jamais, ça pouvait servir ! En revanche, elle lut avec attention l'histoire d'une femme mariée avec un homme qui avait déjà deux filles très jeunes. Cette femme conseillait d'éviter ce genre d'homme, ce qui ne réjouissait pas Connie. Elle décrivait les disputes sans fin, les hurlements, les « Tu n'es pas ma mère ! » haineux et, pour finir, la douloureuse rupture.

Connie surveillait ses élèves sans les voir vraiment. Elle essayait d'imaginer ce que ressentirait un enfant dans la situation d'Ella si une femme s'intéressait à son père. Jusque-là, elle l'avait eu pour elle toute seule. Quant à lui, il ne donnait pas l'impression de désirer une nouvelle relation. Et elle-même ? Qu'était-elle en train d'imaginer ? Steve l'aimait bien, mais uniquement parce qu'elle était gentille avec Ella. Il ne lui avait jamais lancé un seul regard appuyé et ne l'avait jamais frôlée comme par accident. A présent, elle savait qu'elle en avait très envie.

Elle rentra chez elle à dix-sept heures et fit de son mieux pour jeter un coup d'œil chez Steve sans se faire remarquer. Apparemment, il n'y avait personne.

A présent, elle se sentait seule dans son appartement, surtout depuis qu'Eleanor et Megan étaient parties en voyage. Elle avait beaucoup aimé que Megan habite chez Eleanor. Cela lui donnait un bon prétexte pour monter leur dire bonsoir, faire leurs courses ou juste s'assurer qu'elles allaient bien.

Peut-être le moment d'avoir un chat était-il venu, pensa-t-elle, morose. Elle traînait dans son appartement, incapable de se fixer sur une tâche ou une autre. Ce soir, elle n'avait pas de copies à corriger. Il aurait été injuste de donner des devoirs aux élèves en plus de leurs révisions. Elle se prépara du thé et finit par s'installer à la fenêtre de devant avec un livre. C'est de là qu'elle vit arriver le pick-up de Steve. Quelques minutes plus tard, ce fut une voiture de sport bleu ciel qui s'arrêta. Danielle, la mère de Petal, en sortit, ravissante dans un ensemble en velours violet. Il semblait qu'elle se soit souvent occupée d'Ella après l'école, depuis quelque temps, et qu'elle ne voyait aucun inconvénient à faire toute la route pour la ramener chez elle. Depuis une semaine, Connie l'avait vue tous les soirs. Elle semblait toujours très guillerette, pensa-t-elle avec une pointe de rosserie inhabituelle. Petal et Ella tentèrent de détacher elles-mêmes leur ceinture de sécurité. Danielle était trop occupée à bavarder avec Steve pour se soucier de les aider.

Faire des effets de mèches blondes pour le bénéfice de Steve était une chose, mais ne pas aider la pauvre Ella à sortir de la voiture, c'était inacceptable ! Connie cessa de penser rationnellement. Elle prit ses clefs au vol et dévala l'escalier.

— Connie ! cria Ella en la voyant débouler sur le trottoir. Tu es là ! Je peux venir jouer chez toi ?

— Bien sûr, répondit Connie en la détachant. Vous êtes d'accord, Steve ?

Il semblait content de la voir, mais ce n'était pas le cas de Danielle. Tant pis ! Elle pouvait avoir Steve si elle voulait mais pas question de la laisser maltraiter Ella.

— Je peux venir, moi aussi ? demanda Petal d'un ton plaintif en se glissant derrière Ella.

Sa mère ne se tourna même pas.

— Oui, vas-y !

Connie n'aurait su dire pourquoi mais, quand elle remonta chez elle avec les deux fillettes, elle avait le sentiment d'avoir décroché le gros lot. Très excitée, Ella expliquait à Petal que Connie avait une chambre de princesse, et des profiteroles !

— Ma maman dit que les profiteroles, ça fait grossir. La crème, c'est pas bon pour nous, déclara Petal.

— Vraiment ?

Connie les fit entrer. Elle imaginait très bien une Danielle furieuse en train de raconter ça à sa fille le jour de leur rencontre, quand elle était venue chercher Ella. Il n'y avait pas à s'y tromper : cette femme était folle de Steve. Connie savait ne pas pouvoir rivaliser avec elle. Elle n'aurait certes pas pu entrer dans le ravissant petit pantalon en velours de Danielle et, même avec des heures d'entraînement devant son miroir, elle ne réussirait jamais à faire danser sa queue de cheval comme elle ! C'était très simple : elle n'appartenait pas au clan des séductrices. Elle, elle était l'amie avec qui on peut rire. Elle était aussi quelqu'un dont son amour de petite Ella aimait la compagnie. Et cela lui suffisait amplement !

Il s'écoula au moins une demi-heure avant que retentisse l'interphone. C'était Steve, la voix un peu crispée.

— Danielle doit déposer Petal chez sa grand-mère parce qu'elle a son cours de Pilates.

Connie ne s'en étonna pas : on n'obtenait pas un ventre aussi plat et musclé rien qu'en évitant les profiteroles ! Elle répondit de sa voix la plus gaie.

— Nous arrivons !

Pour des gens qui venaient de bénéficier d'un moment d'intimité, ni Danielle ni Steve ne semblaient très satisfaits. Steve était livide sous son hâle et on aurait dit qu'il avait torturé son nœud de cravate pour ne pas étouffer. A moins que Danielle n'ait tiré dessus ? Mais Connie n'avait pas envie de s'étendre sur la question ! Une chose était de savoir que Danielle correspondait mieux au type de femme de Steve qu'elle-même, une autre était de réfléchir aux tactiques employées.

— Dépêche-toi, Petal ! dit sèchement Danielle. Oh, et merci Connie !

— Au revoir, Petal ! A une autre fois, Danielle...

La queue de cheval resta immobile. Danielle baissa le siège passager à toute vitesse pour faire monter sa fille, puis démarra dans un crissement de pneus. Connie se baissa pour embrasser Ella.

— A bientôt, dit-elle.

— Quand ?

Connie ne sut que répondre.

— Eh bien... Que dirais-tu de samedi soir ? Je peux préparer le dîner. A moins que vous n'ayez prévu de sortir, ajouta Connie à l'intention de Steve. Dans ce cas, je peux m'occuper d'Ella.

— C'est moi qui vous dois un dîner pour votre aide.

Il commençait à reprendre son allure habituelle. Machinalement, il dénoua sa cravate et l'enleva avant de défaire les deux premiers boutons de sa chemise.

— Ouf ! Je me sens mieux.

Oui, c'est mille fois mieux, pensa Connie qui avala sa salive et détourna le regard. Baver ne redorerait pas son image !

— Papa, s'il te plaît ! gémit Ella d'une voix suppliante. C'est toujours toi qui fais à manger ; c'est ennuyeux, à la fin. J'aime bien quand c'est Connie et qu'on a des plats indiens !

— Nous ne recommencerons pas l'expérience, déclara Connie. Tu n'as rien mangé, l'autre jour. C'est moi qui me mettrai aux fourneaux, cette fois, ajouta-t-elle sans réfléchir.

Cuisiner et s'occuper des enfants, cela allait ensemble, après tout !

— Non, ne vous donnez pas ce mal, dit Steve.

— Pas de problème, répliqua Connie sans le regarder. Ce sera un plaisir ! Samedi soir à dix-huit heures, alors ?

— C'est noté dans notre agenda, dit Ella d'un air très sérieux.

Les deux adultes éclatèrent de rire. Et Connie rentra chez elle, marchant sur un petit nuage.

— Gaynor ! Qu'est-ce qu'on peut faire comme menu simple pour un dîner avec un voisin et sa petite fille ?

Connie avait été trop excitée à l'idée de ce dîner pour penser à ce qu'elle allait servir. Elle ne s'en était préoccupée qu'en se réveillant, à l'aube du grand jour.

— Je vais bien, merci, Connie, et tu ne me réveilles pas un samedi aux aurores ! Et toi, comment vas-tu ?

— Je n'ai pas le temps, Gaynor ! C'est la catastrophe. En plus, tu me dis toujours que tu te lèves très tôt le samedi, à cause du football, de la danse, du hockey...

— Touché ! Alors, quand a lieu cet important dîner ?

— Ce soir.

Connie attendit que le fou rire hystérique de Gaynor soit enfin calmé.

— Voilà, dit-elle, c'est exactement pour cette raison que je t'appelle quand j'ai un problème : tu te montres tellement compréhensive !

— Mais tu ne sais pas cuisiner !

— Tu crois que tu m'apprends quelque chose ? Je suis au courant, mais toi, tu sais cuisiner et tu vas m'aider.

— Connie, c'est impossible, pas aujourd'hui. N'importe quel jour, je t'aiderais, bien sûr, mais c'est le mariage de ma nièce et nous devons être partis avant dix heures. Va acheter un plat à réchauffer chez Marks & Spencer. Tout le monde le fait !

— Mais je veux préparer un plat moi-même, gémit Connie.

— Il ne manquait plus que ça ! grogna Gaynor. D'accord, tu peux faire du poulet en cocotte au four. Du poulet, des champignons et un peu de vin blanc, c'est impossible à rater. Tu as des livres de recettes ?

— Que veux-tu que je fasse avec ça ? Attends, je vais chercher de quoi écrire !

Quand dix-huit heures sonnèrent, une délicieuse odeur sortait du four, une odeur digne d'un restaurant, estimait Connie. Cuisiner ? Ce n'était vraiment pas aussi compliqué qu'on le prétendait ! Franchement, il suffisait d'entasser du poulet, de la crème, du vin, des champignons et des herbes aromatiques dans un plat à four et de laisser le tout cuire tranquillement. Fastoche !

Elle avait préparé deux plats. Un grand pour Steve et elle avec du vin et un petit pour Ella, sans vin. Gaynor lui avait expliqué que l'alcool s'évaporait pendant la cuisson mais qu'elle-même faisait toujours les deux versions.

Quand Ella et son père arrivèrent, la fillette déclara tout de suite que ça sentait très bon ! Elle embrassa Connie avec enthousiasme, laissa tomber son cardigan par terre et courut à la cuisine. Elle voulait savoir ce que Connie avait prévu pour le dessert.

— Il y a des profiteroles ! cria-t-elle joyeusement devant le réfrigérateur qu'elle venait d'ouvrir. Et du 7Up !

— J'espère qu'elle y a droit, demanda Connie à Steve qui répondit par un sourire.

Il portait le style de pull en fin tricot que Freddie aimait porter mais, sur Freddie, les pulls avaient toujours l'air trop grands, comme s'il les avait empruntés à un homme plus carré que lui. Par comparaison, le pull gris de Steve lui allait à merveille et mettait en valeur des épaules susceptibles de jouer le rôle principal sur la couverture de n'importe laquelle des lectures romantiques de Connie. Elle eut soudain une vision où il enlevait son pull et la prenait dans ses bras sans qu'elle puisse résister... elle rejoignit très vite Ella dans la cuisine pour cacher la subite rougeur de son visage. Pourvu qu'il n'ait rien remarqué !

— J'ai besoin d'un verre d'eau, marmonna-t-elle.

Elle ne put qu'en remplir un au robinet avec des gestes maladroits tandis qu'Ella l'observait.

— Tu dois avoir très soif ! dit innocemment Ella.

— Oui, il fait chaud.

Connie resta debout devant l'évier jusqu'à ce qu'elle sente son visage redevenir normal. Elle se comportait comme une gamine le jour de la Saint-Valentin ! Il vaudrait mieux, à l'avenir, qu'elle se contente de voir Ella sans son père.

Pendant ce temps, Ella avait ouvert les placards.

— Tu n'as que des bêtes céréales, dit-elle. Si je dors chez toi, qu'est-ce que j'aurai pour le petit déjeuner ?

— Tu es trop jeune pour dormir chez quelqu'un, dit Steve. Tu le sais très bien.

— Tu pourrais rester, toi aussi, plaida Ella.

Connie se mit à rire, mais d'un rire juste un peu trop aigu et nerveux, même à ses oreilles. Steve penserait qu'elle avait bu avant leur arrivée...

— Tu es tellement drôle, Ella ! Mais tu vis à côté de chez moi. Tu n'as donc aucune raison de dormir ici.

— Pourquoi ? Je dors chez ma mamy et parfois chez Nana quand papa n'est pas là. Dis, je peux jouer avec ton maquillage ?

Connie chercha du regard l'autorisation de Steve.

— Si Connie est d'accord, moi aussi, dit-il.

— Bien sûr !

Elle alluma toutes les lampes de sa chambre. En prévision de la visite d'Ella, elle avait caché ses romans d'amour et posé un P. D. James sur sa table de chevet. Ella ne saurait pas de qui il s'agissait mais, au moins, elle ne raconterait pas à son père que sa grande amie avait des livres avec des hommes nus sur la couverture !

— Vous êtes trop gentille avec elle, dit Steve quand Connie revint au salon.

Assis sur le canapé, il paraissait totalement à sa place. Connie sentit son cœur bondir. Le dîner dans le four, Ella en train de jouer gaiement, Steve sur le canapé. La scène sonnait tellement juste !

— Elle est extraordinaire, répondit Connie. Vous avez beaucoup de chance.

Zut ! Qu'avait-elle dit ? Steve avait perdu sa femme !

— Je veux dire, bafouilla-t-elle, c'est une chance pour vous d'avoir Ella, même si sa mère n'est plus là...

Catastrophe ! Elle maudit sa maladresse.

— Elle m'a dit que sa mère est morte et... Désolée !

Elle cessa de s'agiter et s'assit à côté de lui.

— Je crains d'avoir gaffé. Je voulais dire qu'Ella est une merveilleuse enfant et que vous avez de la chance.

— Je sais, dit-il doucement.

— Je ne voulais pas dire de bêtises. En fait, je ne savais pas quoi dire ! J'ai essayé d'imaginer ce que j'éprouverais si je perdais quelqu'un et que ma seule consolation soit d'avoir Ella...

Elle s'interrompit, redoutant d'être allée trop loin.

— Je comprends ce que vous voulez dire.

Elle s'aperçut soudain qu'il avait les yeux gris, d'un gris transparent qui semblait voir jusqu'au fond de son âme.

— Quand Lesley est morte, je me serais effondré sans la présence d'Ella. Mais je devais continuer à vivre, Ella n'avait que sept mois.

Connie fit un rapide calcul. Cela remontait à une dizaine d'années. Ne dépassait-on pas, au moins un peu, son chagrin après si longtemps ? Non, elle savait que non. Elle commençait à peine à oublier Keith et il n'était pas mort, lui. Le mieux serait d'être l'amie de Steve, sans essayer de flirter avec lui. C'était sans espoir et de toute façon, elle n'avait jamais été douée pour le flirt. Steve et elle étaient des amis et cela n'irait pas plus loin !

— Votre fille est une grande réussite, dit-elle. Vous pouvez être fier de vous ! Elle est réellement géniale.

Il lui répondit d'un sourire si chaleureux que Connie regretta encore une fois qu'ils ne puissent être plus que des amis.

— Merci, dit-il, c'est très gentil de votre part, mais ce qu'Ella est devenue aujourd'hui, elle le doit en grande partie à elle-même.

— Elle a quelque chose de très spécial...

— Connie ! Tu as du gloss à lèvres ! cria Ella depuis la chambre.

— N'en mets pas trop, dit Steve.

— C'est un gloss transparent, le rassura Connie. J'ai caché tout ce qui m'aide à me transformer en drag queen !

— Vous n'en avez pas vraiment le physique ! répondit-il en éclatant de rire.

— Vous devriez voir la fausse verrue que je mets pour aller en cours ! ajouta Connie.

Elle n'avait pas pu s'empêcher de plaisanter, même à ses dépens. Mais, après tout, à quoi bon faire semblant d'être une bombe sexuelle ? Ils étaient seulement amis !

Les amis ne restent pas assis sur le canapé à se dévorer des yeux. Ils se parlent et ils vont dîner. Peut-être leur relation amicale serait-elle plus claire quand il lui aurait parlé de sa vie, petites amies incluses.

— Bien ! dit-elle vivement. J'espère que vous aimez le poulet en cocotte.

— Oui, beaucoup ! Mais je vous dois un dîner pour votre aide de la semaine dernière.

— Les amis sont faits pour s'entraider, dit Connie toujours sur le même ton joyeux. Il y a du vin et de l'eau sur la table, servez-vous !

C'était des paroles aimables et normales, n'est-ce pas ? Elle vérifia d'un regard l'ordonnancement de sa table. Tout était parfait. Elle avait passé un long moment à mettre le couvert, évitant tout ce qui pourrait donner l'impression d'un dîner en amoureux. D'un geste rapide, elle saisit la télécommande de sa chaîne hi-fi et augmenta légèrement le volume. Ensuite, elle passa dans la cuisine, enfila les gants ignifugés en vichy rouge qu'elle avait achetés le jour même au supermarché et sortit la cocotte où la sauce bouillonnait doucement. Cela sentait très bon, même si la crème s'était séparée. Zut ! Gaynor n'avait pas dit que cela pouvait arriver ni ce qu'il fallait faire dans ce cas. Tant pis, cela ne pouvait pas être mauvais. Du bout d'une cuillère, elle goûta sa sauce. Cela sentait seulement le vin, une acidité qui n'allait pas du tout avec la délicieuse odeur de champignon.

« Quelle quantité de vin ? Ella doit pouvoir en manger aussi », avait-elle demandé à Gaynor.

La quantité avait dû se perdre dans la discussion sur la possibilité de préparer une portion sans alcool pour Ella. Partant de la théorie que plus il y aurait de vin, meilleur ce serait, Connie avait versé presque toute une bouteille dans le plat pour adultes.

Elle sortit rapidement la petite cocotte destinée à Ella. Parfait ! Le goût était parfait. Cependant, il n'y avait qu'un blanc dans un océan de sauce crémeuse aux champignons. Avec du riz, ce serait juste bien pour la fillette mais insuffisant pour trois personnes.

— Ça sent bon, dit Steve.

— Oui !

Peut-être que le poulet ne serait pas trop mauvais... Mais non, l'immersion dans plus d'un demi-litre de vin l'avait rendu acide. En plus, il était trop cuit et durci.

— Comment cela se passe-t-il ?

Steve était soudain derrière elle, penché d'un air intéressé sur la cocotte. Elle le vit inhaler et faire la grimace.

— Quelqu'un veut du ragoût de vin ? demanda-t-elle d'une voix défaillante.

— Vous l'avez goûté ?

— Oui et je vous le déconseille. Je crains que mon assurance ne couvre pas certains dommages comme l'ablation de l'estomac !

Elle s'attendait à ce qu'il se mette à rire et aille chercher Ella en disant qu'ils préféraient rentrer. Or, à son grand étonnement, il lui sourit affectueusement.

— Les ratages culinaires peuvent arriver à tout le monde. Même si Ella se plaint, je ne suis pas trop mauvais en cuisine.

Il ouvrit le réfrigérateur et repéra aussitôt les blancs de poulet restants.

— Voulez-vous une petite spécialité maison, vite fait ?

Connie déglutit. Le respectable père d'une enfant de dix ans n'apprécierait sans doute pas une plaisanterie à double sens !

— Oui, c'est une bonne idée.

Ella mangea son poulet aux champignons, tandis que Steve et Connie dégustaient des blancs sautés à la poêle et servis avec un beurre citronné.

— Comment avez-vous fait ça, et si rapidement ? demanda Connie, la bouche pleine.

C'était délicieux, elle ne pouvait pas s'arrêter de manger !

— Tu aimes bien la cuisine de papa ? dit Ella. Moi, je préfère ça !

Ce disant, elle piqua un champignon sur sa fourchette et l'avala d'un air ravi.

— Ton papa est plus doué que moi, pourtant.

— Vraiment ? dit Ella qui écarquilla des yeux incrédules.

Steve adressa son beau sourire à Connie.

— Ne vous sous-estimez pas ! Ella, je crois que Connie est douée pour beaucoup de choses.

Connie eut un grand sourire niais qu'il lui rendit volontiers.

— Fini ! déclara Ella. Je peux avoir mon dessert maintenant ?

— Bien sûr ! répondit gaiement Connie.

C'était curieux : normalement, Connie adorait les profiteroles mais, soudain, elle n'avait plus du tout faim.

22

La ferme

De la route à la maison, il y avait une longue marche, mais je n'ai jamais pris ce chemin sans éprouver un grand sentiment de paix. Au fil des ans, nous avons toujours fait de notre mieux pour entretenir la ferme. On avait l'impression d'être accueillis par la maison elle-même. Les quelques arbres plantés à côté nous protégeaient des vents d'hiver. Les chères roses d'Agnes grimpaient sur l'un des pignons, créant une tache de couleur. Joe peignait la porte d'entrée d'un joli vert et avec le lierre qui poussait tout autour d'elle et le vieux tonneau plein d'eau à côté, notre maison était ravissante. Tu aimais beaucoup le tonneau à eau quand tu étais petite, Eleanor. Il servait à recueillir l'eau de pluie que nous utilisions pour nous laver. Elle donne des cheveux d'une douceur incomparable.

Tu y faisais flotter des feuilles et des brindilles. Tu te perchais sur un vieux tabouret pour arriver à la hauteur de l'eau. J'étais terrifiée à l'idée que tu pourrais y tomber, mais ce n'est jamais arrivé. Ton père avait fixé une sorte de grillage en fil de fer sur le dessus pour assurer ta sécurité.

Si je devais me rendre à Kilmoney pour quelques heures, c'était un plaisir que de remonter le sentier et de te voir jouer

devant la porte avec tes petits jouets. Dès que j'apercevais la
porte verte et les arbres, je me sentais chez moi.

Megan avait oublié à quel point elle aimait conduire.
Elles étaient sur la grand-route.

— J'ai une petite sportive Mazda, elle est très jolie,
confia-t-elle à Eleanor. Je n'arrive pas à croire que je
n'avais pas conduit depuis une éternité. Pippa déteste
ça mais moi, j'adore ! On se sent responsable quand on
conduit, comme si on était maître de sa vie.

— Pourquoi aimes-tu te sentir responsable ?

Megan éclata de rire.

— Savez-vous que Carole a essayé de m'envoyer en
thérapie pendant des années ? Tout le monde en fait
une, d'après elle. L'idée ne me plaît pas. Je n'ai pas
envie de regarder de trop près ce qui se passe dans ma
tête. Mais c'est bien comme ça, à votre avis ?

— Oui, je pense, mais je peux difficilement être
objective.

— La voiture doit être un bon endroit pour parler,
reprit Megan. J'ai lu que quand on doit sermonner des
ados, il vaut mieux le dire en voiture parce qu'on ne
peut pas vraiment se regarder.

— Cela facilite les choses.

— Alors, voilà, dit Megan en dépassant un conducteur trop lent. Quand j'étais petite, je n'ai jamais eu
l'impression de pouvoir diriger ma vie. Tout tournait
autour de Marguerite.

— Tu veux dire ta mère.

En principe, Eleanor ne travaillait jamais aussi vite
dans une séance de thérapie, mais elle n'avait pas le
temps d'imposer la progression mesurée et si pénible
d'une véritable analyse.

— Elle n'aimait pas qu'on l'appelle *maman*. Pas terrible, hein ? Elle nous aimait, elle nous aime toujours, mais ce n'est pas une femme maternelle. Pas comme Rae ! Elle, c'est une vraie mère.

Eleanor acquiesça de la tête mais resta coite.

— Ma mère est plutôt une fêtarde. Elle voulait être notre amie. Au début de ma carrière, elle insistait pour m'accompagner aux réceptions et cela me paraissait normal. C'est une très belle femme et elle a toujours eu les hommes à ses pieds. Qund j'y repense, je crois que je n'ai pas apprécié son comportement : mon tour de plaire était enfin arrivé mais elle cherchait quand même à séduire les hommes de mon âge ! Pourtant, ils ne l'intéressaient pas vraiment. Ce qu'elle aimait, c'était de savoir qu'elle leur plaisait.

— A votre avis, pourquoi ?

Megan prit le temps de réfléchir.

— Un manque de confiance en soi, je suppose... Elle était, elle est toujours, tellement jolie ! En tout cas, plus jolie que n'importe quelle autre mère et c'était important pour elle.

— Plus important que n'importe quoi d'autre ?

— C'est possible.

Megan n'avait gardé de son père que des souvenirs assez flous. Elle aurait aimé en avoir de plus nets, comme celui de la maison du Kent où ils vivaient avant sa mort ou de l'école où elles allaient. Malheureusement, il ne lui restait que des bribes de leur vie avec lui. A partir de dix ans, sa mémoire devenait plus riche, partagée entre les périodes de stabilité avec Nora à Golden Square et les périodes de nomadisme avec Marguerite. Les enfants de leurs différentes écoles les enviaient : « Tu as vécu à Madrid, en Martinique et en Irlande ? C'est génial ! »

Les pays étrangers étaient très intéressants mais seulement par contraste. En fait, ce qui compte, c'est un vrai foyer, celui où l'on revient toujours. Quand la vie consiste à passer gaiement d'un pays à l'autre, c'est une autre histoire. Elles n'avaient pas de foyer, rien de permanent à quoi se raccrocher et qui leur aurait permis d'apprécier les vacances.

Malgré tout, Pippa et elle avaient suivi une scolarité assez régulière. Les plateaux de tournage et le fait d'entrer dans des endroits inconnus ne pouvaient pas faire peur à quelqu'un qui avait connu huit écoles différentes ! Megan avait l'habitude d'être une étrangère et elle avait appris très tôt que sa beauté facilitait son intégration. Mais pas les amitiés. Il était difficile de se faire des amis quand on était belle. Toutefois, contrairement aux autres enfants qui changeaient souvent d'établissement, elle n'avait pas été victime de bizutage.

Sa mère avait toujours été l'une des plus séduisantes mères, quelle que soit l'école. Pour elle, pas question de se montrer dans des vêtements ternes ou informes enfilés à la va-vite ou avec une coupe de cheveux remontant à l'Antiquité. Petite comme ses filles, Marguerite Flynn avait de beaux cheveux longs illuminés par un savant balayage et, peu importe leur situation financière, elle utilisait de bonnes crèmes. On n'aurait pas pu dire que tel ou tel trait de son visage était particulièrement beau, mais elle avait quelque chose, une sorte d'aura sexuelle qui faisait tourner la tête des hommes. Personne n'aurait pu dire ce qu'elle avait de si spécial mais c'était bien réel. Elle ne s'habillait pas de manière provocante mais, sur elle, la plus banale des chemises blanches devenait aussi sexy qu'un négligé.

Megan se sentait fière d'avoir une aussi jolie maman, mais parfois, bien qu'elle ne l'aurait jamais avoué, elle se demandait comment aurait été la vie avec une des autres mères, celles qui ne se souciaient pas de leur apparence.

Même quand elle n'était qu'une ravissante petite fille, Megan s'était montrée très douée pour se cacher quand elle le voulait. Elle pouvait se faufiler parmi les adultes en partie grâce à cette faculté, mais aussi parce qu'elle semblait toujours sans amis et laissée pour compte.

Savoir se fondre dans le décor s'était révélé utile. Elle entendait tout et, malheureusement, ce qu'on disait était vrai : les gens qui écoutent aux portes entendent rarement parler d'eux en bien. Toutefois, à défaut de propos élogieux, Megan n'en avait jamais entendu de déplaisants à son sujet.

En Martinique, il y avait toujours du bruit dans la maison de Gunther. Il aimait avoir des gens autour de lui et vivait dans un tourbillon permanent d'invités venus d'Allemagne et de voisins qui passaient prendre un verre. Dehors, les oiseaux caquetaient, les insectes bourdonnaient, de la musique venait de la cuisine où Yvette, la cuisinière originaire de La Nouvelle-Orléans, préparait d'instinct un délicieux repas. Pas besoin de livres de cuisine, pour elle !

Megan se souvenait d'un jour où Pippa jouait avec les filles d'un invité. Elle les avait laissées, préférant faire le tour de la maison puis du jardin où travaillait un jardinier silencieux. Ensuite, elle était revenue sur la terrasse où étaient servis les cocktails. Une certaine Nancy était en train de parler.

« Gunther n'épousera jamais Marguerite. Cette pauvre folle y croit, pourtant ! Les hommes n'épousent jamais ce genre de femme. Un jour, sa mère va débarquer avec une héritière allemande virginale qui n'aura aucune allure mais un pedigree irréprochable. Ce jour-là, Marguerite et ses filles devront déguerpir. »

Nancy s'habillait chez Dior, chacun de ses pas s'accompagnait d'un tintement de bijoux ruineux et elle ne se montrait jamais sans que sa chevelure aile de corbeau soit parfaitement coiffée. Megan savait que sa mère l'idolâtrait. Nancy, qui possédait sa propre fortune, était une amie de Gunther mais pas de Marguerite. Elle regardait la famille de Megan comme si elle savait qu'elle ne resterait pas longtemps. Chantelle, l'une des femmes de chambre, avait raconté à Megan et Pippa que la femme qui avait précédé leur mère avait un fils. Il occupait leur chambre, ce qui expliquait les posters de voitures et d'équipes de football. Pippa avait enlevé ceux qui se trouvaient du côté de son lit, mais pas Megan. Elle ne voulait pas rester dans cette maison, elle savait de toute façon qu'elle n'y resterait pas. Gunther avait à peine remarqué leur existence. S'il voulait vraiment être avec leur mère, il les aurait aussi aimées.

Megan n'avait jamais parlé à personne des propos qu'elle avait surpris. Nancy avait eu raison. Six mois plus tard, elles devaient partir. Parmi les « amis » martiniquais de sa mère, peu lui avaient dit au revoir. Mais Marguerite avait montré un certain panache. « Tout se passera bien, les filles, n'est-ce pas ? »

Elles étaient allées vivre chez Nora pendant quelques mois avant de retourner à Londres. Et là, Megan avait oublié les détails, Marguerite était de nouveau tombée

amoureuse et elles étaient parties habiter dans le Nor-
folk.

Les deux sœurs n'avaient jamais remis ce mode de vie
en question. C'était l'univers de leur mère et elles
avaient appris à s'en accommoder du mieux possible.
Marguerite cherchait un homme qui s'occupe d'elle et
c'était tout.

— Pourrions-nous nous faire une halte ? demanda
Eleanor. J'ai besoin d'aller aux toilettes. Désolée,
Megan.

— On pourra s'arrêter dans les faubourgs de Galway.
Nous y sommes presque.

Elles se garèrent devant un hôtel situé non loin d'un
grand rond-point et bavardèrent en prenant un thé.
Eleanor n'avait presque rien dit pendant les derniers
kilomètres.

— Tout a changé, dit-elle en reprenant place dans la
voiture. J'ai presque l'impression d'être une étrangère.
Je ne m'y attendais pas du tout.

Pour la première fois depuis leur départ, Megan sentit
qu'il ne s'agissait pas d'un simple retour aux sources
pour Eleanor. Elle ne lui avait posé aucune question à ce
sujet. Eleanor avait quitté l'Irlande bien des années
auparavant et il semblait normal de chercher à revoir la
maison de sa famille. A présent, Megan s'interrogeait sur
ses motivations profondes. Elle consulta l'écran de son
navigateur par satellite et se glissa dans la circulation.
Elle regretta de ne pas avoir demandé à Eleanor pourquoi elle était revenue en Irlande et choisit d'aborder la
question de façon indirecte.

— Vous devez trouver bizarre d'être ici. J'ai eu la
même impression en revenant à Golden Square. J'en

étais partie des années plus tôt et j'avais beaucoup changé. Cela doit être la même chose pour vous.

— En effet, tout est tellement différent, cela me déconcerte.

— C'est un peu triste, aussi... risqua Megan.

— Oui, et même très triste. Je ne parle pas de Golden Square que j'aime beaucoup. Mais ici... Cela ne ressemble en rien au pays que j'ai quitté, conclut-elle en désignant la campagne qu'elles traversaient.

Megan resta silencieuse. Ce qu'elle savait de la psychothérapie venait des séries télé ou des films de Woody Allen. Elle aurait aimé jouer dans l'un de ses films. Elle savait donc au moins une chose : parfois, quand on se taisait, les gens se confiaient. Eleanor, elle, s'en abstint. Il fallait donc l'aider.

— Nous étions encore petites, reprit-elle, quand nous avons vécu en Irlande ; je rêvais de partir dans un endroit plus excitant comme New York. A présent, après tout ce qui s'est passé, j'aime la tranquillité de Golden Square, même si cela cache plus d'animation que je le croyais. Il arrive sans arrêt une chose ou une autre. Je ne parle pas des photographes. Eux, je m'en serais volontiers passée !

— Tu t'es fait des amis dans le quartier et c'est cela qui te donne cette sensation d'animation constante : tu sais ce qui arrive aux autres.

— C'est agréable, n'est-ce pas ? Je n'ai jamais connu cela.

— Faire partie d'une communauté est important et Nora est un élément central de Golden Square. Tu as rencontré des personnes sympathiques comme Connie, Nicky, Birdie et Rae. Et tu as été intégrée. Cela change tout.

Elles roulèrent en silence pendant quelque temps. Le GPS lui donnait des instructions pour franchir une série de ronds-points et Megan se concentrait sur sa conduite. Quand elles se retrouvèrent enfin sur une portion de route droite, elle reprit la parole.

— C'est drôle, nous sommes toutes les deux de nouvelles venues, mais nous sommes complètement mêlées à la vie du quartier. A votre avis, c'est quelque chose de particulier à Golden Square ?

— Non, c'est plutôt parce que nous nous sommes tenues à l'écart pendant longtemps, Megan. Toi dans ton monde de star où les pieds ne touchent pas terre et moi dans mon univers d'analyste où j'observais le monde sans me mêler réellement à la vie des autres. Et puis, d'un seul coup, nous atterrissons à Golden Square et, en dépit de nous-mêmes, nous faisons partie d'une communauté.

Megan ne comprenait plus.

— Vous voulez dire que normalement, vous n'avez pas de relations avec les gens ? Je croyais que c'était votre métier.

Eleanor rit doucement.

— Non, je suis toujours restée à distance. Je me suis impliquée dans la vie de Golden Square malgré moi. Ma formation professionnelle m'avait enseigné à rester à l'extérieur et c'est un réflexe difficile à oublier. Quand on rencontre quelqu'un dans un jardin et que cette personne vous raconte ses problèmes, on sait que cela prendrait des années pour venir à bout des barrières de cette personne, atteindre le cœur du problème et l'aider à se reconstruire. Donc, on – pardon –, *j'ai* l'habitude de ne rien dire. Plus précisément, j'en avais l'habitude.

— Et maintenant, vous parlez. Je trouve ça plutôt positif. Pensez à la façon dont vous m'avez aidée ! Je n'avais jamais tout raconté au sujet de Rob avant de vous connaître. Je gardais cette histoire au fond de moi et ça me démolissait. Regardez comment je suis maintenant ! Vous avez tellement fait pour moi. Nous sommes des amies.

Eleanor éprouva un grand élan d'affection à l'égard de Megan. C'était vrai. Malgré leur différence d'âge, elle sentait que Megan était son amie, au même titre que Connie et Rae. Avant la mort de Ralf, elle avait très peu d'amies. En dehors de son travail, sa famille représentait tout son univers. Habiter à Golden Square l'avait obligée à s'ouvrir à de nouveaux réseaux. Et maintenant, elle avait pour amie une actrice de vingt-six ans. C'était merveilleux ! Eleanor décida de faire quelque chose qu'elle ne faisait plus jamais : se confier.

— Je ne suis pas revenue ici depuis que nous en sommes parties.

— Eh bien ! C'était il y a longtemps, je suppose ? Je ne veux pas dire que vous êtes vieille ou…

— Mais si, je suis vieille, dit Eleanor en riant. Tu peux le dire sans aucun problème. Je sais que les tabous actuels impliquent qu'une femme ne veuille pas dire son âge, mais personnellement, cela ne me dérange pas. J'ai quitté l'Irlande en 1937.

— Eh bien ! répéta Megan.

Elle tenta de faire le calcul mais Eleanor la devança.

— J'avais onze ans, dit-elle. Ma mère, ma tante Agnes et moi, nous avons pris le bateau pour aller vivre à New York chez mon oncle et nous ne sommes jamais revenues.

Megan ne savait pas que dire. Elle reprit son calcul : Eleanor n'avait pas vu la maison de son enfance depuis environ soixante-treize ans. Elle-même avait vingt-six ans. Cela faisait une très longue vie.

— Je crois que je ne connais personne d'aussi vieux que vous, dit-elle, déclenchant le fou rire d'Eleanor.

— Non, ce n'est pas ce que je veux dire, mais vous avez vécu tellement de choses ! Les années trente, par exemple, une période que j'adore ! On faisait des vêtements superbes.

— Arriver à Ellis Island à cette époque n'avait rien de superbe, crois-moi ! C'était l'époque de la Grande Dépression. Nous avons eu l'impression d'avoir quitté la pauvreté pour la misère. Au moins, à Kilmoney, nous avions un toit et un jardin. Quand nous avons débarqué à New York, nous n'avions presque rien.

Les connaissances de Megan en histoire étaient hésitantes. Elle se souvenait seulement d'un film sur la Grande Dépression, plus exactement une minisérie. On voyait des images de pauvreté inimaginables et des gens qui se suicidaient après avoir fait faillite.

— Comment vous êtes-vous débrouillées ?

— Ma mère et Agnes ont travaillé comme couturières. Agnes avait servi dans de grandes maisons et savait donc très bien coudre. Quant à ma mère, elle était habile de ses mains. A l'époque, on avait des couturières à domicile. Ma mère faisait tous nos vêtements.

— C'est incroyable ! Et quand vous étiez petite, comment vivait-on ici ?

Megan pouvait se faire une vague idée de la vie à New York parce qu'elle y avait un peu vécu, mais le monde rural irlandais des années 1930 était au-delà de ses capacités d'imagination.

— Ma mère a voulu que je le sache et à sa mort, elle m'a laissé un petit livre sur la vie dans le Connemara.

Elle l'appelait son cahier de recettes, mais en réalité, c'était une sorte de journal avec des recettes et des conseils de vie. Elle voulait que je me souvienne de mes origines.

— J'aimerais beaucoup voir ce cahier.

Eleanor promit de le lui prêter le soir même, puis laissa passer un silence avant de reprendre.

— Je suis revenue ici parce que mon mari est mort en décembre dernier.

Voilà, elle l'avait dit à haute voix. Cela pouvait paraître ridicule qu'une psychanalyste ait du mal à le dire mais c'était le cas. Le fait de prononcer les mots rendait la mort de Ralf réelle. Bien sûr, elle le savait, mais le dire à quelqu'un d'autre représentait l'étape ultime de sa confrontation à la réalité.

— Je suis vraiment désolée, dit Megan en lui pressant la main. Cela fait des mois que je vous parle de mes ennuis – nous vous parlons tous de nos problèmes ! – et vous n'avez jamais rien dit.

— C'était très difficile. Je ne suis pas très douée pour partager mes sentiments ou demander de l'aide.

— Il était malade ou bien est-ce arrivé d'un seul coup ?

— Cela a été très soudain, répondit paisiblement Eleanor. Mais nous pourrions peut-être en parler demain ? Je me sens tellement fatiguée, maintenant...

— Bien sûr ! On roule et on se dépêche d'arriver au bed and breakfast.

Après Galway, le décor avait commencé à changer et elles arrivèrent sur une route beaucoup plus étroite qui traversait un paysage magnifique mais dénudé, avec des montagnes rocheuses à gauche et une côte déchiquetée à droite. Par endroits, la route se trouvait assez haute par rapport au sol, avec des bas-côtés effondrés. Un conducteur distrait pouvait facilement se retrouver dans le fossé. Eleanor regardait par la fenêtre et murmura comme pour elle-même que la route était construite sur de la tourbe. Le ciel était vaste et la lumière étrange, très claire. Les collines étaient parsemées de rochers gris tandis que des moutons d'aspect rude se déplaçaient en petits groupes.

Eleanor se souvint d'un peintre que sa mère aimait, Paul Henry. Il avait beaucoup peint le Connemara et le comté de Mayo, des paysages avec des chaumières au milieu de tourbières solitaires. Elle avait acheté une reproduction d'une de ses œuvres : des chaumières en pierre sur un fond de montagnes violettes avec des nuages menaçants dans le ciel. Paul Henry était réputé pour son rendu des nuages. Eleanor s'était demandé s'il avait inventé la beauté désolée de ce bout du monde, mais à présent, elle voyait qu'il n'en était rien. Dans ses souvenirs, le Connemara était plus petit, plus doux que ce pays à la beauté sauvage. En même temps, la terre semblait si pauvre ! Comment sa famille avait-elle pu vivre ici ?

Il commençait à faire sombre quand Megan se gara devant le bed and breakfast recommandé par le guide. La maison, baptisée The Bay, était un ancien pavillon de chasse du XIX⁰ siècle. Une femme souriante, la quarantaine, les accueillit et leur montra leurs chambres, contiguës joliment décorées. Elle proposa de leur préparer des œufs brouillés ou de leur apporter des sandwiches dans leur chambre.

— Des sandwiches, répondirent-elles en même temps.

Eleanor souhaita une bonne nuit à Megan et ferma sa porte. Elle n'avait plus l'habitude de passer autant de temps avec quelqu'un et, même si Megan avait habité chez elle pendant une semaine, c'était différent. Le voyage comme leurs conversations avaient été très chargés en émotions et pour la première fois de sa vie, ce n'était pas elle qui avait posé toutes les questions ! Elle tira les rideaux, heureuse que la nuit l'empêche de voir le Connemara. En dépit de sa beauté, s'y trouver la rendait terriblement triste. C'était avec Ralf qu'elle aurait dû venir !

Elle s'était mise à la recherche de son passé trop tard. Sa mère et Ralf étaient morts. Sa fille Naomi avait sa vie, de même que sa petite-fille, sa chère Gillian. Il aurait été injuste de leur imposer sa personne et sa tristesse. Il n'y avait plus personne qui se souvienne de son passé, personne sauf elle et ce paysage désolé. Peut-être était-ce quand même le bon moment pour venir : une femme accablée d'une grande solitude intérieure au milieu d'un paysage solitaire.

Le lendemain matin, le soleil brillait et l'on entendait les poules et les oies à l'arrière de la maison. Etendue dans son lit, Eleanor écoutait les oiseaux. Elle n'avait plus entendu de poules depuis des années, sans doute depuis une visite chez des antiquaires de Nouvelle-Angleterre avec Ralf. Ils avaient séjourné dans un minuscule hôtel de campagne à côté d'une ferme.

Eleanor se souvenait de nombreux patients venus la consulter pour surmonter la mort d'un proche. La plus lourde part de leur chagrin était souvent la crainte de ne pas pouvoir vivre sans l'autre. Et elle, en dépit de sa formation et de toute son expérience, elle restait incapable de dépasser son deuil.

Elle se leva, enfila sa robe de chambre et se dirigea vers l'une des fenêtres pour essayer de voir les poules et les oies. Elle découvrit une petite cour de ferme où leur hôtesse donnait à manger aux oies. Celles-ci tendaient leur long cou et sifflaient en la regardant. Eleanor sourit : le mauvais caractère des oies ne changerait jamais ! Comme elle le disait à ses clients, la vie continuait ; les oies sifflaient toujours et les gens survivaient. Elle s'habilla et sortit.

La maison se dressait dans un tournant, en face d'une petite baie aux rives déchiquetées. Des joncs poussaient au bord de l'eau, au milieu de rochers moussus. Un élégant oiseau se tenait sur une patte et surveillait son royaume, sans doute un héron. Elle regretta de ne pas avoir d'appareil photo. Gillian aurait beaucoup aimé ces images. Elle avait suivi des cours de photographie à l'école et elle ne se déplaçait pas sans son appareil. Naomi également aurait apprécié le paysage. Combien de fois n'avaient-elles pas parlé d'aller « chez elles » et de voir l'endroit où se trouvait la vieille maison ? Mais Eleanor les avait quittées pour venir seule en Irlande.

Depuis son arrivée à Golden Square, elle avait réussi à faire taire son sentiment de culpabilité. Or, ici, sur cette terre où elles avaient voulu venir avec Ralf, ce sentiment se réveillait.

Elle prit le petit déjeuner avec Megan dans une pièce pourvue d'un bow-window qui donnait sur la baie. Megan était allée marcher très tôt dans les collines et en était revenue enthousiasmée.

— C'est extraordinaire, dit-elle. Si on enlève les maisons modernes et les poteaux téléphoniques, l'endroit n'a sans doute pas changé depuis un siècle.

Phil, le guide de l'organisation Vos ancêtres irlandais, était un homme mince, d'âge moyen. Il apportait dans son sac à dos deux livres de références historiques, des jumelles, une gourde de thé et une couverture de pique-nique. Les poches de poitrine de sa veste de pêche contenaient, à droite, des stylos et une carte d'état-major, et à gauche, un couteau de l'armée suisse.

— Il faut être prêt à tout ! dit-il.

Eleanor sentit son cœur se serrer en retrouvant dans sa voix cet accent du Connemara qu'elle n'avait pas entendu depuis tant d'années. Bien qu'ayant vécu presque toute sa vie à New York, elle en avait elle-même conservé une très légère trace.

Phil avait une Land Rover très vieille mais impeccable. Il installa Eleanor sur le siège avant et Megan à l'arrière puis s'engagea sur une série de petites routes ondulant au gré des reliefs.

— Kilmoney a pratiquement disparu en tant qu'agglomération, leur annonça-t-il.

Comme elles faisaient une remarque sur le nombre important de véhicules, il leur expliqua que c'était normal.

— On est en avril ! C'est l'époque des touristes et de la pêche au gros. La période est idéale pour la perche et le gardon. La circulation devient un peu cauchemardesque mais nous avons besoin du tourisme. La fréquentation a beaucoup baissé depuis quelques années, précisément depuis les attentats du 11 Septembre. Quelle horreur ! Mais nos visiteurs reviennent peu à peu. Quand avez-vous vu votre maison pour la dernière fois ? ajouta-t-il en se tournant à demi vers Eleanor.

— Il y a plus de soixante-dix ans...

— Je dois vous prévenir, répondit-il sans paraître étonné. Tout a changé. D'après le recensement de

1911, Kilmoney était un bourg non négligeable. Il y avait environ six cent cinquante habitants. Cependant, comme vous le savez, l'émigration a été considérable par ici. Cela s'est un peu ralenti pendant la Grande Dépression américaine mais beaucoup de gens sont partis en Grande-Bretagne. Ils y travaillaient quelques années et revenaient au pays. Et ils repartaient quand le travail manquait.

Megan restait silencieuse. Tout cela lui semblait si sombre, si effrayant. A l'époque, on travaillait littéralement pour manger. Avoir du travail faisait toute la différence entre vivre ou mourir. Elle regarda d'un œil nouveau le magnifique paysage et frissonna à l'idée que des gens dépourvus de tout y voyaient tout autre chose.

Le guide continuait ses explications, en particulier à l'intention de Megan. Les gens, dit-il, trouvaient à s'embaucher dans les manoirs et les châteaux quand l'aristocratie venait passer l'été et l'automne sur ses terres, mais cela aussi avait disparu. Les jeunes, filles et garçons, quittaient le village parce qu'ils voulaient un autre avenir. A partir de la Deuxième Guerre mondiale, quatre des châteaux étaient restés vides.

— Un certain McGeraghty a créé une petite distillerie à quelques kilomètres de Kilmoney en 1953 et cela a permis aux gens de rester sur place quelques années de plus mais, en 1958, un incendie a détruit l'église et l'école. Cette fois, c'était la fin. Aujourd'hui, Kilmoney a des airs de ville fantôme : une rue principale, quelques maisons, et un charmant petit hôtel tenu par un couple de Néo-Zélandais. Leurs affaires marchent bien. Ils emmènent des groupes de randonneurs dans les montagnes et indiquent les bons coins aux pêcheurs. On peut même arriver avec ses chiens.

— Il faudra s'y arrêter, dit Eleanor avec un grand sourire. Ces gens me plaisent !

— Oui, ce sont des gens bien, reprit Phil. Madame Levine, je ne voudrais surtout pas que vous soyez trop émue par ce que vous allez voir. Les vieilles chaumières sont en ruine. Les touristes adorent se promener dans ces ruines en imaginant la vie d'il y a cinquante ans, mais pour vous, cela risque d'être pénible.

— Je veux quand même tout voir. Avez-vous trouvé où était ma maison ?

— Plus ou moins. Je dois vous dire qu'elle aussi est en ruine. Mais vous deviez vous y attendre ?

— Sincèrement, je ne suis pas certaine de ce à quoi je m'attends.

En dépit des précautions prises par Phil, la vue de la grand-rue déserte causa un choc à Eleanor. Les touristes devaient la trouver pleine de charme avec ses quelques cottages et deux ou trois pavillons plus récents de chaque côté. Il y avait aussi une station-service et, au bout, The Sheep's Head, l'hôtel des Néo-Zélandais. Il était peint en blanc avec des boiseries noires et des jardinières pleines de fleurs colorées. Derrière un petit monument, on voyait les grilles d'un très ancien cimetière mais, là où se dressait autrefois l'église, il n'y avait plus rien qu'un bout de terre nue. Aux yeux de quelqu'un qui se souvenait d'un bar, d'un bureau de poste avec une épicerie mitoyenne, et d'une grande église grise, Kilmoney paraissait tronqué, comme si un artiste n'en avait dessiné qu'une petite partie en se fiant à une mauvaise description.

Eleanor s'était inconsciemment couvert la bouche de la main tandis qu'elle essayait de retrouver ses marques. Ses souvenirs l'auraient-ils trompée à ce point ? Elle savait que l'on idéalise certains endroits. Etait-ce son cas pour Kilmoney ?

Megan l'observait avec attention depuis l'arrière de la Land Rover.

— C'est charmant, dit-elle, mais sans doute très différent ?

— Oui, souffla Eleanor.

— La ferme O'Neill était plus loin sur la route de Clifden, reprit Phil en traversant Kilmoney sans s'arrêter. Nous reviendrons plus tard pour le thé. Allons d'abord voir la maison !

Il y avait quatre kilomètres entre l'église et la maison d'Eleanor, des kilomètres que toute la famille avait parcourus à pied tous les dimanches et les jours de fête religieuse, pour les baptêmes, les mariages et les enterrements.

Eleanor cherchait en vain un repère dont elle se serait souvenue tandis qu'ils s'engageaient sur une route nue bordée de joncs. De chaque côté s'étendaient des landes tourbeuses couvertes de bruyères ; plus loin, on voyait deux mares. Ces arbres lui rappelaient-ils quelque chose ? Ce pont en dos d'âne était-il celui de ses souvenirs ou bien sa mémoire lui jouait-elle un tour ? Une vague de tristesse l'envahit : tout lui semblait tellement différent ! Pourquoi n'éprouvait-elle pas la joie d'un retour à la maison ?

La Land Rover tourna à droite sur une autre route toute droite puis à gauche, franchissant ce qui avait été un portail. Deux poteaux en pierre marquaient encore l'entrée et un chemin empierré avec de l'herbe au milieu menait aux ruines d'une maison ombragée par quelques arbres.

Sa maison ! En un instant, tout lui revint. Elle se revoyait, après l'école, courant pour retrouver ses parents et sa grand-mère. Elle se revoyait tenant le bras de sa mère au retour de la messe le matin de Noël. Le givre faisait briller le paysage et la fumée du feu de tourbe montait de leur petite maison droit dans le ciel. Elle n'avait plus envie de pleurer mais de courir dans le chemin comme avant.

— Pourriez-vous vous arrêter ici, Phil ? J'aimerais marcher.

— Bien sûr !

Il se gara rapidement. Eleanor et Megan descendirent tandis que leur guide restait discrètement dans la voiture. Eleanor sentit que Megan lui prenait la main et lui en fut reconnaissante.

— Cela vous rappelle quelque chose ? demanda Megan à mi-voix.

— Oui ! Je courais toujours ici comme une possédée. Si j'avais pu, j'aurais couru depuis l'école pour retrouver ma mère, tellement nous étions proches. Parfois, une voiture me ramenait et j'arrivais plus tôt que d'habitude. J'étais si heureuse de pouvoir passer plus de temps avec ma mère ! Tu vois ce coin, juste avant les champs, où le sol est très tourbeux ? Les canards venaient y chercher des escargots. Ma mère préférait qu'ils restent à l'arrière de la maison, mais rien n'aurait pu les empêcher de chercher des escargots. Le tonneau pour l'eau de pluie était ici. Maman me rinçait toujours les yeux avec cette eau parce qu'elle était plus douce que celle de la source.

Elles étaient arrivées devant la maison. Megan ne vit qu'un tas de ruines, le cottage aussi bien que les différents bâtiments annexes. Eleanor, elle, vit ce qui avait été son foyer. La main posée sur les restes du linteau de

436

l'entrée, elle ferma les yeux et dit une courte prière. « Veillez sur eux, je vous en prie. » Les pièces lui semblèrent plus petites que dans ses souvenirs.

— Ici, c'était la cuisine, dit-elle à Megan avec animation, et là, la place de la cuisinière, un grand machin noir qui consommait des tonnes de tourbe mais donnait une chaleur incroyable. Nous devions repasser le dessus au noir une fois par semaine parce que la chaleur le blanchissait. Ma mère aurait tout donné pour ne pas la laisser quand nous sommes parties. Elle aimait son fourneau. C'était tellement plus pratique pour cuisiner que le foyer ouvert ! Elle mettait sa chaise ici, sous la lampe, et elle s'y installait pour coudre, le soir. Ma grand-mère paternelle s'asseyait de l'autre côté de la cuisinière et fabriquait de la dentelle de tricot.

Avec le même enthousiasme, Eleanor indiqua ensuite à Megan l'emplacement des chambres et la crèche qui servait de laiterie.

— Je te prêterai le livre de ma mère, reprit-elle. Attends d'avoir lu tout ce qui concerne la fabrication du beurre ! Quel travail ! Il y a une grande partie des différentes étapes que j'ai oubliée mais ma mère a tout écrit.

— Je suis désolée que votre mari ne soit pas là pour partager ces moments avec vous. Vous savez, Nora est très croyante. Elle croit que les défunts nous accompagnent et veillent sur nous. Peut-être que votre mari est ici, avec les autres membres de votre famille, et qu'ils sourient en nous voyant.

Stupéfaite, Eleanor se tourna vers elle.

— C'est exactement ce que j'étais en train de penser. Je me sens enfin en paix, comme je ne l'avais pas été depuis la mort de Ralf.

— Vous voulez bien me parler de lui ? Avez-vous eu des enfants ? demanda Megan et passant de nouveau son bras sous celui d'Eleanor.

— Il était opticien. Levine & Sons, maison fondée en 1925 par son père. Sauf que, de notre côté, il n'y a pas eu de fils. Nous avons eu une fille, Naomi, qui a épousé un homme remarquable, Marcus Filan. Eux aussi ont eu une fille, ma petite-fille Gillian. Elle a presque vingt ans. C'est une jeune fille extraordinaire.

— Que pensent-ils de votre absence ?

Eleanor s'assit sur un coin de mur détruit.

— Beaucoup de mal ! Mais j'avais besoin de partir loin de tout. Je ne supportais pas de vivre dans mon appartement sans Ralf. Il avait eu une première crise cardiaque et, un mois plus tard, il en a eu une deuxième qui lui a été fatale. Nous pensions que le problème était réglé et qu'il ne courait aucun risque s'il prenait ses médicaments. Nous avions tort. J'ai pensé...

Eleanor se tut et fit du regard le tour de la ferme en ruines.

— J'ai pensé, reprit-elle, que venir ici m'aiderait à me recentrer, à retrouver le goût de la vie. Je me sentais complètement perdue et seule, mais je refusais de devenir un fardeau pour Noami ou Gillian. Alors, j'ai pris la fuite.

Megan, qui s'était assise aux pieds de son amie, posa ses mains sur son bras dans un geste de réconfort.

— On dirait le genre de choses que je suis capable de faire, murmura-t-elle.

— L'ennui, quand on prend la fuite, soupira Eleanor, c'est que nos problèmes viennent avec nous !

Elle ne cessait de regarder autour d'elle comme si elle craignait que la paix retrouvée s'évanouisse si elle fermait les yeux. Pourtant, non, cela durait.

La deuxième crise cardiaque de Ralf s'était produite brutalement, sans prévenir, malgré tous ses médicaments. Cette fois, elle était avec lui, tous deux assis dans le canapé, la télévision allumée. Ils avaient pris l'habitude de regarder des documentaires sur des sujets qui l'auraient intéressé, avant sa première attaque, sur la guerre, la science ou l'archéologie, des sujets qui auraient aussi pu intéresser Eleanor. En réalité, elle ne voyait pas l'écran et elle avait acquis la certitude que Ralf non plus. Ses yeux, ses yeux noirs qui l'avaient regardée avec passion, fixaient l'appareil d'un regard vide.

Ralf était parti. Chaque jour, elle l'avait senti lui échapper un peu plus. Elle s'accrochait à son corps devenu si frêle, priant pour qu'il guérisse, mais rien n'y faisait. Il avait de plus en plus de mal pour parler, ne pouvait presque plus bouger sa main gauche et, quand elle lui parlait, ses yeux ne reflétaient qu'une totale incompréhension. Il aurait dû rester plus longtemps en maison de santé, mais elle avait voulu qu'il rentre chez eux. Elle avait les moyens de faire venir une infirmière à domicile et elle avait besoin de sa présence. Malheureusement, il n'était plus réellement présent. Eleanor avait souvent pensé qu'elle mourrait avant lui, mais n'aurait pas voulu que cela se passe ainsi. Les hommes déclinaient et mouraient quand ils perdaient leur femme, elle le savait. Les femmes sont plus fortes. Sa propre mère n'avait-elle pas survécu à leur père pendant de nombreuses années ?

La réalité était terrible et très différente. Eleanor voyait l'état de Ralf se dégrader et elle aurait voulu disparaître avec lui. Quand il avait eu sa deuxième attaque, à un moment elle l'avait serré très fort contre elle avec la sensation, avec l'espoir, que l'ancien Ralf était revenu pour un bref instant avant de s'en aller pour de bon.

L'infirmière était arrivée de la cuisine où elle était allée chercher le déjeuner.

« Il est parti », avait dit Eleanor en sanglotant.

Il était mort, elle était morte.

Naomi et Gillian avaient insisté pour qu'elle habite chez elles pendant la semaine qui avait suivi les funérailles. Bien des années auparavant, Ralf avait très clairement indiqué qu'il voulait une crémation. Aurait-il demandé d'être envoyé sur la Lune, Eleanor aurait tout fait pour réaliser son souhait mais, à présent que tout était fini, elle n'avait plus rien à faire.

Naomi s'était absentée du magasin qu'elle avait créé avec son mari pour s'occuper de sa mère.

« Maman, avait-elle dit, tu dois manger. Un bouillon de volaille, ou autre chose ?

— Merci, ma chérie, mais je n'ai pas faim. »

Naomi lui avait demandé d'un ton presque suppliant d'au moins s'asseoir avec elles pour le déjeuner, mais Eleanor avait refusé en silence. Elle souffrait trop pour rester là, avec sa fille et sa petite-fille en essayant de bavarder. C'était au-delà de ses forces. Cela les aurait pourtant rassurées en leur montrant qu'elle surmontait peu à peu son épreuve. Or, pour la première fois de sa vie, elle était incapable de s'occuper d'elles, comme si la mère qu'elle avait été s'était soudain transformée en vieillarde. La mort de Ralf avait détruit tout ce qu'elle était et l'avait radicalement changée.

Dans l'appartement de Naomi et Marcus, il faisait chaud et l'on avait une belle vue sur la rivière, mais Eleanor se sentait vieille, avec des articulations raides. A New York, le mois de décembre pouvait être très froid. Assise sur un grand repose-pieds blanc, elle contemplait l'Hudson et le ciel gris. Gillian, quant à elle, voulait se souvenir de son grand-père, apprécier les bons souvenirs qu'il lui avait laissés.

« Mamy, je peux mettre le CD préféré de papy, tu sais, celui de Chet Baker ? »

Il lui avait transmis son amour de la musique et l'iPod de Gillian contenait un mélange éclectique de morceaux anciens et récents. Eleanor avait accepté d'un simple hochement de la tête. Cela n'avait aucune importance, rien ne pouvait la toucher. Or, en entendant les phrases sensuelles de Chet Baker, elle s'était mise à trembler. La musique lui perçait le cœur. C'était intolérable.

« Naomi, je dois rentrer, avait-elle dit. Sincèrement, je serai mieux chez moi. »

Elle avait laissé Gillian préparer sa valise tandis que Naomi s'agitait en essayant de comprendre pourquoi elle ne voulait pas rester. Eleanor s'était contentée de répéter qu'elle serait mieux chez elle. Elle ignorait pourquoi, mais elle avait besoin d'être seule.

Une fois chez elle, elle s'était rendu compte qu'elle ne pouvait pas non plus supporter son propre appartement. Tout lui rappelait Ralf et leur long compagnonnage. Elle n'était bien ni chez sa fille ni chez elle. C'était alors que l'idée avait surgi : son vrai foyer, c'était celui où elle avait été si heureuse dans son enfance. Peut-être retrouverait-elle un début de sérénité dans un lieu où Ralf n'était jamais allé.

Tout avait été réglé en quelques jours, mais Naomi avait poussé les hauts cris. Elle était venue chez sa mère et, assise sur le lit, l'avait regardée remplir lentement deux valises.

« Maman, ne fais pas ça, je t'en prie ! Tu es trop mal pour partir seule. Attends un peu et je t'accompagnerai après Noël. »

Eleanor savait donner l'illusion de l'assurance, faire croire qu'elle se débrouillait très bien. Elle partirait, même si cela l'obligeait à mentir.

« Non ! Tu restes. Naomi, j'ai besoin d'être seule. Je ne suis ni sénile ni stupide. Ce n'est pas parce qu'une femme a plus de quatre-vingts ans qu'elle ne peut pas voyager seule ! »

Naomi avait fini par comprendre que tout ce qu'elle dirait ne servirait à rien. Elle avait seulement fait promettre à sa mère de l'appeler au moins une fois par semaine.

« Tout ira bien, avait conclu Eleanor. Naomi, je n'ai pas besoin qu'on s'occupe de moi. Je n'en suis pas encore réduite à ça. » Et, avait-elle ajouté en elle-même, je ne me laisserai jamais aller jusque-là.

Assise dans les ruines de son ancien foyer, elle sentait une grande paix intérieure s'installer en elle et la faire revivre, un peu comme de l'eau fraîche nous ranime quand on a eu très soif. Le poids qui l'écrasait se dissipait. Quelque chose ou quelqu'un était en train de la libérer de son chagrin.

Ralf, es-tu là ? demanda-t-elle en silence. Elle l'espérait de tout son être. Si seulement elle avait reçu le don de la foi ou croyait en l'au-delà ! Elle ne s'était jamais souciée de religion jusqu'à la mort de Ralf. Mais depuis, étendue la nuit sans dormir, elle priait le Dieu qu'on lui avait enseigné à l'école, elle le priait et lui demandait de l'aider à avoir la foi. Or ici, dans ce lieu sauvage où ne restaient plus que le vent et les rochers, elle sentait la présence d'autre chose, quelque chose de l'ordre de la spiritualité et qui la guérissait. Mais cela durerait-il ? Sa peine reviendrait-elle quand elle quitterait la ferme de son enfance ?

Dans ce cas, dit-elle à Ralf, je te rejoindrai. De toute façon, je ne suis plus utile à grand monde, n'est-ce pas ? C'était la terrible pensée qu'elle traînait partout avec elle, où qu'elle aille. Elle pouvait mettre ses somnifères de côté et les avaler en une seule fois. Son médecin lui en avait donné tout un stock, supposant qu'une dame aussi âgée ne hâterait pas sa fin. Elle ignorait si c'était une bonne façon de mourir, mais avec un peu de chance, elle serait tellement abrutie par les comprimés qu'elle ne sentirait rien. Cela lui avait paru la seule issue possible, folle et irraisonnée, mais la seule qui eût un sens. Elle demanda aux esprits ou aux souvenirs qui se trouvaient là, quels qu'ils soient, si elle devait le faire.

— Vous devez beaucoup leur manquer, dit soudain Megan, rompant le silence. Si vous étiez ma mère ou ma grand-mère, vous me manqueriez. Rentrerez-vous à New York après avoir revu le Connemara ?

Eleanor sentit sa peine s'alléger encore un peu plus. Si les « signes » existaient, les paroles de Megan en constituaient sûrement un ! Elle s'aventura hors de son brouillard mental pour réintégrer le présent. Megan avait levé les yeux vers elle et, une fois de plus, son visage lui rappela celui de Gillian. Comment sa petite-fille supporterait-elle qu'elle se supprime ? Cela la détruirait. Eleanor pensa à tout ce que sa mère et sa grand-mère lui avaient appris par l'intermédiaire du cahier de recettes. Et si un suicide de Brigid l'avait privée de la moitié des pages ? Ralf, sa mère ou sa tante Agnes auraient-ils voulu qu'elle mette fin à ses jours ? Elle les sentait tous autour d'elle, lui communiquant ce qu'ils avaient appris au cours de leur existence. Ou bien était-ce sa propre connaissance de la vie, cette sagesse construite grâce à eux, qui se réveillait en elle ? Non, elle ne pouvait pas infliger son suicide à Gillian ni à Naomi. Elle voulait les revoir. A présent, elle pouvait rentrer chez elle.

— Merci, dit-elle en prenant la main de Megan. Tu as raison. Je dois rentrer.

— J'en suis heureuse. Cela semble la meilleure chose à faire. Vous savez, j'étais en train d'avoir des idées très bizarres, par exemple que je commence à oublier mon histoire avec Rob.

Un mois plus tôt, la seule mention de son nom l'aurait fait éclater en sanglots mais plus maintenant. Elle se sentait plus forte. Rob était un homme stupide et vain. Elle-même avait été idiote de ne pas comprendre son petit jeu. Elle ne s'était pas conduite mal ou avec une cruauté délibérée, seulement de façon bête et naïve.

— La personne à qui j'en voulais le plus, c'était moi, mais je ne me déteste plus ! N'est-ce pas étrange ?

— Non, pas du tout !

Eleanor pouvait à peine parler tant elle se sentait faible, mais d'une faiblesse très agréable, celle d'une personne heureuse.

— C'est cet endroit, ajouta Megan. Ces arbres magnifiques... Comment les appelle-t-on ?

Eleanor ferma les yeux et soupira de bien-être. Quelle paix merveilleuse !

— Il y a surtout des frênes, répondit-elle.

— Et le petit arbre argenté, à côté de nous ?

Eleanor rouvrit les yeux pour regarder le bouleau argenté. Quand elle était petite, il y en avait un vieux à côté de la porte. Sa mère lui avait expliqué qu'il s'agissait d'un des arbres les plus importants de la mythologie celte. « Il représente la naissance et le renouveau. » Mais les bouleaux ne vivent pas très longtemps, peut-être quatre-vingts ans. Il n'y en avait pas d'autre, juste celui-là qui avait poussé sur les restes de l'ancien. Une renaissance... Eleanor sourit en contemplant l'arbuste aux feuilles en forme de cœur et à l'écorce argentée.

— Le bétail ne mange pas les bouleaux. Il les laisse pousser. C'est une histoire de commencement et de renaissance.

— Vraiment fascinant ! Et tellement juste : je commence une nouvelle vie.

— Moi aussi, dit Eleanor.

Depuis la voiture, leur parvint la voix de Phil.

— Alors, mesdames, comment cela se passe-t-il ?

— Je pense que nous pourrions aller reprendre des forces au Sheep's Head avec une tasse de thé, répondit gaiement Eleanor. Nous l'avons bien mérité.

Le soir, dans son grand lit d'où elle voyait la mer, Eleanor ouvrit le livre de sa mère. Les dernières pages avaient été rangées dans une chemise glissée à la fin du cahier. Elle les avait lues bien des années auparavant, à la mort de sa mère. Il ne s'agissait plus de recettes ni de conseils, mais d'une lettre que sa mère lui avait écrite au sujet du décès de son père. Elle venait d'avoir onze ans quand il était mort. Trois mois plus tard, Brigid, Agnes et Eleanor avaient embarqué à destination de

New York. Brigid avait écrit cette lettre dans leur petit logement du Bronx.

La chemise portait les mots : *A lire après ma mort.* Eleanor avait d'abord cru qu'il s'agissait du testament de sa mère et l'avait donc ouverte sans attendre. Or, sa lecture l'avait tellement fait pleurer qu'elle avait dû s'interrompre. Sa mère était à peine enterrée et Eleanor était en train de découvrir à quel point elle avait souffert de perdre son mari, Joe.

Si seulement j'avais su à quel point tu souffrais de sa disparition, avait pensé Eleanor. Mais il était trop tard.

Comme tous les enfants, elle avait imaginé être la seule à connaître l'amour. Or, sa mère lui avait laissé la preuve d'un véritable amour et de la souffrance éprouvée à le perdre. Plus de quarante ans s'étaient écoulés depuis qu'elle avait lu ces lignes. Brigid n'avait pas vécu assez longtemps pour profiter de leur vie à New York. Agnes et elle avaient tellement travaillé pour leur assurer un nouveau départ ! L'oncle Dennis s'était marié et les deux familles avaient élevé leurs enfants ensemble, mais Brigid était morte d'une pneumonie en 1967. La maladie l'avait empêchée de profiter d'une retraite bien méritée. Elle était restée courageuse jusqu'au bout. « Eleanor, n'oublie jamais que je t'aime ! Je peux partir aujourd'hui parce que je sais que tu es heureuse. »

Emue, Eleanor s'essuya les yeux avec la manche de sa chemise de nuit et lut :

Eleanor chérie, j'ai hésité à écrire cette lettre. J'ai cru que je pourrais tromper la mort si je ne t'en parlais pas. Les mères sont parfois bêtes, c'est tout ce qu'on peut dire, n'est-ce pas ? Je t'ai parlé de la nourriture et de la vie. La mort fait partie du cycle de la vie. Tu étais trop jeune au décès de

ton père. Remercie le Seigneur de t'avoir épargné ce cha-
grin. Nous nous sommes battues contre lui, Agnes et moi.
Nous l'avons tenu à l'écart de toi et l'avons pris sur nous.
Tu comprendras ce que je veux dire quand tu auras des
enfants à ton tour. Tu te battras pour leur éviter de souffrir.

Le soir, je pleurais toute seule dans mon lit, mais j'atten-
dais que tu dormes. Nous t'avions dit que ton papa était
heureux, qu'il était avec Dieu et les anges, qu'il avait
retrouvé sa maman et son papa, et le bébé qui était mort.

Mais il me manquait, Eleanor ! Sans Joe, le soleil avait
disparu de mes journées.

Je me souvenais de ses attentions, de la façon dont il me
faisait rire, et de ses épaules puissantes dans notre lit. Après
sa mort, plus personne ne ferait tout cela pour moi.

Mais j'ai survécu. J'ai survécu, comme toi et comme
Agnes. Nous avons traversé l'Atlantique, nous avons
franchi les contrôles d'Ellis Island, nous avons survécu pen-
dant un an chez ton oncle Dennis alors que j'étais convain-
cue que nous allions tous mourir de faim ou de froid.
Comme disait ton grand-père : la vie est toujours la plus
forte. Ne l'oublie pas : la vie est toujours la plus forte.

Eleanor reposa tranquillement le cahier. Elle l'avait
assez lu, pour l'instant. Demain, elle appellerait Naomi
à New York. Le temps de rentrer chez elle était venu.

23

Les réunions familiales

A Kilmoney, les seules réceptions que nous connaissions avaient lieu au manoir, quand le capitaine et Mme Fitzmaurice recevaient des relations de l'époque où le capitaine servait en Inde. Les préparatifs épuisaient Agnes et, d'après elle, Mme Fizmaurice n'était pas en meilleur état.

Il semble que ces gens avaient beaucoup de domestiques, en Inde, et il pouvait y en avoir autant qu'on voulait au manoir, cela n'impressionnait pas les invités, habitués à être servis au point d'à peine soulever eux-mêmes leur tasse de thé !

Le climat représentait un autre problème. Pour des gens qui avaient connu le soleil de l'Inde, il faisait toujours trop froid. Agnes devait sortir toutes les couvertures et les aérer avant de les mettre sur les lits pour que tout ce monde ait chaud pendant la nuit.

A New York, nous avons donné des réceptions, nous aussi, mais je te garantis que c'était très différent. Au cours de notre première année en Amérique, passée dans une pension de Lennox Avenue, nous avions noué de bonnes relations avec les O'Doherty, les Koufonicola et les McCloskey. Quand nous avons emménagé dans notre appartement, plus bas dans la rue, nous sommes restées en contact avec ces familles. Chaque année, le dimanche de Pâques, nous nous retrouvions tous et, au moins dans les premières années, nous faisions vraiment la fête !

D'après M. Dimarco, qui avait le restaurant en bas de l'immeuble, c'était de nouveau la Saint-Patrick, mais personne ne se saoulait chez nous. Agnes lui répondait d'un air guindé : « Ma sœur et moi, nous tenons une maison respectable où l'on ne boit pas ! » Quand elle remontait à l'appartement, nous riions beaucoup parce qu'elle-même appréciait un petit verre, de temps en temps, mais un seul. Nous n'avions pas besoin de whiskey pour nous amuser. Je cuisinais un plat grec avec Vania Koufonicola, par exemple de l'avgolemono, une soupe au poulet avec du citron et des œufs. On prépare un bouillon en pochant un poulet entier avec un oignon, du céleri, des carottes, du persil et des grains de poivre. Quand la viande se détache des os, on sort le poulet du bouillon, on filtre le bouillon et on y fait cuire du riz. Ensuite, on bat les œufs, on y ajoute le jus d'un ou deux citrons ainsi qu'un verre de bouillon mais lentement pour ne pas coaguler les œufs. On remet le tout à chauffer avec des morceaux de poulet, et on mange ! Anna McCloskey apportait de vrais shortbreads, préparés selon la recette de sa propre mère.

A la fin de la journée, nous nous installions sur l'escalier de secours et nous portions un toast à nos terres natales. On versait parfois une larme ou deux mais pas plus. Ce furent des années heureuses.

Le retour de Geraldine chez elle à Howth prit des allures de cour royale en déplacement. Il fallait que tout soit fait un certain jour, d'une certaine façon, et que le mobilier de sa chambre soit déplacé et redisposé selon ses désirs. Il ne manquait que des suivantes et quelques ménestrels pour que ce soit parfait ! pensa Rae.

— J'aime que mon lit reçoive la lumière du soleil sur le côté, dit Geraldine à Will. C'est tellement magnifique, dans ta maison de Golden Square. Le soleil vous réchauffe dès le matin. Je voudrais que ce soit toujours comme ça.

Il était cinq heures de l'après-midi quand la place future des meubles fut enfin fixée. Will les déplaça tandis que sa mère, assise dans une attitude de duchesse, dirigeait les opérations. Au rez-de-chaussée, Rae s'occupait des fleurs. « Il me faut des fleurs, avait répété Geraldine. La maison va me sembler tellement vide, à présent que je me retrouve de nouveau seule. »

Le matin même, Rae avait donc dûment acheté des brassées de fleurs qu'elle disposait à présent pêle-mêle dans les beaux vases en cristal de Waterford de Geraldine. Elle avait hâte de partir car Anton rentrait pour le week-end. « Nous devons lui apprendre la vérité, » avait dit Will, et Rae avait aimé sa façon de dire « nous ». Ce n'était plus seulement son secret à elle, c'était devenu celui de son mari aussi. « Tout se passera bien, avait ajouté Will. Tu connais Anton. Il accepte la vie comme elle vient. »

Rae s'inquiétait quand même. Prendre la vie comme elle vient, cela se comprenait quand il s'agissait d'un logement miteux, de recherches difficiles pour la fac, ou d'une mauvaise paie pour un premier job. Mais apprendre qu'on avait une demi-sœur ! Entendre sa mère déclarer qu'elle avait eu un bébé à seize ans et l'avait fait adopter ! Rae et Will avaient élevé leur fils dans l'idée que la vérité était essentielle, même si cela impliquait d'avoir des ennuis. Ce qu'elle avait à lui avouer détruirait cette éducation. Lui en voudrait-il ?

A l'étage, Geraldine n'était pas satisfaite de la nouvelle disposition des meubles de sa chambre.

— Rae ? cria-t-elle. Venez me dire ce que vous en pensez !

Rae monta l'escalier en traînant des pieds. Elle voulait rentrer chez elle et parler à son fils. Elle en avait assez des exigences de sa belle-mère ! Mais quand elle la vit sur sa chaise, l'air étrangement fragile et seule, elle ressentit un élan de pitié. Il y avait des chagrins dans toutes les vies. Geraldine avait vécu la grande vie dans sa jeunesse, quand elle était la fille des châtelains, environnée de soupirants et allant de bal en bal. Elle avait d'abord perdu cette existence brillante, puis son mari. Ses deux enfants devenus adultes, elle s'était sentie perdue, d'autant que Leonora n'avait rien d'une fille modèle. Rae se dit qu'elle pouvait bien faire l'effort d'écouter sa belle-mère évoquer son passé.

— Un instant, Geraldine ! cria-t-elle avant de redescendre en courant.

Elle prit le vase où elle avait mis les roses ivoire à longues tiges. Elles lui auraient coûté une fortune chez un fleuriste mais, au marché, elle en avait eu une vingtaine pour la moitié du prix. Le temps de les arranger de façon plus élégante, d'y ajouter quelques feuillages, et elle remonta avec les fleurs et une bougie prise dans l'entrée. En voyant l'expression exaspérée de son mari, Rae montra les roses à sa belle-mère.

— Cela mettra la touche finale, dit-elle. Et vous pourrez allumer la bougie ce soir, vous vous sentirez de nouveau chez vous. Elle est parfumée à la lavande.

Les traits pincés de Geraldine s'adoucirent.

— Merci, Rae, vous êtes très aimable pour moi.

Rae lui rendit son sourire. En définitive, elle n'avait pas eu besoin de se forcer pour faire plaisir à Geraldine. Avec les fleurs et la bougie allumée, cette dernière se sentit mieux dans sa chambre. Quand Will et Rae s'en allèrent, elle eut un geste qu'elle n'avait jamais fait et embrassa sa belle-fille. Ce fut très formaliste, mais c'était mieux que la froideur qu'elle lui avait réservée depuis le début.

— Vous avez été tellement bonne avec moi, dit-elle brièvement, beaucoup plus que ma propre fille. Merci, Rae.

— N'oubliez pas que nous venons vous chercher demain pour dîner avec Anton, lui rappela Rae. Il nous invite tous, il veut fêter sa réussite au travail.

A condition qu'il veuille encore me parler, ajouta-t-elle en elle-même.

Toute la maison était remplie de la présence d'Anton. Minces comme ils l'étaient, Rae et Will s'étonnaient souvent d'avoir donné le jour à ce géant de plus d'un mètre quatre-vingts et aux épaules d'athlète. Les équipes de sport de son école avaient longtemps cherché à le recruter, mais ni le rugby ni les sports traditionnels ne l'avaient jamais attiré. Il préférait le club d'échecs, et rares étaient les costauds à oser se moquer des intellos du club d'échecs quand Anton Kerrigan jouait ! Non qu'il ait déjà frappé quelqu'un, mais il aurait fallu être très bête pour vouloir y goûter.

— Maman ! cria-t-il en ensevelissant Rae dans ses bras de géant. Il la fit tournoyer en ajoutant : Vous avez ramené grand-mère chez elle ? Elle vous a encore fait boire de l'earl grey ?

452

Will éclata de rire. Personne ne pouvait se fâcher contre Anton quand il vous taquinait. Même Geraldine l'idolâtrait.

— Non, du lapsang souchong, plaisanta Will. Avec du citron, bien sûr !

Ils s'installèrent dans la cuisine, le père et le fils assis à la table pour discuter tandis que Rae s'occupait du dîner. Anton leur donna mille détails sur sa vie, sur le monde du journalisme politique et sur une très chouette fille dont le père était à moitié irlandais et possédait deux chevaux dans le village de Millstreet.

— Des chevaux ? Te serais-tu déniché une petite amie riche ? demanda son père en riant. Ils n'auraient pas, par hasard, des écuries pleines de pur-sang et une ligne directe pour les Emirats ?

— Non, je ne pense pas.

— J'ai lu récemment un article très intéressant sur de nouvelles méthodes de sélection.

Ils se lancèrent dans une grande discussion sur l'élevage tandis que Rae finissait de réchauffer le bœuf bourguignon et sortait le gratin dauphinois du four.

— Tu m'as fait mes plats préférés, maman ! dit Anton en prenant ses couverts.

Rae se sentit incapable d'avaler une bouchée. L'angoisse lui tordait l'estomac. Elle ne toucha pas non plus au verre de vin que Will lui avait versé. Comment aborder le sujet ? Son mari le fit pour elle quand il eut fini de manger. Il posa ses couverts et remplit de nouveau le verre d'Anton.

— Nous avons des nouvelles à t'annoncer, dit-il.

Anton regarda ses parents d'un air méfiant.

— Maman, il y a un problème ?

Elle ouvrit la bouche mais aucun son ne sortit. Avec un effort, elle réussit à prononcer :

— J'ai une fille.

C'était brutal, sans doute, mais elle ne savait pas comment faire autrement.

Anton ne tomba pas de sa chaise, ne hurla pas. Il répéta d'un ton uni : « Une fille... » Il n'avait pas été joueur d'échecs pour rien !

— Tu veux dire que tu l'as eue avant de rencontrer papa ?

— Oui, longtemps avant. J'avais seize ans.

Anton tressaillit et tendit son bras immense à travers la table pour lui prendre la main.

— Dis-moi tout, maman.

Elle savait qu'il avait déjà compris. Elle lisait en lui comme dans un livre ouvert. Et Anton comprenait tout instantanément.

— Elle a été adoptée, mais elle m'a écrit.

— Papa était au courant ?

— Non, je vous l'ai caché à tous les deux. Quand j'ai connu ton père, ce n'était jamais le bon moment pour le lui dire et ensuite, c'était trop tard.

— C'est pour cela que tu ne vois pas tes parents ? demanda Anton avec sa finesse habituelle.

Sa question surprit Rae.

— Non, commença-t-elle.

Elle s'interrompit. Elle n'avait jamais beaucoup parlé de son enfance à son fils, craignant que son ressentiment à l'égard de ses parents l'empoisonne aussi. De plus, elle ne voulait pas les laisser entrer dans sa nouvelle vie. Ils appartenaient au passé. Anton et Will à l'avenir.

— Si, reconnut-elle, c'est peut-être l'une des raisons. J'avais honte. Pas d'être enceinte mais d'avoir dû l'abandonner.

— Dis-moi tout ce que tu sais de ma sœur, maman, s'il te plaît !

Pour dire ces derniers mots, la voix d'Anton avait repris ses intonations de petit garçon réjoui.

Rae était assise au bord de son siège dans le hall de l'hôtel, trop angoissée pour se détendre. Elle avait sans arrêt envie d'aller aux toilettes, mais n'osait pas le faire, de peur que Tricia arrive en son absence et pense qu'elle avait changé d'avis.

Une semaine s'était écoulée depuis qu'elle avait ouvert la lettre de sa fille. Elle avait voulu lui téléphoner aussitôt, mais Will lui avait conseillé d'attendre le lendemain.

« Je ne te dis pas que tu pourrais changer d'avis mais, en laissant passer la nuit, tu auras le temps de t'habituer à cette idée. Tu es bouleversée.

— Tu as raison. Je regrette tellement de ne pas t'en avoir parlé avant.

— Moi aussi. Je trouve dur que tu ne m'aies pas fait confiance... »

Le reproche était léger dans sa voix mais réel. Rae répéta ses excuses mais cela semblait affreusement vain. Il n'y avait rien à faire pour lui prouver à quel point elle regrettait son silence. Lui expliquer ce qu'elle avait vécu à cette époque ? Oui, mais c'était presque impossible.

« Tu es toujours restée très mystérieuse au sujet de ton passé, reprit-il. Je n'ai jamais su si c'était à cause de ma mère. Elle insistait tellement pour obtenir des informations sur ta famille et vos relations... »

Cela avait fait rire Rae. Son secret n'en était plus un et Will n'avait pas fait ses valises.

« Te parler de mes parents était impossible car, pour moi, ils étaient reliés au fait que j'avais dû abandonner Jasmine, je veux dire Tricia. »

Elle avait pensé à sa fille sous le nom de Jasmine pendant tant d'années qu'elle éprouvait des difficultés à lui en donner un autre.

« S'ils avaient été des parents normaux, j'aurais pu garder mon enfant. Il est vrai que, dans ce cas, je n'aurais pas quitté la maison aussi tôt, je ne serais pas allée en fac et je ne t'aurais pas rencontré ! »

Après le dîner, ils étaient montés se coucher et avaient continué à parler. Geraldine et Carmel ne rentreraient pas avant quelques heures. Will se porta volontaire pour attendre sa mère.

« Si elle te voit, elle devinera tout de suite qu'il se passe quelque chose et elle voudra tout savoir.

— En effet ! Tu sais, tout au début, je voulais te parler de Jasmine et de ma famille, mais quand j'ai fait la connaissance de tes parents... Tu m'imagines en train de t'expliquer pour notre première sortie en tête-à-tête que j'avais eu un bébé à seize ans ! »

Au bout de dix rendez-vous, elle avait compris qu'elle pouvait tout raconter à Will. Il était différent, gentil et compréhensif. Il ne la jugerait pas. Mais il l'avait présentée à ses parents. La maison familiale des Kerrigan se situait aux antipodes de ce qu'avait connu Rae. Will avait grandi dans une superbe propriété sise au milieu d'un parc aux pelouses tondues dans les règles de l'art, en bandes impeccables. Rae les regardait en remontant l'allée avec Will. Elle se demandait comment on obtenait un pareil résultat et comment cela pouvait avoir de l'importance.

Le père de Will était comme lui, grand et chaleureux. Avec lui, Rae réussit à ne pas avoir l'impression d'être la fille de la femme de ménage qui aurait commis l'erreur d'entrer par la grande porte. Elle s'obligea à respirer calmement et s'autorisa à admirer les tableaux, les fleurs disposées sur guéridons et la sculpture en bronze ornant une imposante table ronde. Puis Geraldine était arrivée, descendant l'escalier comme une duchesse honorant ses loyaux partisans de sa présence. Rae avait compris qu'elle ne réussirait jamais à parler de son passé au fils d'une pareille femme.

« Je comprends. Ma mère aimait bien intimider les gens. »

Rae pouvait se permettre de se montrer compréhensive, à présent.

« Peut-être, mais elle a grandi sur un grand domaine avec une belle maison, du personnel, des écuries et un chauffeur. Elle ne pouvait pas se réjouir de voir son fils avec une fille sans famille ni relations, comme elle disait. J'en avais, pourtant, mais pas du genre qu'elle aurait apprécié. Voilà pourquoi je me suis tue. J'ai prétendu que mes parents ne se déplaçaient jamais et qu'il était hors de question que tu ailles les voir. »

Au fil des ans, Rae avait laissé filtrer quelques informations sur son enfance mais guère plus. Will avait rencontré les Hennessey à deux ou trois reprises, toujours en territoire neutre. Une fois, ils s'étaient retrouvés dans un hôtel élégant de Limerick. Anton était tout petit. Paudge et Glory s'étaient acheté une conduite pour l'occasion : Rae les avait avertis sans prendre de gants qu'au cas où ils auraient bu, elle les rayerait définitivement de sa vie.

« Ils n'étaient pas si mauvais, dit Will.

— Oh, si ! J'ai récemment entendu dire que l'on pardonne quand on comprend que l'on ne peut pas changer le passé. En attendant, on perd son temps à se demander comment auraient été les choses si... Moi, j'en suis toujours là. Je ne peux pas leur pardonner ce qu'ils nous ont fait, à ma fille et à moi.

457

— Peut-être que tu les verras différemment quand tu auras rencontré Tricia. »

Cette conversation s'était déroulée une semaine plus tôt. Dès le jour suivant, Rae avait appelé le numéro de portable donné par Tricia dans sa lettre. Will était assis à côté d'elle dans leur chambre, la seule pièce où Geraldine n'oserait pas les déranger. Une voix dynamique retentit dans le téléphone.

« Bonjour ! »

Les mains de Rae se mirent à trembler.

« Tricia O'Reilly ?

— Oui, qui êtes-vous ? »

Aucun son ne sortit de la bouche de Rae. Elle pouvait encore reposer le combiné. Elle aurait fait n'importe quoi pour éviter la colère de sa fille.

« Je vais raccrocher. Si c'est une blague…

— Non, répondit Rae d'une voix à peine audible. Je suis Rae Kerrigan, née Hennessey, votre mère biologique. »

Les mots possèdent réellement du pouvoir, pensat-elle alors. *Je suis votre mère biologique.* Elle avait attendu toute sa vie de pouvoir prononcer cette phrase. Une exclamation étranglée lui répondit.

« C'est vous ?

— Oui, souffla Rae. J'ai eu un bébé au foyer Sainte-Helena le jour où vous êtes née, une petite fille aux cheveux brun très foncé. Je suis grande, j'ai des cheveux très foncés, des sourcils noirs et des yeux bruns.

— Les gens vous disent-ils que vous ressemblez à Ali MacGraw, l'actrice de *Love Story* ? »

Les yeux pleins de larmes, Rae fit oui avec la tête avant de se rappeler que les gestes ne s'entendent pas.

« Oui, dit-elle.

— Je n'arrive pas à y croire. Je suis Tricia.

— Je sais, et moi Rae. Je m'appelais Rae Hennessey à votre naissance et maintenant mon nom est Kerrigan.

— Avez-vous d'autres enfants ? » demanda Tricia avec hésitation.

Rae savait que sa réponse blesserait Tricia. Son fils n'avait pas été donné pour adoption. Toutefois, par rapport à l'époque où elle attendait Tricia, le monde avait beaucoup changé, les circonstances surtout n'étaient pas les mêmes.

« J'ai un fils de vingt-neuf ans. Mais j'en avais seize quand je suis tombée enceinte de vous. Personne ne m'a aidée. C'est pour cela... »

Incapable de terminer sa phrase, elle se tut. Elle aurait pourtant voulu tout lui expliquer immédiatement.

« Vous savez, j'ai attendu des années pour découvrir ce qui s'était passé mais c'est un peu trop en une seule fois, dit Tricia. Puis-je vous rappeler plus tard ? Ou bien cela vous ennuie-t-il ? Y a-t-il des gens au courant de mon existence ? »

Rae n'aurait pas pu imaginer une question plus douloureuse à poser. *Avez-vous pensé à moi pendant tout ce temps ?*

Calme-toi ! se dit-elle. Tu dois te montrer forte pour le bien de ta fille.

« Oui, mon mari, répondit-elle. Vous pouvez m'appeler sur mon portable quand vous voulez. Devoir vous abandonner a été une terrible souffrance. J'ai pensé à vous chaque jour de ma vie. A chacun de vos anniversaires, je pleurais. Je me demandais où vous étiez, comment était votre vie et si votre nouvelle famille s'occupait bien de vous. Tricia, je tiens à ce que vous le sachiez : vous abandonner a été la pire épreuve de ma vie. »

Un silence lui répondit.

« Avez-vous de quoi écrire ? ajouta Rae avant de dicter lentement son numéro de portable. Je vous en prie, appelez-moi !

— Oui », murmura Tricia avant de raccrocher.

Deux jours plus tard, elle envoyait un SMS :

Pouvons-nous nous rencontrer près de chez moi ? J'habite à Mullingar et je ne peux pas beaucoup me déplacer, en ce moment.

Rae avait répondu en tremblant :

Dites-moi quand et où, et je viendrai.

Will avait conduit pour aller à l'hôtel de Mullingar indiqué par Tricia comme lieu de rendez-vous. Ils avaient convenu qu'elle attendrait dans le hall de la réception tandis qu'il s'installerait au bar.

— Je ne vous rejoindrai pas, sauf si tu me le demandes. Maintenant, Rae, écoute-moi : elle ne viendra peut-être pas. Tu dois t'y préparer. Ces retrouvailles ne tournent pas toujours comme on le souhaite.

Rae le remercia d'un sourire. Il avait fait de longues recherches sur Internet sur ce sujet et avait peur que Tricia la fasse souffrir.

— Je ne pense pas qu'elle puisse me faire plus de mal que je ne m'en suis fait toutes ces années. Je me suis torturée, mais elle a le droit d'être en colère contre moi.

Will la regarda longuement.

— Je peux comprendre pourquoi tu ne m'as rien dit, mais je reste triste à l'idée que tu aies gardé ton secret pendant si longtemps.

Elle savait qu'il faudrait beaucoup de temps pour que Will comprenne vraiment mais, dans l'immédiat, elle ne pouvait y réfléchir. Ce moment était réservé à sa fille et aux quarante et une années pendant lesquelles elles avaient été séparées. Rae prit dans son sac la lettre de Tricia et caressa la signature du bout des doigts. Tricia... Elle ne devait plus penser à elle comme à Jasmine. Elle devait surtout lui faire comprendre que, même si cela semblait exagéré, elle avait réellement pensé à elle tous les jours depuis quarante et un ans.

Au début, elle éprouvait chaque fois le même terrible chagrin. Puis, au fil des ans, elle s'était demandé ce que sa fille était en train de faire. A la fin de l'année scolaire, elle s'interrogeait sur la façon dont se passaient ses examens, puis comment elle fêtait ses dix-huit ans ou le nouvel an. Comment était-elle ? Où était-elle ? Et il y avait cette terrible question : était-elle heureuse ? Ses parents adoptifs l'aimaient-ils et s'occupaient-ils bien d'elle, mieux qu'une mère de seize ans n'aurait pu le faire ?

Rae avait les yeux fixés sur la lettre, mais quelque chose attira son attention au moment où une grande femme entrait dans le hall. Elle crut se revoir vingt ans plus tôt. Rae se leva alors que les yeux de l'arrivante se tournaient vers elle.

— Je ne peux pas croire que c'est vous, dit Tricia en s'approchant.

Rae connaissait les gestes ou les comportements à éviter. Will les lui avait rappelés dans la voiture. Ne pas la harceler de questions, ne pas l'embrasser ni la tutoyer. Elle n'aurait peut-être pas envie d'établir tout de suite une telle intimité. Malgré tout cela, en voyant sa fille devant elle, elle ne put s'empêcher de la prendre dans ses bras et, soudain, elles se mirent à pleurer, deux têtes aux cheveux identiques, deux femmes qui pleuraient avec les mêmes petits sanglots.

— On renifle même de la même façon ! hoqueta Rae. Venez vous asseoir, vous êtes enceinte.

Elles trouvèrent deux fauteuils. Rae avait envie de toucher Tricia, de lui caresser le visage, les cheveux, et même de poser la main sur le ventre un peu arrondi où son petit-enfant était en train de grandir. Elle se força à s'écarter d'elle. Il fallait respecter le rythme de Tricia. D'ailleurs, comme si elle regrettait leur élan, celle-ci se recula un peu dans son fauteuil, mettant une distance entre elles deux.

— Etes-vous heureuse ? dit Rae qui n'y tenait plus. Je n'ai jamais arrêté de me le demander.

— Très heureuse ! Mes parents n'ont eu que deux enfants, moi et mon frère aîné. Ils nous aimaient énormément. Ma mère disait toujours que nous étions trop gâtés !

Rae eut un serrement de cœur en entendant Tricia dire « ma mère » avec tant d'affection. Mais c'était la réalité. Celle qui l'avait élevée était sa vraie mère. Rae le comprenait, mais cela lui faisait mal.

— J'espère que votre désir de me retrouver ne la dérange pas ?

— Non, au contraire ! Elle m'a conseillé pendant des années de vous chercher, mais je refusais. J'avais l'impression que cela reviendrait à lui dire qu'elle et mon père ne m'avaient pas assez bien traitée. Elle est morte l'année dernière.

Rae vit des larmes briller dans les yeux de sa fille.

— A ce moment-là, j'avais envie de vous retrouver, mais je ne pouvais pas faire ça à sa mémoire, si vous comprenez ce que je veux dire. Et puis, nous avons appris que nous allions avoir un enfant, Stephen et moi. Nous essayions depuis longtemps. Nous avons tout tenté, mais sans résultat. En réalité, nous avions perdu tout espoir. Et voilà qu'un beau jour, ça y était ! J'ai senti qu'il était important de vous retrouver pour comprendre.

Extérieurement, Rae donnait l'illusion du calme, mais intérieurement, elle tremblait. Elle avait lu que les filles adoptées souffraient beaucoup le jour où elles devenaient mères à leur tour et prenaient conscience de l'acte impensable que représentait l'abandon pour adoption. *Comment as-tu pu m'abandonner ?* Mais Rae se tut et sourit de tout son amour.

— C'est fantastique !

Tricia rayonnait. Très émue, Rae avait la sensation de se voir dans un miroir. Sa fille avait le même sourire qu'elle, les mêmes sourcils et la même bouche. Anton, lui, était le portrait craché de son père et ne ressemblait pas du tout à sa mère. Mais comme tout cela faisait *mal* !

— A quel stade en est votre grossesse ?

— Huit semaines. Nous l'avons découvert presque tout de suite et, dès que je l'ai su, je me suis mise à votre recherche. En toute sincérité, je ne pensais pas que tout irait aussi vite.

Un silence s'installa, brisé seulement par l'activité de l'hôtel, les téléphones qui sonnaient, les gens qui entraient et sortaient avec leurs valises. Toutefois, Rae voulait dire certaines choses.

— Tricia, je ne peux pas imaginer à quel point tout ceci a dû être difficile pour vous, surtout après avoir perdu votre mère, mais je vous demande de me croire : j'ai pensé à vous tous les jours. Tous les jours !

Tricia gardait la tête baissée, comme si elle se passionnait pour ses doigts.

— Je voudrais vous expliquer pourquoi j'ai dû vous abandonner, mais vous ne comprendrez peut-être pas parce que le monde a changé. L'Irlande n'est plus la même. La seule chose importante à retenir est que je vous ai toujours aimée.

Voilà, c'était dit !

— Maman me disait que, peu importe qui était ma mère biologique, elle devait m'aimer pour m'avoir donnée à l'adoption.

Rae se sentit submergée par un élan d'affection profonde pour la femme qui avait élevé sa fille. Elle refoula de nouvelles larmes.

— Elle avait raison. Les religieuses me répétaient que je ne pourrais pas m'occuper de vous et que si je vous aimais, je devais vous abandonner. Moi, je voulais vous garder. Quand elles sont venues vous chercher, elles ont dû m'obliger à vous lâcher.

Tricia écoutait, la tête un peu penchée, l'air presque indifférente. C'était sans doute plus facile pour elle, pensa Rae.

— J'aimerais tout vous raconter, reprit-elle. Voulez-vous ?

— Oui.

Rae avait souvent imaginé ce moment, mais c'était plus simple que dans la réalité. Ses conversations imaginaires n'avaient pas tenu compte du fait que sa fille serait devenue une adulte.

— Il est presque impossible d'expliquer comment cela se passait, il y a quarante-deux ans, quand j'ai découvert ma grossesse. Pour une adolescente, avoir un enfant sans être mariée était la pire des choses. On ne peut pas croire le scandale que c'était ! Je crois que les gens auraient été moins horrifiés si j'avais tué quelqu'un. On méprisait les mères célibataires. A l'école, les sœurs n'en parlaient jamais, même pas pour nous conseiller de l'éviter. Cela vous montre à quel point c'était impensable. De toute façon, on ne parlait jamais de sexualité. Nous savions seulement que nous devions redouter de nous retrouver enceinte.

— Mais cela vous est arrivé.

Rae scruta le visage de Tricia. N'y avait-il pas un peu de froideur dans sa remarque ? Non, elle avait dû l'imaginer. Comment lui expliquer qu'elle ne couchait pas joyeusement avec tout le monde, que les choses ne s'étaient pas passées de cette façon ? Elle revit soudain l'expression glaciale de sa mère lui disant : « Tu es en cloque, hein ? », et elle frissonna.

— Je me suis retrouvée enceinte. Je ne l'ai pas dit au garçon, mais je suis certaine qu'on a su dans le quartier que j'étais dans un foyer pour mères célibataires. Il s'appelait Davie Sullivan.

Il était étrange de prononcer ce nom après tant d'années, mais puisque Tricia voulait savoir, il fallait tout lui dire. Pauvre Davie ! Qu'était-il devenu ? Flirtant avec la prison comme la plupart des Sullivan ou toujours dans sa ville natale, ignorant qu'il avait une fille ? Dix minutes passées dans la boutique de son oncle avaient changé pour toujours la vie de Tricia et celle de Rae, la vie des parents adoptifs de Tricia également. Mais Davie ? Sa vie avait-elle changé ?

— Je ne l'ai jamais revu. Ma famille n'était pas... Comment dire ? Elle ne m'apportait pas son soutien. Mes parents n'étaient pas capables d'aider leur fille enceinte.

— Ils étaient pratiquants ?

Rae faillit éclater de rire mais se retint. Elle refusait de laisser ses parents approcher de sa fille, même en paroles. Elle n'avait pas à connaître leur vraie nature. Même si Tricia avait été élevée loin d'eux, Rae refusait qu'elle soit seulement effleurée par leur comportement anormal et asocial. Comme n'importe quelle mère le ferait, elle protégerait sa fille de grands-parents aussi toxiques.

— Non, pas du tout. Ils n'étaient pas faits pour devenir des parents, Tricia. Il y a des gens comme ça. Ils sont morts il y a quelques années.

Peut-être pourrait-elle un jour tout lui dire, toute la vérité, mais pas tout de suite. Encore faudrait-il que ce jour arrive.

— Je me suis rendue toute seule au foyer et j'y suis restée jusqu'à votre naissance.

Ce fut au tour de Rae de baisser les yeux sur ses mains. Mais ce qu'elle voyait, c'était la petite chambre où Jasmine était née et celle d'où elle était partie.

— J'ai dit que je voulais vous garder, répéta-t-elle, mais les sœurs me harcelaient. Je n'avais pas de soutien familial. Je me serais retrouvée seule avec un bébé, et sans argent. Si quelque chose m'était arrivé, on vous aurait confiée à mes parents.

Elle revoyait le visage de sœur Veronica et ses propos mielleux, le sous-entendu implacable : *Tu ne voudrais pas que ta fille termine comme toi ? Seule et sans personne pour l'aimer.*

La fraîcheur de la main de Tricia sur la sienne l'arracha au passé. Elle avait des doigts longs et élégants, comme les siens.

— Maman m'a expliqué comment cela se passait, à l'époque, dit Tricia, et que c'était difficile. Ils étaient tellement heureux de nous avoir, mon frère et moi. Ils vous étaient profondément reconnaissants, à vous et à la mère de mon frère. Grâce à vous, ils ont eu une famille.

Rae prit le mouchoir en papier que sa fille lui tendait.

— Allons prendre un thé au bar, proposa Tricia.

— Mon mari m'y attend. Il s'appelle Will.

— Mon mari aussi ! répondit Tricia en éclatant de rire. Il s'appelle Stephen.

Stephen et Will étaient assis presque l'un en face de l'autre, de part et d'autre du passage qui partageait le bar en deux zones. Ils se levèrent tous les deux à l'entrée de Tricia et Rae. Ils marquèrent tous les deux la même hésitation. Il était clair qu'ils avaient été priés de ne pas intervenir. Mais ils s'approchèrent et ce fut le moment des présentations. Stephen était aussi grand que Tricia, avec des cheveux presque aussi foncés, une barbe et des yeux bleus. Il paraissait moins que ses quarante ans, comme Tricia. Rae lui tendit d'abord la main de façon très formaliste, mais elle ne put s'empêcher de lui donner l'accolade. Elle était tellement émue !

— Je suis vraiment heureuse de faire votre connaissance, dit-elle en essuyant ses larmes. Et heureuse de savoir que vous allez avoir un bébé.

Il lui répondit par un grand sourire, mais lança également un regard prudent en direction de sa femme. Elle le lui retourna d'un air qui disait : tout va bien. Rae surprit leur échange et en éprouva un immense soulagement. Will se montra plus cérémonieux avec Tricia et se contenta d'une poignée de main.

— Je suis très honoré de vous rencontrer enfin, dit-il.

Rae se tourna vers lui, les yeux remplis d'amour. Par ces simples mots, il laissait entendre que Tricia faisait partie de sa vie à lui aussi, parce que Rae lui avait parlé d'elle. Ce n'était pas vraiment un mensonge. A part lui, pensa Rae, personne ne la connaissait assez bien pour comprendre la profondeur de ses sentiments. Il n'avait appris l'existence de Tricia que récemment, mais il savait que quand elle disait avoir pensé à sa fille tous les jours, c'était vrai.

Les présentations terminées, les deux femmes prirent une table à l'écart et commandèrent un thé avec des scones.

— Tu dois manger plusieurs fois dans la journée, dit Rae.

Inconsciemment, elle était passée au tutoiement et avait commencé à donner des conseils maternels à sa fille. C'était une erreur, ce n'était pas son rôle. Heureusement, Tricia ne se formalisa pas.

— Mes parents ne m'ont jamais caché qu'ils m'avaient adoptée. Mon frère a quatre ans de plus que moi et, comme il savait qu'il avait été adopté, je l'ai su également. Maman voulait que ce soit clair pour éviter que la vérité nous paraisse plus tard comme un horrible secret.

— Elle me donne l'impression d'une femme remarquable et très avisée. J'aurais aimé la connaître.

Tricia s'essuya les yeux.

— Ç'aurait été bien. J'aimerais qu'elle soit toujours là. J'ignore comment on devient une mère. J'ai tout misé sur ma carrière, jusqu'à présent. Elle m'aurait dit comment faire.

Rae s'obligea à étouffer la pointe de jalousie qu'elle éprouvait, à sa grande honte, envers l'autre femme, celle qui avait eu la chance d'élever sa fille. Puis elle se rendit compte qu'elle ne savait même pas son nom.

— Comment s'appelaient tes parents ?

— Josephine et Tom Noonan.

Rae répéta les noms à mi-voix. Donc, sa fille avait grandi à Galway avec des parents aimants et un grand frère.

— Quand j'étais petite, je croyais que les gens avaient le choix, dit Tricia, reprenant le récit de son histoire. Ils pouvaient avoir des bébés eux-mêmes ou avoir celui de quelqu'un qui ne pouvait pas s'occuper du sien.

Rae se contenta de hocher la tête.

— Nous étions heureux. Je voulais adopter des enfants quand je serais grande. Je croyais vraiment que cela se passait de cette façon. Je travaille dans la banque, ajouta-t-elle avec une petite grimace comique. Pas le métier le plus populaire, en ce moment, mais j'ai beaucoup voyagé après mes trente ans. Stephen et moi, nous nous sommes mariés et j'avais déjà trente-six ans quand nous avons voulu avoir un bébé. Je pensais que nous avions tout le temps devant nous, mais c'était une erreur. Je n'arrivais pas à être enceinte. Nous avons tout essayé, l'acupuncture, les régimes ciblés, tout ! Nous avons fini par prendre rendez-vous dans une clinique spécialisée. Six cycles de FIV en trois ans, et l'implantation de deux embryons congelés. Nous avions presque renoncé. Tu sais, je me disais que je ne le méritais pas.

Rae comprenait. Elle avait pensé la même chose quand elle attendait Anton. Une écrasante culpabilité à l'idée d'être enceinte après avoir abandonné son premier enfant. Mais ce n'était pas le moment d'en parler !

— Maman a eu un cancer des intestins. Quand on l'a appris, il ne lui restait que quelques mois à vivre. Tout est allé si vite ! Et moi, je suis tombée enceinte. Après tous ces traitements, je suis tombée enceinte alors que ma mère n'est plus là...

— La vie est un cycle sans fin. Nous mourons et nos enfants continuent à vivre.

Après cela, elles parlèrent de petites choses sans importance. Leur rencontre avait été si riche en émotions qu'elles apprécièrent de parler simplement de leur travail et de leurs amies. Tricia décrivit l'élégant appartement qu'elle habitait avec Stephen à Mullingar.

— Nous avons deux chambres, mais nous avons transformé la deuxième en bureau. Nous allons devoir la réaménager en chambre d'enfant.

Rae lui parla du Titania's Palace et le décrivit de telle façon que Tricia déclara avec enthousiasme qu'elle aimerait y aller.

— Cela me ferait très plaisir, si tu venais, répondit Rae.

Au bout d'une heure, Tricia se leva pour partir. Rae savait qu'un pas important avait été franchi. Elle avait de la chance : sa fille avait été adoptée par des gens à l'esprit ouvert qui lui avaient permis de penser à ses parents biologiques avec affection.

— Aimerais-tu faire la connaissance de ton frère ? proposa-t-elle.

Tricia eut un sourire lumineux. Soudain, Rae vit l'enfant qu'elle avait dû être : sérieuse et généreuse.

— Oui, beaucoup ! Anton ? C'est un prénom que j'aime. S'il veut, il a un frère, lui aussi.

— Leo n'a pas cherché ses parents biologiques ?

— Non, mais il ne se pose pas de questions. Il est satisfait de son sort, très décontracté en réalité.

— Alors, il devrait très bien s'entendre avec Anton qui est comme son père, très calme et très attentionné.

— Je suis contente que tu sois heureuse, dit Tricia. Moi aussi, quand j'ai été assez grande pour comprendre, je me suis souvent demandé comment tu vivais. Je suis contente que tu aies une belle vie.

Geraldine avait une nouvelle femme de ménage, prénommée Zareen. Elle travaillait aussi pour Carmel, qui la portait aux nues. Pour elle, Zareen était la meilleure invention depuis celle du pain en tranches !

— Elle est rapide et efficace. Elle ne parle pas beaucoup. Tu verras, elle va te plaire.

— Très bien, mais d'où vient-elle ?

Geraldine n'arrivait pas à situer ce nom de Zareen. Dans quel langage cela pouvait-il exister ?

— Je l'ignore, chuchota Carmel. Elle a une peau d'une couleur très agréable, elle est très jolie et parle un anglais impeccable, comme si elle avait eu un très bon professeur.

Zareen se révéla être une jeune femme sculpturale à la peau sombre, vêtue d'un jean moulant et d'un tee-shirt rose, et dotée d'une épaisse chevelure raide et brillante. Elle écouta en silence Geraldine lui énumérer la liste des travaux à faire et parfois se répéter car Zareen ne répondait rien. Peut-être ne comprenait-elle pas très bien ?

— Depuis combien de temps êtes-vous ici ? demanda finalement Geraldine avec amabilité.

Un peu de gentillesse polie mettait toujours ces filles à l'aise.

— Depuis ma naissance, répondit Zareen non sans froideur. Je viens d'Artane et je suis des cours du soir aux beaux-arts. Je travaille pour arrondir les fins de mois. Vous pensiez que j'étais étrangère ?

Geraldine battit rapidement des paupières.

— Grands dieux, non !

Quand Rae et Will arrivèrent, elle tenta de les faire entrer dans le petit salon tandis que Zareen passait l'aspirateur dans l'entrée.

— Elle est très bien, chuchota Geraldine en les entraînant. Elle va à l'université.

Rae s'attarda un instant.

— Ravie de vous rencontrer, Zareen, dit-elle en tendant la main à la jeune fille. Je m'appelle Rae. D'après ma belle-mère, vous êtes étudiante. Dans quel domaine ?

— Les beaux-arts.

— C'est fantastique ! J'aurais beaucoup aimé pouvoir y aller.

Geraldine attendit patiemment que sa belle-fille ait fini de parler à sa femme de ménage. Le monde changeait si vite ! Il devenait difficile de savoir à quelle classe appartenaient les gens. Zareen parlait d'art comme si elle avait grandi dans une maison pleine de Picasso. Tout cela était très déroutant.

Rae la rejoignit enfin dans le salon, Will à ses côtés.

— Maman, nous avons quelque chose à te dire, déclara Will.

Geraldine sentit ses jambes se dérober et dut s'asseoir sur son pouf en velours beige.

— Vous divorcez...

Rae éclata de rire, ce que Geraldine prit comme une grossière marque d'insensibilité.

— Non, maman, ce n'est pas ça, répondit Will.

— En fait, c'est même l'inverse, dit Rae. Nous venons d'agrandir la famille.

— Non ! Vous ne pouvez pas être enceinte ! s'écria Geraldine. J'estime que tous ces spécialistes de la stérilité ne devraient pas avoir le droit de s'occuper des femmes de plus de quarante-cinq ans.

Rae prit place à côté de sa belle-mère.

— Je ne suis pas enceinte, Geraldine, mais j'ai eu une fille à l'âge de seize ans ; j'ai dû l'abandonner pour adoption. Elle a pris contact avec moi et nous nous sommes retrouvées.

— Une fille ? Avant de rencontrer Will ?

— Longtemps avant, oui, répondit calmement Rae. Je voulais l'élever moi-même, mais c'était impossible. J'ai dû la laisser adopter et je l'ai regretté chaque jour de ma vie.

Dire la vérité, toute la vérité et rien que la vérité, c'était le seul moyen d'avancer.

— Bonté divine !

— Je comprends que vous soyez un peu choquée, poursuivit Rae. Ma fille est aujourd'hui une très belle femme de quarante et un ans ; elle attend son premier enfant.

— Vraiment ?

Geraldine pensait à la belle-fille de Carmel, celle qui avait une cicatrice de liposuccion sur le ventre et des seins refaits à neuf. Par comparaison, Rae était une sainte. Et ce n'était pas comme si elle ne connaissait personne d'autre qui soit né hors mariage. Elle essaya d'imaginer la question la plus indulgente possible.

— Que fait-elle ?

— Elle travaille dans une banque, répondit Rae.

Geraldine se détendit.

— Comme c'est pratique ! Enfin quelqu'un qui pourra m'expliquer où est parti tout notre argent ! Quand la rencontrerai-je ?

24

Les mariages

Quand nous nous sommes mariés, ton père et moi, ma mère a fait un cake irlandais et la mère de Joe s'est chargée du glaçage. On continue à en faire depuis que nous sommes à Brooklyn, mais ce n'est pas la même chose, comme dit Agnes. Tu sais qu'il faut de la bière brune, du stout, pour la recette, mais elle n'est pas aussi bonne ici qu'au pays. Le secret de ce cake consiste à laisser tremper les fruits secs assez longtemps dans la bière pour qu'ils deviennent noirs et aussi moelleux que de la mélasse. Il y a des gâteaux plus faciles à glacer, mais Agnes avait acquis une longue expérience au manoir et elle savait décorer n'importe quoi.

Nous avons eu du rôti de porc farci parce qu'on était en septembre et qu'on venait de tuer le cochon. Il y avait donc du porc sous toutes ses formes un peu partout dans la maison.

Joe avait mis son beau costume du dimanche et je portais une robe réalisée en dentelle de tricot d'un blanc pur par-dessus une sous-robe en lin. Elle est vieille aujourd'hui, elle a jauni avec le temps, mais il m'arrive encore de la sortir pour la regarder et admirer son raffinement.

Le jour de mon mariage a été l'un des plus heureux de ma vie, avec celui de ta naissance. Je n'ai pas eu à changer de maison. Joe a emménagé avec nous parce qu'il y avait seulement ma mère, Agnes et moi. C'était plus simple que de s'entasser dans la maison pleine d'hommes où il habitait. J'avais pourtant l'impression que nous nous installions pour fonder une nouvelle famille.

La chaleur accabla Megan dès qu'elle sortit de l'aéroport d'Ibiza. Les petites lunettes à monture d'or qui faisaient partie de son déguisement se mirent à foncer à la lumière. Au contrôle des passeports, quand elle avait dû les enlever, elle s'était sentie vulnérable. Curieux que quelques centimètres carrés de verre puissent lui procurer une pareille impression de sécurité ! Personne ne l'avait reconnue.

Les touristes envahissaient les trottoirs, se hâtant vers les cars de tour-opérateurs et les taxis, débordant de la joie d'être en vacances. Megan rejoignit la file d'attente pour les taxis et se retrouva bientôt sur la banquette d'une voiture banche, en route vers la Villa Aphrodite. Quel nom ridicule ! Pourquoi les gens donnaient-ils des noms aussi bêtes à leur maison ? Seul un palais méritait de porter le nom d'une déesse. Dès qu'on quittait l'aéroport et les immeubles tous identiques, l'île devenait d'une beauté paisible. Megan était déjà venue une fois, mais n'avait pas remarqué cette tranquillité. Le taxi s'arrêta au bord d'une route où des villas tremblaient dans la chaleur, derrière de hauts murs blancs ou rose clair. Craignant soudain que sa mère soit absente, Megan laissa ses bagages dans la voiture et demanda au chauffeur de l'attendre. Il n'y avait pas le moindre interstice dans le grand portail en bois qui permette de voir à l'intérieur. Megan sonna à l'interphone et patienta.

— Si ? dit une voix de femme inconnue.

— Señora Flynn ?

Pour seule réponse, il y eut un déclic métallique et le bourdonnement du portail qui s'ouvrait. Megan remonta dans le taxi qui s'engouffra dans l'ouverture et déboucha sur une petite allée circulaire. La Villa Aphrodite était une jolie maison, mais son entretien laissait à désirer. La peinture des colonnes de pierre du porche s'écaillait et le carrelage bleu et blanc était cassé par endroits. L'effet général restait pourtant très beau : une classique maison espagnole de bord de mer aux murs couverts de lianes fleuries, un toit aux belles tuiles de terre cuite et des barreaux en fer forgé aux fenêtres. Sa mère vivait ici depuis un an avec un certain Vincente, un homme que Megan n'avait jamais rencontré. Elle paya le chauffeur, prit ses bagages et attendit.

Pendant un moment, elle n'entendit que les insectes, ce bourdonnement particulier de la chaleur. Puis le léger staccato de hauts talons sur le carrelage lui parvint, suivi par un claquement de porte. Et enfin, la porte d'entrée s'ouvrit. Sa mère apparut et ce fut comme si le soleil venait de se montrer.

— Megan, ma chérie !

Avec un grand sourire, comme s'il s'agissait d'une belle surprise au lieu d'un voyage programmé, Marguerite Flynn tendit à sa fille des bras minces et bronzés. Megan l'embrassa en la serrant très fort contre elle, retrouvant les effluves familiers de Shalimar. Jusqu'à cet instant, elle n'avait pas compris à quel point elle avait eu besoin que sa mère la prenne dans ses bras. Elles s'écartèrent enfin l'une de l'autre et se dirigèrent, bras dessus bras dessous, vers la villa.

— Tu es superbe, maman !

Marguerite paraissait en effet plus jeune que ses cinquante-cinq ans. On lui aurait aisément donné la quarantaine. Ses longs cheveux blonds frôlaient ses sourcils, cascadant en ondulations très naturelles sur ses épaules. Elle était restée très mince, mais cela ne lui faisait pas des traits tirés. Au contraire, elle avait une peau remarquablement fraîche. Elle avait seulement changé sa façon de se maquiller les yeux. L'épais trait d'eye-liner de rockeuse avait laissé place à une application plus discrète de khôl.

— Je te trouve très différente, chérie, dit Marguerite.

Elle prit le temps d'admirer la nouvelle coiffure de sa fille. Avant de partir, Megan avait fait refaire sa coupe et sa couleur chez Patsy, en lui demandant une nuance encore plus noire. Elle avait obtenu ce qu'elle voulait : une version d'elle-même plus affirmée.

— J'aime beaucoup ce style, cela te distingue vraiment de tout le monde. C'est toujours important de se faire remarquer.

Megan murmura un *oui* peu convaincu. Elle n'avait pas envie de discuter de son apparence. A présent, ses sentiments et ses émotions comptaient beaucoup plus.

— Tu m'as manqué, maman.

— Toi aussi, répondit Marguerite d'un ton léger.

Elles étaient arrivées dans une pièce aérée, dallée de marbre, qui menait au jardin. De toute évidence, c'était une salle de réception, remplie de canapés et de divans, avec d'immenses tableaux de style espagnol aux murs et de nombreux pots d'orchidées et autres plantes exotiques. Une table carrelée avait été disposée sous la véranda. Le café y était servi et Marguerite fit signe à sa fille de s'asseoir. Devant elles, la Méditerranée scintillait.

— J'ai pensé que nous serions bien, ici, dit Marguerite comme si elle recevait une invitée. J'aime prendre mon café en regardant la mer.

Elle se tourna et cria en direction de la maison :

— Anna-Marina !

Une femme d'âge moyen apparut. Marguerite s'adressa à elle en espagnol. Pendant ce temps, Megan s'était confortablement installée et respirait les parfums enivrants du jardin. Il y avait du jasmin et autre chose, une odeur boisée lui rappelant d'autres maisons où elle avait vécu avec sa mère.

— C'est très tranquille, dit Megan.

— Nous adorons cet endroit. Je ne comprends pas pourquoi tu n'étais pas encore venue.

Megan ne répondit rien. Elle avait téléphoné à sa mère quand l'histoire avec Rob faisait les gros titres, mais celle-ci lui avait répondu que ce n'était pas le bon moment pour lui rendre visite. D'après elle, il y avait un problème de place. Le fils de Vincente et toute sa famille séjournaient à la villa et il n'y avait plus une chambre libre.

« Le mois prochain ? » avait proposé Marguerite d'un ton indécis. Et Megan était allée chez Nora.

— Cigarette ?

Megan accepta. Même si elle avait beaucoup réduit sa consommation depuis quelque temps, fumer restait la meilleure chose à faire dans cette situation étrange. Comme une transition. Elle se retrouvait avec sa mère après une très longue séparation, mais le temps et la distance lui donnaient la curieuse impression d'être comme anesthésiée. Elle avait beaucoup espéré se sentir de retour chez elle, mais elle ne ressentait rien de tel, rien de comparable avec le sentiment de paix qui l'avait envahie dans le petit cottage en ruine d'Eleanor. Quelle expérience magnifique ! Là-bas, elle avait eu la sensation d'une guérison. Elle avait compris qu'elle devait voir sa mère avant de pouvoir dire qu'elle avait remis de l'ordre dans sa vie. Enfin, presque !

A présent que Megan était là, l'idée que c'était elle qui avait dû se déplacer, que sa mère n'était pas venue la voir ni s'occuper d'elle ne l'attristait presque plus. Elle comprenait enfin que ce n'était pas la faute de sa mère. Elle la regarda sortir deux cigarettes du paquet, en allumer une avec des gestes délicats et la lui donner. C'était un des petits rituels typiques de Marguerite : allumer une cigarette pour quelqu'un, en général un homme. Megan avait toujours considéré ce geste comme une marque de raffinement, mais il lui parut soudain un peu triste, un geste destiné à plaire aux hommes. Cela lui fit un choc.

— Je suis contente d'être ici, mentit-elle.

Elle était déterminée à faire taire sa colère et son irritation. Sa mère ne s'était pas précipitée à Golden Square pour la consoler ? Et alors ? Marguerite n'était pas une mère consolatrice.

— Et moi, je suis si contente de te voir ! répondit Marguerite avec un réel plaisir.

Megan s'aperçut que sa mère avait eu recours à la chirurgie esthétique au niveau des yeux. C'était discret mais maintenant qu'elle l'avait repéré, elle ne voyait plus que cela. Marguerite avait toujours eu les paupières légèrement tombantes. A la place, elle avait dorénavant des sourcils remontés qui lui donnaient un air de gamine. Voilà pourquoi elle avait si belle allure ! Son recours au bistouri n'avait rien d'étonnant, mais Megan se sentait quand même déconcertée. Elle avait toujours pensé à sa mère comme à une femme sans âge, jeune pour toujours.

479

— Vincente a hâte de te connaître, comme tous les copains. J'ai organisé une petite réception autour d'un verre, ce soir, au club. Cela te plaira. On s'habille décontracté chic, mais tu peux mettre n'importe quoi, chérie. Après tout, tu es l'invitée d'honneur. Si tu n'as rien emporté de convenable, j'ai des tonnes de robes. Je veux que tout le monde voie comme ma fille est belle !

Quand elles eurent bu leur café, Marguerite lui fit visiter le rez-de-chaussée. Elle lui montra des photos de ses amis, les énormes éléphants en jade qu'elle avait achetés à Bangkok avec Vincente et la bague en diamant qu'il lui avait offerte au Brunei. Vincente avait des intérêts dans différentes branches d'activité : gestion de biens immobiliers, gestion de clubs de loisirs et industrie automobile. Bien sûr, ils avaient moins d'argent depuis quelque temps, mais à une époque, il avait été très riche. Cela ne l'empêchait pas d'être un homme généreux, gentil et intelligent.

— Nous aimons tous les deux voyager. Nous avons eu beaucoup de chance de nous trouver.

Dans les nombreuses photographies aux cadres d'argent qui montraient le couple avec des amis, Marguerite avait l'air d'une star et Vincente, chauve, court sur pattes, bien en chair et doté d'un nez romain, semblait très fier de sa belle compagne.

— Je suis contente de te voir heureuse, dit Megan.

— Tu vas bien t'entendre avec lui, répondit Marguerite avec un sourire éclatant.

A l'entendre, Megan n'était venue que pour rencontrer le dernier ami de sa mère ! Aucune allusion au bonheur de sa fille ou à l'histoire avec Rob Hartnell.

Marguerite avait installé Megan dans une jolie chambre peinte en bleu et blanc avec un lit de neige où s'entassaient des coussins et des oreillers en broderie anglaise. A cette vue, Megan sentit sa fatigue, bien qu'on fût seulement en fin d'après-midi. Elle n'avait qu'une envie : s'allonger et fermer les yeux sans devoir sortir et jouer le rôle de l'ancienne Megan, la délicieuse vedette que les gens réclamaient.

Elle eut envie d'appeler Nora, mais, dans la chaleur étouffante de la Villa Aphrodite, Golden Square lui parut très loin. Nora voudrait savoir comme allait Marguerite et souhaiterait que Megan soit heureuse de passer du temps avec elle. Expliquer que Marguerite avait organisé une fête pour la première soirée de leurs retrouvailles choquerait certainement Nora. Quand Megan avait débarqué chez sa tante, sa première réaction avait été de lui créer une sorte de protection isolante à l'aide d'émissions animalières, de chiens et d'amour. Marguerite, elle, préférait sortir et s'amuser. Dans un club bruyant, il n'y aurait aucune possibilité de parler à cœur ouvert de ce que Megan avait traversé.

Megan choisit donc d'envoyer un SMS à Nora :

Suis chez maman, tout va bien. Te parle bientôt, t'embrasse, Megan.

Elle se demanda brièvement comment allaient ses amis de Golden Square. Connie était-elle sortie avec le beau Steve et l'adorable petite Ella ? Megan le lui souhaitait de tout son cœur.

Nicky assistait peut-être au lancement du livre sur la chirurgie esthétique, prévu pour cette semaine. Le chirurgien l'avait avertie qu'il n'y aurait personne.

« Officiellement, avait expliqué Nicky, il n'a aucune clientèle. Personne n'avouera le connaître. Les femmes qui ont recours à ses services le paient en espèces de peur que leur mari découvre la vérité. En réalité, il a des millions de clientes ! »

Rae ? Megan n'avait aucune idée de ce qu'elle était en train de faire. Et Eleanor – Megan éprouva une brusque envie d'être avec elle, juste pour parler. Que lui aurait-elle raconté ?

Je suis venue pour voir ma mère et je sens comme un écran entre nous. Elle le sait, je le sais, mais nous n'en parlons pas. D'ailleurs, nous ne parlons de rien. On aurait pu croire qu'elle voudrait savoir comment je vais et si j'ai eu très mal, mais elle ne m'a pas posé une seule question. Est-ce normal ?

Elle entendait en esprit Eleanor lui donner des conseils, disant de sa voix grave et douce qu'elle ne pouvait pas changer les gens. Megan pouvait seulement changer son propre comportement, elle ne pouvait trouver que sa propre vérité.

Elle avait dû s'endormir sur son beau lit blanc.

— Chérie, réveille-toi ! On s'en va bientôt. Vincente est rentré et je grille d'impatience de te le présenter.

Marguerite était maquillée. Elle portait une robe qui lui frôlait les chevilles, couleur argent avec des bretelles spaghetti, et un lourd collier en argent et perles. Elle avait remis du parfum mais avait eu la main lourde ; elle sentait Shalimar à vingt lieues à la ronde.

— Tu es superbe, maman, dit Megan d'une voix ensommeillée.

Marguerite avait allumé les lampes de la chambre et, dans la chaude lumière du soir, le parfum familier flottant autour d'elle, Megan se sentit revenue en enfance, attendant que sa mère sorte. Pippa et elle aimaient la regarder pendant qu'elle se maquillait.

— Cela me prend plus de temps, aujourd'hui, répondit Marguerite au compliment de sa fille.

La voix de sa mère était fatiguée et même grave. Megan s'étonna d'avoir une soudaine envie de la rassurer.

— Pourtant, tu es toujours très belle.

Marguerite éclata de rire, de son vrai rire de gorge et puissant, pas celui qu'elle réservait aux hommes, aigu et léger comme celui d'une petite fille.

— La vieille n'a pas tout perdu ! dit-elle. Mais tu peux me croire, il faut de plus en plus de temps pour réussir le tour de magie. Et maintenant, mon petit cœur, Vincente nous attend pour dîner à l'extérieur. Nous partons dans dix minutes. Veux-tu une de mes robes ?

Les photos de Vincente ne lui rendaient pas justice. Il était plus petit et plus rond qu'elles ne le faisaient croire mais aucune d'elles n'aurait pu saisir la générosité de son sourire ni la sincérité de l'accueil qui faisait briller ses petits yeux noirs. Il lui prit les mains et l'embrassa sur les deux joues. Son Aramis luttait vaillamment avec le Shalimar de Marguerite !

— J'ai tellement entendu parler de toi. C'est un honneur de te rencontrer enfin. Tu es différente de tes photos.

— C'est un déguisement, répondit Megan avec un sourire complice.

— Excellente idée ! Tout le monde a droit à sa vie privée. Ici, tu n'auras pas de problèmes. Beaucoup de gens connus viennent à Ibiza et nous n'aimons pas que l'on veuille les photographier. Notre île est dédiée à la protection de la vie privée. Avec moi et ta mère, tu seras à l'abri.

Le club de Marguerite, le Victor's, ne ressemblait en rien aux endroits branchés et assourdissants que Megan avait fréquentés lors d'un autre séjour. Il y avait une vaste salle de restaurant et un bar adjacent. On y trouvait toutes sortes d'expatriés qui aimaient cet endroit où on leur servait leur vodka préférée tandis qu'ils parlaient de Berlin, de Londres ou de Washington tel qu'ils l'avaient connu au bon vieux temps.

Marguerite entraîna Megan dans une visite éclair des lieux.

— J'ignore totalement pourquoi, dit-elle, mais tout le monde l'appelle le club. Ils doivent aimer le mot. L'essentiel est que cela leur fasse plaisir !

Megan n'avait pas pensé qu'elle apprécierait la soirée ; elle s'était trompée. Elle n'était pas la fille prodigue qu'on montrait à tout le monde mais la fille de Marguerite et, si le fait d'être l'actrice qui avait récemment défrayé la chronique représentait un plus, personne ne sembla y attacher la moindre importance. Les amis de Marguerite et Vincente faisaient partie d'une bande très cosmopolite qui ne lisait pas la presse à scandales. Leurs stars à eux, c'étaient les gens qui partageaient leur vie ou ceux qui étaient repartis dans leur pays d'origine. Pourquoi Bobo et Sammy vendaient-ils leur maison ? Etait-il vrai que la veuve d'un millionnaire suisse avait des problèmes avec les impôts ? Qui avait acheté le restaurant d'à côté ?

Megan n'était pas la plus jeune cliente. Les gens venaient en famille, avec leurs enfants et leurs petits-enfants, tout ce monde buvant, mangeant, bavardant ou regardant un match sur le gigantesque écran de télévision du bar. Pas de techno assourdissante, mais des CD de Julio et Enrique Iglesias qui passaient en boucle toute la nuit, juste assez fort pour dominer le bruit des couverts et des conversations. Personne ne chercha à connaître la vie de Megan ni les détails de son histoire avec Rob, même si quelques clients l'avaient reconnue.

Un homme très âgé, qui avait les manières et l'allure d'un duc espagnol, lui baisa la main.

— J'ignorais que Marguerite avait une fille aussi belle, dit-il.

Megan apprécia profondément sa courtoisie. Elle avait oublié le plaisir du flirt, même s'il s'agissait d'une simple politesse.

— Je parie que vous dites la même chose à toutes les femmes.

— Ce soir, c'était sincère, dit-il sans lui lâcher la main, rayonnant de plaisir.

— Antonio ! intervint Vincente d'un ton enjoué. Que dirait Erica en vous voyant serrer cette jeune personne de si près ?

— Mais elle ne saura rien ! répondit le vieil homme d'un ton triomphant. Regarde où elle est assise ! De là-bas, elle ne peut pas me voir.

Après avoir été obligée de se cacher pendant si longtemps, Megan trouvait la soirée très agréable et relaxante. Dès qu'Antonio eut le dos tourné, Vincente se pencha vers elle pour lui déclarer que sa mère était extraordinaire. Megan savait qu'il était sincère, lui aussi. Elle l'avait observé. Il ne quittait presque pas Marguerite des yeux, qu'elle soit en train de rire avec des amies au bar ou de bavarder avec leurs maris.

— Elle illumine le monde, ajouta Vincente.

— Je sais, répondit Megan. Elle me semble très heureuse avec toi.

Jamais elle n'avait parlé aussi franchement à l'un des hommes de sa mère. Bien plus : avait-elle jamais parlé aussi directement à quelqu'un ? C'était le fait d'avoir rencontré Connie et Eleanor. A leur contact, une sorte de filtre s'était créé dans son esprit : seules les paroles venues du cœur lui paraissaient authentiques. Les autres étaient des mensonges.

Un jour, Connie lui avait confié regretter de ne pas savoir dire ce que les gens ont envie d'entendre. « Tu sais, ces bavardages creux entre filles. J'en suis incapable. Je dis ce que je pense et personne n'a envie d'entendre ça. »

Personne n'en a peut-être envie, pensa Megan, mais quel bonheur de réussir à le dire ! Dire la vérité lui faisait un bien extraordinaire. Elle fit un nouvel essai.

— Allez-vous vous marier ?

La question ne donna pas une crise cardiaque à Vincente. Au contraire, il prit le temps de peser ses mots.

— J'y ai pensé, mais tu connais ta mère. Elle n'a pas envie d'être liée officiellement. Cela la rend peu banale. C'est même la femme la moins banale que je connaisse. C'est un esprit libre, on ne peut pas l'attacher.

Ils furent interrompus au moment où Megan allait répondre, mais elle continua d'y réfléchir. Ainsi, sa mère était un esprit libre... Oui, elle aimait qu'on la voie sous ce jour, y compris les hommes avec lesquels elle avait vécu.

Il faut rester légère, avait-elle conseillé à Pippa et Megan. *Ne les laissez jamais voir ce que vous ressentez !*

Cela ne marchait pas toujours. Parfois, on ne pouvait faire autrement que de montrer ses sentiments. Rester légère et cacher ce que l'on avait au fond du cœur signifiait que personne ne connaissait votre vraie nature. Vous restiez un mystère. C'était sans doute très bien mais cela aboutissait à une vie solitaire.

Pendant le trajet de retour à la Villa Aphrodite, assise à l'arrière de la voiture, Megan écouta sa mère bavarder avec Vincente au sujet de la soirée et de leurs amis. Ils étaient détendus, heureux et à l'aise l'un avec l'autre. Avec les autres hommes dont Megan se souvenait, cela n'avait jamais été le cas. Avec les autres, sa mère faisait beaucoup d'efforts et n'était pas naturelle. Elle travaillait dur pour plaire. Tandis que le portail de la villa s'ouvrait lentement, Marguerite se tourna vers sa fille.

— On a passé une soirée amusante, n'est-ce pas, ma chérie ?

Sur son visage, Megan reconnut la même expression pleine d'espoir qu'elle avait pour parler à Gunther, ce Gunther qu'elle espérait de toutes ses forces épouser, non pour être mariée mais pour se trouver en sécurité. Courir le monde avec ses deux filles n'avait rien de réjouissant. Marguerite aurait renoncé à tout pour être en sécurité mais cela ne s'était jamais produit. Même avec Vincente, elle jouait la femme heureuse et insouciante, croyant que c'était cela qu'il attendait d'elle.

Ne les laissez jamais voir ce que vous ressentez !

Marguerite avait cherché la tranquillité, mais elle ne savait pas comment y parvenir. Et ce n'était pas parce que sa mère vivait ainsi que Megan devait l'imiter.

Lorsque Marguerite monta dans sa chambre ôter ses hauts talons, Megan rejoignit Vincente qui fumait un cigare sous la véranda.

— Vincente, dit-elle, veux-tu épouser ma mère ?

— Bien sûr !

— Alors, demande-le-lui ! Elle en serait très heureuse.

— Mais elle dit que nous sommes très bien comme ça, qu'elle tient à sa liberté...

— Vincente, fais-moi confiance ! Il peut y avoir une différence entre ce qu'une femme dit et ce qu'elle désire réellement. Si tu lui poses la question, je te garantis qu'elle acceptera.

— Tu en es certaine ?

— Oui !

Megan avait éveillé la curiosité de Vincente.

— Pourquoi me dis-tu cela ?

— Maman ne t'avouera jamais ce qu'elle ressent vraiment, parce qu'elle a peur d'être rejetée. Elle ne dit pas ce qu'elle pense. Il n'est pas question de mensonge, non, pas du tout. Elle trouve seulement plus simple de ne pas dire la vérité.

— Et toi ?

— Je faisais la même chose ! J'étais un caméléon, je m'adaptais à l'humeur générale. Mais c'est fini, j'ai changé.

Quand elle monta se coucher, elle pensa à tout ce qu'elle avait laissé dans le non-dit, et au fait qu'à présent elle avait décidé de vivre dans la vérité. Plus jamais elle ne se laisserait séduire par un homme comme Rob Hartnell. Plus jamais elle ne se conduirait en petite fille sotte et naïve qui croyait aux contes de fées où tout se terminait bien avec le beau prince si protecteur. A présent, elle serait son propre prince charmant, sans attendre qu'on vienne la sauver. Megan serait son propre sauveur !

Dans son bureau du centre de Londres, Carole Baird fixait les photos de ses célèbres clients alignées sur le mur en face d'elle, l'esprit ailleurs. Le papier peint avait presque disparu sous le nombre des photos. Elle connaissait un agent, à Los Angeles, qui avait les portraits de ses clients sur son bureau. Ses assistantes étaient chargées de les changer en fonction de la personne qu'elle recevait. Elle était tellement loin dans ses réflexions qu'elle n'entendit pas tout de suite la sonnerie du téléphone. Quand elle ne répondait pas elle-même, l'appel était basculé sur le poste de son assistante après quatre sonneries. Mais c'était sa ligne privée qui sonnait, un numéro que très peu de gens possédaient. Elle décrocha vivement.

— Carole, c'est Megan.

Carole étouffa un soupir. Megan la préoccupait et la faisait se sentir coupable. Coupable parce qu'elle se demandait si Zara et elle n'avaient pas fait une erreur en obtenant un rôle pour Megan dans *The Warrior Queen*. Préoccupée parce que la disgrâce de Megan avait discrédité son agence. Peu importe le talent, l'agence devait toujours rester au top. En ne soupçonnant même pas que Megan Bouchier avait une aventure avec Rob Hartnell, elles avaient eu l'air idiotes.

— Comment vas-tu, Megan ?

La réponse l'étonna.

— Très bien !

Carole se redressa dans son fauteuil en cuir noir Arne Jacobsen.

— J'ai pris une décision, poursuivit Megan. J'arrête de me cacher et je dis la vérité.

— La vérité ?

Pour Carole, il s'agissait d'une valeur très surestimée.

— Pas la vérité dans le sens où je vais me donner en spectacle et tout raconter, mais dans le sens où je reprends le travail. De préférence au théâtre si tu peux me trouver un rôle. Je pense que je resterai à l'écart des plateaux de cinéma pendant quelque temps. J'ai fait une erreur en me cachant. Cette histoire ne sera jamais oubliée, je dois l'accepter, mais je refuse de donner une interview où je raconterais tout. La prochaine fois que je parlerai, ce sera pour la promotion d'un rôle.

— Les médias vont te massacrer.

— Je sais, répondit Megan sans fléchir.

— Ça me convient très bien. C'est une décision intelligente, courageuse et intelligente.

— J'ai pensé que je devrais tenter ma chance à New York, dans un théâtre off-Broadway. Rien de spectaculaire, mais un bon entraînement !

Sa nouvelle vie serait totalement différente de l'ancienne si elle réussissait ce qu'elle voulait faire. Elle disait adieu à la star fofolle et bonjour à un rôle sérieux. Son métier lui manquait beaucoup. Il était temps de se remettre au travail.

— Carole, une dernière chose ! Il y a quelqu'un à qui je voudrais parler.

— D'accord, je t'écoute. Qui ?

— Katharine Hartnell.

Carole faillit s'étrangler. Elle aurait compris que Megan veuille parler à Rob, pour l'insulter ou au contraire lui proposer une alliance intéressée qui ferait d'eux un couple puissant à Hollywood. Mais sa femme !

— Oui, j'ai besoin de la voir rapidement, si c'est possible.

— C'est vraiment ce que tu veux ?

— Oui ! Je ne peux pas l'éviter.

A une époque, le bruit des pigeons sous sa fenêtre n'aurait pas réveillé Katharine Hartnell. A présent, pigeons ou pas, elle se réveillait tous les jours avant six heures. Ce matin, ils faisaient un raffut d'enfer.

A une époque, elle avait acheté un réveil simulateur d'aube pour émerger en douceur. C'était censé aider le corps à réajuster ses rythmes plus facilement, mais elle n'avait jamais remarqué de différence. Toutefois, pour se réveiller tôt, rien ne valait les effets d'une trahison. Un réveil simulateur de chagrin se vendrait par millions ! On se réveillait immédiatement, sans aucun doute sur l'endroit où l'on se trouvait. On se souvenait de tout ! Votre mari vous avait trompée et humiliée devant le monde entier et vous étiez toute seule dans votre immense lit.

Katharine commençait à se sentir moins mal, le matin. Elle avait eu sept mois pour se remettre de la trahison de Rob. On ne pouvait pas passer sept mois à ne rien faire d'autre que pleurer dans son lit. Elle en était à l'étape suivante du chagrin où l'on fait ce que l'on veut et non ce que les autres veulent.

Elle alluma sa lampe de chevet, prit la télécommande de la télévision et s'adossa à ses oreillers, cherchant une émission intéressante. Elle avait passé beaucoup de temps à regarder la télévision depuis le départ de Rob. Des séries, des films, des émissions culinaires. Sa préférence allait à ces dernières. Il y avait quelque chose d'hypnotique à regarder quelqu'un cuisiner. Même les images des ingrédients étaient apaisantes. Pourquoi n'avait-on pas encore inventé la télévision à odeur, une téléodorat ? Katharine ne cuisinait pas beaucoup et ne mangeait guère. Elle était actrice et devait rester mince.

Il était trop tôt pour les émissions culinaires. Elle regarda deux filles bronzées aux corps fermes essayer de vendre une table de musculation, mais elle ne supporta pas la vue de leurs ventres musclés. Elle-même avait besoin de plus qu'une table pour retrouver ses abdominaux ! Une fois, elle avait eu un rôle pour lequel elle avait dû s'entraîner avec un ex-soldat israélien. Elle avait souffert le martyre mais n'avait jamais été en si bonne forme physique. Cependant, un pareil entraînement n'était pas supportable longtemps pour un être humain normal. Six mois plus tard, ses muscles avaient fondu.

Fâchée, elle se leva et descendit les trois étages de la maison pour se faire une tasse de thé qu'elle emporta ensuite dans son lit pour réfléchir à l'organisation de sa journée. En soi, cela représentait une nette amélioration. Après le départ de Rob, elle avait été incapable de parler et encore moins d'affronter une journée avec des répétitions pour une pièce et un dîner avec le metteur en scène. Sans Tiggy, son assistante, elle aurait été perdue. Le jour où le scandale avait éclaté, Tiggy était avec elle. Elles venaient de vérifier son agenda : participation à des galas de charité, essayages pour un film pour enfants où elle jouait une tante excentrique, et première d'une petite production du *Roi Lear* où jouait Anne, une ancienne camarade de l'Académie royale d'art dramatique.

« Il n'y a presque pas d'argent, mais au moins, je joue ! avait dit Anne au téléphone. Tu veux bien venir pour nous apporter ton soutien moral ? Et si Rob est là, amène-le ! »

Amène Rob. Autrement dit : *Cela ferait un bien fou à mon standing et à ma carrière si Rob Hartnell assistait à la première !*

« Bien sûr, s'il est là, » avait machinalement répondu Katharine. Mais Rob tournait en Roumanie et Katharine regretta de ne pouvoir se défiler sous un prétexte quelconque ; ce n'était pas elle qu'Anne espérait voir mais Rob, incarnation de la séduction virile autant que de l'argent des producteurs hollywoodiens.

« A propos de l'essayage, que dirais-tu de jeudi prochain ? » avait dit Tiggy en parcourant sa liste d'un ongle à la french manucure parfaite. Tiggy n'était pas une charmante jeune fille de la campagne comme son nom le suggérait. Très chic, elle portait de petits ensembles gris dénichés à Paris et sa coupe au carré était toujours impeccable. Efficace et courtoise, elle ne se conduisait jamais en dragon comme certaines assistantes que connaissait Katharine. Beaucoup de stars choisissaient un dragon parce que le contraste leur était favorable et que leur assistante servait de très utile bouc émissaire. Pour toute demande abusive, il était facile de s'abriter derrière son assistante : *Je ne veux pas vous être désagréable mais mon équipe exige...*

Katharine ne faisait jamais de demandes abusives. Elle trouvait cela choquant.

« Nous avons une séance photo mardi, avait poursuivi Tiggy. Cela te laisserait le mercredi pour te reposer. Nous pouvons aussi trouver un moment pour les courses que tu voulais faire chez Armani. J'appellerai pour les avertir de ta venue. »

Katharine aimait travailler avec les costumières et les couturières. Le costume l'aidait à se glisser dans la peau de son personnage. Rob n'en avait pas besoin. Il devenait le personnage. Elle l'avait vu entrer sur un plateau avec la personnalité de Rob Hartnell et, à peine le temps de prendre ses marques, devenir quelqu'un d'autre.

Tiggy lui avait lu le courriel de la costumière qui exposait la vision du metteur en scène. « Tante Astrid est un personnage haut en couleur, elle porte un manteau en velours avec un col de fourrure qui est son animal domestique, un vison vivant. On utilisera des images de synthèse parce qu'il serait trop compliqué de travailler avec un vrai vison. » Cela avait fait rire Tiggy. « Dommage ! Cela pourrait être drôle de jouer avec un vison. »

« Drôle mais lent, avait répondu Katharine. J'ai fait un tournage avec plusieurs chiens. Chaque fois qu'on était bons, les animaux se trompaient. La moindre scène prenait des heures ! J'ai eu le temps de tricoter un pull !

— Je ne savais pas que tu tricotais. »

Katharine s'était soudain sentie très vieille. Tiggy était une remarquable assistante qui travaillait avec elle depuis deux ans, mais elle n'avait que vingt-neuf ans. Par rapport à Alice, c'était une enfant. Alice, solide et fiable, avait été son assistante pendant quinze ans et l'avait connue dans tous ses succès comme dans ses échecs. Tiggy resterait encore un an avec elle et, sans aucun doute, partirait pour prendre la tête d'un grand studio, par exemple. Mais dans l'immédiat, c'était encore une gamine.

Alice l'avait vue tricoter, faire du point de croix, de l'aquarelle et du tai-chi. Quand elle s'était mise au tricot, Alice avait déclaré qu'elle préférait encore son point de croix parce qu'elle tricotait affreusement mal ! Katharine avait éclaté de rire. « Ce n'est pas grave, je n'oblige personne à porter ces choses. C'est seulement une activité thérapeutique. »

Pourquoi Alice avait-elle pris sa retraite ? « Je ne peux pas rester éternellement avec toi, Katharine », avait-elle expliqué. Et puis, elle avait Rob à ses côtés. *Avait.*

Ce jour fatal, elle travaillait avec Tiggy quand le BlackBerry de cette dernière avait sonné. Tiggy avait répondu et blêmi. Katharine avait senti son sang se glacer.

« C'est Rob ? Il a eu un accident ?

— Non, c'est David Shulz, le producteur. Rob a été photographié à Prague avec sa co-star, Megan Bouchier. »

Katharine avait eu envie de rire. *Megan Bouchier ?*
Cette gamine ? Et qui ensuite ? Ces journaux réclament tous
des ragots. Qu'y a-t-il de plus excitant que d'inventer une
relation entre deux acteurs ?

De son côté, Tiggy écoutait attentivement son inter-
locuteur. Elle finit par se tourner vers Katharine.
« Veux-tu lui parler ? » Katharine avait soudain senti son
assurance s'effriter. Ce n'était pas la première fois qu'il
y avait des photos, mais elles ne signifiaient rien. Rob ne
l'avait jamais trompée. Toutefois, jamais un des producteurs de son mari ne l'avait appelée. David Shulz, un
homme charmant qui avait bien réussi, faisait partie des
meilleurs. Mais c'était aussi un homme très occupé.
Pourquoi prenait-il le temps d'appeler lui-même une
assistante pour évoquer des photos parues dans des
journaux à scandale ?

Katharine avait compris au ton de sa voix qu'il
apportait de mauvaises nouvelles. Ils avaient échangé
quelques mots puis il s'était lancé. « Katharine, cette
fois, on dirait que… Les photos ne sont pas truquées.
Megan Bouchier a appelé son agent, complètement
paniquée. Ils étaient dans un hôtel de Prague. Je
n'arrive pas à mettre la main sur Rob. Il ne répond pas
au téléphone.

— Mais vous filmiez à Prague, avait objecté Katharine, perplexe.

— Non, Rob et Megan avaient leur week-end libre. »
Peu à peu, la vérité s'était fait jour : Rob lui avait
menti. Il lui avait raconté qu'ils tournaient des scènes de
nuit et ne l'appellerait pas, de crainte de la réveiller.

« Donc, vous n'y étiez pas pour des scènes de nuit ? »
Elle avait instantanément regretté ces mots qui dévoi-
laient les mensonges de son mari.

« Non, avait confirmé David.

« — Quand est-ce arrivé ?

— On m'a appelé ce matin.

— Charles est au courant ? »

Charles Le Boyer était l'agent de Rob, l'un des plus grands professionnels d'Hollywood. Il dormait seulement si ses deux assistantes personnelles pouvaient répondre au téléphone à sa place.

« Oui, il est informé », avait répondu David en choisissant ses mots.

Il n'avait rien à ajouter. Katharine avait compris : Charles savait tout. Rob disait que si l'un des clients de Charles éternuait en Mongolie, il le savait même s'il était à Los Angeles. C'était ce qui faisait de lui l'un des meilleurs agents. Rien ne lui échappait. Il devait être au courant de tout et cela ne le choquait pas. De plus, il était dans le camp de Rob, son client. Katharine n'était que sa femme.

« Merci d'avoir appelé, David. Votre gentillesse me touche.

— Si vous voulez mon avis, il a perdu l'esprit. C'est insensé ! »

Katharine sentit une larme couler sur sa joue. Elle répéta ses remerciements et raccrocha.

Prague était l'un des endroits qu'elle aimait le plus dans le monde et elle avait pensé rejoindre Rob en Roumanie pour la fin du tournage. « Ce n'est pas une très bonne idée, chérie », avait-il dit de sa voix si reconnaissable, rocailleuse et dure à la fois. Quand il téléphonait pour réserver une table dans un restaurant, il y avait toujours un temps d'hésitation, comme si la célèbre voix ne pouvait servir à quelque chose d'aussi banal. Non qu'il l'ait souvent fait ! Il avait une assistante pour cela. Ou alors Katharine s'en chargeait. Dans un couple de gens célèbres, il y en a toujours un des deux qui cède le pas à l'autre. Vus de l'extérieur, ils étaient les Hartnell, deux stars qui accumulaient les succès. En réalité, c'était Rob qui engrangeait les films à mégabudgets. Katharine était limitée à des rôles plus excentriques dans des films intellos. Elle jouait au théâtre tandis que l'American Express demandait Rob pour ses publicités.

Elle collectionnait les récompenses pour son travail, mais Rob avait le pouvoir. Ce n'était pas le genre d'homme à supporter de passer derrière qui que ce soit. Katharine l'avait bien compris !

Refermant la porte des souvenirs, Katharine se leva et passa dans son immense dressing-room. Elle s'était adressée à une maison spécialisée pour le faire installer. Avec de l'argent, on pouvait tout obtenir, engager des gens pour organiser ses tenues ou ses repas. Toutefois, même en payant, personne ne pouvait vivre à votre place et, quand les choses tournaient mal, on devait souffrir soi-même.

Anders Frolischen lui répétait que la souffrance aide à grandir. « Katharine, mon amour, accepte ton chagrin. C'est de cela que nous sommes faits, de souffrance et d'amour.

— Anders chéri, tu dis toujours des choses merveilleusement folles ! répondait-elle avec affection. Attends d'avoir quelques années de plus et tu ne parleras plus de la même façon. Tu diras : *Assez de larmes, je veux de la vodka et du bonheur !* »

Anders était un jeune auteur qui avait écrit une pièce pour elle, un sombre drame où une femme d'un certain âge avait une liaison avec le meilleur ami de son fils. La pièce, très bien écrite, était un plaisir à jouer. Suédois et plein d'enthousiasme, Anders avait vingt ans de moins et elle passait des moments magiques avec lui. Elle ne l'aimait pas au sens où elle avait aimé Rob. Elle ne pourrait plus jamais aimer quelqu'un de cette façon absolue et pure qui vous rend si vulnérable. Mais elle adorait être avec Anders. Il était drôle, chaleureux, gentil et fou d'elle. Qu'il ait un corps d'athlète et une nette ressemblance avec Viggo Mortensen ne gâchait rien ! Katharine s'était beaucoup amusée quand les premières photos d'Anders et elle étaient apparues dans les tabloïds. Les gros titres annonçaient : *Katharine soigne son chagrin avec un homme plus jeune !*

Ces photos la réjouissaient après les affreux clichés que l'on avait publiés quand Rob avait disparu de la circulation. Sa carrière avait été brutalement réduite à une image hideuse la montrant en train de sortir de chez elle sans le moindre maquillage, l'image même du drame. Celles où on la voyait avec Anders compensaient cette horreur. Elle espérait que Rob les verrait ! Il n'avait pris contact avec elle qu'une seule fois. Il était ivre et il y avait de la friture sur la ligne. Il appelait de quelque part dans les Caraïbes. Les tentacules de Charles Le Boyer s'étendaient très loin. Il connaissait beaucoup de gens riches tout disposés à prêter leur île privée à Rob pendant quelques mois pour le seul plaisir de pouvoir déclarer qu'ils avaient reçu la star.

Le jour où Rob appela, Katharine avait revu *Sunset Boulevard* pour la énième fois. Normalement, elle laissait le répondeur prendre les communications en charge mais, ce soir-là, elle décrocha sans y penser et fut accueillie par un silence. Elle sut aussitôt que c'était lui.

« Je suis désolé, Katharine, à un point que tu n'imagines pas. »

Sa voix le trahissait : il avait bu. Peu de gens s'en seraient rendu compte, mais elle ne s'y trompait pas. Il s'attachait à avoir une diction digne de l'Académie royale où, à son grand dam, il n'était pas allé, et quand il avait bu, il y avait un léger décalage.

« Tu me téléphones uniquement pour me dire ça ? »

Elle n'avait pas réussi à dissimuler son amertume alors qu'elle voulait rester calme et magnanime, ne pas se montrer sous l'aspect d'une mégère rejetée. Elle s'était déjà joué cette scène, mais, il était tard et l'appel l'avait prise au dépourvu. Elle avait laissé paraître sa peine et sa colère, les sentiments de la véritable Katharine.

De son côté, Rob jouait l'humilité.

« Oui, je voulais te présenter mes excuses.

— Pourquoi ? »

Quand il répondit, il n'était plus Rob l'acteur, mais l'homme.

« Je ne sais pas.

— Tu as détruit ce qui existait entre nous. C'est fini. Définitivement. Mais tu le sais, sinon tu n'aurais pas pris la fuite.

— Charles a dit que je ferais mieux de disparaître pendant un moment.

— Merci, Charles ! dit-elle d'un ton acide. Il nous écoute ? »

Charles écoutait souvent les appels de Rob, en particulier ceux qui risquaient d'avoir des conséquences fâcheuses.

« Non, il n'est pas là.

— Et elle, elle est avec toi ? »

Katharine refusait de prononcer le nom de Megan Bouchier.

« Non, ça a été tout de suite fini. Elle a disparu.

— En attendant de poser nue pour *Playboy* et de tout raconter, je suppose ! »

Elle regretta aussitôt ces paroles pleines d'amertume et de colère.

« Il faut que je te laisse, Rob, j'ai de la compagnie.

— Ton jeune amant suédois, c'est ça ? »

A présent, c'était lui qui paraissait blessé. Katharine ne put retenir un petit sourire.

« Peut-être », dit-elle avant de raccrocher tout doucement.

Ce jour-là, tandis qu'elle prenait place dans sa voiture avec chauffeur pour se rendre à une répétition au théâtre, Katharine ne pensait pas à Rob. La première aurait lieu dans une semaine. Le producteur était si enthousiaste qu'il commençait à parler de Broadway.

« Avec une tête d'affiche de ton importance, nous ne pouvons pas échouer.

— Ne vends pas la peau de l'ours... », avait-elle répondu. Jamais elle n'aurait parlé de cette façon avant que Rob la quitte. Elle faisait toujours semblant d'être aussi enthousiasmée que lui pour satisfaire les financiers, mais la nouvelle Katharine disait ce qu'elle pensait. C'était très libérateur. « Attendons de savoir si le public a envie de voir la pièce à Londres avant de fantasmer sur New York. »

La voiture s'arrêta devant l'entrée des artistes. Katharine s'apprêtait à s'y engouffrer quand une jeune femme surgit et lui bloqua le passage. Petite, très brune avec des yeux immenses... Katharine eut un mouvement de recul.

— Excusez-moi, dit Megan. Je ne savais pas comment vous approcher autrement.

— Vous ? s'exclama Katharine. Que faites-vous ici ?

— Je suis venue vous dire que je n'aurais jamais dû coucher avec votre mari, que je suis absolument désolée. Je sais que ce n'est pas très convaincant, mais je devais vous le dire en face.

Katharine avait eu le temps de reprendre ses esprits. Elle toisa Megan de haut en bas et reconnut qu'elle était superbe. Elle pouvait avoir n'importe quel homme. Alors, pourquoi Rob ? Pendant un bref instant, Katharine eut envie de se jeter sur Megan et de la mettre à terre. Cette femme avait détruit sa vie.

En fait, non. Elle avait aussi sa part de responsabilité. Elle jeta un rapide regard autour d'elle. Pas de photographe, heureusement !

— J'ai une répétition, dit-elle, accompagnez-moi dans ma loge. Nous ne pouvons pas rester dans la rue.

Megan acquiesça et la suivit.

— Je dois reconnaître que vous avez du cran, ajouta Katharine.

Elle pouvait définitivement détruire cette jeune femme, la faire passer pour une prostituée, prête à tout pour se faire de la publicité. Megan serait grillée et ne travaillerait plus jamais. Le risque était qu'elle-même ne s'en remettrait pas mieux pour autant. Elles seraient toutes deux marquées du même sceau infamant, celui de Rob Hartnell. Non, c'était impossible.

— Je regrette tellement... reprit Megan.

Elles avaient atteint la loge de Katharine sans que quiconque s'étonne de voir une jeune femme avec la grande actrice ou ne devine l'identité de Megan. Katharine la dévisageait, incapable de comprendre pourquoi elle était venue. Toutefois, elle était certaine de n'avoir pas une ennemie en face d'elle. Ce n'était pas elle qui avait détruit sa vie mais Rob ! Rob avec les autres photos, bien avant Megan. C'étaient autant d'aventures qu'il avait réussi à lui cacher. Elle aurait dû avoir honte de n'avoir rien compris.

Et puis, se dit-elle, c'était la vie ! Les gens changent, les hommes se lassent de ce qu'ils désiraient plus que tout et, un jour, ils choisissent une autre femme simplement parce qu'elle est là au bon moment, sans raison particulière. Ils saisissent l'occasion, rien d'autre.

— Pourquoi êtes-vous venue ?

— Pour vous demander pardon. Je vous ai fait du mal et je le regrette. Pour vous dire que j'ai cru qu'il m'aimait. Je ne suis pas tombée dans ses bras pour m'amuser pendant un tournage. Même si vous le croyez, je ne suis pas ce genre de femme. J'ai été séduite par ce qu'il me disait et...

C'était le plus difficile à avouer mais elle devait aller jusqu'au bout.

— Et parce que je croyais qu'il représentait quelque chose pour moi. Je voulais être protégée et aimée. J'ai cru que Rob allait le faire. Je suis désolée, mais je n'ai pas pensé à vous. Maintenant, l'idée de ce que je vous ai fait m'obsède.

Katharine éclata de rire. Megan se rendit compte que cela la rendait très sexy. Katharine Hartnell était une vraie femme de chair et d'os, loin de l'image parfaite de l'actrice bardée de récompenses professionnelles.

— Moi aussi, j'ai beaucoup pensé à vous, mais pas de façon très aimable.

— Je le comprends très bien, répondit Megan en rougissant. Il n'était pas amoureux de moi, vous savez. Votre mariage n'aurait pas souffert si nous n'avions pas été pris...

— Oh, non, mon petit ! dit Katharine. C'était impossible. Je ne suis pas du genre à accepter que mon mari me trompe, dans l'espoir qu'il me reviendra. Je le croyais quand il disait m'aimer. Je n'ai jamais su qu'il y avait d'autres femmes. Je lui faisais confiance sans me poser de questions. Maintenant, je sais qu'il me mentait. Avez-vous cru que nous avions passé un marché stipulant que je regardais ailleurs ? Non, Megan, pas avec moi !

Elle prononçait le nom de Megan pour la première fois et cela n'avait pas sonné comme une insulte.

— J'ai été stupide, reprit Megan. Je n'ai pas compris son petit jeu et je vous ai fait du mal. Je me suis fais du mal, à moi aussi, mais c'est sans importance. J'ai fait une bêtise, je suis punie. Mais s'il y a une consolation, c'est que cela m'a beaucoup appris. Maintenant, je sais que si l'on ne vit pas dans la vérité, on ne peut pas l'espérer de la part des autres.

Elle avait besoin d'expliquer tout cela à Katharine, même si celle-ci n'avait pas voulu l'écouter.

— J'ai appris ce que sont de vrais amis, reprit-elle précipitamment. Je me suis également libérée d'idées stupides héritées de mon enfance. Cette expérience m'a permis de mûrir.

— C'est bien.

Katharine était étonnée de se sentir aussi calme. Elle ne s'était pas attendue à éprouver de l'indulgence envers Megan. Il lui était arrivé de jouer des rôles de femme bafouée à la scène comme à l'écran, mais à présent qu'elle était directement concernée, cela ne se passait pas de la même façon.

— Je me suis posé beaucoup de questions à votre sujet, répondit-elle. Je me plaisais à imaginer que c'était arrivé parce que Rob prenait de l'âge. C'est difficile à vivre pour lui. Vieillir fait peur également aux hommes. De plus, notre métier change. Les fans veulent que nous restions toujours les mêmes, mais différents et meilleurs. C'est impossible. Les gens se souviennent d'un film comme d'une époque. Quand ils en voient un qui leur rappelle un moment particulier, ils se souviennent de ce qu'ils étaient à cette époque, du monde tel qu'il était, et ils voudraient que chacun des films de Rob recrée la même magie. Mais c'est absurde ! Il n'est plus la même personne. Tout ce qu'ils savent dire, c'est : *Rob Hartnell, ce n'est plus ça !* En réalité, eux-mêmes ont trop changé pour être capables de le voir de la même façon qu'avant.

Megan eut la sensation que, peut-être pour la première fois, Katharine exprimait les pensées qui l'occupaient depuis sept mois.

— Pourquoi êtes-vous aussi gentille avec moi ? demanda-t-elle.

Sa question déconcerta Katharine. Non, pensa-t-elle, je ne suis pas spécialement gentille avec vous. Je le suis avec moi-même. Si l'on partait du principe que vous êtes seule coupable, cela signifierait qu'il vous aurait choisie en raison de votre jeunesse et que votre histoire ne revêtait aucune importance à ses yeux, pas plus que l'amour qui nous liait. Dans cette hypothèse, je deviens aussi coupable, coupable de ne pas avoir su le retenir. Or, cela ne s'est pas passé ainsi. Il est question de Rob et de ses choix. Je pense qu'il y a eu beaucoup de femmes avant vous et beaucoup de mensonges envers moi. Non, ce n'est pas vous, vous vous êtes seulement trouvée là à ce moment-là. Et ce n'est pas ma faute non plus. Je n'étais pas là.

— Quand c'est fini, c'est fini, dit-elle simplement. Je ne pensais pas que c'était fini avec Rob, mais il en a décidé autrement. Anders, l'homme que je vois maintenant, a raison : vous m'avez rendu service. J'aurais préféré que cela se passe plus tranquillement, sans que le monde entier soit témoin, mais nous avons une vie publique depuis longtemps, Rob et moi. Je connais la règle du jeu. Vous êtes jeune et il peut donc passer pour un homme d'âge moyen qui a fait une folie. Si vous aviez mon âge, ce serait plus ennuyeux. En agissant comme il l'a fait, il a rejeté une femme qui prenait de l'âge. Tant pis pour lui !

— Je vous remercie et, une dernière fois, je vous demande pardon.

La porte de la loge s'ouvrit à cet instant.

— Katharine...

Le grand blond qui venait d'entrer se tut soudain. C'était Anders, les dominant de toute sa taille, vêtu d'un jean destroy et d'une élégante chemise d'un blanc impeccable. Il ne s'était pas rasé et son menton bien dessiné se couvrait d'un début de barbe blonde. Il reconnut instantanément Megan en dépit de sa nouvelle coiffure.

— Que se passe-t-il ici ? dit-il d'un ton menaçant.

Il s'était placé aux côtés de Katharine dans une attitude protectrice. Katharine se rendit compte avec amusement qu'il croyait tomber en pleine bagarre, deux femmes toutes griffes dehors et s'arrachant les cheveux. Anders la prit par les épaules avec tant de force qu'il lui fit mal et la regarda dans les yeux.

— Si elle est venue pavoiser, ne dis rien. Ce n'est pas à toi de le faire. Il n'en vaut pas la peine.

— Elle est venue s'excuser.

Anders relâcha son étreinte. Son regard passait d'une femme à l'autre.

— Il fallait du cran pour ça, reprit-il d'un ton moins féroce. C'est bien le genre de choses que tu ferais, Katharine. Tu es si courageuse et si forte ! Je ne comprends pas comment tu as pu rester aussi longtemps avec *lui*.

Il la regardait d'un air fier et possessif. Pour autant que Katharine s'en souvienne, il n'avait jamais prononcé le nom de Rob. Il disait toujours *ton mari* ou *lui*.

— C'est un lâche, ajouta-t-il. Il a préféré prendre la fuite plutôt que d'assumer les conséquences de ses actes. Je te l'ai déjà dit, elle t'a rendu service. Tu ne préfères pas savoir que ton mari était un lâche ?

— Anders, tu es un romantique, répondit Katharine, les yeux émerveillés. Je ne m'en étais pas rendu compte.

— Ma mère dit que j'ai une âme de poète, murmura-t-il.

— Il vaut mieux que je m'en aille, dit Megan. Je vous souhaite tout le bonheur du monde, ajouta-t-elle en regardant une dernière fois Katharine droit dans les yeux.

Sur ces paroles, elle sortit. Elle rejoignit la rue en tremblant de nervosité. Elle s'était promis d'accomplir cette démarche et elle l'avait fait. La vérité était difficile à affronter, mais quand on avait commencé, il fallait continuer. Parler à Rob ne figurait pas au programme. Elle n'avait pas besoin de le revoir. Elle pouvait commencer à construire sa vie.

25

Beltane

A New York, nous parlions volontiers des anciennes fêtes alors que cela nous arrivait rarement, en Irlande. Le curé n'aimait pas évoquer les anciennes coutumes et les gens ne voulaient pas le contrarier, au cas où l'évêque serait dans les parages.

J'aimais beaucoup Beltane. C'est la fête païenne du feu et de la fertilité de la terre, le moment où les dieux et les déesses de la terre se rejoignent en une danse sauvage. L'Eglise n'est pas très favorable à ces pratiques. Le jour de Beltane, ma mère aimait dormir à la belle étoile, mais nous devions promettre de ne le dire à personne. Elle ne m'a jamais autorisée à faire de même à cause de mes problèmes pulmonaires, mais je lui disais qu'un jour, je le ferais.

En réalité, je ne l'ai jamais fait. Je n'ai jamais dansé et sauté par-dessus le feu. Des gens m'ont dit que cela se passait ainsi dans leurs villages. J'ai raté tout cela. Eleanor, si on me rendait toutes ces années, je ne manquerais ces fêtes pour rien au monde.

Au milieu de l'été, on fêta les quarante ans de Connie. Dans son adolescence, elle trouvait horrible d'être née au mois d'août parce qu'il n'y avait plus personne à inviter. Un samedi après-midi de juin, Nicky et elle allèrent déguster un gâteau au Titania's.

— Qu'allons-nous faire pour ton anniversaire? demanda Nicky.

— Aucune idée, répondit Connie qui avait la bouche pleine.

L'école était fermée, les élèves en vacances et les examens s'étaient bien passés, même si l'on ne connaîtrait pas les résultats avant le mois d'août. Elle n'avait pourtant fait aucun projet et n'avait pas réfléchi à la meilleure façon d'utiliser ses congés.

— Je pourrais m'offrir un séjour « spécial lifting ». A mon retour, tout le monde me trouverait superbe et je répondrais que c'est grâce au soleil !

— Tu n'en as pas besoin.

— Si ! soupira Connie. On ne me demande jamais si je fais du Botox, n'est-ce pas ?

Elle fronça les sourcils aussi fort que possible.

— Tu vois ? L'autre jour, la nouvelle employée de Patsy me lavait les cheveux et elle m'a dit que j'avais l'air de beaucoup réfléchir.

— Elle ferait mieux d'être discrète, répondit Nicky en riant, si elle ne veut pas être renvoyée. La plupart des clientes de Patsy ont des rides de grands penseurs !

— Tu fais du jeunisme, répliqua Connie.

— Non, c'est toi qui es parano ! Tu n'as pas entendu les infos ? Maintenant, quarante ans, c'est les nouveaux trente ans !

— Oui, à condition d'avoir un entraîneur personnel, des injections de Botox et un homme canon qui rentre le soir chez toi ! Quand on vit seule, qu'on déteste la gym et qu'on ne fait pas d'injections de Botox, quarante ans, c'est les nouveaux soixante-quinze ans.

— Connie, ne sois pas comme ça ! dit Nicky qui commençait à s'inquiéter. Tu ne le penses pas vraiment ? Tu es fabuleuse et tout le monde t'aime. Comment en sommes-nous arrivées à parler de chirurgie esthétique ?

— Je crois que Danielle s'est fait refaire une ou deux choses, chuchota Connie.

— Danielle ? Ah ! La mère d'une copine d'Ella qui craque sur Steve ?

Nicky n'avait pas baissé la voix.

— Crie-le plus fort ! Il y a des gens au fond de la salle qui n'ont pas bien entendu.

— D'accord, reprit Nicky à voix basse. Cette Danielle-là ?

— Oui, la pimpante jeunette en survêtement de velours. Un jour, j'en ai essayé un. Le salon d'essayage avait un miroir où on peut se voir de dos. Ça me faisait un derrière comme un fauteuil de cinéma !

— Elle ne sort pas avec Steve ?

— Pas si fort ! Moi non plus, je ne sors pas avec lui.

— Je croyais que tout allait bien, répondit Nicky, déçue.

— Oui, nous sommes très amis mais c'est tout. S'il offre à Danielle de l'épouser, il me demandera sans doute d'être son témoin.

— Non, Connie, tu te trompes. J'ai vu comment il te regarde…

— Il me regarde comme un vieux copain ou comme un Labrador. Si tu avais vu comment il zieute cette satanée Danielle…

— Lui as-tu proposé de garder Ella pendant qu'il sort avec elle ?

— Je ne suis pas bête à ce point !

Nicky fixa sa sœur d'un regard sans expression.

— Je ne disais rien.

Sylvie, qui avait récemment quitté l'école pour s'installer à Belfast, était enceinte. Elle attendit Connie à sa descente du train de Dublin.

— Regarde, je suis grosse comme une maison !

Des deux mains, elle couvrait une petite bosse tendrement mise en valeur par le drapé d'une robe de maternité, visiblement signée d'un grand nom. Malgré tout, pensa Connie, elle était encore d'une plus petite taille que la sienne.

— Une maison ? Je dirais plutôt un hôtel ! répondit-elle en embrassant son amie à la française, sur les deux joues. Mais un hôtel très chic.

— Tu parles !

La maison de Sylvie était aussi élégante que Connie l'avait imaginé. Dans la chambre d'amis, des penderies occupaient presque tous les murs, ne laissant de place que pour un lit d'une personne. Tout excitée de lui faire visiter son nid, Sylvie expliqua à Connie d'où venait chaque meuble, comment elle l'avait déniché et ce qu'elle avait fait pour l'embellir. A titre d'exemple, elle désigna la table de cuisine, un plateau de bois clair sur d'énormes pieds sculptés.

— Elle avait besoin d'être vieillie. Je me débrouille très bien avec le papier de verre, maintenant.

— Tout est si joli que c'est moi qui prends un coup de vieux, plaisanta Connie.

Elle ne restait que pour une nuit et, en l'honneur de sa visite, Sylvie avait préparé un dîner français typique, de la soupe à l'oignon et un ragoût de bœuf, le tout accompagné de pain croustillant. C'était délicieux et Connie s'empiffra sans aucune honte.

Isaac, le mari de Sylvie, était un homme agréable aux manières raffinées. Il laissa volontiers les deux amies échanger les derniers potins sur les profs de Sainte-Matilda. En revanche, Connie ne désirait pas aborder le sujet de sa vie amoureuse tandis que Sylvie y était déterminée.

— Cet homme, Steve, il m'a l'air parfait !

Oui, pensa Connie avec regret. Dommage qu'il ait été sous son nez pendant si longtemps et qu'elle n'en ait eu conscience qu'au moment où Danielle posait ses griffes sur lui. Mais c'était la vie !

— Que fais-tu à son sujet ? demanda Sylvie.

— Rien ! Il voit quelqu'un d'autre, la mère d'une copine de classe de sa fille.

Sylvie fronça les sourcils, peu satisfaite de cette réponse.

— Mais il t'aime bien ?

— Oui, en ami.

— Arrête ! Les hommes n'aiment pas les femmes « en amis ». N'est-ce pas, Isaac ?

— Laisse-moi en dehors de ça, ma chérie !

— Isaac, tu dois me soutenir.

— Bien ! Tu as raison, les hommes s'intéressent rarement aux femmes en tant qu'amies. Si nous vous apprécions, c'est que vous nous plaisez.

Sylvie arbora la mine satisfaite d'un chat léchant de la crème.

— Tu vois ? Tu lui plais. Ne laisse pas l'autre femme l'accaparer. Tu lui es plus utile qu'elle, tu vis à côté de chez lui et tu n'as pas d'enfants. Les hommes aiment ce qui est pratique.

— Ne t'inquiète pas, Isaac, dit Connie avec un clin d'œil. Tu t'habitueras à son humour !

— Ne le laisse pas t'échapper !

Mais Sylvie continua sur sa lancée :

— C'est trop tard. Nous avons plusieurs fois dîné chez moi ou chez lui, ou à la pizzeria. S'il n'a rien fait de plus, c'est qu'il ne veut pas aller plus loin.

Sylvie se leva pour aller chercher le plateau de fromages.

— Je ne t'ai donc rien appris ? C'est à toi le faire le premier pas !

Le lundi suivant, Ella vint sonner chez Connie. Sa grand-mère, Elisabeth, était venue la garder. Connie et elle s'étaient déjà rencontrées. Ella lui avait raconté qu'elle aimait bien aller chez Connie. Une règle avait été établie : Ella devait d'abord téléphoner à Connie, avec la permission de sa grand-mère, et ensuite elle pouvait y aller.

— Monte vite ! dit Connie que ces visites réjouissaient.

Ella entra en bondissant et se dirigea directement vers le réfrigérateur. D'un seul coup d'œil, elle prit la mesure de sa déception.

— Tu n'as pas de 7Up !

— Ton père serait furieux si je te donnais des boissons pétillantes.

— Avec Danielle, je peux en avoir.

Connie fronça les sourcils.

— Je ne suis pas Danielle. Si tu veux, tu peux avoir une profiterole.

— Mégagénial ! cria Ella.

Elles allèrent s'asseoir sur les marches du perron pour déguster leurs sucreries. Ella parlait des vacances. Son père l'emmenait camper en France pendant une semaine. Connie se retint de demander si Petal et sa mère les accompagnaient.

Ella passa ensuite au stage de tennis qu'elle ferait la semaine suivante. Elle aimait beaucoup le tennis, mais n'avait encore jamais joué.

— Tu crois que c'est dur ? Moi pas, pas pour moi, dit-elle avec enthousiasme.

Connie avait l'esprit ailleurs. C'était décidé, elle allait faire du bénévolat pour Community Cares. Ce serait bon pour son âme d'arrêter de gémir et de s'apitoyer sur son sort, et de s'occuper de gens qui souffraient terriblement de la crise. Quelques jours plus tôt, elle avait rencontré Mme Mills et son fils dans le jardin de la place. En dépit de toutes leurs difficultés, elle n'avait pas arrêté de lui répéter à quel point leur voyage à Lourdes leur avait remonté le moral, à Terence et à elle. Connie les avait accompagnés, faisant lentement le tour du jardin.

« Je sais que Rae a dit un mot en ma faveur, lui avait confié Mme Mills. Je n'aurais pas pu payer sans l'aide de Community Cares. Eleanor m'a donné une petite somme à dépenser pour nous faire plaisir, elle aussi. Elle m'a dit qu'elle serait heureuse de savoir que nous pourrions nous offrir quelques bons repas là-bas, Terence et moi. C'est une femme remarquable, très aimable. Et regardez Terence ! Vous ne voyez pas comme son état s'est amélioré ? »

Connie n'avait vu aucune amélioration, mais elle trouvait formidable de pouvoir aider des gens comme Mme Mills. D'après Rae, ce n'était pas toujours facile, et Connie le savait, mais quand même... Rae lui avait dit que si elle se décidait, Dulcie et elle-même s'occuperaient de sa formation. Il y avait des papiers à fournir à la police. Cela ne lui poserait aucun problème, mais c'était nécessaire. Elle devait bien comprendre que le travail était éprouvant. « Parmi les gens dont nous nous occupons, il y en a beaucoup qui faisaient partie de nos donateurs il y a seulement quelques années. C'est très dur d'aller voir des gens détruits par la crise et qui ne savent même pas s'ils vont pouvoir garder leur maison. »

Rae avait eu une pensée pour Shona, la jeune femme qui risquait de tout perdre. Son mari avait trouvé du travail à l'étranger et ils avaient émigré. Ils avaient loué leur énorme maison pour le quart du loyer qu'ils auraient obtenu avant le crash. Rae souhaitait que la nouvelle vie de Shona à l'étranger soit plus facile qu'en Irlande.

« Connie, avait-elle repris, tu dois être certaine de pouvoir le faire. Nous serions très heureuses de t'avoir avec nous. Nous avons besoin de toute l'aide possible.

— J'en suis certaine. »

Revenant au présent, elle prit Ella dans ses bras et la serra contre elle. Elles étaient bien, assises au soleil sur le perron. Bientôt, Ella n'aurait peut-être plus beaucoup de temps à lui consacrer. Au fil des ans, elle passerait plus de temps avec Danielle. Après tout, un enfant n'a besoin que d'une seule mère de substitution.

Gaynor fut très étonnée de voir Nicky à sa porte un samedi après-midi.

— Connie a un problème ? demanda-t-elle aussitôt.

— Oui, dit Nicky en entrant. Elle est en train de gâcher sa vie. Il faut intervenir, sinon cet amour de Steve va s'en aller en pensant qu'elle ne l'aime pas.

— Mais elle est folle de lui !

— Je le sais, tu le sais, mais lui ? Est-il au courant ?

— Oh ! s'exclama Gaynor. Lui aurait-elle parlé de Keith ?

— Oui ! Quand il évoque sa femme défunte, elle embraye sur Keith sous prétexte que parler fait du bien à Steve ! A mon avis, il doit penser que Keith est l'unique amour de sa vie et qu'elle n'en veut pas d'autre.

— Pour une femme aussi intelligente qu'elle, elle se conduit comme la dernière des gourdes.

— Elle est convaincue qu'un homme comme Steve ne peut pas s'intéresser à elle.

— Je sais, soupira Gaynor.

— Mais j'ai un plan, annonça Nicky.

Ce ne serait pas un anniversaire surprise, expliqua Nicky à sa sœur, mais il y aurait un élément de surprise.

— Que veux-tu dire ?

— Ne t'inquiète pas, ça te plaira. On réunira toute une bande et ce sera énorme !

— Qu'entends-tu par « énorme » ? demanda Connie avec méfiance. Si tu as prévu un strip-teaseur déguisé en pompier, je rentrerai à la maison.

— Je n'y crois pas ! La quarantaine ne te réussit pas. A une époque, cela t'aurait fait rire.

— J'ai changé. Cet après-midi, je me suis inscrite pour devenir bénévole à Community Cares. Ce sera formidable d'avoir un but dans ma vie.

— Ouais, un but, génial... Viens, il ne faut pas être en retard.

Freddie et Nicky emmenèrent Connie au restaurant dans leur voiture.

— Je suis bien ? demanda Connie.

Elle sortit un poudrier compact de son sac pour vérifier son rouge à lèvres une énième fois. Elle s'était fait faire un brushing chez Patsy et ses cheveux noirs ondulaient joliment sur ses épaules. Nicky s'était chargée de la maquiller et avait forcé sur l'eye-liner et l'ombre noire.

« Ma sœur, tu dois être sexy !

— Pourquoi ?

— C'est obligatoire. Les femmes doivent être sexy pour leur quarantième anniversaire.

— Si tu le dis ! » avait soupiré Connie. En se voyant dans le miroir, elle avait toutefois reconnu qu'elle était plutôt bien. Elle ne prenait pas la peine de se maquiller, en général, alors que cela la mettait en valeur. Oui, c'était sexy. Peut-être que si elle s'était montrée à Steve ainsi plutôt que dans son habituelle tenue de travail bleu marine, il se serait intéressé à elle.

Freddie, que Nicky avait dûment briefé, déclara qu'elle était fabuleuse. Connie le remercia, très étonnée. Pour son cadeau d'anniversaire, Nicky lui avait offert une robe droite en soie rose et mauve, et elle la portait.

« Tu me gâtes trop, avait dit Connie en ouvrant le paquet. Une surprise-partie et un cadeau ! C'est vraiment gentil, je t'adore ! »

Connie raffolait de sa robe. Ce n'était pas le genre de vêtement qu'elle aurait acheté elle-même, mais elle était superbe. La coupe effaçait ses hanches et lui faisait des jambes sans fin. En plus, il n'y avait pas de ceinture qui la gênerait si elle mangeait trop ! Nicky lui avait réellement trouvé la robe idéale pour elle.

Ils s'arrêtèrent près d'un élégant restaurant dont la porte était encadrée par deux arbres fruitiers.

— Oh ! Je sais où nous allons, dit Connie d'un ton ravi. Le Citronnier ! J'ai lu des articles à son sujet. Il paraît que c'est très beau et délicieux, mais un peu romantique.

Elle se tourna vers Nicky et Freddie, de nouveau méfiante.

— Ce n'est pas le genre d'endroit où l'on va en bande !

— Mais si ! répondit Nicky en sortant de la voiture.

Tout en marchant vers l'entrée, Connie tentait de voir à travers les vitres fumées si elle apercevait l'une ou l'autre de ses amies. Sylvie avait promis de venir de Belfast, et Rae avec Will. Quant à Eleanor, elle avait prévenu qu'elle risquait d'arriver un peu en retard. Nicky poussa Connie en avant.

— La table O'Callaghan, demanda-t-elle au maître d'hôtel qui les accueillait.

— Par ici, madame.

Connie les suivit, ne voyant que des tables de deux ou quatre personnes. Ils dépassèrent un mur en saillie et soudain, elle découvrit une longue table de vingt couverts installée près d'une vaste baie donnant sur un ravissant jardin. Il y avait des bougies et des roses pâles dans des petits vases. Tous ses amis étaient là ! Gaynor et Pete, Sylvie et Isaac, quelques collègues de l'école, Rae et Will, trois de ses amies de fac et même Eleanor. Megan voulait venir, mais elle séjournait chez sa sœur. Et enfin, sur la banquette à côté d'une place libre, il y avait Steve. Connie sentit son cœur rater un battement. Steve était là, pour son anniversaire ! Une rapide vérification lui apprit que Danielle ne figurait pas parmi les convives.

— Surprise ! s'exclamèrent-ils tous avec un bel ensemble.

On commanda du champagne rosé et Connie dut embrasser tout le monde avant de pouvoir s'installer à sa place. A côté de Steve. Il était particulièrement beau, ce soir, et Connie se demanda encore une fois comment elle avait pu vivre à côté de lui pendant deux ans sans le remarquer.

— Bon anniversaire, lui dit-il à mi-voix.

Elle le remercia, encore un peu étourdie par l'étonnement, mais ne l'embrassa pas, non parce qu'elle n'y pensait pas, mais au contraire parce qu'elle y pensait ! Elle craignait que son visage et son décolleté prennent une belle couleur tomate si elle se risquait à ce contact. Cependant, Steve n'avait pas de tels scrupules.

— Et moi ? Tu ne m'embrasses pas ?

Ils étaient passés au tutoiement depuis plusieurs mois déjà.

— Bien sûr que si ! dit-elle d'un ton qui se voulait dégagé.

Et elle lui donna une petite bise sur la joue du bout des lèvres.

— Tu ne peux pas faire mieux ?

Autour d'eux, tout le monde bavardait et tendait son verre au serveur. Connie prit le temps d'assimiler le fait que ces gens étaient venus pour elle, que Steve était venu pour elle, et qu'elle était plus belle que jamais dans toute sa vie. Non, réveille-toi ma fille ! Ne sois pas stupide ! Steve a seulement voulu te faire plaisir... Elle sursauta. Une grande main venait de se poser sur sa joue et faisait doucement tourner son visage sur le côté. Elle se trouva face à face avec Steve, qui ne lui donna pas une petite bise sur la joue mais l'embrassa, comme il le fallait, sur la bouche. Bouleversée de sentir ses lèvres sur les siennes, Connie poussa un petit cri étranglé et ouvrit la bouche. Steve gémit de plaisir.

Impossible ! Connie recula de quelques centimètres, consciente que tout le monde les regardait en faisant semblant de ne pas les voir.

— Pourquoi m'embrasses-tu ?

— Tu n'en as pas envie ?

Connie n'avait pas de mots pour décrire le sentiment délicieux qui la faisait trembler. Les héroïnes de ses romans d'amour auraient su l'expliquer. Elles se sentaient fondre, elles brûlaient et connaissaient des sommets d'excitation. Mais elle, Connie O'Callaghan, se sentit simplement envahie de bonheur. Elle effleura timidement la joue de Steve et il lui sourit, d'un sourire chaud et séduisant, pas celui qu'on destine à une voisine. Elle préféra quand même s'en assurer.

— Ce n'était pas la bise qu'on fait à la voisine ?

— Certainement pas !

— Ah ! Je voulais en être certaine. Où est Ella ?

— Chez ma mère.

Il ne la quittait pas des yeux. Ce fut le moment que, très mal à propos, Freddie choisit pour lever son verre.

— Bon anniversaire, Connie !

Le menu comprenait cinq services. Tout fut délicieux et l'on s'amusa beaucoup. Connie flottait sur un petit nuage rose, Steve à ses côtés. De temps en temps, leurs genoux se touchaient. Ou bien il s'adossait à la banquette et la prenait par les épaules. Et Connie se laissait aller contre lui, comme s'ils n'avaient fait que ça depuis des mois. Elle n'arrivait pas à y croire, même si cela semblait parfaitement naturel.

Avant le dessert, elle se rendit aux toilettes avec Nicky.

— Tu crois que...

Nicky l'interrompit aussitôt.

— Bien sûr que je le crois ! Il est fou de toi et tu es la seule personne à ne pas l'avoir vu. C'est cela, notre cadeau pour tes quarante ans. Heureusement que Steve a accepté mon invitation. A propos, il n'a jamais été intéressé par Danielle ! Il la juge « superficielle ».

— Ne me dis pas que tu lui as posé la question !

Connie était scandalisée.

— Ecoute, on n'avait pas le temps d'attendre que la Lune entre dans la septième maison du Soleil ou ne je sais quelle sottise qui te fait espérer que les choses arriveront un jour ou l'autre ! Steve est dingue de toi, mais tu refuses de l'admettre parce que tu te trouves trop vieille. En plus, tu crois que Danielle lui plaît !

— Mais c'était tellement évident...

— Danielle le trouve à son goût, ce qui est très différent.

— Mais comment l'as-tu convaincu de venir ce soir ?

— Je lui ai dit que nous organisions une fête pour toi. Il m'a répondu qu'il serait heureux de participer. Ensuite, il a voulu savoir si tu étais toujours amoureuse de Keith. Tu lui as beaucoup parlé de ce crétin ?

Connie fit la grimace.

— Je pensais qu'il avait besoin de parler de la mère d'Ella à une amie. Pour lui faciliter les choses, je lui ai raconté mon histoire avec Keith. Tu sais, partager ses histoires personnelles crée des liens.

— Pas s'il s'agit d'un ex qui ment au sujet de son âge sur les sites de réseaux sociaux.

Nicky avait trouvé l'histoire hilarante mais triste.

— Frangine, reprit-elle, ta chance est à portée de main, alors ne la laisse pas passer et amuse-toi !

A minuit et demi, le restaurant était presque vide et les amis de Connie se séparèrent peu à peu. Tout le monde repartait en taxi et il parut raisonnable aux habitants de Golden Square de rentrer ensemble.

— Eleanor peut venir avec nous, dit Rae quand la voiture s'arrêta à sa hauteur.

Sans attendre, elle installa Eleanor sur la banquette et s'y jeta à son tour à côté de Will. Le chauffeur démarra, laissant Connie stupéfaite.

— Il semblerait qu'il n'y ait plus que nous deux, dit Steve.

Assis l'un à côté de l'autre dans le taxi, ils étaient enfin seuls, mais il ne la toucha pas et Connie se sentit écrasée sous le poids d'années de relations inabouties. Elle ne savait pas quoi faire, mais elle était certaine d'avoir tout gâché. Quand ils arrivèrent à Golden Square, Steve insista pour payer.

— Bien, dit Connie qui commençait à paniquer.

On y était ! Il rentrerait chez lui et elle chez elle, et le moment magique serait passé.

— Je ne pense pas que tu m'offrirais un café ? dit-il.

— Si, avec plaisir !

Chez elle, elle commença par s'agiter, déplaçant les lampes pour que la lumière soit plus flatteuse et tapotant les coussins tandis que Steve la regardait.

— Je fais chauffer de l'eau ? finit-elle par demander.

Steve fit non avec la tête et s'approcha d'elle. Elle sentait son eau de Cologne, à la fois musquée et boisée. Elle avait essayé de l'identifier récemment dans une parfumerie mais en vain. Peut-être était-ce son odeur à lui.

— Je n'ai pas envie de café, et toi ?

— Non, répondit-elle d'une voix étranglée.

Il caressa ses cheveux qui brillaient puis s'interrompit.

— Si tu préfères, je peux partir.

— Non, ne t'en vas pas.

— Tu es sûre ?

Ce fut au tour de Connie de lui passer les bras autour des épaules. Qu'il était fort ! Elle était grande mais il l'était encore plus, comme les héros de ses livres d'amour, à la différence près que Steve était réel, ce qui valait mieux que tous les romans.

— Nicky n'a pas eu besoin de te menacer pour que tu viennes, ce soir ?

— Cela fait des mois que je te cours après ! répondit-il en lui caressant le visage. Je me demandais si tu n'étais pas complètement obsédée par Keith. Quand Nicky est venue m'inviter, elle m'a expliqué deux ou trois choses.

— Vraiment ?

A présent, leurs corps se frôlaient presque. Connie sentait qu'il s'en fallait de peu pour qu'elle se trouve contre lui, lui glisse les mains autour du cou pour le serrer contre elle. Et lui, il la prendrait par la taille.

Cela se passa ainsi et bientôt il l'embrassait avec fougue. Elle entendit un gémissement d'extase et se rendit compte qu'elle en était l'auteur.

— Tu veux vraiment ? dit-il à voix basse, ses lèvres sur celles de Connie.

— Oui, répondit-elle dans un souffle. Je dois te prévenir : j'ai des guirlandes lumineuses dans ma chambre !

— Ella me l'a dit ! Il y a longtemps que j'ai envie de les voir.

Sur ce, il la souleva comme une plume et la porta jusque dans sa chambre. Il la posa délicatement sur le lit et, pour une fois, Connie ne pensa pas à ôter les coussins. C'était même le dernier de ses soucis !

Epilogue

Megan réserva une place en classe affaires sur le vol
à destination de New York. A une époque, elle aurait
pris le billet le moins cher possible en espérant être sur-
classée. Les compagnies aériennes appréciaient que des
gens célèbres fréquentent leurs lignes et les installaient
au premier rang. Cela donnait aux gens qui payaient
plein tarif l'impression d'avoir quelque chose en plus
de leur fauteuil extralarge. Une star de cinéma à côté
d'eux valait mieux qu'une double ration de champagne
au décollage ! Mais Megan avait décidé que ces petits
jeux étaient finis.

Respecter une éthique commençait par des choses
très simples. Elle ne voulait plus se faire offrir ses
places d'avion, ni des sacs à main de grandes maisons,
ni du champagne Krug dans des endroits à la mode.
Tout finissait par se payer et les gens qui voulaient profiter gratuitement de tout disaient tôt ou tard des hor-
reurs comme : *Vous ne savez donc pas qui je suis ?*

Megan, quant à elle, savait enfin qui elle était, une
femme avec des valeurs et une conscience, valables
aussi bien pour elle-même qu'à l'égard des autres.
Quand le steward lui proposa une boisson, elle choisit

le jus d'orange, puis sortit de son sac le livre que Rae lui avait offert quand elles s'étaient dit au revoir. Elle l'avait embrassée en ajoutant : « Il m'a plu et je pense que tu l'aimeras aussi. » Elles s'étaient retrouvées au Titania's le samedi matin précédent. Connie, Rae et Nicky voulaient lui faire leurs adieux autour d'une tasse de café.

Megan arriva la première, ce qui lui permit de passer quelques minutes seule avec Rae. Celle-ci semblait sur le point d'exploser de bonheur, le visage rayonnant d'une lumière intérieure qui n'avait rien à voir avec les crèmes de beauté. De la joie à l'état pur, rien d'autre !

« Tricia n'a plus que deux semaines à attendre, avait dit Rae. Elle me jure qu'elle est énorme mais j'ai du mal à l'imaginer. Je l'ai vue le mois dernier et son ventre était normal. Cela dit, elle est grande et on porte mieux quand on est grande. »

Une larme fit briller quelques instants les yeux de Rae. Megan, qui connaissait l'essentiel de son histoire mais pas les détails, se figura qu'elle se revoyait adolescente et enceinte.

« Tricia a de la chance de t'avoir, dit-elle affectueusement. Quand je suis allée dans le Connemara avec Eleanor – je ne savais rien alors –, je lui ai parlé de toi en disant combien je te trouvais incroyablement maternelle. C'est un grand don... »

Elle vit que les larmes de Rae commençaient à couler et se hâta de poursuivre.

« ... Un grand don, même si les circonstances ne t'ont pas permis d'élever ta fille. Mais maintenant, vous vous êtes retrouvées. Tu seras une grand-mère géniale !

— Je l'espère ! répondit Rae en la serrant contre elle. Merci de m'avoir dit ça. »

Connie entra à cet instant, Nicky et Ella juste derrière elle.

« On est allées nager ! expliqua Connie, haletante. Ella se débrouille comme un petit dauphin.

— Je nage trop bien pour rester dans le cours des Petits Poissons du samedi matin, déclara fièrement la fillette. Je suis une Etoile de Mer, maintenant.

— Et je suis certaine que tu es une merveilleuse étoile de mer », dit Megan.

Elle se débrouillait mieux avec les enfants depuis qu'elle était allée camper en France pendant l'été avec Pippa, Kim et Toby, et ça lui avait fait du bien.

« Je suis presque la meilleure ! confirma Ella.

— C'est vrai », confirma Connie.

Elle avait l'air tellement gâteuse d'Ella que tout le monde se mit à rire.

Dans son appartement du Lower East Side, Eleanor regardait sa petite-fille finir de préparer le lit dans la chambre d'amis. Megan devait arriver le lendemain pour un séjour d'une semaine. Gillian, qui était en vacances pour Noël, s'était portée volontaire pour aider sa grand-mère à tout organiser. Elle avait joliment arrangé les roses de Noël blanches achetées par Eleanor au Lansky's et venait de refaire le lit avec des draps fraîchement repassés. C'était une chambre ravissante avec un papier peint jaune imitant la toile de Jouy, un parquet en chêne comme dans tout l'appartement et un élégant mobilier ivoire d'un style que Gillian définissait comme un croisement entre Disney et Louis XIV.

Elle finit de lisser le dessus-de-lit en brocart ivoire.

— Je vais aller acheter quelques magazines pour Megan, dit-elle. Des revues de mode et le *New Yorker*, à ton avis ?

Elle remit en place un coussin brodé de renoncules jaunes puis se redressa et rejeta ses cheveux qui lui tombaient dans les yeux. Eleanor la trouvait plus adulte sur bien des plans après cette année et demie passée à l'université. Sa petite-fille était toujours aussi belle, mais elle avait acquis une tranquille assurance. Il n'y avait rien de mieux que de quitter la maison de ses parents pour mûrir ! Un jour, elle lui donnerait peut-être les pages écrites pour elle à Golden Square. Elle avait souffert en mettant noir sur blanc ce qu'elle voulait lui expliquer. Mais elle le faisait pour une mauvaise raison : son éventuel suicide. A présent, elle pouvait transmettre son savoir à sa petite-fille en face à face, comme il se doit. Par la suite, après sa mort, Gillian pourrait se reporter à ces pages ainsi que le livre de recettes de son arrière-grand-mère. Eleanor espérait qu'ils lui feraient autant de bien qu'à elle-même.

— Gillian, cela ne t'ennuie pas d'avoir quelqu'un qui n'est pas de la famille pendant tes vacances ?

Elle avait eu envie d'inviter Megan pour que ce Noël soit spécial. Elle avait passé le précédent en Irlande, dans le cocon d'un hôtel de luxe, perdue et seule. Cette année, elle allait fêter son premier Noël en famille depuis la mort de Ralf.

— Non, répondit gaiement Gillian. Ce sera formidable !

— Ta mère t'a-t-elle parlé du livre de ton arrière-grand-mère ?

— Oui, elle m'a dit qu'un jour tu me laisserais le lire. J'aimerais beaucoup, si tu veux bien.

— Bien sûr, ma chérie ! J'y ai ajouté deux ou trois choses et je veux te donner le tout. Cela parle de la vie, de l'amour et de cuisine !

— Ça va me plaire ! Je peux l'avoir maintenant ?

Eleanor fit signe que oui. Le moment était venu de transmettre le livre. Elle en avait tiré tout ce dont elle avait besoin. Elle savait maintenant qu'on survit à tout, d'une façon ou d'une autre. Et elle reverrait Ralf, un jour, mais pas tout de suite. Elle avait encore des choses à faire.

Cet ouvrage a été imprimé par
CPI Firmin Didot à Mesnil-sur-l'Estrée
en mars 2012

Composé par Nord Compo Multimédia
7, rue de Fives, 59650 Villeneuve-d'Ascq

Dépôt légal : avril 2012
N° d'impression : 110599
Imprimé en France